De Eyckenhof

Jackie van Laren bij Boekerij:

De *Q*-serie:
*Zin*
*Lief*
*Ziel*

*Vallen*
*Opstaan*

De *Eilandliefde*-serie:
*Duingras*
*Stormwind*
*Springvloed*
*Tegenstroom*
*Hoogtij*

*De meisjesmagneet*
*Thuiskomen*
*Twee prinsen*
*De Eyckenhof*

De *Onder de bomen*-serie:
*Lentegroen*
*Zomerloof*
*Herfstrood*
*Winterzon*

E-only:
*Alle verhalen (tot nu toe)*

boekerij.nl

# *Proloog*

Rosie kijkt, brief in haar hand, peinzend over de eettafel heen, door de woonkamer, uit het raam dat uitkijkt op het lage tuinhek, met het grindpad en het park erachter. Het wordt nog vroeg donker, maar vandaag was een zonnige dag, zo eentje die de belofte van de aankomende zomer al in zich draagt. Het is altijd heerlijk om de natuur te zien ontwaken, ook al betekent het dat het binnenkort gedaan is met de rust, maar toch: ze houdt het meest van de lente, met alle ontluikende geuren, alle verse groene blaadjes aan de bomen, alle uitbottende struiken in het bungalowpark, die de tuintjes bij de huisjes van de recreanten zo idyllisch omzomen. Haar lievelingsstruik is waarschijnlijk toch wel de rododendron op de hoek bij huisje 47; hij stond er al toen ze met Henk trouwde en hier op het terrein kwam; toen was het nog een bescheiden plant, maar nu is het een monster van een struik die zo heerlijk uitbundig en lang kan bloeien.

Daar komt haar man, haar Henk; hij is zoals altijd het grootste deel van de dag buiten op het terrein bezig geweest, want het seizoen gaat alweer bijna beginnen. Ieder jaar vaste prik: in de stille weken onderhoud aan het groen, de paden, het riool; de weinige huurhuisjes die ze nog over hebben moeten hier en daar een lik verf en er is altijd wel ergens een lantaarnpaal waarvan een lamp kapot is. Gelukkig hoeft hij het tegenwoordig niet meer allemaal alleen te doen, want Aloys is minstens net zo handig met zijn handen als zijn grootvader. Henk begint zijn leeftijd wel te voelen; hij zegt dan wel niks, maar Rosie ziet het heus wel aan hem als hij met een stijve rug uit bed klautert.

Aloys is een schat van een jongen; ze heeft nooit één seconde geaarzeld om hem in huis te nemen toen hij nog klein was en zijn moeder niet voor hem bleek te kunnen zorgen. Dat hij nu zo lekker meewerkt is een onverwachte bonus, hoewel ze zou wensen dat hij niet alleen de handige handen van zijn grootvader, maar ook het meer zakelijke inzicht van zijn grootmoeder had meegekregen. Aloys houdt niet van cijfers, had een verschrikkelijke hekel aan rekenen op school en maakt zich nu meestal haastig uit de voeten om te gaan gamen in de kelder als Rosie zit te cijferen hoe ze dit jaar weer rond moeten komen. Henk luistert in ieder geval wel als ze hem over haar zorgen vertelt, maar in plaats van dat hij meedenkt over een oplossing, zegt hij steevast dat het wel goed zal komen, zoals het altijd goed is gekomen. Hij is een schat, haar man, maar administratie is nooit zijn ding geweest.

Ze zucht; ze weet intussen niet meer zo zeker of het nog goed komt. Ieder jaar wordt alles duurder, maar hun inkomsten groeien nauwelijks mee. De ruimte waar groei zou kunnen zitten is ook maar klein: ze hebben nog een paar huurhuisjes, maar meer dan maximale bezetting (wat natuurlijk nooit voorkomt) kunnen ze er niet aan verdienen. Sparen kunnen ze eigenlijk al jaren niet meer, en wat ze hadden aan spaargeld is grotendeels opgegaan aan de studie van Joost, hun zoon. Die is op zijn pootjes terechtgekomen, met zijn flat in Amsterdam en zijn baan bij een groot advocatenkantoor, maar voor hun oude dag is er niet zo veel meer over.

Ze tikt nadenkend met de geopende envelop op de tafel; ze heeft de brief er weer in gestopt. Uit Zwitserland komt die brief, met postzegels met bergen erop. Misschien zitten ze hier niet eens meer als ze eenmaal echt oud zijn, zo heerlijk midden in het bos, omringd door de natuur waar ze zo veel van houdt. Het huis van Henks ouders is dan wel intussen hun eigendom, en dat van henzelf ook, maar de grond waarop het staat is, net als het terrein van het bungalowpark, nog altijd van de baron. Wie dat dan ook is tegenwoordig; de status van de baronie, het eigenaarschap van het land en het vervallen kasteeltje, is sinds het overlijden van de oude baron, jaren en jaren geleden, onduidelijk.

Henk is ervan overtuigd dat de neef van de oude baas, een oervervelende man die Ewout heet – zijzelf heeft hem in een grijs verleden wel eens ontmoet – de erfgenaam is en dat het gewoon een kwestie is van wachten op bericht van het deftige Zwitserse advocatenkantoor dat de zaken van het geslacht De Goyer van Eyckenhoff al sinds de Eerste Wereldoorlog behartigt.

Dat bericht heeft ze nu in haar hand.

'Henk,' zegt ze tegen haar man, die met rode wangen van de toch nog frisse buitenlucht naar binnen komt, 'er is een brief uit Zwitserland. Het is blijkbaar niet die Ewout.'

'O?' zegt hij met een grijns en hij schudt zijn jas uit, hangt hem op een haak bij de deur en loopt meteen door naar achteren om aan de tafel aan te schuiven. 'Ik kom binnen en jij komt met de deur in huis!'

Ze lacht hem toe, ze kennen elkaar zo goed. 'Waar is Aloys?'

'Die is even kijken bij het huisje van Ben. Je weet toch dat we maar zelf het water voor hem hebben afgesloten? Na september vorig jaar is hij helemaal niet meer geweest, en hij heeft ook niks meer van zich laten horen. Aloys en ik zijn zo eens in de twee weken even binnen geweest om te kijken of er niks was stukgevroren. Er stond zelfs nog een glas water met een paar aquarelpenselen erin op de tafel, alsof hij ieder moment binnen kon komen stappen. We hebben het maar even in de gootsteen gezet. Heb je hem nog gemaild?'

‘Aan het begin van de seizoensafsluiting, ja, dat had je toch gevraagd? Niks op teruggehoord. Als we weer opengaan krijgt hij gewoon de nieuwsbrief, natuurlijk; als er dan nog niks gebeurt zal ik wel eens bellen.’

‘Goed.’ Henk schenkt zichzelf een kop thee in uit de pot op tafel. ‘Ik ben nou wel heel nieuwsgierig naar die brief uit Zwitserland.’

Rosie schuift de envelop over tafel. ‘Hij komt binnenkort kijken. Degene die het wel is, ene Per Quinn Rosendahl. Ik ken die naam niet, en er staat verder niet zo veel informatie in.’

‘Nou, ik hoop dat hij iemand meeneemt die de boel hiernaast een beetje kan opknappen, anders hebben we over nog een paar jaar een ruïne.’

‘Ik ben als kind nog wel naar de ruïne van Brederode geweest met mijn ouders,’ zegt Rosie, ‘wie weet kan het een attractie worden. De ruïne van Eyckenhof.’

‘Ik heb liever dat de nieuwe baron iemand stuurt om de boel weer een beetje op te knappen, als ik eerlijk ben,’ zegt Henk. ‘Is er verder nog iets gebeurd, hier?’

‘Sinds het middageten? Niet echt. Of, nou, er kwam een belletje van een of ander bedrijf, Berg&Bos Luxe Topparken–’

Henk schiet in de lach. ‘Heet dat bedrijf echt zo? Luxe Topparken? Met “luxe” ook echt in de naam?’

‘Ja, ik vond het ook al een beetje grappig, maar die dame die belde zei het echt een paar keer zo, en ze heeft het zelfs voor me gespeld toen ik zei dat ik het even wilde opschrijven. Berg&Bos, aan elkaar, met zo’n en-tekentje ertussen, en dan Luxe Topparken.’

‘En wat wilden de luxe topparken van ons? Wij zijn maar een gewoon park, niet luxe en niet top.’

‘Dat zei ik dus ook! Ze vroeg of we geïnteresseerd waren in een gesprek over overname. Ik heb dat natuurlijk meteen afgekapt en gezegd dat wij niet de partij zijn waarmee moet worden gesproken.’

'Waar heb je die dame dan naartoe gestuurd?'

Rosies ogen twinkelen terwijl ze de brief van het advocatenkantoor weer even oppakt en triomfantelijk in de lucht houdt. 'Naar Zwitserland!'

—

Charlie kijkt haar vriend Sander aan met grote ogen. 'Ja maar, dan ben je maandenlang weg!'

'Nou en? De telefoon is geduldig, hoor!'

'En dan zit ik hier in mijn eentje, al die tijd?'

'Ze gaan pas echt draaien over vijf maanden, hè, en ik neem aan dat je me gewoon kunt komen opzoeken als we eenmaal in productie zijn; ik zal vast niet zeven dagen in de week hoeven draaien. Ze zullen ons wel in een of ander luxe hotel, of in een paar bungalows of zoiets stoppen, dat doen ze toch meestal met van die langlopende producties?'

'Ja, hoe weet ik dat nou...'

'Nou, het is Netflix, die hebben geld zat, die laten hun artiesten niet in een trailerpark slapen terwijl er een serie wordt opgenomen! Dan heb ik gewoon zo'n chaletje of zoiets, dan kun je toch prima komen logeren als ik het even rustig heb?'

'Ja maar, als ik nou zelf werk heb?'

'Kom op, Charlie, een beetje dingetjes uitzoeken om fotoshoots en etalages aan te kleden, dat kun je toch nauwelijks werk noemen?'

'Denk je dat dat is wat ik voor mijn werk doe?'

'Nou ja, dat is toch wat stylisten doen? Op de set lopen er ook altijd wel een paar rond die dan een vaasje neerzetten en helemaal hysterisch worden als je tijdens je scène de boel ineens anders neerzet, of ertegenaan leunt of zoiets. Noodzakelijk werk, hoor, ook voor de *continuity* en zo, en gewoonweg onmisbaar bij historische producties, maar dat zijn de echt grote klussen natuurlijk. Die doe jij niet.'

'Pardon? Ik heb een hele kostuumtentoonstelling vormgegeven, een half jaar geleden. Weet je nog? Er waren stukken in alle grote kranten. En mijn werk is breed, en divers. Ik zou ook kunnen zeggen: dat geacteer van jou stelt niks voor, je krijgt een papiertje met een paar regels tekst, je leert het uit je hoofd, en dan moet je op tijd verschijnen, je láten schminken, je láten kleden, je regels opzeggen in een set die door andere mensen voor jou is opgetuigd, en niet tegen de meubels aan lopen terwijl je die regels opzegt. Dat is alles wat je hoeft te doen. Maar: dat zeg ik niet, want ik respecteer jouw werk.'

'Zo, jij bent ineens fel! Zo ken ik je niet. Jij was toch dat grappige, bedeesde vrouwtje dat zo snel mogelijk wilde gaan samenwonen en dat zich sinds de dood van haar ouders als een soort bloedzuiger aan me vastklampt?'

'Sander!'

Sander zwijgt even en kijkt weg. Misschien was dat wel een beetje té. 'Nu ga je zeker huilen?' mompelt hij halfhartig.

'Nou ja,' zegt Charlie waterig, 'het was nou niet echt vriendelijk. Ik bedoel, oké, we waren een beetje aan het harrewarren, maar wat jij zegt is gewoon echt, nou ja, echt...' ze snikt toch even, '... hard. Heel hard. En eigenlijk ook best wel harteloos. Hoe zou jij je voelen als je ouders in één keer onverwachts uit je leven werden weggerukt door een ongeluk?'

'Opgelucht, waarschijnlijk,' zegt hij, mondhoeken neergetrokken. 'Je weet hoe ik over mijn ouders denk.'

'Ja, maar toch niet zo dat je blij zou zijn als ze verongelukken? Mijn ouders zijn verdrónken, dat moet toch een vreselijke dood zijn geweest?' Ze snikt nog een keer.

'Met een beetje geluk hadden ze eerst lekker zitten tafelen op dat cruiseschip, hadden ze een borrel op en hebben ze er niks van gemerkt,' zegt hij onderkoeld. 'Ga nou niet alsnog janken, daar word je zo vlekkerig van. Ik dacht dat je de boel net weer onder controle had.'

'Natuurlijk hebben ze er wel iets van gemerkt, idioot, zo'n schip zinkt toch niet binnen drie seconden?'

'Charlot, in godsnaam. Dit gesprek hebben we al drieduizend keer gehad. Ja, het is erg; nee, ze gaan de lichamen nooit vinden; ja, je hebt lege kisten laten begraven; nee, je hebt geen plek om naartoe te gaan als je wilt rouwen; ja, ik ben je rots in de branding en je steun en toeverlaat en al die toestanden... Waarom denk je dat ik tot nu toe tegen mijn agent heb gezegd dat ik alleen klussen wilde die in de buurt waren? Zodat ik 's avonds naar huis kon? Dat was voor jou, omdat je je dus aan me hebt vastgeklampt. En in eerste instantie begreep ik dat ook wel. Maar het begint nu wel een beetje beklemmend te worden, schat. Het is ruim een jaar geleden intussen. Een jaar! Ik heb intussen in alle soapseries wel bijrollen gehad. Dus toen Remco met deze klus aankwam zei ik natuurlijk meteen ja.'

Charlie snuft en veegt haar wangen droog. Eigenlijk zou ze het liefst haar tranen laten stromen, maar Sander heeft er een hekel aan als ze te veel van haar verdriet laat zien, dus houdt ze zich in. Ze is er goed in geworden, het afgelopen jaar. Toch kan ze een klein steekje onder water niet binnenhouden. 'Toch jammer dat geen van die soaps een vaste rol voor je had, hè?' Ze weet dat dat steeds opnieuw vreselijk stak voor Sander: hij mocht wel op komen draven om even een louche autohandelaar neer te zetten, of een drugsdealer op een straathoek, en als hij geluk had kon hij voor een paar afleveringen terugkomen, maar het waren steeds personages geweest waarvan zij al direct had zien aankomen dat ze geen lang leven beschoren waren in de verhaallijn. Dat hij dat dan niet zelf zag vond ze maar vreemd: hij was er iedere keer met een bijna kinderlijk enthousiasme aan begonnen, vast overtuigd van zijn eigen geweldigheid, die er toch voor moest zorgen dat zijn personage zich zou ontwikkelen tot een onmisbaar onderdeel van de serie. En iedere keer was het op een deceptie uitgelopen, en iedere keer had dat thuis geleid tot ruzie. En nadat ze haar ouders had verloren was haar verdriet, haar behoefte aan steun, op zulke momenten steeds opnieuw in zijn woorden een ongezonde afhankelijkheid geworden die hem belemmerde in zijn creativiteit.

Nu is hij nog niet eens afgewezen en begint hij er al over.

Charlie wrijft over haar ogen. 'Sander… hoe zeker is het dat je de klus hebt?'

Hij kijkt haar indringend aan. 'Wat wil je daarmee zeggen?'

'Niks. Ik vraag het alleen maar.'

'Remco heeft een goed woordje voor me gedaan, mijn hele pakket opgestuurd, nou ja, je weet wel, en hij heeft een heel enthousiast telefoontje teruggekregen van de casting director. Volgens hem kan ik ieder moment opgeroepen worden. En dan moet ik ook meteen daarnaartoe, dus.'

'Naar Bonaire? Maar je zei over vijf maanden–'

'Ja, natuurlijk naar Bonaire, en heb je enig idee hoeveel voorbereiding er in zo'n productie gaat zitten? En je kunt niet mee. Ik zeg het maar meteen, zodat je vast even aan het idee kan wennen en het geen jankpartij wordt als het zover is.' Nog steeds die onderkoelde toon. Charlie weet, puur rationeel, dat veel vrouwen het waarschijnlijk niet zouden accepteren als hun partner zo tegen ze zou spreken, maar ze is gewend geraakt aan Sanders afstandelijkheid op zulke momenten en voelt nauwelijks verontwaardiging. Wat ze ervan voelt valt in ieder geval volkomen in het niet bij het verdriet om haar ouders, dat op sommige momenten nog zo fel kan opvlammen. Ze haalt diep adem. 'Oké.'

'Oké? Is dat alles wat je te zeggen hebt? Dit is de grootste klus van mijn leven, het is internationaal, ik sta op het punt van doorbreken en jij zegt oké?'

Charlie zucht. 'Ik geloof dat ik het niet goed kan doen vandaag. Ik vind het niet leuk als je heel lang weg bent, omdat ik me dan vast enorm eenzaam ga voelen en je ga missen. Maar ik vind het wel fijn voor je dat je zo'n grote kans krijgt.'

Die uitspraak lijkt Sander weer een beetje te kalmeren, hoewel ze stilletjes bij zichzelf naar binnen kijkt en zich afvraagt hoe waar haar woorden eigenlijk zijn.

—

Per kijkt op zijn pols: het is het warmste moment van de dag, daar heeft hij eigenlijk geen horloge voor nodig. De zon brandt; gewoontegetrouw haalt hij een hand over zijn kin, maar zijn baard is weg. Dubai blijft een verbazingwekkende mix van extreme luxe, streng religieuze regelgeving en, laat hij het nou maar gewoon benoemen, onderdrukking. Hij weet zeker dat hij zijn best heeft gedaan bij het project dat hij net heeft afgerond, maar hij durft zijn hand er niet voor in het vuur te steken dat alle bouwvakkers - immigranten - zo goed behandeld zijn als hij zou willen.

Hij heeft belachelijk goed verdiend aan dat project; blijkbaar sta je als architect, ook al is hij strikt genomen natuurlijk ook een immigrant, aan de goede kant van de streep. Aan de andere kant kun je in Dubai ook je geld weer heel makkelijk kwijt; drie nachtjes in de duurste kamer van het duurste hotel ter wereld en hij zou op zwart zaad zitten.

Even heeft hij gedacht dat hij langer in Dubai wilde blijven dan het jaar dat hij hier nu bivakkeert, maar zojuist is dat idee in rook opgegaan; het tweede gesprek met een mogelijke nieuwe cliënt, een Amerikaan van het meest zelfingenomen, van zijn eigen gelijk overtuigde soort, is tot een abrupt einde gekomen toen Per opstond en zonder verder nog iets te zeggen het glazen kantoor op de veertigste verdieping verliet. Er zijn simpelweg grenzen, en de man ging eroverheen.

Daarnaast heeft hij er geen zin in: hij houdt niet van wolkenkrabbers ontwerpen. Hij kan het goed, dat weet hij nu, maar het staat hem tegen om het kunstje nog een keer te moeten vertonen. Hij wil liever aan iets werken met meer... Hij moet even nadenken over de juiste term. Eeuwigheidswaarde, waarschijnlijk. En minder grootheidswaan. Ja, dat is het wel ongeveer. En als hij zo'n project niet kan vinden, dan stapt hij er misschien wel gewoon uit. Die hele architectuur is voor hem niet meer datgene waar hij zich op stortte toen hij ging studeren. Als het hoogste wat hij kan bereiken – letterlijk en figuurlijk – het bouwen van nog meer peperdure wolkenkrabbers is, in een wijk die er al vol mee staat, in een land waar dingen op een manier gaan waar hij vaak niet achter kan staan, dan wordt het misschien eens tijd voor iets anders.

Hij slentert een beetje rond, zo veel mogelijk in de schaduw van al die wolkenkrabbers, totdat hij het district uit komt en een bankje vindt onder een extreem goed onderhouden palmboom. Hier waait ook gelukkig weer een zacht, veel te warm briesje. Wat zal hij met zichzelf gaan doen? De vrijheid om te kiezen is tegelijk een straf – waar moet hij beginnen? – en een zegen: hij herinnert zich zijn kindertijd, het nomadische bestaan van zijn ouders, waarbij het wel eens leek alsof ze eeuwig met vakantie waren en ze soms van gekkigheid niet wisten waar ze heen zouden gaan.

Zijn mobiel gaat; het geluid doorboort zijn gemijmer. Dat is vast die vreselijke Mason Brown Sanderson, die man die denkt dat hij belangrijker overkomt met twee achternamen. Per weet nu al dat hij niet teruggaat, en ook geen nieuwe afspraak wil maken. Hij haalt zijn toestel tevoorschijn, maar ziet dan tot zijn verbazing dat het een onbekend nummer is, uit Zwitserland.

'Per Quinn Rosendahl?' zegt hij netjes in de mobiel.

'*Stämpfli und Honegger Rechtsanwälte und Notariat*,' klinkt een geoefende damesstem, '*please hold for mister Honegger*.'

Per haalt even verbaasd zijn mobiel van zijn oor om ernaar te kijken, alsof het oplichtende schermpje hem meer informatie zal kunnen verschaffen. Dan hoort hij een mannenstem: '*Mister Rosendahl?*'

'*Yes*,' zegt hij in het toestel.

'*I have some interesting news for you*.'

# *Ruim drie maanden later*

## 1

'Neem nou lekker nog een beetje, Per,' zegt Rosie moederlijk, terwijl ze ongevraagd nog een grote opscheplepel vol macaroni met gehakt en tomatensaus op zijn bord laadt. 'Je hebt zo hard gewerkt vandaag!'

'Nou ja...' bromt Per, 'ik was niet alleen, natuurlijk. Aloys heeft erg goed geholpen. Er is ook veel te doen; ik zou het graag allemaal zelf aanpakken, maar ik begin nu wel in te zien dat dat niet echt haalbaar is.'

'Geef mij ook nog maar, hoor, omi,' roept Aloys enthousiast, 'ik ben dol op jouw macaroni. Je mag gerust schrapen; wat er onderin zit lust ik ook.'

'Dat is een beetje aangebrand,' zegt Rosie, 'jullie waren ook zo laat binnen!'

'Geeft niks, ik lust het net zo goed.'

'Met van die harde stukjes erin, blegh,' mengt Joost zich erin, terwijl hij snel de geraspte kaas voor Aloys' neus wegkaapt.

'Man, die zijn juist het lekkerst!'

'Die ene smaakpapil die je nog op je tong had zitten doet het blijkbaar ook al niet meer.'

'En dat zijn teksten waar jij een rechter mee moet overtuigen?'

'Nee, natuurlijk niet, figuur. Edelachtbaren hebben geen smaakpapillen. Die hebben volgens mij stukjes wetboek op hun tong zitten.'

'Dat is zulke droge troep, doe mij dan maar een sappige thriller. Met veel vers bloed. En een darmpje hier of daar, puur voor de smaak.' Aloys strekt een hand uit naar de kaas, maar Joost wil die niet geven.

Per ziet het allemaal aan van onder zijn blonde wenkbrauwen, maar hij zegt niets. Zijn gezicht blijft onbewogen, maar zijn lichtblauwe ogen twinkelen.

Joost trekt een gezicht en maakt een wegwerpgebaar, maar levert daarna toch de kaas in, en Aloys strooit er meteen een hele berg van over zijn nieuwe lading macaroni.

'Jongens,' zegt Henk grinnikend, 'het is weer net als vroeger. Jullie móéten elkaar in de haren zitten, hè, jullie kunnen er niks aan doen. Hoe oud zijn jullie nou helemaal, vijfentwintig en wat, dertig ben jij toch, Joost?'

Joost knikt, met zijn mond vol, maar Aloys vraagt natuurlijk het voor de hand liggende 'Zo oud al?' met een schuine blik naar de man die officieel zijn oom is, maar met wie hij als broers is opgegroeid. Met een brede grijns wijst hij met zijn vork naar Joost. 'Hij is ook zo saaaaaaai!'

'En jij bent ook zo...' zegt Joost met een denkrimpel als hij zijn mond heeft leeggegeten, terwijl hij Aloys van kruin tot tafelrand opneemt. '... breed. Vroeger was je niet zo breed, wanneer is dat gebeurd?'

'Ik werk toch op het terrein? Slepen, man, daar krijg je spieren van. En honger. Simpel,' zegt Aloys, die vervolgens een enorme hap macaroni naar binnen schoffelt en in tevreden stilte verder kauwt.

'Wat vind je er nou allemaal van, Per,' vraagt Rosie zachtjes aan de grote blonde man naast haar aan de eettafel. 'Jij zegt niet zo veel, hè?'

Per grijnst kort. 'Ik ben een pragmaticus. Ik praat als het nodig is. Het is ook vaak veel interessanter om te luisteren dan om te praten, en het hoort bij mijn werk. Proberen te begrijpen wat mensen willen, wat ze nodig hebben. Mensen doorzien. Wat mij betreft zou het beter doorluisteren kunnen heten; ik vind vaak dat ik meer leer over mensen met mijn oren dan met mijn ogen.'

'Maar nu ben je toch niet aan het werk?' Rosie werpt hem een geschrokken blik toe. 'Je moet niks, alleen even ontspannen en lekker eten, jongen. Daar valt toch verder niks aan te begrijpen?'

'Dat weet ik wel... Ik vind het erg gezellig,' zegt hij zacht en laag, na even nadenken. 'Ik ken dat niet zo goed. Zo'n typisch familiediner op zondag. Nou ben ik natuurlijk niet echt familie...'

'Ach, doe toch niet zo mal,' zegt Rosie meteen. 'Voor mij hoor je erbij, hoor. Hoe lang zit je hier nu al?'

'Sinds februari... dus zo'n drie maanden.'

'Nou, lang genoeg om erbij te horen.'

'Ik ben daar niet aan gewend. Dat ik ergens bij hoor, bedoel ik. Voordat ik hier kwam zat ik een ruim jaar op een klus in Dubai, daarvoor twee jaar in New York; dat is zo'n beetje het langste dat ik op één plek ben gebleven. Ik ben niet erg honkvast, wat voor mijn werk misschien juist wel zo handig is.'

'Nou, ik ben wel honkvast, hoor,' bemoeit Aloys zich ermee, nu hij zijn hap eten heeft ingeslikt. 'Ik ga hier nooit meer weg. Waar is het nou mooier dan hier?'

'Nergens,' zegt Joost meteen hartgrondig, en Henk en Rosie schieten in de lach.

'Jíj wilde per se naar Amsterdam,' zegt Henk, met een klap op de schouder van zijn zoon.

'Ja, nou...' zegt Joost nadenkend, 'ik weet niet meer wat ik toen dacht, maar altijd als ik hier zit, bij jullie, dan vraag ik me af of ik wel de beste deal heb.'

'Nope,' zegt Aloys nog een keer. 'Geef het nou maar toe: je bent *homesick*.'

'Kun jij me niet een beetje van die *wanderlust* geven die je blijkbaar in je hebt zitten?' vraagt Joost aan Per.

'Ik weet eigenlijk niet of dat het is, wanderlust,' zegt Per. 'Het zou ook kunnen dat het gewenning is. Ik weet niet beter. Mijn ouders trokken de hele tijd rond, hoewel dat volgens mij af en toe ook wel uit geldnood was. We hebben een paar jaar in een soort caravan gewoond. En als mijn ouders ruzie hadden, meestal omdat mijn vader geen goeie plek had om te werken, dan sliep hij in de auto.' Hij lijkt even bij zichzelf naar binnen te kijken. 'Het was best wel gezellig, knus, er was ook zonder twijfel iets fijns aan, de hele tijd dat losse, vrije gevoel van bijna-vakantie, van ieder moment weer op pad kunnen gaan. Wij samen tegen de wereld, dat idee. Aan de andere kant: we hebben ook af en toe gewoon honger gehad, en ik heb niet echt een heel gedegen basisschoolopleiding gehad...'

'Schildert je vader nu nog steeds?' vraagt Rosie.

'Soms. Ze wonen tegenwoordig gelukkig gewoon in een huis aan de rand van Stockholm. Ze hebben een schoonmaakster en af en toe komt er een wijkverpleegkundige, en er is een grote schuur in de achtertuin. Heb ik zelf neergezet. Mijn vader noemt het zijn atelier, maar volgens mij heeft hij vaak eigenlijk helemaal geen zin om uit zijn stoel op te staan. Hij is natuurlijk niet meer zo fanatiek en gedreven als vroeger, maar hij verkoopt zelfs af en toe nog wel iets, geloof ik. Ik heb een behoorlijk pensioen voor ze afgesloten zodra ik dat kon betalen, en tegenwoordig kan mijn moeder heel aardig met geld omgaan, dus ik weet dat ze niet in de problemen zullen komen.'

'Nou, moet je zien hoe lekker hij ineens zit te praten. Hij kan het heus wel!' Joost werpt Per een olijke blik toe. 'Vind je het niet vervelend om zo ver bij je ouders vandaan te zitten? Ik vind Amsterdam al een eind weg, en zeker als ik dan weer eens hier ben!'

'Zolang ik weet dat ze goed zitten,' zegt Per. 'Ik bel wel af en toe, en als de nood aan de man is ben ik er binnen een dag.'

'Hangt volgens mij toch echt van de ouder af hoe vervelend zoiets is; ik vind mijn moeder in Amsterdam precies ver genoeg,' zegt Aloys met een ondeugende grijns.

'Als ik moet kiezen tussen jou en je moeder, dan ben jij de volwassene, Aloys,' zegt Henk met een knipoog. 'Ik heb het nooit begrepen: we hebben echt goed ons best op haar gedaan, hoor. Maar al het verstand zit blijkbaar in Joost, ons nakomertje, en niet in Louise.'

'Och, en ze was altijd zo'n lief kind,' zegt Rosie vergoelijkend, 'heel dromerig, maar héél lief.'

'Nou ja, zo lief was ze nou ook weer niet; ze liep altijd weg,' zegt Henk, 'we hebben heel wat zorgen om haar gehad, hoor.'

'Dat was pas later, dat weglopen kwam pas toen ze ouder werd,' zegt Rosie, 'als kleintje was ze zo'n schatje!'

Aloys grinnikt. 'Ik lijk volgens mij voor geen meter op haar. Ik loop niet weg, en schattig ben ik ook al niet. Ik lijk trouwens ook niet op mijn vader, anders zou ik nu met een enorme toeter in mijn mondhoek op de bank liggen dampen, knetterstoned. Nou, geef mij maar een biertje. Alleen omdat mijn vader uit Jamaica komt hoef ik toch niet een genetische wietblower te zijn?'

'Je hebt er wel het haar voor.' Joost weer. 'Kun je er al op zitten?'

'Nee-hee,' zegt Aloys met gespeelde ergernis. 'Je bent gewoon jaloers dat jij eruit moet zien als een Zuidas-gladjakker, met je strakke kapsel en je pakje-dasje en je advocatuur, terwijl ik…' Aloys grijnst ondeugend en houdt een van zijn lange dreadlocks even omhoog. 'De coolheid in eigen persoon. Kijk, Per begrijpt het tenminste, met zijn Vikinghaar.'

Per, die zijn aandacht weer op de resten van zijn macaroni had gevestigd, kijkt met opgetrokken wenkbrauwen op van zijn eten. 'Mijn haar is geen fashion statement; ik doe niet aan kappers.'

‘Waarom heb je dan geen baard tot aan je knieën?’ Aloys klinkt plagerig, maar lijkt echt nieuwsgierig naar het antwoord.

‘Had ik ook. En dat viel ook goed in Dubai; daar hebben baarden status. Maar toen had ik een gesprek met een mogelijke nieuwe klant, een steenrijke Amerikaan. Die eiste dat ik mijn baard zou afscheren, want hij wilde mijn gezicht zien bij het gesprek. Dat heb ik gedaan; ik dacht eerst dat hij niet helemaal serieus was. Bij het volgende gesprek vond hij dat mijn haar er ook af moest; hij zou nog wel een nette christen van me maken. Die man leefde nog in de jaren vijftig van de vorige eeuw, blijkbaar, maar bij mij ging er een knop om. Ik ben opgestaan en weggelopen. Intussen was ik eraan gewend dat mijn baard eraf was en vond ik het wel prettig; prettig genoeg om tijd in het scheren te willen steken. Baarden zijn vrij warm in een woestijnklimaat.’

‘Pragmaticus,’ mompelt Joost, ‘inderdaad. Lijkt me trouwens wel een luxe, hoor, als je zo weg kunt lopen bij een cliënt als diens mores je niet aanstaan.’ Hij schudt zijn hoofd en zucht, en focust zich dan weer met een frons op zijn bord.

‘Volgens mij ben jij niet helemaal tevreden met je leven, op het moment,’ zegt Per bedachtzaam tegen hem.

‘Ligt het er zo dik bovenop?’ Joost kijkt even op, een beetje betrapt.

‘Het valt wel mee, maar ik hou van observeren.’

‘Ik vind het ook zo jammer dat Liselore nooit meekomt als je hier bent,’ zegt Rosie, ‘ik heb het gevoel dat ik haar nauwelijks ken. Hoe lang ben je nou al met haar?’

‘Anderhalf jaar,’ zegt Joost, met nog een zucht die echt uit zijn tenen komt. ‘Soms voelt het als een eeuwigheid. Maar ze houdt niet van het bos. Ze houdt van het strand. Ze wil bakken in de zon bij zo’n hippe strandtent, en ik wil lekker in de schaduw onder een boom een boek lezen.’

‘Klinkt weinig compatibel,’ mompelt Per, een beetje voor zichzelf uit.

'Ze houdt ook niet zo van ouders ontmoeten; ze vindt dat het dan allemaal meteen zo officieel wordt.'

'Ze houdt zeker haar opties open,' zegt Aloys pesterig, maar Per kijkt hem even aan.

'Volgens mij is dit geen onderwerp om grapjes over te maken,' zegt hij ernstig.

'Hoe heb jij trouwens architectuur kunnen studeren in Nederland als je niet eens je basisschool in Zweden hebt afgemaakt?' mompelt Joost rond een hap eten tegen Per.

'Het was in een ander land. En ik kan redelijk bluffen. Of nee, dat klopt niet, ik kan vooral goed zwijgen en kijken alsof er niets aan de hand is. Als je dat een tijdje volhoudt gaan mensen verrassend genoeg vaak ineens doen alsof je gelijk hebt, alsof er echt niets aan de hand is. Of soms, zeker in meer creatieve kringen, gaan ze doen alsof je iets heel diepzinnigs hebt beweerd. Terwijl je juist niets hebt gezegd. Veel mensen zijn volgens mij eigenlijk een beetje bang van stilte.'

'Ik wou dat ik dat kon. Dat ik gewoon in de rechtszaal kon gaan zitten zwijgen, en een beetje indringend naar de rechter kijken, zoals jij kan doen, Per, en dan kreeg ik precies wat ik wilde. Helaas, helaas...' Joost schudt zijn hoofd.

'Ik heb ook wel momenten gehad dat ik de architectuur niet meer zag zitten,' zegt Per. 'Ik had bijna het bijltje erbij neergegooid toen ik bij dat bureau in New York zat. Toen ik nog studeerde had ik zo'n bevlogenheid, weet je wel; *The Fountainhead* was er niks bij. Ik wilde grote, iconische gebouwen neerzetten. Ik was heel blij toen ik na mijn studie aan de slag kon, eerst bij kleinere bureaus in Nederland en later Scandinavië, toen Londen, en uiteindelijk in New York bij een echt groot bureau. Maar de realiteit was dat ik steeds minder interessante projecten deed en steeds vaker dagenlang airco-buizen voor wolkenkrabbers zat te tekenen. Wat een desillusie, al verdiende het enorm goed. Daarom ging ik dus weg bij dat bureau en pakte ik die klus in Dubai aan, als zelfstandig architect. Dat was uiteindelijk meer van hetzelfde, desillusie twee, en toen kwam die Amerikaan. Ik had het er helemaal mee gehad. Eigenlijk stond ik op het punt om iets heel anders te gaan doen, ik wist nog niet wat, en toen kreeg ik het bericht over De Eyckenhof.'

'En toen kwam je dus hier,' zegt Henk.

'Precies. En hier ligt een klus waar ik niet op had gerekend, maar waar ik me helemaal in kan verliezen. Het is echt liefdewerk om De Eyckenhof op te knappen; het pand heeft zo veel historie. Ik heb dat ook nog nooit gedaan, een echt oud gebouw renoveren; ik vind het heel interessant om die oude technieken te zien, en ook te gebruiken.'

'Nou, de dames hebben intussen ook in de gaten dat je er bent, hoor,' zegt Aloys, die met een tevreden zucht zijn leeggegeten bord een stukje van zich af schuift.

'Wat doe jij toch met al die dames,' vraagt Joost hem, 'en zijn die niet allemaal veel te oud voor jou?'

'Niet allemaal, hoor,' zegt Aloys grijnzend. 'Je moest eens weten, ik heb meer actie dan jij!'

'Nou, Aloys,' zegt Rosie bestraffend. 'Gedraag je een beetje, en ik bedoel niet alleen aan de eettafel.'

'Daar komt een hoop ellende van, hoor, rommelen met dames op het park; pas jij nou maar op. Vooral voor die Eveline,' zegt Henk. 'Die is volgens mij manziek, zelfs ik maak daar nog wel een kansje.'

'Als je het maar uit je hoofd laat!'

'Rustig nou, liefje, ik heb alleen maar oog voor jou, dat weet je,' zegt Henk met een warme, ondeugende grijns naar Rosie. 'En daarnaast: dat mens kan nog geen kop koffie zetten, dus op een beetje een behoorlijke maaltijd hoef je al helemaal niet te rekenen.'

'Nou, ik moet er niet aan denken,' zegt Aloys grinnikend, 'ik ga wel gewoon naar het café in Hogerweijde. Ik was gisteren even bij Eveline langsgelopen omdat ze dacht dat ze een wespennest had. Was natuurlijk niks aan de hand, maar ze vroeg me het hemd van het lijf – figuurlijk, omi, alleen figuurlijk – over jou, Per. Of ik wist wie je was, hoe je heette, waarom jij ineens in het oude huisje van Maureen zat, en was dat huisje niet eigenlijk onbewoonbaar intussen; waar je vandaan kwam... Ik heb gezegd: "Hij is een architect, uit Zweden. Net als een Husqvarna."'

'Prima,' zegt Per. 'Meer hoeft die dame ook niet te weten.'

'Ja, maar goed, je snapt toch wel dat zo'n figuur als jij meteen de hoofden van al die eenzame middelbare mevrouwen op hol brengt? Grote blonde vent, met een motor, en zo'n bos haar, en dan laat je je verder nooit zien. Je zit bijna nooit in je tuintje, je knoopt geen praatjes aan met mensen, je bent zo sociaal als een ouwe beer. Wat denk je nou, die verzinnen er meteen van alles bij!'

'Eenzame middelbare mevrouwen, tjonge jonge, Aloys, je praat erover alsof het park er vol mee zit. Het is hier geen hunkerbunker!'

'Welnee, Joost, maak je niet druk, er zijn meer gezinnen dan eenzame dames, hoor,' zegt Rosie glimlachend. 'Ik heb nog nooit zo veel kindertjes zien rondrennen als de afgelopen jaren.'

'Maar die hebben allemaal een vader, en als er dan een wespennest is, dan doet die vader er iets aan. Als het van die hunkerdames zijn, dan roepen ze mij erbij. Dus ik zie veel meer van die dames dan gezinnen met kindertjes!'

'Ja, en plus: je doet het erom, vriend, geef het nou maar toe.' Joost geeft Aloys een duw.

'Als jij niet onder de pannen was, en als je hier in de weekenden mee kwam helpen, dan zou jij ook een hoop aandacht krijgen, ondanks je advocatenkapsel. En niet al die dames zijn zoals Eveline! In huisje 14 zit er een, weet je wel, die eerst met die man met die geruite broek ging? Gabriella heet ze, maar ze wil dat ik haar Gaby noem. Die kerel heet, eh, Olivier? Toch?'

'Nee, dat is het niet helemaal. Wel bijna, maar ik kan er ook niet meer op komen,' zegt Rosie met een frons. 'Maar wel zielig voor haar, volgens mij was ze vorig jaar toch erg verliefd op die vent.'

'Ja nou, nu zit hij bij de buurvrouw van Eveline, op nummer 24, maar een paar huisjes verderop, dus daar moet die Gaby de hele tijd tegenaan kijken. En Eveline zat ook al te hinten dat hij een keer bij haar langs is geweest, op een onbewaakt ogenblik.'

'Wat een soap,' mompelt Rosie, terwijl ze opstaat en vuile vaat begint te verzamelen. 'Die vent heeft hier verder niks te zoeken, hij heeft zelf niet eens een huisje; hij zit alleen de hele tijd bij die vrouwen.'

Aloys staat, na een blik van Henk, braaf op om te helpen. 'Is het toch altijd,' zegt hij, 'een soap?'

'Nou, sinds die ruitjesbroek op het park rondloopt, is het alleen maar erger geworden, hoor. Ik kan hem er ook niet af zetten, hè, als hij bij zo'n dame in het huisje zit. Ik kan hem moeilijk een parkverbod geven.' Henk krabt zich op het hoofd. 'Hij zorgt verder niet voor overlast. Of kun je liefdesverdriet ook overlast noemen?'

'Kan ik wel eens in duiken, pa,' zegt Joost, 'heb je geen huisregels uit het jaar kruik waar iets in staat over onzedelijk gedrag? Of anders kunnen we die misschien vervalsen?'

Henk schudt zijn hoofd. 'Nee, laat maar, jongen, het zal allemaal zijn tijd wel duren, en zolang we geen daadwerkelijke klachten krijgen… Ik heb liever dat je voor me uitzoekt hoe het zit als die huisjesparkengigant nog een keer zo'n brief stuurt. Hoeveel rechten ik heb. Ik ben daar niet zo in thuis, en als ze het terrein van Menno al hebben opgekocht, en ze azen ook nog op dat perceel erachter, dan zitten we zo dadelijk half ingeklemd in zo'n soort vakantiehuisjes-nieuwbouwwijk waar allerlei figuren van onduidelijk allooi hun zwarte geld komen witwassen. Volgens mij is dat vakantieparkenbedrijf zelf gewoon eigenlijk al crimineel, dus dat trekt dan alleen maar meer van dat soort types aan. Ik wil mijn vingers daar niet aan branden; ik ben ook de jongste niet meer.'

'Ga ik doen, hoor, pa. Maak je geen zorgen. Ik zorg sowieso voor een screening van dat bedrijf, al zal het wel even duren als het hoofdkantoor in Spanje zit. Dat heb ik niet volgende week binnen, zeg maar. Maar het gaat me wel lukken.'

'Nou, jongen,' zegt Rosie over haar schouder, intussen tot haar ellebogen in het afwassop, 'zo zie je maar dat het toch goed is dat je rechten bent gaan studeren, anders hadden je vader en ik niet geweten wat we ermee aan moesten vangen.'

'Ma, laat me nou een vaatwasser voor je kopen,' bromt Joost, zichtbaar verlegen.

'Ben je mal, dat verbruikt veel te veel water en stroom. Slecht voor het milieu. En het is toch een werkje van niks?'

'En ik moet altijd maar afdrogen,' klaagt Aloys, 'in godsnaam, Joost, koop een vaatwasser.'

Per staat op. 'Geef maar hier, die theedoek,' zegt hij tegen Aloys. 'Heb je ook een avondje vrij.'

'Kijk,' zegt Henk met een brede grijns, 'alles lost zich altijd vanzelf op.'

# 2

Charlie zit alleen aan de eettafel, haar mobiel nog in haar hand. Ze probeert te verwerken wat ze zojuist heeft gehoord, maar dat valt nog niet mee. Natuurlijk moet dit gebeuren precies op het moment dat Sander naar Bonaire is voor zijn casting call. Hij is een paar dagen eerder gegaan omdat hij geen jetlag wilde hebben op het moment suprême – daar heeft ze begrip voor – en heeft er nog een paar dagen aan vastgeplakt omdat hij meteen de omgeving wilde verkennen voor als hij de rol zou krijgen en er maandenlang zou moeten verblijven. Iets minder begrip bij haar: hij is nu eigenlijk gewoon een week met vakantie in zijn eentje, en wat haar betreft hadden ze dan net zo goed samen kunnen gaan. Ze heeft toch net even een adempauze tussen de klussen in. Dan had ze dit belletje natuurlijk ook gekregen, maar dan was ze bij hem geweest, niet alleen, en had ze het onvermijdelijke misschien nog even voor zich uit kunnen schuiven.

Onvermijdelijk.

Onontkoombaar.

Onomkeerbaar; alle gedachten en gevoelens die ze heeft gedacht en gevoeld na het overlijden van haar ouders bestormen haar opnieuw. Ze kent ze nu, die gevoelens en gedachten, ze heeft een jaar lang nauw met ze samengeleefd, dus de intensiteit, de rauwheid is er op een bepaalde manier wel vanaf, maar de waarheid is nog even onomwonden. Dood is dood is weg is weg; er is geen weg terug. Het gaat niet meer over.

Haar oom.

De oudere broer van haar vader. Het zou te ver voeren om te zeggen dat hij het afgelopen jaar een beetje over haar heeft gevaderd, want zo was hij niet, maar ze hebben samen de hele afwikkeling gedaan, de uitvaart – een vreemd soort poppenkast, met die lege kisten –, het contact met de rederij, het leeghalen en verkopen van haar ouderlijk huis. Ze heeft sindsdien iets meer dan vijf ton op haar bankrekening staan, maar daar wil ze niet aan komen, dat voelt op de een of andere manier als bloedgeld. Ze heeft het niet eens aan Sander verteld; hij had geen tijd om haar te helpen met de praktische afwikkeling van het overlijden van haar ouders. De soaps gingen voor, want misschien was hij wel bezig aan wat later de rol van zijn leven zou blijken. Ze heeft zich daar stilzwijgend bij neergelegd, misschien ook wel omdat ze er op dat moment de energie niet voor had om ertegenin te gaan. *Pick your battles.*

Sander is er voetstoots van uitgegaan dat ze een of andere Henk Koopt Alles heeft gebeld, vijfhonderd euro heeft getoucheerd voor het meubilair van haar ouders, en dat was dan dat. Hij ging er al even voetstoots van uit dat haar ouders in een huurhuis woonden in Amstelveen, omdat ze zuinig en onopvallend leefden. Ze weet wel dat het bijna onder het kopje liegen valt dat ze hem niet wijzer heeft gemaakt, maar het voelde op dat moment als te veel gedoe, en later als mosterd na de maaltijd. En, in alle eerlijkheid, het was ook een soort wraak. Een klein wraakje waar ze nauwelijks moeite voor hoefde te doen, maar wat haar in ieder geval voor haarzelf toch een gevoel gaf van een herstelde balans. Had hij maar een beetje meer betrokkenheid moeten tonen. En nu heeft ze er, op een wrange manier, nog steeds plezier van: iedere keer dat hij haar voor de voeten werpt dat ze zich te veel aan hem vastklampt sinds de dood van haar ouders, denkt ze even aan haar bankrekening, en dan kan ze zijn opmerkingen toch wat makkelijker van zich af laten glijden.

Haar vaders perfect onderhouden grijze Toyota Corolla uit 1995 heeft ze gehouden, hoewel ze, wachtend op een parkeervergunning in Amsterdam-Zuid, ruim zeven maanden lang bijna is leeggelopen op de parkeerkosten. Sander verklaarde haar voor gek; nog los van de kosten vindt hij het een rijdend milieudelict en, misschien wel nog belangrijker, een auto waar de spruitjesgeur vanaf walmt. Sander heeft geen auto; hij doet alles met een Uber. Tot aan het Mediapark aan toe, als het moet; alsof dat zo goedkoop is. Ze heeft zich van zijn commentaar, tegen haar gewoonte in, helemaal niks aangetrokken. Hij weet niet wat het voor haar betekent, de herinneringen aan haar vader achter het stuur, net zo goed als dat hij niet weet wat haar vaders oeroude kamerjas voor haar betekent. Hij zou het vast creepy vinden, of misschien zelfs wel vies, maar in een hoekje van haar kledingkast ligt die kamerjas: verstopt, bijna vergaan, maar ze kan haar vader erin uittekenen.

Oom Benno had haar een beetje uitgelachen toen ze hem vertelde dat ze het geld van het huis van haar ouders liever niet wilde aanspreken. 'Geld is gewoon geld, hoor,' had hij gezegd. 'Al dat magisch denken, dat doen wij allemaal zelf. Je koopt er hetzelfde brood voor, voor dat geld, en wees blij dat je ouders een nette verzekering hadden waar je die uitvaart van kon betalen, want ik had het je op dit moment ook niet voor kunnen schieten. Over twee maanden kan dat weer anders zijn, maar je kent me: financieel beheer en ik zijn geen vrienden. Hou het geld maar voor jezelf, meid, als je dat prettiger vindt, en hou er maar lekker je mond over. Er zijn geen regels voor hoe zoiets moet.'

En nu is oom Benno ook dood. Een hartaanval, gewoon in zijn bed, de mooiste plek om te sterven. Hij was pas negenenzestig. Zijn schoonmaakster heeft hem deze ochtend gevonden, zij was het die net belde, nog helemaal geschokt.

Charlie slaat in stilte haar hand voor haar mond, want ze herinnert zich plotseling hoe hij, toen David Bowie overleed, nog had geroepen dat negenenzestig het nieuwe zevenentwintig was. Hij is nu zomaar ineens lid van die club, en eigenlijk past dat wel bij hem; hij was in zijn jongere jaren flamboyant genoeg om een rockster te kunnen zijn. Nooit getrouwd, vele minnaressen versleten, kinderen heeft hij, zoals hij zelf altijd lachend zei, 'voor zover ik weet' niet. Soms veel geld te besteden, soms weinig, soms bewierookt, soms verguisd, vroeger ook wel internationaal succes, en een graag geziene feestganger in internationale kunstkringen. Maar de afgelopen tien, vijftien jaar leefde hij steeds rustiger, schilderde hij op zijn gemak in plaats van met een koortsachtige drift en verkocht hij eens iets als hij wat geld nodig had. Hij was volwassen geworden, zei hij dan lachend; hij had er dik vijftig jaar voor nodig gehad.

'O, oom Benno,' zegt ze nu zachtjes, 'nou zal ik het helemaal alleen moeten doen,' en even is het alsof zijn stem, zoals altijd op de rand van een ondeugende grap, in de lucht zweeft: '... maar in ieder geval hebben we samen vast kunnen oefenen...'

Ze kijkt over haar schouder.

Natuurlijk is daar niemand.

Ze veegt haar wangen droog – ongemerkt waren er tranen uit haar ogen gerold – en ze haalt diep adem voordat ze opstaat: de schoonmaakster zal intussen oom Benno's huisarts wel hebben gebeld, en ze kan maar beter zorgen dat ze er is als ze hem komen weghalen.

Parkeren gaat makkelijker dan ze had gedacht, langs de dijk in Amsterdam-Noord. In de rest van de stad is het een drama, maar hier hangt nog iets van een landelijke rust en ruimte die haar het gevoel geven alsof ze heel ergens anders is, op een andere plaats, misschien wel in een andere tijd. Waar en wanneer precies, dat weet ze eigenlijk niet, maar ze heeft als kind altijd genoten van bezoeken aan oom Benno's dijkhuis. Het lijkt niet groot, als je de ingang bekijkt, maar er zit nog een hele benedenverdieping in de dijk verstopt, en hij heeft bijna zijn hele tuin opgegeven om er een groot, licht atelier van te maken. En daar waar het atelier licht en ruimtelijk overkomt, zijn alle andere kamers donker, warm en knus. Een kamer is donkerblauw geschilderd, een andere ossenbloedrood. De keuken is donkergroen. Alle meubels zijn oud en een tikje versleten, overal hangen schilderijen en pentekeningen, sommige van hemzelf, maar ook werk dat zonder twijfel kitsch is. Er zijn olielampen en lampetkannen, er staat een grote Jules Verne-achtige globe in de woonkamer waarop een wereld is afgebeeld die in niets op de onze lijkt, in de gang hangt een katana aan de muur met een door motten aangevreten kwast aan het gevest, en er staat een koperen sterrenkijker, glanzend op zijn statief, in een hoek decoratief te zijn omdat er geen raam in de buurt is waardoorheen je naar de hemel zou kunnen kijken. Alles in het huis heeft zo'n uitstraling van vriendelijke, een beetje nutteloze geheimzinnigheid, als een kinderboek over magie waarin het wel spannend, maar nooit echt gevaarlijk wordt.

Er staat een ambulance voor de open deur. Charlie wordt direct teruggeworpen in het hier en nu: oom Benno is dood. Ze is geen kind meer, ze heeft nu geen tijd voor verwondering. Ze heeft misschien nog niet eens tijd voor verdriet. Zij is de volwassene die het op gaat lossen.

Ze stapt over de drempel, stelt zich voor, en rolt een activiteitencircus in waar ze 's avonds om een uur of half negen, wanneer ze tegenover een uitvaartconsulent zit om te bespreken wat oom Benno allemaal zou hebben gewild, nog steeds niet mee klaar is.

Ze weet nog niet eens hoeveel geld hij te besteden heeft; ze heeft nog geen tijd gehad om zijn administratie te zoeken. Misschien heeft hij wel een testament; wie weet is een van zijn vroegere minnaressen wel zijn officiële erfgenaam. Zij is voor zover ze weet het enige directe familielid dat hij nog had. Aan haar vaders kant waren verder geen zussen en broers met kinderrijke gezinnen, zoals aan haar moeders kant. Het is een beetje jammer dat al die familie zo verspreid over de wereld woont; haar moeder kwam uit een boerenfamilie waarvan de kinderen al vroeg beseften dat Nederland te klein en te gereguleerd was om er een behoorlijk bedrijf van de grond te krijgen. Ze heeft familie in Canada, Argentinië en Nieuw-Zeeland, maar de meeste van haar neefjes en nichtjes heeft ze nog nooit gezien. Haar moeder moest nu eenmaal eigenwijs zijn en met een accountant trouwen, in plaats van met een nette boerenzoon, en het netto eindresultaat is dat ze precies evenveel, of even weinig, directe familie bij de hand heeft als oom Benno. Hij heeft misschien wel een onbekend onwettig kind hier of daar, wie zal het zeggen, en zij heeft natuurlijk al die onbekende neven en nichten, maar daar hebben ze allebei geen donder aan op dit moment.

'Ik ben Benno's enige overgebleven familielid,' zegt ze dus tegen de uitvaartconsulent, 'en ik heb even wat tijd nodig om in kaart te krijgen of hij misschien wensen had vastgelegd, en wat het budget is voor zijn uitvaart. Ik heb ook geen idee of hij verzekerd is, of zo.'

'Geen probleem,' zegt de vriendelijke dame. Shermaine heet ze, en ze draagt kleding in een gedekte kleur met het logo van het uitvaartbedrijf op het borstzakje geborduurd. Charlie bedenkt zich – ineens ziet ze even de situatie als van een afstand – dat werkkleding in een fellere kleur een vrouw met een donkere huid als Shermaine veel beter zou staan. Maar dat zou dan weer niet passen bij het beroep waar die werkkleding bij hoort; een probleempje waar Charlies stylistenbrein even op kluift alsof het daadwerkelijk iets uitmaakt.

Shermaine klapt haar professionele iPad-met-toetsenbord-en-pen met rustige bewegingen dicht. 'Als je zover bent morgen, dan bel je, en dan maken we de intake af. Ik begrijp dat het allemaal ineens op je af komt.' Met een warme glimlach staat ze op en geeft Charlie een hand, en even later is Charlie voor het eerst van haar leven helemaal alleen in oom Benno's huis.

Ze had verwacht dat ze zich ongemakkelijk zou voelen, maar vreemd genoeg is dat niet het geval. Ze voelt zich eigenlijk heel rustig. Prettig, bijna, als ze tenminste niet te diep nadenkt over wat er nog allemaal moet gebeuren. Als ze niet te hard nadenkt over het feit dat haar laatste familielid in haar directe omgeving er niet meer is.

Nu is ze alleen.

Ze grijpt haar mobiel, opent WhatsApp en typt naar Sander: 'Sorry dat ik vandaag zo stil ben geweest, lieverd, maar ik kreeg vanochtend een heel naar bericht. Mijn oom Benno is plotseling overleden, hij heeft waarschijnlijk in zijn slaap een hartaanval gehad. Zijn schoonmaakster vond hem vanochtend. Ik ben er de hele dag mee bezig geweest.'

Ze veegt even een paar tranen weg; het benoemen maakt het ineens zo echt, en ze blijft naar het schermpje staren, wachtend op antwoord. Het bericht is afgeleverd en ze ziet boven aan het schermpje hoe Sander even online komt – hij heeft zijn vinkjes op grijs staan, zodat ze nooit zeker weet of hij haar berichten wel heeft gezien – maar er komt geen antwoord.

Ze knijpt haar ogen even stijf dicht en merkt dat ze niet eens zo heel verbaasd is. Ze heeft nog niets gegeten en ineens slaat de honger toe: ze staat op om te zien wat er allemaal in de keuken ligt. Oom Benno gaat het toch niet meer opeten.

# 3

‘Hoe weet je nou dat wat er nog over is van het dak niet op je kop valt?’ vraagt Aloys, terwijl hij een blauwe puinzak vult met brokken kapotgevallen dakpan.

‘Ik heb de gordingen en de spanten goed nagekeken,’ zegt Per, die zijn lange haar als een knot boven op zijn hoofd heeft zitten en die zich in een oeroud T-shirt met afgescheurde mouwen in het zweet staat te werken om ook zo’n puinzak te vullen. Hij hijst hem op zijn schouder en begint de smalle houten trap af te lopen.

‘Hoe jij niet zweet als een otter snap ik niet,’ bromt hij nog over zijn schouder.

‘Tropisch bloed,’ roept Aloys hem vrolijk achterna, om dan zijn zak ook op zijn schouder te leggen.

Beneden zetten ze hun zakken bij een aangroeiende berg.

‘Ik moet een container laten komen,’ verzucht Per.

‘Ja, dit kan je niet op je motor naar de vuilstort brengen.’

Per grijnst maar zegt niets en gaat weer naar binnen; Aloys kijkt even omhoog langs het gebouw. Van zo dichtbij heeft het toch wel iets indrukwekkends, alleen al omdat het zo oud is, maar er zal ontzettend veel aan gedaan moeten worden.

‘Kom je?’ roept Per door een openstaand raam naar beneden. ‘We moeten de zolder vandaag leeg krijgen.’

‘Jajaja,’ bromt Aloys, ‘ik heb bijna spijt dat ik heb aangeboden om te helpen. Man man man, dit is toch een veel te groot project om in je eentje op te knappen?'

Als hij eenmaal weer boven is ziet hij dat Per alweer een halve zak heeft gevuld; het is wonderbaarlijk dat er zo veel pannen naar binnen zijn gevallen. De vloer is bezaaid met brokken en stukken pannenlat, daar waar een tijdens een storm afgebroken armdikke boomtak het dak naar binnen heeft gedrukt.

'Toch stom hè, dat wij er niet aan mochten komen. Mijn opa en ik hadden toch op z'n minst meteen iets kunnen doen om de regen een beetje buiten te houden, en nu heeft het vier jaar zo gestaan en nu is er op allerlei plekken binnen waterschade.' Aloys kijkt door het gat omhoog naar de felblauwe lucht; de al pittig brandende lentezon stuurt een warme straal naar binnen. 'En iedere winter dachten we: die andere tak gaat er ook af, en dan is er van het dak helemaal niks meer over. Het was niet zo veel moeite geweest om hem eraf te halen, of desnoods hadden we de boswachter erbij kunnen halen. Ze is een heel goeie klimmer; ze had het vast zo gefikst.'

'O ja, jullie hebben hier een vrouwelijke boswachter.' Per trekt een mondhoek op. 'Misschien had ik haar moeten bellen in plaats van zelf te gaan zitten zagen om dat stuk boom uit het dak te krijgen.'

Beneden op de grond ligt intussen de gewraakte tak, in keurige mopjes gezaagd, langs de muur opgestapeld.

'O, dat had ze wel voor je geregeld, hoor. Ze is echt een stevige tante. Niet om te zien, bedoel ik, ze is bijna tenger, maar ze kan enorm aanpakken. Ze heeft ook een groot terrein in beheer; niet alleen de hele boswachterij De Grote Weijde, maar ook het landgoed rondom Huis De Toecomst. Hoewel ze dat geloof ik wel samen met haar man doet. Maar ja, dat is natuurlijk ook logisch, het is eigenlijk zijn landgoed, hè.'

'O ja, is dat die graaf? Die grote vent die de hele tijd in van die camouflagebroeken rondloopt, toch? Volgens mij heb ik hem wel gezien bij die feestweek in Hogerweijde waar je me mee naartoe hebt gesleept. Hij hield een toespraakje in het café?'

'Jij bent zelf ook een grote vent, dus wat klets je nou?' Aloys grinnikt. 'Maar inderdaad, dat is hem. Ja, wij met ons minidorpje van één straat vallen onder de gemeente Hogerweijde, dus dan gaan we naar die feestweek ook, wat dacht je!'

'Zo klein is Eyckelaere nou ook weer niet,' bromt Per, 'er zitten zeker zeven restaurants!'

'En precies nul winkels,' zegt Aloys. 'Als je voor je boodschappen naar Hogerweijde moet, dan kun je er net zo goed meteen naar het café, nietwaar? De Paardentram; prima tent. Ook niet verkeerd qua eten, trouwens, als het geen feestweek is. Buiten dat om, als je hier in een restaurant gaat zitten dan zegt iedereen meteen: "Hé, hoe is het op het park?"; je kunt echt niet op je gemak even rustig eten als je hier woont. Iedereen kent ons natuurlijk. En dan gaan ze altijd vragen hoe het met mijn moeder is. Het is dan wel een half mensenleven geleden, maar het schijnt een hele toestand te zijn geweest toen ze was weggelopen met mijn vader.'

'En jij hebt waarschijnlijk geen zin om daarover te praten?'

'Nee.' Aloys fronst. 'Ik heb ook meestal niet zo veel te zeggen; mijn moeder en ik zijn nou niet de beste vrienden. Ik spreek haar niet zo vaak. Vroeger dacht ik wel eens: zou ze het mij kwalijk nemen? Dat mijn vader is teruggegaan naar Jamaica, dat haar jeugd voorbij is... Ik weet het niet precies.'

'Dat zal toch niet?' Per kijkt Aloys doordringend aan. 'Jij was een kind; jij kon nergens iets aan doen.'

'Nee, dat weet ik ook wel, maar het is de vraag of zij dat ook weet. Volgens mij is ze op een bepaalde manier vergeten volwassen te worden, of ze vertikt het gewoon, dat kan natuurlijk ook. Ik ben echt heel anders dan zij. Kijk, als kind wist ik niet beter, en ik heb het heerlijk gehad bij mijn opa en oma. Ze zijn twee schatten, en dit is natuurlijk een fantastische omgeving om in op te groeien. Maar nu ik zelf zo'n beetje volwassen ben,' hij lacht even ontwapenend, 'nu zie ik het wel meer. Weet je wel? Wat de verschillen tussen haar en mij zijn. En ook wat ik als kind graag van mijn moeder had willen krijgen, maar wat ze me nooit heeft gegeven.'

'Jij had in ieder geval je grootouders nog.'

Aloys geeft Per een schattende blik. 'Hoe deed jij dat dan als kind? Volgens mij waren jouw ouders ook niet echt bezig met wat een kind nodig heeft.'

Per maakt een soort snuivend geluid. 'Niet echt, nee.'

Het blijft een tijdje stil; de mannen rapen brokken van de grond en vullen hun puinzakken.

'En nu ga je er meteen niks meer over zeggen?'

'Ik heb er niet zo veel over te zeggen. Mijn ouders waren vooral met zichzelf bezig. Ik leerde al vroeg om ongeveer hetzelfde te doen, omdat niemand anders het voor me zou doen, dus ik was al erg jong heel zelfstandig. En heel zelfvoorzienend, ook. Dat is wel zo verstandig; als je op niemand hoeft te leunen kan ook niemand je teleurstellen op dat gebied.'

'Hm,' zegt Aloys. 'Behoorlijk cynische levenshouding.'

'Geboren uit nood en uitstekend werkbaar in de praktijk,' zegt Per onomwonden. Het lijkt hem niet te deren.

'Dus geen sobstory?' vraagt Aloys, een beetje plagerig.

'Nee. Zelfredzaamheid is waarschijnlijk het beste wat mijn ouders me – al dan niet onbedoeld – hebben meegegeven.'

'Hoe doe je dat dan met meiden?'

'Meiden?' Per geeft Aloys een blik die onmiskenbaar zegt: hoe oud denk je dat ik ben?

'Nou ja, vrouwen,' nuanceert hij grijnzend.

'Ik doe niets met vrouwen.'

'Helemaal niks? Nooit niet?'

'Ach,' zegt Per, terwijl hij zijn rug even strekt en er een korte grijns over zijn gezicht trekt. 'Ik heb van tijd tot tijd wel eens een onenightstand gehad, of een korte fling. Soms zelfs wel eens een iets langere fling, meestal op haar initiatief. Ik ben nou ook weer niet van steen, natuurlijk. Maar na verloop van tijd is het wel weer klaar, wat mij betreft. Zolang het allemaal met wederzijdse instemming is, dan dient het zijn doel, lijkt me, en hoeven we er verder niet al te veel woorden aan vuil te maken. Ik ben te veel een einzelgänger voor een relatie. Ik praat ook te weinig. Dit gesprek is waarschijnlijk meteen genoeg tot en met volgende week, wat mij betreft. Vrouwen trekken dat niet, die willen weten wat je denkt en zo.'

'Ik denk nooit iets, ik ben echt zo *fucked*, als een meid me dat vraagt!' Aloys grinnikt vrolijk. 'Maar ik weet me er meestal wel uit te lullen, ik verzin altijd wel wat.'

'Waarom verbaast me dat niet,' zegt Per, één wenkbrauw geheven.

'En jij?'

Per geeft Aloys een vragende blik.

'Wat zeg jij dan? Hoe klets jij je eruit als je lekker bent afgelogd en ze vraagt je ineens wat je diepe gedachten zijn?'

'Ik log nooit af. Ik zeg alleen niks.'

Aloys denkt even na en begint dan te grijnzen. 'Ik zie je probleem, man. Die dames snappen dat natuurlijk nooit.'

'Ben jij zo'n womanizer dan? Hoe oud was je ook weer?'

'Vijfentwintig. En het valt wel mee, ik ga natuurlijk niet echt met al die smachtende dames op het park aan de slag. Maar als bij jou de nood hoog is: *be my guest*! Die Eveline dus...' Hij wiebelt met zijn wenkbrauwen. 'Volgens mij is die onverzadigbaar.'

Per knijpt zijn ogen stijf dicht en schudt zijn hoofd. 'Moet de nood wel heel hoog zijn. Ik hou het nog wel even uit, in mijn huisje.'

'Dooie! Hoe oud was jij ook weer?'

'Tweeëndertig. Kieskeurig, maar nog lang niet dood. Jij moet oppassen, anders mag je je grootvader gaan helpen met het riool doorsteken bij huisje 45.'

'Jegh. Hij heeft daar gewoon helemaal geen problemen mee, hè? Zo bizar; hij denkt er niet eens over na. Ik vind het echt hartstikke leuk werk hier op het park, ik vind het ook leuk om het samen met hem te doen, en ik kan een hoop van hem leren wat ik op mijn opleiding niet heb gehad, maar rioolwerk, brr. Zal nooit mijn ding worden.'

'Je zult er niet aan kunnen ontkomen, als het je vak is.' Per zet zijn volle zak bij de trap en slaat een nieuwe open.

Aloys fronst even. 'Heb je hier al naar de staat van het leidingwerk gekeken?'

'Heel kort. Ik denk dat alles eruit moet; elektriciteit is sowieso een drama, maar daar ga ik een specialist voor inhuren. Waterleiding en riool... ik vertrouw het niet. Ik ga je hulp denk ik nog nodig hebben – als je er zin in hebt, tenminste, meneer de installatietechnicus.'

'Als mijn opa me kan missen.'

'Uiteraard. Maar voor wat hoort wat; ik ben niet zo allround als jullie, maar als er iets moet gebeuren waar meer handen bij nodig zijn, dan weten jullie me te vinden.'

'Hoe sta jij tegenover riolen?'

Per haalt zijn schouders op. 'Ik doe wat er gedaan moet worden.'

'Niet zeuren, wil je zeggen.'

'Heeft weinig zin. Kost energie en het werk gaat er niet van weg. Als je gewoon meteen begint is het meestal wel klaar tegen de tijd dat je zou zijn uitgemopperd.'

'Huh,' zegt Aloys, zijn wenkbrauwen hoog op zijn voorhoofd. 'Zo had ik het nog niet bekeken.'

—

Rosie zet een grote salade op tafel. 'Zo, jongens, lekker licht eten, op zo'n warme dag. Ik vind het zo gezellig dat je er nog bent, Joost; vindt Liselore het niet erg dat je het hele weekend hier blijft?'

'Ach welnee, die is zo druk met al die audities en toestanden van haar, ze heeft dan toch alleen maar het gevoel dat ik haar voor de voeten loop.'

'Denk je dat ze de rol krijgt?' Henk schept een berg salade op zijn bord en doet een graai in de schaal met stukjes warm stokbrood.

'Geen idee,' zegt Joost, een beetje onverschillig. 'Ik ben het gedoe nou wel een beetje zat, als ik eerlijk ben, dus wat mij betreft: hoe eerder er duidelijkheid is, ofwel een ja, ofwel een nee, hoe liever het me is.'

'Maar als ze haar aannemen, dan zit ze voor een paar maanden op Bonaire! Lijkt dat je niet... ongezellig?' Henk werpt zijn zoon een blik toe die Rosie in de lach doet schieten.

'Ach lieverd, volgens mij zou jij helemaal de draad kwijt zijn als ik een paar maanden weg zou gaan, maar gelukkig ben ik dat niet van plan.'

Henk zucht in gespeelde opluchting.

'En waar is het nou mooier dan hier? Nergens, toch?' Rosie legt even haar hand op de schouder van haar zoon. 'Jongen, als ze haar aannemen, en je zit een beetje te verleppen daar in Amsterdam, dan kom je maar lekker bij je moeder, hoor.'

'Mam, ik moet natuurlijk ook nog gewoon werken, hè?'

'Je kunt toch makkelijk op en neer rijden?' Aloys praat langs een grote hap eten, wat hem een bestraffende blik van Rosie oplevert. Hij slikt gauw door voordat hij verder praat. 'Gezellig, man, net als vroeger. Als je dan eens een dagje thuis kan werken zit je lekker hier, en als je klaar bent met het advocateren in Amsterdam, dan spring je in je dure slee en zoefff, zo het bos in. Is toch een stuk beter dan een beetje op zo'n verdieping aan de Rooseveltlaan zitten te verpieteren in je eentje?'

'Je weet,' zegt Joost met een uitgestreken gezicht en een licht bekakt toontje, 'dat het advocatéren is, hè, niet advocáteren. Amice.'

'Amice op je hoofd,' zegt Aloys met een schaterlach. 'Praten jullie echt zo tegen elkaar?'

'Soms. Hangt er een beetje van af wie je treft.'

'Nou, ik zou het wel fijn vinden als je hier voor wat langer kwam, hoor, jongen,' zegt Rosie warm, 'dan kan ik ervoor zorgen dat je in ieder geval goed eet, en dat je niet vereenzaamt, en dan kan je me ook mooi even helpen met die ingewikkelde brieven van Berg&Bos. We hebben er intussen nog twee gekregen.'

'Luxe topparken,' zegt Henk omineus. 'Ik zei de vorige keer toch al dat ze het landje van Menno ook al hebben opgekocht? Hij heeft er een mooie prijs voor gekregen, en dat is fijn voor hem, maar ik heb intussen een beetje zitten internetten–'

'Hoeiii, Henk heeft Google ontdekt,' plaagt Aloys. 'Ik dacht dat je niet van computers hield, opi. Omi zit toch altijd achter dat ding?'

'Ik hou niet van computerspelletjes, zoals jij, jongen. Maar verder zijn het soms best handige dingen,' geeft Henk toe. 'Hoe dan ook: die Berg&Bos-types: ik zei toch al dat ik het niet vertrouwde? Het zijn net sprinkhanen. Ze kopen van alles op en gooien er dan van die dure, oerlelijke prefab bungalows op, en er zijn blijkbaar meer dan genoeg mensen gek genoeg om het te kopen. Voor bedragen waar je in Friesland een hele boerderij voor krijgt. En dan moet je nog pacht betalen voor de grond ook, én je moet een voorgeschreven aantal dagen per jaar je huis in de verhuur zetten, waar zij dan weer een percentage van krijgen.'

'Dus eigenlijk betaal je de hele boel drie keer,' zegt Rosie misprijzend. 'Ja, zo kan ik ook rijk worden.'

'Jullie gaan toch niet verkopen aan van die figuren, hè?' Aloys kijkt verschrikt op, vork in de lucht.

'Nee, natuurlijk niet,' zegt Henk hartgrondig. 'Wij kunnen niet eens verkopen, zelfs al zouden we het willen, want het is niet van ons. Dat moet je niet vergeten, jongen. Wij zijn beheerders, hè, geen eigenaren.'

'Ja, het is heel gek, ik wéét dat dus gewoon,' zegt Aloys nadenkend, 'maar ik vergeet het tegelijk ook steeds. Jullie zijn zo vergroeid met het terrein, en met het park; ik kan me De Eyckenhof echt niet voorstellen zonder jullie. Dat kán toch ook gewoon niet? Opi, jij hebt ik weet niet hoeveel van de huisjes die hier staan zelf gebouwd!'

'Stuk of veertien, vijftien denk ik,' zegt Henk bescheiden.

'Ach welnee, lieverd, het zijn er veel meer.' Rosie kijkt haar man even aan. 'Toen we het beheer overnamen van je ouders waren we nog jong, en meneer de baron was al bejaard. Die neef van hem, Ewout, wilde toen eerst nog dat er andere mensen zouden komen voor het beheer van die paar huisjes die er stonden. Ik denk dat hij iemand op het oog had, of misschien wilde hij het wel zelf doen, maar meneer de baron wilde specifiek ons: jonge mensen, zei hij, die een band met het terrein hadden, die niet te beroerd waren om hard te werken en die van plan waren om lang te blijven. En hard gewerkt hebben we, hè, Henk?'

'Zeker,' zegt Henk met een glimlach die een beetje naar binnen gekeerd is. 'Die neef was wel een vervelende vent, hoor. Hij was wat jonger dan ik, maar hij gedroeg zich altijd alsof hij alles wist en alsof hij de hele wereld al had gezien. Achteraf denk ik dat de baron het echt heeft doorgedrukt dat we hier konden blijven en het overnemen van mijn ouders. Ik weet zeker dat die ouwe baas het ontzettend vervelend vond dat hij zo'n beetje onder curatele stond van zijn familie en dat die neef de hele tijd langskwam. Hij had het gewoon graag zoals hij het gewend was.'

'Misschien zag hij je ouders wel een beetje als zijn familie,' zegt Rosie, 'na al die tijd.'

Henk lacht. 'Wie weet, hoewel hij altijd zei dat hij eigenlijk niks van familie moest hebben. Hij vond zijn eigen familie in ieder geval maar een stelletje bemoeizuchtige graaiers. Met mijn vader kon hij wel opschieten, ik denk omdat die nooit zo veel zei. Een soort Per, mijn vader. Harde werker, maar geen prater.' Henk neemt een paar slokken water en kijkt even peinzend, alsof zijn herinneringen op een innerlijk scherm geprojecteerd worden en de lens even moet worden scherpgesteld.

'Er was hier nog bijna niks toen ik kind was,' gaat hij dan verder. 'Stuk of twintig huisjes, van die tenthuisjes die ieder seizoen moesten worden afgebroken, nog geen riolering, geen water, geen gas, geen elektriciteit... Er was een soort washuis, op de plek waar nu de grote schuur staat, en we hadden ook een voorraad van die grote blauwe butagasflessen. Die moesten we dan eens in de zo veel tijd laten ophalen, en volle laten brengen, wat een gedoe was dat altijd! Dan konden huurders, alle huisjes waren huurhuisjes, dus bij mijn vader een fles halen, maar daar moest natuurlijk wel een gulden bovenop: vijftig cent voor meneer de baron en vijftig cent voor mijn vader. Mensen die een huisje kwamen huren deden dat voor een of twee weken, en die kwamen dan uit de grote stad. Hele gezinnen van zes, acht man, en ze namen hun halve huisraad mee, want ze hadden natuurlijk geen kampeerspullen. Het was voor zo'n gezin al een enorme luxe om twee weken in het bos te kunnen zitten in de zomer; vakantie houden was nog niet zo gewoon als nu. Voor mijn vader was het vooral heel veel werk: die huisjes opbouwen aan het begin van het seizoen, en aan het eind weer afbreken, en die verhuur gaf natuurlijk ook een heleboel gedoe. Administratie, onderhoud, problemen met dingen die stuk gingen, nou ja, je kunt het je denk ik wel voorstellen. De baron werkte zelf ook bijna elke dag wel mee; daarom was het te doen voor mijn vader. Zodra ik oud genoeg was moest ik natuurlijk ook aan de bak. Kostte me altijd mijn paasvakantie en mijn herfstvakantie, maar ik kon dan wel een centje bijverdienen.'

'Daarom had jij een auto, terwijl al die andere jongens nog op een scooter reden,' zegt Rosie met een grijns. En tegen Aloys: 'Zo heeft hij me versierd.'

'Omi!' Aloys geeft haar een geveinsd-geschrokken blik. 'Je was een golddigger!'

Henk schiet in de lach. 'Dat zou je niet zeggen als je had kunnen zien hoe het er hier toen uitzag! Het was al ietsje minder armoeiig dan toen ik nog echt klein was, we hadden al vaste huisjes en er waren ook al de nodige vaste recreanten, maar vergeleken met nu was het nog niet veel soeps, hoor.'

'Omi, heb jij die baron ook nog gezien, eigenlijk, of was die toen al dood?'

'Ik heb hem nog wel ontmoet, maar hij was toen al echt een oude man. Henks ouders waren ook al wat op leeftijd, maar nog niet zo oud natuurlijk. Die pasten een beetje op hem, want die neef kwam dan wel een paar keer per maand langs, maar in de tijd daartussen zat die arme ouwe baas maar een beetje alleen in dat kasteeltje te verpieteren. Kreeg hij een pannetje soep van mijn schoonmoeder, dat soort dingen.'

'Ja nou ja, dat doe je toch gewoon voor elkaar?' zegt Henk. 'Die man had als jonge jongen in de oorlog gevochten, hij had in België gezeten, en later ook nog in Frankrijk, en volgens mij had hij daar een behoorlijke klap van gekregen. Hij had het denk ik echt nodig om mee te werken op het terrein; volgens mij dacht hij dat als hij nou maar bezig bleef, hij er dan niet zo aan zou denken. Maar ja, toen hij eenmaal tegen de tachtig liep, toen was dat natuurlijk wel een beetje afgelopen. Toen zat hij daar dus, met al zijn trauma's. Volgens mij was hij intussen zo gek als een deur, maar hij bleef tot het eind redelijk mobiel, en handig met zijn handen, en hij hield het kasteeltje in ieder geval nog een beetje netjes. Netjes genoeg om erin te wonen, bedoel ik, voor zo'n man alleen. Hij was in zijn jongere jaren wel getrouwd geweest, maar volgens mij kon hij het allemaal niet meer zo vinden in het leven, zo na de oorlog. Hoeveel kerels daar wel niet helemaal in de war van zijn teruggekomen...' Henk schudt zijn hoofd. 'Ik mocht hem wel, die ouwe baas. Hij wilde dat ik hem gewoon bij zijn voornaam noemde, ook toen ik nog kind was, hoewel mijn ouders vonden dat ik meneer de baron moest zeggen. Barthold, heette hij, en hij noemde mij altijd Hendricus de jonge. Mijn vader was bij hem Hendricus senior. Hij had eigenlijk helemaal niet van die keurige manieren, zoals die deftige mensen vaak hebben. Die neef Ewout wel; die praatte ook vreselijk bekakt.' Henk grimast bij de herinnering.

'Hij was al dood toen ik hier kwam, hè, die baron?' zegt Aloys. 'Ik had hem wel willen ontmoeten. Alleen al voor zijn naam; Barthold, wie heet er nou zo?'

Joost grinnikt even. 'Zal je verrassen dat er nog steeds heren zijn die zo heten, neefje van me. Waarschijnlijk alleen in bepaalde kringen weliswaar, maar ze bestaan.'

'Ik heb nog wel fotoboeken,' zegt Rosie. 'Maar inderdaad, hij was al lang dood toen jij geboren werd, Aloys.'

'Hij was al dood toen ík geboren werd,' zegt Joost, 'ik ken hem ook alleen maar uit verhalen. En uit jouw fotoboeken, mam.'

'Nou ja, hij ging dus op een gegeven moment hemelen, en toen ging het kasteeltje en het land dat erbij hoort, dus ook dit terrein, naar zijn erfgenamen. En die hebben er eigenlijk nooit meer naar omgekeken. Zonde, hoor.' Rosie zucht.

'Ik denk dat we blij moeten zijn dat we hier gewoon konden blijven zitten, Roos,' zegt Henk. 'Weet je nog, we hoorden jarenlang niks, en toen werden we ineens gebeld. Uit Zwitserland, nota bene.'

'Ja, ik weet het nog precies. Joost was nog klein, Louise was ook nog thuis. Belde er ineens een of ander Zwitsers advocatenkantoor of zoiets, met de vraag wat voor bedrag het was dat wij ieder jaar overmaakten. Dus Henk uitleggen in zijn beste Duits, dat wij de beheerders van het terrein zijn en dat we de afgesproken pachtgelden overmaken en de rest van wat het park opbrengt gebruiken voor onkosten en ons inkomen. Het bedrag zal wel een lachertje zijn voor dat soort mensen. Henk nog zeggen dat het kasteeltje eigenlijk onderhoud nodig had, omdat er al jaren niemand meer woonde en niemand er ooit naar omkeek, en dat hij dat best op zich wilde nemen, maar nee hoor. We mochten nergens aan komen. Zal je zien: een paar jaar later kregen we een brief van monumentenzorg, nou, die hebben we ook heel snel naar Zwitserland doorgestuurd!' Rosie kijkt guitig-zelfingenomen de tafel rond.

'Goed zo, mam,' zegt Joost. 'Mij niet bellen, dat is de beste houding in zulke situaties.'

'Het ging me wel aan het hart dat ik het niet een beetje bij kon houden,' zegt Henk. 'Ik had het er met alle liefde bij gepakt, hoor. En je ziet het ook zo duidelijk vanaf het park, hè, dat het zo achteruit is gegaan. Maar ja.'

'Als ze het niet wilden,' zegt Aloys nadenkend, 'dan kun je er ook niks aan doen. Is er echt nooit iemand komen kijken?'

'Voor zover wij weten niet. Als er ooit al iemand is geweest, dan heeft die ons daar niets over verteld.' Henk klinkt een beetje misprijzend.

'Maar gelukkig is alles nu anders,' zegt Rosie dan opgewekt. 'Nu Per er is. Hij gaat er vast iets moois van maken.'

'Die jongen heeft wel een beetje... nou ja, ik wil niet zeggen een vogel in zijn hoofd, dat gaat misschien te ver, en overduidelijk is hij verschrikkelijk slim, maar probleemloos is hij volgens mij nou ook weer niet.'

'Hij is gewoon een beetje een stille,' zegt Rosie vergoelijkend. 'Laat hem nou maar, Henk. Als hij lekker af en toe met ons mee-eet, dan knapt hij vanzelf wel op.'

'Mam, jij denkt echt dat dat de oplossing voor al het leed in de wereld is, hè? Samen eten.' Joost steekt zijn vork in de lucht.

'Samen lékker eten,' zegt Rosie, 'en bewijs maar eens dat ik ongelijk heb.'

# 4

Hoewel het veel drukker is geworden dan ze in eerste instantie had verwacht, staat ze ineens alleen in de koffiekamer. Alleen in de menigte. Ze ademt eens diep in en kijkt even goed rond: iedereen heeft iets te eten en iets te drinken; er is een kleine rij bij het condoleanceregister. Alles gaat goed, ze kan haar adem weer laten ontsnappen.

Ze kan dit, helemaal alleen kan ze dit. Hoe wonderlijk is dat eigenlijk. Ze had verwacht overspoeld te raken door emoties nu ze hier weer is: er is hier ook een rouwbezoek geweest voor haar ouders, waar ze toen niet veel anders kon dan huilen. Oom Benno had het meeste geregeld; hij was op dat moment haar rots in de branding. Vreemd genoeg voelt ze zich nu helemaal niet zo emotioneel, ze voelt zich vooral verantwoordelijk voor de organisatie. Als alles maar goed gaat. Alsof de emoties later nog wel eens komen, wanneer er ruimte voor is; zo voelt ze zich.

Zonder ook maar één hapering of traan heeft ze gesproken in de aula, naast zijn met bloemen overladen kist. In het Engels nog wel, vanwege de vele buitenlandse aanwezigen. Ze vertelde van haar jeugd, een paar anekdotes over hoe ze haar oom heeft meegemaakt, als excentriek maar altijd warm en vriendelijk lid van de familie. Hoe hij soms maandenlang niets van zich liet horen en iedereen veronderstelde dat hij in het buitenland verbleef, maar hoe het ook altijd was alsof er nauwelijks tijd was verstreken als hij dan weer terug was. Wat hij voor haar heeft betekend in het afgelopen jaar, na de dood van haar ouders.

Zelfs dat laatste heeft ze zonder haperingen kunnen zeggen.

Hoe ze zich nu verplicht voelt om hem nu zo goed mogelijk de laatste eer te bewijzen: ze stelde voor dat, als de muziek zou beginnen, iedereen even de ogen zou sluiten om zich een favoriet moment met oom Benno voor de geest te halen, omdat ze zeker wist dat hij zo herinnerd zou willen worden. Lachend en midden in het leven.

De muziek was gestart: Boccherini, het bekende menuetje. Het was nog een werkje geweest om precies die versie terug te vinden; oom Benno had een keer op het Waterlooplein een oeroude elpee gekocht, *Music for the Millions*, uit de jaren zeventig van de vorige eeuw. Er stonden allemaal bekende en geliefde delen uit klassieke werken op, alleen was de plaat maar voor de helft af te spelen: daarna werd hij zo bobbelig dat de pick-upnaald eraf danste. Oom Benno had dat niet erg gevonden: het ging hem om het eerste nummer. Dat menuetje. Uitgevoerd door het Stuttgarter Kammerorchester, volgens hem de beste opname die er ooit van het stuk was gemaakt. Ze had dezelfde opname teruggevonden op Spotify, als onderdeel van weer een andere klassieke verzameling, en toen de eerste noten weerklonken zag ze hoe de hele zaal als op commando de ogen sloot. Zijzelf had dat ook gedaan, en ze had hem echt even voor zich gezien zoals ze hem als kind had gekend: vriendelijk, levenslustig en met een vleugje mystiek omgeven.

Oom Benno had, daar is ze in de afgelopen dagen achter gekomen, verrassend veel vrienden en kennissen; nog veel meer dan er in zijn opvallend nette, handgeschreven adresboekje stonden. De dag nadat ze zijn overlijdensadvertentie in NRC had laten zetten, overstroomde het speciale correspondentie-e-mailadres onder het bericht; ze had nog precies op tijd met de uitvaartondernemer kunnen afspreken dat ze de grootste aula en de ruimste koffiekamer konden gebruiken.

Er zijn uiteindelijk minstens vierhonderd mensen gekomen: kunstenaars, uit New York en Buenos Aires, uit Parijs, Glasgow, Berlijn – en ontzettend veel oud-studenten. Hij heeft ruim tien jaar aan de kunstacademie gedoceerd; verrassend genoeg was schilderkunst niet zijn vak, maar grafische vormgeving. Achteraf gezien snapt Charlie dat wel: hij had altijd, al zo lang ze zich hem kon herinneren, iets heel privaats gehad over zijn schilderijen. Dat mysterieuze van hem. In gezelschap deed hij er vaak een beetje lacherig over, alsof het allemaal niet zo veel voorstelde dat hij overal ter wereld werd tentoongesteld en dat er vuistdikke koffietafelboeken over zijn schilderijen in de boekhandel lagen.

Charlie weet zeker dat er voor oom Benno niets lacherigs aan zijn schilderkunst was. Hij was er bloedserieus mee bezig en hij had tot zijn dood gewerkt, meestal aan meerdere doeken tegelijk; er staan zeker tien afgeronde werken in het atelier achter zijn dijkhuisje, en nog een stuk of vijf doeken in verschillende stadia.

Het is een vreemde gedachte, maar dat alles is nu blijkbaar van haar. Ze heeft, zoekend in oom Benno's papierwinkel vlak na zijn overlijden, ook een testament gevonden, heel recent, van net na het ongeluk van haar ouders. Ze is zijn enige erfgenaam. Hij heeft er nooit met een woord over gerept; misschien dacht hij dat er nog tijd genoeg zou zijn. Ze zal het hem nooit meer kunnen vragen – even voelt ze toch een steek van het verdriet dat zich verscholen houdt onder alle praktische zaken van de dag – maar ze weet in ieder geval wel zeker dat het haar verplicht zijn uitvaart tot een mooi en memorabel afscheid te maken voor iedereen die zich met hem verbonden voelde. Geen koffie en thee en cake; er is wijn en er zijn borrelhapjes. Olijven, stokbrood met kruidenboter, kaasjes. 'La dolce vita,' zei hij dan plagerig vlak voordat hij in een broodje beet.

Hoewel hij niet per se een landschapsschilder was, werden zijn doeken meer dan eens vergeleken met de italianisanten uit de zeventiende eeuw, vooral omdat hij graag van dat warme, honinggouden licht probeerde te vangen, dat geassocieerd wordt met de landen rond de Middellandse Zee.

Hij werd sowieso vaker dan eens 'de moderne Gouden-Eeuwer van de schilderkunst' genoemd, of woorden van gelijke strekking, omdat hij zo geïnteresseerd was in de technieken die schilders uit die tijd gebruikten. Hij maakte ook graag zelf zijn verf, experimenteerde met tempera ondanks de technische uitdagingen daarvan, vond het niet erg om soms weken te moeten wachten totdat er een olieverflaag droog was. Nat-in-nat schilderen werd, vond hij, al snel effectbejag. Hij kon een heel aardige imitatie van Bob Ross doen, die zijn kwast droog slaat tegen zijn ezel. Tapatapatap, ze ziet het hem nog zo doen.

Ze neemt een slok van haar rosé, die intussen veel minder koud is dan hij zou moeten zijn, en kijkt nog een keer om zich heen. Het heeft allemaal iets onwerkelijks, een toneelstuk bijna, waarin mensen zich op een bepaalde, voorgeschreven manier gedragen en waarin zij onverwachts een hoofdrol speelt.

'U bent Charlotte Blum?' Een man, een jaar of tien ouder dan zijzelf schat ze, stapt op haar toe, zijn hand uitgestoken. 'Gecondoleerd. Staat u me toe me aan u voor te stellen: mijn naam is Oliveira. Anno Oliveira.'

'U ook gecondoleerd,' zegt Charlie, bijna werktuigelijk. 'Waar kent u mijn oom precies van?'

Anno Oliveira geeft haar een warme glimlach. 'Ik kende Bernard Blum niet persoonlijk, maar ik was zeer bekend met zijn werk. Ik werk voor verschillende musea, soms ook voor veilinghuizen; ik ben onafhankelijk registertaxateur. Professioneel kunstkenner, zou je dus kunnen zeggen.'

'Aha,' zegt Charlie, een beetje op haar hoede.

'De werken van uw oom hebben vaak een bijzondere...' hij

kijkt even omhoog terwijl hij naar het juiste woord zoekt, '... gevoelsbetekenis voor me; ik kan het niet zo gemakkelijk in woorden vatten. Sommige kunstwerken hebben dat. Die trekken je naar binnen.'

'Ik weet denk ik wel wat u bedoelt,' zegt Charlie glimlachend. 'Er heeft een tijdje een schilderij in het Rijksmuseum gehangen, ik ben vergeten van wie het was. Het was helemaal niet zo'n bijzonder, nou ja, plaatje, zeg maar: je zag een hoek van een huiskamer uit de zeventiende eeuw, een raam, een haard, wat meubels en een vrouw, maar de sfeer ervan, de lichtval, sprak me enorm aan. Ik wilde er zo naar binnen stappen. Gek eigenlijk, hè? Misschien komt het door mijn werk dat ik het zo'n aantrekkelijk beeld vond: ik ben stylist. Ik werk vaak voor bladen, voor fotoshoots en zo, maar ik heb ook wel wat werk voor musea gedaan, voor stijlkamers bijvoorbeeld. Zaken waar meer, eh, textiel aan te pas komt, over het algemeen,' zegt ze, bijna verontschuldigend.

'Ach, wat een bijzonder beroep,' zegt Anno Oliveira, nog steeds glimlachend. 'De kunstzinnigheid zit duidelijk in de familie. U komt waarschijnlijk op heel veel verschillende plekken, in allerlei verschillende situaties; dat alleen al is natuurlijk zeer interessant. Maar de reden dat ik u nu benader, naast uiteraard het feit dat ik u graag persoonlijk wilde condoleren met het grote en onverwachte verlies, is dat ik u graag mijn diensten wil aanbieden rondom de nalatenschap van uw oom. Ik kan me voorstellen dat er op dit moment veel op u af komt; ongetwijfeld zullen meerdere mensen contact zoeken – u bent toch inderdaad Bernards erfgenaam?'

Charlie knikt; ze heeft geen idee waar de man nou precies naartoe wil.

Anno Oliveira grabbelt in zijn binnenzak, haalt een zilverkleurig plat doosje tevoorschijn en tovert daar een donkergrijs kaartje met gouden belettering uit. Hij biedt het haar aan met een zwierig gebaar. 'Belt u mij alstublieft onverwijld als u wat u nog aantreft in het atelier van uw oom, of misschien wel gewoon bij hem in huis, getaxeerd wilt hebben, zowel voor de verzekering als voor andere zaken. En ik kan u uiteraard ook van dienst zijn met het vinden van kopers.'

'Nou, eh, dank u wel,' zegt Charlie verbaasd. 'Ik zal eraan denken. Ik ben nog door niemand benaderd, dus misschien valt het mee.'

'Rekent u daar maar niet op,' zegt de heer Oliveira een tikje omineus, zijn gecultiveerde accent misschien net iets te schallend voor de gelegenheid. 'Uw oom was een grootheid. Zijn werken zijn zeer gewild, zowel onder musea als onder kunstverzamelaars, juist en mede doordat hij altijd zo geheimzinnig deed over waar hij allemaal aan werkte. Hij heeft één naakt geschilderd, het hangt in het Metropolitan, en ik weet zeker dat als er meer naakten zouden opduiken in zijn nalatenschap, de kopers zich zouden verdringen. Uw kostje is gekocht, mevrouw Blum, maar dat is het waarschijnlijk sowieso wel al.'

'O, oom Benno was helemaal niet rijk, hoor,' zegt Charlie haastig. Ze weet eigenlijk niet waarom ze dat zegt; ze kent deze man niet en het gaat hem natuurlijk niets aan.

Anno Oliveira glimlacht nog eens naar haar, een beetje alsof ze een naïef meisje is, en steekt zijn hand naar haar uit. Blijkbaar is het onderhoud met hem afgelopen.

'Schat, ik heb me verschrikkelijk gehaast, maar ik heb je optreden gemist,' klinkt het ineens in haar oor, terwijl Sanders aftershave – meestal nét iets te veel – haar neusgaten bereikt. 'En wie is dit?' zegt hij vervolgens, terwijl hij een hand op haar rug legt, haar een snelle zoen op haar jukbeen geeft en Anno Oliveira met grote nieuwsgierigheid aanstaart.

Ze zal hem moeten voorstellen. Ze weet dat Sander het altijd leuk vindt als ze hem moet voorstellen aan iemand die hij nog niet kent: hij hoopt dan natuurlijk dat hij herkend wordt. Dat de persoon aan wie hij zojuist is voorgesteld helemaal enthousiast wordt van het feit dat hij of zij nu ineens met Sander Serlui staat te praten.

'Sander, dit is Anno Oliveira, hij is taxateur en, eh, bewonderaar van de werken van mijn oom. Meneer Oliveira, Sander Serlui, mijn vriend.'

Sander steekt zijn hand uit, en als Charlie even opzij kijkt ziet ze dat zijn gezicht alvast in die licht glimlachende 'geeft niet dat je verbaasd bent dat je me hier zomaar in het wild treft; ik ben heel gewoon gebleven, hoor'-stand staat.

Anno Oliveira neemt de aangestoken hand aan met een vriendelijke glimlach waar geen enkele herkenning in te bespeuren valt, maar hij merkt wel dat hij een aanwijzing heeft gemist. Zijn wenkbrauwen gaan omhoog en hij zegt: 'Wat ontzettend fijn voor u dat uw vriend u kan ondersteunen in deze moeilijke tijd, mevrouw Blum.'

'Ik kom recht van Schiphol af,' zegt Sander, op een toon alsof de haastwind hem nog door de haren waait. 'Ik was daar voor mijn werk, Bonaire, gesprekken over een serie, *Eilandziekenhuis*. Ik vind de titel niet zo gunstig gekozen; ik hoop dat ze daar nog iets aan doen, maar het gegeven interesseert me. Een klein ziekenhuis, een tropisch eiland, iedereen kent elkaar, bevoorrading is een probleem, apparatuur gaat kapot, spanning tussen de dokters onderling; dat soort problematiek.' Hij pauzeert even, maar heeft niet in de gaten dat het gezicht van Anno Oliveira nog steeds blanco is. 'En natuurlijk de nodige romantiek,' voegt hij dan nog toe, met een brede grijns.

Het helpt niet; Oliveira heeft hem toch echt niet herkend.

'Mijn vriend is acteur,' zegt Charlie dan zachtjes en behulpzaam. Ze weet dat Sander er een bloedhekel aan heeft om bij vreemden het woord 'auditie' in de mond te nemen; hij doet eigenlijk het liefst alsof hij iedere rol zou kunnen krijgen die hem interessant lijkt. Maar als het niet wil lukken met het herkennen, dan zijn er ook wel heel weinig aanwijzingen om te kunnen inschatten waar die gesprekken op Bonaire over zouden moeten gaan.

Ze voelt dat Sander, naast haar, zijn glimlach laat vallen, maar Anno Oliveira zegt gelukkig: 'Ach, natuurlijk, ik vroeg me al af waarom uw gezicht me zo bekend voorkwam. Ik kijk niet zo veel televisie, weet u, en films zie ik al helemaal niet.' En met een knikje neemt hij dan afscheid.

Sander keert zich, toch nog tevredengesteld, naar haar toe en pakt haar twee handen. 'En, wat denk je?' vraagt hij, wenkbrauwen opgetrokken.

Ze kijkt hem blanco aan, niet precies wetend waar hij op doelt.

'Ik denk dat ik hem heb!' Hij roept het nog net niet; zijn stem is zo luid dat Charlie er zichtbaar van schrikt.

'Wat?' vraagt hij verbaasd.

'Niet zo hard, Sander, we zijn op een uitvaart!'

'Waar wijn geschonken wordt, en waar intussen behoorlijk hard wordt gepraat. Het is hier ook lekker druk; lukte het wel, om te spreken voor zo'n groot publiek? Het is bijna een uitverkochte Kleine Komedie!'

'Het was geen optreden,' zegt Charlie met enigszins opeengeklemde kaken, 'het was een afscheidsspeech voor mijn oom. Ik weet niet of het goed ging, maar ik heb in ieder geval niet gehuild.'

'Eigenlijk wel jammer dat je in zulke gevallen geen applaus krijgt,' zegt Sander nadenkend, 'daar kun je toch altijd wel aan afmeten of iets goed is gevallen.'

'Er zijn veel mensen naar me toe gekomen om me te condoleren; ik denk dat je dat ongeveer op dezelfde manier kunt interpreteren,' zegt Charlie, en nu kan ze het sarcasme net niet helemaal uit haar stem weren.

Sander reageert meteen; hij buigt zich een beetje van haar

vandaan, alsof er een naar insect om haar heen zoemt, of alsof ze ineens vies ruikt. 'Zo, jij bent scherp. Ik heb mijn best gedaan, me voor je gehaast, ik ben alleen thuis geweest om mijn koffer neer te zetten en me even om te kleden – er zat trouwens niks in de ijskast – en toen ben ik meteen gekomen. En dan doe je zo?'

'Daarnet zei je dat je direct van Schiphol af was gekomen.' Charlie houdt haar stemvolume laag, maar vanbinnen voelt ze het smeulen. 'Sterker nog, ik dacht dat je pas overmorgen thuis zou komen. Ik heb de afgelopen dagen in het huis van mijn oom geslapen; ik moest echt ontzettend veel regelen en het was me gewoon te veel werk om ook nog op en neer te gaan. Dat heb ik je toch geappt?'

'Ja nou ja, dan had je toch wel kunnen zorgen dat er iets in de ijskast staat, thuis? Ik heb mijn vlucht omgeboekt. Ik miste je.' Hij geeft haar zijn warme acteursblik, hoewel hij zich meestal wel op tijd herinnert dat ze daar niet meer zo gevoelig voor is.

'Welnee,' mompelt ze, 'jou kennende zou dat wat ik de afgelopen dagen heb zitten doen niks voor jou zijn geweest. Wat dat betreft heb je echt niks gemist.'

'Ik wist niet dat het zo'n gedoe voor je zou zijn,' zegt hij, nu toch een beetje deemoedig, 'en in alle eerlijkheid, mijn geld was zo'n beetje op. Er waren wel meer mensen voor die audities, ook allerlei mensen uit *Het Leven Dat We Leiden*, en we zijn een paar keer wezen stappen. Nou, toen ging het snel, natuurlijk.'

Charlie knikt. Ze kan het zich helemaal voorstellen; Sander die als de grote bon vivant rondjes geeft in clubs en die dan vervolgens maar eerder naar huis komt omdat hij bij de acteurs bij wie hij zo dolgraag wil horen niet wil laten merken dat hij door zijn geld heen is. 'Je hebt zeker gezegd dat er een sterfgeval in de familie was?'

Hij knikt. 'Ze waren vol begrip.'

Charlie haalt heel diep adem en blaast langzaam uit. 'Ik snap toch nooit hoe de dingen voor jou altijd precies zo goed uitkomen, Sander,' mompelt ze, maar dan wordt ze op haar schouder getikt door iemand met een overweldigend Duits accent in zijn Engels, die haar graag wil condoleren met het verlies van haar oom. Ze ziet vanuit haar ooghoek hoe Sander bij haar wegloopt, naar de tafel met hapjes en drankjes, hoe hij een glas wijn kiest, een kaaskroketje in zijn mond steekt, vervolgens wordt herkend door de jonge vrouw die naast hem is verschenen, waarna direct zijn acteursglimlach op zijn gezicht verschijnt.

Tegen vijven zijn bijna alle belangstellenden wel vertrokken. Charlie is doodmoe. Ze verzamelt wat glazen, maar al snel komt er een gastvrouw van het uitvaartcentrum op haar af om haar de glazen vriendelijk maar beslist uit handen te nemen. 'Dat hoeft u niet te doen,' zegt ze, 'wij regelen alles, mevrouw Blum. Als u wilt kunt u wel nu meteen het condoleanceregister meenemen; de kaarten en linten komen retour naar u zodra de overledene is gecremeerd, en over een maand kunt u de as komen halen. U krijgt van ons een seintje.'

Charlie knikt. Ze kijkt over de schouder van de gastvrouw naar Sander, die druk in gesprek is met weer een andere jonge vrouw; Charlie heeft hem de hele middag in de gaten gehouden en ze weet precies met wie hij allemaal heeft gesproken. Met vijf mensen. Hij kende geen van allen, dat weet ze zeker. Het waren allemaal jonge vrouwen, ze waren allemaal verre van lelijk en met allemaal heeft hij, dat weet ze ook zeker, schaamteloos staan flirten. Ze kent hem, ze kent zijn methodes. Zijn lachjes.

Ze is uitgepraat met de gastvrouw. Ze loopt naar de lessenaar waar het condoleanceregister op ligt en slaat het voorzichtig dicht, terwijl ze naar Sander blijft kijken. Wat vindt ze er eigenlijk van dat hij nu hier is?

Niks.

Ze voelt helemaal niks.

Geen blijdschap, maar ook geen weerzin, haat of een andere negatieve emotie; er komt gewoon helemaal niks. Ze voelt zich alsof ze zo, zonder dat dat vreemd zou zijn, met het condoleanceregister onder haar arm de deur uit zou kunnen gaan, zonder nog verder naar hem om te kijken.

Ze staat al op de drempel, en de volgauto waarmee ze is gekomen komt al aanrijden om haar weer terug naar huis te brengen, als Sander ineens naast haar verschijnt. 'Waar ga jij nou naartoe?' zegt hij, verbijsterd.

'Naar huis, of eigenlijk, naar het huis van oom Benno.' Ze geeft hem een blik waar, zo hoopt ze, niet al te veel van haar gevoel uit spreekt. Het laatste waar ze op dit moment zin in heeft is een discussie; als haar gedachten op haar voorhoofd af te lezen zouden zijn, dan was die discussie onvermijdelijk.

'Hoezo ga je terug naar zijn huis?'

'Ik moet daar nog heel veel doen, en mijn tandenborstel ligt daar, en zo.'

'Maar we hebben thuis geen eten!' Hij zegt het met een hulpeloze blik.

'Dan ga je toch even naar de Dirk, het is vijf minuten lopen,' zegt ze, vriendelijk en behulpzaam, haar sarcasme diep weggestopt in haar onderbuik.

'Ja maar, hoe kom ik dan thuis?'

'Hoe ben je hier gekomen?'

'Met een taxi.'

Ze werpt hem hem een blik toe.

'Maar ik heb nog nooit in zo'n rouwautoding gezeten.'

'Wees blij,' zegt ze, en tot haar eigen verrassing opent ze de deur van de grijze volgauto die voor haar tot stilstand is gekomen, en stapt ze in zonder over haar schouder te kijken. Vlak voor het portier dichtslaat zegt ze toch nog maar: 'Ik app je als ik er ben, en zodra ik de boel een beetje op orde heb kom ik naar huis, maar voor nu is dit echt het makkelijkste, Sander.'

Het lukt Charlie om niet over Sander na te denken, helemaal totdat ze voor de deur van oom Benno's huis weer uitstapt. Ze kijkt langs de gevel omhoog, en dan overvalt haar opnieuw het vreemde gevoel dat ze thuis is. Ze slaapt hier nog maar een dag of tien, en hoewel het huis met alles erop en eraan officieel van haar is – een idioot gevoel, als ze er even over nadenkt – voelt ze zich er meer op haar gemak dan bij Sander thuis.

Dat is gek.

Ze is nu bijna twee jaar met Sander; vrij snel nadat ze een relatie kregen vroeg hij haar om bij hem in te trekken. Ze had dat toen vreselijk romantisch gevonden, en het was ook nog eens handig: Sander had een leuk, ruim appartement in Amsterdam-Zuid, op loopafstand van het metrostation, en zij woonde boven in een flat in Nieuw-West in een appartement dat klein was, bloedheet in de zomer, en zo gehorig dat ze haar buren tot in detail naar de wc kon horen gaan. Daarnaast was het nauwelijks een hippe buurt te noemen, hoewel ze er niet onplezierig had gewoond. Het was een ruim opgezette wijk met veel bomen en de Sloterplas, toch een soort stadsmeertje met zijn groene oeverlanden, op loopafstand. Ze was al blij geweest met een appartementje in Amsterdam, waar je bijna niet aan gehuurde woonruimte kon komen, en waar een huis kopen gewoon ondenkbaar was.

Gek genoeg zou ze nu waarschijnlijk zonder al te veel problemen iets in Amsterdam kunnen kopen, als ze dat zou willen, maar nu is het niet meer nodig. Het huis van oom Benno gaat ze niet verkopen, dat weet ze zeker; ze gaat zich er inschrijven. Sanders huis is nooit helemaal thuis geworden, al had ze geen ander adres. Ze woonde bij Sander, wat toch eigenlijk maar een millimetertje verwijderd was van logeren bij Sander, maar ongemerkt was ze gewend geraakt aan dat gevoel. Een soort geleende tijd. Nu pas kan ze het verschil merken, en de immense opluchting die het haar geeft om opties te hebben.

Ze haalt de sleutel tevoorschijn en haar mobiel gaat.

'Sander? Ben je al thuis?'

'Ja, al lang.' Hij klinkt ontevreden, natuurlijk omdat ze niet naar zijn huis is gegaan om voor zijn eten te zorgen, en omdat ze niet heeft gedaan wat hij wil. Ze kent hem intussen goed genoeg: achter die acteursglimlach van hem schuilt eigenlijk best een bazig mannetje.

En ineens denkt Charlie, alsof er een bescheiden bliksempje bij haar inslaat, dat ze misschien wel niet met hem verder wil. Dat ze misschien wel niet met hem verder moet, niet met hem verder kan. Ze passen helemaal niet bij elkaar! Terwijl ze dit inzicht probeert te verwerken – Sander klaagt in haar oor dat hij niet weet wat hij voor avondeten voor zichzelf moet maken – en tegelijk de deur openmaakt en naar binnen stapt, weet ze ook dat ze zichzelf de afgelopen twee jaar ontzettend voor de gek heeft gehouden. Ze dacht dat ze op weg was naar een soort gedroomd leven, haar werk als stylist, haar vriend de knappe acteur, alles zou alleen maar beter worden. Bekendheid, grote huizen, dure auto's, het is allemaal alleen maar buitenkant en het is eigenlijk, dat ziet ze nu ook ineens, voornamelijk Sanders droom, waar ze bij is ingestapt. Het had haar als mooi in de oren geklonken, en ze liet zich meeslepen door het overweldigende, romantische idee van liefde op het eerste gezicht en het vinden van je soulmate.

Sander is acteur.

Misschien heeft hij al die tijd wel gespeeld dat hij haar soulmate was. Nog zo'n klein blikseminslagje.

'Maar Charlie, Charlot, Charlemarle,' fleemt hij nu in haar oor, terwijl ze zich uit haar jas wurmt. Blijkbaar is hij overgestapt van de hulpeloze modus naar de vleiende minnaar. 'We hebben nog niet eens kunnen vieren dat ik de rol waarschijnlijk heb! Kan je niet straks alsnog deze kant op komen, dan ga ik even een fles Bollinger halen, dan laten we sushi komen – daar ben jij ook dol op, toch? En dan maken we er een privéfeestje van?' Zijn stem klinkt vertrouwd en verleidelijk, en ze weet dat ze goeie seks kunnen hebben, samen. Zo is het tenslotte ook begonnen; met stiekeme, maar steengoeie seks in een donker hoekje van de studio, na een wrap-party.

Charlie fronst even bij die herinnering, maar een beetje tot haar eigen verrassing zegt haar mond: 'Je was toch blut? Waar ga je dan champagne en sushi van betalen?' Ze loopt de eetkamer in en gaat aan de tafel zitten.

Het blijft stil aan de andere kant. Het blijft zo lang stil dat ze bijna 'Sander?' zegt, maar voordat ze dat kan doen begint hij toch weer te praten.

'Als je er zo in staat, laat dan maar zitten,' zegt hij bitter, en zonder groet hangt hij op.

Charlie kijkt naar haar mobiel alsof het apparaat haar zou kunnen vertellen wat ze nu moet doen, maar natuurlijk komt er niks. Eigenlijk zou ze terug moeten bellen, dat weet ze ook wel; ze weet precies hoe ze zich zou moeten gedragen. Ze zou zich moeten verontschuldigen voor haar harteloosheid, ze zou alles uit haar handen moeten laten vallen en naar zijn huis moeten gaan en ze zou de hele verdere middag en avond bezig moeten zijn met het hem naar de zin maken. En dan zou ze beloond worden met geweldige seks, dat weet ze zeker, en haar lichaam zou dat fijn vinden, maar haar geest zou aan het kortste eind trekken. Ze heeft het gevoel dat ze er niet onderuit kan, en eigenlijk is dat nog wel het vervelendste. Dat verplichte. Eigenlijk meent ze het dan ook allemaal maar half, dat kan ze nu wel aan zichzelf toegeven nu ze hier in haar eentje zit, veilig in oom Benno's huis, en als ze het maar half meent, dan voelt ze zich naast gedwongen ook nog eens huichelachtig.

Wat nou als ze het gewoon eens niet zou doen? Wat zou er gebeuren? Sander kan haar niet meer het huis uit zetten. Nu ze erover nadenkt was dat misschien wel wat die onuitgesproken scheve machtsverhouding tussen hen had laten ontstaan: ze was in zijn huis komen wonen, en daarmee was ze van hem afhankelijk geworden. Hij zegt wel altijd 'wij', maar die gelijkwaardigheid is maar schijn.

Er gaat niets gebeuren als Charlie hem eens een nachtje in zijn vet gaar laat smoren. Heeft hij wel verdiend, met zijn te laat komen op de uitvaart en zijn geflirt met al die dames. En dan ook nog feesten op haar kosten, zeker!

Ze snuift en legt haar mobiel voor zich op tafel, om hem daarna een heel eind van zich af te schuiven.

Zo.

Er ligt een stapel papier op de hoek van de tafel waar ze nog doorheen zal moeten; ze heeft in de gauwigheid het briefpapier van een notaris gezien. Misschien moet ze die maar eens bellen. Na het overlijden van haar ouders was ze als vanzelf de enige erfgenaam, en ze heeft natuurlijk het testament van oom Benno dat haar ook van al zijn bezittingen de erfgenaam maakt, maar ze heeft geen toegang tot zijn bankrekening en spaarrekening, wat ze bij haar ouders wel had. Daar zal toch iets officieels aan te pas moeten komen. En het huis zal ook op haar naam moeten komen, net als zijn auto, en ze zal alle verzekeringen om moeten laten zetten…

Ze zucht. Ze is hier nog wel even mee bezig, dus trekt ze de stapel papier naar zich toe. Ze had het condoleanceregister erbovenop gelegd, en als ze dat opent en met maar half lezende ogen begint te bladeren komen ineens de tranen die ze nog niet had gehuild. Geen grote uithalen, maar een langzaam en gestaag druppelen, dat ze maar gewoon laat lopen terwijl ze het register weer dichtslaat en verder door de stapel bladert: het testament, de brief van de notaris, die over iets onbeduidends gaat maar die ze voor het briefhoofd even apart legt, uitgeprinte verzekeringspapieren voor de auto, een mapje met papieren die betrekking hebben op het huis, en dan een dikke A5-envelop met daarin dubbelgevouwen nog meer verzekeringspapieren, een energie- en gascontract en een koopovereenkomst die zo oud is dat hij nog met de hand getypt moet zijn. Blijkbaar had oom Benno nog een huis, ergens in het midden van het land, in de buurt van het dorpje Eyckelaere.

Charlie veegt haar ogen droog en snuft. Wat is dit nou weer? Huisje nummer 15, staat er op het koopcontract, en ineens herinnert ze zich dat ze een e-mail heeft gezien in oom Benno's inbox – ze had hem al bijna weggegooid omdat ze dacht dat het spam was, of verkeerd verzonden – van een soort nieuwsbrief. Het was ook iets met Eyck.

Ze staat op om aan het bescheiden bureautje te gaan zitten dat oom Benno in zijn eetkamer heeft staan, ter ondersteuning van een verrassend nieuwe laptop. Het ding detoneert nogal in de Jules Verne-achtige stijl van zijn interieur, maar start wel lekker snel op. Ze typt Eyck in in de zoekbalk van zijn mailprogramma en ziet tot haar verrassing een hele rij nieuwsbrieven, keurig genummerd in de aanhef. Ze opent de meest recente.

*De Eyckenhof Bode jaargang 6 nr. 5*

*Beste recreanten,*

*Het voorseizoen is van start met prachtig weer! Vanaf nu kunt u alleen nog door de week aan uw huisje klussen met behulp van elektrisch gereedschap en zijn de weekends weer voor het genieten van de rust en de natuur. Ook gaan de huurhuisjes weer open.*

*Henk komt in de loop van de week alle stammen van de kastanjebomen insmeren met bestrijdingsmiddel tegen de mineermot; als u een kastanjeboom in uw tuintje hebt, dan niet schrikken als u hem ineens ziet (Henk, bedoel ik, niet de mineermot).*

*Henk en Aloys zijn ook bezig geweest met het aanleggen van een sproeisysteem om het gras te kunnen besproeien als het weer zo'n droge zomer wordt als vorig jaar. Dit jaar zorgen we ervoor dat het niet zo geel wordt en we allemaal kunnen genieten van een mooi groen veld.*

*Aloys heeft een nette nieuwe postkast gebouwd, deze vind je in de receptie. We zijn zoals altijd dagelijks open van negen tot tien en op vrijdagen ook van een tot twee. Als u een brief verwacht of u hebt een vraag, of u wilt een wasje inboeken, dan zie ik u graag in de receptie.*

*Nog even dit: wilt u zo vriendelijk zijn om geen grofvuil in de container te gooien? Deze is echt bedoeld voor huisvuil, dus vuilniszakken; kapot tuinmeubilair kunt u wegbrengen naar de gemeentewerf van Hogerweijde. Klik hier voor het precieze adres en de openingstijden.*

*Als laatste: het werk aan het kasteeltje gaat rustig maar gestaag voort, maar af en toe brengt het wel wat werkverkeer met zich mee (puinbakken verwisselen en dergelijke). Dit verkeer gaat uiteraard niet over het park maar over de oprijlaan naar het kasteeltje, maar het kan zijn dat u er iets van hoort.*

*Met hartelijke groet van De Eyckenhof,*

*Rosie*

Beste recreanten? Is het een soort camping dan? Of had oom Benno een vakantiehuisje op zo'n vreselijk park? Charlie knijpt haar ogen even samen en schudt haar hoofd. Het lijkt haar helemaal niks voor haar oom, zo'n aangeharkte toestand met van die oerlelijke prefab bungalows, luxe en modern maar vreselijk ongezellig. En dan moet je zeker met z'n allen naar het subtropisch zwemparadijs, en daarna eten in het patatrestaurant, en daar weer na gezellig door naar het discobowlen. Gruwelijk. Maar ja, als hij daar dus blijkbaar een huisje had, dan zal ze er toch iets mee moeten.

Ineens voelt ze zich dood- en doodmoe. Nóg een ding om te regelen. Misschien moet ze gewoon maar even iets eten, dan onder de douche kruipen om de dag een beetje van zich af te spoelen, en dan heel vroeg gaan slapen. Wie weet krijgt ze na een goeie nachtrust ook een idee van wat ze nou precies met Sander aan moet. Ze drukt die gedachte gauw weer weg en staat op om naar de keuken te gaan.

# 5

'Henk, wist jij dat Ben van huisje 15 dood is?'

'Nee, ik had geen idee, wanneer is dat dan gebeurd?'

Rosie zit achter de computer. 'Ik krijg een mail van zijn nichtje, die is blijkbaar zijn erfgenaam. Hij had zelf geen kinderen, dat weet ik, en nou is zij er natuurlijk op gestuit dat hij hier een huisje heeft. Hij had het er kennelijk nooit over met zijn familie, en ze kan geen sleutels of niks vinden in zijn huis. Wij hebben hier toch gewoon nog een setje?'

'Ja, we hebben toch van ieder huisje een setje, in het sleutelkastje? Ik heb van zijn sleutels zelfs een extra setje laten maken, omdat hij niet langs is geweest om zijn water af te sluiten, weet je nog? Dat zit aan mijn bos, voor nu, maar dat kan ik wel aan die dame geven.'

'O ja,' zegt Rosie, 'dat heb je me verteld, ja, dat jij zijn water hebt gedaan, en dat jullie zijn huisje een beetje in de gaten hebben gehouden. Ik snap nu ook waarom hij niks van zich heeft laten horen, die arme man.'

'Nou ja, hij zal er zelf niet zo veel last van hebben dat hij dood is, denk ik,' zegt Henk, met een grijns. 'Maar voor dat nichtje is het natuurlijk wel naar. Ik loop nog wel even een keertje extra langs het huisje.'

'Doe je rustig aan, lieverd, je hebt al zo veel op je bord,' zegt Rosie liefdevol. 'Ik wou dat Joost gewoon hier kwam wonen, dan had je er nog een paar handen bij. Hij kan zo in het huis van je ouders als we dat een beetje uitruimen. Maar ja, dat zal Liselore wel niet willen.'

'Ja, nog los van het feit dat het er helemaal vol staat met dozen en fietsen en oude spullen van ons; ik zou daar zelf op dit moment ook niet willen wonen. Er moet wel een hoop aan gebeuren, hoor. Het kan natuurlijk helemaal niet meer, met die plavuizen en die schrootjes en al dat bruin. Ik vond het als kind al niet mooi.'

Rosie glimlacht. 'Jij houdt van licht. Je was vast de hele tijd buiten, als kind. Toch benijd ik je wel, hoor, dat je hier lekker hebt kunnen spelen. Het is hier zo prachtig. Ik kan me er na al die jaren nog steeds over verwonderen, hoe mooi het hier is.'

'Ik kan me er nog steeds over verwonderen dat een stadse meid als jij hier met mij wilde gaan wonen,' zegt Henk. Hij komt naast haar staan en legt een hand op haar schouder. 'Ik dacht dat ik nooit een meisje zou krijgen. Ik wist natuurlijk wel dat ik mijn ouders niet kon laten zitten, met het park; ik zat hieraan vast, maar zie dan maar eens iemand te vinden die een beetje leuk is, met wie je het uithoudt als je de hele tijd op elkaars lip zit, en die, nou ja, die er gewoon bij in wil stappen. Zoals jij hebt gedaan. Je baan opgezegd, je had wel ik weet niet wat kunnen worden.'

'Henk, ik was secretaresse. Ik vond het niet echt leuk, al die bazen, al die mannetjes, niks voor mij, hoor, laat mij maar lekker zelf rommelen. Ik heb heus niet lang hoeven nadenken toen je me vroeg, gekkerd, dat weet je toch wel?' Ze kijkt naar hem omhoog met een glimlach, staat dan op uit haar stoel en slaat haar armen om hem heen.

Hij pakt haar om haar middel en even genieten ze van een knuffel. 'We hebben het goed, samen,' mompelt hij in haar oor.

Ze kijkt hem aan en aait even over zijn wang. 'Ja. Maar hoe je er nou bij komt dat we op elkaars lip zitten weet ik ook niet; ik zie je soms hele dagen niet. Je bent altijd buiten op het terrein bezig!'

Hij knikt. 'Ik wou ook wel dat Joost hier was. Nu moet ik weer iets met die ingescheurde tak van de grote eik achter bij het parkeerplaatsje. Ik zie er nog van komen dat die tak er een keertje af gaat met een harde windvlaag en dan zal je altijd zien dat er net drie auto's onder geparkeerd staan. Maar ik heb nog niet helemaal bedacht hoe ik het moet doen. Het afzagen zal wel gaan, Aloys zegt dat hij erin kan klimmen, dat hij erboven kan gaan zitten en dan zagen. Per schijnt dat ook te hebben gedaan met die tak die in het dak van het kasteeltje was gevallen, maar dit is zo'n joekel, het is meer een halve boom, en ik kan niet helemaal voorspellen hoe die gaat vallen. Dat vind ik dan toch link. Maar goed, Aloys is ervan overtuigd dat hij het kan, hij moet en hij zal naar boven. Ik zou me er toch beter bij voelen als Joost er ook bij was, dan; die is wat voorzichtiger.'

'Kun je niet beter een boomrooierij in de arm nemen? Of misschien kan je ergens zo'n bomenknipper huren, weet je wel, zo'n ding dat ze om de stam doen en dan knipt hij hem door en til je hem zo van de stronk. Ach, het gaat me altijd aan het hart als er een boom om moet.' Rosie glimlacht weemoedig. 'Het arme ding, heeft zo'n boom veertig jaar zijn best gedaan om een beetje omhoog te groeien, en knip, weg.'

'Hij hoeft er niet helemaal af, hè, lieverd, alleen die ene tak, en die is al half ingescheurd. Wat ben je toch altijd weekhartig.' Hij grinnikt en prikt haar in de zij.

'Au, en jij bent hardhandig! Lach me niet uit, vervelende man; ik kan het ook niet helpen. Ik ga wel even op internet zoeken of ik een bedrijf kan vinden, of een of andere machine die we kunnen huren, want ik weet dat jij een hekel hebt aan de computer.'

'Handig, maar het blijft een rotding,' bromt Henk goedmoedig, 'geef mij maar een stuk gereedschap in mijn handen.'

'En Per wil vast ook wel even helpen met die tak, als hij nou toch ervaring heeft,' roept Rosie hem nog na terwijl hij de deur uit loopt.

Ze gaat weer zitten, trommelt even met haar vingers op de rand van het toetsenbord en krijgt dan ineens een idee. Haar mobiel ligt naast haar, en even zoekt ze in het adresboek, om dan te wachten met het toestel aan haar oor terwijl het overgaat.

'Boswachter?' zegt ze, wanneer er wordt opgenomen. 'Ja, met Rosie hier, van De Eyckenhof. Het bungalowpark, ja. Stoor ik?'

'Nee hoor,' klinkt de vrolijke stem van boswachter Sylvie in haar oor. 'Ik was met mijn man op het landgoed bezig, en ik moet zo dadelijk nog de ronde maken, maar ik mag best even bellen tussendoor, toch, Freek?' Dat laatste zegt ze met een lach in haar stem tegen iemand anders.

Freek, dat is haar man, weet Rosie. Hij is de graaf die op landgoed Woudenbergh woont. Hij heeft het huis heel mooi opgeknapt, schijnt het, gewoon zelf, samen met een vriend. Hij schijnt ook ecologisch verantwoord bezig te zijn met zijn tuin, die hij expres laat verwilderen omdat hij bijen houdt, en hij rijdt graag paard. En hij geeft ook nog één dag in de week les op de basisschool van Hogerweijde. Ze weet, uit de verhalen uit de buurt, dat hij bekendstond als een beetje zonderling en dat hij zich bijna nooit in het openbaar liet zien, maar dat hij enorm is opgeknapt toen hij eenmaal een leuke vrouw vond. Of misschien had Sylvie hem wel gevonden.

Ze grijnst en probeert zich even voor te stellen wat er van Henk zou zijn geworden als ze zich niet over hem had ontfermd. De meeste mensen hebben in hun leven nou eenmaal een maatje nodig; samen is gewoon fijner dan alleen.

Freek bromt iets terug tegen Sylvie, Rosie kan niet horen wat precies, en Sylvie zegt nog tegen hem: 'Dit is Rosie, van dat vakantiehuisjespark bij Eyckelaere, weet je wel?'

'Mag ik om wat advies vragen?' Rosie vat maar gewoon de koe bij de horens.

'Tuurlijk,' zegt Sylvie gemoedelijk. 'Heb je plantproblemen of dierproblemen?'

'Plantproblemen, of, nou ja, meer takproblemen,' zegt Rosie, en ze vertelt in een paar zinnen wat er aan de hand is. 'En nou denk ik dat ik een of andere machine zal moeten huren, want ik wil niet dat mijn kleinzoon als een soort circusacrobaat in die boom klimt en gaat zitten zagen, en dat Henk daar dan bij staat te kijken, en dat Aloys, dat is dus mijn kleinzoon, dan met tak en al uit die boom klettert. En Henk kan ook niet helemaal inschatten hoe die tak gaat vallen.'

'Tsja,' zegt Sylvie, 'vaak moeten ingescheurde bomen gerooid worden. Heel soms kun je zo'n tak weghalen, maar meestal is de wond dan toch wel erg groot. Het vervelende van die rooimachines is alleen dat ze de grond zo omwoelen. In het bos is dat niet zo erg, maar als je een net grindpaadje hebt liggen en er komt zo'n ding overheen... We kunnen het proberen hoor, met die tak. Ik probeer als het even kan de boel te verankeren, dat is het minst belastend voor zo'n boom, en dan kan hij de komende tien jaar weer mee. Heeft je kleinzoon klimgerei, of wil hij er gewoon zo in?'

'Gewoon zo naar boven, denk ik,' zegt Rosie. 'Ik hou mijn hart nu al vast.'

'Ja, dat is ook niet zo veilig. Zal ik vanmiddag langsrijden en even meekijken? Ik heb alle spullen om veilig naar boven te kunnen, en ik kan ook wel beoordelen wat we het beste kunnen doen. Het hangt ook een beetje af van hoe de scheur is ontstaan.' Er klinkt wat gemompel op de achtergrond. 'O, Freek komt ook mee voor het geval de tak eraf moet; als het niet te beschadigend is voor de boom en we met genoeg zijn om dat een beetje gecontroleerd voor elkaar te krijgen, dan doen we het gewoon meteen.'

'Ik heb naast mijn kleinzoon denk ik nog wel een stevige vent in de aanbieding die niet te beroerd is om zijn handen vuil te maken,' zegt Rosie, 'en mijn man. Die wil ook altijd graag zijn handen vuil maken, je moet eens zien hoe smerig hij af en toe binnenkomt, maar die is wel al boven de zestig.'

'Hij mag aanwijzingen geven,' zegt Sylvie vrolijk, 'dan doe ik het klim- en eventuele zaagwerk en dan kunnen de gespierde mannen het zware werk doen, als dat zo te pas komt.'

'Nou, ontzettend bedankt alvast, hoor, boswachter!'

'Geen probleem,' zegt Sylvie, 'tot vanmiddag!'

Rosie houdt haar mobiel in de hand en denkt voor ongeveer een halve seconde na: ze is nou toch aan het bellen. Kan meteen in een moeite door. Het nummer van dat nichtje van Ben van huisje 15 staat in haar e-mail.

'Hallo, met Charlie,' klinkt het even later in haar oor. Een warme, wat lage vrouwenstem.

'Goedemorgen, je spreekt met Rosie van Marle,' zegt Rosie, 'van Bungalowpark De Eyckenhof. U bent Charlotte Blum, familie van Ben Blum; u hebt me een e-mail gestuurd?'

'O... o!' zegt Charlie. 'Ja, hallo, ik bedoel, wat snel! Dat u nu al belt! Noemt u me vooral Charlie! Ik dacht dat het nog wel een week zou duren voordat ik iets van u zou horen!'

'Mag ik u condoleren met het verlies van uw oom?' Rosie zegt het zachtjes en een beetje voorzichtig.

'Dank u wel,' zegt Charlie, 'het was heel onverwacht. Ik ben nog behoorlijk druk met de afwikkeling van alles, dat snapt u zeker wel, en toen kwam ik ineens de papieren van dit huisje tegen. Wat is De Eyckenhof eigenlijk voor bungalowpark? Wat moet ik me erbij voorstellen? Ik zag wel een website met wat mooie natuurfoto's en de mogelijkheid tot het huren van een huisje, maar dat was toch eigenlijk minimaal; nu weet ik nog steeds niet zo veel. Ik bedoel dat niet onvriendelijk, hoor, maar ik kan me gewoon niet indenken dat mijn oom zich prettig zou voelen op zo'n park met een subtropisch zwemparadijs en een bowlingbaan.'

Rosie schiet in de lach. 'O nee, dat zijn we niet, absoluut niet! We zijn maar klein, vergeleken met dat soort parken; we hebben vooral vaste recreanten en maar een paar huurhuisjes, hoor. En geen zwembaden en andere woeste recreatiedingen; als je hier komt, dan kom je voor het bos, om lekker te wandelen of te fietsen in de natuur, niet om binnen te zitten in een bowlingbaan. Er is een zwembad in Hogerweijde voor als mensen willen zwemmen, dat is makkelijk te fietsen, en overal in de buurt zijn restaurants en cafés, dus... Nou ja, wij zijn gewoon niet zo'n soort bungalowpark.'

Charlie is even stil en zegt dan: 'Weet u, mijn oom heeft nooit iemand verteld dat hij nog een huisje had. Wij dachten dat hij af en toe voor een tijdje naar het buitenland verdween, maar misschien zat hij dan wel gewoon bij u op het park.'

'Dat zou zomaar kunnen,' zegt Rosie met een lach, 'soms zagen we hem een tijdlang niet, en ineens was hij er dan weer, en dan woonde hij een paar weken in zijn huisje en zat hij lekker in zijn tuin te schilderen. Kon hij goed, hoor, schilderen; hij heeft zelfs een keer voor mij iets gemaakt. Ik wilde een apart cadeau voor Henks verjaardag, dat is mijn man, Henk, en toen had ik Ben gevraagd of hij een oude foto van Henks ouders kon naschilderen. Hij vond het hartstikke leuk om te doen, zei hij, en het is echt prachtig geworden.'

'Nou,' zegt Charlie, 'dat schilderij kon nog wel eens een heleboel waard zijn, weet u dat? Mijn oom was best bekend, ook in het buitenland, er hangen in allerlei musea werken van hem. Ik ben al benaderd door een of andere man die de boel wil taxeren – er staat nog van alles in het atelier, hier – en er staan intussen ook twee museumdirecteuren op oom Benno's voicemail. Ik heb nog niet teruggebeld, ik zit nog een beetje te diep in de verzekeringspapieren en alles wat op mijn naam moet komen te staan, maar ik hou zijn mobiel maar gewoon opgeladen, daar kom ik dan wel een keertje aan toe.'

'Och, kind, moet je het allemaal alleen doen? Wat ontzettend naar voor je!' Rosie loopt over van medelijden.

Charlie slikt en zegt een beetje geëmotioneerd: 'Er is niet veel aan te doen. Ik ben de enige overgebleven familie, en hij heeft alles aan me nagelaten, dus, eh, ik maak er maar het beste van.'

'Ook wat,' zegt Rosie, 'ik had geen idee, wij hadden geen idee dat hij een beroemde schilder zou kunnen zijn, weet je dat? We dachten dat hij het gewoon leuk vond om te doen. Mijn man zal echt raar opkijken als ik hem dat straks vertel!'

'Dat was volgens mij ook wel echt zo, dat hij dol was op schilderen,' zegt Charlie, met een door de telefoon hoorbare glimlach en opluchting dat het emotionele momentje is gepasseerd zonder dat ze is gaan huilen. 'En wie weet, misschien ging hij wel zo graag naar dat huisje omdat niemand daar wist wie hij was.'

'O, maar we kenden hem toch? Hij kwam hier al zo lang; hij kocht het huisje niet zo lang nadat Henk en ik trouwden, al kwam hij er toen niet zo vaak als de laatste jaren. Iedereen hier wist wie hij was.' Rosie valt even stil. 'Maar ik begrijp wel wat je bedoelt: als hij op een bepaalde manier beroemd was, dan was dat hier allemaal niet zo bekend. Misschien vond hij dat inderdaad wel fijn; hij was altijd heel vriendelijk, maar wel erg op zichzelf.' Rosie haalt diep adem. 'Nou, weet je wat, meid, kom gewoon lekker op je gemak een keer langs hier, dan kun je even kijken. Wij hebben wel een extra setje sleutels voor je, maak je daar maar geen zorgen over.'

Charlie blijft even stil, maar zegt dan snel: 'Kan dat vandaag nog? Ik heb er eigenlijk ontzettend veel behoefte aan om even naar buiten te gaan.'

'Natuurlijk kan dat,' zegt Rosie. 'Het is een aardige dag vandaag, heerlijk lenteweer, dus kom deze kant maar op, hoor! Misschien dat Henk een beetje druk is; hij doet het meeste werk op het terrein en ik doe meer de administratie en de receptie en dergelijke. Maar als je me even belt op dit nummer als je voor de deur staat, dan kom ik naar de receptie, doe ik de slagboom voor je open, en kun je zo het terrein op. Dan loop ik wel even met je mee, als Henk bezig is; de boswachter komt vanmiddag langs om te helpen met onderhoud aan een oude boom. Dat zal wel spectaculair worden, denk ik zo; ze moet er waarschijnlijk in klimmen.'

Charlie lacht zachtjes. 'Dat klinkt inderdaad als een heel avontuur. Weet u zeker dat ik kan komen?'

'Natuurlijk!' zegt Rosie nog een keer, en dan nemen ze afscheid van elkaar en sluit ze het gesprek af.

—

Aloys zit in wat hij zelf zijn gameroom noemt. Onder het huis van zijn grootouders zit een grote kelder met meerdere ruimtes, en door middel van een smal gangetje is de kelder ook verbonden met de kelder van het huis ernaast, dat van zijn overgrootouders is geweest. In dat deel van de kelder komt hij nooit; er staan alleen maar oeroude spullen en het hangt er vol met spinnenwebben, maar in zijn fantasie mest hij dat allemaal uit en richt hij een geheim domein in, als in een van de games die hij zo graag speelt, vol kamers met verborgen toegangen. Draaiende boekenkasten, in de muur verdwijnende panelen; hij heeft het allemaal uitgedacht, en soms kan hij nog, net als vroeger, wegzakken in zo'n jongensdroom waarin hij een superheld met een verborgen identiteit is.

Hij voelt zich eigenlijk best vaak zo. Alsof hij een verborgen identiteit heeft. Hij zal in ieder geval niet snel laten merken wat er echt bij hem vanbinnen gebeurt. Dat hij zich wel eens zorgen maakt over de toekomst. Over zichzelf, ook. Dat laat hij alleen maar toe als hij zich heeft afgezonderd. Als hij in gezelschap van andere mensen is, dan lacht hij, maakt hij grapjes, doet hij zijn best om die gezellige bruine jongen met die mooie lange dreadlocks te zijn. Hij weet bijna zeker dat iedereen erin tuint, behalve misschien zijn oma. Die kan hem soms zo'n blik geven waarvan hij het gevoel krijgt dat die dwars door hem heen gaat, tot bij zijn diepste zielenroerselen.

Het valt niet mee.

Aloys praat graag over vrouwen. Hij houdt ook van vrouwen; hij heeft veel van de leuke meisjes uit de buurt wel eens gezoend toen hij nog op de middelbare school zat, op de hockeyclub, in het buitenbad... Tegenwoordig gebeurt zoiets meer na een avondje in De Paardentram in Hogerweijde, of in de feestweek, en soms gebeurt er natuurlijk intussen ook wel iets meer dan zoenen. Vindt hij allemaal prima, hoewel het nooit tot iets serieuzers is gekomen. Hij heeft nog nooit iemand voor vast gehad; hij heeft zelfs nog nooit een meisje mee naar huis genomen. Had makkelijk gekund, maar hij heeft het gewoon niet gedaan, en eigenlijk weet hij niet precies waarom. Het is alsof hij wacht op iets waarvan hij nog niet weet wat het is, terwijl...

Hij schudt woest zijn hoofd; zijn lange dreadlocks zwieren ervan in de rondte en een paar tikken tegen het grote beeldscherm van zijn gamecomputer. Hij zit in zijn gamersstoel, maar hij heeft alles nog uit staan; hij wil eigenlijk liever nadenken dan spelen. Het gesprek van een paar dagen eerder met Per, toen hij hem hielp bij het kasteeltje, blijft maar door zijn hoofd spoken. Hij vindt Per een enorm aardige gast, maar waar hij vooral zowel bewondering als een zekere afgunst voor voelt, is hoe precies Per lijkt te weten wie hij is. Wat hij is. Waar hij van houdt en waarvan niet; hoe hij het gaat aanpakken, wat 'het' dan ook is, en dat de wereld het daar maar gewoon mee zal moeten doen.

Aloys voelt zich niet zo. Hij heeft het gevoel, diep vanbinnen, dat hij altijd een masker laat zien als hij bij andere mensen is, zelfs bij mensen van wie hij zo veel houdt als zijn grootouders en zijn oom, die als een broer voor hem is. Zijn familie. Alles betekenen ze voor hem, en misschien juist daarom voelt hij zich verplicht zich voor te doen als de zorgeloze, altijd positieve en blije Aloys, die zo van de meisjes houdt. Joost noemt hem een versierder, maar dat is hij eigenlijk niet; het gaat allemaal altijd soort van vanzelf. Bij de term versierder stelt hij zich toch meer een man voor die er moeite voor doet, die actief achter vrouwen aan gaat. Dat heeft hij nooit zo gedaan; hij is gewoon altijd vriendelijk en vrolijk. Hij weet wel dat hij er niet verkeerd uitziet, en dat hij open en benaderbaar over kan komen als hij dat wil; hij weet het precies, allemaal. Maar hij weet niet waar hij op wacht, en hij weet nog minder wat hij nou aan moet met het gevoel dat hij krijgt als hij in De Paardentram zit en naar die jongen kijkt die daar in de bediening werkt.

Serhii, heet hij; zover is hij ondertussen.

Serhii komt uit Oekraïne. Hij heeft even meegevochten in de oorlog maar toen is hij gewond geraakt, een granaatscherf in zijn been, en zodra hij weer goed genoeg kon lopen is hij achter zijn moeder aan gekomen, die meteen was gevlucht toen de oorlog begon en die in Nederland onderdak had gevonden. Ze wonen aan de rand van Hogerweijde, in de tuinbungalow van een van die families die geld en ruimte in overvloed hebben. Serhii's moeder maakt het huis van die mensen schoon, en ze heeft ook nog een baantje als vakkenvuller bij de Appie.

Serhii loopt nog steeds een heel klein beetje mank, maar hij is al net zo vastbesloten als zijn moeder: hij wil werken, hij wil Nederlands leren, hij wil nooit meer terug na wat hij in die paar weken oorlog heeft meegemaakt. Hij zal voor de rest van zijn leven van Oekraïne houden, heeft hij Aloys en zijn tafel vol vrienden en vriendinnen op een avond verteld, en hij begrijpt heel goed dat de meeste gevluchte Oekraïners zo snel mogelijk weer terug willen om hun land weer op te bouwen, maar hij wil in Nederland blijven.

Zijn verhaal grijpt Aloys aan, en zijn vastbeslotenheid om hier te blijven bezorgt hem iedere keer als hij er lang genoeg bij stilstaat een bizarre, onbegrijpelijke opluchting.

Er is iets aan Serhii.

Iets waardoor Aloys bijna niet kan stoppen met naar hem kijken.

Dat heeft hij nog nooit zo gehad bij een ander mens; hij weet niet wat hij ervan moet denken en het verontrust hem en vervult hem met vreugde in gelijke mate.

Hij is niet gay, denkt hij: de meeste mensen die gay zijn, die weten dat toch wel al vrij snel van zichzelf, ook al hebben ze er misschien in eerste instantie moeite mee om er open over te zijn. In hun tienerjaren weten ze dat, of misschien wel nog eerder. Hij heeft nooit getwijfeld: hij weet eigenlijk wel zeker dat hij niet gay is. Daarnaast houdt hij ook best van meisjes. Dus hoe moet hij nou duiden wat hij voelt, als hij naar Serhii kijkt? Als hij met hem praat? Het lijkt er nog het meest op dat hij Serhii al veel langer kent dan de drie maanden dat hij in De Paardentram werkt. Zijn hele leven lang al, of misschien zelfs wel meer dan dat.

Soms denkt hij dat Serhii dat ook zo voelt, maar Aloys weet dat niet zeker; verder dan het uitwisselen van blikken en een kort praatje met de groep als hij de bestellingen komt brengen zijn ze nog niet gekomen.

Tot vanochtend.

Toen hij even naar de Appie was gefietst om koffiemelk te halen voor zijn oma, en hij bij de ingang Serhii onder leiding van zijn moeder met manshoge karren vol plantjes bezig zag.

Ze hadden elkaar gegroet, en elkaar even glimlachend aangekeken, en ineens had Aloys de moed gehad om te vragen, in het Engels: 'Jij gamet toch ook?'

Serhii had zijn schouders opgehaald en gemompeld: '*Fortnite*, op mijn mobiel. Ik heb geen gamecomputer.'

Aloys had zich even stom gevoeld. Natuurlijk heeft die jongen geen gamecomputer; hij is al blij dat hij uit het oorlogsgebied weg is, dat hij en zijn moeder veilig zijn en dat ze allebei ook nog woonruimte en werk hebben. Maar Serhii was naar hem toe gestapt en had zachtjes gezegd: 'Mijn username is Realnamesecret, met cijfers voor de klinkers. Ken je *leet*?'

Aloys had geknikt, hoewel hij maar een vage notie had gehad; hij had wel eens van *leet* gehoord, maar wist al dat hij het zou moeten googelen.

'Vind me in *Fortnite*, dan,' had Serhii nog snel gemompeld, en toen had zijn moeder hem geroepen en was Aloys snel naar binnen gegaan. De hele uitwisseling had iets clandestiens gehad, wat belachelijk was, want ze hadden het over een game die je officieel vanaf je dertiende kon spelen, maar waar ongetwijfeld veel jongere kinderen ook al diep in zaten.

Aloys heeft *Fortnite* wel geprobeerd, maar hij vindt het eigenlijk niet zo heel leuk. Hij houdt meer van games waarin je iets kunt besturen; hij kan hele avonden rondscheuren in *Grand Theft Auto*. Toch heeft hij, direct na binnenkomst, de game opnieuw op zijn PlayStation gezet en een account aangemaakt. Hairy Bear, heet hij. Lijkt hem wel toepasselijk; hij heeft tenslotte een flinke bos haar. Daarbij noemen zijn vrienden uit de buurt hem vaak Beer omdat hij behoorlijk groot is uitgevallen, flinke spieren heeft ontwikkeld bij het werken op het terrein van De Eyckenhof, en, als hij hun plagerijen mag geloven, voor veel meisjes iets knuffeligs heeft.

Dus nu zit hij te piekeren. Gamecomputer aan, of uit laten? Het ingewikkelde waarin hij in zijn gedachten verstrikt dreigt te raken is ineens teruggebracht tot een overzichtelijke, binaire vraag, en na nog even aarzelen leunt hij voorover. Eén klik en de keuze is gemaakt. Terwijl het apparaat opstart opent hij op zijn mobiel de browser om op te zoeken wat *leet* ook alweer was, maar dan komt de stem van Rosie de trap af zweven:

'Aloys, zit je beneden? De boswachter is hier, wil je even komen helpen met die boomtak?'

# 6

Joost zoekt in zijn ondergoedlade. 'Lies?' roept hij vragend door de halfopen deur naar de woonkamer.

Liselore zit, in een zijden kamerjas met een of andere jarenzeventigprint – nieuw retro, noemt hij dat – op de bank met haar neus in haar mobiel. Sinds ze terug is van die audities op Bonaire heeft ze zo ongeveer met haar gezicht tegen haar schermpje geplakt gezeten, is zijn indruk; hij heeft af en toe het gevoel dat hij nauwelijks contact met haar kan krijgen. Groepschat op WhatsApp, heeft ze gezegd; na de audities zijn ze met z'n allen wezen stappen en hebben ze een appgroep aangemaakt, om elkaar op de hoogte te houden van… alles, blijkbaar.

'Dat heet netwerken, Joost,' had ze gesnibd toen hij er een opmerking over maakte. 'Dat zal jij wel niet nodig hebben, met die advocaten, maar acteurs leven van hun netwerk. Ik dacht dat je dát toch intussen wel begreep?'

Hij zucht. Hij weet niet zeker of hij het vervelender vindt dat ze zo vaak kattig tegen hem is, of dat ze vaak gewoon helemaal niet antwoordt. Zoals nu. 'Lies?' roept hij nog maar een keer.

'Wat,' komt er nu uit de woonkamer, op nogal ongeïnspireerde toon.

'Weet jij waar mijn blauwe sokken zijn?'

'Nee, waarom zou ik dat moeten weten?'

'Misschien omdat jij als laatste iets met de was hebt gedaan?'

'Ja, wat had je dan gewild, dat ik mijn spullen die ik mee had naar Bonaire zo in de hoek had gegooid?'

'Nou nee, maar meestal ben je er niet zo happig op om de droge was op te vouwen en in de kast te stoppen... meestal doe ik dat. En dan weet ik dus ook meteen waar alles ligt. Jeetje.' Hij loopt in zijn hemd en onderbroek, op zijn blote voeten, de woonkamer in. 'Zo'n gekke vraag is het toch niet? Ik weet niet wat het is, maar sinds je terug bent reageer je op alles wat ik zeg alsof ik je ergens van beschuldig. Of je reageert helemaal niet, dat is ook nog een optie.'

Liselore kijkt hem vanaf de bank aan. Ze heeft iets geschrokkens over zich; hij ziet ineens weer dat ze een mooie vrouw is, echt zo eentje met wat zijn moeder een 'mediagezicht' noemt. Ze is ook slank – ze eet heel weinig en hij vermoedt dat ze best vaak honger heeft – en nét geen een meter zeventig: precies goed. Op platte schoenen niet te klein en op hakken niet te groot. Hij heeft het idee dat hij een ander woord moet geven aan hoe ze nu kijkt, een woord waarvan hij niet zo gauw had gedacht dat hij het van zijn werk mee naar huis zou nemen.

Schuldbewust, is het woord.

Hij gaat zitten. Tegenover haar, zodat hij haar goed aan kan kijken. 'Is er iets wat je me moet vertellen?' zegt hij dan maar; een zin die hij vaker heeft gebruikt, maar dan bij cliënten die iets hebben gedaan wat het daglicht niet kan verdragen.

'Ja, nou,' zegt ze, ineens schutterig. Ze kijkt naar haar nagels. Bestudeert ze echt, vooral haar duimen. Het zijn gelnagels, en ook best lange; hij vindt dat eigenlijk nogal ordinair staan, maar hij heeft de moed niet om haar dat te vertellen.

'Ja?' Hij vraagt zich af waar dit heen gaat. Ze ziet eruit alsof ze hem echt iets moet vertellen. Iets wat blijkbaar op Bonaire is gebeurd. Hij verwacht iets kouds in zijn borstkas, maar merkt dat het best lukt om de zaak met de klinische afstandelijkheid van zijn werk te blijven bekijken.

'Ja nou ja, we zijn dus met z'n allen gaan stappen...' zegt Liselore aarzelend. Haar ogen schieten een paar keer heen en weer. Ze zoekt blijkbaar naar een manier om het onder woorden te brengen, of naar een ontsnappingsmogelijkheid, maar lijkt dan toch voor het vertellen te kiezen: '... en toen had dus iemand coke. En ik heb ook meegedaan.' Nu het hoge woord eruit is, volgen de verontschuldigingen en de deemoed. 'Ik weet hoe je over drugs denkt, en al helemaal cocaïne en speed en zo, omdat je er collega's aan onderdoor hebt zien gaan, en ik durfde het je gewoon niet te vertellen, maar het was in de sfeer van de avond, weet je wel, en iedereen deed het, iedereen dronk, iedereen rookte...' Ze haalt haar schouders op.

'En iedereen deed een lijntje.'

Ze knikt en geeft hem een blik, die zo te zien bewust schattig bedoeld is. Ze is tenslotte actrice, hoewel Joost diep in zijn hart al lang heeft geconstateerd dat ze nooit een Meryl Streep zal worden. Hij zou het haar van harte gunnen, maar het zit er gewoon niet in, en hij heeft zich voorgenomen geduldig te wachten totdat die realiteit bij haar ook is geland.

Nu begint ze te huilen. Niet echt met harde snikken, maar met een paar elegante traantjes die over haar perfecte, au naturel opgemaakte wangen naar beneden glijden zonder schade aan te richten. Dat kan ze dan weer wel, denkt Joost, voor zijn doen onkarakteristiek cynisch.

'Kun je het me vergeven?' fluistert ze, en hij knikt al voordat hij erover na heeft kunnen denken.

'Als dat alles is,' zegt hij, en hij haalt zijn schouders op. 'Ik heb er inderdaad een pesthekel aan, maar dat is vooral omdat ik heb gezien hoeveel het kapot kan maken. Dat weet je. En zo'n boeman ben ik toch niet, dat je dan helemaal in de stress zou zitten en het niet durft te vertellen?'

'Je bent helemaal geen boeman!' roept ze uit, en dan springt ze op, loopt om de salontafel heen en gaat op zijn schoot zitten.

Ze is warm en zacht, ook al is ze eigenlijk te mager, en ze ruikt altijd lekker, hoewel hij nooit weet welk parfum ze draagt. Ze drukt haar lippen op de zijne en alles lijkt weer goed, hoewel Joost-de-professional, die direct verbannen wordt naar een uithoek van zijn hersenen, de verdachte niet zo gemakkelijk had geloofd.

'Ga je dan ook mee naar de borrel?' vraagt hij, een beetje ademloos, als de zoen is afgelopen. 'Want daar was ik mijn blauwe sokken voor aan het zoeken.'

Ze kijkt bedenkelijk.

'Dan kan ik met je pronken?' probeert hij nog.

'Ik vind die advocatenborrels altijd zo saaaaai,' zegt ze klaaglijk, met haar kleinemeisjesstemmetje. 'Kun je niet gewoon hier blijven?' De blik in haar ogen zegt: daar krijg je geen spijt van.

'Nee, kan niet,' zegt hij, 'ik zal mijn gezicht moeten laten zien. Netwerken, en zo.' Even twijfelt hij: heeft ze zijn sarcasme opgemerkt? Maar nee; ze glimlacht lief en klimt van zijn schoot.

'Niet te veel drinken, hè, schat? Ik denk dat je blauwe sokken nog in de mand met schoon wasgoed zitten; ik heb eigenlijk alleen mijn eigen kleren opgevouwen en in de kast gelegd.'

Joost zucht verstolen, legt zijn handen op zijn knieën en staat op.

—

Charlie rijdt op de aanwijzingen van Google Maps zonder problemen in de richting van Bungalowpark De Eyckenhof. De snelweg is saai, maar er is geen file, daar is ze al lang blij om, en er zijn ook geen zakenmannen in dikke leasebakken die haar in haar vaders bijna dertig jaar oude grijze Toyota Corolla van de weg proberen te duwen. Oom Benno heeft een veel nieuwere auto, een veel duurdere ook: belachelijk duur zelfs, kwam ze achter toen ze op internet ging kijken.

Het is een Land Rover, maar dan niet zo'n ding om mee door de natuur te raggen. Het is een nette stadsauto met een nogal strenge blik in zijn koplampen. En een indrukwekkende grille voorop, en handgrepen om de deur te openen die uit de auto tevoorschijn komen als je op het knopje van de sleutel drukt. Het ding heeft eigenlijk niet eens een sleutel, het is meer een soort tag. Als je daarop drukt weet de auto klaarblijkelijk dat het goed volk is, want dan mag je er ook mee wegrijden. Vanbinnen zit overal leer, alles ziet er vreselijk luxe uit en er zitten zo veel knoppen en touchscreens in dat ze een dag nodig zal hebben om, met de gebruiksaanwijzing in de hand, uit te vinden waar alles voor is en hoe het werkt. Ze is een beetje bang van die auto, ze geeft het maar eerlijk toe; hij staat veilig in een garagebox op loopafstand van oom Benno's huis. Blijkbaar huurt hij die box al jaren; ze is de huurovereenkomst tegengekomen toen ze door zijn papierwinkel heen ging.

Op een dag zal ze er wel aan toekomen om zichzelf te overwinnen en ook in die auto te gaan rijden. Nu rijdt ze liever, veel liever, en veel comfortabeler, in haar vaders Corolla. Het is toch alsof ze hem dan een beetje in de buurt heeft, en ze stelt zich voor dat hij haar zal beschermen onderweg omdat ongemerkt een deel van zijn goedmoedige ziel in de carrosserie van de auto is getrokken.

Als ze de afrit neemt die Google Maps aanduidt, rijdt ze tot haar verrassing bijna direct het bos in. Er komen nog wel een paar afslagen naar kleine stadjes en dorpjes, aangeduid met van die bescheiden, blauwe, pijlvormige borden aan een paal, maar de provinciale weg waarop ze rijdt lijkt steeds dieper het bos in te duiken, en als ze dan nog een afslag neemt, in de richting van Eyckelaere (3 km) en Lagerweijde (5 km), wordt de weg zo smal dat de boomtoppen boven haar hoofd elkaar raken en het lijkt alsof ze onder een groene kathedraal van takken door rijdt. Het heeft hier eerder nog geregend – ze heeft het op de snelweg steeds droog gehouden, maar de bui in de verte wel zien hangen. De bladeren druipen nog na en ze moet haar ruitenwisser weer even aanzetten, maar in het lentezonnetje ziet ze ook al damp ontstaan die mysterieuze slierten maakt tussen de stammen. De zonnestralen vallen waar ze kunnen in banen naar beneden, als berichten van een hoger wezen, en Charlie draait haar raampje naar beneden om de geur van het bos, vochtig en harsachtig, te kunnen ruiken.

Er gebeurt iets in haar binnenste. Een gevoel van rust en vrede, bijna een gevoel van thuiskomen na een lange afwezigheid, overspoelt haar. Dat is absurd; ze is hier nog nooit geweest, maar dat is niet hoe het voelt. 'Ik snap het, denk ik, oom Benno,' mompelt ze, terwijl ze de laatste bocht neemt en het dorpje Eyckelaere in beeld verschijnt. Een, twee straatjes, meer is het niet, met pittoreske huisjes, een kerkje en zo te zien een heleboel restaurants. Ze hoort bijna de stem van Wim Sonneveld die 'Het dorp' zingt, met die kabbelende melodische begeleiding. *Wat leefden ze eenvoudig toen, in simp'le huizen tussen groen*: zo moet het hier echt geweest zijn, denkt ze, terwijl ze een nog iets smaller laantje in draait. Daar ligt Bungalowpark De Eyckenhof, ze ziet de ingang al met een bescheiden bord aangegeven, met iets verderop een torentje van een niet al te groot kasteel dat door de bladeren heen piept.

Ze draait de oprit in. Er is een slagboom, precies zoals Rosie heeft gezegd, en ze stopt netjes vlak ervoor om Rosie te bellen.

'Ik zag je al aankomen,' klinkt het warm in haar oor, terwijl de slagboom omhooggaat, 'kom maar binnen! En rij dan rustig rechtdoor het grindpad af, totdat het wijder wordt; daar kun je je auto parkeren. Wel even opletten, want ze zijn nou net met onderhoud aan een boom bezig, dat vertelde ik je vanochtend aan de telefoon, hè? Henk zal je wel laten zien waar je veilig kan staan. En als het goed is heeft hij ook de sleutel van Bens huisje in zijn zak zitten.'

'Dank je wel,' zegt Charlie. 'Het klinkt als een spannende operatie, met die boom.' Ze drukt het gesprek weg, legt haar mobiel op de bijrijdersstoel, laat de koppeling langzaam opkomen en rijdt het terrein op, langs een gebouwtje met een groot raam met een bord RECEPTIE in de vensterbank. Door de openstaande deur komt een oudere vrouw wat gehaast naar buiten. Ze zwaait; Charlie remt en opent haar raampje.

'Hallo, hallo, ik ben Rosie, ik dacht dus bij nader inzien: kan ik met je meerijden?' De vrouw schenkt haar een ondeugende grijns.

'Natuurlijk,' zegt Charlie, en ze legt haar mobiel snel op het dashboard terwijl Rosie bij haar instapt.

'Je hebt natuurlijk helemaal gelijk, dat het een spannende operatie is; eerst wilde mijn kleinzoon in die boom klimmen, de waaghals, maar toen heb ik maar snel de boswachter gebeld. Zij weet tenminste hoe die dingen moeten.'

'Zij? Is er hier een vrouwelijke boswachter? Wat stoer,' zegt Charlie.

'Hier rechtdoor rijden, helemaal tot aan het eind. Daar is de parkeerplaats en daar zijn ze bezig. Kijk, we komen nu voorbij het huisje van Ben. Dat met die grote boom in het tuintje, dat is hem.'

Terwijl Rosie iets zegt over de boswachter, die zo te horen heel goed kan bomenklimmen, en over de tak die er misschien af gezaagd moet worden omdat hij blijkbaar een potentiële autopletter is, neemt Charlie de omgeving in zich op.

Het is hier groen. Lieflijk. Rustig. Haar auto wordt ingehaald door rennende kinderen met een bal; even remt ze, terwijl ze naar het in het groen verscholen dak kijkt van wat blijkbaar oom Benno's huisje is. Er is niet veel van te zien; het heeft erg veel privacy.

'O, die kinderen gaan vast naar het grote veld,' zegt Rosie tevreden. 'We hebben een groot grasveld vrijgehouden van huisjes, speciaal om te zorgen dat de kinderen een plekje hebben om te voetballen, of wat ze dan ook willen doen, zonder dat de recreanten er al te veel last van hebben. Kijk, hier is de parkeerplaats; rij nog maar een stukje door, dan kun je je auto daar aan het eind wel neerzetten. Plek genoeg!'

Het grindpad tussen de huisjes door wordt een open plek, met aan de randen wat auto's. Er staat een hele groep mensen, ziet Charlie: een oudere man – dat is dan vast Rosies man –, een jonge, goedgebouwde man met dreadlocks, een grote vent met schouderlang middenblond haar, een half staartje erin en een combatbroek aan, en een minstens even lange kerel met nog veel blonder haar, loshangend tot op zijn rug. Hij kijkt even over zijn schouder als ze langs knerpt over het grind, en ze ziet een flits van een paar intense, knalblauwe ogen. Wat een Viking, is het eerste wat ze denkt.

Als ze op aanwijzingen van Rosie haar vaders Corolla heeft geparkeerd, kan ze niet anders zeggen dan: 'U grossiert wel in langharige mannen hier, hè?'

Rosie schiet in de lach. 'Gelukkig doet mijn Henk niet mee aan al die fratsen, hoor. Die bruine jongen is Aloys, mijn kleinzoon.' De trots klinkt door in haar stem. 'Die andere twee zijn niet van mij, goddank; ik zou niet weten wat ik met zo veel mannen aan moest!'

Charlie grinnikt en stapt uit; Rosie doet hetzelfde.

'Die met het langste haar woont tijdelijk hier op het park. Hij is architect en hij is bezig om het kasteeltje onderhanden te nemen.' Rosie wijst even onopvallend naar het dak en het torentje dat – nu iets beter zichtbaar – door de boomtoppen schemert.

'O, ja, ik zag dat al toen ik aan kwam rijden. Hoort het bij het bungalowpark?'

'Het is meer andersom: het bungalowpark ligt op het grondgebied van het kasteeltje. Dit was officieel een baronie; de vorige baron is met de huisjes begonnen, net na de Tweede Wereldoorlog, toen mensen een beetje ruimte kregen voor vakantie. Puur voor de inkomsten, natuurlijk. Hier in de omgeving zijn wel meer landgoederen, en ofwel een of andere rijke stinkerd koopt ze, ofwel de eigenaar moet iets verzinnen om de boel te kunnen betalen. Nou, daar weet hij ook alles van, hoor!' Ze knikt naar de man met het halflange haar.

'O, wie is hij dan? Valt hij in de categorie rijke stinkerd met een gekocht landgoed of arme sloeber met een geërfd landgoed?'

'Hij is de man van de boswachter. Hij is eigenlijk graaf Woudenbergh, maar hij heet gewoon Freek. Hij is heel aardig, en volgens mij zeker niet rijk. Goh,' Rosie grinnikt stout, 'ik had me dus nog niet gerealiseerd dat de boswachter waarschijnlijk een gravin is geworden toen ze met hem trouwde! Haha, wat een grap, dat is echt wel het laatste wat je bij haar denkt als je haar een beetje kent. Ze hadden zowat iedereen uit de buurt uitgenodigd op hun huwelijk, het was heel druk, maar helemaal niet chic of zo. Wel heel gezellig, Henk en ik zijn ook nog even gaan kijken. We hadden een plant voor ze meegenomen. Dat wilden ze ook; Freek heeft bijen op het landgoed, en ze wilden voor hun huwelijk graag veel planten waar bijen dol op zijn.'

'Zijn ze lang geleden getrouwd?' Charlie en Rosie lopen naar het groepje toe.

'Ik denk iets van een jaar geleden? Het begon net lekker weer te worden, dat weet ik nog wel. Zij heeft hem wel een beetje uit het slop gehaald, hoor,' zegt Rosie zacht en vertrouwelijk, 'zo gaat het toch vaak met mannen, hè? Als ze niet opgepakt worden door een leuke vrouw, dan komt er niks van terecht.'

Charlie denkt even aan haar eigen situatie en schiet in de lach.

'Niet, dan?' vraagt Rosie verbaasd.

'Nou, ik weet niet, hoor. Ik heb een vriend, of althans, ik weet eigenlijk niet eens zeker hoe we er op dit moment nou voor staan, en die is volgens mij uitstekend in staat zijn eigen zaakjes te regelen. Iets te goed, misschien wel. En mijn oom Benno? Die zat volgens mij ook niet echt op inmenging van een vrouw te wachten.'

Nu moet Rosie grinniken. 'Inmenging, ha, ja, daar heb jij dan ook weer gelijk in,' zegt ze, als ze de groep bij de boom hebben bereikt. 'Of ze zijn hulpeloos, of ze moeten niks van inmenging hebben. Er zit niet echt iets tussenin.'

'Waar hebben jullie het over, dames?' vraagt Henk. 'Jij bent zeker Charlie, van Ben? Ik ben Henk.'

'Inderdaad, hallo,' zegt Charlie, terwijl ze haar hand uitsteekt. Henk geeft haar een korte handdruk en focust dan weer op de boom, waar een vrouw in een professioneel uitziend klimharnas tussen de takken hangt.

'Freek?' roept ze naar beneden.

De man die Rosie eerder heeft aangeduid als graaf – hij ziet er meer uit als een buitenman dan als een edelman – stapt naar voren en kijkt omhoog. 'Wat is er, liefste? Zit je vast?'

'Nee hoor,' klinkt het lachend vanuit de verse lentebladeren, 'maar ik heb eigenlijk een of twee lijntjes nodig vanuit die boom.' Ze wijst. 'Ik ga die tak ankeren, volgens mij gaat dat wel goed; als we geluk hebben groeit de scheur ook weer een beetje dicht. Scheurt hij toch door, dan hangt de tak in het anker en kunnen we er altijd nog iets aan doen. Maar dan moet ik wel die kant op kunnen,' ze wijst, 'zonder dat ik op die ingescheurde tak hoef te staan.'

'Ik ga wel,' zegt de jongen met de dreadlocks enthousiast, 'wat moet ik mee naar boven nemen?'

Op aanwijzingen van de boswachter klimt hij in de naastgelegen boom en bevestigt hij twee lijnen, die vervolgens door de boswachter met een dun lijntje handig opgehesen worden.

'Circus Renz is er niks bij,' grapt Henk.

'En Aloys moet en zal naar boven, hè?' moppert Rosie. 'Waaghals.'

'Bij een boom zonder scheur is het niet zo'n groot probleem,' klinkt plotseling de ernstige stem van de man met het lange blonde haar. Het is een lage stem, en hoewel hij helemaal niet hard praat is hij heel goed verstaanbaar. Charlie kijkt op, juist als hij ook naar haar kijkt, en even voelt ze een vreemde schok. Die felle blauwe ogen die ze net ook al zag lijken dwars door haar heen te snijden.

'Hoi, ik ben Charlie,' zegt ze maar snel, met uitgestoken hand, 'ik kwam eigenlijk voor iets heel anders.'

'Ik loop zo even met je mee, hoor, meid,' zegt Henk goedmoedig, 'maar ik wil het spektakel niet missen.'

'Per,' zegt de man, terwijl hij haar een korte, stevige handdruk geeft.

Ze kijkt hem verwachtingsvol aan, alsof er nog iets moet komen.

Hij laat even zijn oogleden zakken over die ijspriemen van ogen. 'Dat is mijn naam. Per. Het standaardgrapje is Per Ongeluk.'

'O,' zegt Charlie betrapt, en even laat ze haar hersenen op topsnelheid werken. 'Ik dacht eigenlijk meer in de richting van, eh, Plex. Of misschien Meabel.'

Pers gezicht blijft onbewogen, maar in zijn ogen beweegt een lichtje; Charlie denkt dat hij misschien toch wel een beetje moet lachen.

'Die had ik nog niet gehoord,' zegt hij dan. 'Meabel. Goed gevonden.'

'Plex was al bekend?'

'Helaas wel.' Hij buigt zijn hoofd, maar net niet snel genoeg om zijn glimlach te verbergen.

'Je moet heus wel lachen,' zegt Charlie zachtjes en grinnikend, waarna hij snuift en bij haar vandaan stapt.

'Zit je Per te plagen?' vraagt Rosie. 'Hij is altijd zo serieus; hij komt wel eens met ons mee-eten, omdat hij al best lang op het park is. Ik geloof niet dat ik hem ooit heb horen schateren van het lachen.'

'Niet iedereen heeft last van gevoel voor humor, ben ik bang,' zegt Charlie, weer ernstig. 'Ik probeer altijd grapjes te maken, om het gezellig te houden, of als ik onzeker ben en zo, weet u wel? Maar soms mislukt dat volkomen. Als mensen geen gevoel voor humor hebben dan vinden ze me meestal maar raar, of onbeleefd.'

'Ik heb zomaar eens het idee dat dát nou niet het probleem is bij Per,' zegt Rosie, 'dat hij geen gevoel voor humor zou hebben. O kijk, ze heeft hem eromheen!'

De boswachter hangt intussen als een spin in een web aan vier lijnen, tussen de twee bomen in, bijna ondersteboven, en met veel kunst- en vliegwerk heeft ze een soort strop om de ingescheurde tak gekregen.

De graaf komt bij Henk en Rosie staan. 'Meestal hebben bomen met plakoksels een meer verticaal omhoog groeiende vork,' zegt hij, 'maar deze heeft blijkbaar eigenwijs besloten dat het een goed idee is om zo'n grote tak, met zo'n slechte aanhechting, tóch zo veel mogelijk horizontaal te laten groeien. Nu moet mijn vrouw al deze acrobatische toeren uithalen om die verankering heel ver van de stam om de tak te leggen.'

'Hoe durft hij, hè?' zegt Henk grinnikend. 'Die boom.'

'Ik ben van plan om, als deze operatie is afgerond, even een ernstig gesprek te voeren. Onder vier ogen.'

'Met je vrouw?'

'Met de boom!' zegt Freek. 'Over bomen gesproken, overigens: de vuilboom die jullie hebben meegebracht voor ons huwelijk doet het uitstekend. Nogmaals mijn dank.'

'Heb je nou helemaal onthouden wie welke plant heeft meegenomen?' Rosie is verbaasd.

'Uiteraard,' zegt Freek verbaasd.

Charlie grijnst.

'Wij zijn niet aan elkaar voorgesteld, meen ik?' zegt hij dan tegen haar. 'Freek van Lynden.' Hij steekt zijn hand uit.

'Hoi, ik ben Charlie,' zegt ze terwijl ze zijn hand aanneemt, 'mijn, eh, oom had hier een huisje, hij is overleden... Ik heb al zijn dingen geërfd en nu kom ik kijken...'

'O!' zegt Freek, een beetje geschrokken. 'Mijn deelneming!' Hij knikt nog een keertje naar haar maar loopt dan, een beetje houterig, bij haar weg.

'Volgens mij denkt die arme man nou dat hij iets verkeerds heeft gedaan,' zegt Rosie zachtjes tegen haar. 'Hij is heel aardig, maar soms ook wel een beetje onhandig. Zullen wij anders vast naar het huisje van je oom lopen?' En ze stapt op haar eigen man toe om even in zijn oor te smoezen, totdat hij een bosje sleutels uit zijn zak haalt en dat aan haar geeft.

# 7

Het is keurig onderhouden, zowel aan de buiten- als aan de binnenkant, maar Charlie schrikt toch wel een beetje van de rommel in het huisje. Overal liggen verfspullen; er staat een glas met penselen erin in de gootsteen. Het ziet eruit alsof haar oom ieder moment vanuit het piepkleine keukentje de woonkamer in zou kunnen stappen, alsof hij druk bezig is met iets waarvan alleen hij de logica snapt. En overal staan schilderijen. Tegen de muur, de boekenkast, de eettafel. Er zijn twee slaapkamertjes, waarvan er maar in eentje een bed staat: zo te zien liggen onder dat bed ook nog wat doeken. Het andere kamertje staat helemaal vol. Aan de ene kant een houten stellingkast met ontzettend veel verfspullen, aan de andere kant, tegen de muur, nog een heel pak schilderijen. Je kunt er nog maar net tussendoor lopen.

'Jeetje,' is het enige wat Charlie kan uitbrengen. 'Ik had geen idee dat hij hier zo veel werk had staan! Ik vond wat ik bij hem thuis in zijn atelier heb gevonden al behoorlijk veel, maar dit... Misschien zijn het allemaal studies voor ander werk of zo?'

'O nee, dat denk ik niet, hoor. Ben zat altijd lekker te schilderen, hij vond de bomen en de natuur hier zo mooi!' Rosie glimlacht. 'Volgens mij heeft hij die boom in zijn tuintje wel tien keer geschilderd, steeds op andere momenten. Als ik toevallig langskwam en hij zat weer buiten, dan ging ik hem altijd een beetje plagen, maar dat vond hij nooit erg. Hij zei dat hij het veranderlijke van de natuur zo mooi vond. Ik schaam me nu wel een beetje dat ik helemaal niet wist dat hij een beroemde schilder was; hij deed altijd zo gewoon.'

'O, maar dat was hij ook,' mompelt Charlie, die voorzichtig door de doeken in het zijkamertje bladert. Er zijn er een heleboel van, inderdaad, dezelfde boom, steeds vanuit ongeveer dezelfde hoek, in verschillende seizoenen en op verschillende formaten. Haar stylisten-oog ziet ineens ongevraagd voor zich hoe indrukwekkend het zou zijn als die doeken bij elkaar in een ruime zaal zouden hangen; het zou ze een samenhang geven, ze zouden met elkaar in feite één groot kunstwerk vormen. Het zou een ongelooflijke indruk achterlaten. Ze slikt. Bladert door, en stuit dan ineens op een groot naakt. Een vrouw van kleur, met lang haar, een gezicht dat kracht uitstraalt en weelderige vormen, totaal ontspannen uitgestrekt in het gras en genietend van het zonlicht dat over haar gezicht speelt.

'Wow,' mompelt ze zachtjes; waar oom Benno bij de schilderijen van de boom meer met een heel fijn soort pointillisme heeft gewerkt, is het schilderij van de vrouw hyperrealistisch, tot en met het laatste grassprietje perfect uitgewerkt. Van dichtbij zie je dat het met een penseel is geschilderd, maar anders zou je kunnen denken dat het een foto was. Hij moet hier ontzettend lang aan hebben gewerkt. Ze raakt even een hoekje aan: het is nog niet gevernist. Misschien was hij er nog steeds mee bezig; misschien haalde hij het af en toe tevoorschijn om er nog iets aan te doen. Het is een meesterwerk, daar bestaat geen twijfel over, en ineens moet ze weer even denken aan die man die haar aansprak op de uitvaart van oom Benno. Ze zal hulp nodig hebben; ze heeft totaal geen ervaring op het gebied van kunst, musea, galerieën, verkoop.

Even strekt ze zich uit en haalt diep adem: rustig aan. Niet alles hoeft op één dag te worden opgelost. Ze zet de doeken weer voorzichtig schuin tegen de muur waar ze stonden en hoort dan de stem van Rosie: 'Nou, ik ga weer even kijken hoe het bij de boom is afgelopen. Ik denk dat ik de boswachter en haar man wel even een kop thee moet aanbieden, dat is het minste wat ik voor ze kan doen.'

Snel stapt Charlie het kleine woonkamertje weer in. 'Ja, ja, natuurlijk,' zegt ze snel, 'dank voor uw hulp in ieder geval, en voor de sleutels. Ik, eh, red het wel zo.'

Rosie geeft haar een scherpe blik. 'Gaat het wel een beetje? En noem me toch vooral Rosie; ik ben niet zo'n u, hoor.'

Charlie slikt iets weg, en knikt dan. 'Goed, Rosie. Ik, eh, kijk nog even goed rond hier, misschien ruim ik vast een beetje op, en dan ga ik maar weer terug naar Amsterdam; misschien kom ik morgen weer terug, of in ieder geval kom ik van de week. Ik moet even denken wat ik hier allemaal moet doen.' Ze kijkt berustend om zich heen. 'Opruimen dus, in ieder geval,' zegt ze, en dan trekt ze een stoel onder de kleine eettafel vandaan en laat zich er met een zucht op zakken. 'Een heleboel opruimen.'

'Het lijkt altijd erger dan het is,' zegt Rosie bemoedigend, 'neem dat maar van mij aan. Ik doe al bijna veertig jaar de schoonmaak van de huurhuisjes op het terrein, en soms laten mensen echt een zwijnenstal achter. Maar na een uurtje met een emmer sop zie je er niks meer van!' En dan stapt ze met een grijns en een ten groet geheven hand naar buiten.

Charlie kijkt haar na. Ze loopt kwiek; ze zal wel de nodige kilometers afleggen op een terrein als dit. Wat een aparte manier van je geld verdienen, zo'n park runnen. Het is niet eens zo heel groot, maar wel heel mooi en rustig; het lijkt bijna een vergeten hoekje van het land waar haast en drukte geen grip op hebben gekregen. Ze haalt nog een keer diep adem en kijkt om zich heen: het knusse, ouderwetse huisje, het schuin invallende licht van een voorjaarsmiddag, de verse groene bladeren en de zon die al zijn best doet maar nog lang niet op kracht is.

Ze laat de sfeer van het huisje op zich inwerken en voelt

ineens hoe verknocht oom Benno eraan moet zijn geweest. En ook hoe op zichzelf hij eigenlijk was. Hij had er geen problemen mee om zijn familie, en de rest van de wereld, te laten geloven dat hij wekenlang ergens in het buitenland verbleef, terwijl hij op drie kwartier rijden van zijn woonhuis lekker een boom zat te schilderen, verscholen in het bos. Charlie moet erom grinniken. Eigenlijk is dat helemaal geen verrassing; hij was altijd al tegendraads. Ze heeft het gevoel dat ze hem nu pas echt een beetje begint te leren kennen, en dat dat waarschijnlijk ook niet anders had gekund.

—

Per zet het kleine raam in het keukentje van zijn bungalow op een kier. Een afzuigkap is er niet, dus beter dan dit gaat het niet worden. Hij weet nu al dat het hele huisje straks naar hamburgers ruikt, maar hij zit er niet mee; hij leeft net zo makkelijk in een luxe penthouse in New York als in een joert of een tipi, een camper of een pipowagen.

Hij heeft in zijn leven al van alles meegemaakt; in zekere zin is het huisje bijna luxe. Alles zit erin: een woonkamer met een gaskachel, twee kleine slaapkamers, een badkamer met een wc, een krappe douche en een elektrisch kacheltje, en een keukentje met een geiser en een vierpits gasstel op een tafelmodel koelkast. Meer dan genoeg voor hem alleen. Hij zat er al in voordat het park officieel openging voor het nieuwe seizoen, een beetje illegaal – er wordt op permanente bewoning gecontroleerd, volgens Henk en Rosie – maar hij heeft het er met hun instemming maar gewoon op gewaagd. Wat hadden ze ook moeten zeggen; ze hadden het hem moeilijk kunnen verbieden. Intussen is het al mei, de ergste kou is uit de lucht en de tijd is ongemerkt voorbijgevlogen.

Hij keert het vlees om, het sist in de pan, en hij denkt na over de volgende stap in de herovering van zijn kasteeltje. Want zo ziet hij het: het is geen renovatie, het is een herovering. Hij wint het terug van de vergankelijkheid, en hij gáát winnen, al is het het laatste wat hij doet. Want dit doet ertoe voor hem, verrassend veel doet het ertoe, na al die flatgebouwen met hun liftschachten en noodtrappen en airconditioningbuizen en spectaculaire gevelbekleding. Die gebouwen moesten altijd schitteren, mensen de adem benemen, verrassen en verbijsteren. Ze waren bijna een extensie van hun opdrachtgever, een uiting van macht, hoogte en breedte: wie heeft er hier de grootste wolkenkrabber?

Het kasteeltje is niets van dat alles. Het kasteeltje staat er gewoon te zijn, waardig in zijn ouderdom, verwaarloosd maar niet onherstelbaar. Bijna onverbrekelijk verbonden met zijn omgeving. Hij kan zich niet voorstellen dat een van de wolkenkrabbers waaraan hij heeft gewerkt er over driehonderd jaar nog zal staan, onderdeel geworden van het landschap waaruit hij oprijst, en dat er dan iemand zal zijn die zich er liefdevol over zal ontfermen. Architectuur heeft hem altijd belangrijk geleken omdat je iets met een zekere eeuwigheidswaarde kunt achterlaten in de wereld – waarschijnlijk eenzelfde soort gedachte als beeldhouwers, schilders of schrijvers wel eens kunnen hebben, stelt hij zich voor – maar nu hij hieraan werkt ziet hij pas dat alles wat hij hiervóór heeft gedaan in feite niet meer dan een vingeroefening is geweest.

Dit is het echte werk.

Hij grijnst tevreden; zijn burger is klaar, maar terwijl hij het gas uitdraait hoort hij geschreeuw. Zijn grijns verdampt en een frons daalt neer: hij weet wel waar dat geschreeuw vandaan komt. Het huisje naast hem, van het zijne gescheiden door een dikke heg die gelukkig al mooi in het blad komt. Het huisje is van een gezin: vader, moeder en een jongen van een jaar of acht die, denkt hij te horen aan hoe hij praat, waarschijnlijk iets op het autistisch spectrum heeft. De jongen praat net iets te hard, en als hij eenmaal over iets begint kan hij er bijna niet meer over ophouden. De vorige keer dat het gezin er was – dat zal wel het vorige weekend zijn geweest; hij houdt niet zo goed bij wanneer het weekend is en wanneer niet – wilde de jongen naar het zwembad, omdat het mooi weer was. Zijn moeder zei dat het zwembad nog dicht was, maar hij begon er telkens opnieuw over, net zo lang totdat de vader, die blijkbaar minder engelengeduld kan opbrengen dan de moeder, uit zijn slof schoot. Het kind verdween huilend naar binnen en kort daarna kon hij de enorme ruzie die zich tussen de ouders ontspon bijna woordelijk volgen. Althans, wat de vader zei was woordelijk te volgen. De moeder ruziede een stuk zachter.

Het stemt hem verdrietig. Drie mensen, die waarschijnlijk geen van drieën echt iets verkeerd doen, die alle drie alleen maar reageren op basis van hoe ze in elkaar zitten, en daarmee dan toch zo veel wrijving teweegbrengen. Relaties, wat een ongelooflijk moeras. Niets voor hem; hij is veel beter af met alleen zichzelf, want dan weet hij precies wat hij heeft. Geen verrassingen, geen ruzies; hij kan uitstekend voor zichzelf zorgen.

Hoewel hij nog niet weet wat hij hierna zal gaan doen, als het kasteeltje eenmaal in volle glorie is hersteld, of als zijn bankrekening leeg is – twee mogelijke eindscenario's voor zijn huidige situatie – voorziet hij nu in ieder geval wel al dat hij zich hoe dan ook uitstekend zal redden. Voor de klus in Dubai is hij bijzonder goed betaald, en hoewel hij in New York wel meer geld moest uitgeven aan zijn levensonderhoud dan nu, heeft hij ook toen wel wat weten te sparen. Hij heeft in zijn eentje niet veel nodig, en zeker nu maakt hij nauwelijks geld op.

Hij schenkt een glas water voor zichzelf in, pakt zijn bord met zijn burger – een grote Italiaanse bol met zeker 250 gram tartaar, platgewalst tot een schijf die net iets groter is uitgevallen dan zijn broodje, een lading gefruite uitjes, mayo, ketchup en fijngesneden ijsbergsla. Een mannenhap. Hij weet wel dat het niet erg culinair is, maar lekker is het wel, en welverdiend vindt hij het ook: hij heeft na dat avontuur met Sylvie de boswachter, die als een trapezeartiest tussen de takken bungelde, nog flink geholpen met het opruimen van de kleinere takken. Die zaagde ze, hangend in haar klimtuig, handig af met een kleine motorzaag, zodat de grote tak die ze had gestut niet zo zwaar belast zou worden en misschien weer aan kon groeien.

Je kunt je erg verkijken op hout, weet hij uit ervaring. Wat eruitziet als een kleine tak als je op de grond staat kan toch ineens een behoorlijk gevaarte blijken als hij naar beneden is gekomen en moet worden opgeruimd.

Rosie had iedereen mee naar binnen getroond in het kantoorgebouwtje voor een kop thee, die staand in de receptie was opgedronken, omdat de boswachter een belletje kreeg en eigenlijk alweer weg moest. Daarna was Henk opgeruimd naar buiten gelopen met de woorden: 'Die takken moeten nog wel even van de parkeerplaats af,' was Aloys na een blik van zijn grootmoeder daar snel achteraan gegaan, had Freek tegen zijn vrouw gezegd dat zij wel kon gaan maar dat hij nog even bleef om te helpen, en hijzelf had zijn laatste slok thee naar binnen gegoten en was met Freek meegelopen. Hij vond die man wel interessant. Hij had duidelijk dat typische om zich heen hangen van mensen uit families die je waarschijnlijk vroeger met 'van stand' of zoiets zou aanduiden, maar tegelijk was hij ook helemaal authentiek, en kwam hij op Per over alsof hij zich niet zo veel van conventies wenste aan te trekken. Ze hadden gepraat over het renoveren van een historisch gebouw, want Freek was door een vergelijkbaar proces gegaan als waar hij nu voor stond met het kasteeltje, hoewel Freeks historische pand wel iets minder bouwvallig was geweest.

Ze hadden gebroederlijk de takken in behapbare stukken gezaagd, die Henk vervolgens met een kruiwagen kon vervoeren naar de houtstapel achter zijn woonhuis, en intussen had Per de hele tijd getwijfeld of hij zich bekend zou maken.

Freek is zo'n beetje de eerste man die hij heeft ontmoet die in een vergelijkbaar soort situatie zit en hij lijkt sympathiek... Maar nee. Henk en Rosie weten natuurlijk hoe het zit, anders hadden ze hem ook niet zomaar dit huisje gegeven, maar hij had al meteen gezegd dat hij liever niet wil dat ze aan andere mensen vertellen wat zijn relatie tot het kasteeltje nou precies is. Hij moet er zelf nog erg aan wennen. Hij vindt het een stuk beter te doen om zich de architect te noemen die het op zich heeft genomen om het op te knappen, dan om te zeggen...

Hij schudt zijn hoofd. Misschien komt het door hoe zijn moeder er altijd over sprak, misschien komt het door zijn individualisme, maar hij wil er zelfs niet aan dénken. Laat staan het hardop uitspreken tegen een ander mens.

Het geschreeuw in het huisje naast hem bereikt een hoogtepunt en hij hoort hoe de man naar buiten komt en brult: 'Ik ga naar huis! Jullie zoeken het maar uit!'

'Maar Lars moet maandag gewoon weer naar school, hoe komen wij dan thuis?' klinkt de stem van de vrouw, geschrokken en bibberig.

'Weet ik veel, bel maar een taxi, of loop naar de bushalte in het dorp voor mijn part.' De stem van de man klinkt nog wel boos, maar heeft ook iets gelatens, alsof hij is leeggelopen. Hij snapt vast wel dat het eigenlijk niet kan, je vrouw en je kind zo laten zitten, maar nu kan hij niet meer terug. Nu klinkt het geluid van voetstappen over het grind, en hoort Per de deur van het buurhuisje weer dichtgaan.

Hij haalt opgelucht adem.

Hij laat het over het algemeen niet merken, maar hij is erg gevoelig voor sfeer. Als zich een ruzie voordoet op niet al te grote afstand, dan kan hij de nijd die daarbij komt kijken bij zichzelf vanbinnen voelen als een koude, blauwe vlam. Ook hoe verdrietig en ongelukkig de vrouw en haar zoon zijn meent hij te voelen; iets zwaars en naars dat trekt aan zijn ingewanden. Even overweegt hij naar buiten te stappen, om de heg heen te lopen en aan te kloppen bij de buren om te zien of alles goed is, maar hij doet het niet. Te opdringerig waarschijnlijk; hij zou zich ongemakkelijk voelen als iemand dat bij hem deed, en daarom gaat hij ervan uit dat de vrouw met de zoon dat ook wel zo zal ervaren.

Hij blaast zijn adem uit en eet zijn burger. Hij kan beter aan iets anders denken. Daar is hij, dankzij zijn jeugd, heel goed in; dingen waar hij liever niet aan denkt gewoon laten liggen en eromheen navigeren. Hij vindt het een handig kunstje, net als zijn zelfvoorzienendheid. Misschien is het ook wel zelfvoorzienendheid, maar dan van de geestelijke soort.

Toch dringt zich iets naar voren waar hij gek genoeg niet zo makkelijk omheen kan denken.

Een woord.

Permeabel.

Per Meabel. En twee sprankelende, lichtbruine ogen in de lentezon, die hem onbevreesd aankijken.

—

'Ook wat, gewoon weglopen bij je vrouw en kind,' bromt Henk.

'Nou ja, wel netjes van Aloys om haar even naar huis te brengen met die jongen.'

'Ik mag toch hopen dat we hem goed hebben opgevoed. Ik hoop trouwens ook dat hij wel even tankt op weg naar huis.'

'O, vast wel. Daar maak ik me niet zo'n zorgen over.' Rosie lacht.

Henk staat op van tafel met een gezicht alsof al zijn spieren en botten pijn doen.

'Gaat het, lieverd?' vraagt ze, meteen bezorgd. 'Volgens mij heb je te hard gewerkt vanmiddag, met die takken opruimen.'

'Ach welnee, ik heb alleen maar met die kruiwagen gereden. Aloys en Per en Freek hebben het meeste gedaan.'

'Hoe is Freek eigenlijk naar huis gegaan? De boswachter moest toch eerder weg?'

'Hij zei dat hij ging lopen.'

'Hier, kom nou nog even zitten en neem nog een kopje thee, eigenwijze man! Lopen, maar dan is hij uren onderweg! Van hier naar dat landgoed van hem, dan moet hij eerst naar Hogerweijde, en dan–'

'Hij ging dwars door het bos, zei hij. Hij rijdt toch veel paard? Die man kent alle weggetjes op zijn duimpje, volgens mij. Hij dacht dat hij er binnen het uur wel zou zijn. Als je me er een koekje bij geeft dan kom ik nog even zitten, maar eigenlijk wilde ik die laatste kruiwagen met houtblokken nog even leegmaken.'

'Doe nou rustig aan,' zegt Rosie, 'je bent nou eenmaal de jongste niet meer. Soms hè, Henk, soms vraag ik me wel eens af hoe het verder moet met ons. Met het park. Het terrein.'

Henk laat zich weer op zijn stoel zakken en zucht tevreden als Rosie twee koekjes op zijn schoteltje legt. 'Nou ja, Roos, we zijn nog niet bejaard, hoor. Het gaat toch prima, zo? Ik hou dit nog jaren vol!'

'Nee, we zijn nog niet bejaard,' zegt ze fijntjes, 'maar het eind komt wel steeds meer in zicht, en ik vraag me wel eens af waar we over tien jaar zijn. Met dat gedoe met dat Berg&Bos-bedrijf, en alles...'

'Luxe Topparken,' zegt Henk sarcastisch en met hoorbare hoofdletters, alsof hij niet kan geloven dat er ook maar iets aan kan zijn om in een bungalow op zo'n park te verblijven. 'Dat is toch verdorie alsof je in een nieuwbouwwijk op vakantie moet? Luxe, jaja, ammehoela, waar is de sfeer?'

'Nou, Henk!' zegt Rosie lachend. 'Maar ik begrijp wel wat je bedoelt, hoor. Het zijn natuurlijk wel oerlelijke prefab huisjes die zo uit de grond worden gestampt, en er mogen dan wel allemaal moderne keukens en badkamertjes en zo in zitten...'

'En dan geven ze het ook nog allerlei vreselijke namen, met van dat résidence dittemedat.' Henk bijt in zijn koekje en mompelt nog iets onverstaanbaars; Rosie denkt even diep na.

'Zou het goed gaan met Aloys?' zegt ze dan na een tijdje. 'Zou hij de weg terug wel kunnen vinden?'

'Natuurlijk wel, vrouw,' bromt Henk, 'hij doet dat toch op zijn telefoon, met Google? Zolang die mobiel niet leeg is komt het wel goed. En zo ver woonden die vrouw en dat jongetje nou ook weer niet, toch?'

'Leiden, dacht ik. Of daar in de buurt.'

'Nou dan.'

'Het blijft schandalig dat die man van haar ze zo heeft laten zitten en zelf naar huis is gereden; ik wil niet weten wat die arme vrouw aantreft als ze thuiskomt.'

Henk drinkt zijn thee en knikt instemmend.

Rosie bekijkt haar man nog eens goed. Hij is haar rots in de branding. Henk kan alles wat kapot is weer maken, dat weet ze zeker. Maar een zakelijk brein is hij niet; dat is zij. 'Henk...?' begint ze voorzichtig.

'Als je die toon opzet komt er meestal iets waar ik niet zo veel zin in heb,' zegt hij, met maar een klein beetje tegenzin. 'Kom er maar mee voor de draad, Roos.'

'Nou, ik heb zitten rekenen...' zegt ze aarzelend.

'O jee.'

'Nou, inderdaad, o jee, ja. Kijk, weet je wat het is: we hebben geen idee waar we over tien jaar zijn, maar ik heb zo het vermoeden dat we tegen die tijd misschien wel eens met pensioen zouden willen zijn. Alleen weten we niet wie dit van ons kan overnemen, en we hebben van ons inkomen nou niet enorm kunnen sparen. We zijn hier de beheerders, dus we hebben ook niet echt iets om te verkopen, behalve ons huis, en het huis van je ouders, dat niet op eigen grond staat… Het zou heel raar zijn om hier te gaan wonen als je niet de beheerder van het terrein bent; je woont zo'n beetje in het terrein. Dus ja. Het is maar helemaal de vraag of we het kúnnen verkopen. En daarnaast: de kosten van het terrein, van het onderhoud, zijn zoetjesaan steeds verder opgelopen. Vooral in de afgelopen vijf, zes jaar. We hebben steeds hetzelfde bedrag afgedragen aan meneer de baron, of aan de, nou ja, hoe moet ik dat noemen, dat advocatenkantoor in Zwitserland?'

'De erven? Ik weet dat ook niet precies.'

'In ieder geval, voor ons is er steeds een klein beetje minder overgebleven om van te leven. Ik heb alles eens doorgerekend, en als het zo doorgaat, met hoe de kosten van het levensonderhoud almaar doorstijgen, dan eten we over nog eens vijf jaar alleen nog boterhammen met jam, Henk. Dat kan natuurlijk niet de bedoeling zijn.'

'Ik wil hier niet weg,' zegt Henk meteen stellig, 'ik heb hier mijn hele leven gewoond en ik wil hier doodgaan.'

'Ik wil hier ook niet weg. Maar we moeten wel een list verzinnen.'

'We hebben Aloys toch?' Henk drinkt zijn laatste slokken thee en veegt zijn mond af met de rug van zijn hand. 'Ik dacht altijd dat hij me wel zou opvolgen.'

'Hij is ontzettend handig, net als jij, maar hij is nog wel jong. Misschien wil hij zijn vleugels nog uitslaan, die jongen, en ik zie hem nog niet zo snel thuiskomen met een meisje.'

'Hoe bedoel je, hij scharrelt toch heel wat af?'

'Nou, ja, maar zie jij hem ooit een meisje mee naar huis nemen? Hij kan het denk ik niet vinden, hier in de buurt. En daarnaast: hij houdt nog minder van administratie dan jij. Hij gaat niet doorrekenen hoe het over vijf jaar met de inkomsten van het park is.'

'Nee...' zegt Henk, nu met een piekerrimpel op zijn voorhoofd. 'Daar heb jij een punt. Ik ben altijd blij als ik me realiseer dat ik met een heel verstandige vrouw ben getrouwd, maar meestal is dat wel op momenten dat je iets zegt waar ik eigenlijk liever niet over na had hoeven denken. Wat... wat denk je dat we kunnen doen? Wat denk je dat we moeten doen?'

'Ik weet het nog niet precies. Misschien moeten wij zelf ook wel een paar nieuwe huisjes op het terrein zetten, zodat er weer een paar bewoners bij kunnen komen. Dan hebben we ook weer wat meer pachtinkomsten.'

'Misschien moeten we er eens met Per over praten, die weet vast wel iets over prefab huisjes die niet zo heel vreselijk zijn, als architect.'

'En misschien kunnen we dan ook gewoon eens over, nou ja, de kosten en baten van het terrein praten, in algemene zin, en ons levensonderhoud... Misschien heeft hij wel ideeën voor de toekomst waar wij nog helemaal niet van weten.'

'Hem uithoren, bedoel je?'

'Ja, eigenlijk wel. Ik vind het een aardige jongen, tot nu toe, maar ik heb geen idee wat er in zijn hoofd gebeurt.'

'Rosie, hij is een man. Een volwassen vent.'

'Ja, dat weet ik natuurlijk wel, maar hij kan zo verweesd overkomen. Zo... alleen.'

'Hij is volgens mij gewoon een vreselijke einzelgänger, eentje die graag met rust gelaten wil worden.'

'O, dat denk ik eigenlijk niet, dat hij met rust gelaten wil worden. Meer dat hij er liever maar niet aan begint om zich open te stellen, want dan wordt hij ook niet teleurgesteld.'

Henk lacht en reikt over de tafel, totdat Rosie haar hand even in de zijne legt. 'Je hebt een romantisch hart, vrouw. En misschien heb je wel gelijk, wie zal het zeggen. Hij lijkt het in ieder geval wel gezellig te vinden om af en toe mee te eten.

Maar hij is uiteindelijk wel onze baas, hè? En op een goed moment zullen we een zakelijk gesprek met hem moeten voeren, daar heb je helemaal gelijk in.'

# 8

Het is eigenlijk nét iets te koud op het terras, maar Charlie blijft stoïcijns zitten en trekt haar vestje nog iets steviger om zich heen. Ze wil niet naar binnen, want daar is het juist een beetje te warm, en te gezellig. Ze weet niet precies wat er gaat gebeuren, maar ze wil haar verstand erbij houden, en wegzakken in de donzigheid van warmte en gezelligheid en vertrouwdheid gaat daar waarschijnlijk niet bij helpen.

'Charlie!' hoort ze van een afstandje, en daar komt hij, hoor. Sander. Hij heeft echt zijn best voor haar gedaan: nette jeans, donkergrijs shirt met v-hals dat precies strak genoeg zit om te laten zien dat hij een zorgvuldig vormgegeven torso heeft, en zo'n halflange wollen voorjaarsmannenjas, die openhangt – want het is dan wel fris als je stilzit, maar echt koud is het niet meer – zodat die zwierig om zijn benen kan wapperen als hij met zijn lange passen naderbij komt. Zijn donkere haar zit goed, nonchalant maar doordacht, en zijn glimlach is breed en aantrekkelijk.

Charlie realiseert zich ineens dat ze zich op dit soort momenten altijd even, razendsnel, afvraagt of hij haar nou van een afstand al roept omdat hij zo blij is om haar te zien, of omdat hij zijn kans grijpt om de aandacht op zich te vestigen. O, kijk, daar heb je Sander Serlui, zullen mensen dan denken, die acteur, weet je wel?

Of althans, hij hoopt waarschijnlijk dat mensen dat denken,

want Charlie kan zich even niet heugen wanneer zijn laatste klus ook alweer was, voordat dat hele Bonaire-gedoe begon. En hoewel ze elkaar sinds hij terug is niet eens meer elke dag hebben gesproken, en ze nu al bijna een maand in oom Benno's huis woont, heeft ze toch de indruk dat hij sinds Bonaire ook niet meer echt aan het werk is geweest.

Met lichte tegenzin komt ze omhoog uit haar terrasstoeltje om Sander te begroeten.

Hij stapt op haar toe, legt een vertrouwde arm om haar middel en trekt haar tegen zich aan om haar op de mond te zoenen. Een beetje tot haar eigen verrassing laat ze het zomaar gebeuren, hoewel het in haar hoofd allemaal minder vanzelfsprekend is dan blijkbaar in het zijne.

'Ik heb je gemist, schat,' mompelt hij tegen haar wang.

Zou hij dat menen?

Een beetje schutterig, verlegen bijna, gaat Charlie weer zitten. Waarschijnlijk ziet het er aan de buitenkant uit als een perfect plaatje: knappe man heeft afgesproken met zijn vriendin op een terras voor een gezellig drankje, en is zo blij haar te zien dat hij niet kan wachten om haar in zijn armen te sluiten. Romantisch, klinkt dat. Ze haalt maar eens diep adem en zegt dan: 'Ik had al koffie genomen; ik was hier iets te vroeg.'

Sander is bijna een kwartier te laat, zoals meestal; hij is niet punctueel. Ze vermoedt dat dat welbewust is, zoals zo veel van die dingen van hem; hij vindt dat alles binnen de vijftien minuten te laat nog prima kan. 'Het Serluïsch kwartier' noemt hij dat dan lachend, hoewel ze met zekerheid durft te stellen dat hij nog nooit een universiteit vanbinnen heeft gezien. Hij zal wel ergens een keer iets gelezen hebben over het academisch kwartier en gedacht hebben dat hij dat mooi kon gebruiken om zijn persoonlijke mythe verder mee op te blazen.

Charlie schrikt van haar eigen cynische gedachten. Nog niet zo lang geleden had ze waarschijnlijk in haar hoofd van alles verzonnen om zijn gedrag in het openbaar te vergoelijken; ze geneert zich vaak bij voorbaat al omdat het er bij hem zo dik bovenop ligt. Gek genoeg lijken andere mensen dat vaak niet eens door te hebben; ze vinden Sander allemaal zo'n open, sympathiek persoon, zo enthousiast, zo spontaan. Het is vaak genoeg gebeurd dat wildvreemde mensen, meestal op feestjes of bijeenkomsten die iets met acteren van doen hadden, haar toefluisterden dat ze maar geluk had met hem als vriend. Vooral vrouwen zeiden zulke dingen, en dan het liefst ook nog zo dat 'voor een vrouw zoals jij' ongezegd in de lucht bleef hangen.

Is ze dan lelijk? Ze denkt zelf dat het wel meevalt; ze is misschien niet zo knap dat camera's aan haar gezicht blijven kleven alsof haar huid van klittenband is, maar ze ziet er best prima uit. Ze heeft middenblond haar met een slag erin, dat ongeveer tot haar schouderbladen komt, hoewel ze het vaak in een knot boven op haar hoofd draagt; ze heeft bruine ogen die oplichten als het zonnig is, een neus met een paar sproeten erop, een figuur dat volgens haar eigen maatstaven normaal is. Ze heeft borsten en billen, alles netjes in proportie, maar niets uitzonderlijks.

Misschien is dat wel het hele probleem. Niets uitzonderlijks. Blijkbaar verwachten mensen bij een man met zo'n uiterlijk en zo'n flitsende glimlach als die van Sander een vrouw die wél uitzonderlijk is.

'Wat heb je allemaal gedaan, schat?' jubelt Sander over het terras, en Charlie ziet dat een paar mensen omkijken.

'Vooral ontzettend veel opgeruimd,' zegt ze, een stuk zachter dan hij. 'Mijn oom had een heleboel spullen en papieren, en ik ben volgens mij nog niet eens op de helft van het in kaart brengen wat wat is, en wat ik ermee moet doen. En er staan ook nog allemaal schilderijen, sommige af, sommige niet, en een heleboel schilderspullen. Ik ben alles nog aan het uitzoeken; ik kan niet zomaar dingen weggooien, natuurlijk.'

'En zijn meubels, en zo? En het huis?' Sander heeft iets gretigs in zijn blik. 'En wanneer kom jij weer naar huis, naar óns huis? Als het zo lang gaat duren om de boel uit te zoeken en te verkopen, dan hoef je daar toch niet de hele tijd te blijven zitten? Dan kan je toch gewoon naar huis komen?'

Charlie kijkt hem aan maar zegt nog even niets.

'Denk je...' zegt hij dan, ineens een stuk zachter. 'Denk je dat je er veel geld–'

Er verschijnt een serveerster aan hun tafeltje en ze bestellen allebei een kop koffie. Als het meisje weer wegloopt kijkt Sander, zonder erover na te denken, haar verdwijnende billen in zwarte skinny jeans na, en dan kijkt hij weer naar Charlie. Na een tijdje trekt hij ook nog één wenkbrauw op, alsof hij wil zeggen: ik hoef die zin van daarnet toch niet af te maken?'

'Het gaat eigenlijk niet zozeer om het geld,' zegt Charlie, die zich in stilte nog iets harder geneert, 'het gaat om de kunsthistorische waarde. Misschien is het wel interessant of leerzaam om te kunnen zien hoe hij werkte, wat voor materialen hij gebruikte... Ik weet dat natuurlijk niet precies, maar ik heb al wel een paar mensen gesproken.'

Ze is intussen, precies volgens de voorspelling van die Anno Oliveira die zich op oom Benno's uitvaart zo voortvarend aan haar had voorgesteld, gebeld door verschillende mensen die musea en veilinghuizen vertegenwoordigen. Ook heeft ze iemand aan de lijn gehad die zei dat hij namens de kunstacademie belde. De meeste van die mensen willen iets gratis, of liever nog een heleboel gratis, en ze heeft inmiddels bedacht dat het misschien wel handig zou zijn om die Anno nog een keertje te bellen om het over taxatie te hebben, omdat ze eigenlijk geen idee heeft over welke potentiële bedragen het zou kunnen gaan. Ze heeft braaf namen en telefoonnummers genoteerd maar iedereen afgehouden; ineens lijkt het haar ontzettend fijn om alles wat ze aan haar hoofd heeft gehad te kunnen delen met iemand. Om het allemaal even rustig door te spreken, zoals ze ook vaak met Sander tot diep in de nacht over zijn rollen heeft gepraat, hoe klein die soms ook waren.

'Ja, nou ja, weet je...' begint Sander ineens hortend, 'ik, eh, zit een beetje in, eh, nou ja, dat wil zeggen, ik verwacht ieder moment terug te horen van een vriend van een vriend van Marcel, weet je wel, die bezig is met een productie voor in, eh, kleinere theaters, of ik die rol nou wel of niet heb, maar goed, daar ga ik natuurlijk ook niet de hoofdprijs mee verdienen, maar het is in ieder geval iets, en het loopt ook maar een week of twee, als hij alle theaters kan krijgen die hij hebben wil, want het is natuurlijk midden in het seizoen, dus de meeste theaters zitten gewoon al vol, dus we moeten het dan wel een beetje hebben van afzeggers, dus ja, dat wordt dan natuurlijk kriskras door het land rijden, maar ja, het is in ieder geval iets, want, eh...' Sanders stem sterft weg.

Charlie ziet ineens een trek op zijn gezicht die ze nog niet vaak heeft gezien, en ze moet dan ook even nadenken om zeker te weten waar ze naar zit te kijken. Hij voelt zich ongemakkelijk, misschien zelfs wel onzeker, dat is duidelijk, maar wat wil hij nou? Ze blijft stil, beweegt zelfs bijna niet, en ziet dan, vrij plotseling, de barsten in Sanders man-van-de-wereldhouding schieten, waarna die afbrokkelt en in een bescheiden stofwolk naar de grond dwarrelt. Zijn schouders hangen, zijn hoofd ook een beetje. Zijn ogen staan licht wanhopig als hij haar van onder zijn wenkbrauwen aankijkt.

'Ik heb echt geen geld meer, Charlot,' zegt hij ernstig en zachtjes en beschaamd. 'Ik heb denk ik niet eens genoeg om die koffie hier af te rekenen.'

'Maar je had toch spaargeld?' Charlie fluistert bijna. 'Voor als je moest overbruggen tussen twee rollen? Je zei altijd dat je in ieder geval een paar duizend euro achter de hand hield, toch?'

'Is op. Alles is op.'

'Hoe... hoe dan?' Ze geeft hem een verbijsterde blik, maar voelt vanbinnen minder dan ze van zichzelf eigenlijk zou moeten. Heeft hij iets stoms gedaan? Naar het casino geweest, of een of andere idiote impulsaankoop gedaan? Soms is hij ineens zo'n kind, dan lijkt hij wel vijftien in plaats van de mondaine man die hij iedereen zo graag wil voorspiegelen.

'Nou, ik heb nogal wat opgemaakt in Bonaire, en daarna heb ik die hele groep mensen nog een keer of wat gezien. We zijn een paar keer uit geweest, en dat waren geen goedkope avonden, Charlemarle, dat snap je zeker wel.'

'Waarom doe je dat dan, als je geen werk hebt?' Ze buigt zich naar hem toe. 'Je wéét toch hoe het is? Kon je geen uitkering aanvragen of zo?'

'En toegeven dat ik een mislukkeling ben?' Hij schudt zijn hoofd. 'Het was netwerken, Charl, investeren. Er waren regisseurs bij, producenten, acteurs die grote dingen hebben gedaan, ook in het buitenland, bijvoorbeeld iemand als Liselore Heijmans?'

Charlie kijkt hem vragend aan.

'Ze heeft in die vervolgserie van *House of Roses* gezeten. Klein rolletje maar, hoor, maar toch!'

'Ja, ik hou dat allemaal niet zo bij,' mompelt Charlie, 'en nu natuurlijk al helemaal niet.'

'Het zou handig zijn als je dat wel deed; het is wel mijn bestaan.' Sander heeft even iets van zijn belangrijkheid teruggevonden en kijkt haar aan met zijn mooiemannenblik, maar dan lijkt hij zich te herinneren wat hij hier zit te doen, en rolt de deemoed weer over hem heen.

'Oké, dus, eh,' zegt Charlie zachtjes, terwijl ze zich afvraagt of alles wat ze nu ziet, niet alleen Sander de Ster maar ook Sander de Deemoedige, rollen zijn die hij speelt. Zou hij altijd spelen? Ze weet het eigenlijk niet zeker. Als dat zo is, dan is hij waarschijnlijk een betere acteur dan ze tot nu toe heeft gedacht, en ze schrikt van die gedachte; ze wil er niet verder over nadenken. 'Oké, dus je hebt geld nodig. Dus, eh, daarom zitten we hier.'

'Nee, Charlie, we zitten hier omdat je mijn vriendin bent, en plotseling lijk je wel zomaar uit mijn leven verdwenen. We deden het toch samen? Als ik die rol in Bonaire had gekregen, dan had ik ontzettend goed verdiend, en dan had ik dat toch ook met jou gedeeld?'

'Ja,' zegt Charlie, en ineens schaamt ze zich voor haar cynisme. 'Daar heb je gelijk in. Ik heb nog wel wat geld, nog over van mijn, eh, nou ja, van de spullen van mijn ouders, ook al heb ik nog niet zo veel kunnen doen met de spullen van oom Benno. Maar, en ik hoop niet dat je het verkeerd opvat, ik blijf wel liever in zijn huis slapen; het scheelt enorm veel gedoe met op en neer gaan, ik kan mijn auto er makkelijk parkeren, nou ja, alles eigenlijk. En ik voel me er gek genoeg prettig, in dat huis. Het is een fijne plek om te wonen. De buren zijn ook heel aardig; die romanschrijfster, weet je wel, ach, hoe heet ze nou... Freddy! Freddy van Ee, zo heet ze. Die woont in het huis ernaast. Haar vriend is ook enorm vriendelijk, die heeft jaren in Amerika gewoond, was behoorlijk beroemd met zijn muziek en zo...'

'Nick Jacobs bedoel je?' zegt Sander, opverend. 'Wonen die in het huis ernaast? Serieus?'

'Nou, ja, eh, ja. Dus.'

'Die man moet zo veel connecties hebben, kun je ons niet gewoon even met elkaar in contact brengen?'

'Ja, vast wel,' zegt Charlie, 'als hij thuis is.'

'Nou, dan kom ik toch met jou mee, kijken of ik oom Benno's huis ook zo fijn vind om in te wonen?'

Charlie glimlacht, nu hij ineens zo blij is als een jonge hond. Hij heeft weer een plan, dat is duidelijk, hoe onrealistisch het misschien ook is. Dat beeld van een jongen van vijftien dringt zich weer even naar voren, maar het wordt verjaagd door de gedachte dat ze nog steeds niet – en nu was toch echt een uitgelezen kans geweest – aan hem heeft verteld hoeveel geld ze op haar bankrekening heeft staan na de verkoop van haar ouderlijk huis. Ze vindt natuurlijk dat ze eerlijk en open zou moeten zijn; dat is toch de basisvoorwaarde voor een goede relatie? Waarom doet ze het dan niet?

—

De zon schijnt. Het is eigenlijk prima weer, hoewel het nog lang geen zomer is. Per poetst aan zijn motor; hij weet niet meer waarom hij dacht dat het in Nederland altijd rotweer was. De verhalen van zijn moeder, waarschijnlijk. Ze had een hekel aan haar vaderland, aan haar familie, aan alle verwachtingen die daarbij hoorden. Hij kan haar stemgeluid nog bijna horen, als ze zo over zichzelf zei: 'een meisje van stand'. Vol cynisme. Het liefst zei ze dat als ze tot haar ellebogen in een teil met sop stond, om de weinige kleren die ze hadden te wassen. Een wasmachine is een luxe die je je niet kunt permitteren als je op de weg woont. Geld voor een wasserette hadden ze af en toe, als zijn vader weer iets verkocht had. Soms was er dan zelfs zo veel geld dat ze een tijdje in een hotel woonden, waar het juist weer veel luxer was dan in normale gezinnen, maar dat maakte zijn moeder altijd onrustig. Alsof – nu zag hij dat ineens heel helder – haar verleden haar zou kunnen inhalen, in zo'n omgeving op stand. Dus dan ging de familie weer op reis. Het was waarschijnlijk, nog iets wat hem nu ineens duidelijk wordt, nog meer zijn moeder geweest die hun nomadenbestaan aan de gang had gehouden dan zijn vader, hoewel het verhaal waarmee hij was opgegroeid natuurlijk wel draaide om de artistieke, en daardoor ook noodzakelijk fysieke, vrijheid van zijn vader.

'Pff,' zegt hij zachtjes, terwijl hij zijn hoofd schudt. Eigenlijk heeft hij geen zin om hierover na te denken, maar hij heeft intussen zo veel ruimte in zijn hoofd dat hij er bijna niet aan ontkomt. Hij zit hier nu lang genoeg in zijn eentje om zijn ergernissen over zijn vorige klussen achter zich te hebben gelaten en om af en toe eens goed naar zichzelf te kunnen kijken. Hij is wat hij is, is altijd zijn lijfspreuk geweest, maar gaandeweg begint hij het idee te krijgen dat hoe hij is meer aan verandering onderhevig zou kunnen zijn dan hij zichzelf altijd heeft verteld. Het is een beetje als een gebouw: als je een nieuw gebouw neerzet dan lijkt het alsof het klaar is, onveranderlijk, voor de eeuwigheid, maar nu hij aan het kasteel aan het werk is merkt hij pas goed hoeveel ruimte er nog is voor verandering. Verbetering.

Zo was het eigenlijk ook met zijn huisje: het zag eruit als een bouwval, maar de structuur was solide en hoewel het in het begin koud was, en wel een beetje afzien, had hij het binnen een paar weken stevig doorwerken beter geïsoleerd, waarna hij er voor niet al te veel geld een nieuw Ikea-keukentje in zette en wat aanpassingen aan de badkamer deed.

Het huisje is veranderd. Hijzelf nog niet; hij slaapt nog steeds op zijn lichtgewicht veldbedje, ook al heeft zijn slaapkamer nieuwe, fris geschilderde gipswanden en zou hij er bij wijze van spreken nu een tweepersoons boxspring in kunnen zetten. Dat zijn voeten eruit steken als hij op het veldbed slaapt interesseert hem niet; hij is nou eenmaal een lange vent. Dat hij een slaapzak heeft waar hij helemaal in past vindt hij belangrijker.

Zijn huisje is nu precies hoe hij het hebben wil, perfect ingericht voor een man alleen, zijn motor en zijn weinige spullen. Na overleg met Henk en Rosie mag hij zijn motor in zijn tuintje zetten; hij mag er zelfs aan sleutelen, als hij maar oppast dat hij de grond niet vervuilt met olie en dergelijke, en als hij het aanzicht van zijn huisje maar een beetje netjes houdt. Even kijkt hij op van de al mooi glanzende benzinetank om in de dikke heg aan de voorkant te kijken. Aanzicht. Zijn tuintje is vrijwel onzichtbaar vanaf de weg; gelukkig is dit een heg van altijd groen blijvende coniferen, in tegenstelling tot de beukenhaag die zijn huisje van dat van de buren scheidt. Het lijkt weer goed gekomen te zijn tussen de vader en de rest van het gezin; de vorige keer dat ze er waren was alles in ieder geval weer pais en vree. De familie at in de tuin, ging een stukje fietsen; hij hoorde de iets te harde stem van de jongen enthousiast en herhaaldelijk praten over onbelangrijke onderwerpen en de vader werd niet boos.

Gelukkig maar.

Hij kan zich over het algemeen prima afsluiten van de mensen in zijn directe omgeving, maar dat lukt hem wel beter wanneer er een zekere mate van harmonie is. Als er veel nijd, jaloezie of openbare woede is, dan heeft hij meer last van hun aanwezigheid.

Met een liefdevol klopje op het zadel van zijn Vincent Black Lightning van bijna zeventig jaar oud staat hij op. De motor is eigenlijk klaar – een impulsaankoop uit de VS van zo'n vijf jaar geleden, toentertijd een roestig wrak en twee dozen onderdelen, die hij over verschillende continenten heeft meegesleept en in de tussentijd geduldig in elkaar heeft weten te sleutelen en te restaureren. Het is een prachtige machine geworden; de motor is in topconditie. Poetsen, afstellen en erop rijden is het enige wat hij er nog mee kan doen.

Hij zet zijn handen in zijn zij en kijkt even naar de lucht: blauw met hier en daar een wolkje. Het is bijna zomers warm in het beschutte tuintje, en hij verwondert zich erover hoe er, juist nu de motor klaar is, weer een nieuw restauratieproject in zijn leven is gekomen. Een groter project, een meer geworteld project ook. Op die motor kan hij nog altijd opstappen, gas geven en de wereld achter zich laten, maar het kasteeltje? Dat staat hier, en het blijft hier staan. Het is zijn verantwoordelijkheid;

hij kan er, nu hij de handschoen heeft opgepakt, niet meer van weglopen, als dat eigenlijk überhaupt al mogelijk was geweest. Hij heeft het steeds voor zich uit weten te schuiven sinds hij hier is gekomen, maar nu proeft hij voorzichtig aan de gedachte. Aan zijn nieuwe rol, zijn nieuwe positie in het leven. Misschien is het niet zo heel erg, dat niet weg kunnen lopen. Misschien heeft het ook wel iets goeds, om ergens op de wereld een plaats te hebben waar hij hoort. Historisch gezien, dan, want als hij zou willen kan hij natuurlijk altijd nog gewoon morgen op het vliegtuig stappen en in Reykjavik gaan wonen. Of in Adelaide.

'Buurman?' hoort hij, bijna gezongen over het lage tuinhekje dat het enige gat in de dikke heg afsluit. Er leunt een vrouw over het hekje om zijn tuintje in te kijken. Hij weet wel wie dat is: die Eveline, over wie Aloys het had. Ze is helemaal niet zijn buurvrouw, ze zit een aantal huisjes verderop, maar hij kan er de klok op gelijkzetten dat ze een reden vindt om naar zijn tuinhekje te lopen en iets tegen hem te zeggen, zodra ze in de gaten heeft dat hij buiten is.

'Hallo,' zegt hij en hij geeft haar een korte beleefdheidsglimlach.

'Nou, ik dacht al dat ik je zag. Weet jij hoe het is afgelopen met die mensen in het huisje naast je? Ze zijn hier nog niet zo lang, ik weet hun namen zelfs nog niet, maar ik begreep dat die man laatst dat vrouwtje en dat kind zo heeft laten zitten, en met een kwaaie kop naar huis is gegaan.'

'Ik heb geen idee,' zegt Per, enigszins waarschuwend, 'ik... hou me over het algemeen niet zo bezig met mijn buren. Ze zijn hier in de tussentijd wel weer geweest. Volgens mij was er niets aan de hand.'

Evelien lanceert een uitgebreid verhaal over het tuinhek, blijkbaar ongehinderd door zijn schot voor de boeg, en Per merkt dat hij eigenlijk geen antwoord hoeft te geven, wat prettig is, maar dat ze ook niet ophoudt en weggaat, wat minder prettig is. Hij weet niet wat ze van hem wil, maar hij wil nog even naar het kasteeltje lopen om te zien of de stuc die hij heeft aangebracht op een van de muren goed droogt. Om daar nog even wat te rommelen. Hij wacht op een levering dakbalken, op een vrachtwagen met pannen en een paar dakdekkers, hij wacht op van alles op het moment, maar zakken stuc liggen er al in overvloed. Hij wist niet zeker of hij het wel kon, maar hij is gewoon begonnen, en zijn muur lijkt op het eerste oog te zijn gelukt. Tenzij hij er zo dadelijk achter komt dat hij het er te dik op heeft gezet en dat het vannacht naar beneden is gezakt.

'Nou, en toen hoorde ik vanochtend dus van Aloys, toen hij even bij mij kwam kijken of dat wespennest onder het dak nou echt weg is, want ik twijfelde daar enorm over, omdat ik nog steeds wespen in mijn tuin heb, dat...'

Hij luistert niet echt.

'... ik had dus eigenlijk wel verwacht dat jij als directe buurman de moeite zou nemen om moeder en kind even naar huis te brengen,' zegt ze dan, ineens zijn gedachten doorborend.

Hij knippert even met zijn ogen. 'Op de motor?' zegt hij dan, met een handgebaar naar zijn Vincent.

'Heb je geen auto, dan?'

'Nee. Toen ik hier aankwam had ik een bus, maar die was gehuurd. Die heb ik intussen niet meer nodig. Dit is mijn vervoermiddel.'

'O.' Eveline lijkt een beetje ontdaan. Blijkbaar had ze dit scenario niet voorzien. 'Ik dacht al: waarom laat Henk je aan dat ding sleutelen op het terrein? Hij is daar altijd heel streng mee, anders wordt het hier een woonwagenkamp.'

'Het is mijn vervoermiddel,' zegt Per nogmaals, 'en ik heb afspraken met hem gemaakt. De motor is een oldtimer; ik kan hem niet zo in de laan buiten het terrein laten staan, en normaal gesproken dek ik hem af. Dat is op de parkeerplaats ook geen gezicht.'

Het grind knerpt en Per hoort de stem van Rosie, hoewel hij haar niet kan zien door de heg heen. 'Per heeft een wat andere rol op het park dan de recreanten, Eveline; daar horen ook wat andere regels bij.'

'Hij is toch architect?' zegt Eveline tegen de nog lichaamloze stem van Rosie, alsof hijzelf niet twee meter verderop staat, van haar ongebreidelde nieuwsgierigheid afgeschermd door niet meer dan een kniehoog tuinhekje.

'Jazeker,' zegt Rosie, 'en hij is nog een heleboel andere dingen ook, maar ik heb hem nu juist in zijn rol van architect even nodig. Per?' Haar moederlijke en altijd vrolijke gezicht verschijnt om de hoek van zijn heg. 'Heb je misschien tijd om even mee te lopen naar het kantoor? Ik zou graag je advies krijgen over een idee dat ik heb.'

'Geen probleem,' zegt Per, de opluchting nét niet hoorbaar in zijn stem. 'Ik wil zo dadelijk nog wel even bij het kasteeltje kijken, maar ik kan nu toch verder niet zo veel doen als ik nog niets geleverd heb gekregen.' Hij veegt zijn handen nog een keer extra goed af aan zijn poetslap en opent dan zijn hekje, stapt erdoorheen, sluit het zorgvuldig, mompelt een nauwelijks hoorbaar 'dag, buurvrouw' tegen Eveline en haalt dan met een paar lange passen Rosie in, die al op weg was gegaan.

'Volgens mij heb ik je net gered,' zegt ze, een beetje besmuikt.

'Je timing is uitstekend.'

# 9

'Nou ja, en toen dacht ik dus: misschien kunnen we een stukje van de strook land tussen het park en het kasteeltje schoonmaken, wat bomen rooien – er staan een paar sparren die er al behoorlijk dood uitzien. Dan kunnen we daar wat nieuwe huisjes op zetten, en krikken we zo de jaarinkomsten weer wat omhoog.' Rosie kijkt Per ernstig aan en legt het potlood waarmee ze een vage schets op een blaadje printerpapier heeft gemaakt, voorzichtig op tafel.

Per heeft nog niets gezegd. Nu haalt hij diep adem, perst zijn lippen even op elkaar en zegt dan: 'Ik had me nog niet gerealiseerd dat jullie inkomsten er zo voor stonden. Ik heb me überhaupt nog niet zo in de geldzaken van het park verdiept. Ik heb zelf voorlopig nog meer dan genoeg op de bank voor mijn eigen levensonderhoud en de renovatie; ik heb het, eh, bedrag dat bij het kasteeltje zat nog niet eens hoeven aanspreken. Sterker nog, ik weet niet precies hoeveel het is. Ik heb een berg documenten gekregen waar het waarschijnlijk wel in staat, en aan de telefoon zei die man van dat advocatenkantoor wel iets, maar ik vond op dat moment het hele verhaal zo verbijsterend dat het niet is blijven hangen.'

'Vind je het moeilijk om te zeggen?' vraagt Rosie, terwijl ze haar zakelijke toon laat varen. 'Het is je erfenis.'

'Ja… ja.' Per knikt langzaam. 'Ik vind het inderdaad wel moeilijk om te zeggen. Mijn moeder heeft dat deel van haar leven altijd afgeschilderd als… niet iets om trots op te zijn, dus het overviel me allemaal nogal, ja. Ik dacht dat ze onterfd was, of zoiets, dus ik ging ervan uit dat ik nooit meer iets van mijn familie aan die kant zou horen.'

'Ik merk dat heus wel aan je, dat je het er moeilijk mee hebt. En het is ook best een heel ding om zomaar op je dak te krijgen. Henk dacht ook eigenlijk dat die Ewout de erfgenaam was, of op z'n minst dat hij er eventueel voor in aanmerking kwam; zo gedroeg hij zich in ieder geval wel.'

'Ja, ik weet wel wie hij is. Hij is een heel verre verwant. Of misschien eigenlijk helemaal niet. Mijn grootvader was dus de broer van…'

'Van de oude baron, ja.'

'En er zijn nog een paar broers en zussen, maar die zijn intussen allemaal overleden, en ik ben van al die kinderen die die mensen hebben gekregen blijkbaar de meest directe mannelijke afstammeling. Ik weet het ondertussen; die advocaat, of wat was die man, heeft het me allemaal uitgebreid uitgelegd. Tussen al die papieren die ze me hebben opgestuurd zat ook een doos met een of ander zegel erin, zo'n ding.' Hij houdt zijn handen wijd genoeg uit elkaar om er een ontbijtbordje tussen te plaatsen. 'Blijkbaar is dat een soort, nou ja, echtheidskenmerk, of zoiets?' Hij glimlacht even wrang. 'Ik kan me er nog steeds maar weinig bij voorstellen, maar het klopt allemaal wel. De baron was de oudste broer. Mijn grootvader was de broer daar direct onder, hij kreeg drie dochters, mijn moeder is de oudste, ik ben haar enige zoon.'

'Geen jongetjes bij al die andere familieleden?' Rosie houdt de theepot omhoog en schenkt nog een keer Pers kopje vol als hij knikt.

'Mijn moeder heeft alleen maar nichten, geen neven. Ik schijn nog wel een heleboel achternichten en -neven te hebben, in verschillende leeftijden, maar verrassend genoeg ben ik dus de oudste, terwijl mijn ouders toch ook niet meer de allerjongsten waren toen ze mij kregen. Die Ewout... ik heb zijn naam gehoord van die advocaat van dat kantoor, aangezien hij een aantal jaar geleden een keer contact had gezocht over de nalatenschap. Die man weet blijkbaar dat ik besta en hij wilde aantonen dat hij meer rechten heeft, maar hij is eigenlijk, eh...' Per wrijft even over zijn voorhoofd. 'Aangetrouwd, denk ik? Hij is de kleinzoon van de oudere zus van de vrouw van de oude baron, die jullie nog gekend hebben. Die baron, mijn... achteroudoom? Ik heb geen idee hoe je zoiets moet noemen, is blijkbaar op een goed moment van die vrouw gescheiden, maar die Ewout heeft dus altijd gedacht dat hij, nou ja...' Hij trekt een gek gezicht. 'Aanspraak maakte? Of zoiets? Ik heb het gevoel dat ik wat woorden tekortkom om de situatie precies te beschrijven; mijn Nederlands is volgens mij niet verkeerd, maar–'

'Helemaal niet,' valt Rosie hem in de rede, 'gezien het feit dat je hier niet bent opgegroeid is het uitstekend!'

'Ik heb al die termen voor complexe familierelaties nooit nodig gehad, dus daarom ken ik ze ook niet precies. Ik weet wel precies hoe allerlei gereedschappen en houtverbindingen en dergelijke heten.'

'Nou, volgens mij zijn er ook helemaal geen woorden voor om te benoemen wat Ewout precies van je is. Ik denk eigenlijk dat hij gewoon niks van je is, helemaal niks, en ik kan je wel vertellen, Per: ik ben maar blij dat jij het bent, en niet hij.'

'Hoezo?' Per kijkt haar verbaasd aan.

'Nou, jij bent toch veel sympathieker? Die Ewout is een vervelende klier van een vent, en jij bent dat nou net helemaal niet.' Ze grijnst hem een beetje ondeugend tegemoet.

Per houdt zijn gezicht onbewogen, hoewel hij zijn mondhoeken voelt kriebelen om haar glimlach te beantwoorden. Hij krijgt niet zo vaak van dit soort complimenten, dus hij weet niet zo heel goed hoe hij moet reageren. 'Ik dacht dat ik een *moody bastard* was. Dat zeiden ze tenminste in New York altijd van me.'

'Dat valt volgens mij heel erg mee.' Rosie legt haar handen op tafel. 'Nou, vertel, wat vind je van mijn idee voor het park?'

'Ik... vind het wel een goed idee, denk ik. Als jullie er geen problemen mee hebben dat je dan meer mensen op het park krijgt?'

'Ik kan het me nauwelijks voorstellen,' zegt Rosie. 'Als we dit zonder problemen kunnen doen, dan kan dat er ook nog wel bij.'

'We moeten dan wel...' Hij pakt zijn mobiel erbij, opent Google Maps en zoekt het gebied op dat Rosie zo heel schetsmatig op papier heeft gezet. 'Er moeten nogal wat bomen weg, zo te zien.'

'Dat vind ik ook wel heel naar, ja,' zegt Rosie, met een diepe zucht. 'Ik hoopte eigenlijk dat we de huisjes zo veel mogelijk tussen de bomen door zouden kunnen zetten.'

'Hm, voor een deel kan dat misschien ook wel, maar als je er met een kleine kraan bij moet... Ik zal eens gaan kijken. Verplanten kan ook altijd nog, hoewel dat wel veel, eh, voeten in de aarde heeft.'

'Wortels,' zegt Rosie lachend, 'wortels in de aarde.'

Nu kan hij het toch niet helpen; zijn mondhoeken trekken omhoog.

'Kijk, zie je wel dat hij kan lachen,' zegt Rosie tevreden. 'Je doet dat niet vaak, volgens mij, maar het staat je goed, hoor, jongen.'

Per grinnikt nu hoorbaar. 'Natuurlijk kan ik lachen. Maar je hebt wel gelijk: meestal doe ik dat vanbinnen.'

'Nou, ik ben blij dat je het een goed idee vindt, Per, dat is alvast een eerste pak van mijn hart. Je bent toch in feite... tja, het klinkt misschien gek, maar onze werkgever.'

'Het klinkt heel gek. En het is een gedachte die nog niet echt is geland; ik voel me hier meer te gast dan iets anders. Bij het kasteeltje heb ik intussen wel meer...' Hij knijpt even zijn ogen dicht en schudt zijn hoofd. 'Ik heb er meer band mee? Zoiets, denk ik. Maar naar jullie toe heb ik natuurlijk ook een verantwoordelijkheid.' Hij zucht.

'Je hoeft verder niks te doen, hoor, als het je een beetje aanvliegt,' zegt Rosie gauw. 'Ik weet zeker dat Henk en ik het allemaal wel zelf kunnen regelen. Maar ja, ik moet jou toch op z'n minst om toestemming vragen.'

Per knikt. 'Die heb je. Dat is geen punt. En ik vind het natuurlijk ook geen probleem om de organisatie op me te nemen, of in ieder geval een deel daarvan. Ik ga me verdiepen in wat voor soort huisjes passend zouden zijn, en we kijken samen even naar de voorinvestering, want er zal ook een proefhuisje neergezet moeten worden, om kopers enthousiast te maken.'

'O... ja, daar had ik nog helemaal niet bij stilgestaan,' zegt Rosie nadenkend. 'We hebben niet echt geld om te investeren, dus hoe we dat dan moeten doen...'

'Dat is toch niet jullie taak?' Per legt zijn handen op tafel en staat op. 'We hebben het er nog wel even over, binnenkort, als ik wat onderzoek heb gedaan. Nu moet ik weer even aan het werk.'

'Natuurlijk,' zegt Rosie, en zij staat ook op.

Bij de deur keert Per zich plotseling om, deurkruk al in de hand, en even staat hij na te denken. Dan zegt hij toch: 'Die vrouw die hier laatst was, toen de boswachter met die boom bezig was op het parkeerterrein...'

'O, je bedoelt Charlie! Ja, haar oom heeft hier een huisje gehad, misschien wel veertig jaar. Hij is overleden en zij is zijn erfgenaam, dus ze kwam even kijken. Hij heeft zijn huisje blijkbaar al die tijd geheimgehouden voor zijn familie, net zoals hij het voor ons geheim heeft gehouden dat hij niet een beetje schilderde voor de lol als hij hier was, maar dat hij een beroemde kunstschilder was. Zijn huisje staat helemaal vol met schilderijen en schilderspullen, ik wist niet wat ik zag! Die arme Charlie wist ook niet wat ze zag; ik denk dat het haar wel een beetje overdonderde. Ze vertelde me dat schilderijen van haar oom in musea over de hele wereld hangen! Nou, dat zou je niet hebben gezegd als je die man hier op het terrein had gezien, hoor. Hij was heel rustig, ging zijn eigen gang, trok zich nergens iets van aan. Volgens mij had hij ook niet zo veel contact met de meeste andere recreanten, maar dat vond hij denk ik zelf wel prettig.'

'Dat is dan wel een ingewikkelde nalatenschap,' zegt Per nadenkend. 'Als mijn ouders overlijden zal ik ook wel zoiets tegenkomen, al vraag ik me af of het atelier van mijn vader nou vol staat met onontdekte werken. Hij is te oud om nog beelden te maken, en volgens mij heeft hij ook niet zo veel zin meer om te schilderen.' Hij haalt even zijn schouders op. 'En zo heel beroemd is hij ook niet geworden, al geloof ik wel dat mijn moeder daar een groot deel van haar leven op is blijven hopen. Hoe dan ook...' Hij heft zijn hand ten groet en loopt naar buiten, het park af, een stukje door de laan tot aan de oprijlaan van het kasteeltje. En hoewel hij weet dat hij aandacht moet besteden aan de verantwoordelijkheid die hij blijkbaar heeft voor Henk en Rosie, voor het park, voor het voortbestaan van iets waar, dat begint hij steeds meer te begrijpen, een heleboel mensen hun geluk uit halen, wordt die gedachte toch even naar de achtergrond gedrongen.

Die ene naam draait rond in zijn hoofd.

Charlie.

Het past op de een of andere manier precies bij haar, maar tegelijk ook helemaal niet.

—

Aloys heeft gewacht, deze keer. Hij heeft het, schoorvoetend, al een paar keer eerder geprobeerd, maar steeds als hij realnamesecret, r34ln4m3s3cr3t met cijfers voor de klinkers, intypte was er niemand online. Zou hij de naam niet goed hebben gespeld? Iedere keer bezorgt hij zichzelf weer een soort halve hartaanval als hij de zoekopdracht geeft, hoewel hij met geen mogelijkheid zou kunnen zeggen waarom het zo spannend is.

Hij is ook niet meer naar De Paardentram geweest; zijn vrienden hebben hem wel gebeld, maar hij heeft een smoesje verzonnen. Om de een of andere al net zo vage reden heeft hij het gevoel dat hij zich daar niet kan vertonen totdat hij online contact met Serhii heeft gelegd. Alsof hij een soort belofte zou verbreken als hij niks van zich laat horen maar wel, alsof er niks aan de hand was, met zijn vrienden zou komen drinken terwijl Serhii daar werkte.

Volkomen onzin natuurlijk.

Maar toch is het gevoel niet te onderdrukken.

Serhii zal wel steeds aan het werk zijn. Daarom is hij natuurlijk niet online geweest die afgelopen keren. Aloys gaat nou ook weer niet zo vaak naar het café dat hij het rooster van die jongen op een servetje kan uittekenen.

'Verdomme,' bromt hij verstoord, 'klotezooi.'

Een snelle blik op zijn horloge vertelt hem dat De Paardentram nu wel zo'n beetje dicht zou moeten zijn. Elf uur 's avonds op een doordeweekse dag, nog buiten het seizoen; het zijn niet echt stadse tijden in Hogerweijde. Misschien staan ze nog op te ruimen. Als hij nog een half uur wacht en dan nog een keer probeert?

Ergens zou hij het liefst gewoon alles weer uitzetten, opstaan en naar boven lopen. Douchen, tanden poetsen en in bed; hij had niet veel te doen op het park vandaag en dus heeft hij Per geholpen in het kasteeltje. Eerst moesten alle gebroken dakpannen eruit, en de nieuw geleverde pannen moesten naar boven. Er komen professionals om ze te leggen, en Per heeft ook een bouwlift gehuurd, maar die moet nog gebracht worden en hij wilde vast beginnen. Die man houdt er blijkbaar van om zichzelf te martelen; Aloys wilde natuurlijk niet achterblijven en is voor zijn gevoel drieduizend keer naar boven gelopen met een stapel dakpannen in zijn armen. Nu heeft hij spierpijn in zijn hele lijf.

Misschien wel goed, dat verdient hij, met dat rare gedoe met Serhii. Hij snapt er niets van. Niet van zijn gedachten en niets van zijn gevoelens.

Het halve uur is zo gevuld met doelloos rondscheuren in een ontvreemde auto in *Grand Theft Auto*. Hij vlucht voor de politie door dwars over het gras een heuvel op te rijden, komt klem te zitten met zijn auto tussen de rotsen en wordt vervolgens doodgebeten door een poema die hij niet aan zag komen.

*Wasted*, zegt het spel.

Zo voelt hij zich ook wel een beetje.

Hij opent *Fortnite*, typt Serhii's naam in, en als een soort wonder verschijnt hij plotseling in beeld. Hij is online.

'Hoi,' typt Aloys schuchter in het Nederlands.

'Hoi,' antwoordt Serhii in dezelfde taal. 'Wie ben jij?'

'Aloys.'

'Dat hoopte ik al.'

'Moest je werken?'

'Ik ben net thuis.'

'Ik heb je veel vaker gezocht, maar je was er steeds niet.'

'Ik heb extra gewerkt; iemand is ziek.'

Ze zitten in de lobby van het spel en Aloys hoopt dat ze niet gaan spelen, alleen praten. Er is iets fijns aan, hoewel ze het eigenlijk over niks hebben. Over werk, over dingen die ze vandaag hebben gedaan.

'Heb je Snap?' vraagt Aloys. 'Dan kunnen we bellen.'

'Mijn moeder slaapt al,' gaat Serhii verder in het Engels, 'en ik ben bang dat ze dan wakker wordt. Ze is heel angstig; onze flat is gebombardeerd, thuis, midden in de nacht, en nu schrikt ze vreselijk van ieder geluid.'

'Wow, heftig...' Aloys probeert zich, vanuit zijn veilige vertrouwde kelder, een voorstelling te maken van hoe zoiets moet zijn geweest.

'We hadden nog geluk; de halve flat was weggeslagen. De buren waren dood. Daarna zijn we gevlucht.'

'Kon je er dan nog wel veilig uit komen, uit die flat?'

'We hebben er niet over nagedacht. We hebben ons aangekleed, heel weinig meegenomen, alleen paspoorten, alle cash die we hadden, mijn moeders gouden armband, mijn mobiel, een brood, een pot jam, ik heb nog mijn sportfles met water gevuld maar toen hield het water ermee op. Toen zijn we het gebouw uit gevlucht via een andere trap dan die we normaal namen, want die was er dus niet meer. Er waren ook mensen die er gewoon in bleven zitten. Ik hoorde later van mijn tante dat er nog een stuk is ingestort nadat we weg waren. Met mensen erin, waarschijnlijk.'

'Jezus, wat vreselijk. Stond je daar midden in de nacht op straat!'

'We zijn naar het station gaan lopen, toen de trein naar Polen. Het was idioot druk. Toen hebben we nog een dag in de rij moeten staan bij de grens, mijn moeder viel steeds flauw. Het brood was op. We kregen wat eten van iemand. Ik kan me nauwelijks meer herinneren hoe we hier terecht zijn gekomen. Hele stukken van die reis zijn weg bij mij, ik was alleen maar bezig met mijn moeder, en toen ze hier eenmaal zat ben ik meteen teruggegaan om te vechten. Toen kreeg ik die scherf in mijn been. Zodra ik kon lopen dacht ik: ik moet terug naar mijn moeder.'

'Ik snap het. Of nou ja... ik heb zoiets niet meegemaakt, dus ik kan moeilijk zeggen dat ik het snap, maar ik begrijp wel dat je moeder schrikt van van alles, en ik snap ook dat je hier bent teruggekomen om bij haar te zijn.'

'Familie is belangrijk.'

Aloys heeft het idee dat hij bijna Serhii's stem kan horen terwijl hij dat zegt. 'Ik vind dat ook,' typt hij snel. 'Ik ben opgevoed door mijn grootouders, en ik woon nog steeds bij ze, omdat mijn moeder niet zo geschikt was als moeder. Ze heeft me denk ik ook veel te jong gekregen. Ik zou niet weten wat ik zonder mijn opi en omi moest.'

'Mijn oma is nog daar,' typt Serhii. 'Mijn tante is bij haar gaan wonen. We hebben geprobeerd om ze hiernaartoe te krijgen, maar oma wil niet weg. Dus blijft mijn tante ook maar. Iemand moet toch voor haar zorgen.'

'Shit man,' typt Aloys.

'Ja,' typt Serhii.

En dan valt het even stil.

Na een tijdje typt Serhii: 'Wel fijn om even met je te praten.'

'Vind ik ook.'

'Ik ben heel moe; ik wil gaan slapen. Vind je dat goed?'

Aloys grijnst. 'Alsof ik daar iets over te zeggen heb, gek. Ik ben ook heel moe, ik heb de hele dag met dakpannen lopen sjouwen, maar ik wilde toch nog even proberen of je er was.'

'Dank je wel.'

'Nee, jij bedankt, het was fijn om eindelijk even met je te kunnen praten.'

'Vond ik ook. Volgende keer niet zo laat, dan kunnen we wel met Snap; kun jij morgenmiddag om half vier?'

'Ik denk het wel, zeg even hoe je heet in Snap?'

Ze wisselen gegevens uit en zoeken elkaar op in Snapchat.

'Ik weet niet of ik het morgenmiddag toch nog druk krijg op het terrein. Er kan altijd ineens iets gebeuren wat dan een heleboel tijd kost,' typt Aloys. Het gesprek gaat gewoon verder, ook al zijn ze van platform gewisseld; het maakt niets uit, het is te fijn om gewoon even contact te hebben. Onverklaarbaar, ze kennen elkaar amper, maar toch heeft hij het gevoel dat hij precies begrijpt wat Serhii allemaal zegt, en voelt hij zich ook volledig begrepen. Alsof hij de rol van de vrolijke, zorgeloze Aloys, die soms als een korset in zijn vlees snijdt, eindelijk even aan de kapstok kan hangen om zijn adem de vrije teugel te geven. Een ontspanning, van zijn ziel misschien wel.

Het is jammer maar onvermijdelijk dat Serhii zegt: 'Nu ga ik echt slapen.'

'Ik ook.'

'Was fijn.'

'Ja.'

'Welterusten.'

'Welterusten.'

# 10

‘Ik vind het heerlijk dat je ineens op zaterdagmiddag voor mijn neus staat, jongen.’ Rosie kijkt haar zoon bezorgd aan en zet een kop thee onder zijn neus. ‘Maar gaat het wel goed?’

‘Jawel,’ zegt Joost een beetje verstrooid, terwijl hij een biscuitje wegkauwt.

‘Ik zie aan je dat er iets is. Kom op, voor de draad ermee; je hebt nog net een half uurtje, denk ik, voordat je vader en Aloys binnenkomen.’

Joost zucht. ‘Ik weet het niet precies, mam. Ik kan de vinger er niet helemaal op leggen.’

‘Is het iets met je werk?’

‘Neuh, niet echt, dat is gewoon even saai als altijd.’

‘Ik begrijp toch niet dat je die studie hebt gekozen als je het eigenlijk niet leuk vond. Van ons had dat toch echt niet gehoeven, hoor.’

‘Ja, maar ik kon toch niet...’ Joost zucht nog een keer. ‘Mam, ik kon toch niet na al die moeite van jullie, en al dat geld... En het was wel duidelijk dat Aloys geen zin had om te gaan studeren, dus moest ik maar iets doen waar ik goed geld mee kan verdienen zodat, als jullie eenmaal ouder zijn, en dingen nodig hebben, dat ik dan... nou ja, dat ik er dan voor jullie kan zijn.’

‘Ja, maar je bént er toch al voor ons? Och, lieve jongen van me.’ Rosie stapt op hem toe, slaat haar armen even om zijn schouders en geeft hem een kus op zijn kruin. ‘Ik had geen idee, weet je dat? Ik dacht dat je het interessant vond, rechten studeren.'

'Vond ik ook, dat was eigenlijk niet het probleem. Ik ben gewoon bij lange na niet zo goed met mijn handen als pap en Aloys. Ik hou wel van een intellectuele kluif, en ik vind het ook niet vervelend om onderzoek te doen en zo, maar nu ik bij dat kantoor zit... Ik heb gewoon het gevoel dat ik niet in die cultuur pas, snap je? En dat uurtje-factuurtjegedoe; ik ga lunchen en ik factureer mijn cliënt een uurtarief, alleen maar om aan mijn verplichte aantal uren te komen. Ik voel me soms net een boekhouder die op het randje van legaal opereert. Daar heb ik het niet voor gedaan. En dan ook nog dat gedoe met Lies...'

'Wat is er met Lies?'

'Ik weet het niet precies. Op de een of andere manier is er iets anders aan haar, sinds ze naar die castingtoestand in Bonaire is geweest. Ze zijn daar blijkbaar flink gaan stappen, met een hele groep acteurs die allemaal voor die casting kwamen, en nu zit ze de hele tijd met die groep te appen. Ze zit zo'n beetje non-stop met haar neus op haar mobiel en ze lijkt gewoon geen interesse meer te hebben in iets anders. Ze wil steeds maar met al die mensen naar het café, en het is... ik kan de vinger er niet helemaal op leggen, maar het lijkt op het moment meer alsof ze bij me inwoont dan dat we een relatie hebben.'

Rosie kijkt bedenkelijk en komt bij hem aan tafel zitten. 'Geef eens een voorbeeld?'

'Nou, dat ze de was doet, maar alleen haar eigen spullen in de kast legt? Dan moet ik mijn eigen spullen dus uit de mand met schone was halen en opvouwen. Als ik de was doe ruim ik gewoon alles op voor ons allebei, ik ga toch niet haar kleren laten liggen, zodat ze die dan zelf moet doen? Nog even en er zitten in de ijskast allemaal dingen met stickers met haar naam erop!' Joost voelt dat hij zich er eigenlijk meer over opwindt dan hij had gedacht. Misschien heeft hij zijn emoties ongemerkt voor zich uit geschoven; er is iedere keer wel weer iets anders aan de hand, iets met zijn werk, waardoor hij zich de tijd niet gunt om ze te benoemen. 'Ze is echt anders, sinds Bonaire,' besluit hij, overdonderd door de heftigheid van zijn eigen gevoel, 'en ik vind het niet leuk.'

'Nee, dat snap ik,' zegt Rosie. 'Wat vervelend. Je hebt het er zeker nog niet met haar over gehad?'

'Nou nee, ik heb denk ik nu pas door hoe vervelend ik het vind.'

'Snap ik ook,' zegt ze, maar dan klinkt het geluid van het opengaande tuinhek en horen ze de stemmen van Henk en Aloys, elkaar goedmoedig plagend, dichterbij komen.

'Ha, jongen!' roept Henk als hij zijn zoon ziet. 'Wat fijn dat je er al bent!'

'Joost!' roept Aloys, en hij doet even een gek blij dansje wanneer hij de keuken in komt. 'Waarom zitten jullie hier en niet op de bank?'

'Om in de papieren te kijken van dat Berg&Bos-gebeuren waar ik in zou duiken,' zegt Joost, 'maar we zaten eigenlijk gewoon te praten; we waren nog niet echt begonnen.'

'Wat heb je gevonden dan?' Henk schuift nieuwsgierig aan.

Joost bladert wat in de stapel papier voor zijn neus en trekt er een velletje uit. 'Nou, het is heel vreemd: in Spanje zit er een soort holding, daar valt Berg&Bos dan weer onder, de directeur van de Nederlandse tak is deze onuitspreekbare Poolse naam – *be my guest*, maar ik ga er niet aan beginnen om dat hardop te zeggen.'

'Kyril Wojesiwo- eh, tsjofski?' probeert Henk.

'Precies. Hij dus. Hij is geen onbekende bij justitie; hij is directeur van meerdere vastgoed-gerelateerde bedrijven. Zoals daar zijn... een blok containerwoningen in de Rotterdamse haven, en nog wat huizen en een hotel in het Westland. Die locaties worden vooral gebruikt om goedkope arbeidsmigranten in te huisvesten, en niet onder de beste omstandigheden. Daarom is hij ook bekend: verdacht van mensensmokkel, maar wegens gebrek aan bewijs nooit veroordeeld. Wel een paar keer beboet omdat hij zijn woningen niet goed onderhoudt. Hij zit nog niet lang in de huisjesparken, wat zeg ik, Berg&Bos als bedrijf bestaat nog maar drie jaar, maar in die drie jaar zijn er even zo veel parken geopend, in de mooiste natuurgebieden in Nederland. Eentje op de Wadden, eentje op de Veluwe, eentje bij de Weerribben. Al die huisjes zijn razendsnel uit de grond gestampt en meteen verkocht, voor flinke bedragen. Twee ton of meer.'

Henk fluit tussen zijn tanden. 'Zo veel geld? En dan mogen die mensen er nog niet eens de hele tijd in zitten?'

'Inderdaad, het is de bedoeling dat je je huisje voor een kwart van het seizoen verhuurt, en daar kun je best aardig mee verdienen, maar nu komt de aap uit de mouw: je moet twintig procent van je huurinkomsten aan het park afstaan, zogenaamd voor onderhoud en dergelijke.'

'Een soort wegenbelasting?' grapt Aloys.

'Ja, zo zou je het kunnen zien.'

'Mag dat zomaar?' vraagt Rosie. 'Twintig procent, dat is echt veel.'

'Als het in de voorwaarden van het contract staat, en mensen tekenen ervoor, dan mag het, helaas,' zegt Joost. 'Maar dat is nog niet alles: stel dat je je huisje níét voor een kwart van de tijd hebt verhuurd, dan moet je aan het eind van het jaar alsnog een bepaald basisbedrag overmaken aan Berg&Bos. Dat is lager dan wat je zou hebben moeten betalen als je het wel had verhuurd, maar het ligt toch nog zo rond de vijfduizend euro, en dat is flink meer dan de pacht of het stageld dat bij de gemiddelde camping wordt gerekend. En het mag, dat is het erge: juist omdat die mensen hebben getekend voor die verhuurclausule met alles wat erbij hoort, zie je precies in de specificatie van de jaarafrekening, waar natuurlijk ook de nutsvoorzieningen in zitten, en administratiekosten – wacht, ik heb een kopietje hier, even kijken…'

'Hoe ben je daar dan aan gekomen? Heb je een hele lijst mensen af zitten bellen om om zo'n factuur te vragen?'

'Nou nee, verrassend genoeg heeft onze officemanager op kantoor zo'n huisje met haar gezin. Op dat park bij de Weerribben. Ze hebben er het eerste jaar veel plezier van gehad, maar volgens mij hangt het nu al als een molensteen om hun nek, want ze moeten ontzettend veel, nog los van al dat geld dat ze moeten betalen: ze moeten het huisje zelf onderhouden en dat betekent volgens het contract ieder jaar schoonmaken en bepaalde onderdelen schilderen, en ze moeten dan ook specifieke verf gebruiken die ze bij het park moeten kopen en die hartstikke duur is. Ze mogen bijna niks buiten zetten – ja, een paar tuinstoelen, maar geen trampoline voor de kinderen, of opblaaszwembadjes. Anita, dat is dus onze officemanager–'

'Heet die echt Anita?' roept Aloys verbijsterd uit. 'En haar man heet zeker Sjonnie?'

'Nee, gek, ik weet niet hoe haar man heet, en ze is ook helemaal niet een Sjonnie-en-Anita-type, geloof me. Laat me nou even mijn verhaal afmaken.'

'O, sorry.'

'Nou ja, Anita dus, die zei dat ze serieus overwogen om het door te verkopen, totdat ze in het koopcontract zagen staan dat ze bij verkoop óók twintig procent van het bedrag aan het park moeten afstaan! Dus dan moeten ze het huisje voor een hoop meer zien te verkopen dan waarvoor ze het hebben gekocht, en dat lukt natuurlijk niet zo makkelijk. Anders schieten ze er ontzettend bij in. En ze hebben er dus een tweede hypotheek voor genomen, omdat ze dachten: in het huidige tijdsgewricht is het wel zo fijn om lekker in eigen land op vakantie te kunnen, het klimaat warmt op dus waarom zouden we nog naar Spanje of

Portugal of Turkije of wat dan ook, vliegschaamte, enzovoort... nou ja. Je begrijpt de redenering. En nu zitten ze met dat huisje, dat ze veel meer kost dan ze hadden gedacht, want je kunt het natuurlijk voornamelijk goed verhuren in de kindervakanties en de zomer, maar ja, dan willen ze er zelf in zitten!'

'Wat een verhaal,' zegt Henk. 'Als ik dat zo hoor doen wij het helemaal verkeerd. Qua inkomsten dan, hè, want ik denk dat we het qua menselijkheid en gezelligheid en dat soort dingen juist goed doen.'

'Dat denk ik ook,' zegt Rosie nadrukkelijk. 'Maar je was iets aan het zeggen over de pacht, toch, Joost?'

'Ha, ja, ik raak helemaal van mijn à propos,' zegt Joost met een lachje en een blik op het papier in zijn hand. 'Ik wilde dus zeggen wat je hier ziet in de specificatie van de jaarrekening: een apart bedrag voor verhuurafdracht ten behoeve van onderhoud park. Keurig gescheiden van de nutsvoorzieningen, want daar mag je geen winst op maken, nou ja, dat weten jullie, en de eigenaars van de huisjes kunnen ook niet reclameren bij de RECRON of zoiets dergelijks omdat ze zelf hun handtekening onder dat wurgcontract hebben gezet. En ze komen dus ook niet zo makkelijk van hun huisje af zonder er minstens veertigduizend euro op te verliezen, want je snapt natuurlijk wel dat als het park zelf ook nog huisjes te koop heeft staan voor twee ton, en zij proberen hun huisje te verkopen voor twee veertig, wat er dan gebeurt...'

'Mijn hemel,' zegt Rosie ontdaan. 'Wat een boeven! Kunnen we er nog iets tegen doen dat die lui hier gaan bouwen? Ze hebben al grond gekocht.'

'Ik moet daar even naar kijken; misschien heeft die grond een bepaalde bestemming, misschien mag er niet op gebouwd worden. En met al die stikstofregels is het bouwen natuurlijk ook lastig, maar daar hebben die huisjesparken vaak wel trucs voor: ze laten bijvoorbeeld een prefab huisje komen dat in een ander land in elkaar wordt gezet, en dan hoef je het in feite alleen maar aan te sluiten en klaar ben je. Nauwelijks een voetafdruk. Ik... ja, ik moet daar gewoon even over piekeren, of ze hier in de buurt nog te stoppen zijn.'

'Kunnen we niet zeggen dat we het niet willen, omdat het oneerlijke concurrentie is? Ik bedoel, toen de Hema in Hogerweijde kwam, mochten ze geen taart verkopen omdat Venema ervoor is gaan liggen in de gemeenteraad.'

'Venema de banketbakker? Goh, dat wist ik niet. Nou ja, in zo'n betrekkelijk kleine kern kan ik me er wel iets bij voorstellen...' Joost wrijft even over zijn gezicht. 'Geef me nog even de tijd om erover na te denken, misschien krijg ik een idee. Hoe dan ook, en nou kom ik aan het eind van mijn verhaal–'

'Die rechter is al lang in slaap gevallen, als je altijd zo langdradig zit te leuteren, man,' zegt Aloys pesterig.

'Jij ziet er anders nog best wakker uit, amice,' zegt Joost met zijn beste bekakte-advocatenstem.

Iedereen lacht.

'Laat me het nou afmaken,' zegt Joost, zijn handen geheven, maar wel met een grijns op zijn gezicht. 'Ik heb echt mijn best moeten doen om de *governance* helder te krijgen, en het uiteindelijke eigenaarschap van de holding boven die holding in Spanje was nog veel onduidelijker, maar dat leidt dus verrassend genoeg naar China.'

'China?! Hoezo dat? Waarom is dat interessant voor China? Wat moeten ze in China nou met huisjesparken in Nederland?' Iedereen roept door elkaar.

'Ik weet ook niet wat de achterliggende motieven zijn,' zegt Joost. 'Ik weet alleen dat vanuit China op allerlei plekken in Nederland, en trouwens ook in België, grond wordt gekocht. Vooral in de havens, leek het in eerste instantie, maar nu dus dit. Ik heb ook al gehoord dat boerenbedrijven op de stikstoflijst zijn uitgekocht door Chinese bedrijven; die boden zo veel hogere bedragen dan de staat dat zo'n boer daarmee in een land met nog genoeg ruimte makkelijk opnieuw kon beginnen.'

'Maar waarom?' Henk kijkt Joost aan. 'Ik snap het gewoon niet; wat moeten Chinezen nou met Nederlandse grond?'

'Het zijn handelaars, pa. Ze kijken naar alles wat schaars is, want dat wordt duur. Ik denk dat het zo simpel is. Nederland zit in de top vijftig van dichtstbevolkte landen – wat zeg ik, volgens mij zitten we in de top dertig. Als je hier strategisch grond inkoopt kun je op je klompen aanvoelen dat dat meer waard gaat worden. En China heeft natuurlijk oneindig veel geld, omdat het zo'n beetje allemaal één is, daar. De staat en de bedrijven. Ik chargeer een beetje–'

'O, meneer chargeert,' plaagt Aloys meteen, 'edelachtbare, meneer chargeert, hoor! Wat betekent dat eigenlijk, je telefoon opladen?'

'Nee, sukkel, het betekent overdrijven,' zegt Joost, en hij pakt een stuk wit papier uit zijn stapeltje, kreukelt het in elkaar tot een bal en gooit het naar Aloys' hoofd.

Aloys doet alsof hij gewond van zijn stoel stort, maar dan horen ze het belletje van de receptie. Die is dicht, maar bij de deur kun je bellen. Het belletje wordt alleen maar gebruikt door de recreanten wanneer er iets aan de hand is, dus Rosie schiet uit haar stoel en loopt kwiek de deur uit. Henk staat ook op, en dan gaan Aloys en Joost ook maar even mee.

Voor de dichte deur van de receptie staat een jonge vrouw, met een grote tas in de ene en een hard huilend jongetje van een jaar of acht aan de andere hand. Ze heeft een wit en betraand gezicht, maar één wang is verdacht rood.

'O jee,' zegt Rosie moederlijk tegen haar, als ze de deur van de receptie van het slot haalt, 'is het weer mis? Kom maar even binnen, hoor. Wil jij een lolly?' De jongen moet zo hard huilen dat hij haar niet hoort, maar als ze eenmaal binnen zijn en ze houdt een aardbeienlolly voor zijn neus, bedaart hij toch genoeg om hem aan te kunnen nemen.

'Ik vind het vreselijk dat ik nou wéér bij jullie aan moet kloppen,' zegt de vrouw, 'maar in ieder geval ben ik wel beter voorbereid; ik heb nu genoeg geld bij me om een taxi te kunnen nemen als dat nodig is. Ik heb alleen geen mobiel; we zijn gisteren heel haastig van huis vertrokken om hiernaartoe te gaan. Mijn man vond ineens dat het tijd was en ik was nog niet helemaal klaar met inpakken, en toen heb ik hem natuurlijk laten liggen. Stom. Ik kwam er net pas achter.'

'Een taxi, helemaal naar Leiden?' Henk klinkt verbijsterd.

'Nou ja, ik heb niet zo veel andere opties. We kunnen niet met het ov, en daar raakt Lars ook veel te overprikkeld van. Hij is al zo uit zijn doen.'

'Elodie, was het toch?' zegt Aloys vriendelijk. En tegen Joost zegt hij: 'Ik heb ze twee weken geleden naar huis gebracht; toen zaten ze hier ook vast.'

'Het heeft geen zin om eromheen te draaien,' zegt Elodie met een diepe zucht. 'Mijn man, Ronald, is boos naar huis gegaan. Net als de vorige keer. We hadden ruzie. Het gaat niet zo goed met ons huwelijk, maar ik doe wel–' hier wordt ze ingehaald door een snik die uit haar tenen lijkt te komen, 'ik doe wel heel erg mijn best. Om het te laten werken. Voor Lars. Het is belangrijk dat hij opgroeit met een vaderfiguur in zijn leven; het is al moeilijk genoeg voor hem om mee te komen met de andere kinderen. Hij heeft iets op het autistisch spectrum, niet erg genoeg om naar een aparte school te moeten, maar hij heeft wel veel rust nodig om zijn prikkels te kunnen verwerken. Daarom ben ik ook zo blij met het huisje hier; hij knapt altijd enorm op van de natuur, na zo'n drukke schoolweek.' Ze aait Lars over zijn bolletje; hij is een stuk rustiger geworden en lijkt volledig op te gaan in zijn lolly. 'Lars is een lieve jongen. Hij kan soms een beetje op één spoor zitten, maar dat is niet zo erg; zolang hij niet overprikkeld raakt, is hij echt heel lief. Maar ja, als Ronald dan de hele tijd...' Ze snuft. 'Sorry. Ik moet niet al mijn toestanden zo over jullie uitstorten.'

'Geeft niks,' zegt Joost, 'je mag het best even van je af praten, hoor.' Hij merkt hoe hij in de cliëntmodus schiet, en ineens hoort hij zichzelf zeggen: 'Zal ik jullie anders even een slinger geven? Ik heb een heel grote auto, Lars, met koplampen op het dak!'

Lars kijkt geïnteresseerd op van zijn lolly, maar durft niets terug te zeggen.

'Hij is dol op auto's,' zegt zijn moeder.

'Joost heeft een idiote machine, voor iemand die in de stad woont,' plaagt Aloys. 'Hij droomt ervan om weer hier te wonen, dus hij dacht natuurlijk: ik koop vast een bosauto, dan komt de rest vanzelf.'

'Een bosauto,' zegt Joost grinnikend, 'helemaal goed. Nou, kom, jongens, hij staat in de laan, zullen we maar meteen even?' Hij kust zijn moeder op haar wang. 'Ik ben voor het eten terug. Of zal ik een zak friet halen bij De Halte?'

'Ben jij mal,' zegt Rosie, 'ga maar gauw, hoor.'

Joost geeft Elodie een snelle glimlach, opent de deur voor haar en Lars en loopt voor ze uit naar zijn donkergroene Mercedes G-klasse, die uitnodigend staat te glimmen in het latelentemiddaglicht dat tussen de bomen door valt.

Onderweg zit Lars, op de achterbank, zachtjes voor zich uit te zingen en uit het raam te kijken. Elodie zwijgt. Joost heeft het gevoel dat hij iets moet zeggen, dus hij begint gewoon maar.

'Dus jullie waren gisteren naar het park gekomen?'

'Ja, vrijdagmiddag, nadat Lars uit school kwam. Ronald had een halve dag vrij genomen, en eigenlijk wilde hij dus meteen weg zodra hij thuis was, maar ik redde dat net niet, met eerst Lars naar school brengen, toen alle boodschappen die ik moest halen voor het weekend, toen de tas inpakken, en toen was het alweer tijd om Lars te gaan halen. Toen we thuiskwamen stond Ronald er al, hij was al boos dat we later thuis waren dan hij, dus hij wilde meteen weg. Ik heb geen tijd gehad om mijn eigen spullen nog bij elkaar te pakken, ik heb alleen mijn portemonnee en mijn huissleutels bij me, omdat die toevallig in mijn zak zaten. O, nou zit ik alweer zo te ratelen, sorry.'

Joost lacht. 'Dat geeft toch niet, ik vraag er zelf om! En toen hebben jullie hier een nachtje geslapen en toen... kregen jullie vanochtend ruzie?'

Het blijft een tijdje stil, en als Joost even opzij kijkt ziet hij dat Elodie heel erg haar best doet om niet te huilen.

'Laat het maar lekker lopen, hoor,' zegt hij gemoedelijk. 'Ik ben advocaat van beroep, ik heb best vaak huilende cliënten aan tafel. Je gaat toch meestal niet naar een advocaat omdat alles precies gaat zoals je wilt, hè? Ik vind het niet erg, hoor. Als het maar oplucht.'

Elodie haalt heel diep adem en er rollen meteen een paar tranen uit haar ogen. 'Nou, ja, het ging precies zoals je zegt. We zouden een lang weekend blijven, maar we vertrokken natuurlijk al een beetje ongezellig, en toen ging het vanochtend weer helemaal mis. Ronald kan vreselijk geïrriteerd raken als Lars bepaalde dingen doet, bijvoorbeeld als hij zo zit te zingen als nu, of als hij zichzelf te vaak herhaalt. Vroeger ging het veel beter, maar ik denk dat Lars' autisme wat zichtbaarder wordt nu hij wat ouder is. Ronald heeft het er altijd vreselijk moeilijk mee gehad dat Lars is hoe hij is. Hij vindt dat we een gehandicapt kind hebben, en hij heeft altijd gezegd dat hij dat absoluut niet wil. Als bij de echo al duidelijk was geweest dat er iets mis was, had hij het niet willen laten komen. Hij was sowieso nooit zo heel enthousiast over kinderen krijgen, het was echt mijn ding, dus ja. Toen kwam Lars, een mooi, gezond kind, maar na verloop van tijd werd wel duidelijk dat hij erg diep in zichzelf zat, zeg maar. Dat je soms bijna geen contact met hem kon krijgen. Toen we de diagnose autisme kregen, vond Ronald eigenlijk dat hij alsnog een gehandicapt kind had, terwijl Lars het hartstikke goed doet op school. Hij kan goed leren, hij is lief, hij groeit goed, ook geestelijk... Hij heeft alleen zo zijn dingetjes, en als Ronald daarmee geconfronteerd wordt kan hij vreselijk, nou ja...'

'Uitbarsten?'

Ze knikt. 'En dat gebeurde dus vanochtend. Lars zat te zingen. En toen ineens... Ik ging hem natuurlijk verdedigen; hij deed niks, hij zat gewoon voor zich uit te zingen, net als nu, en hij speelde met zijn auto's en deed verder niets raars. Toen had ik het natuurlijk ineens allemaal gedaan. Was het mijn schuld, omdat ik had doorgedreven dat er een kind moest komen.'

'En toen heeft hij je in je gezicht geslagen,' zegt Joost.

Elodies hand vliegt naar haar wang. 'Is het zo duidelijk zichtbaar?'

'Het trekt vanzelf weer weg,' zegt Joost geruststellend. 'Maar waarom gaat je man dan steeds naar huis zonder jullie? Dat kan toch niet zomaar?'

'Twee weken geleden was de eerste keer,' zegt Elodie verdedigend, 'hiervoor heeft hij dat nooit gedaan.'

'Nou, dat pleit hem niet vrij, hoor. Wat denkt hij dan, dat hij ervan af is als hij jullie in het bos laat zitten? Letterlijk?'

'Ik weet niet wat hij denkt, maar vanochtend schreeuwde hij nog: vorige keer ben je ook goed thuisgekomen, nou, dan doe je dat maar lekker nog een keer.'

'Lekker, noemt hij dat. Dat je dan iedere keer bij een ander aan moet kloppen, met je huilende kind.'

'Ik had in ieder geval wel geld bij me voor een taxi. Vorige week ook al, al hadden we het toen gelukkig niet nodig. Ik was dus wel iets beter voorbereid. De volgende keer heb ik het helemaal perfect, dat beloof ik je, dan doe ik niks meer fout.'

De wanhoop die uit die bibberige woorden spreekt maakt

dat Joost even moet slikken. 'Mij hoef je niets te beloven, hoor, Elodie,' zegt hij zachtjes. 'Ik vind niet dat je iets fout doet. Ik heb juist bewondering voor hoe je de boel bij elkaar probeert te houden onder moeilijke omstandigheden. Wilde je niet liever het hele weekend volmaken met Lars, even tot rust komen, en dan morgen naar huis gaan?'

Ze schudt haar hoofd. 'Ik kan er niet tegen als we ruzie hebben; ik wil het dan gewoon zo snel mogelijk weer goedmaken, want ik blijf helemaal onrustig, weet je wel? Ik doe geen oog dicht.'

Joost knikt, zwijgt even, maar vraagt dan: 'Heb je zelf geen auto? Dan kunnen Lars en jij lekker met z'n tweetjes op pad in het weekend.'

Elodie schudt haar hoofd. 'Ik heb wel een rijbewijs, maar Ronald vindt twee auto's te duur, en hij vindt het onzin dat ik dan alleen om Lars naar school te brengen en om boodschappen te halen een auto zou hebben. Alles is op loopafstand van ons huis.'

'Hoe lang moet je naar Lars' school lopen?'

'Een kwartier.'

'Dat is ook geen pretje als het giet van de regen,' zegt Joost een beetje in zichzelf.

'Het gaat wel,' zegt Elodie dapper. 'Ik merk dat het iedere keer toch wel weer gaat. Voor Lars, ook, hè? Heb jij kinderen?'

Joost schudt zijn hoofd. 'Ik woon met mijn vriendin in Amsterdam, ik fiets altijd naar mijn werk op de Zuidas, in het weekend ga ik graag naar mijn ouders... Dat is het wel zo'n beetje. Saai eigenlijk, als ik het zo zeg.'

'Heb je nou je vriendin bij je ouders achtergelaten om ons naar huis te brengen?' Elodie klinkt ineens vreselijk geschrokken.

'Nee, nee, ze wil nooit mee, ze vindt op bezoek gaan bij elkaars ouders veel te... nou ja, te burgerlijk, denk ik? Maar ik mis ze, hoor, als ik ze te lang niet zie, en ik mis het bos ook zo. Het is leuk, in de stad wonen, met alle musea en theaters en zo, en het is handig voor het werk, maar ik ben opgegroeid onder de bomen, dus ik ga dat toch missen.'

'Wat doe je precies voor werk, als advocaat?' Elodie klinkt een stuk minder bibberig nu het niet meer over haar gaat.

'Ik zit bij zo'n groot kantoor, en we doen van alles: soms hele grote *corporate* zaken, soms burenruzies… Heb jij werk, naast dat je voor Lars zorgt? Of hobby's, vriendinnen…?'

'Nee, ik kan eigenlijk niet weg; ik moet toch thuis zijn voor Lars. Ook voor als het misgaat met hem op school, dan bellen ze me om hem te halen. Als hij overprikkeld raakt.'

'Wat gebeurt er dan?'

'Dan moet ik heel hard huilen omdat mijn hoofd zo vol zit,' klinkt het ineens vanaf de achterbank, 'en dan kan ik niet stoppen totdat mama er weer is.'

'Dat snap ik,' zegt Joost, met een blik in de achteruitkijkspiegel. 'Van mama's word je rustig. Had ik ook als kind.'

'Alléén van mijn eigen mama,' zegt Lars ernstig, 'niet van andere mensen hun mama's.'

Joost en Elodie lachen.

'Gelijk heb je, man,' zegt Joost goedmoedig. 'Je eigen mama is de beste. En Elodie: als we er zo dadelijk zijn, dan geef ik je mijn nummer. Mocht je advies nodig hebben, dan kan je me altijd bellen, goed?'

'Advies? Voor wat dan?'

'Ik doe ook wel familierecht,' zegt Joost voorzichtig.

Elodie perst haar lippen even op elkaar. 'Ik denk niet dat ik een advocaat kan betalen,' fluistert ze bijna, 'en aan, eh, scheiden durf ik niet te denken; ik kan dit niet alleen. Ik heb geen eigen inkomsten, Lars en ik zijn helemaal afhankelijk van Ronald…'

'Ik doe af en toe ook pro-Deowerk,' zegt Joost zachtjes, 'buiten kantoor om. Anders zou ik het ook niet aanbieden; ik zie toch in wat voor situatie je zit?' Hij draait de straat in die de navigatie in zijn auto aangeeft en stopt ongeveer ter hoogte van haar adres. Uit de zak van zijn jas haalt hij zijn mobiel en uit het hoesje vist hij een kaartje, dat hij naar haar uitsteekt. 'Denk er maar op je gemak over na,' zegt hij, 'je mag ook bellen om gewoon even van gedachten te wisselen.'

Elodie pakt het kaartje aan, klemt haar hand eromheen en knikt, en Joost ziet dat ze zichzelf bij elkaar raapt.

'Kom, Lars, we zijn er,' zegt ze dan, opgewekter dan ze zich hoogstwaarschijnlijk voelt.

Als ze zijn uitgestapt blijft Joost nog even wachten totdat hij ze naar binnen ziet gaan, en zelfs dan blijft hij nog even staan. Hij rommelt een beetje met zijn mobiel, stelt de terugweg in, kijkt een paar keer omhoog langs het pand waar Elodie en Lars naar binnen zijn gegaan.

Dan ziet hij ineens Lars' witte gezichtje achter het raam verschijnen. De jongen zwaait naar hem. Hij klemt zijn mobiel in de houder en steekt een hand op naar Lars, en terwijl hij zijn auto start ziet hij hoe de vitrage verder opzij wordt geschoven en er een lange, magere man naast Lars verschijnt, die fronsend naar beneden kijkt.

Joost schakelt zijn verlichting in en drukt op het gaspedaal, en tot zijn verrassing vindt hij het helemaal niet fijn om weg te moeten rijden.

# 11

‘Dus hoe dóé je dat dan?’ vraagt Sander gretig.

Charlie en hij zitten aan de eettafel bij Charlies buren, schrijfster Freddy van Ee en haar vriend Nick Jacobs, die in een vorig leven de zanger was van de wereldberoemde Amerikaanse countryrockband Gather no Moss. Gelukkig is van al die bekendheid niets te merken als je eenmaal met ze in gesprek bent; Charlie heeft nog nooit zulke vriendelijke en gezellige buren gehad.

Toen ze zich kwam voorstellen, kort na het overlijden van haar oom, werd ze direct binnengevraagd en voordat ze het wist zat ze zo’n beetje haar hele levensverhaal – niet erg interessant, in haar eigen ogen – aan Freddy te vertellen. Sindsdien is Freddy twee keer bij haar langsgekomen in het huis van oom Benno om te helpen met opruimen en schoonmaken en heeft Nick geholpen met spullen afvoeren naar de vuilstort en de kringloop: hij heeft een enorme Ford pick-uptruck die anderhalve parkeerplaats in beslag neemt. ‘Gewenning,’ had hij grinnikend en met sappige zelfspot gezegd toen hij het aanbood, ‘in Amerika had ik een nog veel schandaligere bak.’

‘Nou ja,’ zegt Nick nu gemoedelijk tegen Sander, ‘hoe doe je dat dan, ik weet het niet precies. Ik bel gewoon iemand op als ik een ideetje voor een nummer heb. Soms neem ik vast een stukje op, in de studio hier in het tuinhuis, soms praten we er gewoon eerst een beetje over… Je weet toch niet hoe een creatief proces loopt. Heerlijke pasta weer, Fred!' Hij stopt een hap in zijn mond, geeft zijn vriendin een grijns en een vette knipoog, en zij lacht en zegt: 'Ik weet precies waar jouw liefde doorheen gaat, Nickie, en het zijn niet je oren.'

Iedereen lacht nu. Charlie ziet aan Sander dat zijn lach echt is, omdat hij dan altijd een klein beetje verrast kijkt; alsof de humor het voor elkaar heeft gekregen om stiekem langs zijn zorgvuldig opgetrokken façade te sluipen en hem een ongevraagde lachkriebel te bezorgen. Sander lijkt sowieso wel heel ontspannen, ook al verkeert hij in zulk illuster gezelschap, en hoewel Charlie er meestal behoorlijk ongemakkelijk van wordt als Sander gaat zitten hengelen naar werk of connecties, gebeurt er nu eigenlijk niets. De sfeer is gewoon goed, Freddy schenkt de wijn bij en Nick zit goedmoedig te grijnzen. Charlie haalt stiekempjes opgelucht adem en moet aan zichzelf toegeven dat ze zich voor niets zorgen heeft gemaakt.

Sander heeft haar toch zeker vier dagen lang aan het hoofd gezeurd om een eetafspraak te maken; hij had Freddy en Nick eigenlijk willen uitnodigen in het huis van oom Benno. Hij had zelfs tegen Charlie gezegd dat het hem zo handig leek dat hij dan mooi Nick het hemd van het lijf zou kunnen vragen terwijl zij in de keuken stond. Maar toen Charlie dan eindelijk aarzelend had aangebeld bij Freddy en Nick, had Freddy meteen geroepen: 'O, nee, kom maar lekker hier eten, hoor. Je hebt al genoeg aan je hoofd op het moment, en dan zou je ook nog voor ons moeten koken? Ik maak wel een of andere pasta, dat is echt geen moeite. Wil je een kop thee? Ik heb net een grote pot gezet.'

Charlie was naar binnen gestapt voor een snel kopje thee; ze kon het niet te lang maken omdat Sander natuurlijk met smart op haar terugkeer zat te wachten. Toen Freddy even naar de keuken was gelopen voor een extra kopje had Nick haar eens goed aangekeken.

'Gaat het wel met je, meid?' had hij gevraagd. 'Heb je een beetje hulp van je vriend, of maakt die vent van je het je eigenlijk juist moeilijker? Ik heb hem wel in de smiezen, hoor!'

Ze had haar schouders opgehaald en maar eerlijk verteld dat Sander een acteur zonder werk was, hoewel hij wel een klein klusje in het verschiet had, en dat hij heel erg hoopte dat Nick misschien interessante connecties zou hebben om zijn stilgevallen carrière weer een duw te geven.

Nick had geknikt. 'Je ziet er op dit moment uit alsof jij het bijna net zo hard nodig hebt als hij, dat zijn carrière een slinger krijgt. Ik zal er wel 'es over nadenken.'

Nu kijkt Charlie naar Nick, die als een soort vriendelijke oudere beer aan tafel zit, een beetje ingezakt, met sloffen aan zijn voeten die heel erg niet rock-'n-roll zijn, maar wel een heel gezellige, ontspannen uitstraling hebben. Hij geeft haar een knipoog; ze zou bijna denken dat hij precies op hetzelfde moment ook terugdenkt aan dat gesprekje. Hoe fijn zou het zijn als hij inderdaad iets voor Sander zou kunnen betekenen; ze zou het eigenlijk heerlijk vinden als hij weer eens aan het werk gaat.

Niet dat ze het niet kan betalen dat hij nu al bijna twee weken volledig op haar zak teert en dat, als het nog lang gaat duren, ze ook de vaste lasten van zijn verdieping zal moeten ophoesten. Maar dat hij meteen zo'n beetje bij haar ingetrokken is in oom Benno's huis, vindt ze eigenlijk, als ze heel eerlijk is, niet zo prettig. Ze moet nog ontzettend veel doen, opruimen, doorvlooien, en hij hangt maar om haar heen en bemoeit zich met alles. En daarnaast: zij was bij hem gaan wonen toen hun relatie begon, en nu ze zomaar een plek heeft die helemaal van haar is... Ze vindt het ontzettend ondankbaar en onaardig van zichzelf, maar misschien zou ze er wel liever eerst een tijdje in haar eentje willen wonen. In ieder geval totdat ze oom Benno's spullen allemaal heeft uitgezocht, van zijn kunst heeft besloten wat ze ermee aan moet en van zijn meubels heeft weggegooid wat ze niet wil houden.

Als ze eenmaal het huis zo heeft ingericht als zij het graag zou willen hebben, dan zou het waarschijnlijk een ander verhaal zijn, maar Sander was gisteren ineens begonnen over het onderverhuren van zijn verdieping als een mooie manier om aan geld te komen. Het idee dat hij dan voor vast bij haar in het huis van oom Benno zou komen wonen, nog voordat ze klaar was, had haar op een onaangename manier bij de keel gegrepen. Ze had hem dat idee nog uit het hoofd weten te praten, maar ze weet nu al dat Sander er weer opnieuw over gaat beginnen, als er niet snel iets gebeurt.

Onder de tafel kruist ze haar vingers. Misschien waren het geen loze woorden van Nick en weet hij iets voor Sander; hij moet toch contacten genoeg hebben. Nick zit, ondanks zijn huiselijke sloffen, midden in een verrassende doorstart van zijn carrière – hijzelf is misschien nog wel het meest verrast – nadat hij nieuwe nummers is gaan schrijven, om die vervolgens op te nemen met allerlei andere bekende artiesten uit de Verenigde Staten. Gewoon thuis, in het studiootje dat hij in Freddy's tuinhuis heeft gebouwd. Hij begon met Rory Macquary, de ex-frontman van Road Rage, dat in de hoogtijdagen van die band een behoorlijk ruig gezelschap was. Maar, zo vertelt hij lachend, ook Rory heeft intussen een paar grijze haren. Eigenlijk heeft hij het hele idee van hem gepikt: Rory had, net als hij, geen zin meer in zo'n leven op tournee. Hij had op een gegeven moment alles afgezegd, al zijn management de deur uit gedaan, en als man met gitaar was hij, gewoon zo in zijn eentje, aan de slag gegaan. 'En dat kan natuurlijk ook prima,' zegt Nick met een brede grijns. 'Je kunt je spullen zelf opnemen, je slingert het op Spotify en klaar. Niemand doet je wat. En intussen heb ik dat kunstje met nog een paar mensen uitgehaald; ze hoefden niet eens altijd langs te komen. Je tikt gewoon een bestandje heen en weer, en ik ben best handig met producen en zo, dus nou ja, beetje knutselen en het is voor mekaar.'

'Soms komen ze wel langs,' zegt Freddy, 'Gordon kwam langs.'

'Heb je iets opgenomen met Gordon? Van de Toppers?' Sander kijkt ongelovig.

'Nee, nee, ik bedoel Sting, weet je wel? Van The Police?' Freddy glimlacht een beetje onbeholpen. 'Ja, zo heet die man toch? Hij heet Gordon.'

Nick grijnst ook. 'Ja, en die is meteen drie kilo aangekomen toen hij hier was, omdat hij eindelijk een beetje behoorlijk te eten kreeg. Volgens mij heb je hem meteen van zijn vega-geloof af geholpen.'

'Nou, hij wilde wel vis, maar geen rood vlees. En hij ging ieder moment op zijn kop staan. Yoga, weet je wel?' Ze grinnikt en rolt met haar ogen. 'Pak ik de stofzuiger, kom ik de woonkamer binnen, staat Sting daar ondersteboven!'

'Dus, eh, dus jij hebt gewoon van al die mensen het mobiele nummer in je telefoon zitten?' vraagt Sander aan Nick, als ze zijn uitgelachen. 'En zitten daar ook mensen in de, eh, filmindustrie bij?'

'Nou nee, ik heb heus niet al die nummers zo voorhanden, ik moet soms ook wel een beetje rondvragen. Maar je weet hoe dat gaat, ik ken wat mensen, en die kennen weer andere mensen, en zo kom ik er dan meestal wel. Rory had vroeger een agent bij William Morris, daar heeft hij nog steeds goed contact mee. Nou ja, die knakker heeft dus zo'n beetje contactgegevens voor de hele wereld, dus daar heb ik ook al een paar keer profijt van gehad.'

'Waarom is, eh, Rory dan gestopt met die agent?' Sander doet duidelijk zijn best om mee te praten met Nick op een toon alsof het allemaal normaal is, maar Charlie ziet aan hem dat hij bijna op het puntje van zijn stoel zit, zo graag zou hij willen dat het ook echt zo normaal voor hem was.

'Nou ja,' zegt Nick, 'wat ik zei: Roar had gewoon niet zo veel zin meer in die hele toestand. Hij heeft een leuke meid aan de haak, hij heeft intussen wel wat anders aan zijn hoofd. Je wilt niet weten hoe moeilijk het kan zijn om een leuke meid te vinden, als je eenmaal in het wereldje aan het werk bent, jongen. Vrouwen genoeg, maar léúke vrouwen…' Hij wiebelt met zijn wenkbrauwen.

'Nou ja, Nickie, zo erg is het toch niet?' zegt Freddy lachend. 'Je kunt niet zeggen dat je geen lol hebt beleefd aan je wilde jaren.'

'O, ik heb zeker lol beleefd, daar zal ik niet om liegen. Maar op een goed moment komt al dat losse gedoe je toch een beetje de neus uit, hoor.'

Charlie ziet hoe Freddy een warme blik krijgt van haar vriend. Die twee hebben elkaar pas op latere leeftijd gevonden, maar daarom zijn ze niet minder gek op elkaar. Ze lijken ook echt goed bij elkaar te passen, en even kan Charlie niet anders dan dat vergelijken met haar eigen situatie. Passen zij en Sander ook zo goed bij elkaar? Toen oom Benno was overleden en zij alles in haar eentje moest regelen, en Sander met de hakken over de sloot nog binnenkwam op de uitvaart, toen had ze het gevoel gehad dat ze heel hard bezig waren uit elkaar te groeien – of misschien dat dat al lang was gebeurd – maar de afgelopen tijd…

Eigenlijk sinds hij aan haar heeft toegegeven dat hij op zwart zaad zit, en hij min of meer bij haar is ingetrokken, lijkt het wel weer wat beter te gaan. Hij is in ieder geval vol aandacht; sterker nog, hij zit haar net iets te veel in de nek. Ze had het niet verwacht, maar nu is zij degene die voorzichtige terugtrekkende bewegingen maakt, al gunt ze zichzelf niet echt de tijd om goed te onderzoeken waarom. Te veel te doen, te veel te regelen, het verdriet om oom Benno is nog te rauw, en het heeft alles rondom haar ouders ook weer zo opgerakeld… Het liefst zou ze in zichzelf wegkruipen, totdat ze de rust vindt om haar gevoel nu eens goed te analyseren. Maar ja, nu is Sander er, vol aandacht. Hij vraagt ook veel aandacht. En hij is de hele tijd ontzettend bezig met geld, met wat al die schilderijen en spullen van oom Benno waard moeten zijn. De schilderijen, daar kan geen mens een zinnig woord over zeggen totdat ze behoorlijk getaxeerd zijn, en ze heeft al lang in de gaten dat de museale wereld, voor zover die interesse heeft, eigenlijk op een schenking hoopt. En al die Jules Verne-achtige prullaria die oom Benno in zijn huis heeft verzameld... tja. Ze verwacht dat het merendeel daarvan eigenlijk van vlooienmarkten komt, en dat de opbrengsten van een eventuele verkoop navenant zullen zijn. Sander blijft maar denken dat ze op een soort schat zitten, terwijl zij het zich niet voor kan stellen. Van de weeromstuit heeft ze hem nog steeds niet verteld hoeveel geld ze op haar bankrekening heeft staan, omdat ze eigenlijk verwacht – ze schrikt van de gedachte nu die zich zomaar ineens aan de eettafel bij de buren aan haar opdringt – dat Sander dan helemáál niet meer weg zal gaan.

Is het echt zo plat? Is Sander alleen maar met geld en status bezig, en wil zij hem diep in haar hart liever gewoon weg hebben?

Ze neemt gauw een paar slokken wijn en ziet over de rand van haar glas dat Nick haar observeert. 'Ik heb dus zitten denken,' zegt hij dan tegen Sander, 'misschien moet je eens een praatje maken met mijn schoonzoon, Twan. Of, nou ja, in televisieland staat hij bekend als Tony. Tony van Acq, ken je die naam?'

'Ja, natúúrlijk ken ik die naam! Hij heeft allerlei interessante dingen gedaan, en hij heeft intussen een flink aantal afleveringen van HLDWL geregisseerd. Ik heb daar ook een paar keer een kortlopende rol in gehad in de afgelopen jaren, en vervelend genoeg zijn Tony en ik elkaar steeds misgelopen, maar ik heb van verschillende andere acteurs gehoord hoe inspirerend hij is om mee te werken. Vooral Liselore Heijmans, die heeft een paar seizoenen in de vaste cast gezeten. Intussen heeft ze zichzelf eruit laten schrijven omdat ze niet te veel getypecast wil worden, maar goed, zij was echt lyrisch over Tony! Ik wist niet dat hij je schoonzoon was!' Sander valt even stil; hij ziet eruit alsof hij een beetje overvallen is door zijn eigen drukke gepraat.

'Ik zal je zo zijn nummer wel geven; ik had hem al even gebeld. Hij vindt het prima om een keer een kop koffie met je te pakken en eens te kijken of jullie wat met mekaar aan kunnen vangen,' zegt Nick vriendelijk. 'Hij gaat misschien iets doen met een of andere serie die op Bonaire moet worden opgenomen, maar hij heeft daar niet zo veel zin in omdat hij dan zo lang weg is. Hij heeft vorig jaar een dochtertje gekregen, dus tja...'

'Opa,' zegt Freddy plagerig tegen Nick, die 'ja, ja, ja' bromt en erbij kijkt alsof hij het helemaal geen straf vindt om opa te zijn.

'O, ik heb daar auditie voor gedaan, die serie in Bonaire, maar ik ben het niet geworden, helaas. Misschien kan Tony dan alsnog een goed woordje voor me doen. Ik weet dat Liselore wel door de audities is gekomen, maar toen ik haar gisteren aan de lijn had zei ze dat ze twijfelde of ze het wel wilde doen; ze vroeg zich af of ze er geen last van zou krijgen later in haar carrière...'

'Klinkt als een ambitieuze dame, die Liselore van jou,' zegt Nick met een knipoog, terwijl Charlie zich afvraagt wanneer Sander dan met die Liselore heeft gebeld; ze kan zich niet herinneren ook maar een seconde alleen te zijn geweest – o, wacht. Misschien toen ze naar de supermarkt was. Ja, dat moet het zijn. Ze fronst: Sander heeft het eigenlijk best vaak over die vrouw sinds hij terug is uit Bonaire.

'O, ze is niet van mij, hoor,' zegt Sander haastig. 'We zijn met een hele groep op Bonaire geweest voor die casting call en we hebben sindsdien contact gehouden. Met die hele groep dus,' voegt hij er snel aan toe.

Charlie weet het niet zeker, maar het lijkt wel alsof er een blik van verstandhouding heen en weer gaat tussen Freddy en Nick, en zelf voelt ze ook iets. Een soort kriebelende twijfel dat er iets achter Sanders woorden zit wat ze niet helemaal kan overzien. Wat ze misschien zelfs wel niet zou willen overzien, als ze het zou kunnen.

Er valt even een ongemakkelijke stilte, maar dan schraapt Sander zijn keel. 'Ik, eh, had eigenlijk gedacht dat je dan, nou ja, Steven Spielberg zou kennen, Nick, en dat soort mensen, als we het over de filmindustrie hebben, niet dat je Tony van Acq...'

Nick grinnikt. 'O, Steven heb ik wel eens ontmoet; best een aardige vent, maar die zit zo ontzettend op zijn eigen spoor, daar kun je helemaal niks mee. En Twan, ja, die zit eigenlijk niet in mijn professionele netwerk, maar gewoon in mijn familie, hè. Hij is met mijn dochter, dus ja. Ik denk ook dat je meer kans hebt om er wat van te maken als je lokaal begint, man. In Amerika is toch bijna iedereen die in de bediening loopt in de horeca het slachtoffer van ofwel een gefnuikte schrijverscarrière, ofwel van een niet van de grond gekomen acteercarrière. Je hebt daar, en dat moet je maar van me aannemen, gewoon ontzettend veel meer concurrentie. Plus, het wereldje is kei- en keihard, nog veel harder dan hier.' Nick geeft Sander een indringende blik.

'O, dat kan ik wel aan, hoor,' zegt die stoer, maar Charlie weet dat iedereen om de tafel, Sander incluis, wel aanvoelt dat dat eigenlijk grootspraak is.

'Doe jij nou maar rustig aan, jongen,' zegt Nick ernstig, 'en geef Twan morgen even een belletje. Hij weet vast wel wat.' En dan staat hij op uit zijn stoel om uit een bak met oud papier bij de tuindeur een envelop te vissen, de klep ervan af te scheuren en met een balpen die hij al rommelend op de salontafel vindt, een nummer over te schrijven uit zijn mobiel. Hij steekt Sander het papiertje toe en gaat, met een tevreden zucht, weer zitten.

—

Per zit op een plastic tuinstoel onder de luifel van zijn huisje, met zijn laptop op schoot. Het is al donker buiten, maar nog helemaal niet koud; hij heeft een paar kaarsjes op zijn oerlelijke, maar prima bruikbare plastic tafel gezet en de buitenlamp is aan. Insecten zoemen om zijn hoofd, maar daar maalt hij niet om; hij weet nog uit de tijd van zijn nomadische bestaan dat de meeste muggen hem niet lusten.

Hij heeft al van alles bekeken, maar kan toch niet vinden wat hij zoekt: vakantiehuisjes die gemakkelijk te bouwen zijn, verantwoorde materialen gebruiken, goed geïsoleerd zijn, betaalbaar zijn – dat valt nog niet mee, tenzij je voor in zijn ogen oerlelijke prefab huisjes wilt kiezen – en die een beetje passen. Vooral dat is lastig: de huisjes die al op De Eyckenhof staan zijn tussen de veertig en zestig jaar oud, wat het park een bepaald historisch aanzicht geeft dat hij niet graag zou verstoren. Het liefst zou hij een soort eenheid zien die ook het kasteeltje omvat; om de een of andere reden zit het hem niet lekker dat er een twee meter hoog hek staat tussen het park en het gebouw. Er is nog meer dan genoeg land over rondom het kasteeltje, het park is er niet dicht tegenaan gebouwd. Hij zou het prettig vinden als er een meer natuurlijke overgang zou zijn; hekken zijn er, in zijn ogen, om omver te halen.

Niet voor de eerste keer stelt hij zich voor hoe het zou zijn als hij in het kasteeltje zou gaan wonen, als het eenmaal bewoonbaar is. Het is niet onmogelijk, en hij zou eigenlijk niet weten wat hij er anders mee zou moeten. Het is natuurlijk veel te groot voor hem alleen; hij heeft een kamer of drie nodig, niet meer, en ook niet van die heel grote kamers zoals die op de begane grond. Met een paar van de kamers op de eerste of tweede verdieping, die waarschijnlijk dienst hebben gedaan als slaapkamers, zou hij dik tevreden zijn.

Een van die kamers beneden moet in gebruik zijn geweest als eetkamer, eentje als balzaal, eentje als salon; de bewijzen zijn terug te vinden in de resten van de inrichting en stoffering. Helaas heeft hij veel van wat er nog in stond moeten weggooien: de gordijnen en meubels met waterschade waren bijna allemaal niet meer te redden.

Een kamer moet in gebruik zijn geweest als bibliotheek: de boekenkasten staan er nog in, met hier en daar zelfs nog een boek, hoewel ook daar wel de nodige schade is. De kasten – handgemaakt eikenhout, bijna onverslijtbaar – zijn nog op te knappen, ze moeten alleen goed worden schoongemaakt en behandeld, en sommige van de ruitjes in de kasten met deurtjes zijn gesneuveld. Hoe hij ooit genoeg boeken zal kunnen verzamelen om de boel weer te vullen ziet hij nog niet voor zich, en misschien wil hij dat ook liever niet: bezit is voor hem altijd een anker geweest dat je ongewenst vastketent aan de plaats waar je bent. Als je je hele leven met zo'n gedachte hebt rondgelopen, is dat nog niet zo heel gemakkelijk uit je hoofd te schudden, merkt hij.

Hij wrijft even met twee handen over zijn gezicht. Eerder heeft hij contact opgenomen met de heer Honegger, die de familiezaken al die jaren zo trouw heeft behartigd – hij heeft de Zwitserse advocaat ervan verzekerd dat hij absoluut niet van plan is om de banden te verbreken en hij kon de opluchting in 's mans stem bijna horen – en nu weet hij precies wat het park jaarlijks aan pacht oplevert. Het is nog meer dan hij dacht, hoewel het bedrag al jaren niet is geïndexeerd; hij zou er in zijn eentje ruim van kunnen leven. Het wordt jaarlijks zonder verdere plichtplegingen gestort op de rekening van het vermogen dat bij het kasteeltje hoort – het vermogen dat nu van hem is, maar waar hij zich nog niet mee bezig heeft willen houden. Ook dat is een stuk meer dan hij dacht, afgaande op de staat van het kasteeltje; het verbaast hem dat er, behalve die Ewout-figuur, niet meer mensen zijn die zijn klaarblijkelijke claim op het erfgoed willen aanvechten.

Misschien weten ze dat het zinloos is, of misschien willen ze er niet aan beginnen omdat de lasten groter zijn dan de lusten; je kunt zo'n bouwval natuurlijk niet zo laten staan, en niet alleen moet je weten wat je doet als je aan zo'n renovatieklus begint, het kost ook niet niks.

Op een dag zal hij toch aan dat familiekapitaal moeten beginnen; hij heeft alle kosten voor de renovatie tot nu toe van zijn eigen geld betaald. Hij heeft genoeg, vindt hij zelf, maar hij gaat de eindstreep niet halen op deze manier, dat ziet hij intussen ook wel in. En daarnaast: hij voelt gewoon dat hij een stap zal moeten zetten. Financieel, maar ook emotioneel: hij moet accepteren dat hij is wie hij is, al had hij er niet op gerekend. Hij heeft verantwoordelijkheden die verder gaan dan de renovatie van een eeuwenoud, charmant historisch gebouw. En hij kan het ook niet allemaal eigenhandig; hij zal een behoorlijk bouwbedrijf in de arm moeten nemen en de renovatie op afstand begeleiden, hoe vervelend dat hem op dit moment ook allemaal lijkt.

Het gesprek met Rosie heeft hem wakker geschud, het valt niet te ontkennen. Hij moet misschien ook gewoon maar eens een keer volwassen worden – *wake up and smell the coffee* – al heeft hij de wending die zijn leven heeft genomen niet zelf georkestreerd. Hij heeft nu wel genoeg tijd gehad om eraan te wennen, en als er één ding is dat het gesprek met Rosie hem duidelijk heeft gemaakt, dan is het dat hij de verantwoordelijkheid heeft over het park, met al zijn recreanten, maar ook over Rosie en Henk, en hun kleinzoon. Ze kunnen zich prima redden, dat heeft hij al lang gezien, maar hij heeft ook gezien dat hun inkomen de afgelopen jaren bijna ongemerkt flink achteruit is gegaan, doordat alles hetzelfde is gebleven. Toch zijn ze gebleven, zonder klagen. Henk en Rosie zijn vriendelijke, gastvrije, nette mensen die hun werk plichtsgetrouw en serieus uitvoeren, en hij heeft aan alles gemerkt dat de recreanten op het park dol op ze zijn. Hij mag, vindt hij zelf, zijn handen dichtknijpen met zo'n beheerdersechtpaar.

Rosies huisjesplan is daarnaast uitstekend, al heeft ze nog niet alles doorgerekend wat betreft de bouw, en hij merkt dat hij er eigenlijk wel plezier in begint te krijgen om na te denken over wat hij voor het park kan betekenen. Het zal in de toekomst anders moeten, daar is hij van overtuigd, al heeft hij de contouren van hoe dat er allemaal uit moet zien nog niet helemaal helder. Hij heeft nog wat tijd nodig om alle stukjes op hun plaats te laten vallen, maar hij kan niet anders dan erop vertrouwen dat het goed zal komen. Eerst maar eens een model huisje vinden waar hij zich mee kan verenigen.

Al browsend komt hij op een website met de URL Big-Fish-Beheer.nl. Het bedrijf is actief in heel diverse sectoren, ziet hij: horeca, huisjesverhuur, groene energie, kitesurfen en, tot zijn verrassing, muziek. Er staan verschillende foto's op de site van de huisjes, in verschillende fases van aanbouw; blijkbaar staat dit bescheiden bungalowparkje ergens in de duinen. De bouwtekeningen zijn tot zijn verrassing gratis te downloaden; er staat een soort manifest op de site over het belang van energieneutraal recreëren. De horeca bestaat uit een strandtent met een uitstraling alsof die er al flink lang staat, en onder aan de informatiepagina is een link naar de Facebook-groep die blijkbaar bij de strandtent hoort. Tot Pers verbazing heeft die pagina meer dan honderdduizend volgers en, aan de posts te zien, vele enthousiaste fans.

Hij begint een beetje een beeld te krijgen naarmate hij zich verder een weg klikt door de website van Big Fish Beheer: het is een heel lokaal, maar heel actief bedrijf dat volledig is afgestemd op zijn omgeving. De werknemers, die allemaal met naam, e-mailadres en een foto worden genoemd, zijn jong en aan de achternamen te zien voor een deel met elkaar verwant. Een familiebedrijf dus. Hij pikt het e-mailadres van de architect, ene Martin Freriks, eruit en typt snel een mail waarin hij in drie zinnen uiteenzet wat zijn situatie is en waar hij naar op zoek is, met het verzoek of ze eens, als vakbroeders, zouden kunnen overleggen. Dan sluit hij zijn laptop, kijkt nog even nadenkend omhoog het nachtelijk duister in, blaast zijn kaarsjes uit en gaat naar binnen.

In de vroege morgen strekt Per zich uit, staand op de nok van het dak van het kasteel. De zon is al best warm, voor een lentezonnetje, en de lucht is helder blauw. Hij is blij dat hij geen hoogtevrees heeft, want het moment van de dag is prachtig. Er ligt nog een dun laagje heiigheid op de boerenvelden die verderop tussen de bomen verscholen liggen en die hij nu goed kan zien, vanaf zijn uitkijkpost. Aan de andere kant overziet hij het bungalowpark: groen, niet al te massaal, maar charmant en afwisselend. Oude, keurig onderhouden bomen, huisjes in boskleuren en geen een ervan is hetzelfde. Dat wil hij ook zo als er nieuwe bij komen: een afwisseling die natuurlijk overkomt, alsof de huisjes er altijd al zijn geweest.

De boom die een deel van het dak had verwoest is inmiddels vakkundig teruggesnoeid door Sylvie, de boswachter, die voor die klus in haar eentje kwam. Ze klom snel en handig in de boom en zaagde de tak die nog boven het dak hing in kleine, ongevaarlijke delen af, en daarna behandelde ze de plek waar de tak had gezeten met een of ander goedje dat ze lachend 'bomenpleister' noemde.

'Volgens mij heb je trouwens een ooievaarsnest op een van je schoorstenen,' had ze gezegd toen ze weer beneden stond, ‘maar zo te zien zit er nog niemand in. Je mag dat wettelijk gezien niet zomaar weghalen, want de kans bestaat dat er toch nog ooievaars voor terugkomen, al is het wel al laat in het jaar. Meestal zijn ze zo rond februari wel terug op hun nest. Er is wel een trucje waardoor je het nest op dezelfde plek kunt laten en je schoorsteen toch kunt gebruiken: als je een grote, platte deksteen boven je schoorsteen maakt, dan kan dat nest daar gewoon op blijven liggen. Ik ga er tenminste van uit dat je die schoorsteen wilt kunnen gebruiken?’

‘Nou ja, ik wil op z’n minst de optie hebben.’

‘Ik geef je zo wel even het nummer van mijn man,’ had ze met een lach tegen hem gezegd. ‘Het is wel een klusje voor twee, zo’n groot nest.’

Per had Freek, Sylvies man, gebeld, Freek had het geen bezwaar gevonden om even te komen helpen – hij had zelfs behoorlijk veel interesse in de voortgang van de renovatie. Per had bijna zonder dat hij er verder over had nagedacht maar meteen aan de man die hij op een bepaalde manier als zijn buurman zag, of in ieder geval de eigenaar van het naburige landgoed, uitgelegd dat hij niet alleen de architect was van kasteel De Eyckenhof, maar ook de eigenaar. Een positie waar hij zich nog niet helemaal mee had geïdentificeerd, waar hij nog aan moest wennen, en waarvan hij nog niet volledig kon overzien wat die precies inhield.

Freek was vol begrip geweest voor zijn gevoel van overweldiging. Hij had hem toevertrouwd dat het hem ook wel de nodige tijd had gekost voordat hij voor zijn eigen gevoel grip had op de verantwoordelijkheden van zijn positie, ondanks het feit dat hij van kleins af aan had geweten waarvoor hij in de wieg was gelegd. Hij begreep dan ook volkomen dat Per liever niet van de daken wilde schreeuwen dat hij de erfgenaam van de baronie was, en hij had plechtig beloofd het stil te houden totdat het ideale moment van openbaring zich aandiende.

Per had zich onverwachts gesteund gevoeld door dat telefoongesprek, en het had gemaakt dat hij ernaar uitkeek om zijn kennismaking met Freek verder uit te diepen; hij kon zich zomaar voorstellen dat hij bevriend zou kunnen raken met hem.

Nu verschijnt het hoofd van Freek uit het dakraam waar ook Per uit is geklommen. Er ligt een korte ladder tegen de pannen en Freek stapt uit het raam en klimt zonder aarzeling handig de sporten op, tot hij ook op de nok kan staan.

'Dat ziet er erg netjes uit,' zegt hij, met een blik op het nieuwe pannendak, dat zich onder hun voeten uitstrekt. 'Mijn huis heeft een leien dak; ik moest ook ontzettend veel aanpakken, maar het dak was gelukkig nog goed. Nu nog zonnepanelen; ik wil naar energieneutraal met het huis, maar in dat onderdeel van mijn plan zit nog niet zo veel schot.'

'Jij hebt echt alles zelf gedaan, hè?' vraagt Per.

'Niet helemaal, ik had veel hulp van mijn beste vriend Simon, die ik intussen heb aangesteld als beheerder van het landgoed. Hij is extreem handig.'

'Dat zou ik ook het liefst willen, alles zelf doen, ik hou daar wel van. Eigenhandig en op eigen kracht, en zo. Maar ik ben bang dat deze klus voor mij alleen te groot is.'

Freek zet zijn handen in zijn zij. 'Het is heel wel mogelijk dat je gelijk hebt. Ik begrijp je sentiment: het in eigen hand willen houden, letterlijk. Bij mij was dat in eerste instantie ingegeven door geldgebrek, wat ik nu niet meer heb, godzijdank.' Hij fronst even. 'Dit huis is wel flink groter en bewerkelijker dan het mijne. Ik heb me altijd verbaasd over het feit dat een baron, die toch lager in rang is dan een graaf, in een zo veel groter en, nou ja, ouderwetser, meer kasteelachtig huis woonde.'

'Misschien waren jouw voorouders moderner,' zegt Per, 'en is jouw huis eigenlijk relatief gezien meer nieuwbouw.'

Freek grijnst. 'Dat weet ik wel zeker. Misschien is jouw titel ouder dan de mijne.'

'Mijn titel,' zegt Per nadenkend, terwijl hij om de schoorsteen met het nest heen stapt om de zaak eens van de andere kant te bekijken. 'Het voelt nog lang niet alsof het echt iets van mij is. Ik heb het onverwachts in de schoot geworpen gekregen, en het blijkt iets te zijn wat ik niet kan weigeren. Ik ben het, of ik dat nou leuk vind of niet.'

'Vind je het vervelend?' vraagt Freek geïnteresseerd. 'Ik heb daar wel begrip voor; ik ben dan wel opgegroeid met de wetenschap dat ik na het overlijden van mijn vader graaf Woudenbergh zou zijn, maar dat maakte nog niet dat ik dat een aangenaam vooruitzicht vond. Sterker nog, toen ik mijn vrouw ten huwelijk wilde vragen had ik sterke twijfels of ze me wel zou willen, gezien de titel. Het betekent voor haar erg weinig.'

'Je hebt geluk gehad,' zegt Per, terwijl hij een rolmaat uit zijn zak haalt. 'Ze wilde je.'

'Inderdaad.'

'Ik denk dat ik op de hoeken een paar steentjes omhoog metsel en er dan een leistenen plaat op leg, dan kan dat nest daar weer op.'

'Vloerverwarming voor de ooievaars,' zegt Freek droog. 'Maar waar laat je het nest in de tussentijd?'

'Misschien kunnen we het op een houten plaat schuiven en die dan even op de nok leggen? Zolang er geen ooievaar in het nest gaat zitten zou dat moeten kunnen. Ik heb dat binnen een uur gemetseld, alleen het omhoog krijgen van die dekplaat... Ik ben stom geweest: ik had die bouwlift voor die dakpannen een week langer moeten laten staan. Gek genoeg hebben de dakdekkers dus niks gezegd over het nest, terwijl ze het toch ook moeten hebben gezien.'

'Hogerweijde heeft een hoogwerker. De gemeente, bedoel ik. Ik heb goede contacten met de burgemeester, aangezien die een relatie heeft met Simon, mijn beheerder dus; ik zal hem zo dadelijk even bellen.'

‘Handig, die connecties.’

‘Zeker.’ Freek lijkt even na te denken. ‘Ik vind het ook, en dat verrast me, een aangename gedachte dat er iemand in de buurt woont die een beetje in hetzelfde schuitje zit als ik. Dat, eh, schept een band, als je begrijpt wat ik bedoel.’

Per grimast even. ‘Ja, eigenlijk wel. Ik heb dus nog geen idee wat ik er allemaal mee aan moet, ik had eigenlijk nog niet verder gedacht dan de renovatie van het pand, maar ik had dus een gesprek met Rosie, van het beheerdersechtpaar van het park–’

‘Ik weet wie je bedoelt,’ zegt Freek. ‘Ze is erg vriendelijk.’

‘Ja, precies. Zij. Ze is ook behoorlijk zakelijk, heb ik het idee, en ze vertelde me dat ze er na al die jaren nauwelijks meer van kunnen rondkomen. Ze wil er huisjes bij hebben, zodat ze feitelijk hun inkomen kunnen indexeren, en dat wilde ze met me bespreken. En toen, nou ja...’ Per haalt zijn schouders op.

‘Toen moest je onder ogen zien dat je, als de baron, een verantwoordelijkheid hebt?’

Per knikt.

‘Wij moeten eens naar De Paardentram,’ zegt Freek dan, ‘om een biertje te drinken.’

‘Dat klinkt als een uitstekend plan.’

# 12

Heel langzaam begint Charlie een klein beetje te ontspannen, terwijl ze over de snelweg rijdt in oom Benno's veel te grote en te luxe Land Rover. Ze mist haar vaders Corolla, maar gek genoeg rijdt ze eigenlijk toch wel lekker in dit enorme bakbeest van een auto. Ze is vooral blij dat ze in beweging is; ze was zo boos dat ze geen tijd had om zich er zorgen over te maken dat ze nog nooit in deze auto had gereden en dat ze hem zonder schade te maken uit de garagebox moest zien te krijgen – wat natuurlijk probleemloos is gelukt.

Typisch voor haar dat er eerst een veel groter probleem aan te pas moet komen om dat soort onbelangrijke zorgen te kunnen vergeten. Want het valt niet te ontkennen: ze heeft een levensgroot probleem met Sander. Ze hebben de hele ochtend ruziegemaakt, al kan ze zich op dit moment bijna niet eens meer herinneren waarover allemaal.

Eigenlijk begon het, zoals zo vaak, met iets onbeduidends. Zijn ei was niet hard genoeg gekookt. Hij houdt van eieren die nét niet helemaal hardgekookt zijn, zodat er nog een druppeltje in de dooier zit. Dat is natuurlijk bijna niet te doen; als een ei wat groter is, of juist wat kleiner, dan is het kookresultaat helemaal anders. Sander weet dit, hij weet het natuurlijk net zo goed als Charlie. Sterker nog, hij kan zelf voor geen meter het ei produceren dat hij het liefste eet – als hij al eens de moeite neemt – terwijl het Charlie door volhardend oefenen nog redelijk vaak lukt ook.

Ze gromt zachtjes, kijkt om zich heen, klikt haar knipperlicht aan en trapt op het gaspedaal om een aftandse, vuile witte klusbus in te halen. De auto reageert razendsnel en voordat ze het weet rijdt ze honderdveertig, en ook nog eens zonder het amechtige motorgeraas van de Corolla dat haar altijd waarschuwt om weer snel netjes tussen de honderd en de honderdtwintig te gaan zitten. Misschien iets te enthousiast om zo te scheuren, maar tegelijk is het ook wel lekker.

Vanochtend was het dus niet gelukt met dat ei, met dat ene, stomme druppeltje. Ze had zich volkomen verkeken op de kooktijd, en dat was achteraf gezien ook niet zo raar: ze bewaart de eieren altijd in de ijskast, maar Sander had om de een of andere reden de doos met eieren uit de ijskast gehaald en in een van de keukenkastjes gezet. Toen ze hem vroeg of hij wist waar de eieren waren kreeg ze onverwachts een ietwat geïrriteerde verhandeling over zich heen over waarom eieren juist niet in de ijskast moeten. Ze had zich geërgerd aan die bevoogdende toon van hem, maar dat netjes ingeslikt. Vervolgens had ze zich ernstig verrekend op hoe lang zijn ei in het kokende water moest liggen, in een poging te compenseren voor het feit dat het ei niet zo koud zou zijn als wanneer het uit de ijskast zou komen.

Het ei was gewoon nog zacht; zelfs het eiwit was nog een beetje zacht.

Sander tikte het open en kreeg wat eiwit over zijn hand, en meteen barstte hij uit: of ze een idioot was om hem een zachtgekookt ei voor te zetten, of eigenlijk, een rauw ei! Hoe lang waren ze nou wel niet samen; hij ging er toch wel van uit dat ze intussen wist hoe hij zijn koffie dronk en hoe hij zijn ei bliefde. Of was ze daar te stom voor?

Charlie wist op dat moment maar al te goed waar die uitbarsting vandaan kwam: Sander was zenuwachtig. Zo kregen ze ook altijd ruzie als hij bezig was met een auditie, of als hij weer eens was afgewezen, of niet in een of andere langlopende soapserie mocht blijven zitten. Sander was zenuwachtig, want Sander had vanochtend om elf uur een afspraak met Tony van Acq. De regisseur. Direct de volgende dag na het etentje bij Freddy en Nick had hij het nummer gebeld dat Nick op een stukje papier had gekalkt, en hoewel Tony het blijkbaar te druk had om diezelfde dag nog af te spreken, was daar toch nog betrekkelijk snel deze afspraak van gekomen.

Sander had blijkbaar het gevoel alsof het hele vervolg van zijn carrière als acteur afhing van dit ene moment, en dus was hij zenuwachtig geweest. En dus was er ruzie van gekomen.

Charlie snuift, en maakt zich op om nog een auto te passeren. Meestal rijdt ze heel defensief, maar met deze machine onder haar kont is het eigenlijk wel leuk om eens iemand in te halen. En het is ook wel fijn om iets met die bozige energie te doen die nog door haar aderen bruist, want hoewel Sander zich eigenlijk volkomen volgens verwachting gedroeg, had zij dat nu eens niet gedaan.

Ze had hem niet deemoedig gelijk gegeven, ze was niet haar best gaan doen om het hem naar de zin te maken, ze had niet stilletjes door het huis geslopen om hem niet te storen totdat zijn spannende moment achter de rug was.

Nee.

Er was iets in haar overstroomd, ze weet ook niet precies wat het was, en ze had het niet langer binnen kunnen houden. Ze had hem verwijten gemaakt, tegen hem gezegd dat hij voortaan zijn eigen ei maar moest koken als het hem allemaal niet beviel, en toen ze eenmaal bezig was waren er nog veel meer verwijten achteraan gekomen. Dat hij haar te dicht op de huid zat, dat ze meer ruimte nodig had, dat hij alleen maar met geld bezig was, dat hij harder zijn best moest doen om ook iets te verdienen als hij zo gemakkelijk zijn hele reserve had opgemaakt, en dat ze absoluut niet van plan was om zijn avondjes uit met zijn acteursvrienden nog langer te sponsoren.

Twee keer had ze dat gedaan. Hem haar creditcard meegegeven, omdat hij haar ervan had weten te overtuigen dat hij toch echt zijn netwerk moest onderhouden. En twee keer was hij tegen zes uur 's morgens thuisgekomen, zijn kleren stinkend naar drank en rook en andere dingen die ze niet meteen kon thuisbrengen, zodat ze alleen maar blij kon zijn dat hij eerst was gaan douchen voordat hij naast haar in bed was komen liggen. Intussen was ze elfhonderd euro armer, en toen ze het afschrift van haar creditcard nog eens goed had bekeken, zag ze dat er een hotelkamer in het Hilton op was afgeboekt. Volgens Sander was dat omdat ze uit de hotelbar waren gegooid; de diehards wilden nog doorfeesten en dus hadden ze een kamer gehuurd. Volgens hem had hij dat alleen maar voorgeschoten, en hadden zijn zogenaamde vrienden zijn tikkie al lang betaald, maar Charlie wist maar al te goed dat dat naar zijn rekening was gegaan, niet de hare.

Ze moest niet zo zeuren, was het mantra dat hij maar bleef volhouden. Ze waren toch een stel? Het geld was van hen samen.

'Niet zeuren, ammehoela,' bromde ze nu, het stuur stevig omklemmend. 'Jouw geld is van jou, ja, en blijkbaar is mijn geld ook van jou. Ik ben er klaar mee.'

En dat was precies hoe de verdere ochtend was verlopen. Charlie had haar grieven gespuid, Sander had haar weggezet als een zeurderig, kleinzielig, dommig vrouwtje, zij had dat benoemd, hij had haar voor gek verklaard, zij had dat opnieuw benoemd, hij had tegen haar geschreeuwd dat ze het niet gekker moest maken, want anders had hij wel wat beters te doen, en leukere, mooiere, intelligentere vrouwen om zijn tijd mee te vullen, en zij had toen, bijna letterlijk stomend van woede, tegen hem gezegd dat hij dat dan maar lekker moest doen. Daar was het gat van de deur.

'Het is tijd voor mijn afspraak,' had hij toen koeltjes gemompeld, en vervolgens had hij de autosleutels van het haltafeltje gepakt – háár autosleutels, van de auto van háár vader – en was hij naar buiten gegaan. De deur viel met een veel te harde knal in het slot, en Charlie was op de drempel van de hal achtergebleven, haar woede nog lang niet bekoeld.

Het had haar een minuut of tien gekost om wijs te worden uit de soep van gedachten die in haar hoofd ronddraaiden – is het nu uit? Zou hij na zijn afspraak met die Tony dan weer naar zijn eigen huis gaan? Maar dan staat de auto van mijn vader daar! Hoe krijg ik dat ding dan weer terug? O, ik haat hem, ik haat hem gewoon echt! – maar toen had ze zich plotseling gerealiseerd dat hij geen sleutel van de voordeur had.

Het was er nog niet van gekomen om voor hem een eigen sleutel van het huis van oom Benno te maken, en als ze heel eerlijk was had ze daar ook niet echt veel moeite voor gedaan. En ineens was haar nabruisende woede omgeslagen in daadkracht: ze zou oom Benno's auto halen en gewoon naar zijn vakantiehuisje rijden, net zoals hij zelf had gedaan als hij overal even genoeg van had. Er wachtte daar nog een enorme opruimklus op haar, waar ze de afgelopen dagen niks meer aan had kunnen doen, hoewel ze dat wel van plan was geweest, en dat was eigenlijk ook nog eens allemaal Sanders schuld. Als hij niet zo ongevraagd min of meer bij haar was ingetrokken, was ze al veel eerder teruggegaan om daar de boel op orde te brengen.

Ze had nog de tegenwoordigheid van geest gehad om haar tandenborstel, een schoon shirtje en twee schone onderbroeken in haar tas te gooien, en verder vertrouwde ze erop dat alles wat ze nodig zou kunnen hebben daar wel zou zijn. Ze ging daar overnachten, en ze zou nog wel zien wanneer ze weer terugging.

Dus nu rijdt ze op de snelweg, nog steeds borrelend van de

laatste resten van al haar ingehouden ergernis en uitgebarsten woede. De afslag die ze moet hebben wordt aangegeven op het navigatiescherm, ze voegt uit, wacht voor het stoplicht, draait de provinciale weg op en voelt, als ze vrijwel direct het bos in rijdt, een verrassende, weldadige rust over zich komen.

Het komt goed. Dat weet ze zeker, al kan ze nog niet helemaal overzien hoe dat 'goed' er dan uit moet komen te zien. Zonder Sander? Hoewel ze nu al een tijdje af en toe met de gedachte speelt hoe het zou zijn om zonder hem verder te gaan, en soms zelfs het gevoel heeft dat dat de enige manier is – zo'n heftige afkeer als ze vanochtend voelde kán toch helemaal niet, en dan gewoon samen blijven en doen alsof er niets aan de hand is? – vindt ze het toch ook moeilijk. Het idee dat er dan helemaal niets meer tussen hen zou zijn, zo plotseling. Ze hebben intussen toch ook een heleboel gedeelde herinneringen?

Maar dan gaat haar mobiel. Ze heeft hem niet nodig voor de navigatie, want de auto heeft daar een veel groter en beter leesbaar scherm voor, maar ze heeft hem gewoontegetrouw aan het dashboard gehangen, omdat er nou eenmaal zo'n magneetklemmetje uit een van de luchtroosters stak.

Het is Sander, en voordat ze erover kan nadenken klikt ze al op het telefoontje en vult zijn stem de ruimte van de auto.

'Charlotte, waar ben je?'

Als hij haar bij haar volledige naam noemt, en geen Charlie of Charlemarle (eigenlijk heeft ze een verschrikkelijke hekel aan die bijnaam die hij voor haar heeft bedacht), dan is hij boos. Dat weet ze maar al te goed. Misschien nog wel bozer dan vanochtend. Vanochtend dacht hij waarschijnlijk nog dat ze gewoon opstandig was en dat een paar welgemikte scherpe opmerkingen plus het waardig de deur uit stormen, gevolgd door het dichtsmijten van diezelfde deur, wel voldoende zouden zijn om haar weer in het gareel te dwingen. Misschien had hij zelfs wel gedacht dat het haar extra zou straffen als hij haar auto mee zou nemen. Hij had vast niet gedacht dat ze oom Benno's Land Rover zou durven gebruiken.

'Charlot? Ik sta hier als een idioot aan te bellen. Ben je bij de supermarkt?' zegt hij nu, het ongeduld bijna uit haar mobiel druipend.

'Nee,' zegt ze.

'Wat, waar ben je dan? Ik kan niet naar binnen. Je weet donders goed dat ik hier niet naar binnen kan omdat je het hebt verdomd om een sleutel voor me te laten maken, hoewel ik het je meermaals heb gevraagd. Zit... zit je in een auto?'

'Ja,' zegt ze. En dan, na nog even wachten, toch maar: 'Ik rij in oom Benno's auto. Ik ga naar zijn huisje.'

'Dat enorme ding waar je niet in durfde te rijden, maar dat je ook niet aan mij wilde geven? Daar zit jij nou in? Terwijl ik in die aftandse bak van je vader naar mijn afspraak met Tony van Acq moest? Gelukkig had hij een of ander onooglijk café in de buurt uitgekozen; ik had het bijna kunnen lopen.'

'Waarom heb je dat dan niet gedaan?' zegt Charlie, precies zo bits als ze zich voelt. 'Ik had nogal het gevoel dat je mijn auto meenam om me te straffen, Sander, omdat ik nu eens zei wat ik echt voelde.'

'O, was dat het?' sneert Sander. 'Ik dacht dat je me gewoon voor de lol aan het afkammen was, vlak voordat ik naar zo'n belangrijke afspraak moest.'

'Ja, dat was het: ik zei wat ik echt voelde. En ik ben nog niet klaar. Het lucht me nogal op om eindelijk een keer tegen je te zeggen wat ik ervan vind, hoe je doet tegen mij, wat voor gevoel je mij probeert te geven. En het is niet best. Ik zit nu al de hele weg na te denken of het niet gewoon het beste is als we ook echt uit elkaar gaan. Niet alleen maar dat je het roept om me te kwetsen, zeg maar, maar dat je dan ook echt gaat.'

Het blijft stil aan de andere kant van de lijn. Charlie nadert het bungalowpark en grabbelt in haar zak naar de sleutelbos van oom Benno's huisje, waar ook een sleutel aan zit voor de slagboom.

'Waar staat dat huisje ook alweer? Ik kom nu naar je toe. We moeten verder praten.'

Charlie rijdt stapvoets over het grindpad totdat ze haar auto op de parkeerplaats kan zetten, vlak bij de boom waar zo'n operatie mee aan de hand was toen ze de eerste keer op het park kwam kijken. Ze kijkt nog even snel als ze erlangs rijdt, en herinnert zich de mensen die er stonden. Die lange vent met dat blonde haar en die heel doordringende blauwe ogen. Per, heette hij; ze weet het nog precies, ze maakte een grapje. Ze heeft geen tijd gehad om welbewust aan hem terug te denken, maar weet ineens dat hij om de een of andere reden zo veel indruk op haar heeft gemaakt dat hij net onder de oppervlakte aanwezig is gebleven in haar hoofd.

Typisch.

Architect, was hij toch?

'Charlot?' klinkt het door de speaker, alweer helemaal ongeduldig.

'Nee, ik heb geen behoefte aan praten, nu,' zegt ze dan, terwijl ze de auto uitzet. 'Ik heb behoefte aan even nadenken. Aan even alleen zijn. Kijk, Sander,' het valt haar op hoe rustig ze dit allemaal kan zeggen, nu er wat fysieke afstand tussen hen is, 'ik ben eigenlijk onze hele relatie lang voornamelijk met jou bezig geweest. Met jouw carrière, met jouw buien, nukken en grillen. En nu heb ik even wat tijd voor mezelf nodig. Mijn oom is overleden, ik heb verder niemand meer, ik moet de hele nalatenschap afwikkelen, en ik… tja, ik heb geloof ik nu even geen tijd? Om met jouw carrière bezig te zijn? En daarnaast ben je eigenlijk niet zo aardig tegen me geweest, de afgelopen tijd.'

'Wát?' schreeuwt Sander, terwijl ze haar mobiel van de magneet af trekt, het gesprek weer van de speaker af haalt, het toestel tegen haar oor legt en uitstapt.

—

Per loopt, diep in gedachten verzonken, terug over het grindpad naar zijn huisje. Hij heeft een productief gesprek achter de rug met Rosie en haar zoon Joost, die voor iedereen onverwacht en midden in de week ten tonele is verschenen. Joost heeft spontaan anderhalve week vrij genomen en wil bij zijn ouders logeren, en blijkbaar heeft hij zich in het hoofd gezet om het huis van zijn grootouders uit te ruimen.

'Daar hebben jullie het nou al ik weet niet hoe lang over, mam,' zei hij, toen Rosie haar verbazing uitsprak, 'maar jullie komen er niet aan toe. Ik heb het even nodig om iets met mijn handen te doen; ik moet gewoon even weg van dat kantoor, en ook thuis weg, want Liselore is zo ontzettend met andere dingen bezig op het moment; ik heb soms bijna meer het gevoel dat we huisgenoten zijn dan een stel. Laat mij nou maar lekker die opruimklus doen, en misschien heb ik ook nog wel zin om het te schilderen, wie zal het zeggen. Dat kan ik heus wel, al zeggen jullie altijd dat ik het brein heb en Aloys de gouden handen.'

'Natuurlijk kun je dat, jongen,' had Rosie lachend gezegd, 'en ik vind het heerlijk als je hier bent, hoor. Neem maar lekker even vakantie van alles, en denk overal over na, en dan komt het vanzelf allemaal wel op zijn pootjes terecht met jou en Liselore en je werk. Soms kan een beetje ruimte wonderen doen. En dan kun je meteen ook handig meedoen als die man van Berg&Bos Luxe Topparken vrijdag langskomt; dan zeggen we gewoon dat je onze bedrijfsjurist bent, hè, Per?'

Per had het een uitstekend idee gevonden. Hij had al lang gezien dat Joost, die hem heel sympathiek leek, niet zo lekker in zijn vel zat. Al lopend neemt hij zich nu voor om een keer met hem naar het café te gaan. Nu hij de weg naar De Paardentram heeft gevonden en een keer of twee met Freek heeft afgesproken – die sessies zijn hem goed bevallen, en hij heeft ook veel nuttigs bijgeleerd over subsidiemogelijkheden op provincie- en staatsniveau, over monumentenzorg, over de boswachterij – kan hij misschien ook wel eens met iemand anders een biertje gaan drinken.

Hij fronst: je zou bijna gaan denken dat hij bezig is vrienden te maken. Een sociale kring op te bouwen. Iets te doen waardoor op zijn motor stappen en wegrijden wanneer dat hem een goed idee lijkt, minder voor de hand liggend is dan hier blijven.

Hij *wíl* misschien ook wel gewoon hier blijven, ook als het kasteeltje opgeknapt is. Hij heeft hier een verantwoordelijkheid, of hij dat nou leuk vindt of niet, en gek genoeg hebben de gesprekken met de wat oudere Freek hem meer inzicht gegeven in hoe belangrijk zoiets kan zijn. Hoezeer het kan bijdragen aan iets van sociale cohesie, om in de gemeenschap een rol te vervullen. Freek is daar ook pas later in zijn leven achter gekomen, en hij vertelde, verrassend open, hoe zijn vrouw er min of meer voor heeft gezorgd dat hij over zijn sociale koudwatervrees heen kwam. En hoe hij nu merkt dat hij, ondanks zijn autismespectrumstoornis, behoorlijk goed kan functioneren in sociale situaties; beter in ieder geval dan hij lang van zichzelf had gedacht.

Per vindt het maar wonderlijk dat die man zo gemakkelijk over zichzelf en zijn kwetsbaarheden praat; wonderlijk, maar wel uitnodigend. Hij had überhaupt niet doorgehad dat Freek een autismespectrumstoornis had, en toen hij dat onomwonden tegen hem zei, had Freek breed geglimlacht en het als een compliment opgevat.

Je bent nooit te oud om te leren, was de conclusie geweest waar ze samen op hadden gedronken. Waarom zou hij niet op zijn tweeëndertigste eens ergens wortel kunnen schieten?

Het geluid van andere voetstappen op het grind maakt dat hij opkijkt en ziet hoe Charlie – hij weet meteen weer hoe ze heet – zijn kant op komt, een mobiel aan haar oor en een frons op haar voorhoofd.

'Ja, ik wéét dat je er voor me was toen mijn ouders waren verongelukt,' hoort hij haar zeggen. Aan de toon te horen is het gesprek niet erg vriendelijk. 'Maar dat gebeurde wel altijd tussen je audities en je belangrijke carrière door, Sander. Als je tijd had, dan was je er voor me, en als je geen tijd had, dan had ik gelukkig altijd oom Benno nog die ik kon bellen. Maar die heb ik nu dus ook niet meer. En weet je wat het is: ik kan jouw carrière er op dit moment even niet meer bij hebben. Als jij dat onderdeel nou gewoon zelf afhandelt, dan zorg ik er wel voor dat ik eruit kom met de nalatenschap van mijn oom.'

Ze is hem, druk pratend, intussen zo dicht genaderd dat hij een hand kan opsteken, en hij ziet hoe ze uit haar concentratie komt – het gesprek had haar helemaal in beslag genomen – en een klein beetje schrikt. Ze geeft hem een licht verwilderde blik, haalt haar mobiel van haar oor, ook al komt er druk gepraat van een geagiteerde mannenstem uit, en zegt dan: 'Hallo, soneel. Of, eh, manent. Hai.'

Nu moet hij even nadenken. 'O, ja, inderdaad,' zegt hij dan, en met een knik naar haar mobiel: 'Vervelend gesprek? Personeel en permanent heb ik wel al eens eerder gehoord, maar je krijgt toch een hoog cijfer voor een adequate reactie onder stressvolle omstandigheden.'

Ze grijnst, zegt in haar mobiel: 'Sander, een momentje,' en houdt hem weer van zich af. Er klinkt nog meer furieus gepraat uit het apparaat.

'Sander is niet blij,' zegt Per, terwijl hij constateert dat haar ogen nog steeds verrassend lichtbruin zijn.

Charlie bijt op haar lip en haalt even een schouder op. 'Dat hebben we allemaal wel eens. Ik ben zelf ook niet zo heel blij op het moment. Jij wel?' Ze kijkt hem nog een keer aan op een manier die hij tot zijn verrassing in zijn maag voelt kriebelen.

'Charlotte! Charlot!' klinkt het vrij luid uit haar mobiel, en ze lijkt bijna te zijn vergeten dat ze aan het bellen was, want ze rukt zich los van Pers blik om naar de bron van het storende geluid te kijken. 'Sander, ik bel je zo terug,' zegt ze in het toestel, en dan drukt ze op ophangen.

Ze kijkt opnieuw naar Per, met iets van verbazing op haar gezicht. 'Dat doe ik anders nooit,' zegt ze, 'zomaar midden in een ruzie ophangen. Of weggaan. Ik weet niet wat het is, maar het is wel een dag van eerste keren voor mij, zeg. Jij woont toch min of meer hier op het park, omdat je met het kasteeltje bezig bent? Rosie zei dat je architect bent.'

'Klopt,' zegt Per. 'En ik ben vandaag redelijk blij. Alles gaat voorspoedig, hoewel ik daarnet iets dacht wat ook een eerste keer was.'

Ze blijft hem maar zo onderzoekend aankijken, hij begint zich bijna ongemakkelijk te voelen.

'Ik heb een nogal ongebruikelijke dag vandaag,' zegt ze dan. 'Ik hou me altijd enorm in, maar vandaag ging het ineens niet meer. Dat was mijn vriend, aan de telefoon, we hebben dus ruzie.'

'Het is volgens mij erg onverstandig om je altijd in te houden,' zegt Per.

'Je zou daar wel eens gelijk in kunnen hebben. Het lucht echt vreselijk op om gewoon te zeggen wat ik denk, en er gebeurt ook geen ramp. Ik dacht altijd dat er rampen van zouden komen, maar tot nu toe valt het mee.'

'Maar je hebt wel ruzie met je vriend,' zegt Per ernstig.

Charlie fronst. 'Volgens mij verdient hij het wel om een keer niet zijn zin te krijgen. Hij schrikt zich vast dood.' Ze grinnikt vreugdeloos. 'Arme Sander.'

'Ik ga weer verder,' zegt Per, eigenlijk vooral omdat hij niet weet wat hij nog meer moet zeggen.

'O, ja, nee, ho wacht, ik wil je nog iets vragen: waar is er hier ergens een supermarkt? Ik was van plan om een paar dagen te blijven.'

'In Hogerweijde,' zegt Per, 'daar zijn de meeste gangbare winkels wel. Het is ongeveer tien minuten rijden met de auto, als je het park uit rijdt ga je rechtsaf en rij je gewoon rechtdoor, dan kom je er vanzelf. Maar je kunt ook–' Hij houdt abrupt op met praten, omdat er bijna iets ondoordachts van zijn tong was gerold. En ineens realiseert hij zich dat hij dus juist altijd wél eerst overal over nadenkt voordat hij zijn mond opendoet. Hoe vaak komt er eens iets spontaans uit hem? Hoe vaak wordt hij overvallen door een lachbui? Niet zo vaak. Nooit, eigenlijk. 'Hm,' bromt hij, en hij wrijft even over zijn voorhoofd.

'Wat wilde je zeggen?' vraagt Charlie nieuwsgierig. 'In het kader van het niet inhouden zeg ik het maar gewoon tegen je: ik heb zo'n raar gevoel dat ik je ergens van ken, terwijl ik weet dat het niet zo is.'

'Ik wilde zeggen,' zegt Per, met een kleine hapering, 'dat je ook bij mij kunt komen eten. Ik heb alleen maar gebakken eieren, maar ik heb wel genoeg voor twee. Misschien vind je het een vreemd voorstel, want we kennen elkaar helemaal niet, hoewel ik wel herken wat je zegt. Dat het is alsof we elkaar al kennen. Of, of... zouden moeten kennen.'

'Gek hè,' zegt Charlie lachend, 'maar weet je wat? Ik kom gewoon. Misschien komen we er tijdens het eieren eten achter hoe het zit, en ik denk dat ik sowieso wel een beetje gezelligheid kan gebruiken. Ik kon me dan wel niet inhouden vandaag, maar ik ben niet gemaakt voor conflicten, hoor, potverdikke.'

Per grijnst breed, hij voelt ineens het verschil tussen dit en die beheerste glimlach die hij zichzelf meestal toestaat. 'Ik woon in dat huisje daar,' zegt hij wijzend, 'zie je die hoge dennenboom? Daar direct onder staat het, het ligt nogal verscholen.'

'Ik zie 'm,' zegt Charlie. 'Zeven uur?'

Per knikt, steekt zijn hand op en loopt dan met lange passen bij haar vandaan.

Wat is er nou zojuist gebeurd?

# 13

Joost kijkt op van zijn noeste arbeid, het zweet op zijn voorhoofd, als zijn moeder ineens achter hem staat en zijn naam zegt.

'Jemig, jongen, je dacht: ik begin gewoon meteen?' Rosie kijkt verbaasd om zich heen. De woonkamer van het huis van haar schoonouders is al bijna helemaal leeg, op een paar oeroude meubels na, en er staan wel zeven blauwe puinzakken naast de voordeur.

'Ja, schiet lekker op, hè? Boven ligt ook nog heel veel, hoor, ik ben helemaal verbaasd hoeveel. Waar komt dat allemaal vandaan? En de kelder is helemaal een puinhoop.'

'Tja, eh, huurhuisjes die we hebben verkocht en eerst leeggehaald, speelgoed van jou en Aloys... nou ja, hoe gaan die dingen? Ik heb hier jaren geleden ook wel eens spullen opgeslagen van de rommelmarkt in Eyckelaere. Daar had de kerk een stalletje en al die oude dames die trouw iedere week naar de mis gaan hadden hun zolder opgeruimd en dat langsgebracht, maar dan konden ze dat natuurlijk nergens kwijt. Kun je je dat niet meer herinneren?'

Joost fronst en grijnst. 'Vagelijk. Maar ik was nog wel klein, volgens mij.'

'Ook weer niet heel klein, want toen leefden je opa en oma nog. Maar toen ze net een paar jaar dood waren was het huis nog leeg, en ik vond dat het een of andere bestemming moest hebben. Je vader wilde hier in eerste instantie niet eens naar binnen.'

'Ja, ik zat dus te denken, mam,' zegt Joost, terwijl hij een hand over de met plavuizen ingelegde schoorsteenmantel haalt. 'Als ik nou de boel eens zou opknappen, hier? Ik zei al dat ik misschien kon schilderen, maar er moet wel wat meer gebeuren; die plavuizen moeten eruit, dat oeroude granol op de muur is ontzettend vies geworden en ik vind gladde muren echt veel mooier, en al dat rustieke eikenhout... nou ja. Die ouderwetse, landelijke bistro-look, sommige mensen vinden dat weer helemaal kunnen...'

'... maar jij niet?' maakt zijn moeder lachend de zin af. 'Ik ook niet, hoor, ik zou hier zo ook niet in willen wonen. Maar...' Rosie laat zich voorzichtig zakken op de stenen rand voor de open haard.

'Mam, dat is echt hartstikke smerig en stoffig, hoor,' waarschuwt Joost.

'Weet ik, ik heb mijn zondagse kloffie toch ook niet aan? Ik heb net al Henks losse gereedschap in de grote schuur weer netjes aan de borden gehangen; denk je dat het daar zo stralend schoon was?' Met een lachje steekt ze haar handen uit, die nog een paar zwarte vegen vertonen. 'Maar vertel nou eens aan je moeder: ik snap dat je het fijn vindt om even een project omhanden te hebben, en dat is natuurlijk prima, ga gerust je gang. Je vader zal er vast ook niet mee zitten, al zal hij denk ik wel willen weten wat je allemaal van plan bent. Misschien komt hij je wel helpen, als er op het terrein verder niet zo veel hoeft te gebeuren. Maar waarom?'

'Nou, gewoon,' zegt Joost. 'Precies wat je zegt, ik wil iets omhanden hebben. Iets waar ik niet zo hard over na hoef te denken.'

'Volgens mij ben je juist heel hard aan het nadenken, hierover.'

'Ma-ham,' verzucht Joost. 'Je geeft me het gevoel alsof ik nog op de middelbare school zit.'

Er klinkt een pingeltje uit Joosts broekzak en hij vist zijn mobiel tevoorschijn, om snel een berichtje te typen en het toestel daarna weer weg te stoppen.

'Ik dacht dat je juist even aan je werk wilde ontsnappen?' zegt Rosie, nog steeds op die vriendelijke, maar onontkoombare toon. 'Of was dat Liselore, begint ze je al te missen?'

'Na één dag? Nee hoor,' zegt Joost, zo stellig dat het hemzelf bijna verbaast. 'Die mist me nog niet, en morgen ook niet, en overmorgen ook nog niet. Volgens mij heeft ze niet eens door dat ik er niet ben. Misschien als ze merkt dat ze eens een keer iets aan het huishouden moet doen, of als ze iets duurs wil kopen, maar tot die tijd...'

'Dat klinkt wel een beetje bitter, jongen. En ze verdient zelf toch ook geld? Ik dacht dat het zo goed ging met haar acteercarrière, of doet ze vooral nog modellenwerk?'

'Reclamespotjes en zo. Ze heeft zo'n hele serie voor de Hema gedaan, en ook radiospots ingesproken, en hoewel ze dat eerst niet wilde was het een heel goeie deal; haar agent heeft bedongen dat ze royalty's krijgt steeds als het wordt uitgezonden. Dat schijnt nogal uitzonderlijk te zijn, maar daardoor heeft ze wel een soort vast inkomen zolang die reclamecampagne loopt. Naast wat ze heeft verdiend met de spotjes zelf. Ze is nu wel heel bang voor typecasting, dus ze heeft ook bepaalde klussen niet aangenomen, maar als ze in het buitenland kan werken heeft ze daar natuurlijk juist weer geen last van. En modellenwerk doet ze af en toe ook nog wel, maar alleen voor heel exclusieve dingen.'

'Nou ja, dan heeft ze jouw geld toch niet nodig?'

'Heeft ze ook niet, maar ze vindt dat ik als haar vriend sommige dingen hoor te betalen, denk ik? Juwelen, en zo. Of apparaten: mobieltjes, laptops, tablets, dat werk. Daar weet ze ook niet zo veel van af, behalve welke modellen het nieuwst en het duurst zijn.'

'En dat doe jij dus ook?' Rosie kijkt haar zoon indringend aan.

'Nou ja...' zegt Joost, met een mengeling van goedmoedigheid en berusting.

'En daarom sta je hier nu de boel uit te ruimen, en na te denken over een enorme verbouwklus die je nooit af krijgt in één week, en je baalt van je werk, maar je zit nog wel voor je werk te appen? Of wat was dat, als het niet je werk, maar ook niet Liselore was?'

'Jemig, mam, wat een ondervraging, je moet bij de AIVD gaan werken, jij. Ik huur je de volgende keer wel in als ik een criminele cliënt heb die me niet wil vertellen hoe het echt zit. Dat was niet mijn werk, dat appje, of, nou ja, het was een soort van een beetje mijn werk; ik heb een pro-Deozaakje opgepakt. Kleintje maar, ik denk dat ik meer werk heb aan het begeleiden van de cliënt dan aan het inhoudelijke werk.'

'O,' zegt Rosie. 'Wat goed van je. Is het voor iemand die je persoonlijk kent?'

Joost haalt zijn schouders op, maar hij weet eigenlijk al dat het geen zin heeft om eromheen te draaien, zijn moeder doorziet toch alles. 'Ik ken haar niet echt goed, het is die vrouw die ik laatst naar huis heb gebracht, weet je nog? Die steeds door haar man hier wordt achtergelaten? Ze wil van hem scheiden, maar ze heeft zelf geen inkomen. Het is natuurlijk veel beter voor haar en die jongen als ze zonder die man verdergaat, en dat weet ze zelf intussen ook wel, maar ze is erg angstig voor de toekomst. Dus ik, eh, heb een paar keer lang met haar gepraat. Aan de telefoon, hoor, dat hoeft natuurlijk niet live. Ik heb al haar mogelijkheden voor haar uiteengezet – hij heeft een goede baan, hij zal haar en hun zoon moeten onderhouden – en gezegd dat ze me altijd kan appen of bellen.'

Joost ziet zijn moeder nadenkend knikken en kijken van hem naar de muur, het raam. 'Joost, als ik het mis heb moet je het zeggen, hoor, maar heeft dat iets te maken met waarom je dit nu staat te doen?'

Hij schudt meteen zijn hoofd. 'Nee, nee, ik wil gewoon even weg, even iets anders. In het bos zijn. Dat geeft me rust, grappig genoeg precies zoals Lars, de zoon van Elodie, dus die vrouw van die pro Deo–'

'Ik weet wie ze is,' zegt Rosie snel.

'Nou ja, wat Lars dus altijd zegt. Dat hij rustig wordt van het bos. Ik heb op het moment een ontzettend vol hoofd, en ik merkte dat ik zo bleef malen dat ik nauwelijks meer kon slapen.'

'Ach, jongen.' Rosie staat op om hem een knuffel te geven. 'Kom jij maar lekker hier bijkomen, hoor. Ik snap nu wel wat beter dat je het juist fijn vindt om hier even helemaal alleen te staan beulen. Opruimen kan je heel goed helpen om tegelijk ook je hoofd op te ruimen, het heeft me altijd verbaasd hoe dat werkt. Je mest een keukenkastje uit, maakt het lekker schoon, zet alles er weer netjes in en ineens is het in je hoofd ook een stuk meer op orde.'

'Precies, zoiets,' zegt Joost met een grijns. 'Nou, ik maak het even af hier, en dan kom ik naar je toe, goed? Dan begin ik morgen wel aan wat er boven allemaal nog staat. O, en kan ik morgen ook die zakken naar de gemeentewerf brengen?'

'Vanaf half tien,' zegt Rosie, en dan, met nog een klopje op zijn arm, gaat ze de kamer uit. Kort daarna hoort hij de voordeur dichtgaan; hij is weer alleen.

Even blijft hij staan, zijn handen in zijn zij. Ja, waarom wil hij nou juist dit zo nodig doen? Hij had ook kunnen voorstellen om de tuinafvalstortplaats af te graven. Als jongen deed hij dat altijd graag, met het kleine graafmachientje dat zijn vader op de kop had weten te tikken toen hij een jaar of twaalf was. Hij kan zich nog goed herinneren hoe zijn moeder zijn vader altijd ongenadig plaagde met zijn voorliefde voor dingen waar je op kunt rijden. Er stonden al een grasmaaier en een golfkarretje achter het huis, maar toen kwam er dus ook nog een soort baby-graafmachientje bij. Het ding moest flink opgeknapt worden, maar zijn vader vond dat alleen maar leuk. En nu, bijna twintig jaar later, staan het golfkarretje en het graafmachientje er nog steeds, perfect onderhouden, is er intussen een fonkelnieuwe grasmaaier, en heeft dat wagenpark gezelschap gekregen van een soort terreinwagentje met hoge wielen waarmee je ook door het bos kunt rijden, en een quad.

Eigenlijk is Aloys de enige die daar wel eens op rijdt, maar zijn vader vindt al die machines nog steeds mooi en sleutelt er met veel liefde aan. Hij had het er bij het avondeten nog over, dat die Per zo'n prachtige, zelf gerestaureerde motor heeft. 'Zeventig jaar oud is dat ding,' had hij gezegd, 'en hij ziet eruit alsof hij net uit de fabriek is komen rollen. Misschien moet ik ook eens kijken, op Marktplaats of zo, naar zo'n opknappertje...'

'Nee, Henk,' had zijn moeder heel stellig gezegd, 'jij gaat niet een of andere buikschuiver opknappen, en er dan zeker nog mee rijden ook? Nog los van het feit dat iedereen dan de slappe lach krijgt vind ik het gewoon gevaarlijk; ga jij nou maar lekker in dat golfkarretje zitten.'

Hij had, gebroederlijk met zijn neef, zich krom gelachen om het verbouwereerde gezicht van zijn vader. Gelukkig maar dat zijn moeder wat enthousiaster reageerde toen hij gisteren meedeelde dat hij zin had om de boel hier in dit huis op te ruimen.

Met een diepe zucht rolt hij een nieuwe puinzak af van de rol, en slaat die open.

—

Aloys staat, half ongeduldig, half onhandig, van zijn ene op zijn andere been te hippen. Hij voelt zich stom; er zijn al twee mensen voorbij komen fietsen die hij kent. Hoe hij heeft kunnen denken dat in het bos afspreken, bij het bankje bij het kruispunt van twee fiets- en wandelpaden, anoniemer zou zijn dan gewoon in Hogerweijde, weet hij ook niet. Hij kent gewoon veel mensen. Je kunt erop wachten dat hij iemand tegen gaat komen, of hij nou op straat loopt in Eyckelaere, Lagerweijde of Hogerweijde. En als ze in Hogerweijde hadden afgesproken, dan hadden ze nog naar een winkel kunnen gaan, of misschien iets gaan drinken in De Wagenschuur, als die al open was. Niet naar De Paardentram, dat zou raar zijn.

Gelukkig, in de verte komt de slanke gestalte die zo'n beetje op zijn netvlies gebrand staat, hard aanfietsen. Hij heeft een beanie op zijn hoofd, hoewel het al lang niet meer koud is, en Aloys kan een grijns niet onderdrukken. Hij heeft geen idee waarom eigenlijk; hij vindt Serhii gewoon zo grappig. Zo leuk. Zo... tja. Hij stapt een beetje schutterig heen en weer terwijl Serhii afstapt en zijn fiets tegen die van Aloys aan zet. Samen onder een boom; zelfs de fietsen zien eruit alsof ze het extra naar hun zin hebben.

'Dit is een van mijn lievelingswandelpaden,' zegt Aloys, wijzend naar een smal zandpad dat, een klein stukje verderop, vanaf het fietspad het bos in verdwijnt. 'Het is een klein beetje heuvelig, en na een tijdje kom je bij een gebied waar vorig jaar een grote brand is geweest, en gek genoeg zie je nu alweer de boompjes uit de grond schieten. En er staat een heel oud elektriciteitshuisje, dat is volgens mij een monument. Het is in ieder geval al heel vaak gefotografeerd, ik weet eigenlijk ook niet waarom. Iedereen kent het, hier in de buurt. Het was helemaal zwartgeblakerd, maar de gemeente heeft het laten opknappen en nou zie je er niks meer van.'

'Oké,' zegt Serhii, met een brede glimlach die zijn smalle, vriendelijke gezicht laat stralen.

Ze lopen een stukje in stilte.

‘Is het niet raar, dat we gaan wandelen?’ vraagt Serhii dan.

‘Hoezo zou dat raar zijn? De halve wereld komt hier wandelen, en wij wonen nota bene hier. Dan mogen wij toch ook wel?’

‘Dat is waar.’ Serhii geeft hem een lachje en dan lopen ze weer even in stilte.

‘Het is wel gek, online praten we maar door en nou lopen we te zwijgen,’ zegt Aloys. Hij wil dolgraag praten, kan hem niet schelen waarover, maar hij weet eigenlijk niet hoe hij moet beginnen.

‘Ik vind het wel heel fijn,’ zegt Serhii, ‘om dit te doen. Ik neem niet zo veel vrij, ik ben meestal aan het werk, of ik help mijn moeder, of ik probeer te ontspannen door nog even te gamen. Of, eh, met jou te chatten.’ Hij grinnikt een beetje.

‘Ik heb je toch niet uit je slaap gehouden?’ Aloys is meteen geschrokken.

‘Nee, volgens mij slaap ik juist beter als we hebben gechat, ik heb vaak het gevoel alsof ik tien kilo lichter ben, doordat ik iemand heb om dingen mee te bespreken.’

Aloys kijkt even opzij en ziet dat Serhii verlegen naar de grond staart. ‘Je kunt alles bij me kwijt, hoor,’ zegt hij zachtjes, ‘kan me niet schelen wat het is. Daar zijn vrienden voor.’

Serhii kijkt hem plotseling aan, zijn ogen groot en kwetsbaar. Aloys voelt dat tot in zijn tenen, een soort rare elektrische schok die door zijn hele lijf heen gaat.

‘Zijn we dat,’ vraagt Serhii zachtjes, ‘vrienden? Ik had thuis wel vrienden, maar hier… Ik zou het heel fijn vinden als we vrienden zijn.’

‘Tuurlijk zijn we vrienden,’ zegt Aloys snel. ‘Het is weird, maar ik heb het gevoel dat ik je al jaren ken.’

‘Of nog langer,’ mompelt Serhii voor zich uit.

‘Ja,’ zegt Aloys, en Serhii kijkt hem snel aan.

‘Het is gek, hè?’ zegt hij.

Aloys knikt. 'Heel gek. Ik heb het nog nooit meegemaakt.'

'Wel fijn.'

'Dat wel.'

'Ik heb dit ook nog nooit meegemaakt.'

Ze lopen nog een stukje in stilte.

'Moet je ruiken hoe lekker,' zegt Aloys als ze langs een groepje naaldbomen komen, waarvan de harsige geur zich vermengt met die van het verse jonge groen van de loofbomen. 'Nergens ruikt het zo lekker als hier.'

Ze stoppen even om de geur op te snuiven.

'Thuis rook alles naar vuur,' zegt Serhii, 'toen die bom eenmaal was gevallen. Ik heb die geur nog dagenlang in mijn neus gehad. Het was alsof mijn hersenen hem niet los konden laten.'

'Van de schrik.'

'Denk ik, ja. Nu zou ik willen dat mijn hersenen deze geur dagenlang vast konden houden. Of dat ik hem mee kon nemen naar mijn moeder. Zij is alleen maar bang, bang vanwege mijn oma en mijn tante, en alle mensen die ze kent die nog daar zijn... Ze probeert iedere dag mensen te bellen, en als die dan niet opnemen kan ze helemaal in paniek raken, ook al waren ze alleen maar naar de winkel.'

'Jezus, ja, dat snap ik wel,' zegt Aloys, terwijl hij zich probeert voor te stellen hoe het moet zijn als je jezelf plotseling terugvindt in een ander land, afgesneden van je familie en je vrienden, en je weet dat het daar nog steeds levensgevaarlijk is. 'Wat moet dat zwaar voor haar zijn. Vindt ze het wel een beetje leuk om bij de Appie te werken?'

'Het gaat,' zegt Serhii. 'De mensen zijn heel aardig, en ze is blij dat ze een baan heeft, maar thuis werkte ze voor een museum. Ze deed, eh, hoe noem je dat, zorgen dat de beveiliging goed ging, en de schoonmaak, roosters maken, en dat er altijd iemand in het winkeltje stond. Soms deed ze dat zelf, als iedereen ziek was of zo, en soms hielp ze mee met een tentoonstelling inrichten... ze deed eigenlijk zo'n beetje alles. De museumdirecteur zei altijd dat het gebouw zou instorten als mijn moeder drie dagen niet zou komen, zo veel regelde ze. Ze heeft niet gestudeerd of zo, maar ze weet heel veel van kunst. Gewoon van internet, ze vond het leuk.'

'Daar kun je natuurlijk niet zo veel mee als je karren met begonia's binnen of buiten moet zetten,' zegt Aloys droog.

'Nee,' zegt Serhii met een lachje. 'Maar ze is niet ondankbaar,' zegt hij er dan snel achteraan, 'we hebben ontzettend veel geluk gehad.'

'Ik ook,' zegt Aloys, met een brede, een beetje plagerige grijns. 'Als het niet zo afgrijselijk was zou ik die bom bedanken.'

'Hoe bedoel je?'

'Nou, nu ben je hier. En zijn wij vrienden.'

Het blijft even stil, en Aloys vraagt zich af, ineens vreselijk bezorgd, of hij niet onbedoeld iets heel kwetsends heeft gezegd.

Maar dan klinkt er een grinnikje. 'Je hebt ook helemaal gelijk; aan iedere situatie zit ook een goeie kant, als je hem kunt zien,' zegt Serhii. 'Je bent een filosoof, Aloys, al zou je dat niet zeggen met zo'n kapsel.'

'Zorg jij er nou maar voor dat je je eenzame hersencel een beetje warm houdt onder die beanie, mattie van me,' zegt Aloys plagerig.

'Als ik hem niet warm hou dan kan ik je niet verslaan in *Fortnite*, vanavond na mijn dienst.'

'O nee, denk maar niet dat dat je gaat lukken, ik heb nog wel een paar trucs achter de hand die je nog niet hebt gezien.' Aloys geeft Serhii een vriendschappelijke duw met zijn schouder en grinnikend lopen ze verder, iets dichter naast elkaar nu.

'Kom je anders een keer bij me langs in mijn gamekelder?' Aloys weet eigenlijk niet of hij te snel is met die vraag, of dat het heel normaal is om dat zomaar te vragen. Bij zijn andere vrienden heeft hij nooit van die vreemde bedenkingen gehad, die kwamen gewoon, maar bij Serhii...

'Bij jou thuis?'

'Ja. Of... is dat raar?'

'Niet zo heel raar. Maar misschien een klein beetje wel?'

'Ik weet het ook niet precies. Maar je bent wel welkom, hoor.'

Serhii glimlacht weer, en ineens vindt Aloys hem – een onverwacht en mysterieus, warm gevoel – heel lief. Het lenteloof boven hun hoofden ritselt en hun voetstappen maken kleine, knappende geluidjes op de zachte bosgrond; ineens lijkt het of al zijn zintuigen op scherp staan.

Lief. Dat soort dingen denkt hij normaal gesproken niet bij andere mannen. Meisjes vindt hij soms lief, hoewel hij ze vaker leuk vindt. En ook wel lekker. Zijn oma is altijd lief, veel liever dan zijn moeder, maar dat is een volkomen ander soort lief, een warm, veilig, thuishaven-lief, waar dit gevoel onbekende, woelige wateren en vreemde, maar misschien wel prachtige kusten voorspelt.

'Ben je wel eens met een jongen geweest?' vraagt Serhii hem dan ineens, zijn stem onhandig en iets te hard.

'Eh, nee, nee,' zegt Aloys, overvallen. 'Ik dacht altijd dat ik op meisjes viel.'

Alles wat hij niet zegt, zegt hij toch, met dat kleine zinnetje, en Serhii glimlacht nog eens, breder nu.

'Ik ben bi. Ik ben met allebei geweest, en ik kan je niet zeggen wat beter was,' zegt hij, met een licht schouderophalen. 'Gelukkig is het hier wel beter met de LGBT-rechten dan thuis.'

'Hoe is dat dan?' Aloys wil het liefst dat Serhii nog even doorpraat, zodat hij stilletjes kan wennen aan de wending die het gesprek ineens heeft genomen. Niet dat hij nu geschokt is, maar het is toch wel anders om het er ineens over te hebben. In woorden. Met de jongen, nee, de mán – Aloys ziet ineens van zichzelf dat hij het altijd over jongens en meiden heeft, alsof hij het volwassen worden van zijn eigen denken nog even voor zich uit schuift – van wie hij nog maar net heeft gedacht dat hij hem lief vindt.

'Nou ja, er zijn gewoon veel minder rechten. Er is meer discriminatie, bij sollicitaties en dat soort dingen. Het is in de maatschappij eigenlijk nog behoorlijk taboe, al zijn er wel wat pride-achtige dingen geweest, en demonstraties voor gelijke rechten en zo. Maar ja, hele drommen mensen geloven dat gay zijn te genezen valt als je maar hard genoeg bidt. Transseksualiteit staat officieel gelabeld als een psychiatrische stoornis, nou ja, dan weet je het wel.'

'Shit, man.'

'Ik heb eigenlijk voor de oorlog de hele tijd gehoopt dat ik verliefd zou worden op een vrouw, zodat ik gewoon zou kunnen trouwen en net doen alsof er niks aan de hand was.' Serhii kijkt even opzij. 'Laf, hè?'

'Vind ik niet, jij bent toch ook maar een mens,' zegt Aloys snel. 'Ik moet er ook even niet aan denken wat ik allemaal over me afroep als, eh...' Hij kan zijn zin eigenlijk niet goed afmaken. Wat wil hij precies zeggen? Als hij met Serhii zou gaan? Als hij zou moeten vertellen dat hij gay is? 'Ik voel me niet gay, geloof ik,' zegt hij dan maar tegen Serhii. 'Ik heb dat tenminste nooit van mezelf gedacht.'

'Ben je nooit op een jongen gevallen, toen je nog op school zat, of zo?'

Aloys schudt zijn hoofd nog voordat hij erover heeft nagedacht; hij weet gewoon dat het nog niet eerder in hem is opgekomen. Gevoelens van liefde, of seks, bij een andere man, dat idee is zo vreemd. Niet per se naar, of iets om afkerig van te zijn, maar onwennig. Nieuw. Hij kijkt nog even naar Serhii. Misschien is het niet zo heel vreemd met hem. Alles voelt zo natuurlijk met hem, misschien is dat dan ook gewoon natuurlijk?

'Ik vind je heel leuk,' zegt Serhii dan tegen hem, plotseling verlegen. 'Ik ben nog nooit op een bruine jongen gevallen. Je haar vind ik heel mooi.'

‘Ik vind jou geloof ik ook heel leuk,’ fluistert Aloys bijna, ‘al moet ik wel enorm aan die gedachte wennen.’

Het pad dat ze hebben afgelopen heeft ze in een ruime cirkel bijna weer teruggevoerd naar hun fietsen; ze zien het bankje langs het fietspad in de verte al schemeren tussen het jonge groen.

‘Mag ik nog even je hand vasthouden?’ vraagt Serhii, al net zo zachtjes. ‘Totdat we daar zijn?’ Hij knikt naar het bankje. ‘Niemand kan ons zien hier.’

‘Oké,’ zegt Aloys onhandig, en dan grijpen hun handen in elkaar, voorzichtig maar toch ook stevig, en kan hij niet anders dan verbaasd zijn over hoe goed die aanraking voelt.

‘Zullen we snel nog eens wandelen?’ Serhii geeft hem weer zo’n glimlach.

‘Lijkt me wel,’ zegt Aloys. ‘En gamen. En misschien kunnen we ook wel een stuk fietsen, als het lekker weer is. Er is hier niet al te ver vandaan een zandvlakte waar je mooi kunt wandelen, en als we even doortrappen is er ook een echt groot kasteel, niet zo’n kleintje als bij ons, maar echt een grote, met een slotgracht eromheen, en een ophaalbrug en zo, daar kunnen we ook wel gaan kijken. Ik ben daar een keer geweest toen ze een roofvogelshow hadden, dat was echt zo cool; er waren ook uilen, heel grote, en behoorlijk tam; eentje heeft op mijn arm gezeten. Ik moest wel eerst zo’n enorme leren handschoen aan, want die klauwen van dat beest waren niet misselijk. Hij beet in een van mijn dreads; iedereen moest lachen. Was nog best zwaar ook, zo’n uil.’

Serhii lacht nu ook hardop en Aloys ziet ineens een zomer voor zich met oneindige mogelijkheden.

# 14

Charlie weet even niet waar ze is als ze haar ogen opent. Ze is gewekt door een vogelzangconcert dat zo veel uitgebreider is dan wat ze de afgelopen twee jaar bij Sander thuis hoorde, 's morgens in de lente, dat ze wel meteen weet dat ze daar in ieder geval niet is, en ze betrapt zichzelf erop dat ze, met gesloten ogen, opgelucht ademhaalt.

Ze is ook niet in het huis van oom Benno, dat weet ze ook vrijwel direct heel zeker, omdat daar wel vogels te horen zijn, maar niet zo veel als hier. En het ochtendlicht is hier anders. Groener, waarschijnlijk omdat er een flinke kastanjeboom achter oom Benno's huisje staat, en de zon er 's morgens door de bladeren schijnt.

Oom Benno's huisje. Daar is ze. De typische geur van het huisje, een soort ouderwetse, licht vochtige vakantiehuisjesgeur, vermengd met een vleugje verf en oplosmiddel dat nog in de lucht lijkt te hangen en een wolkje frisse, natuurlijke lentegeur die door het kiertje van het openstaande raam naar binnen komt, laat er geen twijfel over bestaan. De samengestelde geur is vies en lekker tegelijk, maar na nog even goed ruiken besluit Charlie toch dat lekker de overhand heeft. Ze zou dit rustig iedere ochtend kunnen ruiken.

Ze voelt de rust van het bos door het op een kiertje staande raam naar binnen sijpelen; ze opent haar ogen en strekt zich vol welbehagen uit.

Ineens begrijpt ze ook iets beter waarom ze het zo fijn vindt om in oom Benno's woonhuis wakker te worden. Het is niet alleen dat het nog vol zit met die vriendelijke mysterieuzigheid waar oom Benno zich zo graag mee omringde en die ze als kind zo intrigerend vond; het is ook dat het nu van haar is, haar eigen plek, en nog veel belangrijker: het is niet bij Sander thuis. Dat gevoel had ze minder toen Sander er ook was, maar nu ze hier, in het huisje, wakker is geworden zonder Sander naast zich, nu voelt ze het ineens weer. Die vreemde bevrijding.

Ze komt rechtop, zwaait haar benen over de rand van het smalle bed, wrijft over haar gezicht. Dat kan toch niet goed zijn? Bevrijding, wat een vreselijk woord ook, alsof Sander een gevangenis is; alsof zij zijn gevangene is! Zo is het natuurlijk helemaal niet.

Slaperig rommelt ze in de keuken, zet koffie, smeert een broodje, en nadat ze dat voor zichzelf op de bescheiden tafel in het woonkamertje heeft gezet trekt ze het gordijn open.

Het vroege ochtendzonlicht knalt vrolijk naar binnen en het gevoel van omringd te zijn door groen doorstroomt haar. Ze grijnst breed en laat zich tevreden zakken op de stoel bij haar bord.

Haar mobiel ligt op tafel; ze heeft hem uitgezet nadat ze Sander had teruggebeld. De ruzie was gewoon verdergegaan waar ze gebleven waren; hij houdt over het algemeen pas op met ruziën als hij zijn zin heeft gekregen, niet als er iets is uitgepraat, en ze weet ook dat ze daarna dan nog een paar dagen boete moet doen door zijn lievelingseten voor hem te koken en extra veel aandacht voor hem te hebben in bed.

Ineens moet ze rillen: eigenlijk vindt ze het allemaal verschrikkelijk. Haar rilling is niet alleen van afschuw, er zit ook een flinke scheut genot in, omdat ze zich zo aan het onttrekken is aan alles wat ze vervelend vindt aan haar relatie met Sander. Of eigenlijk: ze is zich aan het onttrekken aan alles. Dat kan natuurlijk niet zo blijven, dat weet ze zelf ook wel, maar ze geniet even schaamteloos van haar eigen opstandigheid.

Dat ze de avond tevoren zomaar bij die Per een gebakken ei is gaan eten was net zoiets: pure opstandigheid. Hoewel de avond minder gezellig verliep dan ze had gehoopt: de man was stug en zwijgzaam. Hij bakte een ei, vroeg of ze wijn wilde, en toen zaten ze daar tegenover elkaar aan zijn buitentafel – het weer was er zacht genoeg voor – een gebakken ei op brood te eten en een glas wijn leeg te drinken. In stilte.

Ze had hem nog een paar keer aangekeken, in de hoop het vonkende van zijn ijsblauwe ogen te zien, of die rare herkenning te voelen die ze eerder bij hem had, maar er gebeurde helemaal niets; hij keek haar nauwelijks aan en leek helemaal in zichzelf teruggetrokken.

Een ongemakkelijk half uur later had ze hem vriendelijk bedankt voor de moeite en was ze weer naar huis gegaan, blij dat ze voordat ze bij hem langs was gegaan de supermarkt in Hogerweijde had gevonden en dus nog een grote bak yoghurt met muesli kon eten. Ook voor haar ontbijt had ze genoeg gehaald. Voor vanavond kan ze nog net iets in elkaar flansen, en dan zou ze daarna weer een winkel op moeten zoeken.

Dat heeft ook wel iets leuks, bedenkt ze zich terwijl ze de ongezellige eetafspraak van zich af probeert te schuiven: uitvinden waar alles hier is. Een beetje in de voetsporen van haar oom de omgeving bekijken. In de schuur achter het huisje heeft ze ook een sportieve hybride fiets gevonden, keurig onderhouden; als ze het zadel een beetje naar beneden zet kan ze er heerlijk mee door het bos fietsen, als ze even wil bijkomen van het opruimen.

Gisteren heeft ze een goede start gemaakt: alle rondzwervende papieren liggen nu op een nette stapel op de salontafel, alles wat weg kan en wat niets met schilderen te maken heeft staat in vuilniszakken onder de luifel. Oom Benno's kleren die hier nog lagen zijn oud, vochtig en onbruikbaar, behalve een paar regenlaarzen dat haar twee maten te groot is, maar dat altijd nog beter is dan geen regenlaarzen, en er is ook een verrassend moderne, donkergroene outdoorjas, met gore-tex en uitritsbare fleece-binnenjas. De jas is ook te groot, maar zit toch lekker; toen ze hem probeerde kreeg ze net zo'n gevoel als bij de auto van haar vader. Alsof oom Benno om haar heen zat en haar beschermde. Magisch denken natuurlijk, maar toch heeft het iets fijns.

Alles wat weg kon zit nu in zo'n vuilniszak. Vandaag gaat ze uitvinden waar die naartoe moeten, en ze heeft zich voorgenomen om vandaag te focussen op de schuur, die afgezien van de fiets echt vol rommel staat.

De kamer met schilderspullen en doeken bewaart ze tot het laatst, omdat ze alles goed wil kunnen bekijken. Als de rest van het huisje dan is opgeruimd, heeft ze ook meer ruimte om wat doeken naast elkaar te zetten en op zich in te laten werken.

Ze zet haar mobiel aan, die na het opstartgeluid een concert van blieps en andere digitale geluiden laat horen, omdat er, zo blijkt, een enorme hoeveelheid berichten op haar staat te wachten.

Allemaal van Sander.

Hè, verdorie. Haar zonnige humeur verdwijnt, en het was nou juist zo goed gelukt om zowel Sander als dat rare eetafspraakje even uit haar gedachten te bannen. Nou moet ze natuurlijk eerst al die berichten gaan lezen, en er dan op reageren, en waarschijnlijk ook nog eens verklaren waarom dat reageren zo lang op zich heeft laten wachten...

Met een zucht opent ze WhatsApp, en daarna wordt het schermpje van haar mobiel ineens zwart. Ze heeft het eerste bericht – een respectabele tekstballon; Sander houdt van veel tekst – nog niet eens helemaal gelezen. Ze drukt nog eens op een paar knoppen, schudt het ding een beetje heen en weer – ze weet zelf ook niet precies waarom – en bedenkt zich dan dat ze geen oplader heeft meegenomen.

Shit.

Gisteren had ze gewoon geen zin meer in Sander. Hij was niet alleen boos geweest omdat de ruzie nog niet zo was geëindigd als hij graag wilde, hij was extra boos over het feit dat ze zomaar had opgehangen midden in hun ruzie. Haar argument, dat ze er geen zin in had dat iedereen om haar heen kon horen wat er aan de hand was, wekte geen begrip, sterker nog, hij werd misschien nog wel iets bozer. Hij stond erop te weten van wie de mannenstem was die hij had gehoord. Zij zei, geheel naar waarheid, dat ze niet veel meer van hem wist dan zijn naam en zijn beroep. Sander kwam vervolgens van pure woede bijna fysiek door de speaker van haar mobiel heen: waar kende ze die man van, waar was ze in vredesnaam? Waar stond dat verdomde huisje, dat er een architect voorbij moest komen met wie ze zo nodig een praatje moest maken terwijl híj met haar in gesprek was?

'Ik zou dit nou niet direct omschrijven als een gesprek,' had ze gezegd, zo rustig als ze kon, en daarna had ze gezwegen. Daar had ze zich niet goed bij gevoeld, maar ze wist gewoon niet hoe ze moest beginnen. Waar ze moest beginnen. En ze voelde aan alles dat ze wanhopig veel behoefte had aan een pauze; het laatste wat ze wilde was dat Sander in de auto – háár auto, van háár vader – zou springen om hier live verder te ruziën, want ze wist eigenlijk wel dat ze dan uiteindelijk bakzeil zou halen. Ze kon niet tegen hem op. Ze zou zich verontschuldigen, ze zou deemoed tonen, ze zouden weer naar huis rijden – hij zou hoogstwaarschijnlijk in de Land Rover willen rijden, en omdat hij dan eerder ter plaatse zou zijn zou hij natuurlijk ook de sleutel van het huis van oom Benno willen hebben, zodat hij daar niet voor de deur op haar moest wachten, en dan zou zij met hangende pootjes in haar vaders Corolla naar huis rijden terwijl ze zich de hele weg zorgen zou maken of hij haar nu wel binnen zou laten. Hij kon bij vlagen enorm wraakzuchtig uit de hoek komen.

Ze had, met dit angstscenario in haar hoofd, het gesprek abrupt beëindigd. 'Ik ga hangen, Sander, ik meld me wel weer als ik hier klaar ben.' Toen had ze hem weggedrukt en meteen haar mobiel uitgezet. Ze was natuurlijk niet zo slim geweest om even te kijken hoeveel batterij ze nog had. Net zo goed als dat ze niet zo snugger was geweest om naast haar tandenborstel en een paar schone kleren een oplader in haar tas te gooien voordat ze was vertrokken. Ze vindt zichzelf stom. Laf en stom.

Ze zucht; het ontbijt smaakt ineens naar niks, haar koffie is koud en de zon lijkt plotseling te fel. Maar dan geeft ze zichzelf een schop onder de kont: bord naar de keuken, kopje leeggooien in de gootsteen. Als ze het goed begrijpt is de receptie open van negen tot tien, en ze moet even vragen waar ze haar afval moet laten. Misschien hebben ze ook wel een reserveoplader liggen, wie weet; het kan in ieder geval geen kwaad om ernaar te vragen.

Met hernieuwde moed stapt ze het huisje uit en de stralende zon in, die haar meteen een soort hoopgevend lentegevoel brengt. En het ruikt verrassend lekker buiten, naar gras en planten en bomen en nieuw leven, niet die stoffige stenen stadsgeur van Amsterdam, vermengd met een wolkje uitlaatgas en af en toe een vleugje grachtenwater.

Als Charlie de deur van de receptie heeft bereikt komt Rosie juist aanlopen.

'Ha, je bent vroeg,' zegt die met een brede grijns en een stevige stapel enveloppen in de hand, 'mijn eerste klant. Hoe is je eerste nacht op het park bevallen?' Rosie haalt de deur van het slot, gaat Charlie voor naar binnen en schiet achter de balie.

'Ik wist niet dat je wist dat ik hier was,' zegt Charlie met een glimlach, aangestoken door Rosies zonnigheid.

‘Ik hoorde het van Per, die was gistermiddag laat nog even binnen om te praten over een plan dat ik heb, voor uitbreiding van het park. Hij doet er wat onderzoek voor.’

‘O, ja, natuurlijk, hij als architect,’ zegt Charlie knikkend. ‘Ik snap het. Hij had me uitgenodigd om een gebakken ei bij hem te komen eten, want ik was een beetje op stel en sprong gekomen en er was natuurlijk helemaal niets in het huisje. Ik kwam hem tegen op het pad, ik vroeg hem waar hier een supermarkt is, en toen zei hij dat ik wel bij hem eieren kon komen eten.’

‘En?’ Rosie geeft haar een ondeugende blik, haar wenkbrauwen opgetrokken. ‘Hij had het mij ook verteld, hij zei dat je een onaangenaam telefoongesprek met je vriend voerde en dat het hem wel aardig leek om je iets aan te bieden.’

‘Nou, hij heeft denk ik drie woorden tegen me gezegd tijdens het eten, dus als het vriendelijk bedoeld was, dan was dat niet zo’n succes.’

‘O jee,’ zegt Rosie, nog net niet gniffelend. ‘Ja, hij kan vreselijk zwijgzaam zijn, die man, hoewel hij erg aardig is, hoor, als je hem wat beter leert kennen. Het verbaasde me al dat hij zomaar ongevraagd aan me ging vertellen dat hij je was tegengekomen, en ik was nog veel verbaasder dat hij je zomaar had uitgenodigd. En dat hij me dat dan óók nog vertelde!’

Charlie schiet in de lach. ‘Volgens mij maak je er nu veel meer van dan het is, hoor!’

Rosie geeft haar een knipoog. ‘Maar je lacht gelukkig weer. Je keek vreselijk serieus toen ik daarnet aan kwam lopen. Heb je het alweer bijgelegd met je vriend?’

‘Nou ja, ik wilde vanmorgen mijn mobiel aandoen, maar die ging meteen weer uit en ik ben zo stom geweest om mijn oplader te vergeten. Ik kom eigenlijk vragen waar ik de vuilniszakken moet laten die ik gisteren heb gevuld bij het opruimen, maar ik hoopte dat je misschien ook een reserveoplader zou hebben?’

'Nou, dat is niet iets wat we standaard achter de balie hebben liggen, maar... wat voor mobiel heb je?'

'Een iPho–' zegt Charlie, maar ze wordt onderbroken door de deur van de receptie die opengaat, en Per, die door die deur naar binnen stapt.

'Ha, goeiemorgen, Per,' zegt Rosie blijmoedig, 'er is post voor je. We hebben het geluk dat we helemaal voor in de postroute zitten,' gaat ze verder tegen Charlie, 'dus meestal heb ik de buit al vroeg binnen.'

'Dat hoopte ik al,' bromt hij. 'Goeiemorgen, Rosie, Charlie...'

'Hoi,' zegt Charlie onhandig. Ze kijkt verstolen naar hem. Hij is lang, langer dan Sander, waarschijnlijk ook wel breder dan Sander, hoewel die met zijn glossy-mannenmagazinestijl van kleden nogal leunt op het effect van de schoudervullingen in zijn jasjes. Het lijkt altijd heel wat. Per leunt nergens op, zo te zien; hij heeft een klusbroek aan en een T-shirt met kalkvlekken waar twee stevige, zongebruinde armen uit steken. Rond één bovenarm zit zo te zien een tatoeage, een soort vlechtmotief. Keltisch, of misschien Scandinavisch. Hij heeft zijn haar in een soort knot achter op zijn hoofd, waardoor je niet kunt zien hoe lang het is, maar er is bij hem niets vrouwelijks aan, of hij het nou los heeft hangen of het zo heeft weggewerkt.

Charlie bijt even op haar lip als de gedachte haar invalt dat ze waarschijnlijk nog nooit zo'n schaamteloos mannelijke man heeft gezien. Of nou ja, ze heeft ze vast wel gezien, maar er nog nooit zo dicht naast gestaan. Het is jammer dat hij niet wat spraakzamer is, wat gezelliger, wat... Tja, wat eigenlijk? En wat zou ze dan doen, als hij dat allemaal wel was?

'Dit is waar ik op zat te wachten,' zegt de schaamteloos mannelijke man nu tegen Rosie. Hij heeft de envelop die Rosie hem heeft gegeven opengemaakt en de papieren die erin zitten snel doorgekeken. 'Die Martin Freriks, die architect op de Wadden? Hij heeft wat foto's gestuurd, en gedetailleerdere bouwtekeningen dan die op de site staan.'

'Mag je dat zomaar hebben van hem?' Rosie strekt nieuwsgierig een hand uit.

'Ja,' zegt Per, en hij kijkt even snel naar Charlie.

Daar is die ijsblauwe, intense blik van hem weer, en hoewel Charlie het liefst weg zou lopen – ze kan maar niet uitmaken of ze hem nou vervelend vindt of juist helemaal niet, maar iets aan hem maakt dat ze naar buiten wil – is ze nog niet klaar. Ze weet nog niet waar die vuilniszakken nou naartoe moeten.

'Dat bedrijf heeft een duidelijk ecologisch standpunt: die huisjes zijn zo gebouwd dat ze weinig voetafdruk achterlaten, en ze zijn zelfvoorzienend qua energie. Er zit een groot zonnepaneel op. Bij dat andere park, dat maar uit een huisje of tien bestaat, geloof ik, hebben ze er zelfs helemaal op gemikt dat de onderneming zelfvoorzienend is qua energie; ze hebben ook een eigen windmolen en een batterij voor opslag, en ze leveren stroom terug aan het dorp als ze te veel hebben. Ik vind dat wel een interessant uitgangspunt; ik ben dat aan het doorrekenen.'

'Je gaat hier toch geen windmolen neerzetten?' zegt Rosie verschrikt, terwijl ze de papieren van hem aanpakt.

'Midden in het bos is dat misschien niet zo handig,' zegt Per, met een ingehouden grijns.

Rosie grinnikt en kijkt snel naar een afbeelding. 'Ik ga het vanmiddag allemaal even goed doorkijken. Maar in de gauwigheid zou ik wel zeggen dat wij onze huisjes beter groen of bruin kunnen schilderen dan wit, denk je niet?'

'Dat kan geen probleem zijn.'

Rosie schudt de papieren tot een nette stapel, legt ze achter de balie en kijkt naar Charlie, terwijl ze zich zichtbaar probeert te herinneren waar ze het ook alweer over hadden voordat Per binnenkwam. 'Ouderdom komt met gebreken,' zegt ze met zelfspot, 'ik vergeet meer dan me lief is. Je was me aan het vertellen dat je geen oplader voor je telefoon had, en toen vroeg ik wat voor soort mobiel je hebt...'

‘En toen zei ik iPhone,’ zegt Charlie behulpzaam.

‘En toen kwam ik zeker net binnen,’ zegt Per. ‘Sorry, dames, dat ik jullie gesprek heb onderbroken.’

‘Geeft niks, toch?’ zegt Rosie, en Charlie glimlacht naar Per, die net op dat moment haar nog zo’n blauwe priem van een blik geeft. Hij knippert met zijn ogen, maar glimlacht niet terug.

Wat een ontzettend stugge gast, denkt Charlie. Hij mag er dan goed uitzien, maar er is geen gezelligheid uit te halen.

‘Nou, meid, ik zal je moeten teleurstellen, ik heb geen oplader voor een iPhone in huis. Wij hebben allemaal Androidtoestellen, ben ik bang.’

‘Ach, nou ja,’ zegt Charlie met een schouderophalen en een nonchalance die ze vanbinnen niet voelt, ‘het is niet anders.’ Ze wil er nog even niet aan denken hoe moeilijk het gaat worden om de situatie met Sander weer te normaliseren, als ze niet in de loop van de dag weer contact met hem opneemt. ‘Ik ga vanmiddag wel even op zoek naar iets in de supermarkt, of zo. Mijn andere vraag, Rosie, was dus waar ik mijn vuilniszakken moet laten.’

Ze kijkt steels opzij. Per staat daar nog steeds, groot, breed en zwijgzaam, terwijl hij zo te zien toch echt klaar is met wat hij kwam doen. Kan hij dan niet gewoon naar buiten gaan?

‘Ach, Per,’ zegt Rosie, ‘kun jij Charlie misschien wijzen waar de container staat? Heb je veel zakken gevuld, Charlie? Is de rommel al een beetje onder controle?’

‘Het is nog niet helemaal ideaal, ik moet nu eerst nog even flink schoonmaken, maar dan ga ik op mijn gemak eens kijken naar de schilderijen van oom Benno. Al die verschillende doeken van hetzelfde uitzicht, daar moet iets bijzonders mee, vind ik, dat kan niet naar verschillende musea, of verschillende eigenaars; het is bijna alsof het één kunstwerk is.’

‘Daar kan ik je niet bij helpen, meid,’ zegt Rosie, ‘ik weet helemaal niks van kunst.’

'Ik weet er waarschijnlijk ook te weinig van af,' zegt Charlie, 'maar ik krijg er wel ideeën bij, merk ik.'

Per is intussen naar de deur gestapt, heeft hem geopend, en kijkt haar aan.

'Ik kom al,' zegt Charlie met een grijns. 'Bedankt, Rosie.'

'Ik heb eigenlijk niks voor je gedaan,' roept die nog, maar Charlie hoort dat maar half. Ze kijkt nog een keer in Pers ogen terwijl ze naar buiten stapt, en dat geeft haar zo'n rare, onverwachte bonk in haar hartstreek dat ze bijna over de drempel struikelt.

Samen lopen ze zwijgend over het grindpad totdat ze weer bij het huisje van oom Benno zijn.

'Waar is nou die container?' vraagt Charlie.

'Waar zijn je vuilniszakken?'

Charlie wijst en Per loopt met een paar grote passen haar tuintje in, grijpt twee vuilniszakken in één hand en eentje in de andere en beent met stevige passen het pad weer op en van Charlie vandaan. Ze moet een beetje vaart zetten om die lange benen bij te kunnen houden.

'Wat ga je nou doen?'

'Je zakken weggooien,' zegt hij over zijn schouder.

'Maar dat hoef jij toch niet voor me te doen?'

Per loopt een paadje in, dat eindigt bij een keurig gemetseld hokje zonder dak waar twee grote vuilcontainers in staan. Hij zet een zak neer, klikt de container open en gooit zonder zichtbare moeite de twee zakken in zijn andere hand er met een zwaai in. De overgebleven zak lijkt ook al niks te wegen, terwijl Charlie donders goed weet hoe zwaar dat ding was, met al die oeroude kleren en schoenen van oom Benno erin.

'Waarom is dit zo heel verstopt helemaal hier?' zegt Charlie onhandig; ze moet toch iets zeggen.

'Die achterwand kan open en dan sta je meteen in de laan,' zegt Per, 'dat is handig voor het ophalen van de volle containers.'

'O, ja. Natuurlijk.' Ze schuifelt even met haar voet over de grond, haar blik op haar tenen. 'Nou, eh, bedankt. Voor het helpen.'

'Geen moeite,' zegt Per onbewogen. 'Als je nog meer hebt hoor ik het wel.'

'Nou ja, ik ga jou toch niet vragen om mijn vuilniszakken voor me weg te gooien?'

Ze lopen over het paadje terug naar de brede grindweg.

'Waarom niet?'

'Eh, nou, waarom wel? Ik, eh, we kennen elkaar niet, behalve dat ik een gebakken ei bij je heb gegeten, maar we hebben nou niet echt een gesprek gevoerd, en, eh...'

'Het spijt me,' zegt Per. 'Ik ben over het algemeen alleen; ik ben niet zo'n prater.'

'*No shit*,' zegt Charlie hartgrondig, 'soonlijkheidsstoornis.'

'Zo ver zou ik nou ook weer niet gaan,' reageert Per ad rem, 'dat is echt jouw ceptie.'

'Mijn... o ja,' zegt Charlie. Ze kijkt even opzij en ziet een bescheiden glimlach op Pers gezicht, en dat moedigt haar aan. 'Volgens mij is dat dus helemaal niet alleen mijn spectief, maar gewoon hoe het is, hoor.'

'Mooie,' zegt Per. 'Ik kan alleen maar zeggen: niemand is fect.'

'Dat is waar,' zegt Charlie lachend. 'En in het kader van de eerlijkheid moet ik nou wel tegen je zeggen dat je me weer helemaal hebt opgevrolijkt. Zik.'

'Zik?'

'Ja, ik kon gewoon geen woord vinden dat netjes in de zin paste.'

'Wha,' zegt Per ineens, alsof de lach hem overvalt en dan meteen ontsnapt, nog voordat hij hem aan banden kan leggen, 'zik, dat is een leuke!' Hij grinnikt breed, en Charlie kan zich niet aan de gedachte onttrekken dat hij toch echt, echt een heel goed gelukt model man is. Vooral als hij zo lacht.

'Ik heb dus nog steeds het gevoel dat ik je ergens van zou moeten kennen,' zegt ze, 'terwijl ik honderd procent zeker weet dat wij elkaar nog nooit hebben gezien of gesproken.'

'Heh,' hikt hij, het laatste restje van zijn lach. 'Ik weet ook zeker dat ik je niet eerder heb gezien of gesproken, want dat had ik me herinnerd. Zik. Heh. Ik heb trouwens een iPhone.'

'O?' Charlie kijkt hem verbaasd aan. 'Ik ook. Wat heeft dat met zik te maken?'

'Niks. Maar je kunt mijn oplader lenen, als je dat wilt.'

# 15

Rosie zit aan de keukentafel. De papieren die Per haar die ochtend heeft gegeven, liggen uitgespreid naast de met plakband aan elkaar geplakte printjes van Google Maps, waar zij en Per op hebben zitten tekenen om te zien hoe ze er huisjes in kunnen plaatsen zonder al te veel bomen te rooien. Het zou kunnen lukken, dit hele idee, als ze beginnen met één proefhuisje en er daarna steeds eentje bij bouwen zodra het is verkocht. De kosten lijken mee te vallen, maar toch hebben Henk en Rosie niet voldoende reserves om zo'n proefhuisje te kunnen neerzetten. Per heeft die reserves wel, en hij lijkt bereid om het geld dat bij zijn erfenis hoort – het geld dat bij het kasteeltje hoort, zoals hij het zelf noemt – ervoor aan te spreken.

Hij heeft zelf ook ideeën die haar wel aanstaan. Hij wil het liefst het hek tussen het park en het kasteel helemaal weghalen en het land rondom het kasteel beter inrichten als wandelgebied, en hij zoekt naar een functie voor het gebouw.

'Je kunt erin gaan wonen,' had Rosie voorgesteld, 'dat deed de oude baron ook.'

'Ik heb daar al over nagedacht, maar het is een beetje groot voor mij alleen,' had hij gezegd. 'Ik had in New York een enorm appartement, maar ik merkte dat er kamers waren waar ik wekenlang niet in kwam. En ik gebruikte eigenlijk ook maar een klein deel van de woonkamer, een hoek van de bank, een stoel aan de eettafel...'

‘Kwam er nooit iemand bij je eten, dan? Of, eh, had je geen vriendin?’ Rosie had haar nieuwsgierigheid even de vrije teugel gelaten; ze dacht dat dat nu wel kon. Dat Per voldoende… tja, gewend was?

Even grijnst ze nu, als ze zich realiseert dat ze zo’n beetje over die man denkt alsof hij een verwilderde huiskat is die opnieuw gesocialiseerd moet worden. Onzin natuurlijk; hij heeft op zijn tweeëndertigste waarschijnlijk al drie keer zo veel meegemaakt als zij in haar hele leven. Maar toch. Ze voelt gewoon dat er onder het gedrag dat hij aan de buitenwereld toont, nog een Per moet zitten, en ze heeft intussen het idee dat die Per misschien wel eens iets van een angstig klein jongetje zou kunnen hebben. Een ongezien angstig klein jongetje, dat er heel goed in is geworden om zijn tanden op elkaar te zetten. Dat idee beroert haar moederhart; als Henk eens zou weten wat ze nu dacht zou hij haar waarschijnlijk goedmoedig uitlachen. Ze heeft altijd al de neiging gehad om te helpen, te redden; het feit dat ze vol kan schieten als er een boom gerooid moet worden, en dat ze ieder uit het nest gevallen kuiken of gewond bosdier meteen wil verzorgen, is meestal een reden voor Henk om haar te plagen. Niet echt hard, want daarvoor – dat weet ze maar al te goed – houdt hij gewoon te veel van haar. Met Per zou hij haar waarschijnlijk ook plagen: hij is niet uit het nest gevallen en hoewel hij een boom van een vent is, kan hij er zo te zien zelf prima voor zorgen dat hij niet gerooid wordt.

Maar toch. Er is iets aan hem. Ze voelt het. Misschien kan die Charlie iets uitrichten; toen ze samen voor de balie stonden knetterde de lucht nog net niet, maar ze had het idee dat ze dat zelf niet echt doorhadden. Zij niet omdat ze in een ingewikkelde situatie zit met haar vriend, en hij niet omdat… nou ja, waarschijnlijk omdat hij zich ervoor heeft afgesloten, besluit ze na even nadenken.

Maar ja, je weet niet hoe de hazen lopen. Wie weet komt er

iets van. Neem nou Ben. Niemand had ook ooit gedacht dat hij zomaar iets zou krijgen met iemand op het terrein, en dat was toch ook een prachtige romance geweest. Ontzettend triest dat er zo'n abrupt einde aan was gekomen, maar misschien moet ze het verhaal eens vertellen aan Per. En misschien ook wel aan Charlie.

Ze schudt haar hoofd. Focus, Rosie, vermaant ze zichzelf. Per wil het kasteeltje een maatschappelijke functie geven en hij heeft haar gevraagd om mee te denken. Volgens hem is het de goede invloed van een paar avondjes in het café zitten met de man van de boswachter; die zit in een vergelijkbaar soort situatie. Hij, als graaf, probeert zich ook nuttig te maken binnen de gemeenschap; ze weet dat hij een dag in de week lesgeeft op de basisschool in Hogerweijde en dat hij veel doet voor het natuurbeheer in de buurt. En hij doet ook iets met bomen planten op zijn landgoed, een soort educatieve activiteit voor schoolkinderen. Hoe dan ook: blijkbaar heeft het contact met graaf Freek een goede uitwerking op Per. Baron Per, zou ze dan eigenlijk moeten zeggen, maar dat klinkt zo raar. Iedereen zal eraan moeten wennen, hijzelf misschien nog wel het meest.

Hij zou misschien een conferentieoord van het kasteeltje kunnen maken. Zalen verhuren. Of klassieke concerten organiseren. Of tentoonstellingen houden, ze kent wel meer grote historische gebouwen die niet meer aan een familie toebehoren en door monumentenzorg, of wat er dan ook voor beheerinstantie aan te pas komt, op die manier nuttig worden gemaakt.

Per moet natuurlijk ook nog ergens van leven, al lijkt hij zich daar op dit moment helemaal geen zorgen om te maken. Hij gedraagt zich in ieder geval alsof geld hem totaal niet interesseert en heeft al een paar keer gezegd dat hij ook zonder die erfenis meer dan genoeg heeft, maar Rosie weet maar al te goed dat geld heel makkelijk en snel kan verdwijnen, als je er niet goed over nadenkt.

Als zij niet zo strak boven op de boeken had gezeten, had Henk nu een achtertuin vol rijdend materieel gehad. Hij had zich er ongetwijfeld kostelijk mee vermaakt – als ze hem zijn gang liet gaan zou hij waarschijnlijk een smalspoortreinbaan op het terrein bouwen en iedere dag een rondje rijden met de kinderen – maar dan hadden ze droog brood moeten eten en zich nog veel meer zorgen moeten maken over hun oude dag.

Ze tikt met haar pen op de zelfgeplakte landkaart en piekert nog even verder. Een bioscoop in het kasteeltje? Een podium voor toneel? Hogerweijde heeft een actieve amateurtoneelvereniging; nu spelen ze zo goed en zo kwaad als het gaat in De Wagenschuur, maar dat podium is niet zo groot.

Ze hoort gestommel in de hal en dan komt Joost binnen, een beetje verwilderd, zijn haar recht omhoog. Hij heeft een zwarte veeg op zijn wang.

'Zo, ik heb er genoeg van, voor vandaag,' zegt hij als hij zich naast haar op een stoel laat zakken. 'Wat heb je daar, mam?'

'Je gezicht is vies,' zegt Rosie; ze beseft dat ze tegen hem praat alsof hij nog vijf is, maar ze weet dat hij dat niet zo erg vindt.

'Volgens mij ben ik overal vies; ik heb staan zweten als een otter,' bromt hij. 'Ik ga wel twee keer in de week braaf naar de sportschool, maar je spieren gebruiken voor zwaar werk is toch echt wel andere koek, hoor! Respect voor papa dat hij dat al die jaren zo goed volhoudt.'

'Je vader is behoorlijk sterk, al is hij meer pezig dan gespierd,' zegt Rosie lachend, 'maar ik weet zeker dat het elke dag buiten werken hem wel gezond houdt, ja. Dit is trouwens een idee van hoe we het met nieuwe huisjes aan zouden kunnen pakken. Kijk, Per heeft wat documentatie toegestuurd gekregen van een andere architect, die huisjes heeft ontwikkeld ergens op de Wadden. We mogen zo de bouwtekeningen hebben, aardig hè?'

'Ontzettend aardig! En ze zien er leuk uit, maar zijn die huisjes niet te... nou ja, te strandachtig?'

'Volgens mij is dat een kwestie van een kleurtje geven. Als je ze groen schildert, of bruin, dan zijn ze bosachtig, zo simpel is het. En het materiaal is helemaal natuurlijk, ik begrijp dat ze die strandhuisjes van gecertificeerd hout hebben gebouwd. Per wist te vertellen dat je bij zo'n bedrijf gewoon kunt aangeven wat je wilt hebben, dus dan krijg je een soort bouwpakket. Het hout is dan ook al met iets behandeld, je hoeft het alleen nog maar te schilderen.'

'Dat kan ik!' zegt Joost. 'Ik kan niet zo heel veel op klusgebied, maar schilderen, dat kan ik prima.'

'Wil je helpen, dan?'

'Nou ja,' hij leunt naar voren en legt zijn handen op tafel. 'Als ik er nou toch ben.'

Rosie legt even een hand over de zijne. 'Jongen, we hebben het nog niet besteld, hè. Het is nou niet dat er dan morgen zo'n bouwpakket wordt geleverd. En er moet ook nog van alles in, een keukentje, een badkamertje, en je vader zal het riool erheen moeten graven... Dat gaat natuurlijk niet allemaal in de komende week gebeuren.'

'O,' zegt Joost, een beetje leeggelopen, 'nee, natuurlijk, je hebt helemaal gelijk.'

Zijn mobiel geeft geluid. Hij haalt hem uit zijn zak, kijkt op het scherm, fronst, en wil opstaan. 'Ik moet dit belletje even nemen,' zegt hij, maar zijn moeder pakt zijn arm.

'Je bent niet op kantoor, hoor, je kunt gewoon blijven zitten. Wil je een kop koffie? Of thee?'

'Allebei goed,' bromt hij, terwijl hij zich weer laat zakken. 'Geef maar wat je hebt.'

'Ik heb nog niks, dus dan wordt het thee,' zegt Rosie terwijl ze opstaat en achter zich hoort hoe haar zoon 'Ha, Elodie' zegt.

Hij zet een iets andere stem op als hij met zijn werk bezig is, hoort ze met haar feilloze moederinstinct, een officiële, professionele stem. Zo hoort ze hem niet vaak. Maar terwijl ze naar die stem luistert hoort ze nog iets anders doorklinken, iets wat maakt dat ze haar oren spitst.

‘Heb je gedaan wat ik heb gezegd,’ vraagt Joost, ‘heb je gedocumenteerd wat er is gebeurd? Ja, ik snap dat dat moeilijk is als Lars zo overstuur raakt, maar het is ontzettend belangrijk om duidelijk te kunnen maken dat jij de volledige voogdij moet krijgen. Een geluidsopname zou goed zijn, een filmpje nog beter.’

Het blijft even stil.

‘Nee, ik denk niet dat je moet uitlokken dat hij agressief wordt, dat is alleen maar gevaarlijk, maar als het dan toch gebeurt… Waar is hij nu?’

Weer even stil.

‘En jullie zijn verder nu wel veilig? Heb je een dokter nodig, of…? Oké, gelukkig,’ zegt Joost. ‘Het liefst zou ik even langsrijden, maar ik denk dat dat niet zo verstandig zou zijn. Nee. Ik ben nog aan het nadenken waar jullie naartoe kunnen als het echt een keer helemaal mis zou gaan. Ik denk dat het niet erg genoeg is voor een blijf-van-mijn-lijfhuis, al klinkt het heel gek om dat nu zo te zeggen, maar geloof me, het kan echt nog veel erger. Dat maakt jullie situatie niet minder onprettig natuurlijk, maar… nou ja. Je kunt ook altijd naar het park komen, al was het maar voor een korte rustpauze. Wij kunnen dan ook een beetje meekijken, en misschien iets voor je betekenen als hij met een kwaaie kop wil langskomen. Ik ben hier in ieder geval nog de rest van de week, misschien nog iets langer, ik weet het nog niet precies. Ik heb vrij van mijn werk, maar in de tussentijd werk ik wel verder aan jouw zaak. Ik bel je als ik de papieren allemaal op orde heb.’

Er wordt nog even heen en weer gepraat en dan beëindigt Joost het gesprek zakelijk, maar Rosie laat zich niet voor de gek houden.

‘Jongen, waar ben je mee bezig?’ Ze zet een grote mok thee

voor hem neer en gaat weer zitten, ook met zo'n mok.

'Helpen,' zegt Joost. 'Ik wil die vrouw helpen. En die jongen ook. Dat is waar ik rechten voor ben gaan studeren, mam, om mensen te kunnen helpen. Ik raak de draad af en toe helemaal kwijt op mijn werk, ik heb geen idee meer wat ik doe en waarvoor. Het gaat altijd over declaraties, en zakelijke belangen, en grote bedragen en zo, maar ik heb helemaal niet meer het gevoel dat ik iemand ergens mee help.'

'Jij lijkt op je moeder,' zegt Rosie. 'Ik zat voordat je binnenkwam net na te denken over mijn neiging om altijd maar – nou ja, wat je vader "zwerfkatten" noemt van de straat te halen.'

'Heb je een zwerfkat gevonden dan?' Joost trekt een wenkbrauw op.

'Nee, en neem me nou toch niet de hele tijd zo letterlijk, vervelende jongen! Maar ik denk dat die Per iemand is die op een bepaalde manier wel een steuntje in de rug kan gebruiken. Hij is volgens mij nogal wat tekortgekomen in zijn leven, al doet hij net alsof dat de normaalste zaak van de wereld is. En jij bent bezig je de problemen van iemand anders' huwelijk op de hals te halen, dat weet je toch? Pas op wat je doet. En dan met zo'n kind...'

'Lars is een ontzettend lieve jongen,' zegt Joost snel, 'hij heeft alleen meer stabiliteit nodig.'

'En Elodie is ook een ontzettend lieve vrouw?'

Joost haalt zijn schouders op.

'Je hebt nog een vriendin thuis zitten, hè?'

'Dat weet ik toch zelf ook wel. Hoewel ze volgens mij nog stééds niet doorheeft dat ik er niet ben. Ik heb nog niks van haar gehoord.'

'En jij hebt ook niet gebeld? Of geappt?'

Hij haalt zijn schouders nog eens op. 'Ik dacht: ik zal eens wachten tot zij het initiatief neemt. Ik heb intussen zo ontzettend het gevoel dat ik die kar altijd maar trek...'

Rosie zucht. 'Voel je eigenlijk nog wel iets voor haar? Want dat is de enige vraag die er iets toe doet, hè. Dat weet je.'

'Ik denk dat dat misschien wel de echte reden is waarom ik nu hier ben, mam. Om dat uit te vinden. Want ik weet het op dit moment zelf ook niet meer. En daarnaast: ik heb het gevoel dat ze rommelt met een ander. Ik heb geen bewijs, dan zou ik haar mobiel moeten inpikken en ik weet haar inlog niet, dus dat wordt een vreselijk gedoe, en, ja, nou ja, zo zit ik ook gewoon niet in elkaar, weet je wel, zo jaloers en bezitterig en zo, maar...'

'Het is veel belangrijker om eerst een beetje duidelijkheid te krijgen over je eigen gevoel, dan dat je je druk moet maken om dat van haar,' zegt Rosie. 'Het zou natuurlijk niet netjes van haar zijn als ze inderdaad met iemand anders bezig was, maar dat is wel pas punt twee. Blijf jij maar een poosje hier, hoor, jongen. Werk jezelf maar even lekker in het zweet en denk goed na over wat je nou precies wilt. En pas op dat je in de tussentijd niet ineens verantwoordelijk wordt voor iets waar je nog niet klaar voor bent.'

'En dat zegt de vrouw die een keer eigenhandig een uit het nest gevallen uilskuiken heeft opgeraapt, en het daarna met de hand heeft grootgebracht,' zegt Joost met een liefdevolle grijns. 'Iedere vier uur moest hij eten, en je zette hem op de keukenweegschaal om zeker te weten dat hij niet te veel kreeg, weet je nog, mam? Omdat hij zo gulzig was.'

'Ik weet het nog heel goed. Ik griezelde van al die dooie kippenkuikens en muizen die ik in hapklare brokjes moest snijden voor hem, totdat hij het zelf kon.'

'En je moest iedere nacht je bed uit, en dat beest maakte vreselijk veel rommel. Nooit meer een uilskuiken, zei je toen, net toen hij een beetje schattig begon te worden.'

'Noem dat maar schattig! Toen hij groot genoeg was om vrijgelaten te worden, kon hij zo je pink eraf knippen met die snavel van hem. Nooit meer een uilskuiken, inderdaad.' Rosie grinnikt. 'Maar dat hoeft ook niet, want ik heb jou toch?'

—

'Ik ga even naar mijn eigen gezeik luisteren, hoor,' zegt Aloys, terwijl hij opstaat van het tafeltje in De Paardentram dat hij deelt met drie van zijn vrienden: één jongen, en een stelletje, een jongen en een meisje, tot over hun oren verliefd.

Hij loopt door het ruime, halflege café en ziet de graaf, de man van de boswachter, aan tafel zitten met die man van het pannenkoekenhuis. Hij steekt zijn hand op in het voorbijgaan en krijgt een knik terug, en dan is hij in het gangetje dat naar de toiletten leidt. Hij heeft niet gekeken naar de bar, en al helemaal niet naar wie erachter staat.

Hij hoeft eigenlijk niet te plassen maar gaat toch, en kijkt bij het handen wassen in de verweerde spiegel boven de wasbak.

Het is bijna alsof hij zichzelf niet meer herkent. Zijn gedachten, zijn beweegredenen, zijn gewoontes. Die drie mensen aan het tafeltje, ongeveer even oud als hijzelf, die hij sinds de middelbare school zijn vrienden heeft genoemd: hoe goed kent hij ze nou eigenlijk? Jongens en meisjes, noemt hij ze nog steeds, maar ze zijn natuurlijk al lang volwassen, net als hij. Mannen en vrouwen, die banen hebben en gaan settelen. Het stel aan het tafeltje is nog helemaal niet zo lang samen en nu hebben ze het al over een huis kopen.

Hoeveel weet hij eigenlijk van die mensen af? Hij weet dat ze van bier houden, en van flauwe grappen, hij weet wat voor games ze graag spelen. De jongens houden van voetbal, de meiden houden van tassen.

Hij schudt zijn hoofd; hij denkt in idiote stereotypen, en net zo goed als dat hij ineens voelt dat hij die mensen aan dat tafeltje wel lang kent, maar helemaal niet zo goed, weet hij ook dat zij hem niet echt kennen. Ze zien een vrolijke grappenmaker, luchtig, gezellig, vriendelijk, populair, maar ze weten niet wat er in hem omgaat. Hij heeft het nooit over zijn moeder, over hoe hij zich diep vanbinnen, ondanks alle onvoorwaardelijke liefde die hij van zijn grootouders heeft gekregen, toch niet aan het gevoel kan onttrekken dat zijn moeder haar eigen leven belangrijker vond dan dat van haar enige kind. Hij praat nooit over zijn onrust, zijn twijfels, het vreemde gevoel dat niemand ooit echt dichtbij komt, behalve zijn directe familie.

Totdat…

Ineens wil hij naar buiten. Hij wist wel dat het een slecht idee was om hier te gaan zitten, bier te gaan drinken en over niks te praten, terwijl Serhii gewoon in de bediening loopt. Hij had natuurlijk op zijn klompen aan kunnen voelen dat dat raar en ongemakkelijk zou worden, maar wat had hij dan moeten doen? Nee zeggen tegen de mensen die hij nu al zo lang zijn vrienden noemt, zonder opgaaf van redenen?

Hij stapt de toiletten uit, kijkt even om zich heen en duwt dan de achterdeur, die op een kier staat, verder open. In de buitenlucht haalt hij een paar keer diep adem, en dan loopt hij over het smalle tegelpad langs de zijkant naar voren, naar de straat. Daar staat een bankje; hij weet dat hij niet zichtbaar is vanuit het café als hij daar even op gaat zitten. Op enig moment moet hij natuurlijk weer naar binnen, maar even, heel even kan hij wel ontsnappen om zijn razende, veel te complexe gedachten tot rust te laten komen. Of om dat op zijn minst te proberen.

Hij voelt zich, als hij heel eerlijk naar zichzelf is, alsof hij altijd uit twee Aloysen heeft bestaan. Eentje die de buitenwereld kent, de vrolijke, sociale Aloys, en eentje diep binnen in hem, een bedachtzamere, gevoelige en ook af en toe best verdrietige Aloys. Hij heeft die twee altijd perfect gescheiden weten te houden, het was alsof er een dik vlies tussen zat, maar sinds die wandeling met Serhii, sinds ze hand in hand over dat bospad liepen, lijkt dat vlies dunner en dunner te worden, lijkt het alsof er gaten in vallen en de binnen-Aloys naar buiten lekt om aan de buiten-Aloys te vragen waar hij in godsnaam mee bezig is in zijn leven.

Die mensen die hij zijn vrienden noemt? Ze zijn aardig genoeg, en hij heeft leuke herinneringen met ze, van lange, lome zomermiddagen in het zwembad, van lachen en drinken tijdens de feestweek, en bij best veel van de meisjes – nee: vrouwen – in de groep heeft hij ook nog leuke herinneringen aan zoenen op onbewaakte momenten, en soms ook nog wel het nodige meer. Was allemaal leuk.

Leuk.

Wat een rotwoord.

Wat een zinloos, nodeloos, leeg rotwoord, leuk; wie zit er nou op leuk te wachten in zijn leven? Hij weet zeker dat als hij daarbinnen aan tafel zou vertellen dat hij vreemde, onverwachte, verwarrende gevoelens heeft voor een jongen – nee! Een man! Of nee, dat is ook niet goed, hij heeft die gevoelens voor Serhii, niet 'een man' – ze allemaal uit hun stoel zouden vallen. Niemand zou kunnen geloven dat hij ineens gay is geworden; hij, die beer, die altijd zo populair is bij de... niet meiden. Vrouwen.

Zo populair is hij trouwens ook weer niet; niemand van die vrouwen met wie hij wel eens heeft gerommeld heeft ook maar enige werkelijke interesse in hem getoond. O, het was niet dat ze hem niet terugbelden, of dat ze niet voor een tweede keer wilden afspreken, maar nu hij eraan terugdenkt ging het eigenlijk altijd voornamelijk over wat zij wilden, of verwachtten, of juist niet verwachtten, als het eerste spannende moment van vlak-voordat-je-gaat-zoenen er eenmaal af was. Ze wilden wél een vast vriendje, en die moest dan ook wél monogaam zijn, of ze wilden juist géén commitment, dat het wel meteen duidelijk was dat het puur en alleen voor de lol was. Niemand was ooit dichterbij gekomen, niemand had zijn binnenste Aloys gezien.

Serhii wel. Serhii had zo bij hem naar binnen gekeken, en hij had zich opengesteld. Op het moment zelf was het fantastisch geweest, maar nu weet hij nauwelijks meer wat hij moet doen, zo in de war is hij. Hij laat zijn ellebogen op zijn knieën zakken, en zijn hoofd in zijn handen, en zo zit hij, zijn ogen bedekt, doodstil.

Hij hoort hoe de deur van De Paardentram opengaat, hoe twee mannenstemmen pratend naar buiten komen. De ene is de man van het pannenkoekenhuis, die altijd zo bekakt praat, hoewel het wel minder is dan vroeger. De man is enorm afgevallen; misschien is de hete aardappel in zijn keel er ook door geslonken. Hij grijnst tegen zijn handpalmen aan om die gedachte.

De andere stem is graaf Freek; die praat ook heel netjes, maar niet zo overdreven. Meer bedachtzaam, is het bij hem.

'Rein, mijn dank. Ik zal een goed woordje voor je doen bij burgemeester Moelleux, dat beloof ik je.'

'Je noemt hem toch zeker wel gewoon August? Waarom ineens zo formeel? Ik neem aan dat hij bijna vaker op jouw landgoed te vinden is dan in zijn ambtswoning!'

'Uiteraard noem ik hem August,' klinkt de stem van Freek ernstig, maar met een ondertoon van humor, 'maar niet wanneer het zijn rol als burgervader betreft.' De stemmen komen dichterbij, en Aloys hoort dat ze afscheid van elkaar nemen. De man van het pannenkoekenhuis – o ja, die heet Reindert den Dekker, die doet ook dingen in de gemeenteraad; er staat altijd van alles over in de regiokrant – steekt de straat over; hij hoort de hakken van zijn ongetwijfeld dure, nette herenschoenen klikken op het asfalt. Graaf Freek heeft waarschijnlijk niet dat soort schoenen aan, die draagt bijna altijd van die buitenkleren.

Aloys heeft nog steeds niet opgekeken uit zijn handen; het heeft iets aangenaams om zo even in het donker te zitten en alleen waar te nemen met zijn oren; het brengt in ieder geval zijn voorthollende gedachten een beetje tot rust.

'Aloys, is het toch?' hoort hij dan ineens, dichterbij dan hij had verwacht. 'Is alles wel?'

Nu moet hij wel opkijken. Graaf Freek staat naast hem, een beetje bezorgd op hem neer te kijken.

'Ja, hoor, alles is best, eh... wel,' zegt Aloys snel.

'Ik was even bang dat je bevangen was door het bier,' zegt Freek. 'Ik heb dat zelf eens meegemaakt, na de feestweek van twee jaar geleden, toen had ik te veel bier gedronken, en ik had onverwachts mijn vrouw gezoend, hoewel zij dat natuurlijk toen nog niet was. Mijn vrouw, bedoel ik. Ik had me toen bijna misdragen, maar zij stak er een stokje voor. Nu kunnen we er hartelijk om lachen, maar kort daarna was ik nogal beschaamd over mijn wangedrag. Mag ik?' Freek maakt een onopvallend handgebaar naar de lege plek naast Aloys.

'Tuurlijk,' zegt Aloys, 'kom zitten, het is hier geen dictatuur.'

'Godzijdank niet,' zegt Freek, en daarna gaat hij zitten en zwijgt hij.

'Ik had even frisse lucht nodig,' zegt Aloys, als de stilte zwaar begint te worden.

'Dat kan soms erg goed helpen,' zegt Freek, en dan zwijgt hij weer.

Waarom is die man naast hem gaan zitten en doet hij daarna zijn mond niet open? Aloys snapt het niet, maar tegelijk kan hij niet anders dan toegeven dat de aanwezigheid van een vriendelijk, niet-oordelend ander mens iets troostrijks heeft. Hoe hij zo goed weet dat Freek niet oordeelt kan hij niet eens precies benoemen, maar hij weet het honderd procent zeker, en ineens borrelt zijn wanhoop naar de oppervlakte en gooit hij eruit: 'Ik ben verliefd op Serhii!'

‘Die in De Paardentram werkt?’

‘Ja. Die Oekraïense vluchteling,’ mompelt Aloys, meteen leeggelopen na zijn bekentenis.

‘Nou, wel gefeliciteerd,’ zegt Freek droog. ‘Ik herinner me nog goed hoe fijn ik het vond om verliefd te worden, hoewel het wel erg onplezierig is als de relatie dan niet verloopt zoals je graag zou willen. Dat herinner ik me ook nog goed. Is het wederzijds?’

Aloys knikt, licht miserabel.

‘Dan zijn mijn felicitaties helemaal op hun plaats,’ zegt Freek. ‘Maar ik vermoed toch een probleem, anders had je waarschijnlijk niet hier gezeten met de behoefte aan frisse lucht.’

‘Nou ja, je vindt het vast stom dat ik het zeg, maar ik ben niet gay. Ik ben nog nooit op een jongen gevallen, een mán, bedoel ik; ik had altijd, ik was altijd... met vrouwen, en zo.’

Freek knikt. ‘En nu verwart het je?’

‘Ik weet het gewoon niet. Was mijn hele leven tot nu toe een leugen? Heb ik iets onderdrukt, of zo?’

‘Ben je bezorgd wat je vrienden ervan zullen zeggen?’

Aloys haalt zijn schouders op. ‘Een beetje. Maar eigenlijk niet eens zo heel erg; ik zit me meer op te vreten over hoe het nou kan dat ik me helemaal niet gay voel, ik bedoel, ik denk dan toch al gauw aan zo’n soort, nou ja, Freddie Mercury, heb je die film gezien? *Bohemian Rhapsody*? Dat is wat ik me voorstel bij gay, zo met dat loopje, en hoe hij op het podium deed en zo. Dat ben ik echt zo ontzettend niet.’ Hij kijkt Freek aan met opgetrokken wenkbrauwen, alsof hij nog zou willen zeggen: kijk dan, kijk dan goed; zo ben ik toch niet?

Freek grijnst breed. ‘Mijn beste vriend is Simon, de beheerder van mijn landgoed. Zijn partner is August, de burgemeester. Ik kan me bij beiden, en om uiteenlopende redenen, niet voorstellen dat ze als Freddie Mercury over een podium zouden lopen, en zij zijn toch echt allebei verklaard homoseksueel. Zo veel mensen, zo veel smaken, nietwaar?'

'Denk je dat ik te veel in hokjes denk?'

'Dat zou ik niet durven zeggen. Maar zou je het aardig vinden om er eens met Simon over te spreken? Hij heeft veel meegemaakt, hij heeft lange tijd in New York gewoond en heeft nog veel vrienden uit die tijd, van allerlei, eh, hoe benoem ik dit? Pluimage?' Freek grimast even. 'Ik weet niet precies wat de terminologie is voor alle verschillende soorten van belevingen die mensen kunnen hebben op het gebied van seksuele voorkeur en genderidentiteit, maar ik begrijp wel dat het een glijdende schaal is. Het zijn in ieder geval geen hokjes. Ik begrijp ook dat het lastiger is om de juiste partner te treffen als je je niet identificeert met een heel duidelijk… nou ja, laat ik zeggen, archetype, dus wat dat betreft kan ik alleen maar mijn felicitaties herhalen.'

'Serhii zegt dat hij bi is,' zegt Aloys. 'En ik zou het misschien wel leuk vinden om er met, eh, Simon over te praten? Ik ken verder ook niemand die gay is. Al mijn vrienden zijn gewoon.'

'Gay is ook gewoon,' zegt Freek ernstig.

'O, shit, zo bedoel ik het helemaal niet,' zegt Aloys geschrokken, 'het is meer dat ík me nou ineens zo vreemd voel.'

'Ik begrijp het. Ik voel me ook altijd wat vreemd, vergeleken met andere mensen, hoewel het wel veel minder is dan vroeger.'

'Jij bent toch niet vreemd?'

'Ik ben een autist,' zegt Freek. 'Dat is in sommige gevallen vreemd, ten opzichte van mensen die dat niet zijn. Maar ik heb intussen ook geleerd dat er genoeg ruimte is om anders te zijn dan de mensen om je heen: verrassend genoeg gaat het ongemak daarover weg op het moment dat je dat zelf niet meer ervaart.'

'Dus als andere mensen je raar vinden, dan doe je dat eigenlijk zelf?' Aloys voelt een giechel opkomen. 'Dat is een weirde gedachte!'

‘Maar het werkt wel zo. Als je stevig in je schoenen staat, dan volgt acceptatie door de mensen om je heen automatisch. Als je aarzelt en je afvraagt of je niet te veel afwijkt, dan zullen de mensen om je heen zich dat ook gaan afvragen. Er is genoeg ruimte, maar je moet die ruimte wel innemen, als je begrijpt wat ik bedoel.’

‘Ik denk het wel,’ zegt Aloys, een denkrimpel boven zijn neus. ‘Maar voor mij is het ook dat ik mezelf niet snap. Ik dacht dat ik A was, en ineens ben ik B?’

‘Als je geluk hebt haal je voor het eind van je leven de rest van het alfabet ook nog,’ zegt Freek droog. ‘Het is belangrijk om te blijven leren, en bij toegenomen kennis verander je. Dat is onvermijdelijk, en het is niet slecht.’

‘Als je het zo bekijkt,’ zegt Aloys, nog steeds diep in gedachten.

‘Ik denk dat jij nu een soort herijking van je persoonlijkheid doormaakt. Dat kan best verwarrend zijn, maar het zou veel erger zijn als het niet gebeurde. Kom op zaterdag om een uur of vier naar Huis De Toecomst, dan zorg ik dat Simon er ook is, en dat jullie even ergens rustig kunnen praten en een kop thee drinken.’ Freek staat op, knikt nog een keer vriendelijk naar Aloys, en loopt dan in de richting van de parkeerplaats. Op All Stars, ziet Aloys als hij hem nakijkt; niet op nette herenschoenen.

# 16

Charlie sjouwt een volle tas boodschappen over het grindpad naar het huisje. Oom Benno's huisje, maar ze voelt zich er intussen zo thuis dat ze het al bijna ziet als háár huisje. Dit is haar derde dag hier, het opruimen en schoonmaken begint binnen zijn vruchten af te werpen, dus is ze aan de buitenkant begonnen. Ramen lappen, het houtwerk schoonmaken, het voortuintje ontdoen van onkruid en het gras maaien. Ze heeft de meubels iets anders neergezet, en met behulp van Rosie en de wasmachine in het receptiegebouw heeft ze al het linnengoed gewassen, alsmede de twee dikke truien van oom Benno die ze toch maar heeft bewaard. Ze zijn haar veel te groot, maar net als met zijn laarzen en zijn outdoorjas, en net als met de auto van haar vader, heeft het iets troostrijks als ze zo'n trui aantrekt. 's Avonds is het af en toe nog een beetje fris, dan is het heerlijk.

Ze heeft het nadrukkelijk vermeden om haar mobiel op te laden. Ze had al veel eerder op zoek kunnen gaan naar een oplader, en toen ze in de supermarkt rondstruinde is ze het vergeten, maar niet zo hard vergeten dat ze het zich niet herinnerde voordat ze was weggereden. Op de parkeerplaats herinnerde ze het zich, en toen is ze niet even terug naar binnen gelopen. Ze is gewoon in haar auto gestapt en naar De Eyckenhof gereden, met het voornemen om de volgende keer dat ze naar de supermarkt gaat, morgen of zo, nog even te gaan kijken.

Heeft ze dat nou altijd zo gedaan? Dat verschrikkelijke uitstelgedrag? Is ze altijd al zo confrontatievermijdend geweest? Ze vindt het geen fraaie eigenschap. Ze vindt zichzelf, als ze heel eerlijk is, nogal laf, dat ze zo om de hete brij heen draait in plaats van recht op haar doel af te gaan, zoals het zou moeten. Even had ze een opvlamming van totale eerlijkheid en heeft ze Sander verteld hoe ze zich over hem voelt, maar nu ze hier zo een paar dagen rustig bezig is, is dat weer helemaal weggeëbd en zou ze het liefst vergeten dat ze een mobiel had. Of een vriend, of een leven in Amsterdam.

Ze heeft geluk dat ze momenteel zo ruim in de slappe was zit dat ze zich totaal geen zorgen hoeft te maken over opdrachten; ze kan rustig een maand vakantie nemen. Twee maanden ook nog wel. Weer zoiets waar ze niet eerlijk over is geweest, waar ze maar om de hete brij heen heeft gedraaid. Ze had Sander natuurlijk gewoon moeten vertellen dat ze het huis van haar ouders heeft verkocht, en dat oom Benno ook nog wat geld op zijn rekening had staan. Ze weet heus wel waarom ze dat niet heeft gedaan: ze weet vrijwel zeker dat Sander dan heel hard aan de slag was gegaan om het voor haar op te maken. Hij zou gaan feesten met die groep mensen waar hij zo graag bij wil horen, het netwerken noemen, en ondertussen hotelkamers van haar rekening laten afboeken. Ja ja, ze zag het al helemaal voor zich.

Met een frons opent ze de deur van het huisje en draagt ze de boodschappentas naar de keuken. Ook daarover had ze natuurlijk veel meer open kaart moeten spelen. Ze had hem harder moeten confronteren, meer vol moeten houden, eisen dat hij haar zou terugbetalen. Heeft ze allemaal niet gedaan; ze vond het al ontzettend moeilijk hem ernaar te vragen toen ze het afschrift eenmaal had gezien.

Terwijl ze het kleine tafelmodel ijskastje vult, bedenkt ze dat ze misschien niet helemaal eerlijk is tegenover Sander. Wie weet was het eenmalig, die hotelkamer, wie weet zou hij zich keurig gedragen als ze openhartig zou zijn over haar financiële situatie en gewoon met hem zou delen wat ze heeft. Eigenlijk is het natuurlijk op het wrede af om zomaar min of meer uit zijn leven te verdwijnen terwijl hij op zwart zaad zit, en hem zo aan zijn lot over te laten.

'Dat kán toch niet,' mompelt ze, ineens kwaad op zichzelf dat ze het helemaal tot nu heeft weten uit te stellen om het eens van Sanders kant te bekijken. Wat is ze voor een harteloos mens? Ze moet hem gewoon bellen, ze moet door die zure appel heen bijten. Ze speelde dan wel met de gedachte om het uit te maken, en ze hadden dan wel ruzie, maar dit is toch ook geen manier om met elkaar om te gaan?

In haar achterhoofd is natuurlijk dat zinnetje van Per heus wel blijven hangen. Hij heeft een iPhone, en ze kan zijn oplader lenen. Ze was heel erg van plan geweest niets met die wetenschap te doen, omdat die Per zo ongrijpbaar is, zo op zichzelf, dat Charlie er een beetje de zenuwen van krijgt. Alleen al over hem denken maakt haar onrustig, misschien ook wel omdat ze het gevoel heeft dat ze mijlenver verwijderd is van het soort vrouw waar zo'n man normaal gesproken interesse in zou hebben. Die valt vast op Instagram-influencers, of van die voetbalvrouwen met van dat vreemde, lichtgrijs geblondeerde haar. Ze snapt, als stylist, wat de bedoeling is van zo'n look: smokey eyes, liefst met wimperextensies, kleurlenzen, licht haar in een kleur die nét niet helemaal natuurlijk is, lange gelnagels met glittersteentjes en complexe motiefjes... Het is een heel speciale mix van chic en ordinair die lang niet door iedere vrouw met goed gevolg kan worden gedragen. 'Goed verzorgd' is ook een aspect van die look: geen wimper- of schaamhaar zit uit het gelid bij zo'n vrouw, dat zie je meteen. Geen harige benen, geen vergeten okselharen, geen zweetlucht en geen stinkende adem, en als zulke vrouwen huilen dan doen ze dat met compassie voor hun make-up.

Zo is Charlie niet.

Sander hoort eigenlijk ook zo'n soort vrouw te hebben, denkt ze; dat denkt ze eigenlijk al heel lang. Hij vindt dat zelf misschien ook wel, als hij echt eerlijk tegen haar zou zijn. Hij heeft haar nooit openlijk bekritiseerd over haar uiterlijk, maar voorzichtige hints waren er van tijd tot tijd wel. Ze heeft wel haar best gedaan voor hem, hoor, de afgelopen twee jaar; het scheerkrabbertje was haar trouwe vriend onder de douche, hoewel haar haar, waar dan ook op haar lichaam, verder categorisch weigert om in het gelid te blijven staan. Haar look is gewoon meer... rommelig. Kunstzinnig, misschien zelfs wel. Ze is niet lelijk, dat weet ze best, maar zo'n gesublimeerde Barbielook zou ze nooit voor elkaar krijgen.

Waarschijnlijk is het toch iets geworden tussen haar en Sander vanwege de goeie, en ook af en toe behoorlijk avontuurlijke, seks. Dat kan bijna niet anders. Ze heeft dat vóór Sander nooit zo gehad, die neiging om in het wild te vrijen, maar ze kan niet anders dan toegeven dat ze er enorm plezier aan heeft beleefd. Hoewel het wel alweer een tijdje is geleden dat ze zo'n moment beleefden.

Misschien is dat ook wel haar schuld, wie zal het zeggen? Misschien had ze voor moeten stellen om weer eens ergens naartoe te gaan waar ze dan stiekem... Maar nee, ze is ook zo druk geweest met alles rondom oom Benno. Stiekeme seks in een openbare ruimte was wel het laatste waar ze aan kon denken.

Wel verdorie. Ze moet hem gewoon bellen. Ze moet hem eigenlijk gewoon nu bellen, al was het maar om te weten dat het goed met hem gaat, dat het niet haar schuld is, of in ieder geval niet alléén haar schuld, dat ze in zo'n moeilijke situatie zitten met elkaar. Misschien moet ze gewoon niet zeuren, naar het huisje van die Per lopen, zijn oplader lenen en haar vriend bellen. Haar vriend. Sander. Die ze zo hard aan het negeren is dat ze zich zou moeten schamen.

Ineens springen de tranen haar in de ogen en sprint ze nog net niet het huisje uit. Drie minuten later staat ze voor het hek van Pers huisje, en gluurt ze in zijn tuintje. Zijn motor staat in de hoek, onder een hoes, en verder ziet het er nogal donker en leeg uit. Ze waagt het er maar op, ze heeft A gezegd, nu moeten er minstens nog drie letters: ze opent het hekje en loopt door de voortuin.

Ze klopt op zijn deur.

Niets.

Ze gluurt door zijn raam, maar binnen is alles donker.

'Hij is er niet, hoor,' klinkt het ineens van buiten het hekje.

Charlie kijkt over haar schouder en ziet een wat oudere vrouw met een lang gezicht en sluik, niet al te goed geknipt haar staan. 'O, hallo, eh, Per zei dat ik de oplader van zijn mobiel kon lenen, maar...'

'Hij is er dus niet,' vult de vrouw aan. 'Ik ben Eveline, van huisje 25, schuin tegenover jouw huisje. Of, nou ja, het huisje van je oom, hè? Anno wil graag met je in contact komen, wist je dat al? Hij is de nieuwe vriend van mijn buurvrouw, hij heeft iets met kunst. Hij was eerst met Gaby, op nummer 14, dus hij komt hier al een paar jaar, en hij wilde eigenlijk altijd graag met jouw oom praten. Maar die was de laatste jaren niet meer zo spraakzaam. Vroeger wel, vroeger kon je nog wel eens bij hem aanlopen, hij kwam nog langer op het park dan ik. Een van de ouwe getrouwen, hè? Maar ja, nadat dat met Maureen was gebeurd... Maar goed. Daar zul jij ook wel alles van afweten. Als je Per nodig hebt, die zal wel bij dat kasteeltje aan het werk zijn. Hij heeft een hele ploeg mannen aan laten rukken, en dat verbaast me ook niks, hij kan het moeilijk helemaal in zijn eentje opknappen, hè? Het is dan wel niet het allergrootste kasteel van Nederland, maar het is uiteindelijk wel een kastéél. Geen doorzonwoning.' Eveline zwijgt en kijkt Charlie verwachtingsvol aan.

'O, eh, ja, nou ik ben dus Charlie, het nichtje van Bernard Blum, dus, eh, hij was inderdaad mijn oom. Ik ben zijn enige overgebleven familielid, dus ik ben nu bezig met, eh, het afhandelen van de nalatenschap, zal ik maar zeggen.' Charlie loopt een beetje onhandig terug naar het hekje, stapt erdoor en sluit het weer.

Eveline blijft haar nieuwsgierig opnemen. 'Ga je het verkopen?'

'Wat bedoel je?'

'Het huisje. Ga je dat verkopen? Ik denk dat Anno het wel van je zal willen overnemen. Hij had eerst ook een oogje op dit huisje, ondanks de trieste voorgeschiedenis, dat hele verhaal met Maureen dus, maar Rosie en Henk hebben het aan Per gegeven om zolang in te zitten, terwijl hij met het kasteel bezig is. On-be-grijpelijk vond ik dat. Vind ik nog steeds, hoor, ik bedoel: Anno loopt hier nou toch al zeker een jaar of vier rond, iedereen kent hem, dan zou je toch zeggen dat je hem zo'n huisje wel gunt, als het toch leegstaat?'

'Zijn er in de tussentijd dan helemaal geen andere huisjes in de verkoop gekomen?'

'Ja dat weet ik allemaal niet, hoor,' mompelt Eveline, 'dat hou ik allemaal niet zo bij.'

Charlie glimlacht; Eveline weet hoogstwaarschijnlijk op ieder moment van de dag wie zich waar op het park bevindt. Iedere gemeenschap in wat voor vorm dan ook, iedere volleybalclub, iedere toneelvereniging, iedere straat, iedere camping heeft wel een Eveline, en allemaal zullen ze van zichzelf ontkennen dat ze stiknieuwsgierig zijn. En wie is Maureen? Charlie wil niets laten merken, maar dat is toch echt een naam die ze nog nooit eerder heeft gehoord. Blijkbaar is er iets gebeurd met haar oom, en ene Maureen? Hier op het park? Een ruzie? Ze ziet meteen een enorme vete zich voor haar geestesoog ontrollen, misschien om een boom die wel of niet omgezaagd moet worden, of een ander ding dat je recreatiegeluk zou kunnen verstoren, en met zulke mensen als die Eveline om het vuurtje lekker aan te wakkeren kan zoiets natuurlijk binnen no time uitgroeien tot iets wat het hele park in kampen verdeelt. Ze wil het allemaal niet weten; ze zit te veel met haar eigen ruzie in haar hoofd. 'Ik loop wel even naar het kasteeltje om het te vragen,' zegt ze maar snel, want ze ziet aan het gezicht van Eveline dat die zich aan het opmaken is om nog een heleboel meer te zeggen, en idealiter ook een heleboel informatie aan Charlie te ontlokken, als het even meezit.

'O, nou, als je zo'n haast hebt,' zegt Eveline, een tikje verongelijkt. 'Als je dat pad hierachter neemt, dan steek je zo tussen de huisjes door. Anders is het tien minuten lopen, als je eerst helemaal van het park af gaat, en dan door de laan. Ik dacht: ik zeg het maar even, ik weet niet of je het weet?'

'O, nou, dank je wel,' zegt Charlie, zo vriendelijk als ze kan.

'Hij zal vast zijn telefoonoplader niet meegenomen hebben naar het kasteel, als hij daar aan het werk is!' roept Eveline haar nog na, maar Charlie reageert maar gewoon niet meer. Ze houdt zichzelf zo stevig mogelijk voor dat ze A heeft gezegd en dat ze niet mag opgeven totdat die andere letters ook geweest zijn, maar eigenlijk is de moed haar alweer een beetje in de schoenen gezakt en zou ze het liefst terugkeren naar oom Benno's huisje.

Het is een mooi wandelingetje, tussen de huisjes door, langs een oud en slecht onderhouden hek, de wat verwilderde kasteeltuin in. Je kunt nog wel zien dat er ooit een landschapsarchitect aan te pas is gekomen; er is een aangelegd meertje met een pad eromheen, en hoewel er een paar rododendronstruiken zo wild zijn uitgegroeid dat ze bijna helemaal over het pad heen hangen, kun je je toch nog wel voorstellen dat er dames in van die Jane Austen-jurken om het meertje heen gewandeld kunnen hebben. Het is allemaal niet groot, net als het kasteeltje zelf, maar daarmee niet minder charmant.

Charlie glimlacht. Waarom heeft ze niet eerder de moeite genomen het kasteeltje eens van wat dichterbij te bekijken? Het zou een perfecte plek zijn voor fotoshoots, voor bruidsparen, bepaalde kledingmerken, er zijn zelfs speciale huisdierfotografen – die zijn vaak behoorlijk prijzig, maar ze weet dat de mensen die zo'n fotograaf in de arm nemen om hun Poekie of Bello te vereeuwigen, het geld niet echt zullen missen – die hier een prachtige achtergrond voor hun plaatjes zouden kunnen vinden. Zowel in de natuur als met het kasteeltje op de achtergrond.

Het dak glanst in de zon: dat ziet er ook een stuk nieuwer uit dan de rest. Ze slaat even haar armen over elkaar. Gek genoeg voelt ze zich plotseling zenuwachtig als ze de hoek om stapt en wel drie witte klusbussen met rode letters voor de hoofdingang ziet staan. Verschillende mannen lopen in en uit, en nu ze dichterbij komt kan ze ook het geluid van geboor, getimmer en gezaag horen. Hoe moet ze Per nou vinden, tussen al die klussers? Moet ze maar gewoon naar binnen lopen?

Ze staat aarzelend toe te kijken. Een van de klussers die haar ziet staan steekt joviaal zijn hand naar haar op, maar dan ziet ze gelukkig Per naar buiten stappen. Hij heeft een rol papier in zijn hand en om de een of andere reden ziet hij haar direct staan. Hij wisselt een kort woordje met een van de mannen die in- en uitlopen en komt dan met lange passen haar kant op.

Meteen heeft ze weer dat vreemde gevoel alsof ze hem ergens van zou moeten kennen. Alsof het kwartje ieder moment zou kunnen vallen. Hij is – ze kan het niet níét zien – ook nog steeds een aantrekkelijke man, hij torent zo'n beetje boven al die klussers uit en hoewel hij dezelfde soort sjofele kleren aanheeft, staat het bij hem gek genoeg bijna, nou ja, leuk. Charlie moet op haar lip bijten om zichzelf niet uit te lachen: wat een idiote gedachte. Maar dan staat hij ineens voor haar neus.

'Hallo, Charlie.'

'Hoi, eh,' zegt ze, plotseling overspoeld door onzekerheid. 'Ik, eh, herinnerde me dat je zei dat ik je iPhone-oplader wel mocht lenen, en ik ben vergeten om te kijken of ze er in de supermarkt een hebben, en ik realiseerde me plotseling dat ik nu toch echt mijn vriend wel eens moet terugbellen...' Ze laat haar hoofd hangen als ze hoort hoe idioot dat eigenlijk klinkt.

'Heb je nou nog steeds die ruzie niet uitgepraat?' Per klinkt ongelovig, en voorzichtig kijkt ze op.

'Ik ben blijkbaar heel goed in uitstelgedrag,' mompelt ze schuldbewust, 'en in problemen negeren.'

'Je bent er in ieder geval eerlijk over,' zegt hij, en als ze opkijkt ziet ze dat hij glimlacht. 'Hoewel het natuurlijk, ehm, tinent onhandig is.'

'Zik,' mompelt Charlie deemoedig. 'Ik weet het. Ik moet er ook echt iets aan gaan doen, dat weet ik ook al een tijdje, maar ik...' Ze zucht en haalt haar schouders op.

'Ik heb hem niet hier,' zegt Per, 'maar als je even meeloopt naar mijn huisje krijg je hem van me.' Hij keert zich half om en roept naar een van de mannen die buiten staan: 'Cees, ik kom zo terug,' en dan stapt hij het pad op waar Charlie net uit is gekomen.

'Dus zo ga je elke dag naar je werk?' zegt ze tegen zijn schouder, die zo'n beetje op ooghoogte naast haar voortwandelt.

'Zo'n beetje, ja.' Hij lijkt weer in die zwijgzaamheid te schieten waar ze helemaal niks mee kan. Verdorie.

'Dus, eh, dus jij hebt dat nooit? Dat je om de hete brij heen draait, en zo, of dat je dingen voor je uit schuift?'

'Nee,' zegt hij botweg, maar dan wordt zijn toon toch toeschietelijker. 'Maar dat wil niet zeggen dat ik niet begrijp dat sommige dingen moeilijk zijn om aan te beginnen.'

Charlie zucht nog een keer. 'Je hebt geen idee. Ik weet niet waarom ik er tegen jou nou ineens wel iets over durf te zeggen, maar er is zo ontzettend veel dat ik niet aan mijn vriend heb verteld. Niet alleen over wat ik voel, of wat ik vind, maar ook andere dingen. Praktische dingen. Ik weet dat ik eerlijk zou moeten zijn, maar als hij de waarheid zou weten, zou hij misschien dingen doen die ik niet leuk vind, en–'

'Dat weet je nooit zeker,' zegt Per. 'Je kunt dat niet invullen voor andere mensen. Eigenlijk moeten de zaken gewoon hun weg volgen, je kunt het over het algemeen toch niet tegenhouden. Dingen gaan zoals ze gaan. Zodra je je daarbij neer kunt leggen, wordt het een stuk minder moeilijk om open kaart te spelen.'

'Ha,' bromt Charlie, 'open kaart spelen bij iemand die zo gesloten is als jij, dat is bijna grappig.'

'Ik ben niet gesloten,' zegt Per ernstig, 'ik ben alleen soms zwijgzaam. Als ik niets weet te zeggen, dan hou ik mijn mond. Ik praat niet meer dan nodig is. Maar dat wil niet zeggen dat ik gesloten ben.'

Charlie moet daar even over nadenken, en intussen zijn ze bij Pers huisje aangeland. Ze blijft staan aarzelen bij het hekje, maar Per kijkt over zijn schouder.

'Kom maar, hoor,' zegt hij, met zo'n half lachje. 'Je bent al een keer binnen geweest, dus...'

'Ja, maar ja, toen zat je net in een, nou ja, zwijgzame bui,' zegt Charlie, terwijl ze hem volgt, 'dus ik dacht dat je misschien spijt had dat je me had uitgenodigd. Dat je toch liever alleen bent.'

'Hm,' zegt Per, terwijl hij naar binnen stapt en meteen een kastje in duikt. 'Meestal is dat ook wel zo, maar toen je hier was merkte ik meer hoe roestig ik ben geworden op het gebied van, nou ja, wat je in het Engels *small talk* noemt? Wat je hoort te doen als je met een leuke vrouw zit te eten?'

Charlie slikt en kijkt hem aan, terwijl hij een oplader naar haar uitsteekt.

'En dan zeg ik liever niks.'

'Ja, dat heb ik gemerkt,' mompelt ze.

'Dat lag dus niet aan jou. Wel aan mij,' zegt hij zachtjes, terwijl hij eigenlijk iets te dicht bij haar in de buurt blijft staan.

'Als ik mijn mobiel heb opgeladen, moet ik die oplader dan hier terugleggen, op je tuintafel of zo?'

'Ik loop wel bij je langs om een uur of vier. Ben je er dan? Ik moet dan even bij Henk en Rosie en Joost aanschuiven; er komt een of andere vent van een groot bedrijf dat overal bungalowparken bouwt. Die wil dit kopen, maar dat is geen goed idee.'

'O, oké,' zegt Charlie snel. 'Ik ga nergens meer heen vandaag. Wie, eh, wie is Joost?'

'Zoon. Van Henk en Rosie. Is advocaat, maar volgens mij vindt hij dat niet zulk leuk werk. Voor een gesprek met zo'n bungalowparkenbedrijf is een jurist aan tafel wel handig.'

Charlie knikt, weet niks meer te zeggen, neemt de oplader in ontvangst en mompelt dan maar: 'Dank je,' waarna ze zich snel uit de voeten maakt.

—

Om half vier loopt Per terug van het kasteeltje naar zijn huisje. Hij heeft een fris shirt nodig, en waarschijnlijk ook een korte douchebeurt; hij voelt zich stoffig. Er zijn voor de aanleg van nieuwe elektriciteitskabels drie plafonds opengebroken. Met veel zorg, om het sierstucwerk aan de randen niet te beschadigen, maar desalniettemin heeft dat allemaal een enorme stofwolk tot gevolg gehad, waardoor hij nu het gevoel heeft dat er tot in zijn kleinste poriën gips zit.

Hij blijft nadenken over die Charlie. Ze heeft iets onhandigs, iets broos. Normaal gesproken houdt hij niet zo van vrouwen die zich zo typisch vrouwelijk-kwetsbaar presenteren, maar bij haar is het anders: ze doet juist alsof niets haar kan raken, terwijl hij haar gevoeligheid door haar oppervlaktegedrag heen ziet schemeren. Ze is intelligent, ze heeft gevoel voor humor, maar ze is natuurlijk ontzettend onhandig bezig, met dat vermijdgedrag van haar. Dat kan nooit goed gaan.

Waarom denkt hij er nog steeds aan? Het is totaal niet zijn probleem, en toch blijft het gesprekje dat ze eerder die dag hadden door zijn hoofd spelen als een irritant riedeltje. Vooral dat hij zei dat hij niet gesloten was. Hij voelt zich er idioot over. Is het wel waar? Is hij niet gewoon juist wel gesloten, ontoegankelijk, in zichzelf gekeerd? En wat dan nog, denkt hij bozig, terwijl hij snel zijn werkkleren uittrekt en zich in het krappe douchehokje wurmt. De hete straal leidt hem even af, maar daarna gaan zijn gedachten alsnog met hem op de loop: misschien kan hij Charlie het kasteel laten zien. Haar vertellen wat hij tot nu toe heeft gedaan, en wat hij nog van plan is. Het is een enorme chaos binnen op het moment, maar zijn geoefende oog kan daardoorheen kijken: hij ziet de mogelijkheden en de oplossingen. Als hij klaar is zal het gemoderniseerd zijn zonder aan de historie van het gebouw te hebben ingeboet, dat weet hij nu al.

Hij vraagt zich af, terwijl hij schone kleren aantrekt, of ze zijn ideeën zal kunnen waarderen. Of ze het zal toejuichen dat hij het kasteeltje en het bungalowpark meer met elkaar wil verbinden, dat hij wat er nog over is van de kasteeltuin wil laten opknappen zodat de huisjesbewoners er kunnen wandelen, en dat hij nadenkt over hoe hij het kasteel een maatschappelijke functie kan geven. Of ze dan zal zien dat hij niet zo gesloten is als ze denkt.

Met de kruk van de voordeur in zijn hand stopt hij even. Hij zou haar willen vertellen wat zijn positie hier nou eigenlijk echt is. Dat is een vreemde gedachte, maar nu hij hem eenmaal heeft gedacht laat die zich niet meer terug in zijn doosje stoppen. Waarom is dat belangrijk? Wat maakt het uit wat die Charlie, die hij in feite nauwelijks kent, ervan zou vinden dat hij ineens ongevraagd van gewoon Per Quinn Rosendahl, baron De Goyer van Eyckenhoff is geworden? Met dubbel f, al heeft hij geen idee waarom.

Het zou hem waarschijnlijk opluchten, denkt hij, als hij het er met haar over zou kunnen hebben. Er is iets, wanneer hij haar spreekt, een soort gevoel van herkenning. Iets vertrouwds, wat tegelijk vreemd is, omdat het nergens op gebaseerd is. Zij heeft dat ook, ze heeft het nota bene hardop tegen hem gezegd. Hij kan er niks mee, dat zegt hij dan hardop tegen zichzelf: 'Ik kan hier niks mee.' Het is idioot en stom en het heeft ertoe geleid dat hij als een idioot heeft zitten zwijgen toen hij een ei voor haar had gebakken, maar hij kan desondanks niet ontkennen dat het er is.

Broedend is hij bij haar huisje aanbeland. Hij stapt resoluut haar tuintje in en haar deur gaat meteen open; ze zag hem al aankomen.

'Hoi,' zegt ze met een glimlachje. 'Is alles goed? Je kijkt zo boos.'

'Ik ben niet boos,' zegt hij snel, 'alleen in gedachten. Ik dacht eraan dat ik vrijwel niks zei toen je langs was, en dat ik dat bij nader inzien nogal onhandig vind van mezelf.'

'Nou, daar kan ik je nauwelijks op aanspreken,' zegt ze schamper, 'ik ben zelf zo'n beetje de koningin van de onhandigheid. Kom binnen, ik heb enorm opgeruimd en schoongemaakt, zoals je ziet.'

Hij stapt het huisje binnen en kijkt om zich heen. Het is wat groter dan zijn huisje en het is inderdaad keurig opgeruimd en blinkend schoon, en netjes ingericht. De ouderwetse meubels, de hele *mid-century*-uitstraling, geven het een verrassende charme.

Charlie steekt zijn oplader naar hem uit, die hij gedachteloos van haar aanpakt. 'Heb je al gebeld?' vraagt hij dan, hoewel hij direct daarna bedenkt dat het hem eigenlijk geen donder aangaat.

Ze schudt haar hoofd. 'Nou ja, ik heb wel geprobeerd te bellen, maar ik heb hem nog niet aan de lijn gehad. Ik ga het zo nog wel een keer proberen. Misschien is hij druk bezig. Of misschien,' zegt ze met een grimas, 'misschien is nu zíjn mobiel leeg.'

Hij moet ook glimlachen, hij kan het niet tegenhouden. 'Dat zou stom zijn,' bromt hij zachtjes, en dan staan ze elkaar aan te kijken, zonder iets te zeggen, totdat het raar begint te worden.

'Eh, ik moet naar Henk en Rosie,' zegt hij abrupt, als het echt niet langer kan duren.

'Ja, natuurlijk, en dank je wel voor het lenen. Zal ik morgen eieren voor jou bakken, om je te bedanken? Of iets anders, ik kan ook wel iets anders koken?'

Hij was al bijna naar buiten gestapt, maar kijkt snel over zijn schouder. 'Ja, goed,' zegt hij, 'en dan beloof ik dat ik niet zal zwijgen.'

'Goeie deal,' zegt ze grijnzend.

'Zal ik je dan morgenmiddag laten zien waar ik mee bezig ben in het kasteel? Of vind je dat niet interessant?'

'O, nee, ja, juist wel, graag!' Ze klinkt ineens bizar enthousiast, en als hij nog even beter kijkt ziet hij dat ze knalrood is geworden.

'Goed, kom zo'n beetje rond dezelfde tijd als nu daarnaartoe, dan gaan de bouwvakkers naar huis en kan ik je even rondleiden.' Hij steekt zijn hand op en loopt, de oplader bungelend uit zijn andere hand, haar huisje en haar tuintje uit.

Hij kijkt niet achterom, maar kan niet voorkomen dat hij een keer heel diep, en heel opluchtend, ademhaalt.

# 17

Joost is blij dat hij in zijn toch wat haastig ingepakte tas naast vrijetijdskleding ook een van zijn pakken heeft gestopt. Opgerold, om het niet te kreuken. Hij heeft het meteen aan een kledinghanger aan de kastdeur in zijn oude jongenskamer gehangen en hij heeft zich sindsdien afgevraagd waarom hij dat ding in godsnaam heeft meegenomen, maar nu denkt hij dat hij een vooruitziende blik moet hebben gehad. Hij ziet er strak en professioneel uit; Zuidas, straalt hij uit, en hij weet dat dat op vrij veel mensen indruk kan maken. Indruk is de helft van het werk, in heel veel gevallen; het hangt nog net niet ingelijst aan de muur op zijn werk.

De kleine vergaderruimte achter de receptie maakt niet zo heel veel indruk, dat weet hij ook, maar het is beter dan de eettafel bij zijn ouders thuis. Dat is Rosies favoriete plek, en als hij haar haar gang had laten gaan, had ze die man van Berg&Bos Luxe Topparken mee naar binnen getroond, hem aan de eettafel gezet en hem een kop thee gegeven.

'Nee, mam,' had hij gezegd, 'we zijn niet blij om hem te zien en dat mag hij best voelen. We gaan heus niet onbeleefd worden, maar we ontvangen hem bij de receptie en hij krijgt geen thee. Hoogstens een glas water. We luisteren naar wat hij te zeggen heeft en ik zal hem vertellen dat het stukje grond dat ze van Menno hebben overgenomen toch echt een bosbouwbestemming heeft, al is Menno er nooit aan toegekomen om het opnieuw in te planten nadat hij al die zieke iepen heeft moeten rooien. En dan zegt Per dat hij niet wil verkopen en dan kan die man weer gaan.'

'Ik ben er toch niet gerust op, hoor,' zegt Rosie nu. Ze heeft een nette blouse aangetrokken; ook zijn vader ziet er voor de verandering eens netjes uit, in plaats van dat hij die eeuwige klusbroek en verwassen shirts en truien draagt. 'Kunnen ze Per op de een of andere manier dwingen te verkopen?'

'Nee, natuurlijk niet, ze kunnen alleen een mooi bedrag bieden, en doen alsof ze bezig zijn alle omliggende grond te kopen, waardoor De Eyckenhof als een soort eiland midden in een groot park terecht zou komen.'

'Nou, dan zouden ze het kasteeltje er ook bij moeten nemen,' zegt Henk, 'want daar hoort ook nog een beste lap grond bij.'

'Wie weet hoe brutaal ze zijn,' zegt Joost fronsend. 'Ik heb al heel wat meegemaakt in mijn werk, vooral met van die snelle jongens die een goeie babbel klaar hebben, en dan meteen smijten met grote bedragen, maar wel met zo'n nauwverholen dreiging erachter. Je moet dan stevig in je schoenen staan en je feiten paraat hebben, om de boel met zekerheid te kunnen ontkrachten. Een collega van mij heeft een keer een cobra – je weet wel, zo'n hele harde vuurwerkbom – door zijn brievenbus gehad toen hij zo'n gast niet voldoende naar de mond had gepraat. Er was verder niks gebeurd, behalve dat hij een jas moest weggooien en zijn hal opnieuw laten schilderen, maar ze waren zich natuurlijk kapot geschrokken. Ze hebben een dochtertje van drie. Stel dat dat kind daar net toevallig aan het rommelen was?'

Rosie rilt zichtbaar. 'Doen mensen zulke dingen?'

'Mam, wees niet zo naïef,' zegt Joost met een frons. 'De criminaliteit is ontzettend verhard, en echt niet alleen maar in de Randstad, hoor. Trouwens, nu we het over criminelen hebben, waar is Aloys?'

'Met zijn kont op de grasmaaier,' zegt Henk met een grijns, 'en niet pesten; laat die jongen maar even lekker rondrijden en maaien, hij zit ergens mee maar hij wil het er niet over hebben. Hij zal wel nadenktijd nodig hebben.'

'Hij lijkt op zijn opa,' zegt Rosie glimlachend. 'Het was mij ook al opgevallen dat hij zo stil is, en een beetje teruggetrokken. Niks voor hem, hij is altijd zo blijmoedig. Maar hij weet dat hij bij ons terecht kan als hij eenmaal zover is om het erover te hebben, dus laten we hem maar de ruimte geven. Het komt vast wel goed.'

Op dat moment stapt Per naar binnen.

'Kom je net onder de douche vandaan?' zegt Joost, nog steeds een beetje in de plaagstand.

'Eigenlijk wel; ik had overal kalk. De plafonds moeten open voor de nieuwe bedrading; volgens mij zat ik onder het stof uit de middeleeuwen.'

'Je ziet er niet erg uit als de eigenaar,' zegt Henk, met een snelle blik op en neer langs Pers grote lijf. Een vale spijkerbroek, een T-shirt met een of ander Australisch biermerk erop, een grote bos vochtig haar tot op zijn rug. 'Laat staan als de, nou ja, de titelhouder.'

'Mooi,' zegt Per, 'dat is ook precies de bedoeling; dat kunnen we voor ons laten werken.'

Buiten klinkt geknerp van autobanden op grind, en de neus van een dure zakenauto verschijnt voor het raam van de receptie. 'Zal ik de slagboom opendoen of zal ik hem laten wachten?' vraagt Rosie met een ondeugende twinkel in haar ogen.

'Ik loop er wel even heen. Hij is geen recreant; hij moet gewoon in de laan parkeren,' zegt Henk strijdvaardig, en hij stapt naar buiten. Even later zien Joost, Per en Rosie hem door het geopende autoraam praten, en na een paar uitwisselingen gaat het raam weer dicht en rijdt de auto zachtjes achteruit.

Henk komt fronsend weer binnen.

‘Wilde hij niet?’ vraagt Joost, met een knipoog. Hij weet precies hoe onbuigzaam zijn vader soms kan zijn; een blok beton is dan nog flexibeler.

‘Hij wilde niet,’ zegt Henk duister.

‘Henk, laat Joost nou het woord voeren,’ zegt Rosie waarschuwend, ‘want ik zie alweer helemaal waar het naartoe gaat, anders.’

‘Dit is de strategie,’ zegt Per ineens, zijn stem rustig maar onwrikbaar. ‘Joost voert het woord. Henk en Rosie, jullie gedragen je als de eigenaars; die man zal denken dat jullie makkelijk over te halen zijn. Als het juiste moment zich aandient, maak ik bekend wat mijn rol is, en dat ik niet van plan ben te verkopen. Ik ben overigens wel benieuwd hoe het kan dat die lui überhaupt denken dat jullie de eigenaars zijn; dat zijn toch gewoon kadastrale gegevens? Volgens mij had Stämpfli und Honegger een beheermaatschappij opgericht voor het kasteel en het park, totdat een nieuwe erfgenaam in de mannelijke lijn kon worden bevestigd. Als mijn moeder trouwens niet zo volhardend het zwarte schaap had willen uithangen en zo’n beetje volledig van de radar van mijn familie was verdwenen, hadden ze me waarschijnlijk al meteen benaderd toen ik achttien werd, maar ze wisten niet van mijn bestaan af totdat die man… Hoe heet hij nou ook alweer? Jullie hebben me verteld dat hij hier in het verleden vaak kwam toen, nou ja, mijn grootvader dus, nog leefde…’

‘O, je bedoelt Ewout? Vreselijke kerel,’ bromt Henk.

‘Precies. Die. Ik heb hem nog nooit ontmoet, maar die Ewout wist van mijn bestaan af, en hij heeft contact gezocht met Stämpfli und Honegger om mijn eventuele claim op het erfgoed te ontkrachten – volgens mij heb ik dat wel eens verteld – maar daarmee heeft hij ze juist op mijn spoor gezet.’ Per fronst even. ‘Ik twijfel nog of ik hem nou dankbaar moet zijn, of juist niet.’

De deur van de receptie gaat open en een man in een onmiskenbaar duur pak stapt naar binnen. Zijn schoenen kraken lederachtig en onder zijn arm heeft hij een zwarte leren map, die er minstens even duur uitziet als zijn pak. Zijn haar ligt griezelig netjes op nummer en op zijn neus staat een bril met een montuur dat design roeptoetert.

'Goedemiddag,' zegt Rosie beleefd, terwijl ze de deur naast de balie opent. 'Komt u verder, we hebben hier een kleine vergaderruimte.'

De man stapt met uitgestoken hand naar binnen. 'Goedemiddag, mijn naam is Fedor Botermans, aangenaam, aangenaam...' Hij schudt ieders hand met een korte, bijna haastige beweging. 'Ja, het mag weer, hè, handen schudden; ik vind dat toch belangrijk. Het intermenselijk contact, daar gaat het hier om.' Hij glimlacht op een manier die het gevoel geeft dat hij zijn glimlach aan en uit kan zetten als een lamp met trektouwtje, en Per en Joost wisselen achter zijn rug om even een blik.

Even later zitten ze in de kleine vergaderruimte om de tafel en heeft Fedor Botermans zijn map open op tafel liggen. Er zitten brochures in, wat papieren, en een document dat er duidelijk uitziet als een contract, met van die plaklabeltjes aan de pagina's waar getekend moet worden. Joost zou zo'n document uit duizenden herkennen. Hij heeft er zelf ook al duizenden opgesteld; zo voelt het tenminste als hij even terugdenkt aan zijn werk, dat in Amsterdam op hem wacht. Hij heeft ontzettend géén zin om terug te gaan en de draad weer op te pakken, maar op dit moment is hij dankbaar voor zijn uitgebreide ervaring met dit soort situaties. Met een beetje geluk hoeft hij het document niet eens in te zien.

Fedor is intussen van wal gestoken met een geoefend verkooppraatje: hoeveel ervaring Berg&Bos Luxe Topparken heeft met het aanleggen of renoveren van bungalowparken, hoe prettig het zal zijn voor bestaande recreanten om op een park te vertoeven dat aan de modernste wensen en eisen voldoet, dat bestaande recreanten die niet 'mee willen', zoals hij het noemt, gebruik kunnen maken van een nette uitkoopregeling en, als klap op de vuurpijl, dat er voor Henk en Rosie als beheerders een meer dan genereuze gouden handdruk klaarligt. Hij spreidt wat foldermateriaal uit op de tafel. 'Dit zijn natuurlijk impressies van het land dat we willen verwerven, en hoe we het park dan willen opzetten. De naam waar we nu aan denken is Parc Château Eyckenhof, de bedoeling is om ook het bescheiden kasteeltje te integreren in het park, en daar een kwalitatief hoogstaand restaurant in op te zetten, alsmede een aantal kamers voor speciale, exclusieve overnachtingen, luxe bruidssuites en dergelijke.'

'Goeie restaurants hebben we nog niet genoeg, in Eyckelaere,' zegt Henk sarcastisch, maar Rosie geeft hem een blik.

Goed zo, mam, denkt Joost, je moet zo'n type als die Fedor eerst helemaal leeg laten lopen voordat je gaat reageren.

'We hebben intussen goed contact met de beheermaatschappij van het kasteel en de grond eromheen, waartoe tot onze verrassing ook dit bungalowparkje bleek te behoren.' Fedor glimlacht een beetje olieachtig. 'In eerste instantie ging mijn collega, Leendert Simons, ik meen dat u contact met hem hebt gehad via e-mail, ervan uit dat u beiden de eigenaars waren,' hij kijkt heen en weer tussen Rosie en Henk, 'maar hoewel u dat misverstand niet direct voor ons hebt opgehelderd, zijn we intussen op de hoogte van de werkelijke situatie. Vandaar ook dat ik heb besloten zelf dit gesprek te voeren; mijn collega is daar toch iets te, eh, junior voor.' Fedors lach wordt breder.

'U begrijpt misschien wel dat wij er niet heel happig op zijn om hier weg te gaan,' zegt Rosie, 'en voor zover ik kan zien is er ook niets wat ons verplicht op het aanbod van uw bedrijf in te gaan, dus u begrijpt dan misschien ook wel dat we niet zo de noodzaak zagen om op de brieven en e-mails van uw junior-collega in te gaan. Toen ik voor het eerst werd gebeld door uw bedrijf heb ik overigens wel degelijk aangegeven dat ze met dat kantoor in Zwitserland moesten praten, niet met ons.'

Henk glimlacht trots, Joost ziet het, en hij vermoedt dat zijn vader onder de tafel zijn moeder een kneepje in haar knie geeft. Goed gezegd, mam, denkt hij.

'Maar u bent dus niet de eigenaar, mevrouw Van Marle,' zegt Fedor, glad als een aal. 'Het is dan ook niet aan u om ergens wel of niet op in te gaan. En als de koop eenmaal is gesloten, dan is er voor u en uw man geen werk meer op het nieuwe, beoogde park. De som die we u bieden is van ons uit een *courtesy*; wij zijn niet verplicht om wie dan ook maar iets te bieden op het moment dat we eigenaar zijn van de grond.'

'Dus u hebt contact met de eigenaar?' vraagt Joost, terwijl hij zijn best doet om onschuldig te klinken.

'Met de beheermaatschappij,' verbetert Fedor. 'Wat is precies uw rol in dit geheel, meneer Van Marle, eh, junior?'

'Noem me vooral Joost,' zegt Joost, gemaakt-gemoedelijk, 'ik ben hier om mijn ouders bij te staan.'

'In de rol van...?' vraagt Fedor door. 'Ik begrijp dat u hier bent opgegroeid, maar hier niet langer woont, en u bent ook verder niet betrokken bij het beheer van het parkje, is het niet?'

'Het is een park,' zegt Henk, zijn frons weer vol in beeld, 'niet een parkje, en het kasteel is ook niet bescheiden.'

Fedor lacht. 'Ik begrijp dat u het zo ervaart, meneer Van Marle, maar wij hebben het meestal toch over veel uitgebreidere percelen dan dat van dit park. Uw rol?' Ineens keert hij zich, met een nogal priemende blik, weer naar Joost, die plotseling ziet dat deze Fedor waarschijnlijk een geduchte tegenstander kan zijn.

'Ik ben advocaat,' zegt Joost, 'en in die hoedanigheid sta ik mijn ouders bij in deze kwestie.'

'A-ha,' zegt Fedor. Hij lijkt, een fractie van een moment maar, uit zijn evenwicht gebracht, maar hij richt ogenblikkelijk zijn volledige aandacht op Joost, waardoor het lijkt alsof zijn ouders ineens figuranten zijn geworden. 'U begrijpt natuurlijk dat–'

'Joost,' zegt Joost met een stalen gezicht, hem expres in de rede vallend, 'noem me toch Joost!' Even flitsen zijn ogen naar Per, die zo te zien precies begrijpt waarom hij Fedor in de rede viel. Per zit in ieder geval nogal schaamteloos te grijnzen.

'Ah, nee, natuurlijk, Joost. Je begrijpt natuurlijk dat het bedrag dat ik net noemde, dat Berg&Bos Luxe Topparken bereid is aan je ouders uit te keren, een instapsom is? Er is uiteraard ruimte voor onderhandeling.'

'Natuurlijk.'

'Daarnaast kunnen we denk ik ook wel budget vinden om eventuele kosten die jij vanuit je professie maakt voor deze zaak, te vergoeden...?' probeert Fedor, maar Joost is niet uit de plooi te krijgen.

'Ik heb deze zaak pro Deo op me genomen en heb geen behoefte aan een vergoeding,' zegt hij, een tikje uit de hoogte, 'maar ik heb wel een vraag. Hoe goed is het contact tussen Berg&Bos Luxe Topparken en de beheermaatschappij?'

'Zeer goed, zeer goed,' zegt Fedor vol zelfvertrouwen, 'ik kan wel stellen dat we op het punt staan een overeenkomst te sluiten.'

'Dus er is veel contact met Zwitserland?' Joosts ogen flitsen even naar Per, maar die schudt zijn hoofd. Hij heeft niets gehoord, en als hij wel iets had gehoord, had hij er van tevoren ook vast wel iets over gezegd, denkt Joost.

'Eh, ja, ja, veel contact,' zegt Fedor, en dan bladert hij even druk in zijn papieren.

Hij weet niet dat die beheermaatschappij is opgericht door dat Zwitserse advocatenkantoor, denkt Joost tevreden. Zo, dat is alvast één-nul voor ons.

'Ik weet niet zeker of ik alle informatie bij me heb,' zegt Fedor als hij is uitgebladerd, 'want ik ben nog een beetje ouderwets, ik vind het onaangenaam om met een geopende laptop aan tafel te zitten. Maar ongetwijfeld kan iemand op kantoor me voorzien van de naam van onze contactpersoon. Ik zal zo dadelijk even bellen, als het belangrijk blijkt. Maar eerst zou ik graag willen weten wat uw rol precies is, meneer...?' Met een air alsof het onmiskenbaar is dat hij de macht over het gesprek weer naar zich toe heeft getrokken, wendt Fedor zich tot Per.

'Per Quinn Rosendahl,' zegt Per, 'ik heb me daarnet aan u voorgesteld.'

'Ach ja, namen,' zegt Fedor, en hij wappert een beetje met een hand.

'Mijn rol is dat ik de architect ben die bezig is om het zogezegd bescheiden kasteel te verbouwen. Het heeft nogal wat voeten in de aarde bij een gebouw met zo veel historische waarde, dat begrijpt u. Er was erg veel achterstallig onderhoud, er was stormschade aan het dak, maar dat is nu gelukkig helemaal vernieuwd, dus nu zijn we hard aan de slag met het binnenwerk. Nieuwe elektriciteitsleidingen, nieuwe waterleidingen, nieuwe riolering; er is veel te doen, en het moet natuurlijk allemaal gebeuren met in het achterhoofd die historische waarde.'

'Uiteraard,' zegt Fedor. 'Als wij met het kasteel aan de slag gaan zullen we dat natuurlijk ook doen, en ik kan niet anders dan dankbaar zijn voor al het voorwerk dat u op dit moment aan het doen bent. Ik hoor graag welke kosten u al hebt gemaakt; wij hebben een raming voor de verbouwing van het kasteel en ik weet zeker dat–'

'Ik ben ook de eigenaar,' zegt Per, laag en zacht, maar toch duidelijk hoorbaar.

'Van het kasteel?' Fedor is nu echt even uit het veld geslagen. 'Maar, maar ik had toch duidelijk doorgekregen dat het kasteel en het perceel omliggend land, waartoe ook het bungalowparkje behoort, allemaal in één hand liggen.'

'Dat is correct,' zegt Per.

'De beheermaatschappij...?' zegt Fedor.

'Ik ben de erfgenaam,' zegt Per.

'Als jij, of misschien je, ahem, junior-collega, daadwerkelijk contact had opgenomen met het advocatenkantoor in Zwitserland dat de beheermaatschappij heeft opgericht die waarschijnlijk nog in het kadaster staat, dan hadden ze je dit kunnen vertellen,' zegt Joost, terwijl hij zorgvuldig de triomfantelijkheid uit zijn stem houdt. 'En dan nog iets: dat perceeltje dat jullie alvast van Menno Eisinga hebben overgenomen, dat heeft een bosbouwbestemming. De gemeente heeft dat waarschijnlijk niet zo heel makkelijk vindbaar in de administratie staan, omdat het perceel al zo lang in de familie Eisinga is, maar ik heb dat vast uitgezocht. Ik denk dat de gemeente niet van zins is de bestemming aan te passen. En als jullie denken dat je onze burgemeester onder druk kunt zetten, dan is dat een misrekening.'

'Wij zetten nooit mensen onder druk,' zegt Fedor gepikeerd, 'dat is niet onze stijl. Wij bieden over het algemeen zulke gunstige voorwaarden dat we uiteindelijk de grond en de vergunningen krijgen waar we onze zinnen op hebben gezet, maar ik zie nu in dat dit dossier van ons uit nog wat meer voorbereiding behoeft. Dit gesprek had eigenlijk plaats moeten vinden op een iets latere datum, mijn excuses daarvoor.' Fedor grist zijn papieren bij elkaar, bergt alles netjes op in zijn duur uitziende map, staat een beetje schielijk op en rent nog net niet de deur uit. De handdrukken die hij ten afscheid uitdeelt zijn zo mogelijk nog korter dan bij zijn aankomst, en als hij de deur van de receptie achter zich sluit, map strak onder zijn arm geklemd, ziet het achtergebleven gezelschap, dat mee het kamertje uit is gelopen, hoe hij direct zijn mobiel uit de zak van zijn jasje vist en met een duistere frons bellend het terrein verlaat.

'Zo,' zegt Henk tevreden, 'opgeruimd staat netjes.'

'Nou, pap, daar zijn we nog niet vanaf, denk ik,' zegt Joost, en Per valt hem bij.

'Ze komen nog terug. Ik weet niet waarmee, maar ik ga wel even bellen met het advocatenkantoor en zeggen dat ze, als er contact wordt opgenomen, alles af moeten houden. Ik wil niet verkopen, het kan me niet schelen hoe groot de zak geld is waar ze mee komen.' Per zet fronsend zijn handen in zijn zij.

'Ben je helemaal strijdbaar, jongen?' vraagt Rosie moederlijk.

'Ik was me er eigenlijk nog niet zo van bewust,' zegt Per, terwijl zijn gezicht een beetje ontspant, 'maar ik ben onder geen voorwaarde bereid dit los te laten. Dit is mijn erfenis, en ik kan er maar beter goed voor zorgen.'

'Goed gesproken,' zegt Henk, met een klap op Pers schouder.

Joost knikt. 'Als we het zo samen doen, en goed opletten, dan kunnen ze ons niks maken, wedden?'

—

Charlie probeert het nu voor de vierde keer. De eerste keer heeft ze iets ingesproken, de volgende keren niet, omdat ze niet als een wanhopige vriendin een hele reeks berichtjes wil achterlaten. Bel, bel, bel me, bel me nou terug; het kan zo in een slechte romantische film. Nee. Dat gaat ze niet doen. Ze gaat hem ook niet appen; als het niet lukt om hem te spreken te krijgen probeert ze het morgen nog eens, en anders moet ze misschien gewoon maar weer eens naar huis. Naar oom Benno's huis. Nee, háár huis, in Amsterdam-Noord.

Ze ziet er vreselijk tegen op. Niet zozeer om dat huis, want ze weet dat ze zich daar prettig voelt, maar om alles wat eraan vasthangt. De dingen die ze onder ogen moet zien, en de keuze die ze misschien wel moet maken.

O, ze kan zichzelf haten om haar angst, haar vluchtgedrag, haar krachteloosheid. Zo moeilijk is het toch allemaal niet? Ofwel ze kiest voor Sander, en dan moet ze open kaart met hem spelen, vertellen hoeveel geld ze op haar rekening heeft en hoe ze eraan is gekomen, hem een sleutel van haar, ja, háár huis geven en accepteren dat Sander woedend gaat zijn. Misschien wil híj wel meteen niet meer verder met háár, hoewel ze dat toch betwijfelt. Misschien als ze met een ander zou zijn geweest – hier flitst haar voor een milliseconde het beeld van een grote vent met doordringende blauwe ogen en lang blond haar voor ogen. Misschien zou hij dat niet kunnen accepteren, maar een plotselinge berg geld waar hij goeie sier mee zal kunnen maken bij zijn zogenaamde netwerk, dat zal hij vast niet afslaan.

Wat een afschuwelijke zure gedachte, eigenlijk.

Er zal iets moeten veranderen. Niet alleen bij haar: ze zal eerlijk moeten zijn, over haar bankrekening en over haar gevoelens, ja, maar ook bij hem. Hij zal moeten ophouden met dat schoneschijnverhaal van hem en gewoon hard aan het werk moeten als hij wil dat hij echt succesvol wordt. Charlie weet gewoon dat ze hem zou steunen tot het bittere einde als hij er harder voor zou vechten, maar ze heeft meer dan genoeg van dat verongelijkte kleinejongetjesgedrag van hem. Hij lijkt te denken dat hij recht heeft op een glanzende carrière, zomaar uit het niets, en als die hem steeds maar weer niet in zijn schoot wordt geworpen, wordt hij boos. Vooral op haar. Dat boos worden moet ook ophouden, dat ziet ze nu heel duidelijk.

Bijna mechanisch drukt ze voor de zoveelste keer op zijn naam, haar mobiel gaat over – ze houdt hem al niet eens meer bij haar oor – en dan ineens hoort ze Sanders stem.

'Charlie, hallo, je hebt me gebeld?'

Even weet ze niet hoe te reageren, maar dan haalt ze diep adem en komt er, een beetje tot haar eigen verrassing, geluid uit haar mond. 'Sander. Mijn mobiel was leeg en ik had geen oplader meegenomen. We hebben een, eh, nog onafgemaakt gesprek, volgens mij. Ik heb hier een oplader geleend, dus eh, nu probeer ik je terug te bellen, maar je nam tot nu toe niet op.'

'Ja, eh, ja...' zegt Sander, en hij klinkt een beetje ongemakkelijk. 'Ik was... druk. Ik heb bij, eh, vrienden gelogeerd, de afgelopen dagen, aangezien je me zo zonder geld hebt laten zitten,' zijn toon begint van verrast op te schuiven naar beschuldigend, 'en ik heb nogal wat tijd gestoken in het contact zoeken met verschillende mensen in mijn, eh, netwerk om op korte termijn een klus te krijgen.'

Charlie blijft even stil. 'En is dat gelukt?' vraagt ze dan maar voorzichtig.

'Ik heb een nieuwe ingang voor de Bonaire-klus, maar dan zal ik er wel nog een keer naartoe moeten,' zegt hij; de rest laat hij in de lucht hangen.

'Is dat via die Tony?' vraagt ze snel, in de hoop dat hij niet gaat zeggen wat ze al aan voelt komen.

'Onder andere,' zegt hij. En dan komt het toch. 'Hoeveel geld heb jij nog?'

Charlie slikt. Haar gedachten razen: is dit het moment van de waarheid? 'Waarschijnlijk wel genoeg om een ticket naar Bonaire te kunnen betalen, maar moeten we niet eerst die ruzie uitpraten? Jij had mij ook een heleboel berichten gestuurd en zo, toen mijn mobiel leeg was, dat zag ik natuurlijk pas toen ik hem weer had opgeladen, maar...'

Ergens op de achtergrond hoort Charlie een andere mobiel overgaan, en een vrouwenstem die opneemt. Ze kan nog nét verstaan dat die stem 'Hallo, met Liselore' zegt, maar dan hoort ze haar niet meer. Waarschijnlijk is de vrouw weggelopen.

'Bij welke vrienden ben je eigenlijk aan het logeren?' De enige Liselore die zij kent is die actrice over wie Sander het wel eens heeft, die ook in Bonaire was. Ze wist niet dat Sander en die Liselore zo goed bevriend waren dat hij daar zomaar zou kunnen logeren, maar aan de andere kant: ze weet eigenlijk ontzettend weinig van al zijn acteervrienden; hij wil over het algemeen niet samen naar die borrels en avondjes uit.

'O, ik zit bij Liselore en haar vriend in huis. Vond ze prima, hij is er op het moment niet, hij moet iets bij zijn ouders, dus plek zat, en ze hebben een heerlijke, eh bank. Waar ik op kan slapen, dus. Liselore kent ongelooflijk veel mensen, ze heeft me echt fantastisch geholpen met een paar gesprekken over reclameklussen. Je weet dat ik dat eigenlijk liever niet wil doen, maar als de nood hoog is, dan is een paar duizend euro voor een weekendje werk ineens wel erg aanlokkelijk, moet ik zeggen. En je krijgt toch je gezicht weer een beetje in beeld. Haar woorden, hoor, niet de mijne.'

'Oké, dus je bent bij Liselore aan het logeren, maar haar vriend is er niet bij?' Charlie vraagt het toch maar even voor de zekerheid.

'Je gaat nou toch niet moeilijk doen, Charlemarle? Je rent zo weg, je laat me hier achter met niks, ik kan verdorie niet eens mijn huur betalen als ik niet snel iets regel, en dan ga je piepen als ik vrienden blijk te hebben die toeschietelijker zijn dan mijn eigen vriendin?'

'Dus jij vindt het normaal dat ik alles voor je moet betalen? Tot en met je huur aan toe?' Charlie kan zich ineens niet meer beheersen.

'Alleen totdat ik een volgende klus heb, Charlie.' Sander schiet in de versnelling; hij schreeuwt nog net niet. 'Als jij geen werk zou hebben en je geld was op, dan zou ik jou toch ook ondersteunen? Jezusmina, dat is toch wat je doet in een relatie? Maar ik vraag me ernstig af of jij en ik wel een relatie hebben, als je er zo in staat.'

'Nou, om je de waarheid te zeggen is dat iets wat ik me de afgelopen dagen ook heb afgevraagd,' zegt Charlie tot haar eigen verrassing. 'Ik heb het zelf in ieder geval nooit zover laten komen dat ik zonder geld zat of dat ik geen klussen had, en ik kan makkelijk een ticket naar Bonaire betalen als dat zou moeten, want ik heb denk ik meer geld op mijn rekening dan jij denkt, maar–'

‘Ik wíst het,’ sist Sander ineens, ‘die oom van jou had nog ergens een potje. En dat zit jij nou lekker zelf op te maken, en het voor mij te verzwijgen. Jij kan op dit moment mijn carrière maken of breken, Charlot, en dit is wat je doet?’

‘Er is er maar één die jouw carrière kan maken of breken, Sander, en dat ben jij zelf,’ zegt Charlie bits. Ze dacht niet dat ze het in zich had om zo scherp uit de hoek te komen, maar een paar dagen alleen heeft wel iets met haar gedaan. Ze is minder overrompeld door Sander, dat merkt ze aan alles. Het feit dat hij niet voor haar neus staat maakt ook veel verschil; als ze hem niet ziet kan ze veel makkelijker bij zichzelf blijven.

‘Ja, maar jij kunt wél het verschil maken tussen dat ik wel of niet nog een keer auditie kan doen op Bonaire. Wat je ook zegt, zo zit het gewoon. Je zit op je geld, en je wilt me niet steunen. Ik bedoel, ik hou van jou, maar ik heb op dit moment nou echt niet het gevoel dat jij er op dezelfde manier in staat.’

‘Ik hou ook van jou,’ zegt Charlie, een beetje werktuigelijk, ‘maar ik wil niet alle kosten voor jouw levensonderhoud hoeven dragen, omdat ik graag een vriend wil die een gelijkwaardig aandeel levert in alles. Dus ook in de financiën. Dat is toch niet zo’n raar idee, gelijkwaardigheid?’

Sander is even stil, maar zegt dan, bozig: ‘Als we het over gelijkwaardigheid gaan hebben dan weet ik ook nog wel wat. Ik ben ontzettend zorgvuldig met mijn uiterlijk, want dat is mijn handelswaar, maar jij steunt me daar echt absoluut niet in.’

‘Hoezo?’ Charlie weet even niet waar hij naartoe wil.

‘Nou, als we dan toch open en eerlijk met elkaar zijn: ik kan me nauwelijks met jou vertonen in het openbaar. Je bent echt te zwaar; als ik met jou een rode loper over moet dan moet je in een jurk van de H&M, want iets beters, daar pas je niet in.’

‘Nou ja, ik ben helemaal niet dik, Sander, ik heb maat veertig!’

‘In mijn wereld is dat dik,’ zegt hij mokkend.

'In jouw wereld moet je misschien eerst zorgen dat je iets doet waardoor je over een rode loper mág lopen, en dan ga ik tegen die tijd wel aan de lijn als ik in een jurk van maatje achtendertig moet.' Charlie is in stilte tevreden met zichzelf dat ze dit antwoord zo snel heeft kunnen oplepelen, maar toch kijkt ze fronsend naar beneden op haar ronde borsten – zeker geen maat achtendertig – en naar hoe haar dijen zich een beetje uitspreiden op de stoel waarop ze is gaan zitten.

'Als jij me nu geen geld geeft, want zo simpel is het, Charlot, als jij nu weigert me genoeg geld te geven, dan kan ik aan datgene waardoor ik later over een rode loper zou kunnen lopen, niet eens beginnen. Ik heb altijd gezegd dat het tijdelijk is, dat jij de kosten draagt totdat ik mijn volgende klus te pakken heb. Dan stroomt het weer binnen en kan ik de boel weer bekostigen. Zoals het hoort. Dan komt het vanzelf weer in evenwicht. Ik begrijp dus ook echt niet waarom je nu ineens, net nu je de erfenis van je oom hebt, boven op je centen gaat zitten en zo moeilijk doet.' Sander dwingt zijn stem van nijd naar redelijkheid, en Charlie hoort hoeveel moeite het hem kost.

'Ik doe zo "moeilijk", zoals jij het zegt, omdat ik nu al maandenlang de enige ben met een inkomen, en met wat geld achter de hand. Het is niet even, het is al hartstikke lang, Sander. En zolang je zelf nog een potje had viel de schade nog wel mee, maar nu je dat er allemaal doorheen hebt gejaagd omdat je zo nodig de grote man wil uithangen bij al die soapies van wie je denkt dat ze je vrienden zijn, nu wil je aan mijn geld beginnen, en ik zie al helemaal voor me dat je dat net zo snel opmaakt als je eigen spaargeld. Met je hotelkamer huren in het Hilton, en god weet wat voor andere idiote dingen je hebt gedaan om toch maar een beetje indruk te maken op die mensen.'

'Dat zit je nog dwars, hè, die kamer in het Hilton. Jij snapt gewoon niet hoe deze wereld werkt, Charlie.'

'Nee, dat kan wel kloppen, aangezien je me nooit meevraagt.

En ik kan dan nog wel leven met het idee dat je die hotelkamer hebt voorgeschoten en dat die andere mensen dat later terugbetalen, maar dat geld ging naar jouw rekening, niet naar de mijne, dus...'

'Zijn we nu ineens op het niveau aanbeland dat we precies gaan uitrekenen wie wat aan wat heeft uitgegeven, en dat we elkaar dat tot op de cent terug moeten betalen? Jezusmina, Charlie, doe toch niet zo kleinburgerlijk! Ik dacht dat we daar wel overheen waren op het moment dat je bij me kwam wonen. Ik heb toch ook zo zonder aarzeling alles wat ik heb met je gedeeld?'

Ze heeft geen antwoord. Hij heeft gelijk; zo is het gegaan, en ze ís niet kleinburgerlijk, ze is kunstzinnig en creatief. Net als oom Benno. Misschien niet zo succesvol als hij, maar... 'Nou, oké,' haalt ze dan bakzeil met een diepe zucht. 'Ik maak wel tweeduizend euro naar je over.'

'Dat is niet genoeg, Charlemarle, daar kan ik net een ticket van betalen.'

Charlie zucht nog een keer; nu ze zich gewonnen heeft gegeven is ook meteen haar vechtlust verdwenen, maar toch probeert ze nog: 'Ik heb het de vorige keer voor je opgezocht, weet je nog? Het was iets rond de zeshonderd euro, een retourtje Bonaire, dus ik weet niet, ben je van plan eersteklas te vliegen of zo?'

'Businessclass heet dat,' zegt hij op een toontje alsof hij de man van de wereld is en zij een provinciaaltje. 'Eersteklas is in de trein. Maar ik moet daar ook nog verblijven, en eten, dus ik heb aan tweeduizend echt niet genoeg. En daarnaast moet ik ook nog de huur en de energierekening betalen, en hier moet ik ook nog eten, dus doe maar vijf, eigenlijk.'

Ze slikt. Vijfduizend euro. Niet dat ze het niet heeft, maar ze kan nu eigenlijk niet meer terug, en dat is een rotgevoel. 'Ik ben toch geen geldautomaat?' moppert ze zachtjes. 'Kijk, dat vind ik denk ik nog wel het vervelendste, Sander, dat je altijd maar doet alsof het zo gewoon is.'

'Ja, ga je me dat geld nou geven, of niet?' zegt hij dan, ineens scherp en ongeduldig. 'Als je het niet doet weet ik precies wat ik waard ben voor je, namelijk niets, en als je het wel doet moet je er niet daarna over zeuren. Heb je enig idee hoe vernederend dit voor me is, dat ik bij mijn vriendin om geld moet vragen?'

Charlie knijpt haar ogen even stijf dicht. Hoe krijgt die man het voor elkaar dat het altijd allemaal over hem gaat, en dat hij altijd het slachtoffer is?

'En zeg in godsnaam niet zoiets als "nou vooruit dan maar, maar dit is de laatste keer", want je bent mijn moeder niet.' Hij gooit het er, achteloos maar toch nog scherp, achteraan, en Charlie krimpt een beetje in elkaar, want ze had natuurlijk nou net zo'n soort uitspraak op haar tong liggen.

'Wanneer ga je?' vraagt ze dan maar.

'Zodra ik een afspraak heb gemaakt. En ik kan natuurlijk geen afspraak maken als ik niet zeker weet dat ik er dan ook heen kan.'

'Waarom zit dat castingbureau eigenlijk niet gewoon in Nederland?'

'Omdat ze de mensen willen zien in de omgeving daar. Het is een Nederlands bureau, maar ze hebben ook een heleboel locals nodig, dus ze hebben daar tijdelijk een kantoor opgezet.' Hij zegt het met een licht verveelde vanzelfsprekendheid. 'Die Tony gaat daar ook naartoe binnenkort; hij stelde nota bene voor dat ik langskom als hij er ook is. Hij zag er wel iets in, dus ik denk dat mijn kansen er een stuk beter uitzien als ik de boel zo netjes kan laten samenvallen.'

'Het is wel een beetje alsof ik nou een hoop geld betaal om je daarna meteen een paar maanden niet te zien,' zegt Charlie zachtjes.

'Als ik deze klus eenmaal binnen heb, en ik ben vast onderdeel van de cast, en er komen spin-offs, dan zit ik gewoon weer lekker in Nederland en rij ik iedere dag op en neer naar waar er dan ook maar opgenomen wordt. En dan begint ook het grote geld te rollen, en dan betaal ik je gewoon terug, Charlemarle, als je dat een fijne gedachte vindt.'

Charlie zucht. 'Ik maak het straks wel aan je over, en dan app ik je. Hoor ik dan van je wanneer je precies gaat?'

'Natuurlijk. Kunnen we trouwens in de tussentijd niet even van auto ruilen? Jij bent gehecht aan dat ding van je vader, ik heb er niks mee. Wanneer kom je terug? Je hoeft daar nu niet meer te blijven zitten, nu we het hebben uitgepraat, toch?'

'Ik ben hier voorlopig nog niet klaar,' zegt Charlie. Ze heeft ineens totaal geen zin meer om terug te gaan; ze wil hier blijven, zich verschuilen in het huisje onder het groene bladerdak en zich vasthouden aan die droom dat het ooit allemaal geweldig gaat worden.

# 18

Aloys is op de fiets. Het is lekker weer, en zo ver fietsen is het nou ook weer niet; als hij even zijn best doet kan hij het stuk in een dik half uur afleggen.

De oprijlaan naar Huis De Toecomst ziet er netjes onderhouden uit, maar het grasveld dat achter de bomenrij ligt is opgeschoten en volkomen verwilderd. De eerste bloemen steken er de kop al op en hij ziet de insecten rondvliegen. Hield die Freek ook geen bijen op zijn terrein? Dan snapt Aloys wel dat hij van zijn grasveld geen Engels met-nagelschaartjes-bijgehouden groen fluweel wil maken, dan hebben die bijen niks te eten.

Hij bereikt het huis, zet zijn fiets nogal onceremonieel tegen de gevel, springt de paar stoeptreden op en belt aan.

Even later gaat de deur open en kijkt hij in het vriendelijk glimlachende gezicht van Freek.

'Kom toch vooral binnen,' zegt dat gezicht.

'Staat mijn fiets zo goed?' vraagt Aloys toch nog maar even, en Freek leunt even naar buiten, kijkt en knikt.

'Ik vermoed dat Huis De Toecomst niet plotseling onder het extra gewicht ineen zal zijgen, dus je fiets staat daar uitstekend. Simon zit in de keuken, kom maar mee.'

Aloys volgt hem, nu toch wel een beetje zenuwachtig. Alles goed en wel dat hij nu met een wildvreemde vent – hij weet wel hoe die Simon eruitziet maar heeft nooit een woord met hem gewisseld – over zijn diepste zielenroerselen moet gaan praten, maar dat gaat natuurlijk niet zo makkelijk als met zijn matties in het café zitten en leuk losjes over niks lullen. Net doen alsof er niks aan de hand is. De blije, zorgeloze rasta uithangen. Hij ziet ineens hoezeer hij altijd een rol speelt, nog veel meer dan hij eigenlijk al dacht. Zelfs zijn haar is onderdeel van het plaatje dat hij heeft gecreëerd om zich achter te verschuilen, en even heeft hij het gevoel dat hij op drijfzand loopt. Niets is meer waar, niets telt meer, hij is een schim en de leegte staart hem ongenadig in het gezicht.

'Ha, jongen, kom binnen,' hoort hij, en dan ziet hij Simon zitten, aan een ruim bemeten keukentafel, in de verrassend moderne keuken van Huis De Toecomst.

'Ik laat jullie alleen,' zegt Freek, 'ik zit beneden in mijn kantoor, mochten jullie me nodig hebben.'

Aloys kijkt even over zijn schouder, maar Freek is al vertrokken. Hij stapt over de drempel en gaat voorzichtig tegenover Simon zitten, die een of ander dingetje voor zich heeft waar hij aan sleutelt. Er ligt een theedoek uitgespreid op de tafel en daarop liggen verschillende onderdelen: radertjes, schroefjes, een rolveertje, een metalen schijf. Blijkbaar komt het allemaal uit een oeroud uitziend kastje, waarvan het deurtje openstaat.

'Wat doe je?' vraagt Aloys.

'Ik probeer dit ding te repareren. Kijk,' Simon pakt het doosje op en keert het om, 'het klokje loopt nog prima, maar je moet dus kunnen instellen dat hij op het hele uur een wijsje speelt, en dat speeldoosdingetje doet het niet meer. Hebben de kinderen op zolder gevonden, volgens mij is het zo honderdvijftig jaar oud. Dat is toch veel te leuk om te laten liggen?' Hij grinnikt. 'Ik ben dan wel geen klokkenmaker, dat is echt te fijn werk voor me, maar dit kan ik denk ik wel. Volgens mij is het gewoon vooral vuil, en er zat iets los waardoor de veer niet meer opwond. Het zit heel slim in elkaar: je windt de klok op, en als je dan het muziekmechanisme aanzet, windt de klok de speeldoos op. Als je hem vlak voor het hele uur aanzet doet hij het maar heel kort, maar als de klok een heel uur heeft kunnen draaien, moet het hele liedje eruit komen.'

'Gaat die klok dan niet eerder leeg?' vraagt Aloys, toch wel geïnteresseerd.

Simon lacht. 'Jij bent van de opladersgeneratie, hoor ik al. Ik weet het eigenlijk niet precies, je moet de klok opwinden, niet opladen, en ik durf niet met zekerheid te zeggen of de spanning van de ene veer er eerder vanaf gaat als je er de andere veer mee opwindt. Dat maakt ook niet zo veel uit, ik vind het gewoon leuk om te kijken of ik hem weer aan de praat krijg zoals de bedoeling was. Hou ik van, knutselprojecten.'

'Klopt het dat Freek en jij hier de hele boel eigenhandig hebben opgeknapt?'

'Nou, we hebben niet alles helemaal zelf gedaan, hoor. Deze mooie nieuwe keuken heeft Freek er gewoon in laten zetten door zo'n keukenboer, dat was wel zo handig. Ik heb wel veel restauratiewerk gedaan aan het houtwerk, de deuren en de stijlen en zo, die waren flink beschadigd, en de kozijnen hadden veel slechte plekken. Maar nu zit overal dubbel glas in. Daar zie je bijna niks van, maar het scheelt enorm met de energierekening.'

'Dat wil ik geloven.'

'Maar,' zegt Simon met een klein glimlachje, 'daar kom je natuurlijk niet voor. Ik begrijp van Freek dat je een beetje zit te worstelen met jezelf.'

'Nou, eh, nou, ja, eigenlijk wel,' mompelt Aloys.

'Vertel.'

'Nou... nou... hè shit, het valt niet mee.'

'Is meestal zo,' zegt Simon geruststellend, 'vooral als het wat waard is. Neem je tijd.'

'Nou ja, zo ingewikkeld is het allemaal niet, ik, eh, ik ben volgens mij verliefd op een jongen, maar ik ben helemaal niet gay.'

'Hoe oud is die jongen?' vraagt Simon neutraal, zijn blik op zijn handen.

'Net zo oud als ik ongeveer. Ja, ik weet dat ik dan eigenlijk natuurlijk gewoon man moet zeggen, maar ik noem al mijn vrienden jongens en meisjes. Ik weet niet, dan is het allemaal wat...'

'Minder gevaarlijk? Minder confronterend?' Simon kijkt op. 'Klinkt bekend, hoor. Ik had niet zozeer dat ik van mezelf dacht dat ik niet gay was, dat wist ik eigenlijk altijd al, maar ik heb ook van alles geprobeerd om weg te bagatelliseren dat ik anders ben dan heel veel mensen om me heen. En zelfs als ik ermiddenin zat – ik heb in New York gewoond, en daar zat ik echt *smack dab* midden in de *gay scene* – dan voelde ik me nog heel vaak ontzettend anders dan al die mensen om me heen. Ik ben niet van de leren petten, ik ben niet butch, ik ben niet camp. Ik heb het meer aan de binnenkant zitten dan dat ik het nou zo nodig breeduit moet adverteren. Daar voel ik me niet prettig bij, dan heb ik het gevoel dat ik een rol speel.'

'Moest je dan per se een leren pet op van die mensen?'

Simon grinnikt even. 'Nou ja, niet letterlijk, maar er waren er wel heel wat die vonden dat ik nadrukkelijker gay moest zijn. Maar ik ben helemaal niet zo'n nadrukkelijk persoon, van mezelf, bedoel ik, ik ben meer, nou ja, *understated*. Ik kon ook nooit iemand vinden die bij me paste, het waren allemaal van die lawaaigays.' Hij grijnst. 'Daar val ik niet op. Ik ben meer een geraniumgay.'

Aloys grinnikt ook. 'Wat moet ik me daar nou weer bij voorstellen?'

'Nou, ik wil eigenlijk helemaal niet cruisen, ik wil gewoon een man, die mijn vriend is, voor vast bedoel ik. En dan gezellig samen dingen doen. Kneuteren. Achter de geraniums, weet je wel?'

‘Ik snap je. Maar dat is toch ook oké? Zo veel mensen, zo veel smaken, ja toch?’

‘Ja, precies. Dus wat is nou eigenlijk jouw probleem? Je bent verliefd op een man, en je voelt je niet gay. Hoeft toch ook niet?’

‘Nou ja, ik dacht vroeger wel eens dat ik verliefd was op meiden – eh, vrouwen, bedoel ik – maar dat was echt niks vergeleken met wat ik nu voel. Ik durf eigenlijk niet eens nog een keer met hem af te spreken, het gaat zo, nou ja, zo diep, ik was de vorige keer echt helemaal uit mijn doen toen we een stukje door het bos hadden gewandeld. Dat wil ik niet, me zo, zo... ontwricht voelen, zo diep na moeten denken; ik wil, eh... Maar ja, ik kan ook niet níét met hem afspreken, dat trek ik dus ook niet. We gamen iedere avond samen, en dan chatten we erbij. Na zijn werk. Hij werkt in De Paardentram, die jongen uit Oekraïne?’

‘O, ja. Ik had hem al zien staan lijden, maar nou snap ik waarom,’ zegt Simon geamuseerd. ‘Ik ben blij om te horen dat jullie elkaar in ieder geval vast hebben gevonden.’

‘Nou ja,’ zegt Aloys smartelijk, ‘ik weet gewoon niet wat ik ermee moet! Ik ken dat niet van mezelf, dit soort dingen voor een jo- voor een mán voelen; ik heb het überhaupt nog nooit bij een ander mens gevoeld!’

‘Rustig maar,’ zegt Simon. ‘Je moet om te beginnen je handen dichtknijpen dat jullie elkaar hebben gevonden, en dat jullie het allebei voelen. Alleen dat is al een zeldzaamheid. Weet je hoe lang ik erover heb gedaan om een beetje een leuke man te vinden die ook iets met mij wilde, voor vast? Ik bedoel: jij ziet er tenminste nog goed uit, ik lijk meer op een soort tuinkabouter!’

Aloys proest. ‘Nou ja, dat valt best mee, toch? En ik bén ook wel blij, ik bedoel, het is natuurlijk geweldig, eh, dinges, ik weet niet hoe ik dit moet zeggen, maar ik raak er ook zo van in de war. Serhii heeft dat niet – zo heet hij dus, Serhii – hij heeft nergens problemen mee. Hij is bi, en dat weet hij ook van zichzelf: hij is met jongens én meiden geweest. Of nou ja, nergens problemen mee,' hij fronst even en schudt zijn hoofd, 'zijn land ligt in puin, hij woont met zijn moeder bij een van die rijke stinkerds aan de Hogerweijderweg, in hun tuinhuis, hij staat in het café en zijn moeder moet vakken vullen in de Appie terwijl ze vroeger een soort museummanager was of zoiets, en zijn oma zit nog daar, en zijn tante, en ze maken zich natuurlijk heel veel zorgen. Dus om nou te zeggen geen problemen...'

'Ik begrijp je,' zegt Simon, 'ik snap ook hoe je het bedoelt, hoor. Maar heb je het echt nodig om van jezelf te kunnen zeggen: ik ben dit?'

'Hoe bedoel je?'

'Nou, het komt een beetje op me over alsof je in de war bent vanwege het feit dat het, laat ik het het label noemen, dat je tot nu toe aan jezelf hebt gegeven, niet meer lijkt te passen. Want je twijfelt volgens mij helemaal niet over je gevoelens voor Serhii, toch?'

'Nee, niet echt nee,' zegt Aloys, een tikje schamper.

'Nou, is het heel erg als je label niet meer klopt? Heb je eigenlijk echt een label nodig? Ik bedoel, ik heb mensen enorm zien worstelen om te kunnen benoemen hoe ze zich voelden, om zich te identificeren met een label. En dan gingen ze ook nog eens ruzie maken met andere mensen, die ook dat label wilden gebruiken maar dat op een iets andere manier invulden, en dan zeiden ze van elkaar dat ze niet écht dit of niet écht dat waren... Een beetje zoals ik te horen kreeg dat ik me niet gay genoeg gedroeg, zeg maar. Ik kan dat wel, hoor...' Simon grimast even en zet een schelle stem op, 'natúúrlijk kan ik dat, schat, het is gewoon een hou-dingng...' Hij leunt een beetje scheef in zijn stoel, houdt zijn hoofd schuin en maakt een sierlijk maar onbetekenend handgebaar.

Het ziet er zo idioot uit dat Aloys meteen in de lach schiet. 'Ja, ik zie wat je bedoelt ja, maar om nou te zeggen dat het natuurlijk overkomt, nee.'

'Nou ja, precies, dat bedoel ik,' zegt Simon warm. 'En als je je als nicht zo aanstelt, trek je ook andere nichten aan die zich aanstellen, en voordat je het weet zit je een potje moeilijk te doen tegen elkaar en vergeet je te zijn wie je echt bent. Geldt natuurlijk ook niet voor iedereen, ik wil niet generaliseren, hoor. Ik bedoel alleen maar te zeggen dat je misschien niet zo veel waarde moet hechten aan zo'n label. Wees gewoon lekker jezelf. Je bent een aardige vent, je ziet er goed uit, iedereen mag je graag, nou ja, wat wil je nog meer?'

'Niks, eigenlijk, als je het zo zegt,' mompelt Aloys. 'Maar toch heb ik een soort gevoel alsof ik in een leugen leef, ineens. Alsof ik me precies zo heb aangesteld als jij daarnet deed, om maar die leuke popie jongen te zijn, terwijl ik vanbinnen...'

'Aha, nou komen we op interessant terrein,' zegt Simon. 'Wat gebeurt er dan bij jou vanbinnen, dat je zo'n façade hebt opgetrokken?'

'Nou ja, weet je wel, mijn moeder... bijna iedereen weet wel hoe het is gegaan.'

'Ik niet, ik zat in het buitenland. Ik ben pas net, wat zal het zijn, anderhalf jaar weer hier in Nederland.'

'Ze was, nou, eh... nogal opstandig, als puber, en toen is ze weggelopen met mijn vader. Die was gitarist in een of ander reggaebandje. Ze ging op haar zestiende in Amsterdam in een kraakpand wonen, en toen ging ze met de band mee, en toen ging ze met mijn vader mee naar Jamaica, en toen werd ze zwanger en werd ik geboren. Het ging natuurlijk fout met haar en mijn vader, en toen kwam ze terug. Het bleek dat ze niet voor me kon zorgen, dus hebben mijn opa en oma me in huis genomen en ging zij terug naar Amsterdam. Ik was nog zo klein, ik weet niks meer van Jamaica.'

‘Heb je nog contact met je ouders?’

‘Met mijn vader niet. Geen idee waar die is of wat die doet, en hij is blijkbaar ook niet erg in mij geïnteresseerd. Mijn moeder eigenlijk ook niet; ik heb haar denk ik al zeker een jaar niet meer gesproken. Ze is met een of andere yoga-shit bezig, en dan moet je je helemaal afzonderen, en raar eten, weet ik veel. Nou ja, niks nieuws voor mij hoor, ze had al niet zo veel interesse in me toen ik nog klein was. Eigenlijk voelen mijn opa en oma meer als mijn ouders, en Joost, die officieel natuurlijk mijn oom is, voelt als mijn broer. We schelen ook maar een paar jaar; hij is een nakomertje.’

‘Ik snap het; volgens mij ben je opgegroeid in een liefdevol, stabiel gezin. Maar aan de andere kant voel je natuurlijk toch het gemis, hè?’

Aloys voelt, tot zijn eigen verrassing, zijn ogen nat worden. Hij snuift. ‘Nou ja, het is niet zozeer gemis, want er was niet eerst iets wat nu ineens weg is, wat ik zou kunnen missen, maar het is meer... Ja, ik weet niet... mijn opa en oma zijn echt ontzettend lief voor me geweest, en, nou ja, warm, en knuffelig, alles wat je als kind nodig hebt om je veilig te voelen, en nog steeds zijn het schatten, maar tegelijk is het volgens mij een beetje wat je kunt hebben als je geadopteerd bent? Dat je je ondanks alle liefde die je krijgt een eiland voelt, een soort losse unit, omdat de familiebanden er niet zijn? Of, nou ja, bij mij zijn ze er wel, maar ze kloppen niet helemaal. Volgens mij leg ik het heel onhandig uit.’ Hij snuift nog een keer en veegt met de rug van zijn hand langs zijn ogen. ‘Ik zit bijna te janken hier, ik voel me ontzettend stom.’

‘Niet doen, je bent niet stom. Het is ontzettend goed van je dat je de boel helemaal opengooit, het kan niet anders dan dat dat oplucht.’ Simon legt even een hand op Aloys’ pols. ‘Het leven is nou eenmaal niet altijd zo eenvoudig, jongen; soms is het helemaal niet eenvoudig, soms is het ontzettend complex. En dat mag je best toegeven, want dat geldt voor ons allemaal.'

'Ons gays, bedoel je?' zegt Aloys, een beetje bibberig.

'Ons mensen,' zegt Simon. 'Dacht je dat het bij Freek en Sylvie allemaal van een leien dakje is gegaan? Nu gaat het hartstikke goed, ze zijn ontzettend gelukkig met elkaar, maar ze hadden een lange aanlooptijd en er ging onderweg hier en daar iets flink mis. Zijn ze allemaal overheen gekomen, want ze zijn gek op elkaar. Dus als jij en Serhii het echt voelen, dan komen jullie er ook wel. En je weet het: *no guts no glory*.'

'Op dit moment voel ik me nou niet alsof ik guts heb,' mompelt Aloys.

'O, jawel hoor,' zegt Simon grinnikend. 'Je zit hier toch? Te praten? Dat is ontzettend *gutsy*; ik was verklaard gay vanaf mijn kindertijd, maar ik heb er heus niet altijd zo makkelijk over durven praten. En wie weet ben je wel helemaal niet gay, maar ben je bi.'

Aloys schudt zijn hoofd. 'Dan zou ik toch vaker op een jongen hebben moeten vallen? Ik heb dat echt nog nooit gehad. Een man, bedoel ik; op een man moeten vallen, hè, shit!'

'Maakt niet uit, ik weet hoe je het bedoelt.' Simon werpt hem een geruststellende blik toe. 'Maar er zijn nog meer smaken, heb je je daar wel eens in verdiept?'

'Je bedoelt dat hele rijtje letters, LGBT-dinges?' Aloys fronst.

'LGBTQIA-plus, ja. Daar moet je geen lolletje van maken, want voor een grote groep mensen is het een *lifeline* om zich ergens mee te kunnen identificeren. Ik bedoel: kijk nou naar jezelf, jij wilt ook weten wat je nou precies bent.'

'Ja, maar ik vind dat meteen zo, zo... radicaal.' Aloys' frons wordt dieper. 'Zo, eh, politiek, ook. Dat je dan naar prides moet, en vechten voor acceptatie.'

'Daar moet natuurlijk ook flink voor gevochten worden, want mensen discrimineren nog altijd, hoewel ik ondertussen wel eens ga denken dat het gewoon de aard van het beestje is.

Demonstreren helpt niet, informeren helpt niet, awareness en politieke correctheid helpen niet, dan kan er maar één conclusie overblijven. Mensen willen gewoon graag onderscheid maken, en hun best doen te komen bij wat ze zien als de toplaag.' Simon zucht. 'Vanbinnen zijn we gewoon allemaal nog bavianen, hoor. Of gorilla's.'

'Hm,' zegt Aloys, terwijl hij er diep over nadenkt. 'Kun je niet gewoon zijn wie je bent, en zijn met degene van wie je houdt, zonder al dat gedoe? Ik bedoel, mij maakt het niet uit als iemand gay is, of transgender, of weet ik veel.'

'Natuurlijk kan dat. Ik doe dat toch ook? En meestal wordt het gewoon geaccepteerd, hoor, door de mensen om je heen, als je gewoon je leven leidt en gelukkig bent. Hier, in ieder geval. Niet overal in de wereld. Maar het gaat er eigenlijk niet om wat een ander ervan vindt, het gaat er vooral en eerst om wat je er zelf van vindt. Hoe je je over jezelf voelt. Dat label, waar jij naar op zoek bent, is een van de manieren om het voor jezelf te duiden en te accepteren. Niet de enige manier, hoor, want als je goed kijkt kun je vrolijk doorlabelen: je eten, je muzieksmaak, je kledingstijl, ga maar door. Het kan je helpen jezelf te kennen en te accepteren, als je het een naam kunt geven, maar je kunt ook proberen het gewoon vrij te laten. Tegen jezelf te zeggen dat je van jezelf houdt, wat er ook gebeurt, welke keuzes je ook maakt in je leven.'

'Vind ik best ingewikkeld. Ik hou wel van hoe andere mensen me zien, maar ik weet op dit moment even niet zo zeker of dat ook is wie ik echt ben.'

'Snap ik. Daarom zei ik ook: er zijn meer keuzes dan gay of bi alleen. Je zou jezelf queer kunnen noemen, dat is de Q in dat hele rijtje. Dan zeg je eigenlijk van jezelf dat je afwijkt van de norm, maar het is een beetje een parapluterm die niet iedereen even leuk vindt, want er zit, zeker in Engelstalige landen, ook een negatieve bijklank aan. Sommige mensen gebruiken het juist als geuzennaam, en er is ook een bepaalde politieke lading aan de term queer die misschien niet helemaal bij jou past... Je moet er maar eens wat over lezen.'

Aloys knikt.

'Misschien,' zegt Simon met een grijns, 'misschien is pan wel iets voor jou.'

'Pan? Als in koekenpan, steelpan?'

'Nee, gek, natuurlijk niet, als in panseksueel. Die optie staat nou net niet in dat hele rijtje letters, maar mensen gebruiken die definitie vaak om aan te duiden dat ze seksuele gevoelens bij alle mensen kunnen hebben, ongeacht hun geslacht. Pan als in alles, weet je wel? Pandemie, pandemonium, et cetera.'

'Oké,' zegt Aloys, langzaam knikkend, 'ik ben erbij. Ik heb dat trouwens ook wel eens gehoord. Muzikanten, en zo, dinges, ik kan even niet op zijn naam komen, hoe heet hij nou, die zegt toch dat hij pan is? Die jongen die altijd zwarte nagellak op heeft en die steeds aan de drugs gaat. Hè, shit, hoe heet hij nou.'

Simon grinnikt. 'Ik luister niet zo veel naar de radio, of het moet klassiek zijn. Invloed van mijn vriend, ben ik bang. Maar daar gaat het niet om: je kunt panseksueel ook gebruiken om ermee te zeggen dat je op iemand valt om diens karakter, niet diens geslacht of seksuele geaardheid. En misschien voelt dat voor jou wel passend.'

Aloys denkt erover na. Echt diep. En dan begint hij langzaam te knikken. 'Ja, zo is het wel, bij mij, denk ik. Ik val op Serhii om Serhii, omdat ik een bepaald gevoel krijg van hem dat ik bij niemand anders krijg. Ik wil beste vrienden met hem zijn, en, eh, meer, maar ik weet niet zo goed wat dan, en hoe ik me dat moet voorstellen...'

'Ik denk dat je de natuur gewoon zijn gang moet laten gaan,' zegt Simon met een klein glimlachje, 'je merkt vanzelf wel wat je wilt, en wat niet. Wel altijd eerlijk zeggen, natuurlijk, maar dat hoef ik jou vast niet te vertellen.'

Aloys haalt een beetje onhandig zijn schouders op. 'Nou ja, met eh, vrouwen is het makkelijk. Ik weet intussen wel wat de meeste vrouwen lekker vinden, en als ik dat doe komt het over het algemeen wel goed.'

'En jij dan?'

Even fronst hij. 'Ik kan gewoon niet geloven dat ik hier tot in detail mijn seksleven zit te bespreken met iemand die ik nog maar net ken,' mompelt hij dan.

'Juist daarom kan het,' zegt Simon. 'Als je me beter had gekend, had je je veel meer awkward gevoeld. En ik vraag je dit ook niet omdat ik het naadje van de kous wil weten, of zoiets, maar omdat ik uit ervaring weet dat het belangrijk is om aan te kunnen geven waar je grenzen liggen, en waar je *sweet spots*. En als jij tegen me zegt dat je vooral bezig was met "doen wat de meeste vrouwen lekker vinden", dan was je niet zo erg bezig met je grenzen en je sweet spots, nietwaar?'

'Nou, ik kwam heus wel aan mijn gerief,' bromt Aloys.

'Daar twijfel ik niet aan, maar de meeste mannen kunnen, vergeef me het ongezellige beeld, hem bijna overal in steken en er nog wat van maken, als ze er het juiste bij fantaseren. Dat is niet wat ik bedoel. Het gaat om wat jíj voelt, wat jíj wilt. Waar jíj gelukkig van wordt.'

'Ik ben zo lang bezig geweest om die vrolijke, gezellige beer te zijn dat ik nu geen idee heb,' zegt Aloys zachtjes en een beetje verbaasd. 'Ik had helemaal niet eens door dat die optie er was. Dat ik zelf, vanuit mezelf, zou moeten bepalen wat ik wel en niet wil. Daar moet ik echt nog even over denken.'

'Geeft niks, dat is gezond. In de tussentijd: wil je iets eten? Ik ben niet zo'n goeie kok als mijn vriend, maar ik heb wel wat van hem geleerd. Als je nou even meeloopt naar het koetshuis, dan maak ik daar een pastahapje voor je dat simpel is, maar waar je je vingers bij opeet.'

'Ik heb altijd honger,' zegt Aloys zachtjes en nog een beetje in gedachten.

'Nou, kom mee dan!' Monter staat Simon op. 'Herenliefde gaat ook door de maag, hoor, dat is echt niet voorbehouden aan hetero's!'

# 19

'Jeetje, wat een werk,' zegt Charlie verwonderd, als ze achter Per aan loopt van de ene kamer naar de andere, op de eerste verdieping van het kasteeltje.

'En het was eerst nog veel erger,' zegt Per, die haar, tot zijn eigen verrassing vol trots, zijn eerste eigenhandige stucwerk laat zien. 'Er was hier overal waterschade, doordat het dak zo beschadigd was geraakt. Er was een boomtak in gevallen na een storm; als het hard regende liep het hier allemaal langs de muur.' Hij gebaart. 'Ik heb veel geluk gehad met het mooie weer: het heeft hierbinnen goed kunnen drogen toen het dak eenmaal dicht was, want daar ben ik natuurlijk mee begonnen.'

'Ja, logisch,' zegt Charlie peinzend, terwijl ze met haar hand over de gladgestuukte muur strijkt. 'Is dat moeilijk, stuken?'

'Mmmja,' bromt Per, 'moeilijker dan het lijkt. Om het er een beetje gelijkmatig op te krijgen. Niet te dik, want anders zakt het zo naar beneden, en mooi glad. Dat is wel echt vakwerk, hoor. En je moet het er eigenlijk ook snel op kunnen zetten, anders droogt het al een beetje en wordt het korrelig. Ik vond het interessant om te proberen, maar ik ga veel te langzaam. Als ik alle muren zelf zou moeten doen, sta ik hier over een jaar nog te smeren.'

'Sistentie,' zegt Charlie, innig tevreden dat ze er eentje heeft gevonden.

'Wat? O!' zegt Per, met meteen een brede grijns. 'Dat is Engels, dat mag niet!'

'Kan ook in het Nederlands, hoor; persistentie is een keurig woord met een verblijfsvergunning.'

Nu lacht hij hardop. 'Ik ben nog nooit een woord met een verblijfsvergunning tegengekomen, maar ik ga er voortaan wel op letten.' Hij komt naast haar staan, voor het raam.

'Wat was dit voor kamer?' vraagt ze. Het gesprek gaat verrassend makkelijk; hij vertelt van alles over het werk dat er al gedaan is en welke kamers beneden – 'zalen' is misschien een betere benaming – welk doel dienden in het verleden. Ze krijgt er ook direct beeld bij, van hoe de inrichting geweest moet zijn, en hoe er strak geklede heren en dames in elegante jurken door die zalen gelopen moeten hebben.

'Ik denk een slaapkamer,' zegt hij, 'maar voor de kamers op de eerste verdieping zijn er veel minder aanwijzingen overgebleven die hun doel of functie duidelijk maken. Mijn... eh,' hij hapert. 'Ik bedoel, de oude baron die hier eerst nog woonde had twee van deze kamers als zijn, nou ja, appartement: eentje als slaapkamer en eentje als zitkamer, met een bank en een bescheiden televisie. Die kamer heeft ook een wastafel, hij had er een tafeltje naast met een elektrisch kooktoestel erop; volgens mij gebruikte hij de keuken beneden helemaal niet.'

'Daar zijn we nog niet geweest, is dat in de kelder?'

'In het souterrain. Er staat een enorm houtgestookt kooktoestel, volgens mij is het van koper; geen idee of het nog functioneert, maar het is natuurlijk verschrikkelijk aangeslagen. Om dat weer schoon te krijgen moet er een emmer koperpoets aan te pas komen.'

'Kan heel rustgevend zijn, koperpoetsen,' zegt Charlie met een glimlach, en ze kijkt op naar Per, precies op het moment dat hij naar haar kijkt.

De wereld verstilt, en ze kan haar eigen hartenklop horen suizen in haar oren. Wat een vreemd moment, denkt ze; alsof ze heel even samen in een zeepbel zitten en de rest van haar leven – inclusief alle problemen die ze zo grandioos voor zich uit heeft geschoven – haar niet kan raken.

'Uh,' mompelt Per, 'wat?'

'Ik weet niet meer waar we het over hadden,' zegt ze maar eerlijk, als ze haar blik lostrekt van die ijsblauwe ogen.

'Ik ook niet. Nou. Zullen we een verdieping omhoog? De rest van de kamers hier is meer van hetzelfde, maar misschien vind je de zolder of het torentje wel leuk. In het torentje zitten ook kamers, ronde, twee boven elkaar, heel klein en zonder verwarming. Ik kan me niet voorstellen dat er ooit iemand in heeft geslapen.'

'Misschien toen het net gebouwd werd?'

Per loopt voor haar uit, een houten trap op die beduidend smaller is dan degene die ze hebben genomen om op eenhoog te komen. 'Ik heb me intussen een beetje verdiept in de kastelen in deze regio, ook omdat ik natuurlijk moest weten welke materialen er meestal werden gebruikt, welke stijl, et cetera. Dit kasteel lijkt qua vorm een beetje op Slot Zuylen, maar dan kleiner en minder hoog. Het is misschien eigenlijk meer een soort buitenplaats. Ik denk dat het ook niet zo heel oud is, eigenlijk; ik kan geen resten vinden die me echt middeleeuws lijken. Ik vermoed intussen dat dit ergens in de zeventiende eeuw is neergezet, en dat de, eh, baron die het heeft gebouwd een ouderwetse smaak had. Ik heb nog geen tijd gehad om echt grondig onderzoek te doen, maar...'

'Dus het is eigenlijk soort van nep-oud?' vraagt Charlie, als ze achter hem aan de zolder op stapt. 'Jeetje, wat een ruimte, zeg!'

'Nou ja, intussen is het wel echt oud, maar misschien niet zo oud als je in eerste instantie zou denken. Het zal niet veel ouder zijn dan het landhuis van Freek.'

'Wie is Freek?' Charlie kijkt verwonderd om zich heen. 'Was het hier vroeger ook altijd zo leeg, of heb jij dat gedaan?'

‘Ik denk dat er hier achterin bediendenkamers waren, er stonden wat wanden, maar er was zo veel waterschade en rot dat ik dat allemaal heb laten weghalen. Gelukkig zijn de spanten en de vloerbalken allemaal nog goed, maar kijk, hier is ook een deel van de vloer vervangen.’ Hij wijst. ‘Freek is trouwens een graaf, hij heeft ook een oud, groot huis dat opgeknapt moest worden, niet zo ver hiervandaan. Hij is met de boswachter getrouwd, we zijn een paar keer iets gaan drinken.’

‘O, wacht, ik denk dat ik hem heel kort heb gesproken toen ik hier voor het eerst was, toen hing zijn vrouw in die boom bij de parkeerplaats op het terrein?’

‘Ik weet het nog,’ zegt Per zachtjes.

‘En hoe bedoel je trouwens,’ zegt Charlie, terwijl ze naar het raam loopt en even naar buiten kijkt, ‘dat hij ook een huis heeft? Dit is toch niet van jou?’

‘Hm,’ zegt Per.

Charlie keert zich naar hem toe.

‘Ik wil eigenlijk niet graag dat het breed bekend wordt, ook omdat ik, nou ja, zelf nog een beetje aan het idee moet wennen, maar...’ Hij kijkt om zich heen en haalt zijn schouders op, wat er verrassend hulpeloos en zelfs een beetje kwetsbaar uitziet.

‘Ben jij de... eigenaar? Van dit hele ding?’ Charlie is zo verbaasd dat ze voelt hoe ze grote ogen opzet.

Per knikt. ‘En van de omliggende grond. En het bungalowpark. Een... onverwachte erfenis.’

‘Jeetje,’ zegt Charlie zachtjes, een hand op een van de dikke houten balken die het dak omhooghouden. ‘Wat een verantwoordelijkheid, zeg!’

Hij glimlacht, maar zegt niets.

‘Wat is er zo grappig?’

‘Dat je als eerste de verantwoordelijkheid benoemt. Om de een of andere reden had ik verwacht dat je ervan onder de indruk zou zijn. Een titel, een kasteel, dat hele... nou ja, ding.’

'Ben ik ook,' zegt ze. 'Het lijkt me best heftig om daar zomaar ineens mee om te moeten gaan. Ik weet een beetje hoe dat voelt, nu ik met de nalatenschap van mijn oom zit, en daar van alles voor moet regelen en opruimen en uitzoeken, maar wat jij hebt gaat nog wel even een stapje verder. Ik vind het knap van je dat het je blijkbaar lukt om er gewoon mee te dealen; je lijkt me nogal, eh, onverstoorbaar.' Ze grinnikt even. 'Je hebt trouwens wel enorm mazzel dat je nou net dit beroep hebt, als je dan toch een wrakkig kasteel moet erven; dan weet je tenminste wat je moet doen!'

Hij grinnikt nu ook, en klopt even op een dakspant. 'Arm kasteel, hoor je dat? Ze noemt je wrakkig. Dat heb ik trouwens zelf de afgelopen maanden ook wel eens gedacht: dat wat ik heb gestudeerd een geluk bij een ongeluk is. Maar dat bedoelde ik eigenlijk helemaal niet; ik bedoelde eigenlijk meer dat ik dacht dat je onder de indruk zou zijn van de, eh, titel.'

'O,' zegt Charlie, 'ja, heb je die er gratis bij gekregen? Ben je dan nu ineens ook een baron?' Ze stopt even en fronst. 'Ik weet eigenlijk niet wat ik daar nou van vind. Niet zo veel, denk ik. Je wordt er toch niet ineens een heel ander iemand door?'

'Dat niet. Maar eigenlijk ook weer wel, want voordat ik dit wist, dat ik dit allemaal had geërfd, bedoel ik, ging ik ervan uit dat ik altijd en overal weg zou kunnen gaan als ik dat wilde. Of als ik een of andere bouwklus had afgerond. Nu...' Hij kijkt even om zich heen en perst zijn lippen op elkaar.

'Kan toch nog steeds?' Charlie stapt iets dichter naar hem toe.

'Ik...' Per zucht. 'Het gekke is dus dat ik niet zeker weet of ik dat nog wel wil, en tegelijk vind ik het een idioot idee dat ik hier dan de rest van mijn leven zou blijven.' Hij haalt zijn schouders op. 'Ik heb het er wel een beetje met Rosie over gehad, maar verder ook niet echt zo, eh, nou ja. Ik weet eigenlijk niet waarom ik je dit allemaal vertel.'

'Lucht toch op?' Charlie glimlacht.

Per knippert even met zijn ogen en stapt ook iets dichterbij.

'Ik heb ook die neiging om van alles tegen je te zeggen, ook dingen die ik helemaal nog niet eens goed heb uitgedacht voor mezelf,' zegt ze zachtjes. 'Het is echt net alsof ik je al heel goed ken, of zo. Heel raar.'

'Ja,' zegt Per. 'Raar.'

—

Per weet eigenlijk niet precies wat hij nu moet doen. Toen ze daarnet naar hem glimlachte leek het alsof even alle zuurstof uit de lucht was verdwenen, en hij heeft zo zonder enige aarzeling zijn grootste twijfels in een paar zinnen voor haar voeten gelegd.

Waar is hij mee bezig?

Hij heeft geen idee, maar dat hij liever niet wil dat ze bij hem wegloopt staat als een paal boven water.

Buiten klinkt ineens een soort ratelend geluid dat hij niet direct herkent. Het houdt weer even op en begint dan opnieuw, en hij kijkt om zich heen: wat kan het zijn? Een afgevallen tak die over het dak naar beneden glijdt? Een loszittende dakpan die klappert in de wind? Maar zo hard waait het niet.

'Wat is dat nou?' vraagt Charlie, en ze stapt, misschien wel zonder het zelf door te hebben, dichter naar hem toe om een hand op zijn bovenarm te kunnen leggen.

Hij omvat direct haar elleboog met zijn hand, zonder erbij na te denken, maar hij voelt wel de verrassing van hoe natuurlijk die handeling is. Alsof hij het al veel vaker heeft gedaan.

'Heb je hier ergens een raampje openstaan?' vraagt ze, om zich heen kijkend. 'Dat dat tegen de sponning klapt of zo?'

Hij schudt zijn hoofd. 'Kom, we kijken even op het dak. Het zit er net nieuw op allemaal, ik moet er niet aan denken dat ze het niet goed hebben gedaan en dat er ergens iets loszit, hoewel ik niet weet hoe ik dat zal kunnen zien, het is best een flink dak...' Hij mompelt een beetje in zichzelf, loopt naar het raam dat hij tot nu toe altijd heeft gebruikt om op het dak te komen – de ladder ligt nog op de pannen, weet hij – en stapt op de houten kist die hij onder dat raam heeft geschoven als opstapje. Bijna ongemerkt was haar hand in de zijne gegleden en was ze achter hem aan gekomen, maar nu moet hij haar loslaten, een vervelend gevoel waar hij even van fronst.

Hij opent het raam, steekt zijn hoofd naar buiten en kijkt om zich heen, maar natuurlijk ziet hij niets verdachts. Hij hoort wél het geklapper nogmaals, duidelijker nu, en ineens gaat hem een lichtje op.

Schielijk trekt hij zijn hoofd weer naar binnen en hij springt van de kist. 'Charlie! Volgens mij zit er een ooievaar op het nest!'

'Hoe, wat,' zegt ze zachtjes, met een grote glimlach die de zijne weerspiegelt, en twee gedachteloze handen op zijn bovenarmen. Zijn vingertoppen raken haar middel, heel lichtjes.

'Er zat een ooievaarsnest op een van de schoorstenen, en toen zei de boswachter dat ik dat niet weg mocht halen, want ze zijn beschermd, en hun nesten ook. Dus toen heb ik samen met haar man, Freek dus, dat ding voorzichtig op een plaat geschoven – verrassend stevige constructie, moet ik zeggen, dat zou je niet denken als je het zo ziet – en toen heeft Freek geregeld dat ik de hoogwerker van de gemeente mocht lenen. Die staat nog daar, ik heb nog niet de tijd gehad om hem terug te rijden naar de opslag, kijk, daar,' hij wijst uit het raam naar een knalblauw voertuig op grote banden, met een ingeklapte arm met een bakje eraan, 'maar met behulp van dat ding konden we een dekplaat naar boven brengen die ik boven de schoorsteen heb gezet, zodat het rookkanaal vrij is maar het nest in feite op dezelfde plek staat. Alleen twintig centimeter hoger. Ik dacht dat er geen ooievaar meer zou komen, het is al enorm laat in het seizoen volgens de boswachter, maar...' Zijn glimlach wordt een grinnik.

'Toch een ooievaar!' maakt Charlie zijn zin af. Ze lacht, laat zijn bovenarmen los en leunt een beetje tegen zijn schouder, en hij slaat even een arm om haar heen.

'Wil je even kijken?' mompelt hij tegen haar kruin. 'Of heb je hoogtevrees?'

'Een klein beetje, maar ik ben ook enorm nieuwsgierig! Ik heb nog nooit een ooievaar van dichtbij gezien.'

Ze klimt op de kist – ze is minstens een kop kleiner dan hij en moet er een knie bij gebruiken, daar waar hij een soort reuzenstap kan zetten, en steekt voorzichtig eerst haar hoofd en dan haar hele bovenlijf uit het raam. 'Kan ik in de goot staan?' vraagt ze over haar schouder.

'Jazeker,' zegt hij, terwijl hij achter haar aan op de kist klimt. 'Er ligt daar een laddertje, dan kun je langs de pannen omhoog. Zie je het?'

'Ja,' zegt ze zachtjes, en als ze bij het raam is weg gestapt door de brede zinken goot volgt hij haar naar buiten. Ze is al een stukje omhooggeklommen op de ladder, precies genoeg om over de nok heen te kunnen kijken.

'Het zijn er twee!' fluister-schreeuwt ze over haar schouder.

Hij klimt handig op het dakje van de dakkapel waar ze net uit zijn gekomen, zodat hij, op zijn knieën zittend, ook nét over de nok heen kan kijken. En dan ziet hij ze. Twee ooievaars, die om de beurt hun kop achterover houden en met hun knalrode snavel in de lucht tegen elkaar klepperen. Ze zien eruit alsof ze blij zijn om elkaar te zien, en Per voelt een lichtheid in zijn borstkas die hij nog niet eerder heeft gevoeld. Zijn gezicht staat in een glimlachstand die aanvoelt alsof die niet snel meer zal verdwijnen en de wereld, alles om hem heen en iedereen die bestaat, is plotseling van een onbeschrijflijke schoonheid.

Hij ziet hoe Charlie voorzichtig weer naar beneden begint te klimmen en laat zich snel en handig van de dakkapel af zakken, om haar een hand te kunnen reiken als ze de goot heeft bereikt. Ze kijkt hem aan, met haar lichtbruine ogen, met zo'n stralend gezicht dat zijn hart bijna zijn borstkas uit vliegt, en even staan ze zo, gevangen in een bizar moment van geluk.

'Fantastisch,' fluistert ze, 'ik heb zoiets nog nooit gezien.'

'Ik ook niet,' mompelt hij, maar hij bedoelt waarschijnlijk iets anders.

Dan schudt hij zichzelf wakker en stapt snel door het open raam weer naar binnen, om haar opnieuw de hand te kunnen reiken als ze naar binnen stapt. Precies op dat moment gebeurt er iets wat misschien nog wel wonderlijker is dan dat vervreemdende moment in de dakgoot, dan dat verstilde moment dat hij eerder, een verdieping lager, zo onverwachts, deelde met deze vrouw die hij nauwelijks kent maar tegelijk, zo lijkt het, beter kent dan zichzelf.

De zon komt achter een klein wolkje vandaan en schijnt recht het raampje binnen, en terwijl Charlie naar binnen stapt wordt ze overgoten door een enkele, krachtige straal gouden zonlicht. Per strekt zijn hand uit naar een silhouet, omgeven door een bijna onaardse stralenkrans, en hij, die nog geen religieus botje in zijn lichaam heeft en die beschikt over een analytisch brein, wars van magisch denken, kan tóch niet anders dan zich voor een seconde afvragen of engelen er zo uitzien.

Ze grijpt zijn hand zonder aarzeling, stapt naar binnen en springt van de kist af, zo zijn armen in, en voordat hij weet wat hij doet heeft hij haar tegen zich aan getrokken, overweldigd door het moment, door een hele reeks van momenten die niet anders kunnen dan leiden naar dit ene, waarbij hij zijn lippen tegen de hare legt en haar kust met alles wat hij in zich heeft.

Ze verzet zich niet.

Ze smelt tegen hem aan en geeft wat ze krijgt, en het is onmogelijk om te zeggen hoe lang ze zo staan.

Toch eindigt het magische moment, de zoen in de zonnestraal, als er een nieuwe wolk voorbijdrijft die dat gouden licht lang genoeg blokkeert om tot iets van bezinning te komen.

'Wat was dát nou...' mompelt Charlie ademloos, in een mengeling van verbazing en verwarring. Ze stapt een klein stukje achteruit, maar haar handen rusten nog op zijn onderarmen.

'Ik... weet het ook niet precies,' zegt Per maar eerlijk, zijn stem rasperig. 'Ik ben normaal gesproken, eh, niet zo dat ik zomaar allerlei vrouwen begin te zoenen, eh... sorry, sorry, het was natuurlijk volkomen ongepast.' Hij pakt nog even snel haar handen voor een korte kneep, maar laat dan los.

Charlie schudt haar hoofd. 'Volgens mij gebeurde het per ongeluk.' Ze lacht even, een beetje zenuwachtig. 'Haha, Per ongeluk! Nou ja, ik bedoel, ik ben ook helemaal niet zo dat ik links en rechts wildvreemde aantrekkelijke mannen kus, en al helemaal niet op, eh, díé manier...' Ze slikt en haalt even diep adem. 'Jeetje. Per, ik voel me er helemaal raar van.'

'Ja, ik ook,' zegt hij zachtjes, terwijl in stilte dat ene woord, aantrekkelijk, nog een beetje voor hem nagloeit. Hij vindt haar ook aantrekkelijk. Bizar aantrekkelijk. Toch zegt hij: 'Kunnen we maar beter niet meer doen, hè?'

'Nee, beter van niet,' zegt ze snel, met een extra, bevestigend knikje van haar hoofd. 'Ik, eh, heb voor mijn gevoel al zo veel uit te leggen aan Sander.'

'Hmm,' bromt Per, 'nu spijt het me nog meer; ik wil het niet erger voor je maken. Alleen beter.'

'Weet ik,' zegt ze.

'Wil je de keuken nog zien, of, eh...?'

Ze slikt en kijkt hem even aan, wat hij vanbinnen voelt branden. 'Ik wil de keuken wel zien, maar misschien moeten we maar niet samen eten... Ik kan beter even bellen met Sander.

Hij, eh, had helemaal geen geld meer, en ik ben zo weggegaan zonder iets, toen we ruzie hadden, dus toen is hij bij een vriendin van zijn werk gaan logeren, en nu heeft hij een hernieuwde kans op een grote klus, waar hij eerder voor was afgewezen – hij is acteur –, iets dat op Bonaire wordt opgenomen, dus dan moet hij daarnaartoe, en nou heb ik hem vijfduizend euro gegeven, zodat hij zijn vaste lasten kan betalen en een ticket kan kopen, maar ik weet niet wanneer hij eigenlijk gaat, en...' Ze stopt, ze heeft gerateld tot ze ademloos was.

'Jij hebt hem vijfduizend euro moeten geven?' zegt Per, zijn frons voelbaar op zijn voorhoofd.

'Nou ja, ik had nog genoeg, ik heb nog wat geld van mijn oom, en mijn ouders zijn een jaar geleden in een,' ze stopt even om heel diep adem te halen, 'in een ongeluk omgekomen, en zij hadden ook nog wat geld op de bank staan, en ik heb het huis intussen verkocht, dus, eh...'

'Dus moet jij alles betalen?'

Per loopt voor haar uit snel de trap af, met roffelende voetstappen die iets van zijn ongeloof en intuïtieve ergernis uitdrukken, hoewel hij rationeel gezien weet dat het hem natuurlijk niets aangaat. Zij volgt hem in een wat rustiger tempo.

'Nou, ja, eh, ja, en ik heb hem niet eens verteld hoeveel ik eigenlijk precies op mijn rekening heb. Hij dacht dat mijn ouders in een huurhuis woonden, omdat ze nogal onopvallend leefden, zo zag hij dat tenminste, maar het huis was redelijk groot, eigendom, en hypotheekvrij. In Amstelveen. Dus...' Ze heeft de eerste verdieping bereikt, waar hij op haar wacht, en ze kijkt hem aan met een kwetsbare, onzekere blik. 'Dus ik ben rijker dan hij denkt, op het moment, en ik heb hem dat nooit verteld, omdat ik denk dat hij dan vindt dat hij het recht heeft om alles op te maken, en goeie sier te maken met mijn geld, want hij gaat de hele tijd uit met allemaal andere acteurs en dan wil hij altijd net doen alsof het niet op kan, en dan gaat hij alles betalen omdat hij dan denkt dat hij erbij hoort of zoiets, ik weet niet wat het is bij hem. Maar in ieder geval krijgt hij er niet meer werk door, want volgens mij heeft hij al zeker een half jaar niet echt meer iets gedaan, en dan wil hij toch de held uithangen van, nou ja, van mijn geld. En dat wil ik niet.' Ze zucht diep. 'En tegelijk weet ik dat het niet netjes van me is dat ik zo denk, want hij is wel mijn vriend, hij wilde dat ik bij hem kwam wonen, ik zat in een rotflatje ergens in Amsterdam-West, en hij deelde wel alles zo met mij, en nou doe ik het niet terug.' Ze slaat even haar handen voor haar ogen. 'Shit, ik gooi het er allemaal zo uit, hè? Sorry, ik wil je er ook niet mee opzadelen of zo...' Haar schouders rijzen en dalen in een diepe zucht.

'Ik heb dat toch ook gedaan?' Per stapt dichterbij maar onderdrukt de neiging haar opnieuw aan te raken, haar in zijn armen te trekken, wat tot zijn verrassing is wat hij het liefst zou doen. 'Ik heb ook aan jou verteld waar ik mee zit. Die erfenis, dat ik ineens een titel heb, dat ik ineens wortels en verantwoordelijkheden blijk te hebben waar ik helemaal niet om heb gevraagd...'

'Stelletje sukkels zijn we,' mompelt ze een beetje waterig van achter haar handen. 'Sorry, ik moet er bijna van huilen, het lucht zo op om het allemaal hardop tegen je te zeggen, ik hoor zelf hoe absurd het eigenlijk klinkt, en wat voor naar en achterdochtig iemand ik blijkbaar ben.'

'Dat denk ik niet,' zegt Per rustig. 'Soms worden relaties gaandeweg ongelijkwaardig. Ik heb dat wel meer zien gebeuren om me heen. Soms komt alles weer in balans, maar vaker ook gebeurt dat helemaal niet. En wat afschuwelijk, van je ouders. Wat is er gebeurd?'

'Weet je nog dat cruiseschip dat zonk voor de kust van Griekenland, nog net geen anderhalf jaar geleden? Het was groot nieuws. Er zijn zeven mensen verdronken. Drie Nederlanders.' Ze haalt diep adem en blaast die weer langzaam uit.

'En twee daarvan waren je ouders?'

Ze knikt.

'Ik zat toen in Dubai, maar ik heb het wel op het internationale nieuws voorbij zien komen. Wat vreselijk.' Hij kan het toch niet tegenhouden: hij strekt een hand naar haar uit, en tot zijn verrassing stapt ze zo tegen hem aan. Zijn armen glijden om haar heen, ze legt haar hoofd tegen zijn schouder en snuft zachtjes, en hij kan niet anders dan haar rug voorzichtig strelen en zich verwonderen over het feit dat ze zo precies tegen hem aan lijkt te passen. 'Ik zal je niet nog een keer zoenen,' belooft hij, hoewel hem dat wel raar in de oren klinkt.

—

Charlie voelt het grote verdriet om het verlies van haar ouders door zich heen spoelen, zoals nog steeds gebeurt als ze het er ineens over heeft zonder zich daar eerst geestelijk op voor te kunnen bereiden. Maar het is vreemd om te merken dat dat niet iets is om zich voor te moeten schamen. Niet bij Per. Ze voelt niets anders dan rustige, troostrijke aanvaarding van hem uitgaan en ze kan niet anders dan genieten van het moment van veiligheid in zijn armen. Misschien wel juist omdat ze zich zo veilig voelt hoeft ze niet zo heel hard te huilen als ze bij Sander steeds heeft gedaan. Het zakt alweer, al zal het nooit verdwijnen.

'Dank je wel,' zegt ze zachtjes tegen zijn schouder.

'Waarvoor?' mompelt hij boven haar oor – hij is echt een stuk groter dan Sander.

'Voor de troost,' zegt ze, en ze maakt voorzichtig een klein beetje ruimte tussen hen in. Zijn armen glijden van haar af.

'Is niet iets om voor te bedanken,' zegt hij.

Ze slikt. 'Ik vind dat helemaal niet zo vanzelfsprekend.'

'Ik wel. Jouw Sander niet?'

Ze perst haar lippen even op elkaar en schudt dan kort haar hoofd. 'Hij vond dat ik er nu na een jaar wel eens klaar mee moest zijn. Maar toen overleed mijn oom en kwam het allemaal weer boven, natuurlijk, alleen had ik geen tijd om echt te rouwen, omdat ik meteen zo veel moest regelen, en hij ging naar Bonaire voor de eerste castingronde en hij was meteen een week weg.'

'Hij ging weg terwijl jij met je overleden oom...?'

'Nee, nee,' zegt Charlie een tikje leeggelopen, 'oom Benno overleed terwijl hij weg was. Daar kon hij ook niets aan doen.'

'Maar hij kwam toch wel meteen terug?'

'Nou, hij kwam wel iets eerder terug dan hij van plan was geweest. Maar dat kwam ook doordat hij het geld dat hij had gereserveerd voor die trip eerder had opgemaakt dan hij had gedacht. Er zat daar natuurlijk ook een hele groep acteurs, voor die casting, en ze gingen allemaal stappen en zo...'

'Charlie,' zegt Per ernstig, 'ik wil me er niet mee bemoeien en ik weet dat, na die, nou ja, nadat we boven, hm,' hij werpt een korte blik omhoog langs de trap, 'ik bedoel, ik kan maar beter mijn mond houden, maar ik wil toch zeggen dat het me niet goed in de oren klinkt.'

'Mij ook niet, als ik het zo allemaal hardop zeg,' mompelt ze. 'Maar het is niet zo eenvoudig.'

'Dat is het nooit.'

'En nu gaat hij opnieuw naar Bonaire, want hij heeft contact met iemand van de regie, en die wil hem wel nog een keer voordragen, en dan is hij ook meteen een paar maanden weg als hij de klus krijgt, maar dan gaat hij eindelijk wel weer geld verdienen, en, en, ik weet gewoon niet wat ik nou moet doen. Wat ik moet vinden. Ik kan het toch ook niet zomaar beëindigen, als ik zelf zo veel heb achtergehouden? Dan is het net of ik hem ergens de schuld van geef terwijl ik eigenlijk zelf...'

Per begint weer te lopen, de grote, statige trap af die vanuit de hal van het kasteel naar de eerste verdieping voert. 'Kom, we kijken nog even in de keuken,' zegt hij zachtjes. 'Maar praat vooral verder, als je dat wilt.'

'Nou ja, ík ben toch degene die fout zit, hier?'

# 20

Joost laat het toestel nog een keer overgaan. Vijf, zes, telt hij zachtjes in zichzelf: ze is er echt niet. Hij weet dat ze altijd binnen vijf keer overgaan bij het vaste toestel is. Ze wil dat ook niet opzeggen, hoewel ze het eigenlijk nauwelijks nog gebruiken. Voor het geval er iemand belt die haar ergens voor wil, zoals ze dat noemt, hoewel hij sterk de indruk heeft dat alle communicatie over haar werk toch echt via haar mobiel gaat. Maar die mobiel neemt ze dus op dit moment ook niet op. Dat is raar.

Hij wrijft over zijn voorhoofd. Hij heeft haar even de tijd gegeven om hem te bellen, wat ze overduidelijk niet heeft gedaan. De dagen bij zijn ouders zijn zomaar vergleden, en nu is het, vindt hij in ieder geval, tijd dat ze elkaar weer eens spreken. Hij voelt in ieder geval wel een soort behoefte om even thuis in te checken, te horen hoe alles is, een vertrouwd praatje te maken. Gek genoeg heeft hij haar niet echt gemist, en weet hij eigenlijk wel dat die behoefte meer een soort gewoonte is dan een daadwerkelijk verlangen om haar te spreken. Of misschien is het wel nog minder dan een gewoonte. Meer een idee dat het zo hoort. Dat het wel zo netjes is om elkaar met enige regelmaat te spreken, en Joost is een nette jongen.

Hij hangt op, stopt zijn mobiel in zijn zak en veegt zijn handen nog een keer af aan zijn broek – hij is enorm stoffig geworden nadat hij het huis van zijn grootouders vandaag zo goed mogelijk heeft schoongemaakt. De meeste kamers zijn intussen leeg, en wat er nog over is van alle spullen die erin stonden heeft hij verhuisd naar de zolder – na die eerst grondig te hebben gezogen en vervolgens gedweild; het patroon van het zeil dat er ligt was bijna onzichtbaar onder de dikke laag stof en viezigheid. Vervolgens is hij verder gegaan met zuigen, dweilen en lappen in de rest van het huis. Het is een enorm bevredigende klus, en hij begint ook de mogelijkheden van het huis beter te zien. Als hij die bistro-feel van de jaren zestig en zeventig van de vorige eeuw zou kunnen wegwerken, als de muren glad en licht zouden zijn, de kozijnen en ramen vernieuwd, als de keuken een klein beetje verbouwd zou worden, dan zou het er al zo ontzettend anders uitzien! Hij kan zichzelf er bijna in zien wonen, heerlijk in het bos, en eigenlijk is het een ritje van niks naar het werk...

Liselore zou het niet willen, dat weet hij zeker. Met een frons stapt hij naar buiten en via de achterdeur loopt hij de receptie in. Zijn moeder zit achter de computer in het kantoortje. 'Ha, jongen, ben je uitgewerkt?' roept ze over haar schouder.

'Voor vandaag wel,' zegt hij. 'Kan ik hier even de vaste telefoon gebruiken?'

'Ja hoor, natuurlijk,' zegt Rosie, en nu kijkt ze over haar schouder en schiet ze in de lach. 'Jongen, je ziet eruit als een stoffige vogelverschrikker! Je hebt vegen op je gezicht en je haar staat recht overeind, volgens mij heb je heel hard gewerkt vandaag. Is je mobiel leeg?'

'Nee, nee,' bromt Joost, 'maar Liselore neemt niet op, terwijl ze volgens mij gewoon thuis zou moeten zijn. Ze neemt het vaste toestel ook niet op. Ik wil even bellen met een nummer dat ze niet herkent, om zeker te weten dat ze me niet wegdrukt; ik weet dat het achterdochtig van me is, maar dat is denk ik beroepsdeformatie. Die truc, bellen met een onbekend nummer, wil bij een bepaald type verdachte ook wel eens werken als ze niet willen opnemen, dus...'

'Verdenk je haar ergens van, dan?' zegt Rosie, meteen bezorgd. Ze komt half overeind.

'Nee, blijf lekker zitten, mam, er is niks aan de hand. Als ik haar ergens van verdenk dan is het van niet opnemen, hoewel het natuurlijk raar van haar is dat ze dat doet en ik wel wil weten waarom.'

'Ja, dat snap ik,' mompelt Rosie. 'Nou, ga lekker even bellen; ik ben hier bijna klaar en dan kunnen we daarna naar binnen voor de thee. Je vader en Aloys zullen zo ook wel komen.'

Joost loopt door naar de receptiebalie en bedenkt zich ineens dat hij zijn thuisnummer niet meer uit zijn hoofd weet, en het nummer van Liselores mobiel weet hij al helemaal niet. Hij haalt zijn mobiel weer tevoorschijn, zoekt het nummer op en toetst het in op de vaste telefoon van de receptie. Hij gaat over, en over, en na de vierde keer hoort hij een klik en een nogal ademloos: 'Liselore...?' Ze klinkt alsof ze net een stuk heeft hardgelopen, ze ademt een beetje zwaar in zijn oor. Het heeft onbedoeld wel iets zwoels, vindt hij.

'Ha, Lies,' zegt hij, ineens ongemakkelijk, 'moest je hollen om bij je mobiel te komen?'

'O, eh, hai, Joost,' zegt ze, en hij hoort hoe ze haar adem naar een rustiger patroon dwingt en haar stem zonniger probeert te laten klinken. 'Nee hoor, hij lag gewoon hier naast mijn bed, eh, ik bedoel, ons bed.'

'O,' zegt Joost, ineens volledig alert. 'Lag je te slapen, dan?'

'Ehm, ja, een beetje,' zegt ze blijmoedig. 'Waarom bel je vanaf zo'n raar nummer? Is je mobiel leeg?'

Hij voelt gewoon dat ze niet helemaal open is, niet helemaal eerlijk; er is iets. Het maakt dat hij minder gêne voelt om zelf een leugentje om bestwil te verkopen. 'Ja, eh, ja, ik probeerde je eerder te bellen maar toen nam je niet op, en toen, eh was mijn mobiel leeg en nu gebruik ik dus even het toestel van de receptie bij mijn ouders.'

'O? Waarom bel je niet gewoon met hun eigen nummer dan?' Ze klinkt nu ongeveer zo achterdochtig als hij zich voelt, en dat doet alleen maar meer alarmbellen bij hem afgaan: in zijn ervaring zijn schuldige mensen veel alerter en achterdochtiger dan mensen die niets te verbergen hebben.

'Nou, ik was hier toevallig dichterbij toen ik uit het huis van mijn grootouders kwam, met, eh, dus een lege mobiel. Dan kom je langs de receptie op weg naar het huis van mijn ouders, weet je nog? En mijn moeder zit hier nog te werken, dus, nou ja, het kwam gewoon zo uit.' Hij houdt nogal abrupt op met praten. Zit hij zich nu te verantwoorden? Tegenover haar? Terwijl zij degene is die hem wegdrukte en die, nou ja, nogal betrapt klinkt, en midden overdag ademloos vanuit hun bed een belletje opneemt van een nummer dat ze niet herkent?

Hij hoort gerommel en geritsel en een soort gebrom dat, voor zover hij kan horen, niets anders kan zijn dan een mannenstem.

'Lies? Ben je niet alleen? Is er iemand bij ons in huis?' Hij zet bijna ongemerkt zijn gestaalde advocatenstem op.

'Nou, eh, nou,' zegt ze, en dan houdt ze even hoorbaar haar hand over het microfoontje, maar hoort hij haar toch nog een dof 'Ssst!' tegen iemand sissen. 'Nou, eigenlijk,' gaat ze verder, haar stem nu weer goed hoorbaar, 'heb ik een vriend, eh, een werkvriend, die ik nog ken vanuit dat hele Bonaire-gedoe, een paar dagen te logeren. Hij zat zonder geld, hij kon niet eens meer de huur betalen, en toen heb ik gezegd dat hij wel even op de bank mocht bij ons, totdat hij het heeft uitgepraat met zijn vriendin. Ze hebben een heel slechte relatie, die vriendin barst blijkbaar van het geld maar ze wil hem niks geven, en hij heeft even een zware periode *in between jobs*, weet je wel, dat hoort nou eenmaal bij het vak, maar ze heeft hem zo laten zitten met niks, dus ja, ik kon hem toch moeilijk op straat laten staan? En ook nog eens: hij wordt waarschijnlijk uiteindelijk tóch nog onderdeel van de cast op Bonaire, hij heeft goed contact met een regisseur die eraan mee gaat werken, Tony van Acq, weet je wel, die ik ook ontzettend bewonder. Sterker nog, dat ik heb besloten toch mee te doen is eigenlijk vooral omdat Tony nu ook aan het project verbonden is. Dat heb ik je toch allemaal verteld?'

'Ja,' zegt Joost, die er met de seconde minder gerust op wordt.

'Nou, dan kan ik een aanstaande castgenoot toch al helemaal niet zo buiten laten staan? Straks hebben we scènes met elkaar, intieme scènes, en dan zijn we niet op goede voet met elkaar; dat soort dingen zie je, hoor.'

'O, dus je hebt hem op de bank laten logeren,' Joost moet moeite doen om zijn stem neutraal te houden, 'niet omdat je hem zo'n aardige vent vindt, maar voor het geval je hem later moet zoenen op de set? Of een seksscène met hem moet spelen?' Hij perst zijn lippen op elkaar, hij weet dat hij nu even zijn mond moet houden, maar het lukt hem niet. 'En je dacht, we gaan vast een beetje oefenen? Hoe heet hij eigenlijk?'

Ze doet precies wat hij verwacht, en dat is voor hem eigenlijk meer schuldbekentenis dan als ze hem had verrast met haar reactie. Ze begint direct op hoge toon te ontkennen, en als ze merkt dat Joost stil is geworden aan de andere kant van de lijn, begint ze te huilen. Ze kan dat als de beste, alsof je de kraan opendraait, dat weet hij maar al te goed. Toen ze net bij elkaar waren trapte hij er nog wel in, maar intussen weet hij vrij precies het verschil tussen een Liselore-huil die ze heeft aangezet, en eentje waarbij ze daadwerkelijk ontroerd of verdrietig is.

'Hou maar op, Lies. Ik kom naar huis, want ik denk dat we even moeten praten. En doe me een plezier, zorg ervoor dat die kerel over een half uur weg is, want ik heb er geen zin in dat hij erbij zit. Dit is even tussen jou en mij, ja?'

'Ja maar, ja maar,' jammert ze nog in zijn oor, maar hij is er in één keer helemaal klaar mee en verbreekt de verbinding.

'Mam, ik moet naar huis,' roept hij over zijn schouder, 'reken maar niet op me met het eten, en ik weet ook niet zeker of ik hier vanavond weer ben.'

Rosie schiet kwiek het kantoortje uit. 'Wat is er, jongen, is er wat ernstigs gebeurd?'

'Ik denk dat Lies met een ander in bed lag toen ik belde. Ze maakt er wel meteen een heel drama van, maar ik ken haar, en, nou, ik heb dat nooit aan jullie verteld, maar het is niet de eerste keer dat ze me dat flikt. We hebben het toen uitgepraat en ze zou het niet meer doen, maar...' Hij zucht en woelt door zijn haar. 'Ik had al een tijdje zo'n gevoel, dat er iets speelde waar ik de vinger niet achter kreeg.'

Rosie kijkt hem ernstig aan. 'En wat ga je nu doen?'

'Ernaartoe dus, dacht ik zo.' Hij zucht. 'Ik zie er niet naar uit.'

'Ik denk wel dat je eerst even iets schoons aan moet trekken, en misschien in ieder geval even je hoofd onder de kraan steken.'

Hij fronst.

'Dat halve uurtje maakt nu ook niet meer uit,' zegt zijn moeder praktisch, 'en dan voel je je ook wat meer mens als je zo'n nare confrontatie aangaat.'

Hij knikt, stapt op haar af en geeft haar een kus op haar voorhoofd. 'Zoals jij maken ze ze niet meer, mam, helaas,' mompelt hij, en dan raapt hij zijn moed bijeen en gaat hij op weg naar een snelle douche, een set schone kleren en een onaangenaam gesprek.

—

'Ik kan me eigenlijk niet voorstellen hoe die mensen dat moeten hebben gedaan, koken voor zo veel, op zo'n ding als dat,' zegt Charlie als ze vanuit de oude kasteelkeuken een trapje op klimt om aan de zijkant weer buiten te komen.

'Je zult er wel handig in moeten worden,' zegt Per, vlak achter haar. 'Oefening baart kunst, is het toch?'

Charlie is blij dat het ongemakkelijke er weer een beetje af is, en dat ze praten over oppervlakkigheden; ze zou bijna kunnen denken dat die zoen op zolder helemaal niet is gebeurd, dat ze hem niet zo in één keer bijna alles heeft verteld wat haar dwarszit, als er niet zo hardnekkig iets door haar heen bleef zoemen. Iets wat haar het gevoel geeft alsof ze nét niet helemaal op de grond staat, maar er een klein stukje boven zweeft. Alsof alles ineens een iets andere kleur heeft, alsof iedere geur en ieder geluid haar zintuigen plotseling met meer kracht beroert.

Ze vindt het een idioot idee, want het is natuurlijk niet zo, maar haar brein wil eigenlijk zingen: alles is anders!

Naast het kasteel ligt een volkomen verwilderd stuk grond, direct tegenover de deur naar de keuken.

'Volgens mij was dit ooit een kruidentuin, of een moestuin of zoiets,' zegt Per, 'er staan daar een soort uien, dat herken ik nog wel. Ik zou het wel leuk vinden om dat op termijn allemaal weer in ere te herstellen, maar dan moet ik wel een hovenier inhuren, want ik heb zo'n beetje het omgekeerde van groene vingers. Zwarte vingers, denk ik.'

'Hou je niet van planten?'

'Jawel. Ik vergeet alleen dat ik iets voor ze moet doen als ze in een pot in mijn huis staan,' zegt Per. Ze staan naast elkaar, maar wel met een veilig afstandje ertussen. Charlie vindt dat in gelijke mate verstandig en vervelend. Ze weet dat dit waarschijnlijk het moment is om afscheid te nemen, om het kasteel heen te lopen en tussen de huisjes door terug te gaan naar haar eigen huisje, maar toch is het verrassend moeilijk om die eerste stap te zetten.

Ze blijft staan, in stilte, naast Per, uitkijkend over de verwilderde kruidentuin.

Ze vertelt zichzelf dat ze echt Sander nog een keer moet bellen; hij heeft nog niets van zich laten horen, terwijl hij nog zo had beloofd dat hij, zodra hij zijn ticket had geboekt, haar zou laten weten wanneer hij naar Bonaire vliegt. Ze weet dat het niet goed is, maar die neiging hem te controleren – heeft hij wel echt een ticket gekocht? Of heeft hij haar nou geld afgetroggeld om mee te gaan feesten, en wil hij volgende week nog een keer zo'n bedrag? – is niet zo makkelijk af te schudden. Het kán toch helemaal niet, zo? En dan staat ze ook nog met een ander te zoenen, en zich daar raar van te voelen!

'Ik, eh, moet misschien maar eens gaan, denk ik,' mompelt ze, ineens helemaal in de war van alles. Te veel gedachten, te veel indrukken. Te veel verschil ook tussen hart en hoofd, merkt ze.

'We eten dus niet meer samen?' vraagt Per, ineens een beetje kleintjes. 'Je hebt waarschijnlijk gelijk, dat is een beter idee. Nogmaals, het spijt me. Van, eh, nou ja.' Hij zet zijn handen in zijn zij en knikt een beetje halfhartig in de richting van het kasteel.

'Ja, ehm, ik dacht...' zegt ze, maar dan, na een diepe ademhaling, herpakt ze zich. 'Ik, eh, heb wel alle boodschappen gehaald en zo, en we hadden het afgesproken, dus het zou eigenlijk ook gewoon stom zijn om het nou ineens niet te doen. We zijn natuurlijk gewoon volwassenen, geen idioten.'

'Ik hoop het niet, nee,' zegt Per, met een klein lachje. 'Ik beloof je dat ik je niet nog eens zal zoenen. Ik kan me ontzettend goed inhouden, op alle gebieden, dus hier zal dat ook wel mee lukken.'

'Je doet net alsof dat een hele opgave is,' zegt Charlie zachtjes, maar toch moet zij ook wel weer een beetje lachen.

'Ik ben niet erg, eh, *smooth*,' zegt hij, even onverstoorbaar als altijd, maar toch met een vleugje onhandigheid in zijn stem, 'met complimenten geven, en dat soort dingen.'

Charlie begint te lopen. Per loopt, een beetje tot haar verrassing, gewoon met haar mee, en dat voelt eigenlijk heel prettig. Ze moet aan zichzelf toegeven dat ze nog totaal geen zin had om, nou ja, om zonder hem te zitten. Om zijn gezelschap te verliezen. Ze weet in haar hoofd niet precies de woorden te vinden die passen bij wat ze nou voelt; ze weet alleen dat ze liever heeft dat hij er is dan dat hij er niet is.

'Dus,' zegt ze, voortbordurend op het gesprek dat zich in de keuken heeft ontsponnen, 'als jouw vader kunstschilder is, dan weet jij zelf zeker ook wel het nodige van kunst?'

'Dat valt eigenlijk nogal tegen,' zegt hij, 'ik denk dat jij in jouw werk meer met kunst, met verschillende vormen van kunst, bedoel ik, in aanraking bent gekomen dan ik. Ik zag alleen, of voornamelijk, wat mijn vader maakte. Soms, als er ergens iets werd tentoongesteld, gingen we er met het hele gezin naar kijken, en dan zag ik ook wel eens werk van anderen, maar het was allemaal niet heel, eh… nou ja, zoals je als kind opgroeit met een beeldscherm, dat is dan heel gewoon voor je, dat het bestaat, en wat je daar allemaal mee kunt, zo groeide ik op met de schilderijen van mijn vader. Ik vond daar eigenlijk niet zo veel van. Sommige waren mooie plaatjes, andere zeiden me niet zo veel.'

Ze lopen samen over het smallere paadje het park weer op, vervolgens over het bredere grindpad dat het park doorsnijdt naar het huisje van oom Benno, en Charlie bedenkt zich dat ze misschien wel uren naar Pers stem zou kunnen luisteren als hij eens een keer zin zou hebben om uren te praten. Ze glimlacht om die gedachte.

Achter hen horen ze voetstappen knerpen op het grind, haastige voetstappen die hen inhalen, en even later komt Aloys ze voorbij. 'Hallo Per, hallo, eh, ik ben je naam vergeten,' zegt hij in het voorbijgaan.

'Charlie,' zegt Charlie.

'O ja,' zegt Aloys over zijn schouder. 'Sorry dat ik zo haastig ben, maar ik heb met een vriend afgesproken en ik was met mijn domme kop de tijd vergeten. Ik zat helemaal achter op het terrein, straks staat hij voor de deur!'

Aan het begin van het grindpad, daar waar de slagboom het terrein afsluit, zien ze een magere jongen met een beanie op zijn hoofd aan komen fietsen.

'Shit, daar heb je hem al!' roept Aloys, en hij trekt een sprintje, precies op het moment dat Per en Charlie bij het huisje van oom Benno zijn aangekomen.

'Jouw huisje heet De Liefde,' zegt Per, als ze haar tuintje in stappen. 'Dat bordje had ik helemaal nog niet gezien.'

'Dat heeft mijn oom vast geschilderd,' zegt ze, met nog steeds een glimlach op haar lippen en een blik naar het bescheiden houten bordje. 'Hij heeft een heel mooi handschrift.'

'Hij heeft het hier vast erg naar zijn zin gehad,' zegt Per, terwijl hij achter haar aan naar binnen stapt, 'en dat is eigenlijk een nog mooiere erfenis dan het huisje zelf.'

Ze keert zich naar hem toe in het kleine, netjes opgeruimde woonkamertje. 'Eigenlijk wel, hè? Mooi, dat je dat zo benoemt. Dat soort ontastbare dingen zijn ook heel waardevol.'

'Misschien nog wel waardevoller dan geld of spullen,' zegt hij zachtjes en nadenkend. 'Ik heb een heel onrustige jeugd gehad, met heel weinig, eh, hoe noem je dat, vastigheid? Mijn ouders waren er, dat was het enige waar ik op kon rekenen, maar we hadden een soort nomadenbestaan, en ik was op jonge leeftijd al vaak op mezelf aangewezen. Ik had niet echt vrienden van dezelfde leeftijd, daarvoor bleven we vaak niet lang genoeg op één plek. We trokken door Scandinavië, een stukje van de Baltische staten, Duitsland, Polen, terug naar Denemarken...' Zijn vinger maakt een boog door de lucht.

'Ik dacht dat je Nederlandse ouders had,' zegt Charlie verbaasd. 'Wil je trouwens iets drinken? Ik kan theezetten en ik heb een fles cola in de koelkast, en ik heb wijn voor bij het eten. Die kunnen we ook vast openmaken.'

'Thee is goed,' bromt hij. 'Mijn moeder is Nederlands, mijn vader Zweeds.'

'Jouw Nederlands is wel heel goed, als je hier niet bent opgegroeid.' Ze rommelt in het keukentje terwijl hij de deuropening vult met zijn grote lijf. Als Sander zoiets doet, zo over haar schouder meekijken, dan krijgt ze daar altijd een beetje de bibbers van, alsof hij op het punt staat haar op een fout te betrappen, en ze stuurt hem dan ook altijd de keuken uit als ze eens iets aan het maken is, maar bij Per... Het is een vreemde gewaarwording, maar zijn aanwezigheid is niet vervelend. Ze heeft helemaal niet het gevoel alsof hij ieder moment een op- of aanmerking zou kunnen maken over hoe ze theezet, ze vindt het zelfs wel prettig dat hij dichtbij is.

'Ik ben in Nederland gaan studeren. Ik heb een dubbele nationaliteit, dus dat was niet echt een probleem, en het leek me handig om meteen de taal goed te leren. De studierichting staat ook goed aangeschreven.'

'Hoeveel talen spreek je?' Charlie kijkt over haar schouder en glimlacht even als ze hem zo ziet staan, een beetje ingezakt tegen de deurstijl.

'Zweeds, en ook wel redelijk Noors en Deens, dat lijkt allemaal een beetje op elkaar. En Duits kan ik ook wel aardig, en Amerikaans; ik heb in New York gewoond.'

'Was dat leuk?' Charlie heeft intussen twee koppen thee in haar handen en keert zich naar hem toe, en hij draait zich om en stapt het woonkamertje weer in, op een manier die haar opnieuw doet glimlachen. Hij beweegt zich leuk, vindt ze. Hij is wel groot maar zijn postuur of houding zijn niet bedoeld om indruk te maken, of zoiets, hij is juist eerder heel eigen.

'Je glimlacht de hele tijd,' merkt hij op terwijl hij zich in een stoel laat zakken. 'Ben je vrolijk van jezelf? Ik ben dat niet; ik schijn over te komen als een humeurige man. Dat zeiden ze in New York altijd van me op het werk. *Moody bastard*.'

'Volgens mij ben ik helemaal niet altijd zo vrolijk,' zegt Charlie, 'ik ben denk ik vaker, nou ja, bezorgd, dan vrolijk. Maar ik heb het op dit moment naar mijn zin. Ik vond het heel leuk om je kasteel te bekijken, en ik ben ook blij dat het niet meer zo, eh, ongemakkelijk is tussen ons.' Ze blaast even in haar thee en kijkt dan van onder haar wenkbrauwen naar zijn gezicht. Hij kijkt wel ernstig, maar niet humeurig, en ze heeft hem vandaag toch echt ook zien en horen lachen. 'Volgens mij valt het wel mee met hoe moody jij bent,' zegt ze dan. 'Misschien ben je gewoon kieskeurig. Dat je geen zin hebt om maar met iedereen te gaan zitten lachen, dat kan toch ook? Ik ga altijd proberen grapjes te maken als ik me ongemakkelijk voel, hoewel ik dat volgens mij helemaal niet zo goed kan, en het werkt eigenlijk ook niet echt.' Ze kan het niet helpen, ze kijkt terug op de afgelopen jaren en ziet ineens hoe vaak ze heeft geprobeerd momenten waarop Sander eigenlijk best onvriendelijk tegen haar was, weg te lachen. Of waaorp ze, als ze zich in stilte zat te schamen voor hoe hij zich kon aanstellen tegenover anderen, maar snel probeerde iets idioots te zeggen, om er de aandacht van af te leiden.

'Kijk je bij jezelf naar binnen?' De rustige, lage stem van Per haalt haar uit haar gedachten.

'Ja,' zegt ze zachtjes, 'ik kijk naar binnen en ik zie iets wat me eigenlijk helemaal niet bevalt. Soms,' ze zucht en neemt een klein slokje hete thee, 'soms moet je eerst afstand nemen van iets, voordat je goed kunt overzien wat het eigenlijk is.'

'Ik denk dat je het over je relatie hebt. Als het me niets aangaat moet je het zeggen, maar als je erover wilt praten dan kan dat.'

En ineens zit Charlie honderduit te praten. Over Sander. Over Sander en haar, hoe ze elkaar hebben ontmoet, hoe het aan is gegaan, hoe ze dacht dat ze de ware liefde had gevonden, en hoe ze heeft gevochten om de desillusie op afstand te houden. Hoe hij tegen haar deed, en hoe ze nu eindelijk kan benoemen, nu ze gaandeweg steeds meer afstand van hem neemt en hem alweer een paar dagen niet heeft gezien, dat ze zich vaak gekleineerd voelt. Alsof ze niet voldoet. Ze voelt zich onzeker gemaakt, en het ergste is nog: ze heeft het gevoel dat hij het expres doet. Dat hij het fijn vindt om haar onzeker te maken, of dat hij het misschien fijn vindt om anderen naar beneden te trappen, zodat hij zich beter over zichzelf kan voelen. 'Nee, dat is te negatief,' zegt ze dan snel en verontschuldigend, 'ik praat te negatief over hem. Hij kan ook heel open zijn, heel genereus. Alleen de laatste tijd, sinds het hem eigenlijk niet lukt om goed aan het werk te komen, is hij zo geworden. En ook zo gefocust op geld.'

'Jouw geld?' vraagt Per.

'Op het moment dus wel, want zelf heeft hij geen geld meer.'

'Ik zei het al,' zegt Per zachtjes, terwijl hij in zijn thee blaast. 'Ongelijkheid is nooit goed.'

# 21

'Hoe lang heb je?' vraagt Aloys, terwijl hij een tik op de lichtknop geeft die meteen ook al zijn apparatuur aanzet.

'Ik heb tegen mijn moeder gezegd dat we samen eten; dat vindt ze heel belangrijk,' zegt Serhii, terwijl hij achter Aloys aan de trap af komt, zijn gamekelder in. 'Dus een uur of anderhalf, twee, zoiets? Wow, dit is echt cool!'

Tegen de achterwand van de kelder heeft Aloys een groot, in hoogte verstelbaar bureau neergezet, met een beest van een gamecomputer en twee werkelijk enorme schermen. Er staan niet alleen twee speciale gamebureaustoelen met ingebouwde ledverlichting die je uitnodigend tegemoet schijnen, maar langs de muur staat ook een volledig uitgeruste *racing cockpit*, met stuur en pedalen. Langs de muur daartegenover staat de oude, donkerbruine velours bank van zijn grootouders, met ervoor een oerlelijke salontafel die hij heeft weggesleept uit het huis van zijn overgrootouders: er zitten onbestemd lichtbruine plavuizen met een onduidelijk donkerbruin werkje ingemetseld in de tafel. Het interesseert hem niet zo veel: hij heeft iets om zijn drinken op te zetten of zijn voeten op te leggen als hij op de bank zit om met behulp van zijn laptop, een krachtige portable beamer en de witgeschilderde muur een film te kijken.

'Ik ben ook wel tevreden,' zegt Aloys. 'Gamen is eigenlijk mijn enige echte hobby, sport hoef ik niet, want ik heb fysiek werk en zo blijf ik ook wel fit, dus ja. Ik koop af en toe wel iets goeds.' Hij kijkt even om zich heen. Het is eigenlijk een typisch, niet helemaal goed opgeruimd jongemannenhol, met een ijskast met bier en cola, een koffiezetapparaat en een waterkoker op de ijskast, een ijzeren wasbak met een smoezelige theedoek ernaast en een keukenkastje met een glazen deurtje – voornamelijk gevuld met zijn voorraadje zakken chips en een paar matig afgewassen mokken en glazen – erboven. Aan de muur achter de bank hangen door hemzelf op groot formaat uitgeprinte platenhoezen van oude reggaeplaten; toch een beetje een eerbetoon aan zijn vader.

'Hou je ook echt van die muziek?' vraagt Serhii, die intussen evenveel van Aloys' voorgeschiedenis weet als Aloys van de zijne. Ze hebben online veel gepraat, hoewel ze elkaar niet meer echt hebben gesproken sinds hun wandeling in het bos, en op een bepaalde manier was dat ook wel fijn. Het maakte het misschien wel makkelijker om ingewikkelde dingen te delen, veilig achter een beeldscherm.

Toch is het, Aloys kan het niet ontkennen, ontzettend fijn om Serhii weer echt te zien, en dan niet terwijl hij achter de bar staat bij De Paardentram of terwijl hij zijn moeder helpt met de zware plantenkarren bij de Appie, maar gewoon, zo. Zij tweeën. Samen, in zijn privédomein. Hij snapt ineens niet waarom hij Serhii niet veel eerder heeft uitgenodigd.

'Ik luister er wel graag naar, ja,' zegt hij dan, 'het heeft iets heel rustgevends. Een soort *heartbeat*. Maar ik hou ook wel van andere dingen, hoor; soms vind ik snoeiharde metal gewoon ook lekker, of ouwe soul. Ik hou niet zo van techno, en house en zo, dat is me vaak te lang te veel van hetzelfde. Jij? Stom eigenlijk, we hebben het nog nooit over muziek gehad.'

Ze nemen allebei een blikje cola en gaan aan Aloys' bureau zitten, om op Spotify nummers op te zoeken en aan elkaar te laten horen. Het geluid is prachtig – hij heeft ook geïnvesteerd in een goed geluidssysteem – en hij weet dat er nauwelijks iets te horen is buiten de kelder, zelfs als hij het hard zet, wat ze af en toe even doen bij een extra mooi stukje.

Het is gezellig, vindt hij, leuk; hij is trots om zijn gamekelder aan Serhii te laten zien, maar het is ook raar. Verwachtingsvol; er hangt iets in de lucht, al weet hij niet precies waar hij op moet rekenen. Een beetje griezelig vindt hij het op een bepaalde manier ook wel, maar op een lekkere, achtbaan-achtige manier. Er is een ondertoon van seksualiteit, iets donkerders, waar hij nog niet helemaal rationeel over na heeft kunnen denken, hoewel hij de intuïtieve lokroep ervan ook niet kan negeren.

Zou er iets gaan gebeuren? Nu ze zo met z'n tweeën in zijn domein zitten, ongestoord en ongezien? Het zou kunnen, maar het hoeft niet. Ze zitten dicht tegen elkaar aan aan het bureau, bijna schouder aan schouder, en Serhii kijkt hem af en toe aan met een klein glimlachje dat hij in zijn buik voelt kriebelen.

'Mag ik in die racestoel?' vraagt Serhii dan ineens. 'Ik vind dat zo'n cool ding.'

'Ja, tuurlijk,' zegt Aloys meteen, 'maar ik moet dan wel even wat dingen anders neerzetten. Wat wil je spelen? Ik rij er altijd mee door GTA, maar ik doe nooit opdrachten. Alleen scheuren en af en toe een nieuwe auto pakken. Aan de binnenkant hangt een lijstje met cheats, voor als je een helikopter wilt of zo, maar die moet je wel met de controller besturen; het gaat echt ruk als je dat met het stuur wilt doen.' Al pratend heeft hij de game vast opgestart en zijn stoel naar achteren gerold; Serhii is ook opgestaan om zijn stoel uit de weg te zetten en hij kijkt verbaasd toe hoe Aloys zijn bureau laat zakken tot de ideale hoogte om vanuit de racestoel naar de beeldschermen te kijken.

'Je hebt echt overal aan gedacht, hè?' zegt hij met een charmant lachje.

'Ik doe mijn best,' zegt Aloys grinnikend, terwijl hij de racing cockpit van de rem haalt.

'Oh em dzjie, er zitten wielen onder,' zegt Serhii, nu hardop lachend en bijna rillend van de voorpret.

Als Aloys het gevaarte precies heeft gepositioneerd – hij heeft daarvoor met gaffertape een kruis op de betonnen keldervloer geplakt – en de zwenkwielen weer heeft geblokkeerd, maakt hij een uitnodigend gebaar met zijn arm. '*It's all yours*,' zegt hij, en dan pakt hij zijn cola en gaat op de bank zitten.

Serhii's plezier is enorm aanstekelijk, hij lacht en juicht en steekt zijn handen in de lucht terwijl hij rondscheurt in het programma en enthousiast over een voetganger heen rijdt. 'Dood aan de vijand!' roept hij. '*Slava Ukraini*!'

Aloys valt bijna op zijn zij op de bank van het lachen. 'Rustig aan, man,' zegt hij gnuivend, terwijl hij zijn blikje neerzet. 'Gelukkig is de gamewereld apolitiek.'

'Gelukkig wel,' roept Serhii, 'whooo!' En hij duikt met zijn auto van een talud af om, hobbelend en wel, op het strand terecht te komen. Onderweg verliest hij zijn motorkap.

'Als je zo doorgaat moet je zo dadelijk alweer een nieuwe stelen,' zegt Aloys, 'kijk, daar, in de verte, daar zitten *non-playable characters* om een kampvuur. Kun je overheen rijden!'

'Dood aan de non-playable characters! Whoepie!'

Aloys ligt nu op zijn zij van het lachen, de tranen lopen hem nog net niet over de wangen. 'O, man, als ik had geweten dat ik je er zo'n plezier mee deed had ik je eerder uitgenodigd,' zegt hij wanneer hij op adem is gekomen. 'Stap nou niet uit, daar loopt een poema, achter je. Snel pak een wapen, op de cheatlijst, anders–'

Het spel maakt een ongezellig geluid en Serhii is *wasted*. Hij springt uit de racing cockpit, springt dan nog een paar keer op en neer met zijn armen in de lucht en roept: 'Dat was awesome!'

'Je mag nog wel een keer,' zegt Aloys, nog steeds lachend. Hij voelt zich alsof hij voor eeuwig zou kunnen lachen.

'Ja maar, ik ben dood. Nu ben jij.'

'Gelukkig ben je niet dood,' zegt Aloys, ineens serieus en met veel meer betekenis erachter.

'Gelukkig niet, nee,' zegt Serhii, plotseling ook weer ernstig. Hij pakt zijn blikje, dat nog op het bureau stond, en komt naast Aloys zitten. 'Dank je wel dat je me hebt uitgenodigd. Ik was eigenlijk bang dat ik je had laten schrikken, de vorige keer.'

'Was ook wel een beetje zo, of, nou ja, eigenlijk schrok ik meer van mezelf dan van jou. Sorry dat ik niet eerder heb voorgesteld om dit te doen, ik voel me echt stom.'

'Geeft niet,' zegt Serhii met een lieve glimlach, 'het komt wanneer het komt. En ik heb ook veel extra gewerkt, omdat mijn moeder niet lekker was. Ze zijn wel heel aardig voor haar bij de supermarkt, en ze is dankbaar dat ze kan werken, maar...' Hij zucht.

'Vindt ze het saai? Ik zou het denk ik wel heel saai vinden, als ik eerder zo'n beetje een museum had gerund.'

'Ja, ik denk wel dat ze het saai vindt, en soms ook zwaar. Fysiek zwaar, bedoel ik. Voor dat vakkenvullen moet ze soms heel hoog, of juist op haar knieën, en ze kan soms ineens duizelig worden. Dat heeft ze sinds we zijn gevlucht. Ik wil dat ze naar een dokter gaat maar dat wil ze niet, ze zegt dat het allemaal wel weer overgaat, maar volgens mij is het stress. En nou... maar daar moet ik jou eigenlijk niet mee lastigvallen...'

'Wat?' zegt Aloys. 'Vooruit, val me lastig, *come on*, we zijn toch vrienden?'

'Nou... die mensen van wie we het tuinhuis mogen huren waar we in wonen, die familie heet Van Bickershoek van Hooglanden,' hij worstelt om die naam er een beetje verstaanbaar uit te krijgen, 'nou, die vrouw dus, zij heet Francine, dat kan ik tenminste normaal uitspreken, zij heeft tegen mijn moeder gezegd dat ze het tuinhuis wil laten verbouwen. Over niet al te lange tijd; nog voordat de zomervakantie begint.'

'En jullie dan? Waar moeten jullie dan wonen?'

Serhii haalt zijn schouders op.

'Man... dat kan toch niet?' Het wordt Aloys plotseling koud om het hart. Stel dat Serhii en zijn moeder ineens weg moeten, naar een of andere asielopvang in god weet welk dorp of welke stad?

'Ik vind het al een wonder dat we daar zo lang konden wonen, voor zo'n lage huur. Het is hier een heel deftige buurt!' Serhii grijnst breed.

'Nou ja, dat valt best mee, hoor,' pruttelt Aloys, 'je hebt hier wel een paar enorm rijke stinkerds, maar ook een heleboel gewone mensen, zoals wij.'

'Maar er wonen hier mensen van adel, en zo?'

'Die wonen toch overal? En meestal zeggen ze er niks over. Freek zegt er ook nooit iets over, je kent hem toch wel? Hij komt ook in De Paardentram. En hij loopt gewoon op All Stars. Dat is toch niet deftig?'

'Ik weet wel wie hij is,' zegt Serhii, 'hij is vrienden met de burgemeester.'

'Ja, of eigenlijk is zijn beste vriend het vriendje van de burgemeester.'

'Is die openlijk gay? Ik vermoedde het al, maar ik dacht dat het geheim was.'

'Nee hoor, iedereen weet het, en iedereen vindt het ook leuk voor hem; hij had eerst een andere vriend, langer geleden, en dat wist ook iedereen. Ze woonden gewoon samen. Die andere is heel plotseling bij hem weggegaan en dat heeft hem echt een klap gegeven. Hij is een goeie burgemeester, en ook ontzettend aardig, hij kent mijn grootouders ook goed. Mijn oma ging vroeger altijd helpen met van alles in Eyckelaere, bij rommelmarkten en dat soort dingen, en dan kwam hij ook altijd even langs om het een officieel tintje te geven. Hij was toen nog veel jonger, maar hij is altijd heel aardig en open en zo. Dus iedereen is gewoon blij voor hem dat hij een nieuwe vriend heeft, al heeft het wel even geduurd totdat ze ermee voor de dag kwamen. In het begin deden ze er wel geheimzinnig over, maar dat snap ik ook wel; als je zo'n baan hebt zit je er vast niet op te wachten dat iedereen over je schouder meekijkt als je verliefd wordt.' Aloys grijnst. 'Ik moet er niet aan denken, ik vind het zo al behoorlijk spannend.'

Serhii gaat een beetje schuin naar hem toe op de bank zitten, wordt een beetje rood, maar schenkt Aloys toch een voorzichtige glimlach.

Aloys voelt zich ook blozen, al weet hij dat je dat bij hem wel iets minder duidelijk kunt zien. Hij schraapt zijn keel, hij kan maar beter over iets anders beginnen, denkt hij. 'Ik, eh, ik vind het wel stom dat jullie huur moeten betalen, voor dat tuinhuis. Ik weet volgens mij wel wie die mensen zijn, of althans, die vrouw, die praat altijd heel hard en ze ziet eruit alsof ze een soort hofdame is. Vreselijk over the top allemaal. En ze bemoeit zich overal mee. Ze heeft een keer ruzie gekregen met mijn opa, omdat ze eigenlijk vond dat het niet paste, een bungalowpark in deze buurt. Ze hebben het elkaar volgens mij nooit vergeven. Mijn opa noemt haar altijd mevrouw Thatcher.'

'Wie was dat ook alweer?'

'Die vrouwelijke premier in Engeland, die zo rechts en zo hard was? Het is wel al lang geleden, maar ik heb een biopic over haar gekeken. Met Meryl Streep. Ik heb een beamer, en dan kan ik zo op de muur daar projecteren en hier zitten. Is wel chill.'

Serhii knikt, en even valt het gesprek stil.

Aloys worstelt in zijn hoofd met de vraag. Zal hij erover beginnen, of niet? Maar na een diepe ademteug komen de eerste woorden eigenlijk gemakkelijker dan hij had gedacht: 'Ik heb vorige week met Freek gepraat, toen ik met een paar vrienden in De Paardentram zat. Jij was aan het werk. Ik... trok het op een gegeven moment even niet meer. Toen ben ik naar buiten geglipt door de achterdeur, ik ging op dat bankje zitten op straat, en toen kwam Freek naar buiten. Hij zat ook in De Paardentram, met die man van het pannenkoekenhuis te praten. Hij zag me zitten en vroeg wat er was. Dus ik zei zoiets tegen hem, over, nou ja, over...' Aloys maakt een vaag gebaar tussen hem en Serhii, 'en dat ik niet wist wat ik nou moest. Dat ik ervan in de war raakte.' Ineens zakt de moed hem in de schoenen als hij ziet dat Serhii's gezicht betrekt.

'Ik dacht al, waar was je nou ineens,' zegt die zachtjes, zijn blik op zijn handen.

'Ik, man, ik werd gewoon even helemaal gek, ik zat daar met mijn vrienden, mensen die ik al jaren ken, maar die ik eigenlijk helemaal niet zo heel goed ken, bedacht ik me ineens, en zij kennen mij ook amper. Ze weten wel wie ik ben, en dat weten ze ook al jaren, maar echt goed?' Aloys schudt zijn hoofd. 'Ik dacht toen: ik ga één keer wandelen met Serhii en hij kent me al beter dan die mensen met wie ik ben opgegroeid. Dat is toch raar? Het vloog me ineens naar de keel, hoe zij me zien, hoe ik mezelf zie, hoe anders het zit... Hé...' Hij steekt zijn hand uit naar Serhii en raakt heel even zijn arm aan. 'Wat is er, man? Heb ik iets verkeerds gezegd?'

Serhii schudt zijn hoofd en kijkt ineens weer op. 'Ik dacht dat je was weggelopen omdat je mij niet wilde zien,' zegt hij zachtjes. 'Ik dacht dat je je schaamde, of zo.'

'Nee, nee, nee,' zegt Aloys haastig, 'ik was alleen, nou ja, in de war. Ik had een idee van mezelf, eigenlijk ongeveer het idee dat mijn vrienden ook van me hebben, en nu ik jou ken kom ik erachter dat er niks van klopt. Ik heb vanbinnen iets anders, ik praat daar nooit over, maar wij, jij en ik, wij kunnen daar wel over praten. Ik heb het gevoel alsof jij me ziet, mijn echte ik, bedoel ik, en dat heb ik zo lang verborgen gehouden... Ik schrok daar gewoon van.'

Serhii knikt en haalt zichtbaar opgelucht adem. 'Ik snap het denk ik wel, een beetje.'

'Nou, en daarbuiten op de bank, toen Freek vroeg wat er was, toen gooide ik het hele verhaal er zo uit bij hem. Ik weet ook niet waarom, zo goed ken ik hem nou ook weer niet. Hij kan goed luisteren. Hij zei dat ik een keer met Simon moest gaan praten, dat is dus zijn vriend, en de partner van de burgemeester. Hij woont bij Freek op het landgoed, Simon bedoel ik. Hij helpt Freek met allerlei klussen. Dus ik ben van het weekend langs geweest.'

'Heb je niet verteld,' zegt Serhii.

Aloys schudt zijn hoofd. 'Ik moest er zelf ook nog even op kauwen.'

'Waar gingen jullie het dan over hebben?'

'Nou, ik... ik ben niet gay. Ik voel me ook niet gay, ik snapte eerst eigenlijk helemaal niet hoe ik, nou ja, gevoelens voor je kan hebben als ik helemaal niet gay ben. Ik weet het ook niet, ik begreep het gewoon niet, ik raakte in de war, en toen hebben Simon en ik het erover gehad. Over hoe je jezelf ziet, over, nou ja, labels, die je jezelf geeft, en of je dat eigenlijk wel nodig hebt. Ik vond het een goed gesprek, ik had er echt wel iets aan. Eigenlijk zei hij dat het allemaal geen bal uitmaakt hoe het heet, want je voelt wat je voelt.'

'Dat is waar,' zegt Serhii ernstig. 'Ben je nu minder in de war?'

'Wel iets,' zegt Aloys met een grimas, 'maar ik moet nog steeds wel een beetje wennen, ook al ben ik ontzettend blij dat je hier nu bent, en dat we vrienden zijn, en, eh, dat andere, daar ben ik ook blij om. Heel blij.'

'Ik ook,' zegt Serhii, en even bijt hij op zijn lip.

'Simon zei dat ik misschien wel pan ben. Dat ik verliefd word op mensen, los van hun geslacht, zeg maar. Ik vind dat wel een goed idee, want zo voelt het ook echt; ik vind jou leuk om jou. Niet omdat je een man bent.'

'Ik vind jou ook leuk om jou,' zegt Serhii zachtjes, 'en ik ben echt superblij dat we dat zo tegen elkaar kunnen zeggen.' Nu strekt Serhii een hand uit, en Aloys legt de zijne erin. Ze kijken even samen naar hun verstrengelde handen, en dan, als vanzelf, leunen ze een beetje naar elkaar toe, nog een beetje, hun blikken komen omhoog van hun verstrengelde vingers totdat hun ogen elkaar ontmoeten, en dan geven ze elkaar een voorzichtige, zachte eerste kus.

—

'Natuurlijk help ik met afwassen,' zegt Per onverstoorbaar, en hij trekt de theedoek van Charlies schouder.

Ze geeft hem een blik, over die schouder, en opnieuw kan ze niet anders dan concluderen dat alles bizar probleemloos lijkt met Per. Nu hij niet meer zo zwijgzaam is hebben ze samen theegedronken, samen gekookt, het vervolgens samen weer opgegeten en nu staan ze dan, opnieuw samen in het piepkleine keukentje, gemoedelijk de afwas weg te werken, en rustig te praten. Over van alles en nog wat. Per heeft verteld over zijn studie, zijn werk, de verschillende landen waar hij heeft gewoond, en hij heeft haar heel veel vragen over haar werk gesteld. Zo veel vragen dat ze bijna zou geloven dat hij daadwerkelijk geïnteresseerd is. Dat is voor haar een ongewone gewaarwording, maar tegelijk ook een ontzettend prettig gevoel.

'Het is jammer dat het over het algemeen zo weinig geld in het laatje brengt, dat stylistenwerk,' zegt ze nu, de draad oppikkend. 'Dan heb jij het volgens mij toch een stuk beter geregeld, met je opleiding en je vakgebied.'

'Als je blijft steken in dakkapellen voor eengezinswoningen is het ook geen vetpot, hoor,' zegt hij, 'maar ik kan me voorstellen dat er mensen zijn die dat juist heerlijk vinden. Ik heb contact met een architect op de Wadden, die heeft een type vakantiehuisje ontworpen dat ik wil gaan gebruiken om hier het park een beetje uit te breiden, en hij woont daar ook. Hij doet voornamelijk van dat soort kleiner werk, hoewel hij nu ook wel een wat interessantere klus heeft aan de restauratie van de kerk op dat eiland waar hij woont. Hij is dus volkomen gelukkig met dakkapellen, erkers en schuren. Maar hij doet er ook nog wel wat dingen naast, vertelde hij; hij werkt in de strandtent, runt een B&B, dat soort dingen.' Per grijnst. 'Ik krijg de indruk dat iedereen dat daar zo doet; allemaal halve banen, en het meeste in de toeristenindustrie. Ik ben van plan om binnenkort eens te gaan kijken daar; ze hebben zelf ook een klein huisjespark in de duinen, alleen voor de verhuur.'

'Ik wist niet dat ze het hier wilden uitbreiden,' zegt Charlie, terwijl ze de afwasteil leeg laat lopen, afdroogt en in het kastje onder de gootsteen zet. 'O, wacht,' ze geeft een gek giecheltje, 'ze, dat ben jij dus eigenlijk! Ik dacht aan Rosie en haar man, maar jij bent natuurlijk hier de, eh, nou ja, de baas!'

Per trekt een gezicht waar ze alleen maar harder van moet lachen.

'Je lacht me uit,' bromt hij, terwijl hij hun borden en glazen wegzet in de kleine stellingkast waar ze horen, maar dan moet hij ook lachen. 'Bij mij is het ook nog niet helemaal geland, hoor, dat ik nu de verantwoordelijkheid draag voor dat hele gezin. Maar ik wil er graag mijn best voor doen, het zijn ontzettend vriendelijke mensen. Ik zou bijna wensen dat ik in zo'n gezin was opgegroeid. Dan was ik vast niet zo'n zwerver geworden.'

'Wil je koffie?' vraagt Charlie, al met een filter in de hand.

'Ja, kan nog wel even,' zegt hij.

'Moet je nog ergens naartoe dan?' Ze kijkt hem een beetje ondeugend aan, en even vraagt ze zich af of ze nou met hem staat te flirten, maar meteen verwerpt ze dat idee weer; ze is zo slecht in flirten dat als ze het welbewust probeert, de man op wie ze haar flirtkunsten loslaat waarschijnlijk direct schreeuwend en met zijn armen zwaaiend het pand verlaat.

Per grinnikt. 'Ik moet nog helemaal naar huis,' zegt hij, 'dat hele end. Maar serieus, ik wil niet te lang blijven. Ik heb al iets onhandigs gedaan vandaag, ik wil je niet opzadelen met nog meer, nou ja, gedoe, dan je nu al hebt.'

Charlie haalt even diep adem en kijkt naar haar tenen, en ze zet de koffiebus neer op het aanrecht. 'Ik was er ook bij,' zegt ze zachtjes, 'ik had ook nee kunnen zeggen. Maar dat deed ik niet. Dus het is niet allemaal jouw schuld. Ik weet ook niet waarom ik dat niet deed, nee zeggen, dat had natuurlijk wel gemoeten.'

'Ja,' zegt Per. 'Misschien was het het moment. Die zonnestraal die door het raam viel. Je zag eruit als iets bovenaards met dat licht achter je.'

Ze kijkt op, recht in zijn ogen. Hij staat tegenover haar, vlakbij, maar net ver weg genoeg, hoewel de aantrekkingskracht die van hem uitgaat bijna niet te negeren is. Het is een idiote gedachte, maar ze zou het het liefst nog een keer doen, ook al is er geen zonnestraal te bekennen op het moment en is het keukenlicht nou niet echt romantisch. Haar hart bonst er helemaal van, heel vreemd, heel onbekend ook. Dit heeft ze nooit zo gevoeld bij Sander, hoewel ze altijd heeft gedacht dat hij haar grote liefde was.

Het koffieapparaat borrelt en pruttelt en bereikt het eind van zijn watervoorraadje met zacht gesis.

'Koffie?' zegt Per, zijn stem een beetje krakerig.

'Ja, koffie,' zegt Charlie.

'Dit is dus waarom ik twijfelde of ik niet beter meteen kon gaan,' merkt hij op.

'Ik snap het,' zegt ze, terwijl ze langs hem stapt om twee mokken uit de stellingkast te pakken. 'Maar we zijn toch twee verstandige volwassenen?' Ze grimast even. 'Of althans, laat ik voor mezelf spreken, ik hoop dat ik een verstandige volwassene ben.'

‘Ik denk wel dat je dat bent,’ zegt Per bedachtzaam, ‘alleen twijfel ik af en toe een beetje aan mezelf.’

‘Jij lijkt me ook enorm verstandig,’ zegt Charlie, terwijl ze inschenkt. ‘Wat heb je erin?’

‘Niks. Alleen koffie, alsjeblieft. Ik ben blij dat je zo veel vertrouwen in mijn verstand hebt; ik heb er zelf in de afgelopen jaren wel meermaals aan getwijfeld. Ik vond mezelf veel te wispelturig.’

Charlie kijkt hem even aan. ‘Dat is nou een woord dat ik niet zo gauw aan jou zou hangen; je lijkt me juist zo gelijkmatig. Maar ja, ik zie ook maar de buitenkant; vanbinnen kan het er natuurlijk anders uitzien.’

‘Hmm,’ zegt Per bedachtzaam, terwijl hij achter haar aan loopt het woonkamertje in.

Ze gaan zitten, zij op de bank, hij in een van de twee leunstoelen; ze zet de koffie voor zijn neus op de bescheiden salontafel en hij bromt een bedankje.

Even zitten ze in stilte. Charlie verbaast zich erover dat zelfs een stilte niet vervelend is, met hem. Toch voelt ze de drang om te vragen: ‘Waar uitte zich dat dan in, die wispelturigheid van jou?’

‘Mijn werk,’ zegt Per. ‘Ik heb heel lang gedacht dat het door mijn opvoeding kwam, dat ik gewend was aan een soort nomadisch bestaan en dat ik daarom nergens wilde blijven, maar nu ik me in het kasteel heb verdiept, en in de verantwoordelijkheden die ik hier heb en dergelijke, nu zie ik dat anders. Het werk zelf verveelde me al snel. Ik had er een bepaald idee bij toen ik studeerde, ik had een bevlogenheid, ik wilde grote projecten doen, voor de eeuwigheid, maar toen ik eenmaal op dat punt was vond ik het eigenlijk niks. Je werkt in een team, ik werk liever alleen – ik word helemaal gek van dat constante overleggen en harrewarren over de kleinste details – en er zit ontzettend veel herhaling in die hoogbouw. Het was één keer leuk, en daarna wist ik het wel. Of eigenlijk wist ik halverwege het project wel al hoe of wat, en had ik natuurlijk al lang bedacht dat ik dat niet voor de rest van mijn leven zou willen doen.'

Charlie glimlacht. 'Je hebt een onrustige ziel. Ik herken dat op zich wel, hoor; een van de leukste dingen aan mijn werk is dat ik weet dat ik hetzelfde nooit meer nog een keer precies zo ga hoeven doen. Ik heb een ontzettende hekel aan herhaling.'

Per denkt hier even over na. 'Het is grappig dat je dat zegt. Ik heb dat dus ook, maar tegelijk ervaar ik die constante drang naar vernieuwing wel als storend. Ik heb me dat nooit zo gerealiseerd totdat, nou ja, totdat ik hier kwam, maar blijkbaar heb ik altijd het gevoel gehad dat ik naar een soort eindpunt toe aan het werken was, ik wist alleen niet wat het was. Steeds dacht ik: nee, dit is het ook niet, ik moet verder.'

'En nu? Ik herken dat gevoel trouwens ook wel een beetje, denk ik; ik dacht volgens mij dat Sander mijn eindpunt was toen we bij elkaar kwamen, en die gedachte gaf me een enorme rust.'

'En nu?' vraagt Per terug, met een twinkeling in zijn blauwe ogen.

'Jij eerst,' zegt Charlie, 'ik weet ook gewoon nog niet wat nu.'

'Hm,' zegt Per, en even spoelt Charlie de innerlijke band terug, terwijl ze van haar koffie drinkt. Wat heeft ze allemaal aan hem verteld? Heeft ze niet eigenlijk ontzettend negatief over haar relatie met Sander gesproken? Maar nee, ze heeft alleen maar verteld wat er echt is gebeurd, ze heeft hem niet bewust zwart zitten maken. Of was dat al genoeg om de indruk te wekken dat…

'Waar was je met je gedachten?' vraagt Per. 'Ineens was je weg.'

Charlie trekt even een gezicht. 'Sorry, ik dacht na over wat ik allemaal over Sander en mij aan je heb verteld. Of ik niet te negatief over hem ben geweest. Dat zou ik niet netjes vinden.'

'Je hebt vooral over jezelf gepraat,' zegt Per, 'maar ik heb wel een beeld van de situatie gekregen. Ik ga je geen advies geven, want ik ben niet onbevooroordeeld.'

Charlie slikt en laat dat even op zich inwerken. Het lijkt erop dat hij zo af en toe heel veel zegt zonder het echt te zeggen. Zou hij nou echt bedoelen dat... dat hij haar...? Het is een bizarre gedachte, maar tegelijk ook een heel prettige. Een illegale, prettige gedachte, dat er een man bestaat met wie ze een aangename avond kan doorbrengen zonder spanningen, zonder zaken waar ze op moet letten; een man bij wie ze zomaar kan zeggen wat ze denkt, wat ze voelt, en die dat allemaal aanhoort zonder commentaar. Die haar accepteert, zonder dat hij iets wil veranderen, zonder dat zij iets moet veranderen. Sterker nog: die haar waarschijnlijk leuk vindt zoals ze is. Heel waarschijnlijk, en misschien ook wel heel leuk.

Zij vindt hem ook heel leuk.

Heel leuk.

Echt heel leuk.

Leuk is eigenlijk een ontzettend stom woord, bedenkt ze zich, nu het zo ronddraait in haar hoofd.

'Daar ga je weer,' zegt Per met een grijnsje, 'weg was je.'

Zelfs dat vindt hij niet erg; hij is alleen maar geïnteresseerd.

'Ik dacht na over het woord leuk,' zegt ze maar zo eerlijk mogelijk, want het zou idioot zijn om hem te vertellen wat ze nou echt denkt. 'Het is eigenlijk best een raar woord.'

'Alle woorden zijn raar, als je er te lang over nadenkt,' zegt hij. 'Ik zal het je nog sterker vertellen: alles is raar als je er te lang over nadenkt. Je moet er ook niet te kort over nadenken, want dan ben je roekeloos bezig. De kunst is om ergens precies lang genoeg over na te denken.'

'*Also sprach Per*... ik weet je achternaam niet,' zegt Charlie.

'Zarathustra,' zegt Per droog, en ze lachen samen. 'Officieel heet ik Per Quinn Rosendahl,' zegt hij, 'maar ik schijn tegenwoordig ook nog De Goyer van Eyckenhoff te heten. Die naam heb ik dus geërfd, die kwam met het kasteel mee.'

'Wat een hoop. Ik heet gewoon Charlie Blum. Of nou ja, eigenlijk Charlotte. Is, eh, die Quinn een stukje voornaam of een stukje achternaam?'

'Stukje voornaam,' zegt Per, 'het is een soort Hendrik Jan, maar ik gebruik Quinn eigenlijk niet meer. Korter vind ik zelf ook beter.'

'Per ommegaande,' zegt Charlie, tevreden dat ze er weer eentje heeft bedacht.

Per schiet in de lach en Charlie lacht mee, en dan bedenkt ze zich ineens iets: 'O, wil je nog even meekijken naar de schilderijen? Ik heb alles in het kamertje daar gezet, het is behoorlijk veel, maar ik moet er natuurlijk op de een of andere manier iets mee. Ik heb nog geen idee wat, ik wil ze eigenlijk ook niet zomaar verkopen.'

'Natuurlijk,' zegt Per meteen, en hij takelt zichzelf uit de voor hem behoorlijk lage leunstoel.

Charlie kan niet anders dan nog een keer glimlachen: ze blijft zich verbazen over hoe hij zich beweegt. Het is helemaal niet zozeer iets bijzonders, maar om de een of andere reden blijft haar oog eraan hangen. Wat maakt hem nou zo extra aantrekkelijk als hij opstaat uit een stoel, een heel gewone handeling? Hij ontvouwt zich, denkt ze, hij doet dat bedachtzaam maar toch doelgericht, en het is niet voor het effect. Het is waarschijnlijk omdat dat voor hem gewoon het handigst is, en dat maakt het helemaal echt. Misschien is dat wel het aantrekkelijke: dat echte.

'Kijk, hier heb ik alles neergezet,' zegt ze, en ze schuifelt zijwaarts het smalle gangetje in dat nog over is tussen de stellingkast met oom Benno's vele schilderspullen, en de stapel doeken die, toch wel een beetje onceremonieel, tegen de muur geleund staan.

Per komt achter haar aan en fluit zachtjes. 'Wat veel werk,' mompelt hij, en hij buigt zich voorover om, zoals zij ook deed toen ze hier voor het eerst binnenstapte, voorzichtig door de stapel te bladeren. Er zijn grote doeken, maar ook kleintjes, die een beetje verscholen in een hoekje van het frame van een grotere liggen, met hun gezicht tegen de rug van hun grotere broer. Per bekijkt de doeken een voor een, zijn hoofd gedraaid, en vist zo'n kleiner doek even op om het wat beter te kunnen zien.

'Allemaal dezelfde boom,' constateert hij, 'in verschillende seizoenen.'

'Hij staat hier voor de deur,' zegt Charlie glimlachend, 'het is die daar.' Ze wijst naar het raam in de woonkamer, waardoorheen steeds minder zichtbaar is; de schemering is intussen ingevallen. 'Rosie heeft me verteld dat hij graag in de tuin zat te schilderen, en dat hij dan steeds dezelfde boom nam; ze plaagde hem er graag mee. Ik weet eigenlijk niet zo goed wat ik moet doen met al die bomen, voor mij voelt het bijna als één groot kunstwerk, in delen.'

'Ja,' zegt Per nadenkend, 'ik zou ook denken dat je zo'n set bij elkaar wilt houden.'

'Geen museum wil dat allemaal tegelijk tentoonstellen; het neemt natuurlijk veel te veel plek in beslag.'

'Wilde je het aan een museum geven? Of verkopen?'

Charlie haalt haar schouders op. 'Ik weet het niet; ik heb er totaal geen ervaring mee. Ik ben wel benaderd door verschillende mensen, en volgens mij willen musea vooral graag schenkingen krijgen, maar...'

'Natuurlijk willen ze dat,' zegt Per. 'Het is overal hetzelfde. Maar ik denk: niet doen. Of in ieder geval even wachten.' Hij zet het kleine schilderijtje weer terug en bladert verder, totdat hij halt houdt bij het schilderij van de vrouw dat Charlie in eerste instantie ook zo had getroffen. 'Dit is echt heel iets anders,' zegt hij.

'Het is in ieder geval geen boom,' zegt Charlie, een beetje onhandig, met een schuin oog op het weelderige naakt.

'Ha,' bromt Per, 'nee, maar ik bedoel: het is in een heel andere stijl geschilderd. Die bomen zijn wat grover, wat intuïtiever gedaan, dit is bijna hyperrealisme. Je kunt ieder haartje tellen.'

'Het is nog niet gevernist,' zegt Charlie, 'ik vraag me af of hij er af en toe nog aan bezig was.'

'Zou kunnen. Volgens mij is schilderen op deze manier een enorm tijdrovend proces. Je moet laagje over laagje doen, en dan eerst weer laten drogen en dergelijke... Wat een vakmanschap!' Per grijpt het frame van het schilderij stevig vast en haalt het voorzichtig op uit de stapel, en Charlie ziet hoe hij, terwijl het toch een fors doek is, het bijna zonder inspanning zo met één hand omhoogtilt. Hij draait het een kwartslag om het zo te houden als het bedoeld is, en dan valt er iets op de grond.

'Wacht even,' zegt Charlie haastig, en ze bukt zich om het op te rapen. Ze moet helemaal voorover om tussen de stapel doeken in te kunnen grabbelen, en daar voelen haar vingers de kaft van een opschrijfboekje. Een Moleskine, met zo'n elastiekje erom. Voorzichtig komt ze overeind terwijl Per het schilderij omdraait en de achterkant bestudeert.

'Het zat erop geplakt,' zegt hij, 'kijk, hier!' Achter op het doek zit een lus van binnenstebuiten gekeerde ducttape: daar zat de kaft van het boekje tegenaan geplakt. Het zat aan de onderkant, bijna op de grond; nogal wiedes dat het eerder aan Charlies aandacht was ontsnapt.

Per zet het schilderij voorzichtig terug.

'Ik weet dat hij nog een ander naakt heeft geschilderd, eentje maar, en dat is heel beroemd geworden. Het hangt in New York. Ik heb er wel afbeeldingen van gezien.' Charlie haalt het elastiekje van de kaft van het boekje, maar opent het nog niet.

'Volgens mij heb ik dat wel eens gezien toen ik er woonde,' zegt Per nadenkend, 'in het Met?'

Charlie knikt.

'Denk jij dat dit dezelfde vrouw is?'

Ze knikt nogmaals.

'Dan zou het wel eens veel waard kunnen zijn,' mompelt Per, 'als dat andere ding zo bekend is, en als hij er maar een, of nou ja, eigenlijk twee dus, heeft gemaakt. Misschien moet je even nadenken over een wat minder inbraakgevoelige opslag?'

'Ik weet daar helemaal niks van af, wat moet ik dan doen?'

'Er zijn verschillende bedrijven die dat doen, ongetwijfeld ook in Nederland, ik zal wel even rondkijken. Als het kasteel nou al wat verder was gevorderd zou ik zeggen: zet het daar maar zolang neer...' Per bijt even nadenkend op zijn onderlip en Charlie vindt dat er onverwachts heel leuk uitzien. Minstens net zo leuk als hoe hij zich beweegt als hij uit een stoel opstaat.

'Misschien moet je al die bomen in het kasteel ophangen,' flapt ze er dan uit. 'Als het af is. Dan hangen ze mooi bij elkaar, en ook lekker dicht bij die boom zelf en zo, en...' Haar stylistenbrein draait plotseling op volle toeren en ineens ziet ze voor zich hoe het er aan de binnenkant uit zou kunnen zien als het af is: mooi, ouderwets, maar niet te rococo, niet te krullerig. Perfect om al deze schilderijen in harmonie met elkaar, het kasteel en de omgeving, een plaats te geven. Misschien in de hal; het mag dan naar verhouding een klein kasteel zijn, binnen was ze toch verbaasd over de ruimte.

Per staat haar aan te kijken met een glimlachje, nu hij het schilderij weer heeft teruggezet in de stapel.

'Ik ga te hard, hè?' zegt ze, zich ineens bewust van haar gedachten, die ze natuurlijk met haar domme hoofd hardop heeft uitgesproken. 'Ik sta hier dingen te verzinnen voor je kasteel, ik sta het nog net niet in mijn hoofd in te richten, terwijl ik daar natuurlijk niks over te zeggen heb.' Ze schudt haar hoofd. 'Sorry. Beroepsdeformatie.'

'Maar ik vind het juist een geweldig idee,' zegt Per tot haar verrassing. 'Een permanente tentoonstelling van de schilderijen van je oom, dat zou toch prachtig zijn? Ik ben al een tijdje aan het nadenken over een maatschappelijke functie voor het kasteel. Ik ben een beetje op dat spoor gezet door Freek, die dat soort dingen allemaal heel serieus neemt: hij vindt dat hij het aan de titel verplicht is om een maatschappelijke functie te vervullen in de omgeving, en hij heeft me verteld dat hij nu extra zijn best doet, vooral omdat hij er heel lang juist niks aan had gedaan. Volgens mij is die man eigenlijk dodelijk verlegen, maar nu hij eenmaal een beetje op zijn pootjes terecht is gekomen – volgens zijn eigen zeggen komt dat voornamelijk door zijn vrouw –, nu doet hij zijn best om de schade in te halen. En hij vindt dus dat ik ook zoiets zou moeten doen, al heb ik nog geen idee op welke manier. Zalenverhuur heb ik aan gedacht, een soort conferentieoord, of iets met horeca, maar dat trekt me absoluut niet. Rosie stelde nog voor dat ik er een cultuurpodium van moest maken, hoewel ze in eerste instantie volgens mij vooral de cultuur van de lokale toneelvereniging in gedachten had.' Hij grinnikt even. 'Dat zou misschien ook kunnen; misschien kunnen er wel verschillende dingen tegelijk. Maar een tentoonstellingsruimte, daar had ik nog niet aan gedacht. Ik vind het dus eigenlijk een heel goed idee van je.'

'Serieus?' Charlie kijkt hem aan.

Hij kijkt terug, en mompelt, zachter dan eerst: 'Serieus.'

Even staan ze naar elkaar te kijken, en de sfeer wordt weer zo anders. De lucht wordt dikker, de tijd wordt trager. Zouden we nou weer gaan… denkt Charlie, maar dan zegt hij ineens, iets te hard: 'Ik denk dat ik maar beter kan gaan. Ik vond het erg gezellig, dank je wel voor het eten, en, eh, nou ja, je gezelschap.' Hij stapt het kamertje uit, kijkt nog even om zich heen in de kleine woonkamer, loopt het halletje in en opent de deur naar buiten alvast op een kiertje.

Charlie komt vlak achter hem aan. 'Eh, oké, nou, ik vond het ook gezellig, en dank je wel dat je naar de schilderijen hebt gekeken, en zo, en, eh...' Ze heeft het gevoel dat ze vreselijk staat te schutteren, maar haalt even diep adem en zegt dan maar gewoon eerlijk: 'Heb ik iets gedaan om je zo plotseling weg te jagen? Als het toch mijn opmerking was over de schilderijen in het kasteel, dan...'

'Nee, nee,' zegt Per haastig, 'dat was het niet. Ik zei toch dat ik dat een goed idee vond? Ik ga er nog even goed over nadenken, en ik ga ook kijken naar veilige opslag van de schilderijen, en dan loop ik wel weer bij je langs, goed? Of misschien, eh,' hij kijkt om zich heen. 'Misschien is het handig als je me je nummer geeft.'

'O. Ja, natuurlijk,' zegt ze, en als hij zijn mobiel tevoorschijn heeft gehaald noemt ze de cijfers van haar mobiele nummer voor hem op.

'Ik stuur je meteen een berichtje,' bromt hij, en ze hoort haar eigen mobiel, op de eettafel achter haar, een bescheiden pingeltje geven.

'Wat was het dan wel?' vraagt ze, als hij zijn mobiel terug in zijn broekzak heeft gestoken.

Hij kijkt haar even aan met zijn knalblauwe ogen, trekt een blonde wenkbrauw een stukje op, tegelijk met een mondhoek, en zegt dan: 'Ik had beloofd je niet nog een keer zomaar te gaan zoenen. Ik neem dat soort dingen serieus.' En dan opent hij de deur en stapt hij de schemering in.

Charlie sluit de deur achter hem en blijft, een beetje stompzinnig, nog zeker een minuut in het halletje naar het matglazen raam in de deur staan kijken, maar dan schudt ze zichzelf wakker. Ze heeft het boekje van oom Benno nog steeds in haar hand, merkt ze, dus ze loopt naar de tafel, gaat zitten, legt het boekje voor zich neer en pakt haar mobiel. Sander bellen, dat heeft ze zich vanmiddag voorgenomen, en dat gaat ze nu eindelijk doen. Ze weet nog niet wat ze tegen hem moet zeggen, behalve 'heb je al een ticket naar Bonaire gekocht', maar ze weet maar al te goed wat ze níét tegen hem gaat zeggen. Die zoen, die zomaar per ongeluk gebeurde.

Ze fronst. Of eigenlijk, eigenlijk zou ze dat natuurlijk juist wél tegen hem moeten zeggen, net zoals ze tegen hem zou moeten zeggen hoeveel geld ze op haar rekening heeft staan, net zoals ze tegen hem zou moeten zeggen hoe ze zich voelt als hij iets doet wat ze vervelend vindt. Ze moet open kaart met hem spelen, want wat is het anders allemaal waard?

Een diepe zucht ontsnapt haar. Helemaal uit haar tenen komt die zucht, en ze legt haar mobiel neer, zet haar ellebogen op de eettafel en laat haar hoofd in haar handen rusten, ogen gesloten. Zo zit ze even, totdat haar ogen weer opengaan.

Het boekje, dat ligt nog voor haar.

Ze slaat het open met één hand, de andere nog steeds ter ondersteuning van haar zware, zware hoofd. Ze leest een stukje.

Twee uur later zit ze nog steeds te lezen.

# 22

'Henk?' Rosie zit met een haakwerkje op schoot. De televisie staat aan, met het geluid zacht; niemand kijkt ernaar.

'Hm?' komt er van achter de krant. Henk is altijd vroeg op, nog voordat de krant wordt bezorgd, en gaat dan meestal meteen het terrein op, dus hij leest hem 's avonds, al zo lang als Rosie zich kan herinneren. Ze heeft geprobeerd hem aan een digitale versie van de krant te krijgen, maar daar wil hij niks van weten: hij vindt het lekker om hem open te slaan en uit te spellen, en af en toe met de bladen te ritselen als hij iets leest waar hij het niet mee eens is.

'Henk, ik heb je even echt nodig, niet alleen je hm,' zegt ze, een klein beetje plagerig.

De krant zakt naar beneden en zijn ogen komen tevoorschijn.

'Heb je gemerkt dat je zoon niet aan de eettafel is verschenen?'

'Ja, natuurlijk; ik ben toch niet van lotje getikt?'

'Nouou,' zegt ze, op diezelfde plaagtoon.

'Moet je me daarvoor uit de krant halen, vrouw?' moppert hij, al even plagerig.

'Nee, maar serieus, Henk, ik maak me zorgen om hem. Hij is best met een kwaaie kop weggereden; hij denkt dat Liselore hem bedriegt met een of andere vent. Hij ging ernaartoe nadat hij haar aan de lijn had gehad en ik heb daarna niks meer van hem gehoord.'

‘Hij is een grote jongen, hij hoeft toch niet aan zijn moeder te vertellen dat hij zijn vriendin de laan uit heeft gebonjourd?’

‘Nee, nee, maar…’ zegt Rosie, en dan valt ze even stil. ‘Ik had alleen wel verwacht dat hij even zou laten weten of hij mee zou eten. Ik heb veel te veel gemaakt.’

‘In de vriezer,’ bromt Henk.

‘Zit er al in, natuurlijk,’ zegt ze, met een gebaar met haar haaknaald. ‘En vond je ook niet dat Aloys zo afwezig was, bij het eten? Die jongen zit maar te piekeren in zijn eentje in die kelder van hem, ik weet het niet, ik wou dat hij vertelde wat hem dwarszit.’

‘Hij had een maatje op bezoek, voor we gingen eten,’ zegt Henk. ‘Die jongen uit Oekraïne die in De Paardentram werkt?’

‘Hoe weet jij zo precies wie er allemaal in De Paardentram werkt?’

‘Ik heb overal spionnen,’ zegt Henk tevreden. ‘En trouwens, toen ik Menno mijn graafmachientje had uitgeleend laatst, trakteerde hij me daarna op een biertje. Híj is echt zo’n ouwe roddeltante; ik wist natuurlijk van niks, maar hij wist me van alles te vertellen. Die jongen is gevlucht, met zijn moeder, ze wonen in het tuinhuis bij een of andere rijke stinkerd, maar volgens Menno wil die vrouw van ze af. Hij had er hele verhalen over; dat mens schijnt zich overal tegenaan te bemoeien in Hogerweijde.’

‘Die moeder uit Oekraïne?’

‘Nee, dat mens van dat tuinhuis dus, waar die jongen met zijn moeder in woont, bedoel ik; die is de schrik van de zeven zeeën.’

‘Zie jij hier ergens een zee?’ vraagt Rosie. ‘Misschien de schrik van de zeven bossen.’

‘Nou ja, je snapt wat ik bedoel.’

‘En jij bent met bier op in dat graafmachientje van je naar huis gereden?’

'Roos. Hij gaat drie kilometer per uur, op die rupsbandjes. Topsnelheid. Je kunt ernaast lopen; een nordic walker haalt hem waarschijnlijk in. Hoewel het wel vrij grappig was toen ik hem op de parkeerplaats had gezet.'

'Tussen de auto's.' Rosie klinkt ongelovig.

'Ja, wat dacht je dan, ik kon hem moeilijk óp de auto's zetten. Dat ene meisje dat in De Paardentram werkt, gut, hoe heet ze nou, ze werkt ook in het pannenkoekenrestaurant van Reindert den Dekker…'

'Dat moet je niet aan mij vragen, jij bent hier de kroegtijger,' zegt Rosie grinnikend, 'ik vind dit een leuk gesprek. Ga door.'

'Nou ja, dat meisje dus, die vertelde me dat als Freek wel eens langskomt op zijn paard, dat hij dan zijn paard aan het fietsenrek vastzet. Maar dan moet hij wel een emmer water, en hij moet ook iets te eten, anders gaat hij zich blijkbaar verschrikkelijk vervelen en staan hinniken en stampen en zo.'

'Moet Freek een emmer water?' Rosie geeft hem een ondeugende blik.

'Je doet het erom, hè?' Henk vouwt zijn krant maar dicht met een gezicht van 'dit wordt niks meer', maar hij kan zijn grijns niet onderdrukken.

'Nee, maar zeg nou: wat geeft hij hem dan, een broodje van de lunchkaart?' Rosie zit te grinniken.

'Een pannenkoek! Dat paard is blijkbaar gek op pannenkoeken, dus dan wordt er een voor hem gebakken, Freek gaat ermee naar buiten, rolt het ding op en geeft hem aan zijn paard. En dan staat die knol lekker te kauwen en kan Freek een pintje pakken. Hij schijnt hem ook wel eens een stuk appeltaart te geven, dat vindt-ie ook lekker.'

Nu zit Roos hardop te lachen; ze moet even naar adem happen voordat ze verder kan praten. 'Ik heb ook wel eens wat gehoord. Van die vrouwelijke agent, van het bureau in Hogerweijde, hoe heet ze ook alweer?'

Henk humt, hij weet het ook niet meer.

'Nou, ja, zij dus, je weet wie ik bedoel. Ze is goed bevriend met de boswachter; ze noemt hen saampjes team boswachter-veldwachter. Zij had dus van de boswachter gehoord dat als Freek tegen zijn paard praat, dat beest altijd terugpraat, zo'n beetje brommerig, zo huhuhuh. Niet echt een hoge hinnik, maar meer een soort gepruttel. Net alsof ze een gesprek voeren. En dat zijn paard van appeltaart houdt, dat wist ik, want toen de boswachter nog met Freek in het koetshuis woonde, toen Huis De Toecomst nog niet klaar was, toen heeft dat paard ook echt een keer geprobeerd binnen te komen omdat hij appeltaart rook, maar hij paste eigenlijk niet door de deur.'

'Zie je wel, jij weet veel meer roddels dan ik,' zegt Henk lachend. 'Maak je nou maar niet zo druk om die jongens, het komt wel goed met ze. Ik zou wel blij zijn als Joost dat dametje aan de kant zet; ik vond het eigenlijk niks voor hem. Veel te mooi en veel te veel met zichzelf bezig. Joost heeft een lieve vrouw nodig, zo iemand als jij. En Aloys... ik weet eigenlijk niet wat hij nodig heeft.'

'Ik weet het ook niet,' verzucht Rosie, 'maar hij heeft het in ieder geval nog niet gevonden. Ik vond het eigenlijk ontzettend fijn dat Joost hier een paar dagen was; ik zou wensen dat hij wat meer in de buurt kwam wonen.'

'Jij bent ook zo'n herdershond, hè,' zegt Henk liefhebbend, 'je wilt altijd de kudde bij elkaar houden.'

'Ja, nou ja,' zegt Rosie verdedigend, 'het was toch ook hartstikke handig dat hij er was toen die man van Berg&Bos langskwam? Hij en Per hebben hem zo de deur weer uit gewerkt. Hoewel ik geen idee heb wat Joost nou wil met het huis van je ouders. Ik heb natuurlijk wel wat zitten dromen; als hij het een beetje opknapt, of als we hem daarmee helpen, dan zou hij er zo in kunnen...'

'Laat hem nou maar gewoon zijn gang gaan, Roos,' zegt

Henk. ‘Hij is een goeie jongen, maar hij moet wel zijn eigen keuzes maken.’

‘Weet ik ook wel,’ zegt Rosie, ‘maar ja.’

‘Het is wel je kind, wilde je zeker zeggen?’ Henk grijnst goedmoedig.

‘Nou ja, zoiets. O, ik weet het weer! Die agent, die heet Anouschka. Ik kan het echt niet uitstaan als ik er niet op kan komen, dan blijf ik zo zoeken in mijn hoofd, weet je wel? Trouwens, ik heb vandaag toch nog een mail van Berg&Bos gekregen.’

‘Luxe topparken,’ zegt Henk sarcastisch. ‘Komen ze nog een keer aan Per vertellen dat ze het zonder dat hij het doorhad van hem hebben gekocht?’

‘Geen idee, volgens mij was het een secretaresse of zoiets, die vroeg hoe ze met Per in contact kon komen. Ze zullen wel met hem verder willen praten, zonder ons erbij. Ik heb nog geen antwoord gegeven, ik ga eerst maar even vragen wat Per zelf eigenlijk wil. Ik wil trouwens ook wel van hem horen hoe ver hij is met die andere architect, en die huisjes.’

‘Heel verstandig,’ zegt Henk. ‘Ik ben wel blij met Per, hoor. Hardwerkende jongen, met een slimme kop op zijn schouders, weet wat hij doet... We hadden het slechter kunnen treffen.’

‘Veel slechter,’ beaamt Rosie. ‘Ik was trouwens nog even met die Eveline meegelopen naar haar huisje, omdat ze nou alwéér kwam vertellen dat ze volgens haar een wespennest heeft – het is nog veel te vroeg in het seizoen, maar ze zegt dat jullie het vorig jaar niet goed hebben opgeruimd en ze hoort nog steeds gezoem. Het zal wel tussen haar oren zitten, dat gezoem, maar goed, jullie waren in geen velden of wegen te bekennen, dus ik dacht, ik ga wel even met haar mee, misschien kan ik haar geruststellen. Het is een beetje een eenzaam mens, volgens mij, ze houdt iedereen vreselijk in de gaten, maar ze heeft nooit echt vrienden gemaakt op het park.’

‘Mm,’ bromt Henk, en hij begint zijn krant weer een beetje open te vouwen.

‘Nee, wacht nou nog even met die krant,’ zegt Rosie, ‘ik wil nog wat zeggen.’

‘Ik ga niet nog een keer bij dat mens zitten zoeken naar wespennesten die er niet zijn, hoor,’ zegt Henk maar alvast, een beetje dreigend.

‘Hoeft ook niet; volgens mij is het niks. Ik heb tegen haar gezegd dat ze in een of ander gaatje dat volgens haar de ingang is, een stukje zilverpapier moet stoppen. Volkomen onzin, maar dan heeft ze in ieder geval het gevoel dat ze iets nuttigs doet. Hoe dan ook, ik stond net bij haar binnen, toen zag ik Per langslopen. Samen met Charlie, dat nichtje van ouwe Ben. Ze gingen bij Bens huisje naar binnen, en ze zagen eruit alsof...’

‘Nou, hoe zagen ze eruit?’

‘Alsof ze elkaar heel leuk vonden, maar heel erg hun best deden om daar niet aan toe te geven. Eveline had er meteen de mond van vol, maar ik zei natuurlijk tegen haar dat het ons allemaal niet aangaat. Komt ze ineens met hele verhalen over die man die hier altijd maar rondhangt, weet je wel, die eerst zat te azen op het oude huisje van Maureen, waar we Per in hebben gezet? Oliveira heet hij, zijn achternaam, dus, niet zijn voornaam. Nou ja, hoe dan ook.’ Ze hapt even naar lucht.

‘Kom je nog toe de point, Roos?’ vraagt Henk, met een vreselijk Nederlands accent in zijn Engels. ‘Per en dat meisje van Ben vinden elkaar leuk en Eveline vond er wat van. Dat mens vindt overal wat van, dus dat verbaast me niks.’

‘Nee, maar wacht nou, het ging me eigenlijk om die Anno Oliveira. Sorry, ik dwaal een beetje af, ik zou het leuk vinden als het wat werd tussen Per en Charlie.’

‘Je bent niet alleen een herdershond, maar ook nog een ouwe koppelaarster. Had dat meisje niet een vriend?’

‘Ja, ja, maar dat is volgens mij niet zo’n gelukkige toestand.

Maar laat me nou even vertellen over die Oliveira.'

Henk maakt een gebaar dat wil zeggen: ik hou je niet tegen.

'Nou, Eveline had de mond vol over die man, dat hij alle alleenstaande vrouwen op het park afwerkt, et cetera et cetera, en dat hij dus blijkbaar ontzettend graag met Charlie Blum in contact wil komen. Hij doet het een of ander in de kunst, hij was ook altijd al heel erg geïnteresseerd in ouwe Ben, maar die moest echt helemaal niks van hem hebben. Die man loopt dus ongemerkt al zo'n twee jaar hier rond op het terrein, hè? Omdat hij steeds met een van die dames, nou ja, aanpapt!'

'Nou klink je zelf net als die Eveline,' zegt Henk. 'Laat die man lekker aanpappen, als hij dat leuk vindt.'

'Volgens Eveline is hij dus flink gepikeerd dat hij dat huisje waar Per nu in zit niet aangeboden heeft gekregen, en Eveline zei op hoge toon dat het héle park er schande van spreekt dat wij die man, ze bedoelt Per dus, zomaar zonder dat hij het moet huren, of kopen, gratis in dat huisje laten zitten. Hoe zij dat weet, dat hij geen huur betaalt, is mij een raadsel, maar ze weet het. Ik moest echt op mijn lip bijten om niet aan haar te vertellen dat hij zomaar in alle huisjes die van ons zijn zou mogen zitten, omdat het eigenlijk zíjn huisjes zijn, maar ik heb het binnen weten te houden.'

'Dat huisje was verwaarloosd, er had twee jaar niemand meer in gezeten en het was al niet zo best onderhouden de laatste tijd, dus voor ons was het onverhuurbaar. En ook onverkoopbaar,' bromt Henk, een beetje weerspannig. 'Ik kwam er maar niet aan toe om het op te knappen.'

'Weet ik toch. Per heeft het heel netjes gemaakt, en heel snel ook,' zegt Rosie, 'maar dat wil ik allemaal helemaal niet zeggen. Ik weet niet hoe het komt, Henk, maar als we zo zitten te praten raak ik altijd helemaal van mijn à propos. Ik wil dus eigenlijk zeggen dat toen ik terug naar voren liep, ik prompt werd aangeschoten door die Anno. Die kwam uit het huisje naast Eveline tevoorschijn en hij liep zo met me mee.'

'Ik raak ook altijd van jouw à propos,' zegt Henk, met een twinkeltje in zijn ogen, 'maar wat moest die vent van je? Ik weet wel wie het is, hoor, en ik vind het een enorme glijer. Met zijn streepjesbroeken.'

'Hij wilde het telefoonnummer van Charlie Blum! Hij vroeg er ook gewoon om, alsof het de normaalste zaak van de wereld was. Hij zei dat hij haar al eens had gesproken, omdat hij naar de uitvaart van haar oom was gegaan, en dat ze elkaar dus kennen, en dat ik hem dus rustig haar nummer zou kunnen geven. Op zo'n toon alsof híj dat bepaalt! Nou, je kent me, je moet bij mij niet gaan zitten bepalen, want dan gaan meteen de ankers uit.'

'Breek me de bek niet open,' zegt Henk stout.

'Hè, wat ben je toch vervelend af en toe, Henk. Maar serieus, ik ga toch niet zomaar haar nummer aan die man geven? Wij weten niks van hem, wij hebben zijn contactgegevens ook niet, hij hangt hier maar een beetje rond, en... Nou ja. Je snapt dat ik hem afwimpelde, ik zei dat de receptie gesloten was en dat ik iets anders te doen had, en dat ik haar nummer natuurlijk niet uit mijn hoofd ken.'

'Heel goed. Wat moet die man dan zo nodig, eerst met Ben, en dan met haar?'

'Ik heb hem gegoogeld. Hij heeft een website, hij is kunsttaxateur, of zoiets. Hij heeft vroeger voor een of ander duur veilinghuis gewerkt, maar nu is hij zelfstandig. Hij had wat opdrachten op die site staan, dingen die hij de afgelopen tijd gedaan zou hebben, en het zag er voor mij nou niet uit alsof hij het op het moment heel druk heeft, dus ik weet het niet precies, wat ik ervan moet denken. Ergens gingen mijn nekharen ervan overeind staan.'

'Waarom zeg je niet tegen hem dat je een berichtje voor hem kan aannemen, als hij er weer over begint? Dan geef je dat aan die Charlie door als je haar voorbij ziet komen, of je stuurt haar even een mailtje of zo, en dan hoef je dat nummer niet te geven.'

'Ja,' zegt Rosie nadenkend, 'ja, dat vind ik wel een goed idee. Zo ga ik het doen.'

Henk knikt tevreden en vouwt zijn krant weer open.

—

Charlie wordt wakker van het geluid van koerende duiven, in de boom achter het huisje van oom Benno. Ze zou er voor haar gevoel de hele dag naar kunnen luisteren; het heeft iets nostalgisch en tegelijk iets fris, het maakt haar verwachtingsvol voor de dag, de lente, de zomer. Het klinkt naar zonneschijn en lange dagen in de buitenlucht; ze ziet ineens voor zich dat ze heel veel in dit huisje zal zijn.

Vreemd eigenlijk: van het ene op het andere moment is ze niet meer iemand die bij haar vriend inwoont, maar iemand met twee huizen. Twee plekken waar ze graag is, waar ze eigenlijk veel liever is dan in het huis van die vriend.

Langzaam rekt ze zich uit en komt ze in beweging, en haar gedachten draaien om de hete brij heen. Ze is liever hier dan bij Sander thuis. Ze is eigenlijk, als ze heel eerlijk is, ook liever alleen dan samen met Sander, hoewel ze zich ongemakkelijk voelt als ze dat aan zichzelf toegeeft. Ze vond de tijd die ze gisteravond doorbracht met Per zo veel eenvoudiger, ontspannener, gemakkelijker dan wanneer ze tijd doorbrengt met Sander. En Per kan ook lekkerder z–

Nee.

Daar moet ze niet naartoe, met die gedachten; dat is er ook nog, maar dat is voorlopig nog niet aan de beurt. Als het al ooit opnieuw aan de beurt komt, want Per leek eigenlijk niet zo heel happig op herhaling. Dat vindt ze tegelijk verstandig en vervelend, maar om daar nu verder over te denken zou ook een omtrekkende beweging zijn, die heel erg aanlokkelijk is, maar nee. Nee, nee, nee.

Ze weet wat er in het midden ligt, waar ze omheen draait, ze weet waar haar gedachten uiteindelijk naartoe zullen moeten: ze is ook al eerder op dat punt geweest, maar toen was het nog niet echt. Toen was het meer een oefengedachte.

Nu, nu is het wel echt, nu ze het boekje van oom Benno heeft gelezen. Nu weet ze dat het echt is, en ze zichzelf niks meer wijs kan maken.

Oom Benno had een grote liefde. Niemand in de familie heeft dat ooit geweten, hij heeft er met niemand over gesproken. Ze heette Maureen en had hier op het park een huisje, dat staat allemaal in het boekje. In soms pijnlijk korte krabbels, het verloop van bijna vijftien jaar: een langzaam sluipende verliefdheid, vol ongeloof; dan liefde, groot geluk, gevolgd door zorgen, angst en uiteindelijk: verlies. Een aantal jaar geleden is, als Charlie het goed heeft gereconstrueerd – oom Benno was niet erg consequent met het dateren van wat hij schreef – Maureen overleden, vrij plotseling nog, nadat de borstkanker waarvoor ze was geopereerd en waarvan ze genezen was verklaard, zich alsnog had uitgezaaid door haar hele lichaam. Binnen vier afschuwelijke maanden holde ze achteruit; oom Benno zorgde voor haar tot het einde.

Charlie kan zich nog wel herinneren dat hij, zo'n jaar of vier, vijf geleden, weer eens langdurig uit beeld was verdwenen, en dat haar ouders zich toen beklaagden over het feit dat hij dat toch altijd zomaar deed, zonder te zeggen waar hij naartoe ging of hoe lang hij nu weer weg zou blijven.

'Hij zal wel weer in het buitenland zitten,' zei haar vader dan altijd. Daar waar haar vader de rust zelve was, had zijn oudere broer altijd al reislustig bloed gehad. Maar nu wist Charlie dat haar oom niet had genoten van een uitstapje naar een Caribisch eiland of een bezoek aan de kunstscene in New York, maar dat hij zijn doodzieke grote liefde had verpleegd, bij haar thuis in Rotterdam. Ze begreep nu ook beter hoe hij zo precies had geweten wat er moest gebeuren toen haar ouders bij dat vreselijke ongeluk om het leven waren gekomen; hoe hij haar zo goed had kunnen bijstaan terwijl zij van de schok en het verdriet niet wist hoe ze voor- of achteruit moest.

Charlie zet koffie voor zichzelf, smeert twee boterhammen, zet alles op een blaadje en gaat aan de tafel zitten onder de bescheiden terrasoverkapping van haar huisje. Vogels vliegen af en aan en een brutaal roodborstje, met pootjes dun als tandenstokers, landt op de tafel om haar boterham geïnteresseerd te bestuderen, zijn kopje een beetje schuin.

Charlie trekt er een stukje af en legt dat voor het vogeltje neer, dat na een paar minuten moed verzamelen ineens dichterbij hipt, het stukje brood aan zijn snaveltje spietst en meteen wegvliegt.

Oom Benno had een grote liefde. Hij hield haar helemaal voor zichzelf, zoals hij het deel van zijn leven dat zich rond het huisje afspeelde ook helemaal voor zichzelf had gehouden. Zo was hij, dat had haar vader ook wel eens gezegd: zijn leven was als een taart die hij in punten verdeelde; wat in de ene taartpunt zat had meestal helemaal geen contact met een van de andere taartpunten. Haar vader kon hem erom vervloeken, maar dat hij dat deed weerhield oom Benno er niet van om tot in het diepst van zijn ziel van een vrouw te houden. Want dat hij zielsveel van haar moet hebben gehouden is onmiskenbaar. Het spreekt in alles uit de kleine gedichtjes en regels die hij over haar schreef ten tijde van hun grootste geluk. Charlie had erbij zitten huilen toen ze het las: hoe verschillend was dit gevoel van het gevoel dat zij heeft bij Sander? Wanneer heeft zij zich ooit zo over hem gevoeld, wanneer heeft hij zich ooit zo tegenover haar gedragen?

Nooit.

Het is een soort harde wake-upcall: wat ze deelt met Sander is dat ze aardig met elkaar kunnen vrijen, en de rest heeft ze er zelf bij gedroomd. Hij is niet dolverliefd op haar en zij ook niet op hem. Misschien kan hij het wel niet eens, dolverliefd worden; Sander is altijd zo met zichzelf bezig dat ze zich nu ineens afvraagt of hij überhaupt wel gevoel voor andere mensen heeft.

Maar nee, dat is waarschijnlijk te hard. Ze schudt haar hoofd en drinkt haar koffie, en kijkt naar de uitbottende boom in de hoek van het tuintje. De boom die zo vaak door oom Benno is geschilderd.

Sander mag dan egocentrisch zijn, hij is geen psychopaat. Hij is gewoon heel erg enthousiast met zichzelf bezig, en hij is – en nu is ze dan toch bij de hete brij aangeland waar ze niet langer omheen kan draaien – niet de man voor haar.

Sander is niet de man voor haar.

Eigenlijk valt het nog best mee dit te denken, nu ze er eenmaal is, en weet dat het een echte gedachte is, geen oefengedachte. Ze weet dat ze iets zal moeten doen, want zo kan het niet verder. Zij is niet de vrouw voor hem, en hij niet de man voor haar, zo simpel is het.

Niet zoals Maureen voor oom Benno was. Hij schilderde haar naakt, liggend in het gras van dit tuintje, met twee prachtige borsten. Dat was zijn cadeau aan haar, en het feit dat het in New York in een van de meest prestigieuze musea ter wereld tentoongesteld hangt, het feit dat het een beroemd schilderij is geworden, dat maakte het alleen maar mooier. Ze miste een borst, maar met zijn penselen maakte hij haar heel; hij zag haar als een prachtige vrouw.

Toen ze opnieuw ziek werd was hij opnieuw begonnen, een tweede schilderij, een zusterschilderij, een oudere Maureen, maar nog even prachtig. Charlie begreep nu waarom dat schilderij niet was afgemaakt; hij had het niet gekund. Hij had geprobeerd, op de enige manier die hij kende, om haar ziekte weg te schilderen, zoals hij ook haar verminking na haar borstamputatie had weggeschilderd, om haar gevoel voor eigenwaarde te repareren. Maar de tweede keer had het niet geholpen. Ze was toch overleden, en hij was ontroostbaar geweest.

Thuis had hij nauwelijks nog kunnen werken, en hier bij het huisje had hij zich voornamelijk beperkt tot het schilderen van zijn boom. Hij had hem al zo vaak geschilderd, had hij geschreven, dat hij hem uit zijn hoofd kon, maar als hij werkte aan de boom, lag in zijn gedachten Maureen altijd op een kleedje onder die boom te lezen, onzichtbaar voor de kijker, onder de rand van het schilderij. Soms zat ze op een stoel, of als hij alleen de kruin schilderde droomde hij dat ze, alsof zijn schilderij een raampje was op een parallel universum, net onder het kozijn stond, uit het zicht van de kijker, om samen met hem naar boven in de bladeren te kijken.

Een paar keer nog had hij gewerkt aan het tweede schilderij van Maureen, maar het had hem zo verdrietig gemaakt dat hij het bijna niet had kunnen opbrengen. Hij had uren doorgebracht met het aanbrengen van minuscule details, want als hij het hele beeld in ogenschouw nam, was hij steeds opnieuw kapotgegaan.

Toen was zijn broer verongelukt, met zijn vrouw, op een cruise die ze zichzelf jaren geleden hadden beloofd. De droomreis was een nachtmerrie geworden: het cruiseschip was gezonken voor de kust van Italië, het was uitgebreid op het nieuws geweest. Zijn nichtje was plotseling een wees, en dat had hem uit zijn verdriet geschud: hij moest haar helpen.

Daarna was hij gestopt met schrijven; het boekje had nog tien lege bladzijden gehad.

Charlie had haar natte wangen gedroogd toen ze het uit had, en op dat moment had ze geweten dat ze Sander niet moest bellen, zoals ze van plan was geweest; ze moest naar hem toe.

Als je een relatie beëindigt moet je dat doen terwijl je iemand recht in het gezicht kijkt, hoe moeilijk dat misschien ook is.

Moeilijk gaat het zijn, dat weet ze. Maar intussen is ze toch opnieuw vastbesloten, gesterkt door de koffie en haar boterhammen. Ze gaat dit doen. Ze moet het doen, het kan niet anders, want wat ze eenmaal heeft gedacht kan ze niet ont-denken. Sander past niet bij haar, en zij past niet bij hem. Ze gaat ervan uit dat Sander, nu ze hem geld heeft gegeven, wel weer naar huis zal zijn gegaan; hij heeft geen reden meer om bij andere mensen te logeren als hij weer wat te besteden heeft. Ze heeft nog steeds sterke twijfels of hij van dat geld daadwerkelijk een ticket naar Bonaire zal kopen, maar ze spreekt zichzelf streng toe: ze heeft het hem gegeven, en ze wil de relatie gaan beëindigen, dus het gaat haar eigenlijk niet meer aan wat hij ermee doet. Net zoals het haar straks niet meer aangaat als hij het heeft opgemaakt en hij weer niks heeft.

Toch raar, dat idee. Het voelt tegelijk als een opluchting en als een leegte, maar ze vermoedt – nee, eigenlijk weet ze het wel zeker – dat de opluchting dit pleit gaat winnen. Het zal wel raar zijn om ineens single te zijn, en even glippen haar gedachten toch nog even naar die grote blonde man. Maar daar mag ze van zichzelf niet verder aan denken; ze schiet omhoog uit haar tuinstoel, brengt haar ontbijtspullen naar binnen, spoelt het bordje en het kopje af onder de kraan, pakt haar handtas en stapt naar buiten. Meteen doorpakken, dat is het beste. Ze kent zichzelf, als ze te lang blijft zitten denken gaat ze opnieuw redeneren, en voordat ze het weet heeft ze het zichzelf weer uit het hoofd gepraat.

Deze keer niet. Deze keer gaat ze het gewoon doen, omdat het moet; omdat er geen andere mogelijkheid is. Daadkrachtig stapt ze over het grind naar haar auto. Oom Benno's auto. Die grote bak, waarin ze zo lekker heeft gescheurd toen ze kwaad was; ze kijkt er een beetje fronsend naar als ze dichterbij komt.

Nee: háár auto. Alles is nu van haar, en ze kan ermee doen wat ze wil.

Naast haar auto staat verrassend genoeg nog zo'n grote bak, en er stapt een man uit, iets ouder dan zijzelf, schat ze, met een licht verwilderde blik in zijn ogen. Zijn haar zit rommelig.

'Goeiemorgen,' zegt hij tegen haar als ze haar auto heeft bereikt, en ze wenst hem, een beetje werktuigelijk, een goede morgen terug.

'Jij bent toch dat nichtje van ouwe Ben?' zegt hij dan, en daarna schudt hij zijn hoofd. 'Sorry, wij noemen hem zo, of althans, mijn vader, omdat hij al zo lang hier op het park kwam.'

'Ja, hallo, ik ben Charlie Blum,' zegt Charlie. Ze legt haar handtas in de Land Rover en loopt er dan omheen om de man een hand te geven.

'Joost van Marle,' zegt hij, 'zoon van Henk en Rosie.'

'Dat begrijp ik intussen,' zegt ze met een glimlach. 'Woon je ook hier?'

Hij schudt zijn hoofd. 'In Amsterdam. Ik heb een paar dagen vrij, daarom ben ik hier, maar ik was tussendoor even naar huis, eh...' Hij knippert met zijn ogen en woelt door zijn haar.

Nogal wiedes dat het zo in de war zit, denkt Charlie. Hij heeft iets treurigs, iets verwards dat verder gaat dan zijn haar. 'Is alles goed met je?' vraagt ze voorzichtig. 'Je hoeft geen antwoord te geven, hoor, ik vraag het niet uit nieuwsgierigheid, maar meer omdat je er een beetje... nou ja, eh, ik weet niet precies, uitziet.'

'O,' zegt Joost. 'Ik had geen idee dat dat zo goed aan de buitenkant zichtbaar zou zijn. Ja, ik, eh... nou ja, ik heb het gisteren uitgemaakt met mijn vriendin, omdat ik erachter kwam dat ze, eh, vreemdging.' Hij fronst even. 'God, dat klinkt echt raar, om het zo hardop te zeggen.'

'Jee, wat naar voor je,' zegt Charlie zachtjes. 'Ging het allemaal wel goed?'

'Nou ja, wat heet goed,' bromt Joost, en dan zucht hij diep. 'Ze is weggegaan. Ze zat bij ons thuis met een andere kerel. Die was volgens haar door zijn vriendin het huis uit gegooid, dus die zat ze lekker op te vangen.' Hij knijpt zijn ogen even stijf dicht. 'Ze is model en actrice van haar werk, dus ze kent een heleboel mensen die in diezelfde branche werken; het was er eentje uit die hoek. Gelukkig was die vent al weg toen ik eenmaal binnenkwam, maar ik zag het meteen, ik voelde het gewoon. We kregen ruzie, natuurlijk, en ik zei dat ik er geen zin meer in had.' Een diepe zucht, en Joost wrijft even over zijn voorhoofd. 'En dat is ook zo, ik heb er ook geen zin meer in. Waarschijnlijk al langer niet, maar nu ik er even tussenuit ben geweest kan ik het beter doorzien. En in alle eerlijkheid heb ik altijd wel geweten dat Liselore en ik niet zo heel goed bij elkaar passen, maar ja.' Hij haalt zijn schouders op.

'Soms loopt het zo,' zegt Charlie begripvol.

'Ja, soms loopt het zo.'

Ze denkt even na, en vraagt dan toch maar: 'Jouw vriendin is toch niet toevallig Liselore Heijmans?'

Hij knikt. 'Heb je haar ergens in zien spelen?'

'Nee, nee, maar mijn vriend is ook acteur, en hij...' Ze valt stil. Sander was toch bij Liselore aan het logeren? Omdat hij geen geld had? Zou dat dan betekenen dat... Ze leunt even tegen de Land Rover terwijl de implicaties door haar heen spoelen.

'De wereld is kleiner dan hij lijkt,' zegt Joost. 'Je wordt een beetje witjes, voel je je wel goed?'

'Ik denk dat jouw vriendin vreemdging met mijn vriend,' fluistert ze dan. 'Sorry, mijn god; ik was dus van plan om naar hem toe te rijden om, nou ja, om er een eind aan te maken, aan de relatie, omdat ik me heb gerealiseerd dat ik helemaal niet van hem hou, maar...'

Joost stapt op haar af en legt een hand op haar arm. 'Is jouw vriend dan Sander Serlui?'

Ze knikt.

'Nou, de kans is groot dat Liselore gisteren naar hem toe is gegaan; ze heeft na de ruzie wat spullen bij elkaar gegrist en ze is in een Uber gesprongen. Ik vond dat allemaal weer een enorm dramatische toestand, ik had het idee dat ze dat deed om, nou ja, om me te manipuleren. Dat was meestal haar ding: ze kan op commando huilen, ze is een mooie vrouw, ze weet precies hoe ze dat voor zich moet laten werken...' Hij haalt zijn schouders op en woelt even opnieuw door zijn haar.

'Dus Sander is inderdaad weer naar huis gegaan,' zegt ze nadenkend, afstandelijker dan ze van zichzelf had gedacht. Het is vreemd, maar ergens is het verhaal van Joost ook een soort bevestiging van iets wat ze al wist. 'Ja, weet je,' zegt ze dan tegen Joost, 'hij was heel druk met een of andere casting voor een serie op Bonaire, maar hij had geen geld meer. Ik weet ook niet hoe hij het voor elkaar had gekregen, maar hij had gewoon zo al zijn geld opgemaakt. En toen kwam hij bij mij zeuren dat ik hem geld moest geven, omdat hij vermoedde dat ik het nodige van mijn oom zou hebben geërfd.'

Joost schiet meteen in zijn professionele advocatenmodus. 'Dat heb je hem toch niet gegeven? Of als je het hem wel hebt gegeven, dan staat er toch in ieder geval wel iets op papier, mag ik hopen? Dat soort fondsen zijn anders zo goed als niet te verhalen, en–'

Charlie schudt haar hoofd. 'Ik heb vijfduizend euro aan hem overgemaakt. Ik kan het wel missen, ik heb meer op mijn rekening staan dan hij weet. Ik heb dat al een tijdje voor hem verzwegen, omdat ik denk ik bang was dat hij het dan allemaal op zou maken... Ik weet niet waarom ik dit allemaal zo aan je vertel, maar – nou ja.'

'Dus het was ook nog eens niet waar, dat verhaal van Liselore, dat ze een vriend opving omdat zijn vriendin hem het huis uit had gezet?' Joost fronst.

'Ik heb hem nergens uit gezet,' zegt Charlie. 'We hebben ruzie gehad, en toen ben ik hiernaartoe gereden. Ik woonde de afgelopen weken eigenlijk zo'n beetje in het huis van mijn oom, terwijl ik bezig was met de hele nasleep van zijn overlijden, en Sander was daar ook naartoe gekomen, omdat hij dus geen geld meer had. Toen ging hij boos weg, en ik ging boos weg, en ik ging hiernaartoe, en hij had nog geen sleutel van het huis van mijn oom. Maar hij heeft gewoon zijn eigen woning in Amsterdam, hoor.'

'Ik snap het,' zegt Joost, een beetje grimmig. 'Volgens mij zijn Liselore en Sander behoorlijk aan elkaar gewaagd.'

'Het maakt mijn, eh, ding wel makkelijker, op een bepaalde manier,' zegt Charlie nadenkend, 'nu ik dit al weet. Ik hoef in feite alleen maar wat er nog van mijn kleren en spullen bij Sander ligt weg te halen, en dan is het eigenlijk klaar.'

'Pas je er wel voor op dat je niet nog meer geld aan hem geeft?' zegt Joost waarschuwend. 'Volgens mij ben jij veel te goedhartig.'

'Nou, dat valt hoop ik wel mee,' zegt Charlie, terwijl ze vanbinnen ineens iets voelt verharden. 'Sander heeft de auto van mijn vader nog. Die wil ik terug. En verder mag hij het uitzoeken.'

Joost legt even zijn hand op haar onderarm en geeft haar een bemoedigend kneepje. 'Succes, meid,' zegt hij welgemeend. 'En als het achter de rug is moeten we misschien maar eens een biertje pakken, om onze ervaringen van ons af te praten.'

Charlie glimlacht. 'Dat is helemaal geen slecht idee. Jij ook succes, en hou je taai; het zal vast wel raar voelen om ineens weer single te zijn.'

Joost kijkt even omhoog, alsof hij bij zichzelf naar binnen kijkt. 'Tot nu toe valt het mee,' zegt hij dan zachtjes, 'hoewel ik vannacht wel beroerd heb geslapen. Ik ben blij dat ik nog even hier kan zijn, een paar dagen; daar knap ik altijd van op.'

Ze nemen afscheid van elkaar, en Charlie heeft, terwijl ze de weglopende gestalte van Joost nakijkt, het vreemde gevoel dat ze zomaar, in dit vervreemdende gesprek van misschien maar tien minuten, een vriend heeft gemaakt. En dan recht ze haar rug, stapt in de Land Rover en rijdt weg.

# 23

'Echt ontzettend fijn dat jullie zo snel konden komen,' zegt Per.

'Überhaupt, dat jullie zin hadden om dat hele eind te rijden om hier even een kijkje te nemen.' Rosie lacht vriendelijk. 'Ik zal straks eieren bakken voor de lunch, jullie zullen wel vroeg weg zijn gegaan.'

'Ha, lekker,' zegt Henk handenwrijvend.

'Niet voor jou, jij hebt toch niet zo'n eind gereden?' Rosie geeft haar man een nepfrons.

'Maar ik ben wel vroeg opgestaan,' zegt hij verongelijkt, en dan moet iedereen lachen.

'Zouden wij ook zo worden?' vraagt Martin, met een duwtje tegen Cams schouder. 'Ik zie jou en Mayke wel voor me.'

'Ik ook,' zegt Cam grijnzend, 'sterker nog: Mayke is nu al zo. Vooral op het gebied van het eieren bakken. Jouw betere helft lijkt me trouwens veel te lief om je te plagen.'

'Cams vrouw is kok,' zegt Martin ter verduidelijking tegen Per, Rosie en Henk, terwijl het groepje met Per meeloopt.

'Die bomen moeten we weghalen,' zegt Per met een armgebaar, 'tot Rosies verdriet, maar die en die en dat groepje daar kunnen blijven staan; daar moeten we tussendoor werken.'

'De bomen die weg moeten zijn ook al aardig slecht,' zegt Henk, 'vooral die naaldbomen. Hartstikke dood, daarboven.'

'Die niet,' zegt Rosie wijzend, 'die is nog goed. Ik ga toch aan de boswachter vragen of we hem niet ergens anders kunnen zetten, of zou hij al te groot zijn?'

'Volgens mij gaat dat met naaldbomen makkelijker dan met loofbomen,' zegt Per. 'Ik heb wel eens aan een project gewerkt waarbij er een tuin werd aangelegd waar allemaal volgroeide bomen in werden gezet. Je moet geloof ik wel wachten tot de herfst voordat je hem eruit kunt halen, en volgens mij moet je hem dan zo'n beetje nu al lossteken.' Hij kijkt even naar de lucht, waar een stralende zon staat te schijnen. 'Of misschien zijn we zelfs al te laat.'

'Je ooievaars zijn ook nog heel laat gekomen,' zegt Henk, 'dus wie weet kan het nog.'

'Heb je hier een ooievaarsnest?' Cam is geïnteresseerd. 'Wat geestig. Dat hebben we op het eiland niet, hè, heer Freriks?'

'Wij hebben meer meeuwen,' zegt Martin, 'grote jongens ook af en toe, albatrossen zijn er niks bij.'

'Volgens mij heeft een albatros een spanwijdte van meer dan twee meter,' zegt Per, en hij kijkt even naar Martins kruin, die toch wat lager ligt dan de zijne.

'Misschien is het handig als je ook een keer bij ons komt kijken,' zegt Cam, 'ik vermoed dat je waanzinnig goed zult kunnen opschieten met Martins zwager. Die is ook lang, zwijgzaam en droog.'

'Is misschien geen gek idee,' zegt Rosie tegen Per, 'maar dan moet je wel alleen. Je zult daar wel moeten overnachten en wij kunnen hier natuurlijk niet zo makkelijk weg nu het park open is.'

'Ik kan dat,' zegt Per geruststellend, maar met een twinkeltje in zijn ogen.

'Je kunt zo bij ons in een huisje, hoor,' zegt Martin meteen.

Per knikt. 'Fijn, dat wil ik wel; dan kan ik ook zelf ondervinden hoe het is om erin te zitten. En het is misschien een aardige rit op de motor.'

Henk barst meteen los in een verliefde beschrijving van Pers gerestaureerde motor, waar Cam met een geamuseerde blik in zijn ogen naar luistert, terwijl Rosie af en toe tussenwerpt dat Henk toch echt géén motor mag.

Per en Martin stappen samen het gras op en lopen tussen de bomen door, terwijl Per uitlegt en wijst waar hij de huisjes had gepland.

'Ik vind het dus een fantastisch idee dat mijn ontwerp zo goed van pas komt voor jullie,' zegt Martin tevreden, 'en dat in zo'n totaal andere omgeving! Prachtig is het hier, je hebt er maar geluk mee om hier te wonen.'

'Dat begin ik zelf ook steeds meer te denken,' zegt Per, 'hoewel ik erg aan het idee moest wennen dat ik ineens zo'n berg stenen bezit, en alle bijbehorende verantwoordelijkheden.' Hij gebaart vagelijk in de richting van het kasteeltje, waarvan een klein stukje boven de boomtoppen zichtbaar is.

'Kan ik me iets bij voorstellen. Dat had ik toen mijn eerste kind werd geboren; ik heb echt even naar adem staan happen bij de gedachte dat ik nu volledig verantwoordelijk ben voor een heel nieuw levend wezen. Bij de tweede ging het beter,' zegt Martin met een grinnik, 'maar toen wist ik ook wat beter dat baby's niet zo broos zijn als ze lijken. Heb jij kinderen?'

Per schudt zijn hoofd. 'Ik ben altijd enorm vrij geweest, rondgereisd, overal gewoond, ik heb ook geen… partner.' Hij zet even zijn handen in zijn zij en kijkt nog eens naar het stukje van zijn kasteel dat boven de bomen uitsteekt. Zijn kasteel. Zijn toekomstige huis; hij weet intussen zeker dat hij erin wil wonen zodra dat kan. Onder zijn eigen dak, het dak dat bij zijn familiegeschiedenis hoort. Onder het dak met de ooievaars. En als vanzelf glippen zijn gedachten even naar dat moment onder het dak, met de ooievaars, die vrouw in zijn armen, dat gevoel van herkenning en een vreemd soort verstilde tevredenheid, terwijl het tegelijk zo'n bijzonder, en ook behoorlijk opwindend, moment was.

Charlie.

Bij het woord 'partner' is ze zomaar in zijn hoofd gekropen.

'Zo, jij was even ver weg,' zegt Martin, en dat brengt Per weer terug in het hier en nu.

'Sorry,' zegt hij, niet van plan om uit te weiden, en dan vraagt hij snel naar bouwkundige details, om het gesprek in een andere richting te sturen: houtsoorten, ramen, daken, verbindingen. Martin springt enthousiast op zijn praatstoel en Per haalt opgelucht adem.

Tijdens de lunch schuiven Joost en Aloys ook aan, en is het een tafel vol vrolijk en druk gepraat. Per zegt niet zo veel; hij probeert zijn aandacht bij de huisjes te houden, te overdenken hoe hij het zal doen met de aanschaf van bouwmaterialen, waar hij die dan zal laten, hoe hij het kan afspreken met de aannemer die hij heeft ingeschakeld voor het werk aan het kasteel... Hij is tevreden over het werk dat de mannen leveren en hij kan het goed vinden met Cees, de baas van de ploeg. Ze hebben het druk; hij zal eens moeten kijken of ze op korte termijn nog ruimte hebben om in ieder geval één zo'n huisje neer te zetten.

Het kost hem moeite.

Hij heeft dat nog niet eerder meegemaakt, dat hij zichzelf om de haverklap tot de orde moet roepen om zijn gedachten niet te laten afdwalen. Waar zou Charlie nu zijn? Ze is niet op het terrein, dat weet hij. Hij was in de ochtend even een rondje over het terrein gaan lopen; hij had zichzelf voorgehouden dat dat was om nog eens goed rond te kijken voordat die mannen van de huisjes zouden komen, maar hij was ook van plan geweest om, als hij dan toch langs Charlies huisje kwam, even over de heg te kijken om te zien of ze al wakker was. Gewoon, uit nieuwsgierigheid. Nergens anders om.

Toen hij bij de parkeerplaats was aanbeland had hij daar Joost getroffen, die in de achterbak van zijn SUV stond te graven. Die had hem verteld dat Charlie net was weggereden, nadat ze een nogal confronterend gesprek hadden gehad.

Even had Per gedacht dat hij bedoelde dat ze ruzie hadden gehad, wat hem vreemd leek: Charlie kwam op hem over als een vrouw die veel te vriendelijk was, veel te veel geneigd zichzelf weg te cijferen ook, om snel ruzie met haar te kunnen krijgen. Maar Joost had, terwijl ze samen opliepen naar de ingang van het park, in een paar zinnen uitgelegd wat er was gebeurd in zijn eigen leven, en wat er nu waarschijnlijk ook stond te gebeuren in dat van Charlie. Vervolgens had Per de hele rest van de ochtend moeite gehad om daar niet steeds aan te denken. Om niet verder over haar na te denken. Zou het goed gaan met haar? Zou ze de relatie daadwerkelijk beëindigen, of zou ze het toch opnieuw niet over haar hart kunnen verkrijgen? Zou ze die waardeloze kerel – Per heeft hem al gedegradeerd tot waardeloze kerel zonder ooit een woord met hem te hebben gewisseld, wat eigenlijk niets voor hem is: hij houdt zich altijd verre van andermans problemen – opnieuw geld geven als hij haar daarom zou vragen?

Het gaat hem allemaal niet aan, hij weet dat donders goed, maar hij kan zichzelf er toch niet van weerhouden om erover na te denken. Hij zou, als hij heel eerlijk was, het liefst op zijn motor springen en erachteraan rijden, hoewel hij eigenlijk geen idee heeft waar hij dan naartoe zou moeten, om haar te... om iets voor haar... om... nou ja, hij weet eigenlijk niet precies wat hij dan zou moeten doen, want, zo prent hij zichzelf voor de honderdste keer in, hij heeft er niets mee te maken.

'Je bent erg diep in gedachten,' hoort hij naast zich, terwijl hij langzaam kauwt op een hap brood met gebakken ei.

Cam zit naast hem, en zit hem, zo merkt hij wanneer hij zijn aandacht terugbrengt naar het hier en nu, nogal scherp op te nemen. De man heeft vreemde, lichte ogen die dwars door hem heen lijken te kijken, maar hij vindt dat geen onaangename gewaarwording. Eerder een interessante: die Cam is zonder twijfel extreem intelligent. Hij voelt het aan alles. 'Klopt,' zegt hij dus. 'Ik heb nogal veel aan mijn hoofd op het moment, met de renovatie van het kasteel; ik zat een beetje te puzzelen hoe ik het allemaal ingepland wil hebben, als er ook nog een, of misschien wel meer, van die huisjes moeten komen.'

'Je lijkt me een man die daar niet al te veel moeite mee moet hebben,' zegt Cam onomwonden. 'Ik vermoed dat je ergens anders mee zit dan met een bouwplanning. Maar desalniettemin: op welke termijn verwacht je het kasteel min of meer gereed te hebben? Mijn familie aan moederskant heeft ook nog zo'n ding staan, ergens in Engeland; wel wat groter ben ik bang, en als ik het goed begrijp is zoiets eigenlijk nooit klaar. Een vreselijke *money pit*. Wat dat betreft kun je misschien maar beter blij zijn dat de jouwe wat minder volumineus is. Ben je van plan er zelf in te gaan wonen, of heb je er een of andere bestemming voor?'

'Ik wil erin wonen, maar ik wil ook graag dat er iets maatschappelijks mee gebeurt, want ik heb ook gewoon niet zo veel ruimte voor mezelf nodig. Ik zit nu te denken aan expositieruimte; ik heb kort geleden iemand ontmoet die een aardige hoeveelheid schilderijen heeft geërfd. Haar oom was de schilder, en ook vrij bekend als beeldend kunstenaar. Die collectie zou ik kunnen tentoonstellen. Mijn vader is ook beeldend kunstenaar, en ik zou het misschien aardig vinden om ook iets van zijn werk te exposeren. Ik ben er nog niet helemaal uit.'

Cam knikt. 'Dat klinkt wel als een goed idee. Ben je dan niet ook meteen verplicht er iets van horeca bij te doen?'

Per perst even zijn lippen op elkaar. 'Als ik dat al overweeg, dan wel echt heel kleinschalig. Ik ben er zelf niet geschikt voor om dat te runnen, dus dan zou ik er iemand voor in dienst moeten nemen...' Hij fronst.

Cam grijnst. 'Ik had ook niet van mezelf gedacht dat ik in de horeca terecht zou komen, en ik had ook zeker niet gedacht dat het bij me zou passen, maar soms loopt het gewoon zo.'

'Jij bent toch de financiële man van de club?'

'Ja, klopt. Maar ik ben ook een van de instructeurs van onze kitesurfschool, ik draai bardiensten en ik loop in de bediening. En als dat zo te pas komt sta ik ook wel eens het pension in het dorp schoon te maken dat we erbij hebben genomen. Daarnaast ben ik onder de bezielende leiding van Martin en zijn zwager uitgegroeid tot een niet onverdienstelijk klusser, ook al had ik een paar jaar geleden twee linkerhanden en een ongezonde interesse in chemisch opgewekte vergetelheid. Zowel mijn vader, die zich had voorgesteld dat ik iets corporate-achtigs zou gaan doen in mijn leven, als mijn familie aan moederskant zouden zich in hun graf omdraaien, voor zover ze op dit moment in een graf liggen. Degenen dié zich daar bevinden zullen ongetwijfeld onrustig liggen te woelen, maar mij blijkt dit werk te passen als een handschoen.'

Per kan een proest en een gniffel niet onderdrukken.

'Ben je weer bezig, Cam, met je volzinnen,' zegt Martin, die aan de overkant van de tafel zit. 'Per, deze man kan echt een uur in een kwartier praten, en dan vraag je je daarna af wat hij in vredesnaam allemaal heeft gezegd, terwijl het wel extreem verstandig klonk. En dan dat alles op die onzettende kaktoon van hem.'

'Werkelijk,' zegt Cam met een uitgestreken gezicht en een al even uitgestreken gespeeld-verontwaardigde deftigheid, 'heer Freriks, je schildert me te fraai af. Volgens pater ben ik in de afgelopen jaren onuitsprekelijk verruwd, voornamelijk doordat ik me heb moeten verlagen tot dagelijkse omgang met zo'n sujet als jij.'

'Amice!' roept Joost enthousiast over tafel. 'Nog even en ik voel me alsof ik op mijn werk zit!'

'In de advocatuur?' vraagt Cam grinnikend.

'Schuldig, edelachtbare. Befgajes, zoals ze in Amsterdam zeggen. Maar ik heb een paar dagen vrij, dus ik ben blij dat ik even normaal kan doen, en mijn ouders kan helpen met wat dingen.'

'En je hebt toch ook nog een privéklantje?' zegt Rosie, met een korte maar scherpe blik op haar zoon.

'Mam, dat heet een cliënt, niet een klantje,' zegt Joost hoofdschuddend, en tegen Cam en Martin zegt hij: 'Ik pak heel af en toe wat pro-Deowerk op, in mijn eigen tijd.'

'Je kent haar wel, Per,' zegt Rosie, 'die vrouw van dat huisje naast jullie, Elodie?'

'Ah, ja, ik weet wie je bedoelt,' zegt Per, maar hij ziet aan Joosts gezicht, dat ineens iets krampachtigs heeft, dat hij er maar beter niet over door kan gaan.

Als alle gebakken eieren zijn verorberd en iedereen tevreden is, besluiten Cam en Martin de thuisreis te aanvaarden. Ze zijn gekomen in een werkelijk oeroude Land Rover, die ze 'de laro' noemen, en die ze blijkbaar van Martins zwager hebben geleend. Per loopt even met ze mee de laan in om de auto te bekijken en ze een goede thuisreis te wensen.

'Ja, het was dit of de bus van Vin,' zegt Martin.

'Vincent is een van onze andere teamleden,' vult Cam aan. 'Hij bezit een originele, zelf geïmporteerde hippiebus, maar dat ding heeft geen vijfde versnelling.'

'Alsof de laro zo hard gaat,' bromt Martin, 'maar ja, het allerlaatste alternatief dat we hebben zou een Birò'tje zijn, en dan waren we denk ik nog niet op de helft.'

'Die accu gaat ook niet lang genoeg mee,' zegt Cam. 'Dan hadden we nu ergens bij een tankstation gestaan om te wachten tot hij was opgeladen. We hebben een paar van die karretjes rijden, het eiland is namelijk autoluw. Enfin, Per, kom binnenkort vooral een keer bij ons kijken. Bijvoorbeeld volgend weekend. Meteen boter bij de vis; het is nu nog niet zo druk. Je kunt probleemloos in een van onze huisjes, zoals we al zeiden, en neem gerust iemand mee, als dat je handig lijkt. Het befgajes, bijvoorbeeld,' zegt hij met een knipoog. 'Ik heb nog een gemeentelijk vraagstuk liggen op het gebied van de energievoorziening waar ik wel een paar wettelijke ogen bij zou kunnen gebruiken, en ik denk dat Alex, onze burgemeester, ook nog wel iets interessants voor hem heeft. Iets met zeecontainers, milieuvervuiling en subsidie.'

'Ik zal het er met hem over hebben,' zegt Per, 'maar ik denk dat Henk of Aloys misschien ook wel willen komen kijken; ze zijn allebei erg handig en ik denk dat ze mee willen helpen met bouwen.'

'*The more the merrier*,' zegt Cam, 'laat ons even weten met wat voor gezelschap je onze kant uit komt en dan zorgen wij wel voor onderdak.'

'En lunch,' zegt Martin. 'Ik vind het echt fantastisch als jullie mijn ontwerp gaan gebruiken: als jullie een beetje vroeg komen, dan heb je nog iets aan je dag op het eiland; lunch is *on the house*.'

'Moet ik toch niet gewoon iets afkopen? Ik vind het nogal wat dat je zo je rechten opengooit,' zegt Per.

'Ach,' zegt Martin, 'ik heb het zo'n beetje aan de keukentafel uitgewerkt, het is nou ook weer geen *rocket science*, en ik ben echt geen architect van jouw niveau, hoor. Ik heb geen gebouwen in Dubai neergezet, ik ben meer van de dakkapellen in het dorp, zeg maar.'

'Maar het is wel je werk,' zegt Per, 'en je werk is je broodwinning. Daar is niets aan af te dingen. We hebben het er nog wel over als we elkaar weer spreken; ik vind toch dat ik er iets tegenover moet stellen.'

Martin opent het bijrijdersportier. 'Ik zal er ook even over nadenken,' zegt hij, en dan stapt hij in en rijdt de laro, grommend en brommend, de laan uit.

Per kijkt ze met zijn handen in zijn zij na – hij kan nog net het topje van de bescheiden kasteeltoren tussen de bomen door zien; zíjn kasteel, het blijft een apart gevoel – en loopt dan langzaam terug het terrein op.

Bij de slagboom komt hij Joost tegen, die met een vuilniszak in zijn handen uit het huis komt waarvan Per nu weet dat het van Henks ouders is geweest. Joosts grootouders.

'Hoe vordert de grote schoonmaak?' vraagt hij.

'Goed. Wil je even binnen kijken?' Joost zet de vuilniszak langs de heg. 'Deze gooi ik zo dadelijk wel in de container.'

Per loopt achter Joost aan naar binnen en kijkt een beetje verbaasd om zich heen. De ruimte is zeker niet verkeerd, maar wat er op de vloer en de muren zit heeft een dusdanig ouderwetse uitstraling dat hij zich een halve eeuw terug in de tijd waant. 'Wat ga je hier doen?' vraagt hij.

'Schilderen, denk ik, maar dat spul op de muur vind ik niks. En die plavuizen moeten ook weg, ben ik bang.'

'Dat wordt jekkeren.' Per voelt even aan de muur. 'Spachtelputz, daar kun je je lol mee op. Zit dat er al heel lang op?'

'Zo lang als ik me kan herinneren. Het is ook hier en daar al beschadigd, maar ik krijg het er niet af.'

'Je kunt het losstomen, maar afsteken is een rotklus. Eroverheen stuken is echt een beter idee. Ik heb één muur zelf gestuukt in het kasteel, eigenlijk omdat ik nieuwsgierig was of ik het kon, maar het viel nog niet mee. Het is wel redelijk gelukt, maar er is aan mij geen geweldige stukadoor verloren gegaan, dat kan ik je wel vertellen.' Per draait een rondje om zijn as, kijkt naar het plafond, denkt even na. 'Ik heb een stukadoorsbedrijf ingeschakeld voor het kasteel. Het elektrawerk is klaar en alle leidingen zijn nagekeken en waar nodig vervangen. Ik had het niet gedacht, maar ik kan op een paar punten na al aan de afwerking gaan beginnen; het is veel sneller gegaan dan ik verwachtte.' Hij schudt zijn hoofd. 'Dat wilde ik helemaal niet zeggen, ik wilde zeggen dat ik dit huis mee kan laten nemen door mijn stukadoors. Als ze er dan toch zijn. Heb je boven ook nog veel?'

'Kom maar mee,' zegt Joost, en hij loopt de trap op.

In de kamers boven is het nog niet zo leeg als beneden, er staan nog bedden, kastjes, hier en daar een stoel. De kamers zijn behangen, maar de muur in de hal heeft dezelfde korrelige structuur als de muren van de woonkamer.

'Je wilt alles gestuukt?' vraagt Per. 'Het is eigenlijk groter dan ik dacht. Wat is je budget?'

'O, ik ben niet armlastig,' zegt Joost met een onhandige grijns, 'ik verdien als een dolle, op mijn werk, maar zelf maak ik niet zo veel op. Mijn vriendin – ik moet nu mijn ex zeggen, maar ik, eh, ben daar nog niet helemaal aan gewend, het is nog een beetje vers... Nou ja, hoe dan ook, zij maakte meer van mijn geld op dan ik.'

Per kijkt hem even aan. 'Gaat het?'

'Jawel. Verrassend goed, eigenlijk. Ik moet dan wel wennen, maar ik voel me ook... opgelucht. Het enige waar ik nog tegen opzie is terug naar mijn werk gaan. Ik heb al wat meer vakantiedagen opgenomen dan ik eerst van plan was, maar ik heb er nog genoeg, dus ik denk dat ik er nog maar een weekje bij pak.'

'Ik ga binnenkort even op en neer naar dat eiland, om die huisjes van Martin beter te bekijken. Cam stelde voor dat je meekomt; hij zei dat hij een of ander gemeenteding heeft waar hij juridisch advies bij kan gebruiken.'

'O, prima, hoor,' zegt Joost meteen gemoedelijk. 'Maar hij mag het me ook gewoon mailen of zo, of een paar foto's appen; tegenwoordig hoef je natuurlijk niet meer overal fysiek bij aanwezig te zijn.'

'Kom nou maar gewoon mee,' zegt Per. 'En misschien kun je je pro-Deoklantje en haar zoon ook meenemen. Ik neem aan dat het om een echtscheiding gaat?'

Joost zucht en wrijft even met een hand over zijn voorhoofd. 'Jij bent veel te oplettend.'

'Het is wel meteen een hoop bagage,' zegt Per, terwijl hij uit het raam kijkt.

'Ik ben me ervan bewust,' mompelt Joost. 'Het is waarschijnlijk ook helemaal geen goed idee, maar ja.'

'En dan wil je hier gaan wonen?'

'Ik weet het niet; ik durf nog helemaal niet zo ver vooruit te denken. Ik weet dat ik weg wil uit Amsterdam, ik mis het leven hier meer dan ik doorhad toen ik in de stad was. En ik wil er ook zijn voor mijn ouders, als ze met zo'n rare partij als dat Berg&Bos te maken krijgen…'

'We hadden die vent lekker de deur uit geduwd, nietwaar,' zegt Per met een grijns, 'maar intussen is het ze toch gelukt mijn mobiele nummer te pakken te krijgen, ook al heeft je moeder braaf tegengewerkt. Ik zal er nog een afspraak aan moeten wijden, ben ik bang, en dan zou ik het ook wel prettig vinden als je mee aan tafel zit. Maar dan als míjn jurist. Wat is je uurtarief?'

'Doe niet zo idioot,' zegt Joost, 'het gaat om mijn ouders.'

'Ja, nou en, het is je vak. Daar moet je toch voor betaald worden? Martin was ook al zo altruïstisch bezig; ik moet zeggen dat ik dat niet gewend ben. Heb je trouwens wel eens overwogen om voor jezelf te beginnen, gewoon vanuit huis? Je hebt ruimte genoeg, je kunt probleemloos kantoor houden in de garage. En hier in de omgeving zijn vast ook mensen die wel eens juridisch advies nodig hebben.'

'Ik denk niet dat ik het salaris dat ik nu heb kan verdienen als ik me hier als zelfstandig advocaat vestig,' zegt Joost met een schamper lachje. 'Maar het klinkt wel heerlijk.'

'Heb je dat salaris dan nodig? Je zegt net dat je niet zo veel nodig hebt. Ik weet dat het niet moeilijk is om aan een bepaald inkomen te wennen; ik heb ook niet slecht verdiend als architect, maar ik vind het altijd wel handig om mezelf met enige regelmaat af te vragen hoeveel ik nou echt nodig heb. Dat is altijd minder dan ik denk.'

Per opent de deur van de badkamer en neemt de ruimte in

zich op. 'Hier moet ook nog wel het nodige gebeuren,' zegt hij.

'Ik weet het,' zegt Joost met een zucht. 'Ik kan dit hier niet helemaal zelf verbouwen; ik kan ook niet zo veel. Ja, schilderen, maar daar houdt het dan wel mee op. God, ik zou dat denk ik heerlijk vinden, hier zitten en een beetje werken, weet je dat? Ik hou van het werk, problemen oplossen, zaken uitwerken, mijn kennis inzetten, mensen vooruit helpen, maar ik vind de sfeer bij ons op kantoor eigenlijk helemaal niks. Ik zit altijd op de klok te kijken, ik ben meer bezig met de uren die ik in rekening kan brengen dan met mijn cliënten. De sfeer onderling is natuurlijk ook ruk, al die mannetjes tegen elkaar op, het is altijd één grote *pissing contest*, en dat is dus eigenlijk helemaal niks voor mij. Ik zie het des te beter nu ik er een paar dagen tussenuit ben, en ik moet er eigenlijk niet aan denken om er weer in te moeten.' Joost laat zich op de vensterbank zakken van de kamer waar ze zich intussen bevinden.

'En dan heb je ook nog Elodie, en haar zoon,' zegt Per.

'Ik heb niks,' zegt Joost haastig.

'Interesse heb je, op z'n minst,' zegt Per. En dan zucht hij. 'Ik kan maar beter mijn mond houden. Wat je me vanochtend hebt verteld blijft als een draaimolen door mijn hoofd gaan.'

Joost trekt zijn wenkbrauwen op en mompelt dan: 'Charlie?'

Per perst zijn lippen op elkaar. 'Ik vraag me af hoe het haar vergaat.'

# 24

Charlie opent de deur van oom Benno's garagebox, loopt terug naar haar vaders Corolla, kruipt achter het stuur en rijdt de auto naar binnen. Dat gaat onverwacht gemakkelijk; er is veel meer ruimte dan voor die grote Land Rover, die om de hoek voor het huis van oom Benno staat te glanzen. Ze opent de achterklep, tilt drie goedgevulde vuilniszakken en een rolkoffer uit de achterbak, sluit de klep, en slaat zich dan voor het hoofd. Ze had natuurlijk eerst voor de deur moeten stoppen om uit te laden, maar ze voelt zich op dit moment zo vreemd dat het haar eigenlijk niet verbaast dat logisch nadenken er even niet in zit.

Met één zak en de rolkoffer loopt ze naar huis, de andere twee staan voor nu goed in de garagebox.

Het is een aparte gewaarwording, maar het lijkt wel alsof niets echt binnenkomt. Het is stralend weer, de bomen zitten vol mooie jonge blaadjes en het ruikt lekker naar vers groen; ze ziet dat, en ze ruikt dat, maar ze voelt het niet. De vuilniszak is zwaar en de rolkoffer, die eigenlijk van Sander is, rolt helemaal niet lekker over de kleine steentjes die samen het wegdek vormen. Ook dat merkt ze op zonder het echt te voelen. Het is alsof er een soort wolk tussen haar waarneming en haar gevoel zit, een dik luchtkussen waardoor ze op afstand blijft van alles om haar heen.

Als ze de zak en de rolkoffer in de hal heeft gezet, loopt ze werktuigelijk terug om de andere twee zakken te halen. En als ze even later in de keuken een kop thee voor zichzelf zet, dan is die warm en best lekker, maar noch de warmte, noch de smaak komt echt binnen; ze staart een beetje versuft uit het keukenraam en weet eigenlijk even niet wat de volgende stap is.

Uitpakken, waarschijnlijk.

Al die spullen in die zakken en die koffer een plekje geven. Sommige kleren, dat merkte ze al toen ze ze haastig in de zakken gooide, kunnen eigenlijk zo de recyclebak in: die gaat ze nooit meer dragen. Ze zijn oud, of ze passen gewoon niet meer bij haar. Er zitten kleren bij die ze heeft gekocht omdat Sander vond dat ze mooi stonden, maar ze heeft zich er nooit gemakkelijk in gevoeld. Ze zijn te opvallend, te bloot, te strak, en ze weet nu al dat ze ze nooit van haar leven meer gaat aantrekken, al zijn ze nog lang niet versleten of verwassen.

Het uitsorteren is zowel lekker praktisch, dan hoeft ze nog niet al te hard na te denken, als opluchtend, alsof ze nog een laagje van de afgelopen jaren van zich af pelt door de beslissing te nemen die kledingstukken weg te gooien. Een goeie drie kwartier later staat en ligt alles wat ze heeft meegenomen op een plek die passend is, en staat er een nu half gevulde zak bij de deur, die zo weer naar buiten kan.

Wonderbaarlijk eigenlijk. Hoe een paar jaar van haar leven zijn samen te vatten in drie vuilniszakken en een rolkoffer. Letterlijk en figuurlijk. Ze heeft zichzelf binnen een half uur uit Sanders leven verwijderd, en alles wat er nodig was waren drie vuilniszakken en een rolkoffer. En ze vindt dat ding nog oerlelijk ook, hoewel ze vermoedt dat het een dure is geweest, want Sander houdt niet van goedkoop. Hij heeft hem aan haar meegegeven uit schuldgevoel, dat weet ze zeker; ze heeft hem ook geaccepteerd omdat ze aanvoelt dat hij dat ding belangrijk vond. Hij is ermee naar Bonaire geweest en voelde zich waarschijnlijk een man van de wereld als hij ermee door de luchthaven rolde, maar ze verwacht eigenlijk niet hem ooit nog te gaan gebruiken. Misschien moet ze hem ook maar gewoon weg-doen. Verkopen, of weggeven?

Even staat ze na te denken, en neer te kijken op de nu lege rolkoffer, die ze maar naast de halfvolle vuilniszak met weg-gooikleren heeft geparkeerd. Bij de deur. Waar dat allemaal straks weer uit moet.

Wat zal ze nu doen? Er zit niet genoeg in de ijskast om avondeten van te kunnen maken; ze heeft zelfs in het huisje nog meer in de ijskast liggen. Ze zal boodschappen moeten gaan halen, en waarschijnlijk is het handig als ze meteen een flinke voorraad haalt. Vooruit, dat is een goed plan; op dit moment is alles een goed plan, als ze maar in beweging blijft. Op enig moment zal ze door dat luchtkussen, die wolk in haar hoofd heen moeten prikken om na te denken en te doorvoelen wat er nu eigenlijk is gebeurd, maar misschien kan ze dat nog even uitstellen als ze gewoon bezig blijft.

Even later staat ze op de stoep, twee lege boodschappentassen onder haar arm, en besluit ze de Land Rover te nemen. Misschien dat het lastig wordt om te parkeren bij het winkelcentrum – dat zou met de Corolla veel minder een probleem zijn – maar lopen gaat ze ook niet. Ze gunt zichzelf de luxe; ze heeft al genoeg meegemaakt vandaag. En gek genoeg merkt ze, ondanks dat luchtkussen tussen haar gevoel en haar waarneming, dat ze zich broos voelt. Broos als een koekje dat verkruimelt onder het minste beetje druk.

Volledig op de automatische piloot haalt ze allerlei boodschappen, ze weet wat ze nodig heeft in het huis van oom Benno. Háár huis, het is nu haar huis en ze woont er ook echt, dus ze moet van zichzelf ook echt een paar keer denken: mijn huis. Het is nu van mij, ik woon daar. Ze weet ook wat ze nodig heeft voor het huisje op De Eyckenhof, en die boodschappen haalt ze ook maar meteen; misschien dat ze morgen of overmorgen, als het allemaal een beetje gezakt is, weer terugrijdt.

Drie overvolle boodschappentassen verdwijnen in de ruime laadbak van de Land Rover, en dan stapt ze in, rijdt weg, denkt er verder niet over na en vindt zichzelf ineens terug op de snelweg. Ze gaat nu meteen naar het huisje, ze heeft de troost van het groen en de bomen nodig, misschien nog wel meer dan de troost van andere mensen. Ze weet wel dat, als ze bij de buren zou hebben aangebeld, ze op een luisterend oor en een arm om haar schouders zou kunnen rekenen van Freddy en Nick; dat zijn twee schatten. En ze heeft ook wel een paar vrienden, of eigenlijk meer kennissen, die vast wel met haar in het café zouden willen zitten om haar hele verhaal aan te horen, hoewel ze ook weet dat die kennissen haar altijd een beetje hebben benijd om het feit dat ze zo'n knappe, veelbelovende acteur aan de haak had weten te slaan. Ze blaast haar adem hoorbaar uit. Ze hebben geen idee, die mensen, hoe het was om met Sander te leven, hoe het was om dat veelbelovende van hem in rook te zien opgaan en achter te blijven met de frustraties die dat opleverde. Nee, aan dat soort gesprekken heeft ze geen behoefte. Ze heeft meer behoefte aan rust, aan groen, aan tijd om te laten zakken wat er allemaal is gebeurd.

Terwijl ze over de snelweg zoeft – de Land Rover geeft haar nauwelijks het gevoel dat ze hard rijdt en ze merkt dat ze al een klein beetje begint te wennen aan het gevoel van luxe dat dat oplevert – probeert ze voorzichtig de eerste gedachten over de dag van vandaag. Ze proeft eraan om te zien of ze het verdraagt ze te denken, en eigenlijk valt het mee.

Ze had de Land Rover bij het huis van oom Benno, nee: háár huis, geparkeerd en was vervolgens met het openbaar vervoer naar Sanders appartement gegaan; ze had er geen zin in om voor die grote auto een plekje te moeten zoeken midden in Amsterdam en dan ook nog een heleboel parkeergeld te moeten betalen. En daarnaast: ze wilde haar vaders Corolla terug.

Wat ze met twee auto's aan moest had ze nog niet bedacht;

het ging ook meer om het principe. Sander had die auto meegenomen toen ze met ruzie uit elkaar gingen, omdat hij een statement wilde maken. Hij dacht dat hij haar daarmee hulpeloos achterliet, want hij rekende erop dat ze haar angst niet zou kunnen overwinnen om de Land Rover uit zijn garagebox te rijden. Dat had ze toen heel duidelijk zo gevoeld, en dat had haar zo mogelijk alleen maar bozer gemaakt: dat Sander welbewust inspeelde op haar zwakheden was ronduit gemeen van hem. Grappig genoeg – nu zag ze ineens de ironie – had het haar zo boos gemaakt dat ze die angst voor de Land Rover had onderdrukt en hem vrijwel direct (en uiteraard probleemloos, want zo gaat het dan altijd) uit zijn garagebox had gekregen. Daar had Sander niet van terug gehad, maar dat wilde nog niet zeggen dat hij dan de Corolla zou mogen houden: nog los van het feit dat die auto sentimentele waarde voor haar had, en niet voor hem – hij wilde alleen maar pochen – was ze simpelweg niet van plan geweest het erbij te laten zitten.

Toen ze zichzelf met haar sleutel binnenliet in Sanders appartement – ze had de sleutel al losgemaakt van haar sleutelbos – had ze nog niet zeker geweten of Sander thuis was. Het was stil, hij was niet in de hal, de keuken of de woonkamer, en even had alles er bizar vertrouwd uitgezien. Hier had ze de afgelopen jaren gewoond, op deze verdieping, met deze woonkamer, dit uitzicht, deze planten op de vensterbank en deze boeken in de boekenkast. Deze poster ingelijst aan de muur. Even had ze er eens goed naar gekeken: het was een aankondiging van een theaterstuk waar Sander een klein rolletje in had gehad. Eigenlijk was het helemaal niet eens een mooie poster, gewoon, zo'n ding dat aangeplakt had gehangen in de straat, en Sanders naam stond er ook niet op, maar toch, hij had het nodig gevonden er eentje in te lijsten en op te hangen. En toen ze eens had voorgesteld om er iets anders te hangen, was dat absoluut onbespreekbaar geweest.

Ze zag ineens hoe stom dat eigenlijk was, hoe stom die poster was, hoe stom ze het vond dat het toen zo was gegaan.

Ze had zich met een ruk omgekeerd, en van pure onhandigheid zich aan de leunstoel gestoten. Nog zo'n ding waar ze het niet over eens waren geworden: een oeroude, enorme chesterfield. Zij vond het een onding – veel te groot, een beetje kaalgesleten en ingezakt en hij past eigenlijk nergens bij – maar hij was absoluut niet bereid er afscheid van te nemen. Hij vond het een stoel met statuur, zoals ze in van die herenclubs hebben.

Het geluid van de stoel die een stukje van zijn plek schoof had zo'n beetje als een kanonschot door de lege, stille woonkamer geklonken, en op dat moment was ze erachter gekomen dat Sander wel degelijk thuis was. De slaapkamerdeur was opengevlogen en Sander was eruit gekomen, poedelnaakt en in duidelijke staat van opwinding.

'Cha… Charlie,' had hij gehakkeld, 'wat doe jij nou ineens hier? Ik schrik me kapot, ik dacht dat er een inbreker–'

'Nou, officieel woon ik hier,' had ze nog uit weten te brengen, maar toen was er nog iemand uit de slaapkamer gekomen. Een vrouw, een heel mooie vrouw, die zo te zien even snel Sanders overhemd om zich heen had geslagen, maar die daaronder ongetwijfeld ook naakt was.

'Eh, dit, eh, is Liselore,' had Sander nog gezegd, een idiote farce van een voorstelritueel.

'Ik weet het,' had ze gezegd, en toen was alles koud geworden bij haar vanbinnen en was, zomaar en heel plotseling, de wolk ontstaan die ze nu nog steeds voelt zitten tussen haar waarneming en haar gevoel.

De snelweg vliegt onder de banden van de Land Rover door en even vraagt ze zich af: had ik dan toch nog hoop gehad dat het niet zo was? Na wat die Joost me had verteld? Eigenlijk, misschien, in een klein hoekje van haar hart, had ze toch even gedacht dat het allemaal een soort nare droom was, toen ze die vertrouwde omgeving van Sanders appartement binnen was gestapt. Even had ze zichzelf nog voor de gek gehouden, al was ze nog zo vastbesloten geweest dat ze het uit ging maken. Maar na de verschijning van Liselore was er geen enkele ruimte voor illusies of ontsnappingen meer geweest: de naakte realiteit staarde haar in het gezicht. Letterlijk.

'Ik ben gekomen om mijn spullen op te halen, en de Corolla, en om je je sleutel terug te geven,' had ze gezegd. Een beetje koud, een beetje mechanisch.

Hij had met zijn ogen geknipperd en even had het geleken of hij niet wist wat hij moest zeggen, maar toen kwam er, een beetje krakerig: 'En het geld?'

'Die vijfduizend euro mag je houden,' had ze gezegd, precies zoals ze het voor zichzelf had voorbereid, 'zie het maar als een afscheidscadeautje.' Als ze dat niet van tevoren had bedacht was ze er op het moment zelf niet op gekomen, dat weet ze honderd procent zeker.

'Ja maar,' had hij gezegd, 'al het geld van de erfenis, van je oom...'

Liselore had zijn arm gepakt en hij had gezwegen. Nu ze erop terugkijkt vindt ze het verbijsterend dat hij het lef had om überhaupt aan die zin te beginnen, en als die wolk er niet nog had gezeten, was ze er waarschijnlijk kwaad over geworden. Nu gebeurt er niets, en ook op het moment zelf was ze niet uit haar vel gesprongen, hoewel ze daar natuurlijk eigenlijk alle recht op had.

'We zijn niet getrouwd en we hebben ook geen samenlevingsovereenkomst,' had ze gezegd, 'dus je kunt nergens aanspraak op maken. En als je dat wel wilt proberen, zul je er een advocaat bij moeten halen. Ik heb er ook een.'

Joost zou haar vast willen helpen, mocht het zover komen, dat wist ze zeker. Sander had grote ogen opgezet en verder zijn mond gehouden, en toen ze vervolgens uit een keukenkastje een rol vuilniszakken had gehaald, er eentje had afgescheurd en was begonnen jassen, schoenen en andere zaken die van haar waren erin te gooien, had hij zijn rolkoffer tevoorschijn gehaald. 'Voor je boeken, en zo,' had hij gemompeld.

Daarna was het snel gegaan. Sander en Liselore hadden een beetje verweesd staan toekijken terwijl zij als een wervelwind door het huis ging en haar spullen verzamelde, haar kleren uit de kast haalde en haar boeken van de plank trok, en voordat ze het wist stond het allemaal bij de deur. Ze had de sleutel voor de Corolla al zien liggen in het schaaltje op de haltafel waar Sander altijd zijn huissleutels in deed als hij binnenkwam, en ze had haar kopie van Sanders sleutel erin gegooid en de autosleutel eruit gehaald. 'Waar staat hij?' had ze gevraagd.

Sander had zich intussen snel en rommelig aangekleed en Liselore was de slaapkamer weer in verdwenen, nu Charlie er niet meer in de kasten hoefde te zijn.

'Jij hebt toch die dikke slee van je oom?' had hij nog gezegd, maar ze had hem een vermoeide blik gegeven en hij had een keer diep gezucht. Bijna alsof het voor hem allemaal zo naar was. En toen had Charlie haar grootste wapenfeit behaald: ze ziet het heel duidelijk nu ze erop terugkijkt. Ze zei tegen hem: 'Trek je schoenen aan en loop even met me mee, want ik kan dit niet alleen dragen. Dat is wel het minste wat je voor me kunt doen.' En Sander had niet geklaagd, geen tegenwerpingen gemaakt, niet gemopperd; hij had zijn schoenen aangetrokken en was met haar meegelopen, een vuilniszak in iedere hand.

—

'Dus je gaat ook mee naar dat eiland?' vraagt Aloys geïnteresseerd aan Joost, terwijl ze samen naar de container lopen, ieder met een vuilniszak. 'Is dit nou het laatste, of komt er nog meer rommel uit het huis? Ik dacht trouwens dat Per je wel even zou helpen met die rotzooi wegbrengen; je had hem toch mee naar binnen genomen?'

'Nee, nee, hij ging nog even naar het kasteel. Er wordt gestuukt, zei hij, het gaat allemaal best snel; hij wilde kijken of hij al iets kon schilderen. En dit is het wel zo'n beetje qua rommel; er staat nog wel wat in de kelder, maar dat zijn meubels waarvan ik dacht dat ze niet weg konden. Boven staan nog een paar bedden en dingen, die ga ik denk ik laten ophalen door de kringloop. Er zijn ook nog wat dozen met spullen die mam bewaarde voor van die rommelmarkten, weet je wel, ik denk dat die ook weg kunnen, maar zij weet het niet zeker, dus die heb ik toch maar even beneden gezet.'

'Toch jammer,' bromt Aloys, 'ik wilde eigenlijk dat stuk kelder erbij trekken, als toch niemand anders het gebruikte, maar ik had nooit zin om het uit te ruimen.'

'Bij je gameroom? Wat wilde je er dan in zetten? En waarom heb je dat niet eerder gezegd?'

Aloys haalt zijn schouders op maar zegt niks.

Joost wacht even, kijkt naar zijn neef, wacht nog even, en zegt dan: 'Wat is er? Wil je ook mee naar dat eiland? Volgens mij kan dat gewoon zonder probleem, maar dan kan ik misschien beter hier blijven, anders laten we mam wel heel alleen zitten. Dus, eh, als jij liever wilt…'

'O, nee, nee, ik blijf hier,' valt Aloys hem in de rede, zo stellig dat Joost hem even verbaasd aankijkt. Ze zijn al pratend bij de container aanbeland, gooien gebroederlijk hun zakken erin en keren om.

'Ik zou bijna denken dat je ergens een stiekem vriendinnetje hebt zitten,' zegt Joost met een grijns, en hij ziet dat zijn neef bloost: zijn wangen worden een stuk donkerder.

'Nee,' zegt die, toch resoluut, hoewel hij wel weet dat zijn kwetsbaarheid hem is aan te zien. 'Geen vriendinnetje.'

Joost plaagt: 'Een vriendje dan,' maar als Aloys verdacht stil blijft, kijkt hij nog eens goed. Aloys kijkt niet op of om, ze lopen gebroederlijk naast elkaar over het grindpad zoals ze hun hele leven al hebben gedaan, maar Joost kan de spanning voelen.

'Vertel, neef, wat is er? Ik ga je niet zitten zieken, dat beloof ik, en al helemaal niet als het serieus is.'

En dan gooit Aloys het er zomaar in één keer uit. Wat hij voelt voor Serhii, hoe hun vriendschap zich langzaam heeft ontwikkeld, hoe hij bij hem in zijn gamekelder op bezoek is geweest en hoe ze hebben gezoend. En hoe dat hem tot in het diepst van zijn ziel heeft geraakt.

'Er is helemaal niet zo veel gebeurd,' zegt hij zachtjes. 'Als het een meid was geweest had ik er verder niet meer aan gedacht, maar dit? Ik wist gewoon helemaal niet wat me overkwam! Ik voel me zo gek, weet je dat? Ik wil hem de hele tijd zien, en bellen, en hij zegt dat hij dat ook met mij heeft, maar ja; hij moet werken, ik moet werken, hij zit in een moeilijke situatie met zijn moeder, ze wonen bij dat mens van dinges van Hooglanden in de tuin, in het tuinhuis, die schreeuwerige vrouw die zich altijd kleedt alsof ze een soort Beatrix is, weet je wel? Die altijd zo rond de burgemeester en graaf Freek hangt bij de feestweek.'

'Ja, ja, ik weet wel wie je bedoelt, denk ik,' zegt Joost geruststellend, 'rustig aan, man, zullen we even wat drinken? Even bij jou in je mannenhol, dan kunnen we daar verder praten. Heb je nog cola?'

'Ik heb altijd cola,' zegt Aloys. 'Maar vind je me nou niet stom? Of raar?'

'Nee,' zegt Joost verbaasd, 'natuurlijk vind ik je niet stom of raar. Je bent gewoon jij, dat is toch niet ineens anders?'

Ze gaan naar binnen, trekken gewoontegetrouw hun schoenen uit en lopen de keldertrap af. Aloys klikt het licht aan en even later zitten ze samen op de bank – dezelfde bank waar Aloys met Serhii heeft gezeten. Joost ziet dat zijn neef het moeilijk heeft.

'Wat is er dan, waarom zit je er zo mee? Het kan toch gebeuren, dat je op een man valt? Ergens vind ik het wel logisch, bij jou, nu ik erover nadenk: je was altijd met al die meiden bezig, maar er zat er niet een tussen met wie je echt wat had, hè? Voor wie je iets ging voelen.'

Aloys haalt zijn schouders op. 'Ik zag mezelf gewoon helemaal niet zo. Als iemand die op een man kon vallen. En dat is het ook niet echt, eigenlijk: ik val op Serhii. Niet op "een man". Ik ben niet ineens *full-blown* gay, dat ik dan sowieso met mannen moet, of zo, dat dus niet. Ik heb met Simon zitten praten, weet je wel, die maat van graaf Freek. De vriend van de burgemeester?'

'Wacht even,' zegt Joost, 'dat de burgemeester gay is, dat wist ik. Maar Freek is toch met de boswachter getrouwd? Of gaat hij ook met August Moelleux naar bed?'

'Nee, nee, zeg nou niet van die idiote dingen.' Aloys moet toch een beetje grinniken. 'Simon is de vriend van burgemeester Moelleux. Weet je nog dat hij vroeger een andere vriend had, die ineens was weggelopen met een of andere vent uit Brazilië? Iedereen zei dat hij nog jarenlang een gebroken hart had.'

'Vagelijk,' zegt Joost, 'ik zat toen al in Amsterdam. Mam zal het wel een keer verteld hebben.'

'Nou, Simon was dus als kind vrienden met Freek, maar toen is hij naar Amerika verhuisd, of zoiets. In ieder geval, hij woonde als volwassene op een gegeven moment in New York. Hij miste het hier, daarom is hij teruggekomen, en toen werden hij en de burgemeester dus verliefd op elkaar. Hij en Freek hebben zo hun vriendschap weer opgepakt, dat is wel cool.'

'Oké,' zegt Joost, 'maar nou snap ik nog niet waarom je met hem moest praten. Omdat hij gay is?'

Aloys haalt zijn schouders op. 'Het was een idee van Freek. Ik zat met een paar mensen in De Paardentram, Freek zat er ook, met die Den Dekker, van het pannenkoekenhuis, weet je wel?'

Joost schudt zijn hoofd. 'Waarschijnlijk weet ik wel wie je bedoelt als ik hem zie, maar ik heb niet meteen beeld.'

'Nou ja, en toen stond Serhii dus achter de bar, en toen kreeg ik het ineens een soort van Spaans benauwd, dus ik naar buiten. Ik zat op dat bankje op straat te piekeren, komt Freek naar buiten om een praatje te maken. Dus ik vertel hem zo bam het hele verhaal. Het zat me zo hoog dat ik het echt niet voor me kon houden en het luchtte op dat moment ook enorm op. En toen stelde Freek voor dat ik een keer met Simon kon praten. Ik dacht eerst wel een beetje: huh?, maar goed, ik op de fiets erheen, en het was echt enorm gezellig. Ontzettend aardige vent, die Simon, en hij zei ook nuttige dingen. Ik hoef niet meteen gay te zijn als ik op Serhii val, ik ben waarschijnlijk panseksueel. Dan val je op een mens, niet op een geslacht, zeg maar.'

'Zou toch geen bal uitmaken als je wel gay was?' zegt Joost, een beetje verbaasd. 'Ik begrijp eigenlijk niet waar je je zo druk over maakt.'

Aloys zucht. 'Dat weet ik wel, dat het niet uit zou maken, alleen: ik voel me niet zo. Ik voel me niet gay. Ik heb niet dat ik van kleins af aan al weet dat ik eigenlijk op mannen val, ik had echt geen idee totdat ik Serhii tegenkwam. Ik dacht dat ik op vrouwen viel, maar dat ik gewoon nog geen vrouw had ontmoet die ik leuk genoeg vond om er meer mee te willen. Ik raakte er echt gigantisch van in de war.'

Joost knikt. 'Ja, ik snap wel dat het als een verrassing kwam, maar liefde is liefde, nietwaar? Als het goed gaat tussen jullie is het toch altijd mooi?'

'Volgens mij gaat het wel goed,' zegt Aloys, ineens verlegen, 'maar we doen het rustig aan. Serhii is bi, hij is ook wel eerder met jongens, eh, nou ja, mannen geweest, maar hij snapt dat ik er even aan moet wennen. Maar tegelijk dus ook weer helemaal niet, dat is juist het verwarrende. Het voelt zo goed en zo natuurlijk met hem, dat ik…' Hij haalt zijn schouders op en zucht. 'Ik weet het ook niet precies.'

‘Volgens mij hoef je het ook niet helemaal te weten, je moet gewoon je hart volgen. Dat klinkt nou meteen alsof ik het van de achterkant van een pak hagelslag af heb, of uit een of ander newagetijdschrift, maar je begrijpt wat ik bedoel, toch?’ Joost legt even een hand op Aloys’ schouder. ‘En je moet je er niet over op zitten vreten; als je erover wilt praten dan ben ik er, dat weet je.’

‘Ja, ja, dat weet ik ook wel,’ mompelt Aloys, ‘maar hoe vertel ik het nou aan omi en opi?’

‘Gewoon met je mond, wat dacht je daarvan?’ Joost fronst. ‘Denk je dat ze het niet trekken, als je met dit verhaal komt? Kom op, man, geef ze een beetje krediet. Ze zijn moderner dan je denkt, hoor, en ze houden toch van je?’

‘Ja, dat weet ik ook wel,’ zegt Aloys met een frons.

‘Ze hebben trouwens al lang in de gaten dat je op het een of ander loopt te kauwen, hoor. Dus dan kun je ze maar beter blij maken met leuk nieuws, nietwaar, want straks denken ze nog dat je vijftigduizend euro hebt verloren in een online casino, of zoiets.’

‘Doe normaal,’ zegt Aloys, met een slappe stomp tegen de schouder van zijn neef. ‘Nou, wil je nog een colaatje?’

‘Ik dacht dat je het nooit zou vragen.’

‘En daarna ga ik de straat met je aanvegen in GTA, man.’

‘Ik kan helemaal niet gamen, en ik moet nog–’

‘Niks mee te maken, wij gaan samen spelen.’

# 25

Per stapt zijn huisje uit, voor de tweede keer vandaag fris gedoucht, zijn haar nog nat, en kijkt op zijn horloge. Het is al aan de late kant; hij heeft nog de hele middag hard staan werken in het kasteel, zelfs nadat de aannemer en zijn bouwploeg – zoals gewoonlijk tegen drieën – hun werk voor die dag beëindigden. Beneden zijn twee zalen helemaal afgewerkt en de stuc is verrassend snel gedroogd; er moet alleen nog geschilderd worden, en hij heeft alvast twee enorme muren gesausd. Zijn schouders branden er een beetje van, maar het was wel even lekker.

Hij blijft ook maar de hele tijd aan Charlie denken. Ontzettend vervelend; behalve dat ze die ene steengoeie zoen hebben gedeeld, en dat er een soort vreemde spanning rond haar hangt, heeft hij natuurlijk niets met haar te maken.

Hij doet zijn best het te bagatelliseren, het weg te redeneren, maar niets helpt. Zelfs een hele middag beulen met een verfroller heeft er niet voor gezorgd dat ze uit zijn hoofd is verdwenen. Zou ze het hebben uitgemaakt? Zou hij haar kunnen bellen, of zou dat idioot zijn? Hij heeft haar gisteren nog gezien, dus honderd procent zeker dat bellen idioot zou zijn. Hij zucht; bizar, die zoen was pas gisteren. De tijd lijkt wel dikke yoghurt, zo traag verglijdt hij. Zou ze terugrijden naar het park, of zou ze – nee, dat is een idiote gedachte. Ze blijft natuurlijk daar, waar 'daar' dan ook precies is.

Hij loopt het grindpad af en staat op het punt om het zijpad naar het kasteeltje in te slaan, als hij het geknerp van autobanden hoort en opkijkt uit zijn gepieker.

Er komt een Land Rover aan, het modernere, stadsere broertje van het exemplaar waar de eilandmannen vanochtend mee zijn weggereden.

Is dat... dat kan toch bijna niet?

Hij blijft stilstaan langs de kant van de weg om de auto te laten passeren, en ziet achter het raam het witte gezicht van Charlie. Ze heeft hem ook gezien, dat weet hij zeker, maar ze groet hem niet. Ze kijkt strak voor zich uit op de weg.

Even aarzelt hij, maar dan keert hij zich toch om en loopt met lange passen achter de auto aan. Die is al geparkeerd en Charlie stapt juist uit op het moment dat hij de parkeerplaats bereikt.

'Hallo,' zegt hij; hij weet niets anders, maar voelt aan iedere vezel in zijn lichaam dat zwijgen, zijn *go-to* modus operandi, hier niet handig is.

'Hoi,' zegt Charlie behoedzaam. Ze loopt om de auto heen en opent de achterklep met de afstandbediening – het ding gaat heel netjes vanzelf omhoog – om er drie enorme boodschappentassen uit te hijsen. Als die eenmaal op het grind staan kijkt ze ernaar met iets van vertwijfeling. 'Nou doe ik het alweer. Ik had natuurlijk op het pad voor het huisje moeten stoppen, dan had ik ze daar een voor een naar binnen kunnen brengen.' Ze zucht en kijkt Per aan met een blik die hij ineens ongelooflijk kwetsbaar vindt. 'Ik ben echt zo'n oelewapper vandaag,' zegt ze zachtjes.

'Ik kan er twee nemen, dan neem jij de lichtste,' zegt hij, en hij stapt dichterbij.

'Ja nou ja, jij hoeft toch niet standaard dingen voor me te dragen?'

'Hoeft niet,' zegt hij, 'mag wel.' Hij weegt de drie tassen een voor een in zijn handen, zodat hij de twee zwaarste eruit kan pikken, en loopt voor haar uit naar haar huisje. Hij hoort hoe ze achter hem aan komt, maar hij weet dat ze hem niet zal kunnen bijhouden als hij de benenwagen even flink aanzet.

'Ja, wacht nou even,' klinkt het achter hem, een tikje ademloos. Hij loopt door, haar tuintje in, zet de twee tassen naast de deur en blijft dan wachten. Misschien gaat ze hem nu een standje geven, maar daar zit hij niet zo mee. Hij is, en nu hij het zich realiseert kan hij een glimlach niet onderdrukken, veel te blij om haar te zien. Veel te blij dat ze nu hier is, weer op het park.

'Ja nou, Per,' begint Charlie, als ze eenmaal tegenover hem staat en ze haar tas naast de twee andere heeft neergezet. Ze is een beetje buiten adem, en als hij haar aankijkt, nog steeds glimlachend, ziet hij tot zijn innige tevredenheid dat ze bloost. En van de weeromstuit vergeet om boos op hem te worden.

Hij voelt het kwetsbare nog steeds bij haar vanbinnen zitten, en zegt: 'Je bent het niet gewend, hè, dat er dingen voor je worden gedragen?'

'Nou, niet zonder dat ik er druk voor moet uitoefenen, nee,' zegt ze schamper, en dan haalt ze diep adem. 'Ik wil toch de hele tijd alles tegen je zeggen, dus ik kan maar beter meteen beginnen. Ik heb het uitgemaakt met Sander. Vandaag. Hij ging vreemd, dat ook nog, en nota bene met de vriendin van Joost, van hier! Moet je nagaan. Ik was toch al van plan om het te gaan doen, het uitmaken, maar voordat ik wegreed kwam ik Joost tegen, hier bij de parkeerplaats, en toen–'

'Ik weet het,' zegt Per, 'ik kwam Joost ook tegen, nadat je al was weggereden. Hij vertelde het in drie zinnen.'

'O, lekker dan.' Met een frons maakt Charlie de deur van het huisje open met de sleutel.

'Het was geen roddelen,' zegt Per rustig, 'daar is Joost te netjes voor. Hij was eerder bezorgd. En misschien een beetje verbaasd over het toeval.'

Ze probeert de twee zware tassen die Per voor haar heeft gedragen van de grond te tillen, maar zet ze na één stap weer neer. 'Verdorie, dat moet echt een voor een.'

'Ik help je,' zegt Per, 'neem jij gewoon die andere.'

Ze kijkt over haar schouder en hij ziet de twijfel op haar gezicht: moet ze nou haar territorium verdedigen, of maar gewoon toegeven? Dan haalt ze haar schouders op, pakt de lichtste tas en loopt naar binnen. Per neemt de andere twee tassen en volgt haar naar binnen, de keuken in, waar hij ze voor haar neerzet.

Terwijl ze uitpakt leunt hij tegen de deurstijl en zwijgt.

'Ik heb Sander gedwongen om twee zakken met kleren voor me te dragen, toen ik daar wegging,' zegt ze, terwijl ze haar bescheiden tafelmodel ijskast volpropt. 'Ik had niet gedacht dat hij het zou doen, maar hij deed het toch. En hij heeft me zijn oerlelijke, dure rolkoffer gegeven, ik denk uit schuldgevoel.'

'Hoe is het met jouw gevoel?' vraagt Per, als ze klaar is met de ijskast en weer rechtop komt.

'Het gaat wel, geloof ik,' zegt ze, met een schouderophalen. 'Ik voel me op dit moment een beetje raar, net alsof ik niks kan voelen. Alsof er een soort luchtbel tussen zit. Niet goed en niet slecht, een beetje verbaasd dat het eigenlijk zo makkelijk ging, zo voel ik me. En ik ben het niet erg gewend om zo veel opties te hebben. Ik heb genoeg geld, ik heb het huis van mijn oom, en zijn auto, en dit… Ik was ook eigenlijk niet van plan om hiernaartoe te rijden, maar na de supermarkt zat ik ineens op de snelweg. Nou ja. Ik had er denk ik behoefte aan om, eh, om even in het groen…'

Plotseling staat ze tegenover Per, en ook meteen best wel dicht bij hem.

Hij kijkt haar diep in de ogen en voelt haar onzekerheid en twijfel trekken aan zijn hart; hij zou haar het liefst in zijn armen nemen en dicht tegen zich aan houden. Het is niet eens iets seksueels, hoewel hij haar heel aantrekkelijk vindt. Het is meer dat hij het gevoel heeft dat hij haar niet alleen ziet en hoort, maar ook voelt. Vanbinnen. Zoals hij soms het ongemak of het conflict van andere mensen waarneemt, bijna alsof hij er onderdeel van is, zo voelt hij haar nu. Hij wil haar beschermen, hoewel hij niet kan benoemen waartegen precies; hij wil haar beschermen zoals hij zichzelf beschermt.

'Per?' zegt ze zachtjes.

'Ja?'

'Ik had dus dat boekje van mijn oom gelezen, gisteren.'

'Ja?'

'Ik was van plan om Sander te bellen toen je eenmaal weg was; ik had zo'n soort vaag idee dat ik wilde weten of hij van dat geld dat ik hem had gegeven inderdaad een ticket naar Bonaire had gekocht. Hoewel dat me natuurlijk eigenlijk niet aangaat, want eens gegeven blijft gegeven, maar goed.' Ze zucht. 'Ik begon in dat boekje te lezen en voordat ik het wist waren er een paar uur verstreken, en had ik het uit. En toen wist ik ineens zeker–' Ze slikt. 'Mijn oom had een vriendin. Hier op het park. Ze was zijn grote liefde, zij is de vrouw die hij heeft geschilderd, die vrouw van dat schilderij dat in het Met hangt. Niemand weet dat zij het was. Het is zo'n triest verhaal, eigenlijk. En ik wist meteen, toen ik dat allemaal had gelezen, dat wat Sander en ik hebben,' ze schudt even haar hoofd en beweegt haar hand door de lucht, 'nee, hadden, niet hebben, nou ja, in ieder geval, ik wist gisteravond ineens gewoon honderd procent zeker dat het, dat het...' Haar stem klinkt alsof haar keel zich dichtschroeft. 'Alsof het helemaal geen liefde was,' brengt ze dan uit, fluisterend, en dan komt er een snikje.

Per kan zijn instinct niet meer onderdrukken. Hij strekt zijn armen uit, trekt haar voorzichtig dichterbij en rolt haar in zijn omhelzing, en ze snuft zachtjes tegen zijn schouder.

'Het is niet erg als je verdrietig bent,' mompelt hij in haar oor.

'Ben ik niet echt, geloof ik,' mompelt ze waterig, 'of eigenlijk, ik geloof niet dat ik verdrietig ben om hem. Meer om, nou ja, je vindt het vast stom, om mijn eigen droom, die uit elkaar valt?'

'Had je jezelf wijsgemaakt dat het wel liefde was?'

'Denk het wel,' zegt ze zachtjes, en ze maakt zich alweer een beetje van hem los.

'Daar mag je ook best verdrietig om zijn,' zegt hij, zacht en laag. 'Die dingen kunnen soms verschrikkelijk door elkaar gaan lopen. Ik doe altijd mijn best om de boel van een afstand te kunnen blijven bekijken, zodat zoiets me niet overkomt.'

'Heb jij je dan ook wel eens vergist in een relatie?' Ze kijkt hem aan met haar betraande ogen.

'Nou, eh, dat eigenlijk niet. Ik... ben over het algemeen niet zo van de relaties. Ik heb nooit lange verbintenissen gehad; het paste gewoon niet bij mijn levensstijl, denk ik.'

'Wat doe jij dan, alleen onenightstands?'

Per hoort een onmiskenbare teleurstelling in haar stem, en ook iets van afkeuring, denkt hij. 'Ik heb wel... nou ja, korte verhoudingen gehad, van een paar weken misschien, maar het was altijd voor zowel mij als mijn tegenspeelster volkomen duidelijk dat het was wat het was. Ik denk...' Hij haalt even diep adem; hij snapt eigenlijk niet waarom hij plotseling het gevoel heeft dat hij zich op glad ijs begeeft, terwijl hij toch zijn best doet om eerlijk te zijn. 'Ik denk dat ik ze er ook op uitzocht,' zegt hij dan maar, terwijl hij bij zichzelf naar binnen kijkt en ziet dat ook dat de volledige waarheid is, al had hij het zich misschien nog niet helemaal ten volle gerealiseerd, 'al deed ik dat niet eens zo heel bewust.'

'O,' zegt ze. En dan stapt ze bij hem vandaan het woonkamertje in. 'Nou, bedankt, zal ik maar zeggen. Voor het sjouwen, en de, eh, troost, en zo.'

'Geen dank.' Hij denkt even na. 'Ik wilde eigenlijk nog even de hoogwerker terugbrengen naar Hogerweijde. Heb je misschien zin om mee te gaan?' Hij komt los van de deurstijl waar hij nog steeds tegenaan geplakt stond, keert zich om en kijkt dan tegen haar achterhoofd aan. Ze staat stokstijf in het kleine woonkamertje, haar blik gericht op iets wat hij niet kan zien; hij voelt vanbinnen haar plotselinge, koude wanhoop en kan niet anders dan zich afvragen of dat komt door wat hij heeft gezegd.

'Waarom?' vraagt ze, zich omkerend.

Ze heeft nieuwe tranen in haar ogen en hoe hij het weet kan hij niet zeggen, maar hij voelt met onbetwistbare zekerheid dat die tranen niet voor of door Sander zijn.

'Nou ja, om even iets te doen wat je misschien een beetje afleidt? Het heeft wel iets grappigs, je moet in dat bakje gaan staan, en dan zo met dat ding gaan rijden. Hij gaat maar heel langzaam, dus het duurt ook wel even. Ik vond het in ieder geval wel een soort van komische ervaring om ermee te rijden.' Hij vindt dat zelf eigenlijk een armzalige en ook nogal onvolwassen redenering, maar tot zijn verrassing zegt ze toch 'Oké'. En dan komt er een betraand glimlachje.

Een goed kwartier later – hij heeft zichzelf danig voor schut gezet met het uitparkeren en manoeuvreren van de hoogwerker totdat ze de geasfalteerde boslaan hadden bereikt, maar dat vond hij eigenlijk niet zo'n drama, omdat ze ervan in de lach schoot – tuffen ze samen in het bakje in de richting van Hogerweijde. Het loopt al tegen vijven; hij houdt zijn mobiel aan zijn oor terwijl hij rijdt, in de hoop iemand op het kantoor bij de gemeentewerf aan de lijn te krijgen, en hij stuurt met één hand, en nog heeft hij ruimte over om te merken dat Charlie intussen weer wat minder ongelukkig kijkt.

'Pas je op dat je niet zo de bomen in rijdt, Per ongeluk?' zegt ze, met een schuine blik zijn kant op.

'Als ik dat doe, dan doe ik dat Per expres,' zegt hij met een grinnik in zijn stem, maar dan wordt er – eindelijk! Gelukkig! – opgenomen aan de andere kant van de lijn. 'Ja, hallo, met Per Quinn Rosendahl,' zegt hij, 'ik had aangegeven dat ik vandaag de hoogwerker terug zou brengen, maar ik had wat problemen bij het wegrijden, en nu weet ik niet zeker of ik voor vijf uur de werf bereik. Hij gaat niet zo hard. Ik ben bijna bij de hoek van het café.' Hij luistert even naar de stem van de dame die heeft opgenomen; ze begint vrijwel direct op hem te mopperen dat het niet de bedoeling is dat hij buiten de openingstijden nog op de werf komt, maar dan hoort hij hoe iemand haar onderbreekt, en even later komt er een mannenstem in zijn oor.

'Meneer, eh, Rosendahl, correct?'

'Inderdaad,' zegt Per, een beetje verbaasd.

'Ik heb van de burgemeester begrepen dat u de erfgenaam bent van kasteel De Eyckenhof.' Het is een constatering, geen vraag. 'Dus u bent de nieuwe baron Eyckenhoff.'

'Ik geloof het wel,' zegt Per voorzichtig; de stem van de man klinkt een beetje bars, maar het is volkomen onduidelijk waar dit allemaal heen gaat. Hij hoort hoe een hand over het toestel wordt gelegd en er, een beetje gemoffeld, druk wordt gepraat. Het lijkt wel alsof de dame die de telefoon heeft opgenomen een standje krijgt; hij trekt even zijn wenkbrauwen op en geeft Charlie een blik.

'Wat gebeurt er?' vraagt ze, terwijl hij zijn mobiel met zijn oor tegen zijn schouder klemt om met twee handen de bocht te kunnen nemen.

Als hij weer netjes recht rijdt haalt hij de mobiel van zijn oor en mompelt hij, als een nepschurk uit zijn mondhoek: 'Ik had me denk ik moeten melden als baron Eyckenhoff, niet als mezelf.'

Charlie proest zachtjes, en dan komt de stem van de dame van de gemeentewerf weer aan de telefoon, vol verontschuldiging, om hem te vertellen dat ze er zeker nog is om hem binnen te laten, meneer de baron, als hij eenmaal arriveert.

'Nog een minuut of vijf, maximaal tien,' zegt hij geruststellend tegen haar. 'Ik ben er echt bijna, en het spijt me dat ik niet wat eerder ben vertrokken, ik vind het heel vervelend als u nu voor mij langer moet blijven.'

'O, nee, nee,' zegt de mevrouw, en hij hoort hoe ze haar best doet om zo netjes mogelijk tegen hem te praten, wat tot gevolg heeft dat ze waarschijnlijk netter klinkt dat hij, 'het is helemaal mijn schuld dat ik uw stem en uw naam niet herkende, meneer de baron, het spijt me echt.'

'Geen probleem, hoor, ik moet me denk ik ook verontschuldigen dat ik me niet heb gemeld met "meneer de baron", maar ik ben er nog niet helemaal aan gewend, ziet u.'

'Dat komt vanzelf,' zegt ze bemoedigend, 'en ik ga het niet meer vergeten als u nog eens iets van ons rollend materieel komt lenen. Graaf Van Lynden staat garant voor u.'

'En van die graven en baronnen moet je het hebben, hè?' zegt Per, toch wel een beetje cynisch.

'O, maar graaf Van Lynden is heel bekend bij ons allemaal, en we kennen hem als uiterst betrouwbaar. Nu hij eenmaal netjes getrouwd is, doet hij ook veel meer mee in de gemeenschap, en zijn vrouw is ook heel aardig. We zijn er allemaal blij mee, hoor, en als hij zoiets zegt, nou, dan kun je daar gewoon van op aan.'

'Wat een vertrouwen,' bromt Per.

'We zijn natuurlijk wel een dorp, hè?' zegt de dame in zijn oor. 'Ons kent ons. En Lagerweijde, en zelfs Eyckelaere, horen er gewoon bij.'

'Zelfs Eyckelaere?' herhaalt Per, nu met een glimlach in zijn stem en plaaglichtjes in zijn ogen. Hij ziet aan Charlie, die op haar lip bijt om niet te lachen, dat ze het gesprek woordelijk heeft kunnen volgen, want de dame aan de andere kant van de lijn heeft tegelijk met haar beste Algemeen Beschaafd Nederlands ook het volume zeker drie tandjes opgeschroefd.

Uit zijn mobiel komt vervolgens een uitgebreide lofzang op Eyckelaere, dat volgens de dame toch echt de allerbeste plek is om uit eten te gaan in de hele Grote Weijde, hoewel er mensen zijn die betwisten of het dorpje, dat helemaal aan de rand van het gebied ligt, nog wel bij de boswachterij hoort.

'Ik ben het met u eens,' zegt Per, die haar een beetje abrupt in de rede valt, 'ik vind ook dat het erbij hoort, maar nu moet ik ophangen, want het hek van de werf komt in zicht. Het is al dicht; zou u zo vriendelijk willen zijn om het voor me te openen? Dan rijd ik zo naar binnen.' Hij hangt direct daarna op en tot zijn genoegen schuift het hek langzaam opzij, zodat hij bijna zonder iets van zijn enorme vaart van drie kilometer per uur te verliezen zo naar binnen kan rijden.

Er staat een man in een grijs herenkostuum met vreemd genoeg een geel hesje over zijn colbertje heen buiten te wachten, en met woeste gebaren wordt Per met de hoogwerker een hoek in gedirigeerd, waar hij hem netjes langs de muur parkeert. Hij zet de motor uit, springt uit het bakje en strekt een hand uit om Charlie eruit te helpen.

'Wat een heer,' zegt ze lachend, hoewel hij ziet dat haar ogen nog niet helemaal meelachen.

De man in het pak met het gele hesje eroverheen komt enthousiast op hen af gelopen en begint druk tegen Per te praten, over de gemeente, over hoe fijn het is dat nu bekend is wie de nieuwe baron op het kasteel is, over dat hij waarschijnlijk wel een rol van belang zal willen spelen in de omgeving. Per laat hem even begaan, maar grijpt dan in: 'Ik ben niet opgegroeid als een baron-in-wording; ik wist tot voor kort nog van niets. Ik ben architect van beroep,' zegt hij. 'Dus ik verwacht eigenlijk niet dat ik me in de nabije toekomst bijzonder baronachtig zal gaan gedragen, hoewel u me altijd kunt bellen als de gemeentewerf een nieuw kantoorgebouw nodig heeft.' Hij grijnst kort, mompelt nog een 'goedemiddag', pakt Charlie bij de hand en loopt samen met haar het terrein af.

Ze lopen even zo door, samen, hand in hand, tot ze de straten van Hogerweijde hebben bereikt.

'In zo'n dorp als dit gaan mensen er vast meteen van alles van denken, als we zo lopen,' zegt Charlie, en hij kan eigenlijk niet uitmaken of ze dat nou erg vindt of juist niet, maar voor de zekerheid laat hij haar toch maar los.

'Zo beter?' vraagt hij met een schuine blik haar kant op.

'Weet ik eigenlijk niet,' zegt ze zachtjes. 'Moeten we nu dat hele eind teruglopen?'

'Het was de vorige keer, toen ik dat ding ging halen, ongeveer een half uurtje,' zegt hij, 'maar ik heb wel lange benen, dus misschien moeten we iets langer rekenen.' Even denkt hij na, maar dan waagt hij het er maar gewoon op. 'We kunnen onderweg wel even stoppen bij De Paardentram? En dan daar iets eten?'

'Omdat ik het met mijn korte beentjes anders niet red?' Ze klinkt gelukkig plagerig, maar hij kijkt voor de zekerheid toch maar even. Ze heeft een kleine denkrimpel in haar voorhoofd, maar die is waarschijnlijk niet voor hem bestemd. Misschien denkt ze na over het barongebeuren, of over het hand vasthouden, maar hij vindt het een stuk aannemelijker dat ze nog piekert over die ex van haar.

'Of gewoon om even iets te eten,' zegt hij dus droog, 'ik heb flinke trek gekregen van dat ritje. Vooral van het wegrijden.'

'Je was ook wel erg aan het schutteren,' zegt ze, 'terwijl je volgens mij best een Per fectionist bent.'

'Niet Per se,' zegt hij meteen, grijnzend.

Ze schiet in de lach.

'Gelukkig,' zegt hij.

'Hoezo?'

'Je had een denkrimpel. Ik zie je liever lachen dan piekeren, hoewel ik er begrip voor heb als je nu niet op je allervrolijkst bent.'

'Het gaat dus eigenlijk wel,' zegt ze peinzend. 'Ik had verwacht dat ik me veel ellendiger zou voelen, maar misschien is het ook wel omdat het zo, nou ja, zo onmiskenbaar was? Ik bedoel, als je een andere vrouw uit een kamer ziet komen waarvan je eigenlijk nog wel dacht dat het ook jouw slaapkamer was, zelfs al heb je er de afgelopen weken helemaal niet eens meer geslapen... Maar ja,' zegt ze dan, een beetje in gedachten, 'dat kwam door de omstandigheden, ik deed dat niet expres om ruimte te maken tussen Sander en mij. Hij heeft het natuurlijk wel expres gedaan.'

'Denk je dat het al langer aan de gang was?' vraagt hij. Misschien lucht het haar wel op om het er even over te hebben. 'Maar als je er niet verder over wilt praten...'

'O, nee, geen probleem,' zegt ze snel, 'ik had al meteen bij jou zoiets dat ik alles aan je wilde vertellen, heel gek, zelfs dingen waar ik zelf nog helemaal niet over was uitgedacht. Ik heb dat nog nooit zo met iemand gehad; ik ben toch altijd wel een beetje op mezelf.'

'Ik herken dat,' zegt Per. De Paardentram komt in zicht; gelukkig ziet het eruit alsof het niet zo druk is. 'Ik vind het ook heel makkelijk om met je te praten. En dat terwijl ik meestal te boek sta als een chagrijnig, zwijgzaam figuur.'

'Maar je bent helemaal niet chagrijnig,' zegt Charlie verbaasd, en met zo veel oprechtheid dat Per er een beetje warm van wordt vanbinnen. 'Je bent juist heel grappig. Heel droog, en een beetje pesterig. Niet op een lelijke manier, bedoel ik, hoor, maar zo dat het net leuk is.'

'Je haalt het slechtste in me boven,' zegt hij met een grijns, 'al mijn Per soonlijkheidsstoornissen.'

'Hadden we die niet al gehad?'

Hij opent de deur voor haar. 'Zou kunnen,' zegt hij, terwijl ze langs hem naar binnen stapt, 'maar nou en?'

Ze zoeken een tafeltje uit bij het raam en gaan zitten. 'Gelijk heb je eigenlijk ook,' zegt ze, 'en als ik eerlijk ben zijn mijn korte beentjes best blij om even te gaan zitten, weet je dat? Ik heb al met al toch wel een heftige dag achter de rug.'

Zo'n anderhalf uur later – de tijd is bijna ongemerkt voorbijgegleden – lopen ze samen terug door de boslaan, die leger en leger wordt naarmate Hogerweijde verder achter ze komt te liggen. Net als bij Eyckelaere zetten mensen graag hun auto's langs de laan tussen de bomen, maar dan wel het liefst zo dicht mogelijk bij het restaurant of het bospad van hun keuze.

Ze hebben het over van alles gehad; Per heeft zo'n beetje zijn hele jeugd samengevat in van die gortdroge, bijna van emotie ontdane korte zinnen waar hij in grossiert en zij heeft hem verteld over haar opgroeien in Amsterdam, waar eigenlijk niks bijzonders aan was, behalve dat ze gelukkig was en lieve ouders had die goed voor haar zorgden. Haar jeugd was rustig, zo heel anders dan de zijne. Maar terwijl zijn ouders nu nog leven en eindelijk een kalm bestaan hebben, is zij plotseling wees geworden. De tegenstellingen – en tegelijk ook parallellen – zijn niet te missen: allebei zijn ze op zichzelf teruggeworpen en Per vindt het verrassend aangenaam om in haar zo onverwacht een verwante ziel te vinden.

Zij lijkt dat ook prettig te vinden, want terwijl ze teruglopen, even zwijgend, nadat ze al zo veel hebben gezegd, voelt hij ineens hoe zij nu zijn hand pakt. Hij kijkt niet maar glimlacht wel, en zegt dan: 'Ik ben helemaal vergeten je iets te vragen. We zijn zo aan de praat geraakt over het verleden.'

'Kom maar op met je vraag,' zegt ze warm.

'Nou, ik ga dit weekend naar een van de waddeneilanden, om te kijken naar een bepaald type huisjes. Ik heb contact met de architect ervan, die daar ook woont; vanochtend waren die mensen hier om te kijken op welk terrein we die huisjes zouden willen neerzetten, en toen nodigden ze ons uit om bij hen langs te komen. Ze zijn ontzettend aardig.' Hij aarzelt even: heeft hij het nu te enthousiast verkocht? 'Dus wat ik me afvroeg: wil je mee?' Het blijft even stil naast hem, dus hij voegt er snel aan toe: 'Henk gaat ook mee, en Joost, en misschien neemt hij ook nog wel iemand mee, maar dat weet ik niet zeker.'

'In ieder geval niet zijn vriendin, denk ik zo,' zegt Charlie. Het is grappig bedoeld, dat hoort hij aan haar stem, maar er zit wel degelijk een bepaalde ondertoon in.

'Nee, dat denk ik ook niet,' zegt Per.

Dan wordt hij uit zijn lijden verlost als ze, toch nog plotseling, 'Oké' zegt. Ze kijkt hem even aan. 'Ik heb verder toch niet zo veel te doen, behalve dat ik nog iets moet met al die schilderijen van mijn oom, hier en in Amsterdam, maar die kunnen vast nog wel even wachten tot na het weekend.'

'Goed,' zegt hij simpelweg. Vanbinnen voelt hij een belachelijk grote blijdschap.

# 26

Rosie neemt de kleine vergadertafel in het kantoortje achter de receptie af met een vochtige doek, ze moet even poetsen op een hardnekkige koffiekring. 'Wie heeft er nou weer zo zitten morsen,' pruttelt ze, eigenlijk een beetje in zichzelf, maar ze krijgt toch antwoord. Van haar man, die breeduit in de deuropening staat en die haar werk met een kritisch oog staat op te nemen.

Dat kritische oog is eigenlijk niet voor haar bedoeld. 'Ik begrijp niet waarom je nog moeite doet voor die kerel,' bromt hij. 'Wij willen hem hier niet hebben, Per wil hem hier niet hebben, niemand zit op hem te wachten en de enige reden dat Per nog een keer met hem heeft afgesproken is om hem voor eens en voor altijd de laan uit te sturen. Letterlijk.'

'Dat bedrijf is verschrikkelijk vasthoudend,' zegt Rosie. 'Per zei dat ze hem misschien wel twintig keer hebben gebeld, in een paar dagen tijd. Hij dacht eerst ook dat hij het gewoon kon negeren, maar zo werkt het blijkbaar niet bij deze mensen. Nou ja, en als die vent, hoe heet hij nou ook alweer–'

'Botermans,' bromt Henk, 'Fedor Botermans.' Hij spreekt het zo langzaam uit dat het lijkt alsof hij eraan proeft. 'Belachelijke naam.'

'Nou ja, dat kan wel wezen, maar als hij dan toch komt hoeven wij hier niet als een slonzige bende over te komen, met van die plakkerige koffiekringen op tafel!'

'Ik denk dat het geen donder uitmaakt voor zo'n man, of hij

nou aan een plakkerige of een schone tafel zit,' zegt Henk, maar dan gaat ineens de telefoon bij de receptie. Rosie loopt langs hem heen, legt in het voorbijgaan de vochtige doek in zijn hand, stiefelt door naar de balie waarachter de telefoon staat en neemt op met 'Goedemorgen, Bungalowpark De Eyckenhof, met Rosie van Marle?'

'Met Ewout Boekhout de Larée,' klinkt het in haar oor, een geaffecteerde stem die ze totaal niet thuis kan brengen.

'Wat kan ik voor u doen, meneer Boekhout?'

'De Larée. De naam is: Boekhout de Larée. Ik meen dat wij elkaar in een ver verleden wel hebben ontmoet; ik was regelmatig op het kasteel te gast toen de oude baron nog leefde. Mijn oom, zogezegd.'

'O, wacht,' roept Rosie uit, 'u bent díé Ewout! Ja, ik weet het weer, hoor. Wat kan ik voor u betekenen?'

'Ik heb begrepen dat zich een zogenaamde erfgenaam van het kasteel, en de titel, heeft gemeld?'

'U bedoelt Per? Ja hoor, hij is hier hard aan het werk om het kasteeltje weer bewoonbaar te maken. We zijn ontzettend blij met hem.'

'Ik wil u uw vreugde allerminst ontnemen,' klinkt de stem van Ewout stijfjes in haar oor, 'maar zijn claim is niet gerechtigd. Ik ben de rechtmatige erfgenaam, van zowel het kasteel, als de grond waar dat huisjesgebeuren op staat, als de titel, als het bijbehorende fortuin. Ik heb wat tijd gestoken in het opsporen van de contactgegevens van deze… Per,' dit klinkt alsof Per niet anders dan een enorme bedrieger kan zijn, 'maar bedacht me toen dat ik waarschijnlijk op deze manier eerder mijn doel bereik.'

Henk is intussen naderbij gekomen en heeft uitgevogeld wie Rosie aan de lijn moet hebben; hij fluistert onhoorbaar maar duidelijk lipleesbaar: 'Is dat die Ewout? Van vroeger?'

Rosie knikt en wijst op de telefoonhoorn, alsof ze wil zeggen:

wil jij het gesprek overnemen? Henk schudt zijn hoofd. Ze haalt haar schouders op en zegt in het toestel: 'Ik geloof niet dat Per feitelijk iets heeft geclaimd, hoor. Volgens mij was het meer zo dat zij hem hebben gevonden; dat advocatenkantoor in Zwitserland dat de boel al die tijd heeft beheerd, bedoel ik. Hij wist van niks. We hebben er nog geluk mee, hijzelf ook trouwens, dat hij toevallig architect is, zodat hij ongeveer weet wat hij moet doen met het kasteeltje, want het was er slecht aan toe. Hij zat in Dubai toen hij werd gebeld door die advocaten.'

'Stämpfli und Honegger,' zegt Ewout meteen gewichtig, 'Rechtsanwälte und Notariat. Ik ben met ze bekend; ik heb natuurlijk direct contact gezocht toen ik eenmaal had vernomen dat de oude baron, mijn oom, begrijpt u, was overleden.'

'Nou ja, direct is misschien een groot woord,' zegt Rosie fijntjes, 'hij is echt al jaren geleden gegaan, hoor.'

'Ik wist dat niet; ik was in het buitenland. Maleisië, Hong Kong, voor zaken, ik ben bankier. Verbazingwekkend genoeg wist men mij niet eerder te bereiken, want anders had ik natuurlijk wel direct aangegeven dat ik, bij monde van mijn oom, de rechtmatige erfgenaam ben.'

'Kan dat dan zomaar?' Rosie heeft sterke twijfels, maar ze is slim genoeg om te weten dat je je bij een man als Ewout maar beter een beetje van de domme kan houden, dan geeft hij waarschijnlijk meer prijs dan goed voor hem is. 'Ik dacht dat die erfenis volgens een soort vast plan verliep, op basis van degene die het eerst geboren is, niet dat iemand zelf kan bedenken dat degene die hij kiest de erfgenaam wordt.'

'Alles is juridisch oplosbaar, ook erfopvolging. En ik heb een team van zeer gekwalificeerde juristen tot mijn beschikking,' zegt Ewout; ze stelt zich voor dat hij bijna op het punt van ontploffen moet staan, zo belangrijk laat hij zijn stem klinken.

'O, nou, weet u, mijn zoon is ook jurist; ik zal hem eens vragen ernaar te kijken. Als u papieren hebt, stuurt u maar gewoon een kopietje naar Bungalowpark De Eyckenhof. Ik neem aan dat u het adres nog wel weet, als u ons telefoonnummer ook weer hebt kunnen vinden.' Rosies toon is aardig scherp; ze heeft er een vreselijke hekel aan als mensen zich zo opblazen, en ze had zich mentaal toch al tot de tanden bewapend voor die Botermans van Berg&Bos Luxe Topparken. Ze kijkt even naar Henk, die haar een goedkeurende grijns stuurt, en moet dan zelf ook een beetje lachen, hoewel ze het inhoudt. Henk vindt het altijd leuk als ze van zich af bijt, dan gloeien zijn ogen van trots, en daar kan zij dan weer erg van genieten.

'Ja, nou, dat wil zeggen,' klinkt de stem van Ewout, 'ik heb dus in feite geen papieren. Het was een mondelinge toezegging van mijn oom, de oude baron, aan mij. Hij had voor zover hij wist geen mannelijke afstammelingen in de directe lijn, en mede door mijn interesse in, en intussen ook ruime ervaring met, vermogensbeheer en dergelijke, ben ik natuurlijk in alle opzichten de ideale kandidaat om–'

'Maar u bent toch geen echte familie?' valt Rosie hem in de rede. 'U bent aangetrouwd, als ik dat zo mag zeggen.'

'Maar ik ben wel min of meer de enige van de hele familie die langdurig voor mijn oom heeft gezorgd.'

'Nou ja, dat valt toch ook wel mee, hoe vaak kwam u langs? Was het om de dag? Dat dacht ik toch niet. Een keer per week, een keer per maand?'

'Minder nog,' bromt Henk.

'Ik kwam zo vaak als mijn werk dat toeliet,' zegt Ewout Boekhout de Larée stijfjes, 'wat vaker is dan de rest van mijn ooms familie, maar minder vaak dan ik wilde.'

Henk stapt ineens fronsend naar voren en gebaart naar Rosie dat ze hem toch de hoorn moet geven, wat ze met opgetrokken wenkbrauwen doet.

'Ja, luister eens even, Ewout, Henk hier. Je weet nog wel wie ik ben. Je bent altijd al een gladde prater geweest, maar ik weet precies hoe vaak je hier bent geweest, en wat je met je oom voorhad. Je hebt een flinke zak geld van hem geleend, waarvan die ouwe baas al lang in de gaten had dat hij het niet terug zou krijgen, en ik vreet mijn hoed op, als ik een hoed had, als het waar is dat hij had gewild dat jij de hele boel zou erven. Je was toch naar het buitenland vertrokken? Is er daar iets misgegaan of zo, ben je je baan kwijt, dat je nou ineens hier komt kijken wat er nog te halen valt?' Zijn toon is gaandeweg gestaalder geworden en nu klinkt hij ronduit boos.

Rosie hoort dat Ewout terug begint te praten, op hoge toon, maar ze kan niet verstaan wat hij zegt. Ze kijkt een beetje bezorgd naar Henk – hij wordt bijna nooit boos – maar hij gebaart met zijn hand dat ze zich niet druk moet maken.

'Nee, dat ga ik niet doen,' zegt hij bruusk. 'Ik ga jou niet in contact brengen met Per; als je met hem wilt praten dan regel je dat maar lekker zelf. Of je komt langs, ik neem aan dat je de weg nog wel weet. Per is de erfgenaam, niemand die dat kan tegenspreken. Hij heeft de stamboom en alle papieren, hij is goedgekeurd door alle instanties en hij heeft daar zelf niks voor gedaan. Sterker nog, hij wilde het in eerste instantie volgens mij niet eens, dus je kunt hem er niet van beschuldigen dat hij iets van je heeft afgenomen. En zeg nou niet dat jij het allemaal graag van hem overneemt, als hij het niet wil, want intussen is hij wel bijgedraaid. Juridisch gezien heb je geen poot om op te staan, en dat weet je best. Nou, de groeten verder.' Henk verbreekt zomaar de verbinding, terwijl Ewout – zo klonk het tenminste – nog midden in een zin zat.

'Zo, jij bent ook lekker pittig vandaag,' zegt Rosie met een ondeugende grijns, 'zo heb ik je nog niet vaak gehoord.'

'Ja, nou moet die kerel eens ophouden ook. Ik weet zeker dat ik gelijk heb; hij zal wel ergens in de problemen zijn gekomen of zoiets, en hij dacht vast: ik kan van die zogenaamde oom vast nog wel wat lenen. Toen kwam hij erachter dat de ouwe baas intussen wijlen is, en nou denkt hij dat hij aanspraak kan maken. Het moet niet gekker worden!'

Op dat moment stapt Per binnen, met een laag, gemoedelijk 'goeiemorgen'. Hij kijkt heen en weer van Rosie naar Henk en trekt zijn wenkbrauwen vragend op.

'O, die Ewout belde,' zegt Henk, nog steeds een beetje mopperig, 'die man die niks van je is, weet je wel, we hebben het wel eens over hem gehad. Hing altijd zo rond de ouwe baron, leende geld van hem, ik dacht toen al dat hij erop aasde om de boel over te nemen, maar dat kon natuurlijk niet zomaar. Toen is hij verdwenen naar het buitenland, en nou ineens meldt hij zich weer en zegt dat híj de rechtmatige erfgenaam is, zogenaamd omdat zijn "oom"', Henk spreekt de aanhalingstekens hoorbaar uit, 'heeft gezegd dat hij zou willen dat hij, die Ewout dus, de hele boel hier zou erven.'

'Ja, hij zei ook de hele tijd "mijn oom", zo'n beetje om de drie woorden; misschien hoopte hij dat er als vanzelf een echte bloedband zou ontstaan, als hij het maar vaak genoeg zou herhalen,' zegt Rosie met twinkelende ogen.

'Heeft hij iets op papier?' Per lijkt niet uit het veld geslagen, hoewel Rosie, als ze goed kijkt, wel denkt dat er iets anders is dan anders, aan hem. Het is maar heel subtiel en ze kan er de vinger niet precies op leggen, maar hij lijkt… opener. Benaderbaarder. Nét iets minder afstandelijk en op zichzelf.

Ze weet intussen wel dat dat geslotene vooral een houding is, en dat hij in het dagelijks leven helemaal niet zo afstandelijk is, maar als je niet verder kijkt dan je neus lang is zou je kunnen denken dat hij eigenlijk altijd wel een beetje humeurig is. Alleen niet vandaag. Vandaag ziet hij eruit alsof hij… nou ja, bijna vrolijk is. Of op z'n minst goedgemutst.

'Heb je er zin in vandaag, jongen?' zegt Rosie tegen hem. 'Ook al gaat het waarschijnlijk een confrontatie worden?'

'O,' zegt Per, met een kort ophalen van zijn massieve schouders, 'over confrontaties maak ik me niet zo druk. Over die nepneef trouwens ook niet; komt hij hier langs?'

'Volgens mij wilde hij eigenlijk jouw telefoonnummer,' zegt Rosie tegen Per, 'maar het gesprek liep een beetje anders dan hij had gehoopt.'

'Die komt hier wel naartoe, denk ik,' bromt Henk, 'als hij echt op zwart zaad zit…'

'Wat is er dan met hem gebeurd?' Per loopt om de balie heen en steekt zijn handen in zijn zakken, en Rosie ziet dat hij eigenlijk, al probeert hij het waarschijnlijk te onderdrukken, met één mondhoek glimlacht.

'We weten het niet zeker, maar Henk denkt dat hij zijn baan kwijt is of zoiets, dat hij dacht nog wel een keertje geld bij zijn oom te kunnen lenen. Nou ja, lenen zonder teruggeven dan hè… Maar toen kwam hij erachter dat de oude baron al lang is overleden. En nou moet hij toch wat, nietwaar?'

'Die ouwe baas vond hem eigenlijk een parvenu,' zegt Henk, 'dat heeft hij wel eens tegen me gezegd. Maar toen had hij wel een borreltje op, want nuchter was hij te netjes voor zulke uitspraken.'

'Ik vind die vent op een bepaalde manier wel lef hebben,' zegt Per, 'hij zal heus wel weten dat hij geen kans maakt. Ik heb de hele mikmak, zegel, accreditatie van de Hoge Raad van Adel, of hoe heet zoiets, ze zullen er wel een eigen woord voor hebben.' Hij grimast nu even. 'Vaak zijn die clubjes ontzettend goed in terminologie maken; architecten doen dat ook. Afijn, ik bedoel dus, ik heb alle papieren, die Zwitsers hebben de hele stamboom uitgezocht…'

'Ja, dat zei ik dus ook al,' zegt Rosie, 'maar hij denkt blijkbaar echt dat hij ermee wegkomt om te roepen dat zijn oom het hem mondeling heeft toegezegd. Wat een onzin. Wat is er trouwens met jou gebeurd, Per? Je staat maar te glimlachen. Heb je een meevaller?'

'Zo zou je het kunnen omschrijven,' zegt Per, en ze weet niet zeker of ze het zich inbeeldt of niet, maar hij lijkt ineens een beetje verlegen met zichzelf. Ze kijkt hem verwachtingsvol aan, hij kijkt terug zonder iets te zeggen en trekt uiteindelijk, als ze niet wegkijkt, zijn wenkbrauwen omhoog. Dan begint Henk te lachen.

'Je kunt het maar beter meteen zeggen, jongen; mijn Rosie is net een terriër. Ze gaat net zo lang door totdat ze het naadje van de kous weet.'

'Nou, Henk!' zegt Rosie, niet echt geschokt. 'Je doet net alsof ik ongezond nieuwsgierig ben, terwijl ik alleen maar gewóón nieuwsgierig ben. Maar wel vasthoudend.'

'Ongezond vasthoudend,' zegt Henk, de lach in zijn stem.

'Niet waar!'

Per staat intussen ook te lachen, en op dat moment stapt Joost binnen, die eruitziet alsof hij vers uit de douche en onder het scheermes vandaan komt. Zijn haar staat zo'n beetje recht omhoog.

'Jongen, je bent je haar vergeten!' roept Rosie meteen uit.

'Nee, mam, dat is expres,' zegt Joost lachend, aangestoken door de vrolijkheid waar hij in naar binnen is gestapt. 'Wat is hier allemaal aan de hand?'

'Je ouders staan elkaar naar het leven,' zegt Per.

'O, daar hoef je je geen zorgen over te maken. Mijn moeder wint.'

'Niet altijd!' zegt Rosie, tegelijk met Henks 'Hé!', wat de hilariteit alleen nog maar verhoogt.

'Ik wil alleen maar weten waarom Per zo goedgemutst is,' zegt Rosie, 'en Joost, je moet echt je haar even kammen als je een beetje indruk op die Botermans wilt maken... en misschien moet je toch ook maar een stropdas pakken.'

'Dat is expre-hes,' zegt Joost, overdreven plagerig. 'Ik wil juist nonchalant op hem overkomen, dan denkt hij waarschijnlijk dat ik ongevaarlijk ben. Maar,' hij rolt met zijn ogen en maakt even van één hand een klauw, 'niets is minder waar. En Per, nu we het er toch over hebben, waarom ben je dan zo goedgemutst? Heb je Charlie meegevraagd naar het eiland?'

Rosie kan een grijns niet bedwingen als ze ziet dat Pers oren een beetje rood worden, hoewel zijn gezicht niets verraadt.

'Inderdaad,' zegt hij onderkoeld, 'ze gaat mee, dit weekend. Ze kan denk ik de ontspanning wel gebruiken, na zo'n vervelende ervaring.'

'Nou, dat denk ik ook,' zegt Joost met een uitgestreken gezicht.

'Heb jij mijn buurvrouw en haar zoon nog uitgenodigd?' Per kijkt hem onbevreesd aan, met een gezicht dat zegt: wat jij kan, kan ik ook.

Nu is Joost een beetje schutterig. 'Ja, nou, ik heb het wel geprobeerd, maar dat ligt natuurlijk lastig. Ze wil dan wel van haar man scheiden, maar ze wonen nog gewoon bij elkaar in dat huis, en de sfeer is daar op het moment enorm gespannen. Ik wil het natuurlijk niet moeilijker maken dan het toch al is...'

Rosie schudt haar hoofd. 'Och, jongen, waar begin je toch aan,' zegt ze zachtjes, terwijl ze een hand op Joosts arm legt. 'En je bent net van die andere meid af.'

'Ik weet het,' zegt Joost eerlijk, 'maar je kunt je gevoel niet dwingen, hè, mam, je weet hoe het is. En nu het officieel voorbij is met Liselore... ja, het klinkt gek, maar ik voel helemaal geen verschil. Ik denk dat het al heel lang voorbij was, alleen hadden we niet de moeite genomen om het tegen elkaar te zeggen.'

Op dat moment loopt Fedor Botermans langs het raam van de receptie, zijn dure lederen map onder zijn arm.

'O, kijk,' zegt Henk sarcastisch, 'hij heeft er wat van geleerd, van de vorige keer: hij heeft zijn auto nu maar meteen in de laan gezet.'

Even later gaat de deur open, heeft iedereen precies op tijd het gezicht in de plooi getrokken en kan het gesprek beginnen.

Een krap half uurtje later heeft de heer Botermans het terrein weer verlaten, en staan Rosie, Henk, Joost en Per op het grindpad bij de slagboom de laan in te kijken, terwijl ze zien hoe de dure grijze zakenauto van Botermans langsglijdt. Hij kijkt niet op of om.

'Zo,' zegt Rosie tevreden, 'als hij nog twijfelde na zijn eerste bezoekje: dit was een duidelijk nee. Hij kreeg op geen enkele manier een voet tussen de deur, het was bijna leuk om naar te kijken, Per. Ik wist dat je een beetje teruggetrokken kan zijn, maar ik had geen idee dat je zo stoïcijns op je standpunt kunt blijven staan.'

'Nou ja, het is eenvoudig: nee is nee. Dat kan ik blijven herhalen totdat de tegenpartij het heeft begrepen, voor mij is dat niet erg belastend. Maar als ik heel eerlijk ben heb ik toch het gevoel dat dit niet het laatste is wat ik van ze ga horen. Volgens mij is dat bedrijf niet gewend om er niet langs te komen.' Per kijkt even naar de bladeren boven zijn hoofd en perst zijn lippen op elkaar.

'Dat idee heb ik dus ook,' zegt Joost. 'Ik heb al veel loze dreigementen voorbij horen komen in mijn werk, maar zijn "hier is het laatste woord nog niet over gesproken", en vooral de manier waarop hij het zei, voelde voor mij niet als loos. Ze voeren iets in hun schild, al kan ik me op dit moment nog niet echt voorstellen wat.' Hij denkt er even diep over na. 'Misschien... moet ik bij die andere parken die ze hebben eens proberen te achterhalen wat dat terrein was voordat het een bungalowpark werd. Vorige eigenaars en dergelijke, kijken wat hun ervaring is geweest. Lijkt me heel leerzaam.'

'Kun je daar dan achter komen?' vraagt Per geïnteresseerd.

'Ik denk het wel, als ik goed zoek. Of als ik rond ga bellen; ik kan natuurlijk gewoon bij zo'n park in de buurt de bakker of de slager opbellen en vragen wat daar tien jaar geleden zat. Gewoon een beetje ouderwets speurwerk, ik vind dat altijd wel grappig.'

'Ik ga Freek ook eens vragen mee te denken,' zegt Per nadenkend. 'Die man is zo slim, en hij was zo vaag over wat hij voor werk doet, dat ik vermoed dat hij wel eens in stilte voor de overheid zou kunnen werken.'

'Hoe bedoel je, voor de overheid werken?' Rosie kijkt hem onderzoekend aan. 'Zullen we trouwens even terug naar binnen? Fedor kreeg dan wel geen koffie, maar wij verdienen intussen wel een kop!'

Ze lopen allemaal in een rijtje de receptie weer in, waar het intussen heerlijk naar koffie ruikt.

'Ik had de machine wel aangezet,' zegt Henk fijntjes, 'maar ik was niet van plan hem koffie aan te bieden.'

'O, pap, wat ben je toch af en toe gemeen,' zegt Joost waarderend, 'ik vergeet dat soms helemaal van jou. Die vent moet dat natuurlijk ook hebben geroken.'

'Precies,' zegt Henk met een grijns, terwijl hij de pot uit de machine trekt en tegelijk handig een fles koffieroom uit het koelkastje vist. 'Roos, doe jij de mokken en de suiker? O, en de lepeltjes.'

'Ja hoor,' zegt Rosie, maar vlak voordat Per het kantoortje binnenloopt houdt ze hem nog even tegen. 'Wat bedoelde je nou net, van graaf Freek? Dat hij voor de overheid werkt?'

'O, ik denk gewoon dat hij af en toe dingen doet waar hij niet over kan praten. Hij doet iets met ICT, zei hij, en hij gooide er een paar termen uit die volgens mij bedoeld waren om zo technisch te klinken dat ik wel zou afhaken, maar hij weet niet dat ik vrij handig ben in netwerkbeheer. Ik heb me daar flink in moeten verdiepen, omdat het goed voorbereiden van de ICT-situatie soms onderdeel is van een bouwklus. Ik vond het redelijk interessant, dus voordat ik het wist had ik een heleboel kennis opgedaan. Freek is geen netwerkbeheerder. Hij weet veel van ICT-achtige zaken, dat is wel duidelijk, maar ik denk dat hij meer in de cybercrime-hoek zit. Of in de cyberdefensie, ik weet het niet precies. In ieder geval voor de overheid, dus dan denk je toch algauw aan...' Per wiebelt met zijn wenkbrauwen.

'Wat bedoel je, dat hij een soort geheim agent is?' Rosie schiet in de lach. 'Nee, dat kan ik me bij hem echt niet voorstellen.'

'Ik wel,' zegt Per, 'ik kan me dat juist heel goed voorstellen bij hem. Ik ga hem bellen, en vragen of hij zijn licht ook eens over die Berg&Bos-jongens kan laten schijnen. Of misschien is het handig als Joost en ik dat samen doen.'

'Kijk, dát lijkt me nou een uitstekend idee,' zegt Rosie. 'Hier, draag jij even deze twee mokken, als je wilt.'

# 27

Charlie zit voor haar huisje – het begint toch echt steeds meer als háár huisje aan te voelen – en drinkt een kop koffie in het vroege ochtendzonnetje. Haar mobiel ligt voor haar op tafel, naast het opschrijfboekje van oom Benno; haar hoofd is verrassend leeg. Geen razende gedachten, geen schuldgevoel, ze hoeft niets in te houden of tegen te houden, ze hoeft nergens aan te voldoen. Het is een vreemd soort bevrijding, die ze niet aan zag komen. Ze is eigenlijk wel tevreden, zo in haar eentje. Het voelt, verrassend genoeg, als iets wat ze misschien wel veel eerder had moeten doen, en hoe raar is dat? Ze heeft zich na de dood van haar ouders, precies zoals hij had gezegd – nu ziet ze het ineens zelf ook – aan Sander vastgeklampt, om maar niet te hoeven voelen wat ze nu voelt. Dat ze alleen is. Het leek haar vreselijk, een soort afgrond, een klif waar ze vanaf zou storten als ze niet oppaste, al kon ze nooit benoemen wat ze op de bodem tegen dacht te komen.

De vogels zingen, de zon schijnt, ze zit rustig op haar bescheiden terrasje met een volle kop koffie en een leeggegeten ontbijtbord, en er gebeurt helemaal niets. Geen klif, geen neerstorten; ze voelt zich juist verrassend goed. Ze heeft lang uitgeslapen, alsof ze weken aan gemiste slaap heeft in te halen, en ze mag van zichzelf ongegeneerd slapen totdat ze klaar is. Op enig moment zal ze wel eens rond gaan bellen, op zoek naar een klus, maar voor het moment heeft ze nog geld genoeg, dus ze heeft besloten, of eigenlijk: zichzelf met kracht ingeprent, dat ze nu even niets hoeft. Al doet ze volgende maand de hele maand nog steeds niks, en de maand daarop ook: dat kan makkelijk. Zo veel geld maakt ze niet op, in haar eentje.

In haar eentje.

Huh.

Ze had echt nooit gedacht dat dat als een bevrijding zou kunnen voelen, in plaats van als een straf.

Haar mobiel maakt geluid: in de afgelopen dagen, sinds ze haar spullen bij Sander heeft weggehaald, heeft hij haar met regelmaat een berichtje gestuurd. Sommige berichtjes zijn van het model: 'Ik heb hier nog iets gevonden van jou, wil je dat nog terug?', in andere stelt hij voor nog een keer te praten. Te bellen, of liever, elkaar live te zien. Ze heeft nergens op gereageerd.

'Waarom ben je me aan het ghosten?' komt er nu. 'We zijn toch niet met ruzie uit elkaar gegaan?'

Ze ziet de melding op het scherm van haar mobiel voorbijkomen, maar voelt totaal geen urgentie om te antwoorden; ze voelt als ze eerlijk is helemaal niets. Niet voor Sander, niet voor het feit dat hij met een andere vrouw in hun bed lag, en dat hij het waarschijnlijk al vaker met die andere vrouw had gedaan, niet voor het feit dat hij desondanks zonder enige schaamte vijfduizend euro bij haar heeft losgepeuterd... Allemaal dingen die kwetsend zijn, die haar boos zouden kunnen maken, maar nog steeds is er die wolk tussen haar emoties en de wereld, en alles wordt naar de achtergrond gedrongen door dat enorme, onverwachte gevoel van bevrijding.

Ze schudt haar hoofd, verbaasd om zichzelf, drinkt haar laatste slok koffie en pakt dan toch maar haar mobiel van tafel.

'Je mag dingen die eigenlijk van mij waren houden of wegdoen, ik hoef ze niet terug,' appt ze naar Sander, 'en ik ben je niet aan het ghosten, ik heb gewoon geen behoefte meer aan contact. Ik hoef ook niet te praten. Het is voorbij tussen ons, je hebt nu een ander, ik hoef verder geen details. Ik hoef eigenlijk helemaal niks meer van je.'

Verzenden.

Ook dat voelt als een enorme opluchting: om tegen hem te zeggen wat ze denkt, zonder enige terughoudendheid, en om zo definitief te zijn. Het is over. Klaar.

Hij reageert direct. 'Ja maar we kunnen toch niet zomaar helemaal niets meer voor elkaar betekenen? Na alles wat we hebben meegemaakt?'

Charlie moet bijna glimlachen om Sanders woordkeus. Het klinkt als een tekst die hij uit zijn hoofd heeft moeten leren voor een van zijn bijrollen in een soap, en ineens ziet ze, ook heel helder, dat hij waarschijnlijk zo zijn leven leidt. Hij speelt een rol, hij vult zichzelf in op de manier die hem passend lijkt, maar wat hij nou echt zelf is, is onduidelijk. Misschien weet hij het zelf niet eens.

Het is niet langer haar probleem. Gelukkig maar. Ze legt haar mobiel op tafel; ze heeft geen zin om in herhaling te vervallen, en bedenkt zich dat ze altijd nog zijn nummer kan blokkeren als het haar de keel uit gaat hangen. Ze is niet eens boos, het is gewoon een praktische afweging.

Ze pakt het boekje op van tafel, leunt naar achteren en bladert erin, terwijl het zonlicht over haar gezicht speelt. De bomen ruisen vriendelijk met hun verse blaadjes en de vogels zingen; een brutale eekhoorn rent dwars door haar tuintje en roetsjt zo de boom in. Oom Benno's boom. Die hij al zo vaak heeft geschilderd. Hij heeft hem ook een paar keer geschetst, in het boekje, zo'n beetje voor de helft, in de kantlijn, maar de dikke zijtak die op ieder schilderij zichtbaar is maakt hem ook hier gemakkelijk te identificeren.

Ze raakt, bijna ongemerkt, opnieuw verdiept in oom Benno's aantekeningen. Korte observaties zijn het meestal, een of twee zinnen, rake typeringen van mensen, de sfeer van de dag, de schoonheid van de liefde die hij ervoer met zijn Maureen. Haar achternaam wordt nergens genoemd; Charlie bedenkt zich dat ze aan Henk en Rosie zou kunnen vragen hoe Maureen voluit heette, en dat ze misschien eens wat onderzoek naar haar zou kunnen doen. Een beter beeld van haar krijgen, zodat ze misschien ook een beter beeld van oom Benno's liefde voor haar krijgt.

Liefde, wat is dat eigenlijk precies? Niet wat ze met Sander had, in ieder geval.

Ongewild springt het beeld van Per haar ineens voor ogen. Groot, breed, zwijgzaam, aantrekkelijk; ongrijpbaar ook. Ze glimlacht heel even. Dat is ook geen liefde, het is misschien lust – die zoen was geweldig, ze kan er nog warm van worden als ze eraan terugdenkt – maar liefde is meer. Vertrouwen, zeker weten dat je partner echt het beste met je voorheeft. Dat komt niet zomaar op als zonneschijn, dat moet groeien, als jaarringen in een boom.

Ze sluit even haar ogen, genietend van de zon, en even mag ze zich van zichzelf voorstellen dat ze zoiets met Per zou hebben. Het zou waarschijnlijk geweldig zijn.

'Hallo, goedemorgen,' klinkt het vanaf de ingang van haar tuintje. Een onbekende stem, een tikje te hard misschien.

Charlie opent haar ogen, een klein beetje betrapt. Er staat een man in een geruite broek naast de heg, die haar heel vagelijk bekend voorkomt.

'Ja, wij kennen elkaar,' zegt hij, terwijl hij heel brutaal haar tuinpaadje op komt, 'mijn naam is Anno Oliveira. We hebben elkaar ontmoet op de uitvaart van je oom.'

Charlie staat langzaam op uit haar stoel. 'Ik... weet niet zeker of ik me dat nog herinner,' zegt ze nadenkend. 'Het spijt me, maar er waren daar zo veel mensen, en ik heb zo veel handen geschud en praatjes gemaakt...'

‘Ik ben kunsthistoricus,’ zegt Anno, ‘veilingmeester, taxateur? We hebben het even gehad over de nalatenschap van je oom, en dat je waarschijnlijk wel veel reacties van musea en dergelijke zou krijgen. Ik bood aan je te helpen die nalatenschap te taxeren, en eventueel te bemiddelen bij de verkoop.’

‘O, wacht,’ zegt Charlie, ‘er begint me iets te dagen, ja. Je gaf me een kaartje. Wat een toeval dat we elkaar hier nu weer tegenkomen! Heb je hier ook een huisje?’

Anno schudt haar de hand en nodigt zichzelf dan uit, met een soort handgebaar, om bij Charlie aan tafel te komen zitten.

Eigenlijk heeft ze geen zin in gezelschap, maar ze is te overdonderd om er iets tegen te doen; voordat ze het weet zit hij al. Ze besluit hem niets te drinken aan te bieden; zo houdt ze in ieder geval nog een klein beetje controle over de situatie.

Hij kijkt haar aan met een uitnodigende glimlach. Charlie weet bijna zeker dat hij ervan uitgaat dat hij charmant overkomt als hij zo doet, maar ze kan het niet helpen: het heeft op haar geen effect.

‘Had je veel contact met je oom toen hij nog leefde?’ Hij blijft maar zo glimlachen.

‘Toen ik jonger was wel wat minder,’ zegt Charlie eerlijk, ‘toen zag ik hem vooral op verjaardagen en dat soort dingen, familiefeestjes, als hij er tenminste was. We dachten allemaal dat hij wel ergens in het buitenland zou zitten als hij niet kwam opdagen, maar ik ben er eigenlijk nu pas, na zijn dood, achter gekomen dat hij dan waarschijnlijk hier was. Hij hield dit deel van zijn leven heel goed verborgen voor iedereen. Maar de afgelopen tijd heb ik veel meer contact met hem gehad. Mijn ouders zijn tragisch verongelukt,’ ze moet zoals altijd even slikken om het te kunnen zeggen, ‘en hij heeft zich een beetje over me ontfermd. Hij heeft me in ieder geval enorm geholpen met het afscheid van mijn ouders en de hele nasleep. Ik ben zijn enige overgebleven directe familie; we hebben ergens nog wat achternichten en -neven van mijn vader zitten, maar die wonen volgens mij allemaal in Limburg en België; ik ken ze helemaal niet. Dus toen hij zo plotseling overleed... Nou ja. Zonder dat ik het wist heeft hij me officieel zijn enige erfgenaam gemaakt. Ik denk dat hij dat gedaan moet hebben na het overlijden van mijn ouders; hij heeft alleen nooit iets tegen me gezegd. Ik heb de afgelopen tijd een heleboel bijgeleerd, over hem, over wat hij deed, de dingen die hij had... Er was ontzettend veel te doen, en ik ben er nog steeds niet klaar mee.'

Anno knikt medelevend. 'Ik begrijp het. En je bent er nog niet aan toegekomen om zijn nagelaten werken een bestemming te geven?'

'Nou, nee, ik had eigenlijk eerst een heleboel praktische zaken te regelen.'

'Ik begrijp het, ik begrijp het,' herhaalt hij, een beetje op een toon alsof hij een schichtig dier probeert te kalmeren. 'Heb je niet de nodige belletjes gekregen van geïnteresseerde museumdirecteuren en dergelijke? Grotere galeriehouders, eh...?' Hij wappert een beetje met zijn handen.

'Een paar,' zegt Charlie, 'kort na de uitvaart.' Ze kan niet anders dan met enige verwondering kijken naar de man aan haar tafeltje. Wat een vreemd figuur is hij; op de een of andere manier is zijn aanwezigheid hier volkomen misplaatst. Hij ziet er niet uit alsof hij het soort man is dat het leuk zou vinden om een huisje op een bungalowpark te hebben. Ze besluit maar gewoon eerlijk tegen hem te zijn en te zien waar het gesprek nou heen gaat. 'Ik denk dat mensen het in de kranten moeten hebben gezien,' gaat ze dus verder. 'Er is ook nog iemand geweest die een groot stuk over hem had geschreven in NRC, maar ik wilde er niet bij betrokken raken; mijn hoofd stond daar echt helemaal niet naar. Ik heb eigenlijk alles afgehouden; ik zat met een huis, een bankrekening, een auto, eh, nou ja, allemaal dingen die ik op mijn naam moest laten zetten en dingen die ik af moest zeggen, verzekeringen, abonnementen, ik moest zijn kleding opruimen...' Ze slikt nog even, dringt haar tranen terug en vervolgt dan: 'Nou ja, ik ging er dus gewoon van uit dat de schilderijen wel even konden wachten. Die staan er al een tijdje, er gebeurt verder niets als ze er nog even iets langer staan.'

'Is alles wel goed beveiligd?' Anno klinkt bezorgd. 'Hield hij niet een atelier aan huis?'

Op de een of andere manier is dat Charlie iets te gretig, iets te veel alsof hij zit te vissen; misschien moet ze toch een beetje voorzichtig zijn met haar openhartigheid. 'O, hij had wel een soort werkruimte in zijn huis, maar dat was eigenlijk best bescheiden. Misschien dat hij ergens anders nog een atelier heeft gehuurd, ik ben daar nog helemaal niet achter. Ik heb in zijn huis, wat nu dus mijn huis is, een enorme stapel papier liggen die ik nog door moet werken. Ik vermoed dat ik daar wel iets in zal vinden als hij nog ergens anders een ruimte heeft.'

'Maar je zou dan toch ook afschrijvingen van zijn bankrekening moeten zien, intussen,' dringt Anno aan. 'En wat staat er hier wel niet allemaal aan werken? Zo'n vochtig vakantiehuisje is nou niet een ideale plek om waardevolle schilderijen op te slaan.'.

Charlie lacht even, en hoopt maar dat het niet al te geforceerd klinkt. 'Nou, hij heeft eigenlijk vooral steeds dezelfde boom geschilderd, hier. Die daar.' Ze wijst. 'Ik kan me niet voorstellen dat dat nou allemaal zo veel waarde vertegenwoordigt, wat hij een beetje voor zijn lol zat te pielen in zijn vakantiehuisje. O, en Rosie en Henk hebben volgens mij ook een schilderij van hem, maar die hadden geen idee dat hij heel bekend was. Misschien is dat ding van hen wel wat waard, wie zal het zeggen.'

'Ik denk dat je het beoordelen van wat waardevol is en wat niet, maar het beste aan een expert op dat gebied kan overlaten,' zegt Anno, en hij steekt zijn borst een klein beetje vooruit. 'Zullen we meteen maar even kijken?' Hij is al half uit zijn stoel voordat Charlie kan ingrijpen.

'O, wacht, je wilt nu meteen zijn spulletjes bekijken? Dat heb ik liever niet, hoor, ik ben eigenlijk net op en ik heb nog niet opgeruimd en zo,' zegt ze snel, terwijl ze ook overeind komt. Ze heeft ineens heel sterk het gevoel dat ze hem niet binnen moet laten, ze wíl hem niet binnenlaten, ze wil heel erg dat hij niet in het huisje komt, zo erg dat ze bereid is om de deuropening te blokkeren als dat nodig is.

Hij zal haar vastberadenheid wel voelen, want hij laat zich, met zichtbare tegenzin, weer zakken op de tuinstoel waar hij uit omhoog aan het komen was. 'We kunnen ook meteen even een afspraak maken, als dat je beter uitkomt,' zegt hij snel, 'dan heb je rustig de tijd om het aan kant te maken. Over, laten we zeggen, een uurtje?'

'Nou, ik weet niet,' begint Charlie, maar Anno valt haar in de rede.

'Het is echt het handigst als we er een beetje snel aan beginnen, want hoe langer je ermee wacht...' Hij beweegt zijn wenkbrauwen suggestief.

Charlie haalt diep adem. 'Wat gaat er dan precies gebeuren volgens jou, als we er langer mee wachten? En, eh, ik wil niet onbeleefd zijn, maar ik weet eigenlijk helemaal nog niet of ik een taxateur wil inschakelen om naar de schilderijen van mijn oom te laten kijken.'

'Dat zou anders wel verstandig zijn,' zegt Anno, met iets in zijn toon dat een beetje doet denken aan een uiterst geduldige ouder die iets aan een weerspannige peuter uitlegt, 'alleen al vanwege de verzekering die je ervoor zult moeten afsluiten. Ik neem aan dat je oom ook goed verzekerd was?'

'Nou ja, gewoon,' zegt ze, 'waar je voor verzekerd bent als je je verzekert. Maar misschien kom ik nog dat atelier tegen waar we het eerder over hadden, en heeft hij daar al zijn waardevolle dingen gezet, en goed afgesloten. En enorm goed verzekerd.' Ze haalt een keer diep adem. Hoe komt ze van die vent af?

Precies op dat moment stapt er iemand haar tuinpaadje op van wie ze niet direct weet of ze hem nou liever wel, of juist liever niet wil zien.

Per.

'Goeiemorgen, Charlie,' zegt hij, op die lage, beetje gruizelige, rustige manier van hem. 'Ik vroeg me af of je zin had om even te komen kijken bij de ooievaa- O, hallo,' vervolgt hij verbaasd, als hij haar bezoeker in het oog krijgt.

'Dit is Anno Oliveira,' zegt Charlie snel, en – ze kan niet anders dan het aan zichzelf toegeven – behoorlijk opgelucht, 'hij is kunsttaxateur. We hebben elkaar kort gesproken op de uitvaart van mijn oom, en toevallig is hij ook hier. Hij wil graag de schilderijen taxeren, voor zover er hier iets staat, maar ik wil eerst de boel even netjes maken. Ik ben nog maar net uit bed en zo...' Ze eindigt een beetje aarzelend, terwijl Per met uitgestoken hand op Anno toestapt. 'Dit is Per,' zegt ze nog snel, 'hij is, eh...'

'De architect die bezig is het kasteel te renoveren,' zegt Per daadkrachtig. 'Ik wilde je vragen, Charlie, of je zin hebt om even te komen kijken bij het ooievaarsnest. Er is denk ik iets gebeurd.'

'O, ja, ja natuurlijk, ik zet even mijn ontbijtspullen in de keuken. Een momentje, hoor. Sorry, Anno. Misschien een andere keer.'

'O, zeker,' zegt Anno, terwijl hij opstaat. 'Mijn vriendin heeft hier ook een huisje; ik ben zeer regelmatig op het park.' Hij steekt zijn hand op, mompelt nog een 'Tot snel' en maakt zich ietwat schielijk uit de voeten.

'Hij voelt denk ik wel dat hij het nu niet meer kan winnen,' zegt ze tegen Per als Anno buiten gehoorsafstand is. 'Ik ben maar blij dat je nou net langsliep, want ik was even aan het twijfelen of ik hem wel weg zou krijgen.'

'Ik heb geen idee wat dat nou voor figuur is,' zegt Per, terwijl hij peinzend het tuinpaadje af kijkt waar Anno net vanaf is gelopen. 'Wat wilde hij van je?'

Terwijl ze haar spullen op het dienblad legt, vertelt ze Per in twee zinnen wat Anno kwam doen, en dan houdt hij netjes de deur voor haar open en volgt hij haar naar binnen. Ze zet het dienblad op het aanrecht, keert zich om en loopt bijna tegen hem aan – hij was weer zo tegen de stijl van de keukendeur aan het leunen – maar voordat ze om kan vallen pakt hij haar bij haar bovenarmen. Zijn handen zijn groot en warm, ze voelen fijn op haar huid.

'Heb je het koud?' vraagt hij; zijn duimen bewegen een beetje over haar plotselinge kippenvel.

'Het gaat wel,' mompelt ze. Ze kijkt omhoog, in zijn ijsblauwe ogen, en ziet daar niets dan vriendelijkheid.

'Ik heb niet zo'n goed gevoel bij die Anno Oliveira,' zegt hij. 'Iets aan die man bevalt me niet.'

'Ik wilde hem ook niet binnenlaten, ik had denk ik hetzelfde. Ik heb zijn kaartje nog in mijn portemonnee zitten, van toen hij me aansprak tijdens de uitvaart van mijn oom, maar ik vond hem toen ook al een beetje... nou ja, een glibber. Ik was helemaal niet van plan om hem te bellen of zo; ik was stomverbaasd dat hij hier ineens opdook.'

'Geef mij dat kaartje maar,' zegt Per zachtjes, 'ik ga wel even kijken wat voor soort man dat is. Misschien hoopt hij op een grote klus, of hij denkt dat er een heleboel commissie te verdienen valt.'

'Hij had het wel over beveiliging, en verzekeringen en zo... Stel dat hij hier inbreekt; je hoeft het ruitje aan de achterkant maar in te tikken en je kunt zo dat kamertje leeghalen waar al die schilderijen staan.'

Per schudt zijn hoofd, terwijl zijn duimen zachtjes over haar huid blijven strijken. Ze wordt er vanbinnen helemaal rustig van, en tegelijk bruist er iets heerlijk warms in haar buik.

'Ik denk niet dat hij zoiets drastisch gaat doen,' zegt hij dan, 'daar lijkt hij me niet het type voor. Maar ik denk wel dat hij het opnieuw bij je gaat proberen, en hij heeft ook niet helemaal ongelijk. Het is waarschijnlijk niet te verzekeren als je die werken hier zo laat staan. Het huisje is tochtig en het wordt snel vochtig, en het is inbraakgevoelig.'

'Moet ik ze dan in mijn auto laden en naar Amsterdam brengen?' Ze kijkt opnieuw omhoog, in zijn ogen, en ziet daar iets van een lach schuilen. Een vriendelijke, warme lach. Onbewust stapt ze nog een klein stukje dichterbij, totdat ze bijna tegen hem aan staat.

'Je mag ze ook bij mij op zolder zetten,' zegt hij zachtjes, zijn hoofd een beetje naar haar toe gebogen. Zijn neus strijkt even langs haar haargrens, en ze heeft het idee dat hij aan haar ruikt.

'Op het kasteel?' Ze legt een hand op zijn borstkas, en meteen glijdt zijn hand van haar arm naar haar rug, en hij trekt haar het allerlaatste stukje dichterbij, zodat ze haar hoofd tegen zijn stevige schouder kan leggen.

'Ik heb er een nieuwe deur in gezet, met een goed slot, en er is ruimte genoeg, dat heb je gezien,' mompelt hij. 'Ik help je wel met het verplaatsen.'

'Hoe doen we dat dan zodat hij het niet ziet?' vraagt ze zachtjes, terwijl ze haar gezicht naar hem opheft.

'Mag hij het niet zien dan?' vraagt Per nog, maar dan raken hun lippen elkaar en gaan ze op in een voorzichtige, maar onontkoombare zoen.

Charlie weet niet hoe ze het heeft. De wereld lost zo ongeveer op, en het enige wat nog bestaat is deze man, haar handen in zijn lange haar en zijn hoofdhuid onder haar vingertoppen. Zo is ze nog nooit gekust, niet door Sander en niet door de andere mannen die ze tot nu toe in haar armen heeft gehad. Het is een kus als een levensverhaal, vol verlangen, die eindelijk ontsnapt aan de beheersing waar hij lang achter gevangen heeft gezeten en nu zijn vleugels uitslaat met intense vreugde.

Per breekt de zoen ineens af, alsof het hem te veel wordt, begraaft zijn gezicht in haar hals en tilt haar zonder moeite een stukje op van de grond.

'O, zet me neer,' zegt ze, ademloos en half lachend, maar het verbaast haar hoe fijn het gevoel is om zo teder te worden vastgehouden door een man die zo achteloos sterk blijkt. Het geeft haar een gevoel van bescherming waarvan ze niet wist dat ze het wilde voelen, waarvan ze misschien heeft geprobeerd het bij Sander te zoeken nadat haar ouders waren verongelukt, maar dat hij haar nooit heeft kunnen geven.

Nu heeft ze dat gevoel eigenlijk niet meer zo hard nodig, en nu voelt ze het. Wonderlijk is dat toch, hoe zulke dingen werken. 'Wat wilde je me nou eigenlijk laten zien?' vraagt ze, half lachend, als hij haar weer neerzet.

Hij grinnikt ook. 'De ooievaars. Ik denk dat ze eieren in het nest hebben. Ik heb even een appje gestuurd naar Sylvie, de boswachter, en zij zegt dat het nogal laat in het seizoen is, maar daar hebben ze zich blijkbaar niks van aangetrokken. Sylvie kon me vertellen dat ooievaars meestal een stuk of drie eieren leggen. Ik wil dus proberen in het nest te kijken, ik wil weten wat erin zit, maar het schijnt dat ze wel nogal territoriaal kunnen worden als ze een legsel hebben, dus we moeten het voorzichtig aanpakken. Ik dacht dat je dat wel interessant zou vinden, gezien, ahem, de vorige keer, eh, maar, nou ja...' Hij geeft haar een grijns die een beetje hulpeloos is, wat enorm charmant is bij zo'n verder volkomen niet-hulpeloze man.

'Wilde je eigenlijk nog een keer zoenen?' vraagt Charlie maar gewoon, helemaal verbaasd over hoe makkelijk het toch is om tegen Per zomaar te zeggen wat ze denkt.

'Misschien wel,' zegt hij een beetje ondeugend, 'maar ik kon me niet inhouden totdat we op zolder waren.' Zijn hand streelt nog even over haar rug. 'Maar ik wil je ook wel echt de ooievaars laten zien. En nu we dan toch bezig zijn: misschien kunnen we gewoon even handig zijn, en die schilderijen van je oom meteen daar op de zolder zetten? Het kan in één moeite door.' Hij kijkt naar haar gezicht. 'Of... heb je dat eigenlijk liever niet? Ik zit dat wel zo te bedenken, maar...'

Ze kijkt hem nog eens goed aan. Hij is te vertrouwen, dat weet ze honderd procent zeker. Zo zeker als ze weet dat die Anno dat niet is. 'Volgens mij vind ik het wel een goed idee,' zegt ze dus. 'Het voelt inderdaad wel een stuk veiliger. Misschien moet ik ook al die potjes en spulletjes van oom Benno in een doos zetten en erbij doen; ik heb echt geen idee of dat misschien ook waarde heeft. Omdat het iets over zijn werkproces zou kunnen zeggen, of zo. En hoe krijgen we dat dan allemaal het huisje uit zonder dat die Anno het doorheeft?'

'Waarom zou hij het niet mogen weten? Volgens mij is het juist beter als hij het wel weet, anders staat hij morgen weer op je stoep. Misschien dat hij dat sowieso wel doet, maar dan kan hij er in ieder geval niet meer zo makkelijk bij.'

Charlie denkt er even over na. 'Ja, je hebt eigenlijk helemaal gelijk,' zegt ze dan, terwijl haar hand langzaam van zijn schouder af glijdt, 'we kunnen het bijna nog beter in het volle zicht doen. Maar toch zit het me niet lekker als hij precies kan tellen hoeveel schilderijen we naar buiten dragen, en ik wil eigenlijk ook niet dat hij kan zien wat erop staat.'

'Ik denk dat ik er wel meer dan één tegelijk kan tillen,' zegt Per bescheiden, 'en we rollen ze gewoon in van die verhuisdekens. Ik heb daar een hele stapel van in het kasteel; ik heb ook verschillende dingen moeten verplaatsen die daar nog stonden of hingen. Er staan nog allemaal meubels in een opslagloods; veel daarvan moet eigenlijk gerestaureerd worden, maar ik wil liever niets verkopen of wegdoen, zeker niet als het lijkt alsof het er al lang staat. Misschien ga ik het wel zelf proberen, als de boel eenmaal een beetje af is en ik er woon. Het lijkt me misschien wel leuk zelfs, een tafel opnieuw politoeren of zo.'

'O, dat is echt ontzettend veel werk,' zegt Charlie bezorgd.

'Daar kan ik wel tegen,' zegt Per met een knipoog. 'Nou, kom, laten we met jouw auto naar het kasteel rijden, dan laden we hem vol met dekens, zetten hem hier voor de deur en kijken hoeveel we erin krijgen.'

'Heb jij eigenlijk wel tijd voor al die toestanden?' Charlie loopt achter hem aan het knusse woonkamertje in, pakt haar sleutels en een vest, en kan niet anders dan glimlachen als hij zich weer naar haar omdraait. Hij is niet gewoon aantrekkelijk, hij is, ze kan er niet omheen, echt bizar aantrekkelijk. Hij is misschien wel de aantrekkelijkste man die ze ooit heeft ontmoet, hoewel hij een volkomen ander type is dan Sander. Veel ruiger is hij, met al dat haar, veel ongetemder. Hij doet ook niet echt aan zich netjes kleden, wat Sander altijd extreem belangrijk vond; ze heeft Per nog nooit in iets anders gezien dan werkkledij. Maar dat hindert niet, het maakt hem niet minder aantrekkelijk. Misschien zelfs juist meer, omdat het zo veel eerlijker is, zo veel meer naturel. Per speelt geen rollen, hij is gewoon precies wat je ziet.

'Ik maak er tijd voor,' zegt hij ernstig, 'en wat sta je nou te kijken?'

'Ik kan het niet helpen,' zegt ze, en hoewel zich een bibbertje in haar buik roert moet ze het van zichzelf toch zeggen; de nieuwe Charlie, 'ik vind je er gewoon zo lekker uitzien.'

'Ha!' zegt hij, een lach die hem zichtbaar ontsnapt. Zijn gezicht wordt er nog mooier van, zijn ooghoeken krinkelen een beetje en zijn mondhoeken vliegen de lucht in. 'Nou, ik jou ook. Maar dat had je zeker al door.'

Natuurlijk, hij zou haar vast niet zo hebben gezoend als hij haar niet op z'n minst een beetje leuk zou vinden, maar om het zo te horen is, merkt ze, toch wel ontzettend fijn. Sander was niet zo van de complimenten, en hoewel dit op zich niet een heel verfijnd vormgegeven complimentje-terug is, is de onmiskenbare eerlijkheid ervan meer dan genoeg om haar helemaal warm te laten worden. En om even naar zichzelf te kijken in de weerspiegeling van de ruit in de voordeur van het huisje: ze ziet er voor haar eigen gevoel helemaal niet op haar florissantst uit, en charmant gekleed is ze ook niet, maar gek genoeg kan dat Per blijkbaar niks schelen. Nou ja, zij vindt hem ook leuk in zijn werkkleren, vertelt ze zichzelf, maar dat werkt die altijd aanwezige onzekerheid over haar uiterlijk toch niet helemaal weg.

Ze sluit haar huisje af en loopt achter Per aan haar tuin uit, en dan lopen ze naast elkaar en in stilte over het grind naar de parkeerplaats. Ze twijfelt even; Sander stond er altijd op om te rijden, als ze wel eens beschikking hadden over een auto, maar Per lijkt daar geen last van te hebben. Ze haalt de auto van het slot met de afstandbediening en Per stapt met een grijns – alsof hij bij haar naar binnen heeft gekeken – in op de bijrijdersplaats.

Nog geen uur later is het voor elkaar. Ze hebben in totaal vier keer heen en weer gereden: eerst naar het kasteeltje om verhuisdekens en -dozen te halen, toen zette ze de Land Rover vlak voor haar tuinpaadje en klapte ze de achterbank plat, en vervolgens gingen zij en Per naar binnen met dekens en dozen. Per vouwde handig een stapel schilderijen in een deken en zij vulde de dozen met de potten, tubes, paletten, messen, penselen, lappen en het tekengerei dat in de stellingkast lag. Drie dozen vol kwamen er uit het zijkamertje, en vier pakketten met doeken.

Nu staat alles op de verder nog volkomen lege zolder van het kasteel, op een paar opgevouwen dekens netjes tegen de muur, en is Per met een geconcentreerd gezicht iets aan het doen met een bezem, een kleine actiecamera en een rol dikke, zwarte tape.

'Hoe stel je het je dan voor?' zegt Charlie. 'Dat je die bezem uit het raam steekt?'

'Nou, ik zal er zelf ook wel uit moeten, denk ik, maar een selfiestick zou in ieder geval niet lang genoeg zijn. Als ik nou aan deze kant van het dak blijf en niet op de nok klim maar die bezem dus omhoog steek, hoop ik dat ik toch in het nest kan kijken zonder dat de ooievaars zich het rambam schrikken. Sylvie zou het liefst een ooievaarexpert laten komen om te kijken of de ouders geringd zijn, en om de jongen ook te laten ringen, maar dan moeten we blijkbaar wachten totdat de jongen daar groot genoeg voor zijn. Nou ja, ik wil eerst weten of we überhaupt jongen kunnen verwachten!'

Hij heeft zoiets blijmoedigs en ook ondeugends, vindt Charlie, dat ze ervan moet glimlachen, haar hart warm in haar borstkas. Ze zou wel de hele dag met hem willen doorbrengen; gek genoeg lijkt het ineens alsof alles dan mogelijk zou zijn.

Hij stapt voorzichtig het dakraam uit en ze hoort meteen woest geklepper en het slaan van grote vleugels, maar hij praat met een kalme, lage stem, en het lijkt alsof de vogels er goed op reageren. Het wordt weer stil, en Charlie voelt ineens wat dat kleine woordje dat hij daar zei, en dat misschien wel helemaal niet over haar ging, toch bij haar teweegbracht.

We.

Hij zei we; we moeten wachten of er jonkies komen, en we willen weten of we iets kunnen verwachten, alsof het de gewoonste zaak van de wereld is dat zij met hem mee wacht. Ze schudt even haar hoofd. Nee, dat kan niet zo bedoeld zijn; hij had het vast over de boswachter. Maar toch...

Maar toch is het vreemd om te merken hoeveel het met haar

doet. Ze heeft, zo voelt ze nu ineens, bij Sander eigenlijk nooit een echt we-gevoel gehad, hoewel ze in zijn huis woonde en naast hem in bed sliep. Ze deden van alles met z'n tweeën, maar ze zijn nooit een we geworden. Wat een bizarre, en ook best heftige constatering; ze moet er echt even van gaan zitten, en laat zich voorzichtig zakken op een puntje van de kist die onder het raam staat.

Zou het zo makkelijk gaan, als je beter bij elkaar past dan Sander en zij blijkbaar deden? Zou je dan zomaar een we worden met iemand? En heeft ze zichzelf echt zo ontzettend voor de gek gehouden? Ze was op zoek naar steun, en een vervanging van die onvoorwaardelijkheid die ze gewend was bij haar ouders te ervaren – het was natuurlijk een enorme klap toen ze zo abrupt en afschuwelijk wegvielen – maar ineens ziet ze glashelder voor zich dat het zo niet werkt. Ze kan dat gevoel niet vervangen, en ze moet het ook niet proberen. Het verdriet zit in haar, daar moet ze mee leren leven. Als onderdeel van haar, als deel van haar bagage. Als ze iets nieuws zou beginnen met iemand – ze kijkt even over haar schouder uit het raam, waar een van de benen van Per nog net zichtbaar is – dan is dat niet ter vervanging van iets, dan is dat iets nieuws. Iets wat erbij komt, niet iets wat iets anders moet vervangen.

Ze zucht. Hoe stom is ze geweest? En wat voor onrealistische eisen heeft ze op Sander geprojecteerd? Hij kon daar natuurlijk nooit aan voldoen, en ineens ziet ze dat hij, voor zover hij kon, heus wel heeft geprobeerd haar te geven wat ze zocht. Hij is niet slecht, hij is alleen maar oppervlakkig en ze passen niet bij elkaar. Meer niet. Ze hoeft eigenlijk niet boos op hem te zijn, ze hoeft hem niet zo nadrukkelijk te negeren; ze kan hem gewoon loslaten en misschien nog eens met hem praten als dat zo uitkomt.

Op dat moment stapt Per weer naar binnen. Staand op de kist manoeuvreert hij zijn camerabezem weer naar binnen, en dan stapt hij er met één grote stap vanaf, om voor haar te komen staan, de bezem als een grote tovenaarsstaf rustend op de grond.

Ze kijkt naar hem op. 'Is het gelukt?'

'Ik denk het wel. Zullen we samen kijken?'

Ze knikt en perst even haar lippen op elkaar.

'Is alles wel goed?' vraagt hij meteen, terwijl hij de opname opent die hij net gemaakt heeft.'O, kijk: twee eieren!'

Ze kijkt mee, glimlacht, maar zucht ook. 'Ja. Ja, ik denk wel dat alles goed is. Ik... moet het nog wel een beetje verwerken allemaal, dat het nu voorbij is met mijn vriend, en zo; hij blijft me ook appen, maar ik merk dat ik eigenlijk veel te boos ben, en te achterdochtig. Dat wil ik niet, ik wil er gewoon op een volwassen manier mee omgaan, en hij heeft op zijn manier ook heus wel zijn best gedaan, maar we passen gewoon niet zo goed bij elkaar. Dat zat ik me allemaal te bedenken, terwijl je buiten was.'

Hij knikt ernstig. 'Wat een grote gedachten. En dan kom ik aanzetten met mijn ooievaars; niet erg subtiel van me, hè? Je hebt natuurlijk eigenlijk wel iets anders aan je hoofd. Eh...' Hij schudt kort zijn hoofd. 'Als je dit weekend toch liever niet mee zou gaan naar het eiland, dan moet je het wel zeggen, natuurlijk.'

Charlie staat op. 'Ik wil graag mee. Ondanks al die dingen. En ik wil ook graag weten hoe het verder gaat met de ooievaars, en eh...' Ze kijkt hem aan, toch ook wel een beetje verlegen, maar dan begint zijn mobiel geluid te maken, en vist hij hem snel uit zijn achterzak. 'O, daar heb je Cees, de aannemer, die zal ik wel even moeten nemen. Ga je vanmiddag mee naar De Paardentram? Ik heb daar met Joost en Freek afgesproken om iets over het bungalowpark te bespreken.'

'Ja, goed,' zegt Charlie verbaasd, terwijl Per aan zijn gesprek begint. Het gaat zo te horen meteen over allerlei technische dingen, maar hij werpt haar een warme glimlach toe en loopt dan voor haar uit naar de zolderdeur. Hij laat haar voorgaan en ze is al halverwege de trap als ze over haar schouder kijkt en ziet dat hij de deur stevig op slot draait.

# 28

Joost neemt in het telefoongesprek afscheid van de eigenares van de kantoorboekhandel en schrijft snel een paar steekwoorden op zijn blocnote. Hij gebruikt altijd zo'n gele met die rare afmetingen, die in het Engels een *legal pad* heet; ergens vindt hij dat grappig. Hij, als jurist, moet natuurlijk wel op een legal pad schrijven.

Zijn plan om kleine ondernemers in de buurt van zo'n Berg&Bos-park te bellen werkt beter dan hij had gedacht. Hij doet zich voor als een journalist die onderzoekt welke invloed de komst van een groot bungalowpark op de omgeving heeft, en bij allebei zijn pogingen had hij meteen prijs: de lokale ondernemer liep helemaal leeg in zijn oor en gaf hem meer informatie dan waar hij op had gehoopt.

Het vakantiepark van Berg&Bos in de buurt van de Weerribben was vijf jaar geleden nog gewoon boerenland. De bakker van Kloosterwolde, het dichtstbijzijnde dorp, dat er op Google Maps kleiner uitzag dan Lagerweijde, bleek een geboren en getogen Kloosterwoldenaar; hij had een uitgesproken mening over de situatie, en hij was meer dan bereid om die mening niet onder stoelen of banken te steken. Boer Stemerdink had nooit zijn land en zijn bedrijf zo makkelijk van de hand moeten doen; er gingen, zo had de bakker op vertrouwelijke toon verteld, zelfs geruchten dat Stemerdink onder druk was gezet, omdat hij in eerste instantie helemaal niet wilde. Er waren wel meer van die verhalen, er was ook een keer iets geweest met Stemerdinks schuur: onduidelijke stadse figuren hadden zijn schuur willen huren om er iets in te doen wat het daglicht niet kon verdragen. Vast iets met drugs. Toen hield Stemerdink zijn poot stijf, en dat had hij bij die gladde jongens van dat vakantiepark natuurlijk weer moeten doen, dan waren ze vanzelf wel afgedropen. Maar ja, toen Stemerdink eenmaal die grote stalbrand had gehad was er iets in die man gebroken, toen had hij gewoon het geld aangepakt dat ze hem boden. Waar hij nu was, niemand in het dorp wist het; het enige wat ze wisten was dat de straten op mooie, zomerse dagen zo druk waren als de Kalverstraat in Amsterdam, met allemaal van die randstedelingen met veel te veel geld, schreeuwende kinderen, en maar doen alsof het dorp een soort pretpark was. Verschrikkelijk. Het was dan wel fijn dat hij meer brood verkocht, maar die mensen? Het misprijzen was nog net niet door Joosts mobiel naar buiten gedropen.

En dan had je ook nog Chinezen die permanent op het park zaten: die wilden zich niet aanpassen. Ze spraken nog steeds geen woord Nederlands en aten – dat was het ergste – geen brood. Ze aten rijst, de supermarkt had sinds de komst van het park zo'n beetje een heel schap gevuld met rijst in allerlei soorten en maten, en de raarste sausjes en pakjes, met onleesbare labels. Nee, de bakker vond dat allemaal maar niks; ze waren welkom, hoor, die Chinezen, maar als ze wilden blijven, moesten ze wel gewoon meedoen, niet zeuren en bij hem hun dagelijks brood halen.

Joost had, inwendig grinnikend, geluisterd en aantekeningen gemaakt, maar op de vraag van Joost waaróm er Chinezen waren, en waarom die kennelijk ook bleven, had de bakker geen antwoord, anders dan dat ze wat hem betreft weer mochten gaan als ze zijn brood niet bliefden.

Zijn volgende belletje was naar kantoorboekhandel De Pen

in Doornsteek – hij viel met zijn neus in de boter doordat de eigenares zelf opnam: een pittige tante die zich voorstelde als Paula en die in de gemeenteraad bleek te zitten – en verliep zo mogelijk nog succesvoller. Paula had zo veel details in de aanbieding dat hij drie kantjes vol heeft gepend: op de Veluwe staat het park op het terrein van twee naast elkaar gelegen agrarische bedrijven, waarvan er één, een pluimveehouderij, op het punt stond door de gemeente te worden uitgekocht vanwege de stikstofdruk. Paula nam de tijd om omstandig uit te leggen dat de gemeente toch echt een keurig bod op tafel had gelegd, en even later bleek waarom ze dat zo omstandig uitlegde: Berg&Bos had de gemeente flink overboden, wat haar zo te horen nog steeds niet lekker zat.

Paula had hem vervolgens voorgerekend hoe de deal in feite voor zowel de gemeente, als de boeren, als Berg&Bos iets had opgeleverd: er was meteen ruimte zat op de stikstofboekhouding voor Berg&Bos om het terrein vol te gooien met prefab vakantiehuizen, waarvan de stikstofdruk toch allemaal in de fabriek in Polen lag, en de hoogstnoodzakelijke aanleg van riolen en andere voorzieningen liet nog ruimte genoeg over voor de gemeente Doornsteek om tien nieuwbouwwoningen neer te zetten.

'Nou, iedereen blij, toch?' had Joost gezegd, maar dat had hij beter niet kunnen doen: Paula had hem vervolgens in stevige bewoordingen doorgezaagd over hoe vervelend het was dat nu een flinke lap grond niet in handen van de gemeente had kunnen komen, want eigenlijk was het plan geweest om honderd woningen te bouwen, maar daar was nu niet genoeg grond meer voor. En verder vond ze de mensen die in het park een huisje hadden gekocht idioten: zo veel geld neertellen voor zo'n lelijk, klein vakantiewoninkje, dan was je toch niet goed bij je hoofd?

'Zijn er ook Chinezen bij?' had Joost nog maar even voor de

zekerheid gevraagd, maar daar had ze ontkennend op geantwoord. Geen Chinezen, en wat zouden die ook te zoeken hebben in een bungalowpark in Nederland?

'Dat vraag ik me dus ook af,' mompelt Joost nu, terwijl hij zijn laatste gedachten op papier krabbelt. 'Wat moeten die mensen nou in de Weerribben?'

Hij heeft nog één nummer opgediept dat hij zou kunnen bellen: er is nog een park op de Wadden. Niet op hetzelfde eiland als waar hij dit weekend met zijn vader en Per naartoe gaat om die huisjes te bekijken, maar toch. De Wadden. Zijn gedachten gaan, hij kan het ook niet helpen, als vanzelf naar Elodie, die hij voorzichtig heeft gevraagd erover na te denken of ze het leuk zou vinden om, samen met Lars, met hem mee te gaan. Gewoon, zomaar, om er even uit te zijn; de sfeer bij hen thuis zal niet echt heel gezellig zijn.

Hij schudt zijn hoofd; hij baalt ervan dat hij de afgelopen twee dagen niets van haar heeft gehoord en dat hij nu nog steeds niet weet of ze nou wel of niet mee wil. Diep in zijn hart weet hij dat zijn moeder gelijk heeft, dat hij zich van alles op de hals haalt als hij iets zou beginnen met een vrouw met zo veel bagage, en met een autistisch kind ook nog, maar ja. Hij denkt bijna de hele dag aan haar, hij droomt iedere nacht over haar en hij heeft de strijd voor zichzelf al lang opgegeven. Hij heeft gevoelens voor haar. Hoe dat nou zo is gekomen weet hij niet; het was er gewoon ineens. Misschien waren het de lange, bijna fluisterende gesprekken die ze voerden in het holst van de nacht, als ze niet kon slapen van de stress en ze zijn 'je kunt me altijd bellen' heel letterlijk nam... Hij vindt het echt niet erg als ze hem belt, hij vindt het heerlijk om haar stem te horen, om haar vertrouweling te zijn, om het gevoel te hebben dat hij haar echt kan helpen. Hij bewondert haar, om haar uithoudingsvermogen, haar flexibiliteit, haar bereidheid zichzelf weg te cijferen voor haar zoon, voor haar man, alles om de lieve vrede te bewaren… Ze is ongeveer het tegenovergestelde van Liselore, die altijd idioot egocentrisch was – dat ziet hij nu pas goed.

Hij heeft het tot zijn taak gemaakt om op Elodie te letten, haar te helpen waar hij kan, haar moed in te spreken, en hij vertelt zichzelf dat er niks mis mee is als hij daar in stilte een beetje bij wegdroomt en zichzelf nog iets steviger in de reddersrol ziet. Als hij zich voorstelt dat het huis van zijn grootouders helemaal verbouwd is en dat hij daar met haar, en Lars… Die jongen zal ook zo opknappen als hij lekker in het bos woont, en niet meer onder het juk van die vader…

Hij zucht. Een beetje wegdromen is niet verkeerd, maar wat hij doet is misschien wel meer dan een beetje, en zijn gevoel is hem allang volledig ontglipt. Hij moet iets doen, hij moet een of andere actie ondernemen, want ineens heeft hij het gevoel dat zijn lichaam te klein voor hem is. Hij springt op om door de kamer te banjeren. Heen en weer, twee keer, drie keer, en dan begint het een beetje te zakken. Die nerveuze onrust, die urgentie heeft hij bij Liselore nooit gevoeld; er is zo veel wat hij bij Liselore nooit heeft gevoeld. Hij voelt, nee, hij wéét intussen gewoon dat hij zijn leven grandioos op zijn kop zal moeten zetten, want terug naar Amsterdam wil hij gewoon helemaal niet. Hij ziet er geweldig tegenop om terug dat appartement in te moeten, alsof hij zichzelf in een smal, donker postvakje in een eindeloze muur van postvakjes moet schuiven, hoog boven de grond en ver van de natuur. Het is maar op driehoog en er staan ook bomen in de Rooseveltlaan, maar hij voelt het verschil met de omgeving waar hij nu is, en waar hij al die tijd dat hij in Amsterdam woonde ongemerkt zo naar heeft verlangd, als een acute drang. Hij wil híér zijn, en wonen, en werken! Waarom is hij nou niet van nature handig, zoals zijn vader, en zijn neef? Hij kan niet niks, maar hij heeft niet dat eenvoudige aanpakkende, dat zelfvertrouwen dat hij het wel kan fixen met zijn handen. Hij is meer iemand van iets fixen met zijn brein.

Met een diepe zucht grist hij zijn mobiel van de tafel om voor de duizendste keer vandaag te kijken of er niet toch een berichtje van Elodie is binnengekomen, ongemerkt en zonder geluidje, hoewel zijn oren erop gespitst staan als die van een jachthond.

Niks.

Natuurlijk niet.

Hij vindt het ineens mooi geweest en drukt op het belicoontje, al weet hij dat het niet handig is als hij zomaar belt. Ze heeft nog steeds niet aan haar man verteld dat ze aan een scheiding denkt, en het zou olie op het vuur zijn als die Ronald toevallig zou opnemen en Joost zou zich moeten voorstellen als Elodies advocaat.

Toch laat hij het nummer overgaan. En overgaan; ineens houdt hij zijn hart vast. Het zal toch wel goed met haar zijn? En met die jongen?

Ineens wordt er alsnog opgenomen, en gebeurt er precies wat hij niet wil: hij hoort 'met Ronald' in zijn oor.

'Ja, hallo, ik ben op zoek naar Elodie, dit is toch haar nummer?' Gewoon bluffen, dat is eigenlijk het beste. Het is niet dat hij niet weet hoe dat moet; met een strak gezicht iets beargumenteren waarbij hij als privépersoon misschien wel twijfels zou hebben is onderdeel van het vak, om nog maar te zwijgen van wat hij op dagelijkse basis heeft moeten doorstaan op het gebied van de kantoorpolitieke slangenkuil.

Hij rilt nog bij de gedachte, maar zal toch met een behoorlijk antwoord moeten komen op de barse vraag van Ronald: 'En wie ben jij?'

'Ik ben Joost,' zegt hij maar gewoon, 'van Bungalowpark De Eyckenhof. Elodie staat bij ons in de administratie als de hoofdeigenaar en de contactpersoon voor jullie huisje.'

'Dat klotehuisje,' gromt Ronald in zijn oor, 'je gaat me toch niet vertellen dat er wat mee aan de hand is, hè?'

‘Ik heb een kleine onderhoudskwestie te bespreken,’ zegt Joost snel en een beetje slinks, want zo te horen is dat een route die Ronald nou net niet in wil. Joost voelt zich ineens in zijn element: dit kan hij. Vooruitdenken in zetten, hier is hij goed in, hier ligt zijn zelfvertrouwen.

‘Hier, er is iets met dat huisje dat je zo nodig moest hebben,’ hoort hij van een afstandje. ‘Als je maar niet denkt dat ik daar ga staan zagen en timmeren.’

En dan ineens hoort hij de licht bibberige stem van Elodie in zijn oor. ‘Hallo? Rosie, ben jij dat?’

‘Nee, ik ben het,’ zegt Joost, ‘ik wilde gewoon je stem zo graag even horen.’

‘O,’ zegt Elodie, een beetje verschrikt.

‘Komt het slecht uit?’

‘Nou, ja, eigenlijk wel, we hebben… wacht even.’ Hij hoort gerommel en Ronalds bozige stem, die vraagt of ze met mobiel en al naar buiten gaat en of hij het soms niet mag horen, en ze moet niet denken dat hij daar gaat staan klussen.

‘Nee, dat denk ik ook niet,’ komt Elodies stem weer, nu dichterbij, ‘maar ik wil nog even langs de bakker en dan doe ik dat eerst en dan loop ik daarna meteen door om Lars uit school te halen.’

‘Kan dat kind vanmiddag niet ergens naartoe? Bij een vriendje spelen of zo? Ik heb er echt helemaal geen zin in, dat gejengel om me heen.’

‘Ronald, je weet toch dat dat allemaal niet zo makkelijk gaat?’

‘Nee, niks gaat makkelijk hier in huis, ik word er helemaal knettergek van. Kun jij dan niet iets met hem gaan doen, zodat ik even rust aan mijn kop heb? Kunnen jullie niet gewoon allebei opzouten tot het avondeten? Ik ben er zo ontzettend klaar mee!’

‘En dan wil je dat ik precies op tijd terug ben om te gaan koken?' vraagt Elodie. Haar toon, dat hoort Joost dwars door de mobiele verbinding heen, is onschuldig, maar wat erachter ligt niet. Dan hoort hij een klik, en het zachte geluid van ruisende wind langs de microfoon van de mobiel.

'Ben je buiten?' vraagt hij snel.

'Ja, godzijdank,' zegt ze. 'Ik hou het echt niet meer uit met hem, hij schreeuwt maar en schreeuwt maar, je hebt het waarschijnlijk niet gehoord maar toen ik de deur dichttrok hoorde ik hem nog steeds schreeuwen. We hebben gewoon de hele tijd ruzie en ik, ik...' Haar stem breekt en hij hoort haar snikken.

'Zeg het dan tegen hem, Elodie,' zegt Joost dringend. 'Zeg gewoon tegen hem dat je van hem af wilt, en–'

'Ja maar wat moet ik dan doen, ik kan toch nergens heen? Dan zitten we in dat appartement van vijftig vierkante meter met z'n drieën en dan zeg ik dat, en, en, het is nu al zo'n hel!'

'Dan kom je toch hier?'

'Ja maar, Lars moet naar school, ik kan toch niet zomaar...'

'Je kunt zijn school opbellen en het uitleggen, en dan hou je hem een weekje thuis en praat je even met de directeur van de lagere school hier in Hogerweijde. Dat is een heel aardige dame, die heeft vast begrip voor je situatie en vindt het ongetwijfeld prima als Lars gewoon hier naar school gaat.'

'Ja maar, wat doe ik dan met, eh, nou ja, geld? Ik heb geen baan, die heb ik opgezegd om voor Lars... dat weet je toch?'

'Ronald moet je gewoon alimentatie betalen, hoor,' zegt Joost streng. 'Daar kan ik voor zorgen. En in de tussentijd... nou ja, ik verzin wel iets. Ik heb nog wel wat op de bank staan, ik kan het denk ik wel overbruggen.'

'Maar... dat kan ik toch helemaal niet van je verlangen?'

'Doe je toch ook niet,' zegt Joost, terwijl er iets lichts in zijn hart zingt. Hij is er zo dichtbij, ze is er bijna. 'Ik bied het je aan. Ik kan het gewoon niet aanzien dat je daar zo zit te lijden! Pak nou gewoon een flinke koffer in en laat me je zaterdag ophalen, dan gaan we lekker even uitwaaien op de Wadden, en dan blijf je daarna gewoon meteen hier op het park. Je kunt hier de hele zomer blijven totdat we hebben bedacht hoe we het moeten aanpakken, en in de tussentijd kan ik je scheiding voor je afwikkelen.'

'Het klinkt zo gek als je dat zegt, "we", ik weet gewoon helemaal niet hoe ik dat moet interpreteren,' zegt ze aarzelend.

'Hoe zou je het willen interpreteren?' vraagt hij voorzichtig. 'Je mag ervan maken wat je wilt, Elodie, maar in ieder geval, ik wil je helpen, ik wil er voor je zijn, en ook voor Lars. Ik weet niet waarom, maar het is zo. Het is vast niet verstandig, ik kom zelf ook net uit een relatie, en jij hebt ook het nodige in je rugzak...'

'En ik heb Lars,' zegt ze met een zucht. 'Ik kan me niet voorstellen dat je die er zomaar bij wilt hebben. Het is afschuwelijk, want hij is zo'n lieve jongen, rustig en vriendelijk, en ook echt slim, maar door al dat gedoe is hij constant zo vreselijk overprikkeld dat hij alleen nog maar heel hard kan huilen. O, Joost, mijn hart breekt af en toe, nog meer voor hem dan voor mezelf!'

'Arm kind,' zegt Joost warm, 'het moet loodzwaar zijn voor jullie allebei. En hoe kom je erbij dat ik hem er niet bij zou willen hebben? Ik heb al lang gezien dat hij lief is, en ik heb toch ook gezien wat voor band jullie samen hebben? Welk harteloos monster zou daar nou tussen willen komen? Ik kan me juist zo voorstellen dat hij er een beetje van kan bijkomen allemaal, als je er in ieder geval even tussenuit kunt met hem. Ook al ga je na het weekend weer terug.'

Het blijft even stil aan de andere kant en Joost merkt ineens dat hij, al bellend, als een bezetene door de woonkamer ijsbeert. Het voelt ook als zo'n beetje het belangrijkste gesprek van zijn leven; het voelt alsof op dit moment het leeuwendeel van zijn toekomst bepaald wordt.

Stel je niet aan, probeert hij tegen zichzelf te zeggen, leg er geen druk op, maak er niet meer van dan het is, maar toch gaat zijn hart als een idioot tekeer in zijn borstkas.

'Ik denk dat, als ik het weekend weg zou gaan met Lars, ik daarna niet eens meer terug kán,' zegt ze kleintjes in zijn oor. 'Het klinkt heerlijk, wat je allemaal zegt, maar hoe moet ik in godsnaam een grote koffer inpakken zonder dat hij het doorheeft? En stel dat het inpakken nog lukt; hij gaat vanavond naar een of andere vriend van hem, dan zou ik wel kunnen inpakken, maar waar laat ik dat ding dan? Hij ziet het meteen, en dan heb je de poppen aan het dansen…'

Ze haalt diep en schokkerig adem en Joost voelt dat ze bang moet zijn.

'En ik kan ook niet zomaar met Lars ergens heen waar hij nog nooit is geweest, ik moet het hem altijd ruim van tevoren uitleggen, wat we gaan doen, wat hij dan moet doen; hij heeft tijd nodig om zich erop in te stellen, anders wordt het direct een drama. Dat kan ik jou echt niet aandoen.'

'O, jawel hoor,' zegt Joost zelfverzekerd. 'Ik ben rustig en geduldig. Als het jou lukt om met je grote koffer en je kind ommm…' hij kijkt even op zijn horloge en rekent: ze willen de boot van half twaalf halen, plus eerst naar Leiden, '… kwart over zeven op de stoep te staan op zaterdagochtend, dan kom ik langsrijden, jullie stappen in en weg ben je. En die grote koffer: kun je die vanavond misschien bij een buurvrouw parkeren? Of hebben jullie anders een opslagbox beneden waar je hem in kan zetten, of opa en oma…?'

Het wordt stil aan de andere kant, Joost hoort haar hersenen bijna kraken.

'Ik kan het misschien aan mevrouw Vermeer vragen, van de overkant; die is altijd erg lief voor Lars. En hij vindt haar ook lief. Mijn ouders wonen in Zuid-Limburg, dus die zien we niet zo vaak, en Ronalds moeder is niet zo dol op Lars, dus dat is nou ook niet echt een lieve, warme oma, zeg maar. Gelukkig zien we haar ook niet zo vaak. Lars noemt mevrouw Vermeer altijd straat-omi. Ik, eh, ik zal haar wel moeten uitleggen wat ik ga doen, en zo, maar dat ga ik doen als ik strakjes terugloop van school met Lars. Ik... ja. Oké, Joost, ik ga het doen.' Ze giechelt ineens een beetje nerveus. 'Jeetje, ik kan haast niet geloven dat ik dit zeg, maar ik ga het gewoon doen! En jij komt ons honderd procent zeker ophalen?'

'Zeker!' zegt Joost met alle daadkracht en warmte die hij in zijn stem kan leggen. 'Je kunt op me rekenen, zaterdag sta ik er, om kwart over zeven in de ochtend.'

'Hoe, eh, hoe laat moet jij dan wel niet opstaan?' Ze klinkt ineens blij, meisjesachtig, licht van hart; Joosts hart voelt ook onmetelijk licht in zijn borstkas.

'Kwart voor zes,' zegt Joost onbezorgd, 'maar daar lach ik om, hoor. Nou, eh, ik zie je zaterdag, hè?' Bijna had hij iets als liefje tegen haar gezegd vlak voordat hij ophing, maar dat zou natuurlijk idioot zijn.

Nog idioter is het eigenlijk, bedenkt hij zich als hij met een brede glimlach naar zijn mobiel kijkt, dat hij bij Liselore nooit, hun hele relatie lang niet, zo'n koosnaampje heeft gebruikt, en dat hij het nu, bij een vrouw die hij nog niet zo goed kent en met wie hij nog niet eens een kus heeft uitgewisseld, het bijna zo van zijn tong heeft laten rollen.

Een goed uur later komt Joost, nog steeds idioot blij vanbinnen, De Paardentram binnenlopen. Freek en Per zitten al aan een tafeltje, en Per heeft Charlie ook meegenomen. Ze is een leuke vrouw om te zien, en de paar woorden die Joost met haar heeft gewisseld geven hem het idee dat ze ook heel aardig is; hij kan wel begrijpen dat Per interesse in haar heeft, maar hij had niet verwacht dat die interesse zo groot is dat hij haar meebrengt naar iets wat, in Joosts ogen in ieder geval, bedoeld is als een soort informeel crisisberaad over de toekomst van het bungalowpark waar hij is opgegroeid.

'Hallo allemaal,' zegt hij opgewekt, als hij zich op de overgebleven stoel aan het vierkante tafeltje laat zakken.

'Jij ziet er tevreden uit,' zegt Per. 'Heb je goed nieuws gekregen?'

'In zekere zin wel: Elodie en Lars komen mee naar het eiland. Zaterdag rij ik eerst langs Leiden om ze op te halen, en dan door naar die veerboot. Dan zien we elkaar daar met z'n allen.'

'Charlie gaat ook mee,' zegt Per, met een blik opzij die Charlie doet blozen. Die rozige wangetjes staan haar goed, maar Joost zoekt toch naar iets om te zeggen dat het licht ongemakkelijke van het moment kan doorbreken.

Freek kijkt even heen en weer tussen zijn tafelgenoten en zegt dan ernstig: 'Het is altijd bijzonder aangenaam om de juiste mensen om je heen te hebben als je ergens naartoe moet. Ik moest, nog voor mijn huwelijk, meermaals fysiek naar een bankkantoor in Zwitserland, omdat, nou ja, omdat mijn familie daar historisch gezien zaken had ondergebracht, zal ik maar zeggen. De eerste keer ging ik alleen. Dat vond ik beduidend minder aangenaam dan de keren daarop, toen mijn vrouw meeging. Al was ze toen nog niet mijn vrouw. Wel mijn verloofde.'

Joost kan een glimlach niet onderdrukken, en ook Per en Charlie zitten te grinniken. Freek kan zoiets goedaardigs maar toch ook onhandigs hebben; het is charmant en onbedoeld grappig en de sfeer is meteen ontspannen.

'Ik denk dat het wel een goed weekend gaat worden,' zegt Per. 'Ik vind het in ieder geval ontzettend aardig van die mensen dat ze ons hebben uitgenodigd. Ik zal ze nog wel even een berichtje sturen dat we met meer zijn dan aanvankelijk gedacht; als ze een van die huisjes voor ons hadden gereserveerd, en jouw vader wil ook mee, Joost, dan gaat het denk ik niet helemaal passen.'

'O, ik kan ook hier blijven, hoor,' biedt Charlie meteen aan, 'als er eigenlijk niet genoeg plek is.'

Joost kijkt even scherp naar Pers gezicht, dat onbewogen blijft, behalve een spiertje dat even trilt in zijn kaak. Per zegt niets, hij kijkt naar zijn koffiekop en zit heel stil.

'Je opofferingsgezindheid is bewonderenswaardig,' zegt Freek droog, 'maar ik vermoed dat het voor Pers algeheel welbevinden beter is als je wel meegaat, Charlie.'

'Dat denk ik ook,' zegt Per, bijna tussen zijn tanden door, en dan ziet Joost dat Pers oren, duidelijk zichtbaar nu hij zijn lange haar in een staart heeft, rood kleuren.

'Nou, dan komt het wel goed,' zegt Joost dus opgewekt. 'Anders boek ik wel hotelkamers voor Elodie, Lars en mij. Ik heb trouwens vanochtend zitten bellen met wat mensen in de buurt van die Berg&Bos-parken, en ik heb een paar interessante conclusies. Zal ik even samenvatten?'

'Per heeft me al enigszins bijgepraat over de situatie met het bedrijf dat zijn bezit wil overnemen,' zegt Freek, 'al heb ik nog niet helemaal in kaart wat ik kan bijdragen.'

'Het is sowieso goed om even van gedachten te wisselen,' zegt Per, intussen weer volledig onaangedaan. 'Jij als lokale grootgrondbezitter, Freek, hebt ongetwijfeld een zinnig perspectief op de zaak.'

'Ik hoop het,' zegt Freek, en dan neemt Joost het woord.

In een paar zinnen legt hij uit wat hij heeft gehoord, 'en wat mij dus opvalt is dat ze nogal een agressieve aankoopstrategie hebben gehanteerd. In de Weerribben hebben ze blijkbaar een boer onder druk gezet om hem uit te kopen, en die heeft na een bedrijfsongeval uiteindelijk toegegeven, maar eerst wilde hij niet.'

'Wat voor bedrijfsongeval?' Per is ineens vol aandacht.

‘Een stalbrand. Dat is natuurlijk iets verschrikkelijks, ik snap wel dat je het bijltje er dan bij neer wilt gooien.’

‘Wat toevallig,’ zegt Per bedachtzaam.

‘Denk je dat ze het hebben aangestoken?’ Charlie klinkt geschokt. ‘En al die dieren dan?’

‘Ik denk dat deze mensen door roeien en ruiten gaan,’ zegt Per ernstig. ‘Ik kreeg een nogal onaangenaam gevoel van die Botermans.’

‘Nou, ik ook. En weet je wat ook zo raar is: in dat park in de Weerribben schijnen allemaal Chinezen te zitten. Dat zei de bakker die ik aan de lijn had. En die mensen zijn niet op vakantie: ze wonen er permanent. Die man kon me niet vertellen of ze daar dan werkten of zoiets, hij zat zich er vooral over op te winden dat ze liever rijst dan brood eten, maar ik dacht eigenlijk: wat moeten die mensen daar in godsnaam?’

Freek veert vrij plotseling op. ‘Dat is, ik zou eigenlijk even…’ hakkelt hij, en dan schraapt hij zijn stoel naar achteren, mompelt een verontschuldiging, vist zijn mobiel uit zijn broekzak en loopt haastig naar buiten. Een beetje verbaasd kijken ze hem na: hij raakt op de parkeerplaats druk in gesprek en beent daarbij met lange passen heen en weer.

Joost moet even aan zichzelf denken. Zou Freek ook niet doorhebben dat hij dat doet? Zou zijn gesprek net zo intens verlopen, in ieder geval voor hemzelf, als Joosts gesprek met Elodie?

Per lijkt zijn gedachten te hebben gelezen. ‘Dus je hebt het voor elkaar met mijn buurvrouw.’ Het is geen vraag.

Joost knikt, maar voegt toe als hij Charlies vragende blik ziet: ‘Elodie heeft met haar man en zoon het huisje naast Per. Ze staat ingeschreven bij ons als de hoofdeigenaar. Haar huwelijk staat op springen en ik heb aangeboden haar te helpen met de scheiding, want ik ben jurist van beroep…’ Hij weet eigenlijk niet hoe hij verder moet gaan en haalt dan maar zijn schouders op.

‘En nu is Joost een beetje emotioneel *invested* geraakt,’ zegt Per droogjes. ‘*Good for you*, dat je haar hebt gevraagd, en dat ze meegaat. Jij lijkt me een veel leukere vent dan dat ongeduldige figuur met wie ze getrouwd is; ik kon de ruzies woordelijk volgen af en toe.’

‘Nou, bedankt,’ zegt Joost, een tikje schamper; hij weet niet helemaal zeker of Per hem nou in de maling neemt of niet. Tegen Charlie gaat hij verder: ‘Lars is haar zoon, hij heeft iets op het autistisch spectrum en om een of andere reden kan die vader daar helemaal niet mee omgaan. Er is op dit moment constant ruzie in huis, waar die arme jongen natuurlijk helemaal niet tegen kan; een kind zonder spectrum kan daar al niet tegen. En Elodie is maar aan het proberen het iedereen naar de zin te maken en zichzelf aan het wegcijferen...’

Charlie knikt. ‘Ik snap het denk ik wel,’ zegt ze zachtjes. ‘Ik snap ook dat je haar graag wilt helpen, en steunen. Maar denk je niet dat het ook heel ingewikkeld kan worden?’

‘Ja, aan de ene kant wel,’ zegt Joost peinzend, ‘en mijn moeder waarschuwde me er ook al voor, al die bagage, maar ja.’ Hij haalt een beetje hulpeloos zijn schouders op.

Freek is intussen weer binnengekomen en hij heeft het staartje van het gesprek opgevangen. ‘Ik kan uit persoonlijke ervaring mededelen,’ zegt hij bedachtzaam, ‘dat het bijzonder ingewikkeld kán zijn als je iets op het autistisch spectrum hebt. Maar onder de juiste omstandigheden is er vrijwel niets aan de hand.’

‘En jij hebt de juiste omstandigheden gevonden?’ vraagt Per, één mondhoek omhoog.

‘Ik heb de ideale omstandigheden gevonden,’ zegt Freek, nog steeds doodernstig. ‘Sterker nog, ik heb zojuist ontdekt hoe ik je waarschijnlijk van dienst kan zijn, Per, bij het afschudden van de opdringerige koper van je bezittingen.’

‘Vertel,’ zegt Per, ‘ik ben een en al oor.’

'Dat lijkt me niet erg comfortabel,' zegt Freek, 'zoiets eenvoudigs als blijven zitten, bijvoorbeeld, moet een schier onmogelijke opgave zijn.'

Iedereen lacht, en Joost ziet hoe Freek tevreden rondkijkt. Als de hilariteit een beetje is gezakt wenkt Freek samenzweerderig, en iedereen buigt zich voorover om zijn ineens veel zachtere stem goed te kunnen verstaan. 'Ik werk voor de AIVD,' vertrouwt hij ze toe. 'Ik heb toestemming om dit met jullie te delen, maar hou het verder alsjeblieft voor je, want behalve bij mijn vrouw, Simon en de bemanning van het politiebureau in Hogerweijde is dit verder niet bekend. En dat moet ook zo blijven. Ik ben ethisch hacker, en ik ben er al een tijdje van op de hoogte dat er vanuit China ongewoon veel clickbot-activiteit plaatsvindt, met als oogmerk het verspreiden van desinformatie en het destabiliseren van de Europese samenwerking. Daarnaast is China op allerlei manieren bezig zijn invloed te vergroten, onder andere door de aankoop van fysiek grondgebied. Ook in Nederland. De reden dat Nederland zo interessant voor ze is, is tweeledig: we hebben een grote internationale haven en we hebben een belangrijk dataknooppunt. Dus: veel toegang en razendsnelle verbindingen.'

'Het moederbedrijf van Berg&Bos is Chinees,' zegt Joost zachtjes, 'dat heb ik al eerder uitgezocht toen ik in de governance dook.'

'Kijk eens aan,' zegt Freek ernstig. 'Misschien is het een geval van twee vliegen in één klap. Grond aankopen én een botfarm opzetten op een plaats met excellente verbindingen. We zullen waarschijnlijk geen link naar enige overheidsbemoeienis kunnen vinden, en die hoeft er ook helemaal niet te zijn; ook China heeft zoiets als oligarchen, al zullen ze er wel een ander woord voor hebben. Die hebben wellicht veel baat bij marktdestabilisatie, zodat ze gemakkelijker een voet aan de grond kunnen krijgen binnen de grote economieën in West-Europa. Het zal nog interessant worden om te zien of we er een zaak van kunnen maken, maar mijn werk wordt alvast heel wat eenvoudiger als ik een fysieke locatie heb om mee te beginnen. Ik heb nu de opdracht om zo veel mogelijk in kaart te brengen van wat er gebeurt vanuit dat bungalowpark, op het gebied van data. En nu we het er toch over hebben, Joost?'

'Ja?' zegt Joost, met in zijn buik een opgewonden bibbertje. Het lijkt wel alsof hij ineens in een aflevering van een spionagethriller is terechtgekomen, gewoon in het café waar hij al zo'n beetje zijn hele leven komt. Het moet niet gekker worden.

'Ik heb mandaat,' zegt Freek, 'om jou in te schakelen als adviseur in deze zaak. Zie het als een eerste grote, betaalde klus als juridisch expert. Ik kan waarschijnlijk niet bieden wat je verdient op de Zuidas, maar ik heb voldoende onderhandelingsruimte om je een acceptabele vergoeding te kunnen beloven.'

'Ik hoef ook helemaal niet te verdienen wat ik verdien bij dat ellendige kantoor in Amsterdam,' zegt Joost, ineens behoorlijk gepassioneerd. 'Als dat betekent dat ik daar de boel kan opzeggen en voorlopig hier kan blijven, ben ik nu al akkoord.'

'Wij komen hier wel uit,' zegt Freek waardig. 'Ik stel voor dat we de zitting opheffen; ik heb ineens een heleboel te doen. Joost, jij bent hierbij ook benoemd tot liaison tussen mij, als exponent van de dienst, en landgoed De Eyckenhof, met alles en iedereen die daarbij hoort. Zodra ik iets kan en mag delen, dan zal ik dat doen.'

'Deal,' zegt Joost.

'Briljant,' zegt Per, 'wat een onverwachte wending.'

Charlie zegt niets, maar Joost ziet dat ze verstolen glimlacht. Die houdt haar mond wel, denkt hij.

# 29

Joost voelt zijn hart helemaal tekeergaan in zijn borstkas: kan hij iets doen? Moet hij iets doen? Had hij nog iets anders moeten doen dan meelopen na het eten, had hij moeten blijven totdat Lars sliep?

De deur van Elodies huisje is niet op slot, dus gaat hij maar gewoon onaangekondigd naar binnen, en meteen ziet hij Elodie en Lars samen op de grond zitten. Lars snikt nog steeds, en hij bibbert nogal; Elodie heeft haar armen beschermend om hem heen geslagen. Over zijn hoofd heen kijkt ze op naar Joost, haar ogen vol verontschuldiging. 'Het spijt me echt enorm, ik wilde je niet lastigvallen, ik weet ook niet…' probeert ze, maar dan zit Joost al naast haar en Lars op de grond, zijn lange benen onder het salontafeltje gestoken.

'Wat is er aan de hand, jongen?' zegt Joost vriendelijk en rustig tegen Lars, 'was je bezorgd dat ik je moeder en jou alleen had gelaten?'

Lars kijkt Joost aan met ogen vol tranen en knikt met grote bewegingen.

'Ga ik niet doen,' zegt Joost rustig.

'Hij neemt alles heel letterlijk,' zegt Elodie waarschuwend, 'als je iets zegt wat je niet kunt waarmaken…'

'Wie zegt dat ik het niet kan waarmaken?' Joost werpt haar over Lars' hoofd heen een snelle grijns toe. 'Ik ben van plan om het juist wel waar te maken, dus ik maak me geen zorgen. Tenzij jij...?' Hij kijkt haar onderzoekend in de ogen.

Ze schudt haar hoofd.

'Je wilt niet...?' Zijn hart begint meteen weer.

'Wel, ik bedoel dat ik geen, eh, twijfels heb, of zoiets.'

'Heb ik ook niet,' zegt Joost, 'twijfels. Ik wil dit. Ik ga niet meer weg. Ik vond het ook helemaal geen goed idee dat Per zomaar had besloten dat de mannen in het ene huisje moesten, en, nou ja... Maar aan de andere kant was het natuurlijk wel het correcte om het zo voor te stellen. Ik wist ook niet precies wat jij wilde, of wat jij verwachtte...'

'Ik verwacht eigenlijk helemaal niks,' zegt Elodie zachtjes. 'Ik ben blij dat we weg zijn, maar ik ben wel bang voor de toekomst. Ik heb echt geen idee hoe ik het allemaal rond moet breien.'

'Samen met mij,' zegt Joost stellig. 'Ik heb deze middag wat dingen gedaan voor de burgemeester hier, die had juridisch advies nodig, en Cam had ook een paar vragen over iets, en ik was blij om te kunnen helpen. Ik hoef er niks voor te hebben, ik vond het gewoon leuk, en toen wist ik ineens weer heel goed waarom ik die studie heb gevolgd. Wat ik ermee wil, wat mijn eerste idee ook alweer was. Ik wil helpen. Ik ga maandag meteen mijn ontslag indienen, zo, hup, en dan ga ik voor mezelf beginnen. Gewoon, thuis. Mijn huis in Amsterdam ga ik opzeggen, ik wil niet terug naar de stad. Ik heb een beetje gegoogeld en er zijn echt ontzettend weinig eenpitters in de buurt van Eyckelaere; in Hogerweijde zit er eentje en die is parttime. Freek heeft me al een betaalde klus gegeven, daar kan ik op voortbouwen; ik heb een behoorlijke reserve op mijn rekening staan dus ik kan het me ook wel veroorloven om de boel een beetje op te bouwen... Ik ga het huis van mijn grootouders verder afmaken, de muren zijn al gestuukt, en dan ga ik erin wonen, en als jullie willen... nou,' hij haalt even diep adem, 'dan zijn jullie welkom om bij me te komen wonen. Als het eenmaal af is, want er moet nog best veel gebeuren.' Hij pauzeert even, maar gaat dan toch verder: 'Ik weet wel dat het belachelijk snel is om dat zo voor te stellen, ik bedoel, jij en ik, we hebben verder, nou ja, niks, ik, eh,' hij lacht even onhandig, 'ik heb je nog niet eens behoorlijk gezoend. Maar ik voel gewoon hier vanbinnen dat het goed is.' Hij wrijft even over zijn borstkas.

'Ik voel dat ook,' zegt Elodie, 'maar ik kan bijna niet geloven dat het zo zou kunnen zijn. Dat ik zo'n geluk zou hebben in mijn leven, dat... nou ja.' Er rolt een traantje uit haar ooghoek.

'Mama, moet je ook huilen?' vraagt Lars meteen. Hij lijkt van het hele gesprek niet zo veel te hebben meegekregen, maar misschien, denkt Joost, is die jongen wel veel oplettender dan je op het eerste gezicht zou denken.

'Lars, lijkt het jou ook een goed idee als jij en je mama bij mij komen wonen?' vraagt hij dus maar gewoon.

'Ja,' zegt Lars meteen. 'Woon jij bij het huisje?'

'Ja, ik woon dan vlak bij het huisje, aan het begin van het park. Weet je dat grote huis met dat bruine dak, met die heg eromheen, als je het park op komt?'

'Ja, die weet ik,' zegt Lars.

'Nou, daar woonden vroeger mijn opa en oma, maar die leven niet meer. Het huis is leeg en vanbinnen nog een beetje een rommeltje, hoewel ik al heel veel heb opgeruimd. Ik wil het nog een beetje verbouwen, maar ik ben niet zo handig, ik kan eigenlijk alleen schilderen. Maar goed, Per heeft een aannemer en die kan misschien helpen. En als het dan klaar is, dan wil ik erin wonen. Met jullie.'

'Ik ben best wel handig,' zegt Elodie ineens. 'Ik heb ons huis in Leiden ook helemaal zelf gedaan, en ik vond het nog leuk om te doen ook. Ik heb een wandje gemaakt, met gipsplaten, en een deur erin gezet. Om Lars' kamer te maken, toen ik zwanger was. Ronald had geen tijd, die moest werken, dus heb ik het zelf gedaan.'

'Echt?' Joost kijkt haar aan. 'Iedere keer verbaas ik me weer over jou, waar je de kracht vandaan haalt. Stond je met je dikke buik te klussen?'

'Nou ja, ik heb gewacht totdat ik voorbij de drie maanden was, en toen was ik nog niet zo heel dik, hoor, dat viel erg mee. Ronald had alleen heel veel twijfels, en hij had ook geen zin om te beginnen. Dus toen deed ik het zelf maar, en toen kwam ik er dus achter dat ik het eigenlijk best goed kan. En dat ik het ook leuk vond, om uit te zoeken hoe iets moet – alles staat op internet, echt alles – en dan de goeie spullen te kopen en het te maken. En ik was heel trots dat het was gelukt.'

'Ja nou, dat zou ik ook zijn!' zegt Joost met een brede glimlach. 'Misschien hebben we die aannemer wel helemaal niet nodig!'

'Wil je heel ingrijpende dingen doen dan?'

'Nou ja, er zit bijvoorbeeld een ontzettend lelijke plavuizenvloer in. Het is gewoon zo'n vreselijke jaren zeventig van de vorige eeuw-inrichting. Zo ouderwets dat het bijna weer hip is. En de keuken is ook zo, nou ja, zo bistro, weet je wel, met veel eikenhout.'

'Volgens mij kun je gewoon een laminaatvloer over plavuizen heen leggen, en anders moeten ze eruit gebikt worden. En voor keukenkastjes kun je gewoon nieuwe deurtjes bestellen, die schroef je er dan zo op. Of je kunt ze schilderen, als je ze eerst een soort coating geeft; dan ziet het er meteen ook heel anders uit.'

'Mag ik helpen, mam?' zegt Lars, die intussen helemaal gekalmeerd is. 'Ik wil daar wonen. In dat huis. Met Joost. Maar hoe moet ik dan naar school?'

'Jij mag helpen,' belooft Joost meteen. 'En je kunt ook bij ons in de buurt naar school; in Hogerweijde is een lagere school.'

Lars fronst. 'Ik vind dat eng,' zegt hij zachtjes.

'Dat is het ook, een nieuwe school is altijd eng. Maar dat is alleen de eerste dag, of misschien de eerste paar dagen, en dan wen je eraan en is het niet meer eng. Het is een leuke school, de directrice is ook heel aardig, en...' Joost houdt even in om het spannend te maken, 'ik heb daar ook op school gezeten!'

'Nou, dan kun jij er ook wel op,' zegt Elodie lachend, 'als Joost het heeft overleefd.'

'Ja,' zegt Lars, en hij kijkt naar Joost met een blik die tegelijk schuw en vol bewondering is.

'Samen gaat het wel lukken,' zegt Joost, met meer zelfverzekerdheid dan hij voelt, maar als Elodie ook 'samen' zegt wordt hij al wat rustiger vanbinnen.

'Blijf je dan ook hier, vannacht?' vraagt ze, ineens verlegen. 'Voor, nou ja, als Lars ineens weer zo, eh...'

'Kan dat, denk je?'

Ze knikt.

'Ik wil dat wel heel graag.'

'Ik wil dat ook heel graag,' zegt ze, 'al zal ik met Lars in het bed moeten, want ik denk niet dat hij kan slapen op de bank.'

'O,' zegt Joost achteloos, 'ik moest in het andere huisje ook op de bank, omdat Per gewoon te lang is, dus dat zal niks uitmaken. Zal ik meteen Charlies spullen even bij elkaar pakken en omwisselen met de mijne?'

'Goed,' zegt Elodie met een glimlach waar zijn hart van smelt.

'Goed,' zegt Lars als echo, gevolgd door een enorme gaap.

'Ik ga jou vast in bed leggen, lieverd,' zegt ze tegen zijn kruin, 'volgens mij ben je nu echt op. En maak je geen zorgen, Joost komt hier in het huisje slapen en ik kom strakjes naast je slapen, dus je bent helemaal veilig.'

'Veilig,' zegt Lars, en als zijn moeder begint te bewegen kruipt hij van haar schoot af om op te staan.

Joost, die nog een beetje klem zit met zijn benen onder de tafel, krijgt ineens twee kinderarmen om zijn nek voor een onhandige, warme en een beetje vochtige knuffel, waar ook nog een oude teddybeer tussen zit.

—

Het is altijd idioot stil in huis als Henk er niet is, vindt Rosie. Hij is helemaal geen lawaaiige man, maar hij scharrelt altijd zo lekker rond en ze is zich altijd bewust van zijn aanwezigheid. Aloys is na het eten naar zijn kamer gegaan, of misschien zit hij alweer in zijn kelder; gelukkig is ze nog niet helemaal alleen, want ze vindt het geen prettig gevoel. Het is sinds haar huwelijk ook nog maar een handvol keren voorgekomen dat Henk niet thuis heeft geslapen. Hij is ontzettend honkvast, en hoewel ze van zichzelf altijd dacht dat ze dat toch veel minder had – voor haar huwelijk was dat in ieder geval zeker zo – merkt ze nu dat ze eigenlijk niet veel anders is, of is geworden. Ze gaan al jaren niet meer op vakantie, want waarom zouden ze ook als ze in zo'n prachtige omgeving wonen, en als ze wel eens ergens heen gaan, een tentoonstelling of een theatervoorstelling of zoiets, dan gaan ze altijd samen. Ze haalt eens diep adem terwijl ze koffie maakt. Pas als het apparaat pruttelt van zijn lege watertank bedenkt ze zich dat ze natuurlijk veel te veel heeft gezet voor haarzelf alleen, en ze loopt naar de trap.

'Aloys, zit je boven? Ik heb koffie, wil je ook een kop?'

'Is goed, omi,' komt er van boven, 'ik zoek even een... ha!' En dan komt Aloys de trap af denderen met een nogal bruut uitziend toetsenbord onder zijn arm.

'Wat ga je doen, jongen?'

'O, ik probeer iets in elkaar te sleutelen voor, eh, een vriend van me. Die heeft heel weinig geld, dus ik dacht: ik geef hem mijn oude desktopcomputer die ik nog beneden had staan, die kleine. Ik ben bezig om er wat nieuwe componenten in te zetten, anders is hij te traag om mee te gamen, maar ik wist dat ik nog een lekker gamingtoetsenbordje had liggen op mijn kamer, eh, dus, nou ja…' Aloys heeft dat er allemaal achter elkaar door uit gerateld maar valt opeens stil, en Rosie kijkt hem aandachtig aan.

'Gaat alles wel naar wens?' vraagt ze, hoewel hij er niet uitziet alsof het slecht met hem gaat. Hij ziet er eerder uit alsof hij ergens vol van is, alsof hij op het punt staat om uit zijn voegen te barsten. Hij praat snel, hij ademt ook een beetje versneld, hij heeft zoiets onrustigs… Rosie kan de vinger er niet op leggen, maar helemaal lekker zit het haar niet.

Aloys haalt een paar keer diep adem. Hij kalmeert zichzelf zichtbaar, stapt dan de laatste twee treden af en legt het toetsenbord op een trede achter zich. 'Het gaat goed, omi,' zegt hij dan ernstig. 'Eigenlijk gaat het heel goed.'

'Er hangt wel een levensgrote "maar" in de lucht nu, hè?' zegt Rosie met een lachje. 'Ik heb al lang gezien dat je ergens mee rondloopt, jongen, en ik wil je natuurlijk nergens toe dwingen, maar als je de behoefte voelt om erover te praten… Misschien is nu een ideaal moment. Het is, eh, nogal rustig in huis.' Ze kijkt even om zich heen met een olijk gezicht.

Aloys grinnikt. 'Terwijl het juist zo'n volle bak was, hè, met Joost in huis de hele tijd. Niet dat het niet gezellig is natuurlijk, ik heb altijd lol met hem en het is een beetje als vroeger; dat is ook wel lekker.'

Rosie is voor hem uit gelopen naar de keuken om de thermos-koffiepot en twee mokken op een blaadje te zetten. 'Ik vind het heerlijk, ik heb natuurlijk het liefst de hele roedel bij elkaar, dat weet je. Maar ik snap ook wel dat het lastiger is om dan even een momentje te vinden om… nou ja.' Ze loopt de woonkamer in met Aloys achter zich aan, zet haar dienblad op de salontafel, laat zich op de bank zakken en schenkt een mok vol, die ze naar hem uitsteekt als hij, een beetje schuin, naast haar is gaan zitten. 'Zo, drink dit eerst maar op, misschien kan je me daarna iets over die "maar" in de lucht vertellen.'

Aloys kijkt even omhoog, alsof daar ook echt iets hangt, fronst komisch en pakt daarna de mok aan van zijn oma.

Ze drinken even zwijgend; Rosie vraagt zich af of er ook echt iets gaat komen. Aloys was als kind al altijd vrolijk en zorgeloos aan de oppervlakte, maar ze weet dat daaronder een serieus hart klopt, dat niet zo makkelijk zijn zorgen deelt.

'Ik kan niet echt veel voor je verborgen houden, hè?' begint hij dan.

'Ik zie al een tijdje aan je dat er iets aan de hand is, ja,' zegt Rosie, 'maar je bent wel een volwassen man intussen; als je er niet over wilt praten dan is dat je goed recht.'

'Ja, nou ja,' bromt hij, 'ik wil er waarschijnlijk juist wel over praten. Sterker nog, op een gegeven moment zal het ook gewoon moeten, want... nou, ik kan het ook gewoon niet voor eeuwig binnenhouden, en ik heb het er ook al met Joost over gehad, en hij zei al dat jullie er geen probleem van zullen maken, en dat verwacht ik ook eigenlijk niet, maar, eh...'

Rosie blijft stil, afwachtend.

Aloys blijft ook stil, maar haalt dan ineens diep adem, om abrupt verder te gaan. 'Ik zal het toch een keer hardop moeten zeggen, maar het is misschien wel even wennen, en ik wil jullie ook niet laten schrikken, ik wil... nou ja, ik weet niet wat ik wil.' Hij stopt even om een grote slok koffie te nemen, die nog best warm is, dus de tranen schieten hem in de ogen. Hij knippert verwoed. Of komt dat toch door iets anders?

Rosie neemt hem op met een van haar scherpe blikken. 'Zeg het maar gewoon, jongen,' zegt ze zachtjes, 'wat het ook is, ik kan er wel tegen, en volgens mij gaat het je vreselijk opluchten.'

'Nou, ik, eh, ik heb dus wat met Serhii. Die vriend van me, die hier een paar keer is geweest? En het, eh, is volgens mij serieus. Voor mij in ieder geval, maar voor hem ook, denk ik. We hebben, eh, veel, eh, gepraat...' Hij houdt zijn blik op zijn koffiemok gericht, ineens kleintjes, en kijkt dan even naar Rosie van onder zijn wenkbrauwen.

'Die jongen uit Oekraïne die hier was? Van wie ik vorige keer zei dat ik hem te mager vind, dat hij mee moet komen eten?'

'Ja. Hij.' Aloys kijkt nog steeds niet op maar blaast zijn adem langzaam uit; het klinkt alsof hij hem al heel lang heeft ingehouden.

'En het is serieus tussen jullie?'

Hij knikt.

'Nou hèhè, eindelijk, zou ik bijna willen zeggen,' zegt Rosie met een warme glimlach. 'Ik dacht dat je nooit eens een keer iemand voor vast zou krijgen, lieverd!'

Nu kijkt hij op, een beetje verbaasd.

'Ik zag heus wel dat je lekker aan het rommelen was met al die meiden uit de buurt, en ik hoorde de verhalen natuurlijk ook wel, dat is moeilijk te missen allemaal. Iedereen is altijd dol op je, je bent ook een gezellige jongen, je bent populair, aan aandacht geen gebrek, maar dat er nooit iemand tussen zat met wie je echt iets opbouwde, daar heb ik me wel zorgen om gemaakt, hoor. Want ik ken jou, ik weet dat je vanbinnen niet zo bent. Jij bent geen losbol. Je doet wel altijd zo luchtig en vrolijk, maar je hebt een serieuze aard, Aloys. En ik zat de hele tijd voor je te hopen dat je ook echt iemand zou vinden die, nou ja, een maatje voor je kon zijn, zoals Henk dat voor mij is. Dat heb je denk ik nodig, in je leven. De meeste mensen hebben dat wel nodig.'

'Nou, Per niet hoor,' zegt Aloys schamper, 'die heeft volgens mij niemand nodig.'

'O,' zegt Rosie nadenkend, 'vergis je niet in een man als Per. Ik denk dat hij het misschien nog wel harder nodig heeft dan jij, hij is zich er alleen nog niet zo bewust van. Maar met een beetje geluk komt het vanzelf, net zoals het bij jou ook vanzelf is gekomen. Ik ben blij voor je, hoor, als je nou je maatje hebt gevonden.'

‘En je vindt het niet gek?’

‘Wat, dat het met een jongen is?’ Rosie geeft hem een blik. ‘Ik ben toch niet achterlijk? Het gaat erom of je je gelukkig voelt, en of hij jou gelukkig maakt. Niemand kan voor een ander bepalen hoe je dat moet doen, en met wie. En als mensen zich nou niet de hele tijd zo met elkaars keuzes op dat gebied zouden bemoeien, dan zag de wereld er waarschijnlijk meteen een stuk zonniger uit.’

‘Zo, mijn oma heeft gesproken,’ zegt Aloys, eindelijk met zijn hoofd rechtop en een gezicht dat zo opgelucht staat dat het bijna komisch is.

‘Maakte je je er zorgen om?’

‘Nou ja, weet ik eigenlijk niet… ja, ik denk het toch wel, ja. Ik raakte er zelf ook van in de war, ik zag mezelf helemaal niet als gay. Maar met Serhii voelt het gewoon goed, en dat is eigenlijk het enige wat ertoe doet.’

‘En voor de rest ben je nog steeds wie je altijd was, al snap ik wel dat het vinden van een grote liefde je wereld een beetje op zijn kop heeft gezet. En dan is het ook nog iemand van wie je niet had verwacht dat hij het zou zijn… Nou.’ Ze klopt hem even op zijn knie. ‘Laat het maar gewoon lekker gebeuren, jongen, en geniet ervan. En zorg dat die jongen af en toe mee komt eten, dan krijgt hij misschien een beetje meer vlees op zijn botten en kleur op zijn gezicht.’

‘Hij wil zijn moeder liever niet te veel alleen laten, die is heel angstig geworden nadat ze zijn gevlucht uit Oekraïne. Hij is dus teruggegaan om te vechten, hè, weet je dat? Nadat hij wist dat ze hier veilig zat is hij teruggegaan, maar hij kreeg binnen een maand een granaatscherf in zijn been, en toen is hij weer hiernaartoe gekomen. Zijn moeder is nog steeds heel schrikachtig, als hij hier is blijft hij ook steeds best wel kort omdat hij bang is dat ze de zenuwen krijgt als hij te lang wegblijft. En ik kan niet bij hem op bezoek, want het is al zo onduidelijk of ze daar kunnen blijven wonen, en die vrouw… Ze wonen in het tuinhuis van de familie Van Bickershoek van Hooglanden, ken jij die?'

'O, ja,' zegt Rosie een beetje duister. 'Die man zie je nooit, maar die Francine des te vaker. Vreselijk mens. Zitten ze daar? Wat een ellende, dat gaat toch nooit goed?'

'Nou, dat denk ik dus ook. Hij had het erover dat ze er misschien uit moeten omdat dat mens haar tuinhuis wil renoveren. Ze wilde zeker laten zien dat ze iets sociaals doet door vluchtelingen in huis te nemen, maar nu vindt ze blijkbaar dat het wel lang genoeg heeft geduurd. Maar wie weet waar ze dan terechtkomen, en ze hebben net allebei werk, hij in De Paardentram en zij bij de Appie, wat vreselijk onder haar niveau is; volgens Serhii runde ze thuis zo'n beetje in haar eentje een museum.'

'Des te belangrijker dat hij eens een keertje komt eten, en dan moet hij zijn moeder ook maar meenemen, dan kunnen we het er eens over hebben. Als die Francine ze eruit zet, en we hebben ruimte in de huurhuisjes, dan komen ze toch gewoon hier een tijdje zitten? Het is dan wel niet permanent, maar in ieder geval kunnen we dan met z'n allen even rustig nadenken over een oplossing.'

'O, omi,' zegt Aloys met een grijns, 'je hebt nog nooit een woord met ze gewisseld, en je neemt ze meteen op in de roedel, hè?'

'Nou ja, als jij er gelukkig van wordt, dan zou ik wel gek zijn om dat niet te doen, ja toch?'

# 30

Aloys kijkt op zijn horloge. Het is intussen over enen, misschien moet hij zijn bed eens gaan opzoeken. Hij is zo opgelucht dat hij het met zijn oma heeft besproken dat hij helemaal geen slaap voelt en hij nog dik twee uur met die computer voor Serhii heeft zitten rommelen, terwijl hij tussen de bedrijven door met Serhii zat te chatten op Discord. Hij weet nu precies wat Serhii allemaal voor software wil hebben, en Serhii weet precies hoe welkom hij en zijn moeder zijn. De opluchting dat ze niet ineens weg zullen moeten als die Francine ze uit hun huis zet is zo immens dat ze misschien wel een half uur bezig zijn geweest aan elkaar te vertellen hoe blij ze ermee zijn. Serhii heeft zijn moeder zelfs wakker gemaakt om het tegen haar te zeggen, en hoewel ze eerst wel was geschrokken toen hij haar slaapkamer binnenkwam, had ze daarna gehuild van opluchting. Serhii had in de chat gezegd dat het maar goed was dat ze elkaar niet live zagen op dat moment, omdat hij er ook emotioneel van was geworden, en Aloys had toen gezegd dat hij het helemaal niet erg zou vinden om dat te zien.

Helemaal niet erg, dat is natuurlijk een understatement. Hij zou zijn armen om hem heen slaan en hem troosten, dat is wat hij zou doen; hij zou – ineens voelt hij het vanbinnen als een vuurtje branden – alles voor hem willen doen. Als ze maar samen kunnen zijn, als hij maar gelukkig is, want dan is Aloys zelf ook gelukkig.

Zo werkt dat dus, denkt hij nu een beetje verbaasd. Als je van iemand houdt, dan wil je dat diegene gelukkig is, en ben je bereid daar moeite voor te doen. Simpel, eigenlijk, maar het verschil met iemand best aardig vinden maar niet echt van diegene houden is eigenlijk levensgroot. Al die meiden – vrouwen – met wie hij wel eens heeft gerommeld, die vond hij best aardig. Maar als ze in de problemen zouden zitten, had hij zich toch echt niet verplicht gevoeld om die voor ze op te lossen.

Hij grijnst even. De problemen van de jonge vrouwen hier uit de buurt zijn meer in de categorie 'ik wil de nieuwe Michael Kors-handtas' dan 'ik kan ieder moment mijn woonruimte verliezen'.

Het wordt tijd dat hij gaat slapen; zijn oma staat altijd vroeg op en hij voelt al aankomen dat ze hem uit bed komt schudden om samen te ontbijten. Ze mist haar man. Hij vindt het mooi om te zien hoe vergroeid die twee met elkaar zijn, en hoeveel plezier ze nog steeds samen hebben. Dat wil hij ook wel, op zo'n manier oud worden. Met Serhii, het vooruitzicht lijkt hem heerlijk. Hij heeft zich nooit zo beziggehouden met de toekomst, maar ineens kan hij zich voorstellen dat hij hier nog steeds woont en werkt als hij, pak hem beet, eind vijftig is, als hij het park heeft overgenomen van zijn grootouders, en samen met Serhii de boel aan de gang houdt. Zou zoiets mogelijk zijn? Zou Per dat zien zitten? Zijn grootouders zullen toch een keer met pensioen moeten, en dan...

Hij schudt zijn hoofd, hij loopt vreselijk op de zaken vooruit. Eerst maar eens zorgen dat hij deze desktop goed geïnstalleerd krijgt, met alles erop wat Serhii graag wil hebben, en dan gaat hij zich druk maken over wat er over dertig jaar zou kunnen gebeuren.

Hij ruimt een beetje op, knipt dan op weg naar boven het licht uit en sluit de deur naar zijn kelder achter zich. Zijn oma is al naar bed, maar ze heeft heel lief een klein lampje voor hem aangelaten in de keuken en de woonkamer, zodat hij niet als een geest door het donker hoeft te dolen op weg naar zijn bed.

In de keuken knipt hij ook het licht uit, en snuift hij even. Hij ruikt iets branderigs, maar er staat niks meer te koken en het is ook al veel te warm om de open haard nog aan te steken; hij weet zeker dat zijn oma er geen blok in heeft gelegd nadat hij naar beneden ging. Het komt van buiten. Maar waar dan? Hij opent een raam, steekt zijn hoofd een stukje naar buiten en snuift. Ja, buiten is het sterker.

Zo'n beetje twee seconden later staat hij op het plaatsje achter. De brandlucht is daar veel sterker dan binnen, maar hij hoort geen vuur knetteren en in het donker ziet hij nergens vlammen. Nog een paar stappen verder staat hij op het grindpad, en dan ziet hij het, recht vooruit. Er is brand in een huisje, en direct daarna ziet hij de gestalte van Eveline, gehuld in een flapperende duster, zijn kant uit komen rennen. Hij heeft zijn mobiel al in zijn hand en heeft het alarmnummer al gekozen als ze hem bereikt en ademloos uitbrengt: 'Het huisje van Maureen, waar die Per in zit! En volgens mij brandt er ook iets bij het kasteel, ik zag een raar soort licht van die kant, ik kan precies de voorplaats van het kasteel zien tussen de bomen door als ik in mijn achtertuintje zit. Snel, Aloys!'

'Ik ben al aan het bellen,' zegt hij, geheel ten overvloede, tussen zijn gesprek met de hulpdiensten door. 'Ja, er lijkt ook brand te zijn bij kasteel De Eyckenhof, niet alleen in het bungalowpark. Ik ga nu de slagboom openzetten zodat de brandweer erin kan en dan ga ik polshoogte nemen bij het kasteel. Ik ga ook de boswachter bellen, we kennen haar goed. Ja, je kunt dit nummer noteren om naar terug te bellen, ik werk hier.'

Eveline staat hem met grote ogen aan te kijken.

'Ik kan die brand niet zelf blussen,' zegt hij tegen haar, 'ik moet mijn oma wakker maken en de slagboom opengooien, en dan ren ik even naar het kasteel. Ga maar terug naar je huisje en hou de boel goed in de gaten. Ik weet dat Elodie niet in het huisje ernaast zit, dus dat is veilig, en ik denk niet dat de brand snel zal overslaan naar andere huisjes, want het heeft nog een beetje geregend in de vooravond. Gelukkig maar.'

'Ik heb het waarschijnlijk op mijn geweten,' zegt Eveline klaaglijk, 'ik heb het gedaan.'

Aloys kijkt haar eens even goed in het gezicht in het licht van de lantaarn. 'Waar heb je het over, heb jij het aangestoken dan?'

'Nee, nee, maar ik heb tegen die vreemde vent gezegd welk huisje van Per was,' jammert ze. 'Anno stond vanmiddag met hem te praten en toen kwam ik erbij staan. Ik wilde natuurlijk weten wat die man op ons terrein deed, en toen bleek dus dat hij allerlei vragen aan het stellen was over het huisje van Per, en over het kasteel. Toen heb ik gezegd dat Per in het oude huisje van Maureen zat, en Anno ging helemaal uitleggen hoe onrechtvaardig dat was omdat hij dat huisje eigenlijk had willen overnemen, en ik heb toen gezegd dat ik Per had zien wegrijden vanochtend; o, het is allemaal mijn schuld, ik weet het gewoon zeker.'

Aloys haalt even diep adem en legt een hand op haar arm. 'Ga naar je huisje. We gaan eerst blussen, en dan uitzoeken hoe het is gekomen. First things first.'

Ze knikt, maar hij heeft al geen aandacht meer voor haar en beent terug naar binnen, rent de trap op en klopt op de slaapkamerdeur van zijn grootouders. 'Omi! Omi, wakker worden, er is brand op het terrein!' Hij hoort geen geluid, dus maakt hij de deur maar open, maar zijn oma zit al rechtop in bed.

'Brand?' zegt ze, terwijl ze over haar gezicht wrijft. 'Heb je al gebeld?'

'Ja, meteen,' zegt hij. 'Ik ga de slagboom openzetten, en er is ook iets aan de hand bij het kasteel, daar ga ik even kijken.'

'Doe in godsnaam voorzichtig,' zegt ze, terwijl ze uit bed klimt en zich snel begint aan te kleden. 'Ik blijf wel hier bij de slagboom, waar is het?'

'Huisje van Per,' zegt Aloys, en dan rent hij zonder omwegen de trap weer af. Aan zijn sleutelbos, die nog in zijn zak zit, hangt een sleutel voor de receptie, de deur is zo open en dan is hij met drie grote stappen om de balie heen om op de knop van de slagboom te drukken. Nog drie stappen en dan staat hij weer buiten. Hij laat de deur maar gewoon van het slot, want zijn oma komt natuurlijk zo naar buiten, en dan gaat hij op een holletje de laan in, die er zo in het holst van de nacht altijd een beetje spookachtig uitziet.

Bij de oprijlaan van het kasteel ziet hij al van verre dat daar inderdaad ook iets brandt en even is hij dankbaar voor Evelines ongezonde nieuwsgierigheid; het had zomaar gekund dat niemand dit had gemerkt als alle aandacht naar het blussen van het huisje op het terrein was gegaan. Hij zet er nog een tandje bij en hijgt ervan als hij eenmaal dichtbij genoeg is om te zien wat er precies brandt: een grote stapel bouwmateriaal die voor de hoofdingang onder een paar bouwzeilen lag. Houten balken en platen, gipsplaat, spullen die niet meer herkenbaar zijn in de hoog oplaaiende vlammen. Er zijn twee forse balken weggesleept en tegen het kasteel aan gezet, waarschijnlijk in de hoop dat de brand naar binnen zou slaan, maar eentje is omgevallen en de andere heeft weliswaar een klein ruitje gebroken en steekt een stukje naar binnen, maar het vuur dat aan de onderkant van de balk vreet heeft dat raam nog niet bereikt.

Aloys kijkt om zich heen naar iets waarmee hij dat ding weg kan trekken, vist intussen zijn mobiel weer uit zijn zak en kiest snel het nummer van de boswachter.

De telefoon gaat over, en over, en hij moet het nummer nog een keer kiezen voordat er eindelijk wordt opgenomen met een slaperig 'hallo?'

'Sylvie?' zegt hij.

'Ja, wat is er?' Ze klinkt al wat wakkerder.

'Met Aloys, van het bungalowpark, we hebben brand. Ik heb

de brandweer al gebeld, maar ik denk dat je het ook moet weten. Eh, ik denk niet dat het snel zal kunnen overslaan, maar...'

'Ik kom eraan,' zegt ze.

'Wacht, wacht,' zegt hij snel, terwijl hij ziet hoe een struik die dicht tegen het nu brandende bouwmateriaal aan stond, vlam begint te vatten. 'Er staat bij ons een huisje in de fik, maar bij het kasteel is er ook brand, er lag een stapel bouwmateriaal buiten en ze hebben geprobeerd een balk door het raam te steken om de brand naar binnen te krijgen, en er staat een struik naast die nu ook begint te knetteren...'

'Ik kom daar wel eerst naartoe,' zegt ze, en dan hoort hij haar stem van de telefoon af: 'Brand bij het bungalowpark en het kasteel. Ja, tegelijkertijd, dat is natuurlijk geen toeval. Je zei het al, hè?' Gevolgd door onverstaanbaar gebrom, maar dan klinkt er weer in zijn oor: 'Freek komt ook mee. We zijn er over tien minuten.'

'Hoe krijg ik die balk weg? Het bovenste stuk brandt nog niet, maar dat gaat niet lang meer duren, en dan heeft Per ook brand binnen.'

'Zoek een dikke tak en gebruik die als hevel,' klinkt ineens de stem van Freek door de telefoon. 'Aan de westkant ligt een stapel takken die Sylvie heeft afgezaagd van de boom die door het dak is gegaan; misschien zit daar iets bruikbaars tussen.'

'Oké,' zegt Aloys, die al loopt, zijn weg verlicht door de vlammen achter hem, 'ik weet wat je – Ha! ik zie ze liggen. Ik hang op.' Hij voegt de daad bij het woord, stopt zijn mobiel weg en grijpt een polsdikke tak van een meter of twee. 'Met jou moet het lukken, vriend,' gromt hij, terwijl hij het ding over de grond sleept. 'Waarom ben ik nou verdomme zo stom geweest en heb ik geen handschoenen meegenomen?'

Voor zijn gevoel een eeuwigheid later komt hij de hoek weer om, en hij ziet meteen dat de vlammen de vensterbank zo'n beetje hebben bereikt. Met een ongelooflijke krachtsinspanning sleurt hij de tak over de grond, steekt hem onder de brandende balk door, laat het uiteinde tegen de kasteelmuur rusten en trekt.

De brandende balk wil in eerste instantie van geen wijken weten; het bovenste deel zit vast achter de sponning van het raam, maar dan laat Aloys zijn hevel zakken tot vlak boven de grond en trekt hij opnieuw, en nu glijdt de balk onderuit, kantelt, en rolt dan heel plotseling zijn kant uit. Hij moet een paar rare sprongen maken om niet geraakt te worden door een drie meter lang brandend eind hout, maar voordat hij de kans krijgt om van de schrik te bekomen hoort hij de sirene van de brandweer in de laan, en vlak daarna rijdt er een politieauto de voorplaats van het kasteel op. Hoofdagent Van Breeuwijk, agent Anouschka en twee jonge mannelijke agenten die hij niet van gezicht kent – misschien zijn ze nieuw in De Grote Weijde, denkt hij nog even, verbaasd dat hij nog ruimte in zijn hoofd heeft voor zo'n onzinnige gedachte terwijl er zo veel tegelijk gebeurt – springen uit de auto.

'Ben je gewond?' vraagt Anouschka meteen. Hij kent haar best goed; ze komt graag in De Paardentram en ze heeft hem nog niet zo lang geleden verschrikkelijk verslagen bij een potje darten.

'Nee, nee,' zegt hij, 'die balk stak naar binnen,' hij wijst naar het gebroken raam, 'en ik heb hem net op tijd weg gekregen met die tak daar, anders ging de boel binnen ook nog in de hens.'

'En jij hebt niks?'

Hij schudt zijn hoofd. 'Het scheelde weinig, maar het ging goed.'

'Mooi.' Ze grijpt de porto die aan haar broekriem hangt en zoekt contact met de brandweer. 'Hier is het vuur overzichtelijk; er staat een struik in brand maar verder kan het niet echt ergens heen, zo te zien. Er was even het gevaar dat het naar binnen zou slaan, maar dat is intussen opgelost… Ja, prima. Ik blijf wel hier. Over.' En tegen Aloys en Van Breeuwijk zegt ze: 'De brand op het park is al bijna meester, het ging heel snel, maar van het huisje is bijna niks over. Er wordt nageblust, dat kan gewoon met de wagen, maar hier is geen waterpunt; er komt een handcrew van een man of vier deze kant op.'

'Daar moet de nieuwe baron wel iets aan doen,' zegt Van Breeuwijk, 'aan dat waterpunt. Levensgevaarlijke situatie; ik neem het mee in de nabespreking. Jij blijft hier, met Arnold, Peter en ik gaan hiernaast kijken.'

Anouschka knikt en een van de jonge agenten loopt op Aloys af om hem een hand te geven. 'Arnold,' zegt hij, 'goed werk, dat je die balk weg hebt gekregen.'

De balk in kwestie ligt onschadelijk uit te branden, maar de stapel bouwmateriaal heeft intussen iets weg van een paasvuur; de vlammen gaan zeker drie meter de lucht in.

Aloys kijkt naar boven, naar de vonkenregen die toch af en toe loskomt uit de brand.

'Wie dit heeft aangericht is niet zo handig geweest,' zegt Anouschka schamper, 'als het de bedoeling was om schade aan te richten, in ieder geval. Ik bedoel, het is natuurlijk wel een schadepost dat het bouwmateriaal weg is, maar verder valt het allemaal wel mee. Alleen dat zeil stinkt, zeg; er zal wel een plakkaat gesmolten plastic overblijven.'

Op dat moment komen er vier brandweermannen met bijlen en ander gereedschap over hun schouders via de zijkant het terrein op lopen. 'Via dat paadje is sneller dan dat we met de wagen zouden komen,' zegt een van hen, met een duim over zijn schouder, 'het ziet er allemaal erger uit dan het is. Gelukkig is er snel gebeld, dat huisje had nog wel mis kunnen gaan, maar er is verder nauwelijks schade aan de vegetatie. Het is alleen onbruikbaar; ik hoop dat de eigenaar goed verzekerd is.' En dan voegt hij zich bij zijn collega's, van wie er twee al druk bezig zijn de brandende stapel uit elkaar te harken met bruut uitziende gele harken, terwijl de derde met een spuitapparaat en een grote waterzak op zijn rug de kleinere brandende stukken dooft.

'Die weten wat ze doen,' zegt Anouschka, 'we kunnen wel even naar de andere kant lopen. Waar is dat paadje?'

Aloys gaat haar voor, en binnen een paar minuten staan ze bij de brandweerwagen. De brandweerlieden hebben een grote lamp neergezet nu de brand voor het grootste gedeelte is gedoofd, zodat ze goed kunnen speuren of er nog iets rookt of smeult. Hoofdagent Van Breeuwijk staat met de bevelvoerder te overleggen en wenkt Anouschka dichterbij; Aloys kijkt nog even toe maar besluit dan naar de receptie te lopen. Hij kan vanaf hier zien dat er licht brandt, dus hij vermoedt dat zijn oma daar zit.

En inderdaad: als hij binnenstapt vindt hij daar zijn oma, die koppen koffie en thee uitdeelt aan Eveline, Gaby, Anno en zijn vriendin, en nog zeker drie andere bezorgde recreanten.

'Ha, Aloys,' roept ze, een beetje gemaakt vrolijk, 'je bent precies op tijd: geef ons eens een update?'

'En wat is er allemaal bij het kasteel aan de hand?' vraagt Eveline meteen.

'Nou,' zegt Aloys, 'bij het kasteel staan vier brandweermannen een stapel brandend bouwmateriaal uit elkaar te trekken, en hier is het huisje al geblust, maar er is niet veel meer van over. Het dak staat nog, en volgens de brandweerlieden staat dat op dit moment ook redelijk stevig, maar de muren zijn eigenlijk min of meer, nou ja, weg. Ze hebben Pers motor op tijd weg kunnen zetten, die heeft verder geen schade, en het groen om het huisje heen heeft ook niet al te erg geleden; we hebben volgens mij ontzettend veel geluk gehad dat het vannacht niet waait. Anders had het er heel anders uit kunnen zien.'

'Waarom steken ze het bouwmateriaal bij het kasteel dan in

de fik?' zegt Gaby, een beetje bibberig, met een scheve blik naar de vrouw die aanhankelijk tegen Anno aan hangt.

'We weten nog niet precies hoe het komt, hè,' zegt Rosie snel, 'hoewel ik moet toegeven dat het verleidelijk is om te denken dat het is aangestoken, ja. En van het bouwmateriaal zou ik nog kunnen denken dat het een kwajongensstreek is die een beetje uit de hand is gelopen...'

'Maar niet van een huisje,' zegt Aloys. 'Per laat natuurlijk niet zijn gasfornuis aan staan of zoiets, en als zijn geiser was ontploft had iedereen rechtop in zijn bed gezeten, en dan was de schade ook veel groter geweest.'

'We kunnen wel blijven speculeren, mensen,' zegt Rosie ineens daadkrachtig, 'maar daar schieten we natuurlijk niks mee op. Als jullie je koffie en thee op hebben, dan stel ik voor dat we de zitting opheffen. De brandweer en de politie hebben het allemaal onder controle, dus we kunnen veilig ons bed weer in, en morgen komen ze wel terug, de politie bedoel ik dan, om nog wat vragen te stellen en zo, en ons te vertellen of ze weten hoe de branden zijn begonnen. Tot die tijd kunnen we toch niks, dus eh...'

Iedereen stemt een beetje mompelend in, drinkt de laatste slokken, zet zijn of haar mok op de balie en vertrekt weer, en Rosie staat met haar handen in haar zij te wachten tot de laatste de deur achter zich heeft dichtgetrokken.

'Zo,' zegt ze. 'En dan nu de afwas.'

'Niet eerst een Bavaria?' Aloys grijnst en pakt de mokken, in iedere hand een hele bos, terwijl zijn oma de gootsteen van het bescheiden keukenblokje vult met een sopje.

'Ik moet zeker weer drogen? Ik ben ook altijd het zaadje hier.'

'Ha,' zegt Rosie, iets te veel in gedachten om echt in te gaan op zijn plagerijen.

'Waar denk je aan, omi?'

'Dat ik straks je opa ga bellen om verslag uit te brengen. Hij zal wel zeggen: ik hoef ook maar weg te gaan en er gaat meteen van alles mis. En ik denk dat jij Per misschien even moet bellen; jij bent bij het kasteel wezen kijken.'

Op dat moment gaat de deur van de receptie weer open. 'Hallo, goed volk,' klinkt de stem van Sylvie. 'Ik zag nog licht branden, dus ik dacht: ik stap even binnen. De laatste stand van zaken is dat de brandweer alles heeft geblust, en het dak van het huisje voor de veiligheid maar vast naar beneden heeft gehaald. Je wilt ook niet dat je onder dat dak staat op te ruimen, en dat het dan alsnog op je kop valt, nietwaar?'

Direct achter haar stapt Freek naar binnen, met roetvegen op zijn kleren en gezicht.

'O lieverd, wat zie je eruit,' zegt Sylvie lachend, 'was het toch nog een hoop werk om die brandstapel uit elkaar te krijgen? Je ruikt ook alsof je een dutje hebt gedaan in een grote barbecue!' Tegen Rosie en Aloys verduidelijkt ze: 'Freek is gaan helpen bij het kasteel; hij kon bij het huisje verder niets doen.'

'Zo voel ik me ook,' zegt Freek, 'alsof ik uit de barbecue kom. Er staat volgens mij geen haar meer op mijn wenkbrauwen. Maar ook bij het kasteel is alles onder controle, het vuur is uit, er smeult niets meer en we hebben de verkoolde resten zo goed en zo kwaad als dat ging weer een beetje bij elkaar geharkt. Per zal moeten investeren in een kleine bodemsanering en een paar kuub vers grind.'

'Ik ga hem zo bellen,' zegt Aloys, 'ik zal het meenemen.'

'Ik stel voor dat we morgenmiddag, nadat de politie is geweest om door te spreken wat er nu bekend is over de oorzaken van de branden, hier even bijeenkomen, als Per en Joost ook weer terug zijn.'

'Per hintte er eerder al op dat jij iets voor de overheid doet, qua werk, Freek,' zegt Rosie, 'iets wat niet bij naam genoemd kan worden.'

'Dat is juist,' zegt hij met een frons, 'maar: ik heb toestemming om aan Joost en Per, en aan Pers, eh, partner?' Hij kijkt even heen en weer tussen Aloys en Rosie. 'Of ben ik te prematuur met die benaming? Hoe dan ook, ik kon aan hen vertellen wat voor soort werk ik doe, maar het is uit de aard der zaak niet de bedoeling dat dit, nou ja, gemeengoed wordt.'

'Ik zeg niks,' zegt Rosie, en Aloys kijkt verbaasd heen en weer tussen Rosie, Sylvie en Freek.

'Freek is ethisch hacker voor de AIVD,' zegt Sylvie, om hem uit zijn lijden te verlossen.

'En in die functie was ik al een tijdje bezig om me te verdiepen in de recent geconstateerde inmenging van Chinese zijde in, laat ik zeggen, de verspreiding van desinformatie,' zegt Freek. 'Ik hou me niet zozeer bezig met het wat, maar wel met het hoe. Interessant genoeg lijkt er een connectie te bestaan tussen dat hoe en het bedrijf dat zo'n agressieve overnamestrategie op Pers onverwachte erfenis heeft losgelaten. Een paar dagen geleden hebben we daar met elkaar over gesproken in De Paardentram. Ik heb intussen nog wat onderzoek kunnen doen naar datastromen; ik denk dat het interessant zal zijn om de verschillende bevindingen naast elkaar te leggen.'

'Wow,' zegt Aloys, diep onder de indruk. 'Ik had echt geen idee, Freek. Je kunt op me rekenen, hoor, ik zeg niks, maar ik wil wel het naadje van de kous weten als mijn opa en oma gevaar lopen.' Hij gaat alvast extra breed staan.

'Ik kan je verzekeren dat de bescherming van je grootouders niet alleen op jouw schouders zal rusten.' zegt Freek met een licht vermoeide grijns. 'Je hebt je oom, en mij, en Per ook nog op wie je kunt rekenen.'

'En mij, en Anoes, en, nou ja, Van Breeuwijk natuurlijk,' vult Sylvie nog aan. 'We hebben die lui van jouw landgoed af gekregen, hè, Freek, nou moeten we niet hebben dat er hier weer nieuwe criminelen opduiken.'

'Precies,' zegt Freek, 'en als ik daarmee het landsbelang dan ook nog dien, des te beter.'

Rosie kijkt even naar de zojuist door Aloys afgedroogde mokken. 'Moet ik voor jullie ook nog maar even koffie of thee maken? We waren eigenlijk net aan het opruimen; het halve park was natuurlijk in rep en roer.'

'Nee, ben je mal,' zegt Sylvie, 'we rijden zo naar huis, we zijn er in tien minuutjes, en dan drinken we daar nog wel iets. En we zullen onszelf wel even goed moeten schrobben voordat we terug ons bed in gaan; vooral jij!' Ze geeft Freek een duwtje met haar schouder.

'Liefste,' zegt hij met een grijns. 'Je dochter zal zich wel afvragen of we niet zijn omgekomen in de brand.'

'Ach, welnee, ik heb Ties al lang geappt dat we er zo aan komen. Ze was opgestaan om op ons te wachten.' Sylvie zegt vertrouwelijk tegen Rosie: 'Ze doet bijna geen oog dicht; haar vriendje is op hockeykamp. Ze mist hem vreselijk.'

'Ach, wat zielig,' zegt Rosie invoelend, 'jonge liefde, hè, hoe oud is ze nou ook alweer?'

'Veertien. Nou, ik hoor het wel als ik ook moet aanschuiven bij het krijgsberaad, en anders dan, eh...'

'Zien wij elkaar morgen weer,' vult Freek haar zin aan. 'Slaap wel, voor zover dat nog mogelijk is!' En met geheven hand stapt hij de deur weer uit, gevolgd door zijn vrouw.

'Wow, omi,' zegt Aloys nog een keer, terwijl hij de mokken in het keukenkastje zet. 'Dat jij dat wist, dat hij, nou ja, een soort geheim agent is! Ik had dat nooit kunnen raden.'

'Per kwam ermee. Die heeft dat helemaal zelf uitgevogeld; die jongen is echt ontzettend slim, volgens mij. We hebben er maar geluk mee dat hij het kasteel heeft geërfd.'

'Nou, inderdaad,' zegt Aloys, 'stel je voor dat het toch die Ewout was geweest!'

'Bewaar me,' mompelt Rosie, 'die had zo de hele boedel verkocht aan de Luxe Topparken, als hij er een aardig bedrag voor zou krijgen. Zonder met zijn ogen te knipperen, zonder na te denken over ons, over waar wij dan naartoe zouden moeten, of wat dan ook.'

'Ik moet er niet aan denken,' zegt Aloys, die zich ineens voor de volle honderd procent bewust is van hoe gehecht hij is aan het huis waarin hij is opgegroeid, het terrein waar hij, onder de bezielende leiding van zijn opa, zijn werk van heeft gemaakt, en het prachtige natuurgebied waar dat terrein zich in bevindt.

'Kom, jongen, we gaan de boel hier afsluiten; dan maak ik thuis nog even een verse kop thee voor ons en dan kunnen we gaan bellen. Hopelijk kunnen we daarna ook nog een uurtje slaap pakken; het zal morgen wel een drukke dag worden. Er moet van alles opgeruimd worden, natuurlijk, en zal je zien dat het halve terrein komt vragen wat er nou allemaal aan de hand was. En de politie komt vast ook nog langs, en de jongens komen thuis, en Freek met zijn krijgsberaad… Ik hou de receptie wel de hele dag open; ik zie de bui al hangen.'

# 31

Charlie wordt wakker na het zoveelste hazenslaapje. Het is niet dat de bank niet lekker ligt, want het is best een comfortabele slaapplaats en precies lang genoeg voor haar. Het is meer dat ze bijna geen oog dichtdoet omdat die grote blonde harige – ooo, ze wou dat ze een passend scheldwoord kon bedenken voor hem, want hij is dus de reden dat ze niet diep in slaap kan vallen. Ze blijft maar piekeren over ieder woord dat ze hebben gewisseld, en die zoen, en dat gevoelige dat ze ineens in hem zag, en die zoen, en hoe ze vervolgens, toen het eenmaal duidelijk was dat Joost in het andere huisje zou gaan overnachten en zij dus als vanzelf in dit huisje zou blijven, de rest van de avond naast hem op de bank heeft gezeten. En die zoen, natuurlijk; ze is de hele avond zachtjes blijven verlangen.

Henk had zich de afstandbediening toegeëigend en een voetbalwedstrijd opgezocht, hij zat er heerlijk van te genieten, en hoewel voetbal haar geen bal – ze grinnikt even geluidloos om haar eigen gedachtegang – interesseert, had ze toch ook heel erg genoten. Omdat ze naast hém zat. Per. Omdat hij na een tijdje zo heel achteloos en quasi-onschuldig een arm over de leuning van de bank legde, achter haar hoofd, bijna als een schooljongen met wie ze naar de bioscoop was; als op een eerste afspraakje waarbij ze allebei zaten te hopen dat er voor het eind van de avond gezoend zou gaan worden.

Gezoend hebben ze al, dus. Meer dan eens, ook.

Dat is nou juist het probleem, want iedere keer als ze zichzelf toestaat om daaraan terug te denken, wordt ze zo warm vanbinnen dat ze het dekbed waaronder ze ligt van zich af moet gooien.

Ze wil er meer van. Ze wil naast hem op de bank zitten, zo half onder zijn arm, nét dichtbij genoeg om zijn warme, maar toch ook frisse lichaamsgeur te kunnen waarnemen. Of nee, eigenlijk wil ze nog veel dichterbij.

Ze wil met hem vrijen, ze is verliefd op hem, o wat verschrikkelijk onhandig, ze is nog maar koud weg bij Sander – is dit dan '*on the rebound*'? Ze heeft eigenlijk geen idee, ze weet alleen maar dat ze meer wil van zijn openheid, zijn kwetsbaarheid, zijn nabijheid... zijn zoenen. Zijn lijf. Dat achteloze 'we' van hem dat hij af en toe ineens kan zeggen, alsof hij haar zomaar betrekt in zijn leven, in zijn toekomst.

Dat is toch idioot?

Waar bestaat zijn toekomst dan eigenlijk uit? Het kasteel afmaken, verder verbouwen en, nou ja, er een soort doel voor vinden? Misschien de schilderijen van oom Benno erin hangen, wie weet; hij lijkt dat wel een aardig idee te vinden. Hij wil nieuwe huisjes op het park bouwen, daarom zijn ze tenslotte hier. Maar als dat allemaal af is, wat dan? Gaat hij dan weer naar Dubai, of waar dan ook waar ze een architect nodig hebben die grote gebouwen kan ontwerpen? Pakt hij zijn kosmopolitische levensstijl weer op? Of zou hij op De Eyckenhof blijven, op het kasteel gaan wonen, zich met de dagelijkse gang van zaken op het bungalowpark bemoeien? Dat is toch allemaal veel te... nou ja, te kneuterig voor een man als hij? Veel te lokaal?

Zijzelf is waarschijnlijk ook te kneuterig voor een man als hij. Sander probeerde haar aan het eind van hun relatie het gevoel te geven dat ze eigenlijk niet goed genoeg was voor de glitter en glamour-kant van het leven dat hij zich droomde; toen had ze heel zeker geweten dat dat onzin was. Ze was prima geschikt. Maar nu voelt ze zich minder zeker van zichzelf. Per is van zo'n andere orde. Zo veel meer een… nou ja, een vrije geest, al vraagt ze zich intussen wel af of dat niet meer uit zelfbescherming is gegroeid dan dat het uit zijn karakter voortkomt; dat beeld van hem als klein blond kleutertje, verlaten op een parkeerplaats, kan ze maar moeilijk loslaten. En nou is hij ook nog een baron, al lijkt dat hem zelf weinig te doen.

Ze weet nog niet eens wat ze zelf wil, hoe haar eigen toekomst eruit moet zien. Ze zal op enig moment, misschien wel gewoon meteen na het weekend, terug moeten naar Amsterdam, naar oom Benno's huis, háár huis. Ze zal ook op zoek moeten gaan naar werk, want als ze te lang geen klussen heeft wordt ze vergeten; ze weet maar al te goed hoe het wereldje werkt. En dan is het verdomd lastig om er weer tussen te komen.

Aan de andere kant: ze heeft nog ruim een half miljoen op haar rekening staan. Meer nog zelfs, als ze wat er op oom Benno's rekening stond erbij optelt. Een half miljoen! Dat is eigenlijk een enorme smak geld, als ze er zo eens over nadenkt. Ze kan prima rondkomen van vijfendertigduizend euro per jaar. Oom Benno's huis is hypotheekvrij, dus ze hoeft zich alleen maar zorgen te maken over belastingen en verzekeringen. Ze zou… even snel rekenen… zo vijftien jaar schaamteloos kunnen rentenieren – misschien iets minder als ze meetelt hoeveel ze jaarlijks aan de fiscus zal moeten afdragen. En ze zou natuurlijk een paar van oom Benno's schilderijen kunnen verkopen; ze heeft er genoeg. Ze zou zijn huis van de hand kunnen doen en een kleinere woning in Amsterdam zoeken, een flatje, een soort pied-à-terre dat ze als hoofdadres kan gebruiken terwijl ze het grootste deel van het jaar op De Eyckenhof…

Bij Per in de buurt…

Ze zucht.

Het slaat allemaal nergens op. Ze kan toch niet niks doen? Van een afstandje gaan zitten smachten naar een man die haar blijkbaar wel leuk vindt, misschien zelfs wel iets meer dan leuk – hij voelde zich tenslotte veilig bij haar, had hij gezegd – maar die hoogstwaarschijnlijk nooit voor haar zou kiezen op de manier waar zij op hoopt?

Want dat wil ze. Daar heeft ze nou toevallig eens geen twijfels over: ze wil gewoon een vriend, een man in haar leven met wie ze zoiets kan hebben als haar moeder met haar vader had. Een echte verbintenis, een innige vriendschap en een fysieke band. Het lijkt haar heerlijk om een partner te hebben met wie ze langzaam kan vergroeien tot zo'n liefdevolle eenheid als ze zich herinnert van haar ouders… Ineens voelt ze een traan over haar wang biggelen. Ze mist ze, ze mist ze nog steeds. Ze zou haar moeder willen bellen en met haar willen praten over Per, ze zou een knuffel van haar vader willen krijgen en hem zijn bemoedigende woorden in haar oor horen brommen. 'Het zal zich allemaal vanzelf wel wijzen,' zou hij vast zeggen… Ze is alleen, en ze voelt zich alleen. Hoewel het niet zo erg is als ze al die tijd heeft gedacht, toen ze zich aan Sander vastklampte, en hoewel ze intussen weet dat ze het prima alleen kan, veel beter dan ze had vermoed, verlangt ze nog steeds naar, naar…

Nou ja, innigheid, waarschijnlijk.

En als ze aan Per denkt, dan verlangt ze ook gewoon naar seks. Het is maar beter om eerlijk te zijn. Het is vast ontzettend lekker met hem; hij zoent lekker en hij ruikt lekker en hij voelt lekker… Met een zucht slaat ze haar dekbed open, voor de zoveelste keer. Zo wordt het toch niks met haar nachtrust?

Verdorie.

Uit het kamertje waar Henk ligt te slapen klinkt ineens het geluid van een overgaande mobiel, en even later hoort ze zacht gerommel en dan het gemompelde geluid van Henks stem.

Midden in de nacht ook; ze kijkt even op haar eigen mobiel.

Half drie. Er zal toch niks aan de hand zijn?

Nog geen minuut later gaat er ook een mobiel over in Pers slaapkamer. Dat kan geen toeval zijn. Charlie staat op van de bank, knipt een schemerlamp aan en loopt naar het keukenblokje. Ze is toch klaarwakker, dus dan kan ze maar beter vast water opzetten; het zal haar niet verbazen als iedereen zo dadelijk klaarwakker is.

Ze heeft de waterkoker nog niet aangeklikt of Henk komt zijn slaapkamer uit, in een T-shirt en een verrassend hippe groene onderbroek met pijpjes en een bladmotief.

'Hé, ben jij ook op?' vraagt hij verbaasd.

'Ik hoorde je mobiel gaan,' zegt ze, 'en het is zo'n raar tijdstip; ik dacht dat er wel iets aan de hand moest zijn.'

'Klopt: er is brand geweest op het terrein. Het is alweer geblust, maar Rosie is zich natuurlijk het rambam geschrokken. Pers huisje is tot de grond toe afgebrand.'

'Nee!' zegt Charlie geschrokken. 'Dat meen je niet. Hoe kan dat nou, hij was hier!'

'Tsja, dat vraagt iedereen zich natuurlijk af. Er is ook brand geweest bij het kasteel. Daar is verder niet zo veel schade, lijkt het nu, maar we moeten nog zien hoe de vlag erbij hangt als het weer licht is. De boswachter is uit haar bed gebeld, en graaf Freek is ook mee komen helpen. Er is gelukkig niks overgesprongen, waarschijnlijk omdat het nog geregend had en het niet waaide, maar je kunt je zeker wel voorstellen wat er had kúnnen gebeuren. Al dat groen, en al die houten huisjes; het is een aardig weekend, ik denk dat het park behoorlijk vol zit.'

Op dat moment komt Per uit zijn kamer, mobiel aan zijn oor. Hij heeft alleen een onderbroek aan, een zwarte met extra lange pijpen. Het is bijna een fietsbroek, die als een tweede huid om hem heen spant en maakt dat hij er ondanks zijn verdere naaktheid toch een soort van gekleed uitziet. Maar tegelijkertijd...

Nou ja.

Charlie kan bijna niet ademen. Hij heeft brede schouders, dat wist ze natuurlijk al lang, en armen waar een acteur in een actiefilm waarschijnlijk een flinke tijd voor zou moeten trainen, en een borstkas met wat witblond haar erop, en een buik die... Ze doet even haar ogen dicht en pakt dan maar snel drie theemokken uit de kast. Zijn buik is plat. Ze kon het in de gauwigheid niet helemaal zien, zo in dat halve licht van die ene schemerlamp, maar ze vermoedt dat er een klein, een miniem randje vet op zit, op die buik, want daar waar ze bij zijn armen de spierbundels bijna ziet lopen en zijn dijen eruitzien als een soort gebeeldhouwde boomstammen in die halflange onderbroek van hem, heeft zijn buik gelukkig niet van die lelijke blokjes. Ze houdt er niet zo van, van die mannen die helemaal drooggetraind zijn en die niets liever doen dan hun spierdefinitie tentoonspreiden; in haar werk heeft ze er regelmatig mee te maken gehad en ze weet nog maar al te goed dat Sander obsessief bezig kon zijn met zijn buikspieren. Een sixpack was voor hem niet genoeg, nee, acht blokjes wilde hij op zijn buik, maar hoe vaak hij ook sit-ups en andere oncomfortabel uitziende oefeningen deed, meestal in de slaapkamer naast het bed, de laatste twee blokjes wilden maar niet tevoorschijn komen.

Ze kan het niet helpen, maar ze vindt Pers buik, glad, een klein beetje harig en gelukkig volledig blokjesloos, er ontzettend lekker uitzien. Ze gluurt even over haar schouder, terwijl hij zacht pratend in zijn mobiel achter de bank langs heen en weer ijsbeert. Ze vindt hem er in zijn totaliteit ontzettend lekker uitzien. Alles aan hem, van het lange losse haar dat over zijn rug hangt tot zijn blote voeten die geluidloos over de houten vloer heen en weer stappen. Haar hele lijf schreeuwt zo ongeveer dat ze door hem wil worden aangeraakt. Zelfs zijn donkere stem vindt ze lekker, als ze zich voorstelt dat hij iets in haar oor zou mompelen, of dat hij een opgewonden geluid zou maken.

Ze is niet gewoon verliefd op die man, ze heeft het voor elkaar gekregen om een soort idiote, hysterische crush op hem te ontwikkelen waar een tienermeisje trots op zou kunnen zijn. Ze sluit haar ogen nog maar even, steunt met een hand op het aanrechtblad van het minimalistische keukenblok en haalt even heel diep adem.

'Hij heeft jou ook in de gaten, hoor,' mompelt Henk, die naast haar is verschenen. 'Ik zie hem wel kijken. Hij doet het stiekem, net als jij.'

'Ik heb een enorm stom slaapshirt aan,' zegt ze zachtjes, als ze haar ogen opent en even naar beneden gluurt, naar de grote madelief die op haar buik prijkt, midden op het hemelsblauwe oversized shirt dat ze draagt.

'Al was het een postzak,' bromt Henk met een grijns en een twinkeltje in zijn ogen. 'Ach, was ik ook nog maar zo jong...'

Snel maakt ze de thee af en zet ze drie mokken op de salontafel, en dan gaat ze zitten. Henk komt bij haar zitten, en als Per zijn gesprek met, blijkbaar, Aloys heeft afgerond, laat hij zich ook voorzichtig op de bank zakken, aan haar andere zijde.

'Nou,' zegt Per.

Het blijft verder stil.

'Ik ben klaarblijkelijk dakloos,' zegt hij dan uiteindelijk. 'Aloys gaat ervan uit dat het is aangestoken; het lijkt erop dat er een of andere onduidelijke vent is gezien op het park, die gewoon zo naar binnen is gelopen en die naar mij heeft gevraagd bij de recreanten. Blijkbaar was er iemand die wist in welk huisje ik zit, of, nou ja, zat, want het staat niet meer overeind, dat huisje, en diegene kon blijkbaar ook nog vertellen dat we waren weggereden.'

'Ja, Roos vertelde het,' zegt Henk. 'Eveline heeft met die vent staan praten, samen met die Anno Olivier, of hoe hij ook heten mag. Ik snap nooit wat die man in godsnaam bij ons doet. Eveline is natuurlijk naar buiten gerend zodra ze een onbekend gezicht zag; die vrouw is ongezond nieuwsgierig, en ongeveer even bemoeizuchtig. Dat is algemeen bekend. Nou ja.' Hij haalt even diep adem. 'Rosie heeft zich in ieder geval goed gehouden, maar toen ze me net belde kreeg ze alsnog de bibbers. Ik weet wel dat het niet kan, maar ik zou het liefst meteen in de auto springen en terugrijden.'

'We kunnen toch de eerste boot nemen? Die gaat volgens mij om zeven uur, of zoiets. Heel vroeg.' Charlie kijkt heen en weer van de een naar de ander. 'Desnoods laten we Joost hier nog even zitten en gaan wij vast terug; dan komt hij wel achter ons aan als ze zover zijn, ook met Lars en zo.'

'Als hij überhaupt al een oog dichtdoet vannacht,' bromt Per, 'ik geloof dat ik nog geen uur heb geslapen.'

'O, ligt je bed niet lekker?' Henk is verbaasd. 'Ik sliep als een roos, totdat Roos me dus belde.' Hij grinnikt even. 'Arme Rosie, was ze helemaal alleen, gebeurt er zoiets als dit.'

'Ik stuur Joost wel even een appje,' zegt Per, en hij is al op zijn mobiel bezig.

'Ik kon ook niet goed slapen,' zegt Charlie zachtjes, maar ze heeft niet het idee dat iemand haar hoort. Toch beweegt Per naast haar een beetje, bijna ongemerkt, waardoor zijn kuit ineens tegen de hare rust. Ze voelt een soort stroomstoot door zich heen schieten en moet vreselijk haar best doen om niet opzij te kijken. Doet hij dat nou expres? Ze gluurt toch maar even, maar zijn gezicht verraadt niets.

'Ontzettend zonde, eigenlijk,' zegt Henk nadenkend. 'Dat huisje was van Maureen, voordat Per erin ging. De vriendin van je oom, Charlie. Maureen kwam al heel lang op het park, net als je oom. Ze zijn heel langzaam naar elkaar toe gegroeid, die twee, en uiteindelijk zaten ze bijna de hele tijd samen in zijn huisje, ik denk omdat het wat groter is. Eveline had er natuurlijk van alles over te roddelen, maar daar trokken zij zich niks van aan, en gelijk hadden ze. Wij hadden op dat moment nog geen idee van hoe bekend je oom was als kunstschilder, wij dachten gewoon dat hij lekker zat te hobbyen, maar ik begrijp intussen van mijn vrouw dat zo'n beetje zijn beroemdste schilderij er eentje is waar Maureen op staat?'

Charlie knikt. 'Ja, het hangt in New York. Hij heeft er nog een van haar gemaakt, dat vonden we in het huisje.' Ze kijkt even naar Per, die intussen klaar is met appen en knikt.

'We hebben alles op zolder op het kasteel gezet. Dat leek ons veiliger dan dat het zomaar in dat huisje stond, zeker omdat die Anno Oliveira iets te graag wilde weten wat er nog allemaal lag. Ik kreeg een slecht gevoel bij die man; ik heb hem opgezocht online maar ik kan verder niks vinden. Ik wil eigenlijk aan Freek vragen of hij soms iets wijzer kan worden over die vent, want het zit me niet lekker.' Per valt stil en slikt hoorbaar. 'Ik bedenk me ineens dat als het kasteel zou zijn afgebrand, je dan die schilderijen kwijt was geweest, Charlie,' zegt hij duister.

'Dat zal toch niet zo makkelijk gaan?' Ze kijkt hem verschrikt aan.

'De vloeren en de plafonds zijn van hout. Dat brandt gewoon prima.'

'Nou, gelukkig is dat niet gebeurd,' zegt Henk, 'en ik heb die Olivier-vent ook nooit gemogen. Wat een gladjakker. Denk jij dat hij er iets mee te maken heeft, Per?'

Per denkt even na. 'Nee, nee, dat zie ik eigenlijk niet voor me; volgens mij zit hij gewoon achter die schilderijen aan. Dan zou hij wel gek zijn om brand te gaan stichten. Het zou zomaar kunnen dat dat tweede schilderij van die Maureen een vondst is waar een grote veiling voor zou kunnen komen, als je het zou willen verkopen, Charlie, en dat hij op zoiets zit te azen. Misschien hoopt hij op een enorme commissie, of zoiets?'

'Zo veel zal het toch niet waard zijn?' zegt Charlie peinzend.

‘Het is niet eens helemaal af, volgens mij, hij had het nog niet gevernist.’

‘Ik denk wel dat het heel veel waard zou kunnen zijn,’ zegt Per. ‘Ik heb dat andere schilderij ook opgezocht, en sowieso even gekeken naar hoe het werk van je oom internationaal staat aangeschreven, en ik denk dat er een bescheiden fortuin op de zolder van het kasteel staat. We moeten daar echt even serieus naar kijken.’

‘Oké,’ zegt Charlie een beetje kleintjes, hoewel dat ‘we’ van hem door haar heen zingt.

‘Kijk, daarom is het nou zo jammer dat het huisje van Maureen is afgebrand, of jouw huisje dus eigenlijk, Per. Daar zat toch een bepaald soort historie in dan, hè, als ouwe Ben eigenlijk onze beroemdste recreant was.’ Henk zucht. ‘Maar ja. Nu is het een berg rommel, en ik zal mijn gravertje van stal moeten halen om die berg op te ruimen.’

‘We kunnen op die plek een proefhuisje zetten,’ zegt Per peinzend, ‘alle aansluitingen zijn er al. Als ik Martin mag geloven kan het er in een dag of tien staan, als alles goed is voorbereid.’

‘Geen gek idee,’ zegt Henk, en dan drinkt hij zijn laatste slok thee op en zet hij zijn mok op tafel. ‘Ik denk dat ik nog even ga proberen te slapen. Laten we maar om een uur of zes opstaan, dan kunnen we die eerste boot nemen. Het is intussen…’ hij tuurt even naar de klok aan de muur. ‘Sjonge jonge, kwart over drie ’s nachts, ik kan me de dag niet heugen dat ik op dit uur nog op was. Nou, tot straks, jongelui.’ Hij staat op, een beetje krakend, steekt een hand op ten groet, en dan verdwijnt hij zijn kamer weer in.

Charlie en Per zitten doodstil, een eeuwigheid lijkt het. Zijn hele bovenbeen rust intussen tegen het hare; ze voelt zijn warmte prikken als elektriciteit.

‘Kon jij ook niet slapen?’ vraagt hij zachtjes.

Ze schudt haar hoofd. 'Denk je dat die brand komt vanwege dat Berg&Bos-park? Net als die stalbrand bij die boer?'

'Moeilijk te zeggen, maar het is wel heel toevallig.'

'Denk je dat ze... echt jou wilden pakken?'

Hij haalt zijn schouders op. 'Ze wisten blijkbaar dat ik niet in dat huisje lag te slapen. Misschien, als zij het tenminste zijn, wilden ze alleen schrik aanjagen?'

'Wat ga je nu doen?'

'Hoe bedoel je?' Hij draait een beetje haar kant op en legt opnieuw zijn arm over de leuning van de bank, en als hij haar dan aankijkt verdrinkt ze bijna in zijn blik, zo in dat halfduister van die ene schemerlamp.

'Waar, eh, waar moet je nu wonen?'

Zijn vingers pakken een puntje van haar haar en spelen ermee. 'Ik heb een heel kasteel. Ik zal even een nieuw veldbedje moeten kopen, en een paar nieuwe kleren, maar, eh...'

'Voel je je niet...' ze aarzelt even, '... onveilig? Als je zo in je eentje in dat kasteel moet gaan slapen, en er is ook nog niks, geen badkamer, geen keuken...'

'Valt wel mee,' zegt hij zachtjes, 'ik kan dat allemaal best snel regelen, en ik... nou ja...' en dan legt hij zijn hand om haar wang en trekt haar gezicht dichterbij voor een zachte kus op haar lippen. 'Kom in godsnaam nog even bij mij in bed; misschien dat we dan nog een beetje kunnen slapen. Ik werd er gek van dat jij hier lag en ik in dat bed.'

'Ik ook,' zegt Charlie, ineens een beetje bibberig, 'ik werd er ook gek van. Maar we kunnen toch niet zomaar...'

'Gewoon liggen,' zegt hij zachtjes, 'en misschien nog een beetje slapen. We zullen het wel druk krijgen als we terug zijn.'

Weer dat 'we', zo heerlijk vanzelfsprekend, alsof ze er als vanzelf bij hoort. Zou hij doorhebben dat hij dat doet? Of zou het eigenlijk niet over haar gaan, maar meer over Henk, en Joost?

Charlie weet het niet, en ze durft het ook niet te vragen. Als

Per opstaat en hij zijn hand naar haar uitstrekt, legt ze haar hand in de zijne en staat ze ook op, om achter hem aan naar zijn slaapkamer te lopen. Ze laten de schemerlamp aan.

# 32

'Ik heb het er al met Cees over gehad, mijn aannemer,' zegt Per.

Charlie zit nu op de bijrijdersstoel, Per rijdt en Henk zit achterin; als ze even over haar schouder kijkt ziet ze dat hij zijn hoofd een beetje achterover heeft gelegd en weer in slaap is gevallen.

'Over zo'n proefhuisje bouwen?'

'Ja. Ik ging er eigenlijk van uit dat we daar een nieuw stukje grond bouwrijp voor zouden moeten maken, maar dat hoeft dus niet als we de plek van mijn huisje kunnen nemen. Of nou ja, "mijn" is een groot woord; het was natuurlijk langer het huisje van die Maureen dan dat ik erin heb gezeten.'

'Ze had zeker geen kinderen of andere familie, dat niemand dat huisje heeft geërfd,' zegt Charlie nadenkend. 'Ik was nog van plan om Henk en Rosie om haar achternaam te vragen en een beetje onderzoek naar haar te doen, gewoon om iets meer te weten te komen over haar. Ze is toch een heel belangrijk deel van het leven van mijn oom geweest...' Ze geeft Per een snelle blik. 'Grappig, trouwens, dat jij in haar huisje zit, en ik nu in dat van mijn oom, en dat zij zo'n grote liefde hadden...'

Per glimlacht met één mondhoek. 'Misschien zit er iets in het water. Of in de lucht.'

'Misschien.'

Ze hebben samen in Pers bed gelegen en ook echt nog een beetje geslapen. Charlie voelt zich wel een beetje brak na die rare, gebroken nacht, maar tegelijk zit ze vol energie. Het was heel bijzonder om naast hem te liggen; hij had haar nog een keer gekust, zacht en warm en meer lief dan sexy. Ze was er rozig van geworden en toen zo op zijn schouder in slaap gevallen. Toen ze een goeie tweeënhalf uur later weer wakker werd door het alarm van Pers mobiel, lag ze onder zijn arm, lepeltje-lepeltje, heerlijk warm en... veilig.

Veilig.

Vreemd, dat dat woord zo'n rol speelt. Ze heeft er nooit zo over nagedacht, maar sinds haar ouders zijn overleden heeft ze zich niet meer zo veilig gevoeld als die paar uur naast Per in bed.

'Welke boot neemt Joost, denk je?'

'Mm,' bromt Per, 'die komt wel wanneer hij komt. Toen hij belde, toen we op de boot zaten, was hij echt net wakker; hij heeft ook niet zo lekker geslapen op die bank, denk ik.'

'Hij zal toch ook wel bezorgd zijn om zijn moeder?'

'Is hij ook, maar hij zal Elodie en Lars ook niet willen opjagen, als ik hem zo inschat. Daar is hij te netjes voor, en ook te rustig. Ik mag hem wel. Hij haalt zich heel wat op de hals, maar aan de andere kant: als het werkt, dan werkt het. Daar heeft niemand iets van te vinden behalve hijzelf.'

'Dat is waar,' zegt Charlie nadenkend.

Zou Per van haar nou ook denken dat het werkt? Dat het tussen hem en haar werkt, dat het... nou ja, dat ze... Ze kan eigenlijk geen woord vinden dat passend benoemt wat er op dit moment tussen hem en haar is. Ze weet wel wat ze zou willen dat er was, al is dat misschien onrealistisch, of onverstandig, maar ze doet haar best om er niet al te zeer bij stil te staan.

'Ik denk dat ik maar naar huis ga, als we weer bij De Eyckenhof zijn.' Ze zegt het nog voordat ze er goed over heeft nagedacht. 'Ik kan volgens mij niet echt helpen, en ik wil je niet voor de voeten lopen, ik... eh, ik heb nog dingen te doen, er staan nog schilderijen in het atelier van mijn oom, daar zal ik toch ook iets mee moeten...'

'Als je die Anno maar niet belt,' zegt Per. 'Ik vertrouw hem nog steeds niet. Het zal mij niet verbazen als Freek iets over die man boven tafel kan halen.'

'Denk je dat hij iets te maken heeft met dat Berg&Bos-verhaal?' Charlie doet haar best om niet te laten merken hoe teleurgesteld ze is dat hij helemaal niet reageert op haar opmerking dat ze naar huis wil, en tegelijk kan ze zichzelf wel schoppen: nu heeft ze het gezegd, nu moet ze natuurlijk ook gaan. Terwijl ze misschien liever was gebleven, alleen al om te kijken...

Wat? Wat zou ze willen bekijken? Wat hij gaat doen? Of hij zich gaat uitspreken, iets tegen haar gaat zeggen, iets... Wat verwacht ze nou precies? Dat hij haar om verkering vraagt? Ze zijn toch volwassen mensen? En daarbij heeft hij wel iets anders aan zijn hoofd als zijn kasteel en zijn huisje echt in de fik zijn gestoken. Ze schudt haar hoofd zonder dat ze het zelf doorheeft.

'Wat is er?' vraagt hij meteen.

'Niks, niks. Ik vind mezelf stom, ik, ik...' Ze zucht.

Hij blijft stil. Vooruit Charlie, zegt ze tegen zichzelf. Nieuwe Charlie, spreek het uit.

'Ik denk dat ik zou wensen dat, dat... nou ja, dat wat er tussen jou en mij is, zeg maar, net zo duidelijk was als wat er tussen Joost en Elodie is.'

Per blijft even stil en mompelt dan: 'Oké...'

'Sorry,' zegt Charlie onhandig.

'Nee, nee, niks om sorry voor te zeggen. Ik, eh, ik weet gewoon niet zo goed wat ik moet zeggen.'

Nou, dat je niet wilt dat ik naar huis ga, bijvoorbeeld, denkt Charlie, maar Per zwijgt en lijkt nog iets harder op het gaspedaal te trappen. Ze zwijgt zelf ook, en kijkt uit het raam.

De rit is eindeloos en verloopt verder bijna woordeloos; het is echt idioot om te bedenken dat ze met deze man in totale, overweldigende innigheid heeft liggen slapen en dat ze een paar uur later niet meer weet wat ze tegen hem zeggen moet en zich verder van hem verwijderd voelt dan, dan… Ze kan geen vergelijking bedenken, maar haalt opgelucht adem wanneer ze het bos van De Grote Weijde in rijden. Een paar minuten later doemt de openstaande slagboom van De Eyckenhof op en rijden ze zo door naar de parkeerplaats.

Henk is intussen wakker. 'Zo zeg, politie, brandweer…' constateert hij, als hij de geparkeerde auto's ziet staan. 'En dat ouwe ding van graaf Freek. Het zal me het crisisberaad wel zijn, en ze zijn er vroeg bij; het is wat, half tien?'

'Kwart over negen,' zegt Per, 'ik heb flink doorgereden.'

'Als ik een bon heb…' begint Charlie. 'Volgens mij heb je hele stukken tegen de tweehonderd gereden.'

'Als je een bon hebt, dan betaal ik die.' Per is stellig, maar alles aan hem is weer zo teruggetrokken; Charlie kan niet anders dan zich afvragen of dat nou komt doordat ze dat ene stomme heeft gezegd. Doordat ze zo nodig duiding wilde, terwijl hij daar blijkbaar helemaal nog niet aan toe is. Heeft Sander dan uiteindelijk toch gelijk en klampt ze zich vast? Ze voelt zich eigenlijk verschrikkelijk, en het wordt er niet beter op als ze alle drie zijn uitgestapt, Per haar haar autosleutels teruggeeft en zijn mobiel gaat.

Charlie opent de achterbak, zodat Henk, Per en zij hun tassen uit de auto kunnen halen.

Per graait bijna zonder te kijken naar de handvatten van zijn tas; zijn aandacht is vooral gericht op het scherm van zijn mobiel. Fronsend neemt hij op met een voorzichtig '*Hello?*', gevolgd door: 'Natalia! *You must have a new phone number!*' Zijn stem is laag en Charlie kan er niet aan horen of hij enthousiast is, of verbaasd, of welke emotie dan ook. De dame aan de andere kant van de lijn begint hoorbaar te ratelen. Charlie sluit de achterbak van de auto en loopt achter Per aan; Henk is al wat verder weg. Die wil natuurlijk naar zijn vrouw toe, denkt ze; met een klein steekje in haar hart beseft ze dat Henk en Rosie waarschijnlijk net zo'n soort band hebben als die haar ouders hadden.

Per staat een klein stukje verderop met zijn mobiel aan zijn oor; hij lijkt op haar te wachten, ook al is hij in gesprek.

'*I can't pick you up from the airport. There are things I need to attend to here. There's been a fire,*' zegt hij, waarna er weer furieus gepraat uit zijn mobiel klinkt.

Charlie loopt naar hem toe, haar tas over haar schouder, totdat ze naast hem staat en ze samen in de richting van de receptie kunnen lopen. Hij zegt weinig in zijn telefoongesprek, maar ze kan zijn gesprekspartner duidelijk horen ratelen: de vrouw aan de andere kant van de lijn heeft het Engels waarschijnlijk niet als moedertaal, hoewel Charlie niet kan horen wat het dan wel is. Spaans, of Italiaans misschien. Ze praat in ieder geval veel, hoe kortaf Per ook antwoordt.

Haar huisje, ze is bijna bij haar huisje, dus slaat ze af en laat ze Per doorlopen naar de receptie. Ze maakt zich op om de grasstrook op te stappen die haar huisje scheidt van het brede grindpad, maar dan ineens voelt ze Pers hand op haar pols.

Ze stopt met lopen en kijkt hem vragend aan.

Hij kijkt naar haar, trekt even zijn wenkbrauwen op en zegt dan in zijn mobiel: '*Natalia, I should go, I'm heading into a meeting. If you insist on coming over, you will have to take a taxi and book a hotel room; I can't accommodate you at the moment.*' En dan hangt hij op zonder afscheid te nemen en grimast even.

'Wat...?' begint Charlie, maar dan schudt ze haar hoofd en kijkt naar haar voeten. 'Het gaat me niet aan.'

'Natalia is een vrouw met wie ik een tijdje ben omgegaan toen ik in New York woonde,' zegt Per meteen. 'Niet lang, een paar weken. Ze werkte een beetje voor de lol bij een dure zakenbank en zocht denk ik een man met een bepaalde status. Ik was voor tussendoor, ik gok dat het komkommertijd was voor haar, en dat kwam me prima uit; ik was ook niet op zoek naar iets vasts. We hadden best een aardige tijd, maar ze was wel erg bewerkelijk.'

'O,' zegt Charlie met een knik. 'Ik, eh, denk dat ik...' Ze beweegt haar hoofd in de richting van haar huisje.

'Wil je niet mee naar het overleg over de brand?' vraagt Per verbaasd. 'Er staat op het kasteel een pakket schilderijen van jou op zolder dat misschien miljoenen waard is.'

'Nou, zo veel zal het toch niet zijn?'

'Je oom is overleden; de waarde is daardoor gestegen,' zegt hij onomwonden. 'Het is je erfenis, net als mijn erfenis. Je bent betrokken. Loop nou niet meteen weg omdat ik even met mijn mond vol tanden zat in de auto; zet je tas binnen en als je naar huis wilt, ga dan na dit overleg.'

Ze denkt er even over na, knikt dan, en brengt haar tas naar haar huisje. Hij blijft op haar wachten op het pad.

'Ben ik zo kinderachtig?' vraagt ze toch maar voorzichtig, als ze weer naast hem loopt voor de laatste meters naar de receptie.

Hij schudt zijn hoofd. 'Misschien zo onzeker. Het is wennen, voor ons allebei.' Hij stopt voor de deur, de klink in zijn hand. 'Misschien is het gewoon wel fijn voor je om even naar huis te gaan, om er rustig over na te kunnen denken. Er gebeurt wel heel veel tegelijk.'

'Dat is waar,' zegt ze. 'Ik voel me ontzettend stom, nu.'

'Niet doen.' Hij doet de deur open en laat haar voorgaan. 'Er zijn geen regels voor hoe het moet, en dat betekent dat we het niet fout kunnen doen.'

Daar heb je hem weer, met zijn 'we', denkt Charlie een tikje sarcastisch terwijl ze de receptie in loopt; hoe krijgt hij het voor elkaar om binnen één zin te zeggen dat afstand nemen goed is én dat er een 'we' is? Maar dan stapt ze de kleine vergaderruimte binnen, die al bomvol zit met Henk, Rosie, Aloys, Freek, Sylvie en twee officieel uitziende mannen in burger. Er is nog één stoel vrij, die Per haar aanbiedt. Hij leunt tegen de muur.

'Moet ik nog even een stoel...?' vraagt Rosie, al half opgestaan, maar hij schudt zijn hoofd.

'Dit is Per Quinn Rosendahl, de nieuwe baron De Goyer van Eyckenhoff,' zegt Freek. 'Ik neem het voorstelgebeuren wel even op me, hoe vervelend ik het ook vind. Per, dit is hoofdagent Van Breeuwijk, en brandweercommandant Smit. En dit is Charlie, Pers vriendin. Het spijt me, Charlie, ik weet je achternaam niet.'

'Blum,' zegt Charlie, toch een beetje met een droge mond, omdat Freek zo onomwonden het v-woord over tafel gooit.

'Charlie heeft van haar oom, Bernard Blum, de kunstschilder, een niet onaanzienlijke stapel schilderijen geërfd, die nu hij is overleden waarschijnlijk flink wat waard zijn,' vult Per aan. 'Die stonden tot voor kort in zijn huisje hier op het terrein, maar nu staan ze tijdelijk op de zolder van het kasteel; dat leek ons veiliger.'

'Maar dan moet er geen brand uitbreken, natuurlijk,' zegt brandweercommandant Smit met een sappige grijns.

'Precies,' zegt Per. 'Dat is dus de reden waarom het van belang is dat Charlie hierbij aanwezig is. We hebben de indruk dat er iemand op die schilderijen aast; dat heeft denk ik niks met de brand te maken, maar Freek, ik wil je daar graag zo dadelijk nog even over spreken, als dit overleg is afgerond.'

'Prima,' zegt Freek, en dan ontstaat er een levendige discussie over hoe de brand kan zijn aangestoken. Dát hij is aangestoken, daar lijkt geen twijfel over te bestaan, noch bij de vertegenwoordiging van de politie, noch bij die van de brandweer.

'Het ging veel te snel,' zegt Smit, 'dat kan niet zonder brandversnellers, en bij het huisje was het ook nog wel te ruiken. Bij het kasteel was het minder overduidelijk, maar daar hebben de manschappen resten van spiritusblokjes gevonden tussen de verbrande bouwmaterialen. Dus de theorie is nu dat die eroverheen of ertussen zijn gestrooid, vervolgens is de boel overgoten met iets wat als brandversneller kan werken, en toen is het aangestoken. Omdat het zeil waar het bouwmateriaal onder lag ook is verbrand, was er op het gebied van de geur niet veel van te maken–'

'Nou ja, het stonk gewoon,' voegt Aloys droog in, waarna iedereen toch even grinnikt.

Op dat moment gaat de telefoon in de receptie, en Rosie schiet uit haar stoel. 'Sorry mensen, ik moet dat even nemen,' zegt ze, 'als ik te lang wacht gaat-ie door naar mijn mobiel en moet ik hier alsnog uit.'

—

'Bungalowpark De Eyckenhof?' zegt Rosie in het toestel. Ze is ongelooflijk opgelucht dat Henk weer thuis is, en dat Per en Charlie, die er in haar hoofd eigenlijk al helemaal bij horen, ook veilig aan tafel zitten, maar ze zal pas helemaal gerust zijn als Joost ook weer binnen is. Herdershond, noemt Henk haar altijd, en hij heeft gelijk. Dit belletje zal Joost wel niet zijn; hij heeft haar al een paar appjes gestuurd. Maar helemaal zeker weet ze het niet.

'Ewout Boekhout de Larée,' klinkt het gecultiveerd-deftig in haar oor. Niet Joost, dus.

'Dag, meneer Boekhout de Nerée,' zegt ze, een beetje omzichtig.

'Ik wil graag aankondigen dat ik later op de dag mijn opwachting kom maken om de erfopvolging te bespreken.' Ewout klinkt alsof het de normaalste zaak van de wereld is dat hem geen strobreed in de weg wordt gelegd.

'Nou, eh, dat kan wel, denk ik; we hebben hier alleen wel het nodige te doen–'

'Ik begrijp dat er brand is geweest bij het kasteel,' zegt Ewout, een tikje verveeld. 'Dat krijg je natuurlijk als zo'n volkomen willekeurig iemand uit het plebs zomaar zo'n bezit in de schoot geworpen krijgt.'

'Per is gewoon de erfgenaam, hoor,' zegt Rosie. Ze begint meteen weer nijdig te worden op die vreselijke, aanmatigende vent. 'Hij is lid van de familie, niet zomaar een man die ze van de straat hebben getrokken!'

'Zijn moeder was het zwarte schaap,' zegt Ewout misprijzend. 'Het lijdt geen twijfel dat ze ooit is onterfd. Alleen zal de documentatie daaromtrent Stämpfli und Honegger nooit hebben bereikt. Hij is niet onder de juiste omstandigheden opgegroeid; hij mist de meest basale, eh...' Ewout loopt vast.

Rosie grijnst toch even. 'Ik heb niet de indruk dat er iets mist, bij Per, maar kom gerust langs, hoor, meneer Boekhout de Nerée. Hoe laat kunnen we u verwachten?'

'Ruim na het middaguur,' zegt Ewout deftig, 'goedendag.' Hij hangt abrupt op.

Uit de zak van Rosies vest komt een geluidje; ze haalt haar mobiel tevoorschijn en ziet dat Joost haar nog een berichtje heeft gestuurd.

'We hebben de auto opgehaald en gaan nu rijden, over ongeveer 2 uur thuis,' leest ze.

'Ik zal blij zijn als je er weer bent,' typt ze snel terug, en dan haalt ze een keer diep adem en loopt ze de vergadering weer in.

Er wordt druk gepraat, hoewel vooral Henk, Aloys, Van Breeuwijk en Smit aan het woord zijn, en Sylvie er af en toe iets aan toevoegt. Freek luistert heel aandachtig, ze ziet hem bijna mentale notities maken, en Per is weer eens op zijn meest teruggetrokken. Ze kan op geen enkele manier zien hoe het nu zit tussen hem en Charlie; ze weet dat de lucht tussen die twee bijna kan knetteren, maar nu... Misschien is er iets niet helemaal goed gegaan tijdens het weekend? Haar nieuwsgierigheid kriebelt ervan.

'Heren?' zegt ze, maar er wordt te druk gepraat om eroverheen te komen. 'Herennn!' probeert ze nog een keer. Dan schiet Freek haar te hulp.

'Mevrouw Van Marle wil iets zeggen.' Hij zegt het helemaal niet hard, maar om de een of andere reden staakt het drukke gepraat. Freek kan dat zo hebben, een soort innerlijk overwicht dat, en dat ziet Rosie nu gebeuren, hemzelf waarschijnlijk af en toe ook verbaast.

'Ja, nou,' zegt ze maar snel in het ontstane gat, voordat Smit en Van Breeuwijk weer op hun praatstoel gaan zitten, 'dat belletje daarnet, dat was Ewout Boekhout de Nerée, een soort aangetrouwde neef van de oude baron die hier vroeger af en toe langskwam om te kijken hoe het met hem ging.'

'Nou, volgens mij kwam hij voornamelijk geld lenen van de ouwe baas,' zegt Henk misprijzend. 'En soms kreeg hij ook wel wat, maar de baron wist best dat hij niet op terugbetalen hoefde te rekenen. Per, je zult nog wel geld van hem krijgen, of heb je de openstaande schulden bij je oom niet meegeërfd?'

'Ik heb geen idee,' zegt Per, 'ik heb er niks van teruggezien in de papieren.'

'Hè, daar hebben we nou net Joost voor nodig,' zegt Rosie. 'Maar daar gaat het nu ook even niet om, het gaat erom dat die man, die Ewout dus, vanmiddag langs wil komen.' Ze kijkt de tafel rond en bedenkt zich dat ze het een beetje zal moeten uitleggen: 'Die man heeft dus het idee dat de oude baron de erfenis aan hem heeft beloofd, en hij vindt dat Per niet de rechtmatige eigenaar is. Maar dat is nog niet alles: hij zei aan de telefoon daarnet dat hij had gehoord dat er brand is geweest bij het kasteel, en hij maakte daar een soort brevet van onvermogen van voor Per. Idioot natuurlijk, maar vooral: hoe weet hij dat in godsnaam? Heeft het al ergens in gestaan? Heeft iemand het online gezet?'

'Misschien heeft hij het gezien op Alarmeringen.nl, daar worden alle P2000- en 112-meldingen zichtbaar. Maar dan moet je er wel met je neus bovenop zitten om nou net deze ene melding, midden in de nacht ook, ertussenuit te vissen,' zegt Van Breeuwijk nadenkend. 'Curieus.'

'Kan het zijn dat deze man contact heeft gehad met de mensen van Berg&Bos?' vraagt Freek langs zijn neus weg.

'Dat hij medeplichtig is?' Rosie kan het zich niet voorstellen.

'Dat lijkt me niks voor hem,' zegt Henk. 'Ik ken hem nog wel van vroeger; ik vond het altijd een blaaskaak van een kerel, en een stuk minder slim dan hij zelf denkt.'

'We kunnen er niet zomaar van uitgaan dat Berg&Bos achter de brandstichting zit,' zegt Van Breeuwijk streng, 'hoewel ik begrijp dat het verleidelijk is om dat wel te doen. Zeker in het licht van die stalbrand bij die boer waar je me net over vertelde, Freek. Het is allemaal wel heel toevallig.'

'*Looks like a duck, walks like a duck...*' zegt Per zachtjes vanaf zijn positie tegen de muur.

'Als er contact is geweest tussen Berg&Bos en deze... wat is zijn naam precies?' Freek kijkt Rosie doordringend aan.

'Ewout Boekhout de Nerée,' zegt ze.

'Ik ken de man niet; ik dacht toch dat ik veel van de connecties in de buurt wel op mijn netvlies had,' bromt Van Breeuwijk nog, 'en ik zat hier al als jong broekie, toen de ouwe baron nog leefde.'

'Ewout Boekhout de Nerée,' herhaalt Freek, op zo'n manier dat het voor iedereen aan tafel duidelijk is dat hij deze naam nooit meer gaat vergeten. 'Welnu; als er contact is geweest, dan kan ik misschien dat contact boven tafel krijgen.'

'Misschien denkt dat bedrijf dat die Ewout een kans maakt

met zijn claim,' zegt Sylvie nadenkend, 'en hebben ze hem vast bij voorbaat benaderd voor het geval het hem lukt. Als die man wél openstaat voor verkopen, mocht hij de erfenis alsnog krijgen...'

'Wat gewoon echt niet kan,' zegt Henk, 'maar dat even daargelaten. Ik begrijp waar je naartoe wilt, Sylvie. Misschien zagen ze een mogelijke omweg.'

'Misschien zagen ze een mogelijke omweg, en hebben ze iets losgelaten tegen deze Ewout dat ik kan traceren,' zegt Freek nadenkend. 'En dan...'

'Bewijs,' zegt Van Breeuwijk glunderend, 'dat zou geweldig zijn!'

'Ik moet even bellen,' mompelt Freek, terwijl hij een beetje onhandig zijn stoel naar achteren schuift in de overvolle kamer. Op normale toon gaat hij verder: 'Ik heb moeten beloven dat ik geen solistische acties meer uitvoer, en al helemaal niet op het gebied van persoonsgebonden data. Maar als het hard nodig is kan het snel gaan; zodra ik toestemming heb, kan ik diezelfde dag nog het nodige resultaat boeken op het gebied van het mobiele verkeer, en dan heb ik ook wel wat e-mails. Als het contact via WhatsApp is gegaan, dan wordt het lastiger, want dat is end-to-end versleuteld, maar ik heb daar iets op gevonden: ik heb een stukje software van een jaar of tien geleden verbouwd en uitgebreid, en nu kan ik in feite het scherm van iedere mobiel overnemen op mijn laptop, en dan de mobiel *remote* bedienen. Ik moet alleen zorgen dat de gebruiker de mobiel niet net in zijn hand heeft, of zoiets, want het valt natuurlijk wel op als het ding ineens uit zichzelf van alles gaat doen, en ik moet ook fysiek dicht genoeg in de buurt van de betreffende mobiel kunnen komen met mijn laptop, maar dan kan ik, eh–' Hij houdt midden in zijn eigen drukke gepraat op en kijkt een beetje verschrikt om zich heen. Sylvie zit verstolen te grijnzen.

‘Ik weet niet of ik dat snap, van die software, Freek,’ zegt Rosie, ook met een glimlach, ‘maar ik weet wel dat Ewout vanmiddag langs wil komen. Gaat het je lukken om voor die tijd die toestemming voor elkaar te krijgen?’

‘Misschien wel, als ik nu aan de slag ga. Kom je mee, liefste, of moet ik mijn auto voor je achterlaten?’ Tussen Freek en Sylvie gaat een blik van verstandhouding heen en weer.

‘Ik kom mee,’ zegt Sylvie, ‘ik kan hier denk ik toch niet zo veel meer betekenen. Het bos heeft nauwelijks schade geleden, alles is goed gegaan vanuit mijn perspectief. Dag, allemaal, ik hoor het wel als ik nog iets moet doen!’

Sylvie en Freek verdwijnen achter elkaar aan de vergaderkamer uit en even later hoort Rosie de deur van de receptie open en dicht gaan. Ze kijkt de tafel rond.

‘Volgens mij zijn we klaar, voor het moment,’ zegt ze dan, voornamelijk tegen Van Breeuwijk en Smit. ‘Ik denk dat Freek wel contact opneemt als hij aan de slag kan en hij iets vindt. Dank jullie wel voor de bijstand, heren, en dank ook aan jullie teams.’

‘Ja,’ zegt Per, ‘het is ontzettend goed afgelopen. En vooral ook jij bedankt, Aloys, je was erg alert.’

Aloys glimlacht, hoewel zijn gezicht moe staat. ‘Al je bouwmateriaal is weg, je huisje is weg en je hebt een gebroken ruitje. Wat ga je nu doen?’

Per haalt zijn schouders op. ‘In het kasteel slapen, denk ik. En even wat nieuwe kleren kopen, en nieuw bouwmateriaal bestellen. Gelukkig had ik al mijn belangrijke spullen mee dit weekend; ik ben niet helemaal onthand.’

‘Volgens mij staat er nog wel wat in het huis van mijn overgrootouders dat je eventueel kunt gebruiken, of in de kelder. Een tafel, een stoel, een bed, weet ik veel, toch omi?’ Aloys kijkt naar Rosie.

‘Dat zou zomaar kunnen. Laten we maar even wachten tot

Joost binnen is, en dan ook met hem overleggen. We kunnen vast wel iets voor je regelen, Per, maar ik denk dat dit gesprek echt niet meer interessant is voor de hoofdagent en de brandweercommandant.' Ze glimlacht.

De beide heren staan op met veel misbaar van schuivende stoelen, en met een rondje stevige handdrukken nemen ze afscheid.

'O, hoofdagent,' zegt Rosie nog, 'zou je me een groot plezier willen doen en nog even langs Eveline in huisje 25 willen lopen? Zij heeft de brand bij het kasteel het eerste gezien, en ze denkt dat ze met iemand heeft gesproken die met de brand te maken zou kunnen hebben, iemand die poolshoogte kwam nemen op het park...'

'Een van mijn agenten heeft haar verklaring al opgetekend,' zegt Van Breeuwijk met een goedmoedige knik, 'maar ik loop wel even bij die dame langs. Eveline, zei je toch?'

En dan zijn de mannen de deur uit en haalt Rosie even diep adem. Nu alleen Joost nog thuis en dan is ze er weer een stuk geruster op.

# 33

Joost rijdt zingend het bos in. 'De bomen, de bomen, de bomen,' zingt hij, samen met Lars, terwijl Elodie bijna slap van het lachen in de bijrijdersstoel hangt.

'O kijk, Lars, ik zie koeien!'

'Waar?'

'Daar, tussen de bomen door, zie je dat weideveldje? Daar staan koeien.'

'Ja!' juicht Lars. 'De koeien, de koeien, de koeien...'

Joost zet meteen mee in, maar hij wordt aangestoken door Elodies gelach. Op de achterbank gaat Lars zachtjes verder: 'bomen, en koeien, en bomen, en koeien...'

'Ik had geen idee dat het zo leuk kon zijn,' vertrouwt Elodie Joost toe, terwijl ze dieper het bos in rijden, 'het was altijd zo'n probleem. Alles was gewoon altijd zo'n probleem.'

'Hoeft niet, hoor,' zegt Joost opgeruimd. 'Sommige dingen lijken een probleem, maar zijn eigenlijk een oplossing. Maar dan moet je wel even de moeite nemen om ze om te keren.'

'Jij bent echt zo'n totaal andere man dan Ronald.' Ze werpt hem een behoedzame blik toe, die hij niettemin zo'n beetje voelt branden op zijn huid.

'Dat mag ik hopen,' zegt hij, ineens verlegen. Het moment nadert, dat weet hij ook wel, dat ze moeten gaan bedenken hoe ze het gaan doen. Of ze iets gaan doen. Het leven, samen, of helemaal niet. Ja, Lars is dol op hem, dat weet hij en daar is hij ontzettend blij om, maar van Elodie weet hij toch niet helemaal hoe de vlag er nu bij hangt. Hij denkt wel te weten dat ze hem aantrekkelijk vindt – hij vindt haar in ieder geval prachtig en in ieder opzicht geweldig, hij heeft geen twijfels – maar of ze er wel aan toe is om, nou ja, toch zo over te stappen van Ronald naar hem, is toch nog wel een beetje een vraag.

'Zal ik jullie, eh,' begint hij voorzichtig, 'zal ik jullie vanmiddag laten zien hoe het huis van mijn grootouders eruitziet, en vertellen wat ik ermee van plan ben?'

'Ja, goed idee,' zegt Elodie met een restje van de lach nog in haar stem. 'Dan gaan we eerst even kwartier maken in het huisje, hè, Lars?'

'Jaaa, het huisje!' roept Lars blij, gevolgd door een iets minder blij: 'Mama, moet ik morgen weer naar school?'

Elodie trekt even een gezicht, maar kijkt dan over haar schouder. 'Ik, eh, zal even wat telefoontjes moeten plegen, Lars, vandaag en morgen. Ik denk niet dat we teruggaan naar huis. Ik weet nog niet precies hoe we het gaan doen, maar...'

'Moet ik dan hier naar school? Op Joost zijn school?' Lars klinkt angstig, maar toch ook wel een beetje gefascineerd.

'Ik denk het wel,' zegt Elodie. 'Maar Joost gaat ons helpen, toch?'

'Jazeker,' zegt Joost blijmoedig, 'ik heb ook wat telefoontjes te plegen, en ik zal nog een paar keer op en neer moeten naar Amsterdam, maar dan kom ik ook gewoon weer hier wonen, en dan ben ik er voor jullie.' Hij voelt een immense opluchting nu die geestelijke kogel eenmaal door de kerk is: hij gaat het echt doen. Zijn baan en zijn appartement opzeggen en voor zichzelf beginnen. Hier. Waar hij wil zijn. 'Ik heb ook al een klusje lopen,' zegt hij tegen Elodie. 'Ik ga dus iets voor Freek doen, al hebben we eigenlijk nog geen gesprek gehad over vergoedingen. Maar ik weet nu al dat dat wel goed gaat komen; Freek is ontzettend betrouwbaar, en hij werkt voor de overheid.'

Van de achterbank klinkt 'Freekfreekfreekfreek', waar Joost van moet grinniken. Hij draait het park op, opent de slagboom met zijn afstandbediening en zegt over zijn schouder: 'Je zult Freek nog wel ontmoeten, Lars. Ik heb het al eens eerder over hem gehad. Hij is ook autistisch, en ontzettend aardig.'

'O,' zegt Lars. Hij moet er even over nadenken, want het blijft stil op de achterbank. 'Gaat hij ook altijd zingen wat hij ziet?'

Joost parkeert de auto. 'Volgens mij niet, maar hij zal ook wel zo zijn dingen hebben. Net als ieder mens eigenlijk, hè? Iedereen doet het op zijn of haar eigen manier. Freek heeft tegen me gezegd dat het helemaal geen probleem is om autistisch te zijn als de omstandigheden kloppen.'

'Wat zijn de omstandigheden?'

'De mensen en dingen die je om je heen hebt, en de dingen die er gebeuren.'

'O,' zegt Lars nog een keer. 'Ik wil hier wonen, dus dat klopt. En ik wil bij mijn moeder zijn, dus dat klopt ook. En ik wil bij jou zijn, Joost, want jij vindt niks van mij erg. Dus dan klopt alles en dan is het geen probleem dat ik autistisch ben.' Lars klinkt uitermate tevreden met de conclusie die hij heeft bereikt, en Joost voelt even zijn hart opgloeien. Als hij opzij kijkt naar Elodie ziet hij dat ze tranen in haar ogen heeft.

'Was het maar zo simpel,' zegt ze zachtjes.

'Misschien is het wel gewoon zo simpel,' zegt hij, al even zacht, 'als we het proberen?'

'Ik weet niet of ik durf, maar ik weet ook niet hoe ik het alleen moet doen.' Ze wrijft even over haar gezicht. 'Ik kan voor mijn gevoel geen kant uit.'

'Ik help je, hoe dan ook.' Joost is stellig. 'De bal ligt bij jou, en wat je ook besluit, ik ben er voor je. Oké? Je hoeft niks, je mag alles, en ik ben er voor je. Neem je tijd. Zo eenvoudig is het.'

Elodie bijt op haar lip, knikt even kort en stapt dan uit.

Helderder zou hij het niet kunnen zeggen. Nu is het de vraag of het genoeg is, denkt Joost, en wordt het een kwestie van geduld hebben.

—

Nadat hij Elodie en Lars tot bij hun huisje heeft gebracht, en heeft gezien hoe schrikbarend weinig er over is van het huisje waar Per in zat, haast hij zich terug naar de voorkant van het terrein. Hij ziet dat de receptie nog open is, opent de deur, steekt zijn hoofd om de hoek en roept: 'Mam? Zit je hier?'

'Ja, hierachter,' hoort hij de stem van zijn moeder, en dus stapt hij snel naar binnen. Ze komt al aanlopen en slaat meteen twee armen om zijn nek, waar ze wel een beetje voor omhoog moet reiken, om hem een warme knuffel te geven.

'O, ik ben zo blij dat je thuis bent,' zegt ze. 'Natuurlijk woon je hier eigenlijk niet meer echt, maar ja, ik ben er al bijna weer aan gewend dat je de hele tijd hier bent. En na die hele toestand van vannacht, en al die mannen over de vloer vanochtend... En nou komt straks ook nog die verschrikkelijke Ewout langs... Ik ben echt blij dat je dan hier bent en niet in Amsterdam. Hoe was het weekend? Hoe ging het met, eh...' Ze gebaart even met haar hoofd.

'Het ging goed. Ze zijn voorgoed weg uit Leiden; en ik ga ze helpen. Ik heb gezegd dat ze in ieder geval voorlopig in het huisje kunnen blijven, en misschien gaan we kijken of we dan, eh, nou ja, samen in het huis van opa en oma... Om te beginnen ga ik morgen maar eens bellen naar de basisschool, om te kijken of Lars op korte termijn kan overstappen...' Joost ziet de twijfels op zijn moeders gezicht. 'Ik weet dat het een ingewikkelde situatie is, mam, en niet ideaal en zo, op het eerste gezicht, maar aan de andere kant...'

'Ik zeg niks, jongen. Ik heb al een keer iets gezegd, maar als het is wat je hart je ingeeft, dan moet het gewoon zo zijn. Als jullie maar niks overhaasten, want daar wordt het over het algemeen niet beter van.'

'Doen we ook niet, we gaan het allemaal rustig bespreken. Ik heb gezegd dat de bal bij haar ligt. Ik ben gek op haar, en dat weet ze, maar het moet wel kloppen.'

'Heel verstandig,' zegt zijn moeder, 'rustig aan. En nu we het toch over het huis van je grootouders hebben: staat daar nog een bruikbaar bed in?'

'Ja, op de eerste verdieping. Ik heb alle dozen met rommel eruit gehaald maar het meubilair staat er bijna allemaal nog. Hoezo?'

'Nou, Per is nu natuurlijk, tja, dakloos.'

'Wil je hem daar laten slapen?'

'Hij wil zelf in het kasteel gaan slapen volgens mij, en de komende week even snel een keukenblokje en een werkende badkamer laten maken, maar hij heeft daar wel iets nodig om op te slapen. Al is het alleen maar voor een paar nachten. Staat er niet ook zo'n opvouwbaar logeerbed boven?'

Op dat moment stapt Per naar binnen, en hij vangt die laatste woorden op. 'Ik ben al blij met een kampeermatje, ik stel niet zo veel eisen,' zegt hij met een glimlach. 'Morgen ga ik wel op zoek naar een behoorlijk bed. Ik sliep in het huisje op mijn veldbed – dat is nu natuurlijk ook in vlammen opgegaan – maar ik denk dat ik maar beter meteen een behoorlijk bed kan kopen, als ik nou toch, eh...' Hij haalt even zijn schouders op.

'Is ook wel handig voor het geval dat, hè?' zegt Joost met een grijns. 'Waar is Charlie eigenlijk, nu we het er toch over hebben?'

Per werpt hem een ietwat duistere blik toe, waar Joosts grijns alleen maar breder van wordt.

'Naar huis. Ze ging nog even wat spullen pakken na het overleg met de brandweer en de politie vanochtend, maar daarna wilde ze naar huis rijden. Even een beetje afstand nemen, denk ik.'

'En dat wilde jij ook?' Rosie trekt haar wenkbrauwen op.

'Mam,' zegt Joost, 'laat ze nou. Kijk, dat je je er bij mij tegenaan wilt bemoeien, dat snap ik wel; je bent mijn moeder.'

'Ik dacht al dat er iets niet helemaal lekker zat tussen jullie, vanochtend,' zegt Rosie onverstoorbaar. 'Ging het niet zoals je had gedacht?'

'Ik, eh, had eigenlijk niet echt bedacht hoe ik vond dat het moest gaan,' zegt Per. 'Het ging gewoon zoals het ging, denk ik, maar ik, eh... ben er niet zo handig mee. Ik weet wel meteen weer waarom ik niet zo geschikt ben voor, nou ja, relaties, en dat soort dingen.'

'Waar is Aloys eigenlijk?' vraagt Joost, om het gesprek een andere wending te geven. Pers ongemak is bijna tastbaar.

'Met je vader bezig om de opruimwerkzaamheden op het terrein voor te bereiden. Ze willen denk ik alvast met het graafmachientje aan de gang. We moeten even kijken waar we het allemaal laten.'

'Ik heb een enorme puincontainer staan,' zegt Per, 'daar kan het wel in, als ze het erheen kunnen rijden.'

'Het zal je misschien niet verbazen, maar Henk heeft een elektrisch karretje met een bak erachter en met heel dikke banden, dat daar prima geschikt voor is,' zegt Rosie met een glimlach. 'Ik zal je verder niet lastigvallen met ongemakkelijke vragen, hoor, Per. Ik had alleen gehoopt dat het een leuk weekend zou zijn voor jou en Charlie. Niet dat het ingewikkeld zou worden.'

'Ik weet eigenlijk niet of het ingewikkeld is,' zegt Per met een zucht, 'ik weet op het moment even helemaal niks op dat gebied. En ik kreeg vanochtend ook nog een belletje van een, eh... ex is misschien een te groot woord, maar een vrouw met wie ik in het verleden een tijdje ben omgegaan. Ze is in Nederland en wil langskomen. Ik heb gezegd dat ik haar niet van de luchthaven kan halen en dat ik haar geen onderdak kan verlenen, want ja, die brand, hè. Dus misschien komt ze uiteindelijk niet deze kant op, als ze doorheeft dat ze alles zelf moet doen. Ze is nogal een, nou ja, bewerkelijk model. Zo'n typische New Yorkse socialite, zal ik maar zeggen, met een *trust fund* en te veel tijd omhanden.'

'Ging je met zo'n Paris Hilton-type, vroeger?' Joost kan niet anders dan gefascineerd zijn. 'Dat had ik nou echt nooit achter jou gezocht!'

'Ik was niet haar eerste keus,' zegt Per met een grimas, 'ik was denk ik voor tussendoor. Ze zoekt een man met een hoop geld en een bepaalde positie in het leven; dat ben ik duidelijk niet. Ik weet ook niet wat ze nou ineens komt doen; misschien is ze gewoon aan het rondreizen en verveelt ze zich een beetje.'

'Willen jullie koffie, jongens?' vraagt Rosie. 'Ik heb net een nieuwe pot gezet. Ik denk dat Freek zo dadelijk wel terugkomt met zijn laptop; die zou hij gaan halen, en hij moest toestemming vragen bij zijn werk, en dan wil hij iets spionage-achtigs doen als die Ewout langskomt, ik weet het ook niet precies, maar ik vind het wel spannend.'

'Hij schijnt Ewouts mobiel te kunnen scannen met zijn laptop, of zoiets,' vult Per aan. 'Want – dat kwam dus vanochtend aan het licht toen je er nog niet was, Joost – er is een aanwijzing dat die Ewout weet dat er hier brand is geweest, terwijl dat nog niet in de krant of online heeft gestaan. Dat kan eigenlijk alleen maar betekenen dat hij is benaderd door die Berg&Bos-mensen, ervan uitgaande dat die achter de brand zitten. Misschien geloven die dat hij inderdaad een claim heeft op de erfenis, en hebben ze vast bij voorbaat een deal met hem gesloten. Als Freek nou bewijs van contact kan vinden in Ewouts mobiel, dan wordt het, afhankelijk van wat er is gezegd, meteen een stuk makkelijker om dat bedrijf aan te klagen voor brandstichting. En als dat eenmaal een zaak is kan er ook gegraven worden in de dossiers over hoe de grond voor de andere parken in

Nederland is verworven. En dan, als er sprake is van strafbare feiten, kan de hele toestand opgerold worden.' Per kijkt Joost even doordringend aan. 'En dat wat Freek zei over die Chinese desinformatie, weet je nog, toen we in De Paardentram zaten?'

Joost knikt; Rosie zegt niets, maar Per ziet dat ze ook niets mist.

'Nou, ik denk dus dat er in dat ene park bij de Weerribben, waar al die Chinezen zaten waar die bakker die jij had gebeld zo ongelukkig over was, wel eens een clickbotfarm zou kunnen zitten. Freek gaat dat natuurlijk niet allemaal tot in detail benoemen, dat mag hij waarschijnlijk niet eens, en ik denk dat hij, of misschien wel de hele AIVD, of heel Nederland, weet ik veel, ook in de diplomatieke problemen zouden kunnen komen als zoiets met veel lawaai en media opgerold zou worden. Dus als nou dat park, of nog beter, dat bedrijf achter die parken, op grote schaal aangepakt kan worden...'

Joost knippert met zijn ogen. 'Ja, dan is die clickbotfarm ook meteen weg, natuurlijk. Poeh, dat wordt een zaak van jaren. Menig advocatenkantoor zou zijn vingers erbij aflikken; moet je nagaan hoeveel *billable hours* daarin zitten! En dan nog bij de overheid ook.'

'Heb jij even geluk,' zegt Per.

'Wat, hoezo?' vraagt Joost verbaasd.

'Freek wilde jou toch benoemen tot juridisch adviseur? Nou, als hij even zijn best doet heb je meteen een heleboel werk voor je eenmanszaak. Misschien moet je iemand in dienst nemen.'

'Shit,' zegt Joost zachtjes, terwijl zijn glimlach zich uitbreidt. 'Ik moet morgen echt meteen om acht uur 's morgens ontslag nemen; als mijn kantoor er lucht van krijgt dat ik deze zaak heb aangenomen terwijl ik nog in dienst ben, dan heb ik een probleem.'

'Freek zal je wel helpen,' zegt Rosie, die met twee mokken koffie aankomt. 'Zo, hier, zullen we er even bij gaan zitten? Ik hoop dat Freek een beetje snel komt; als die Ewout eerder is hebben wij dus een probleem!'

'Dan moeten we hem bezighouden,' zegt Per met een grijns die er een tikje wolfachtig uitziet, 'ik ben er helemaal voor in the mood.'

'Niets zo motiverend als een beetje tegenslag in de liefde,' zegt Joost, die zich er niet van kan weerhouden om Per te plagen. Hij weet zelf ook niet wat het is, misschien komt het doordat hij intussen begint te vermoeden dat die man een stuk minder stoïcijns is dan hij lijkt, en Charlie echt een gevoelige snaar bij hem heeft geraakt.

'Gaat het bij jou allemaal van een leien dakje dan?' vraagt Per, een beetje brommerig.

Rosie zit geamuseerd tussen hen heen en weer te kijken.

'Bij mij gaat het zeker niet van een leien dakje,' zegt Joost, 'en vervelend dat ik niet zo gauw een advocaturale equivalent van het leien dakje kan bedenken, want nu moet ik in jouw terminologie blijven, meneer de architect, maar ik heb wel goeie hoop. Elodie komt uit een rotsituatie; ik heb haar zo weggetrokken uit een huwelijk waar ze met handen en voeten gebonden zat aan een man met wie ze de afgelopen weken iedere dag opnieuw nog net geen slaande ruzie had. Ze is letterlijk het huis uit gevlucht en hoe meer ik erover hoor, hoe meer ik aan geestelijke mishandeling begin te denken, en niet alleen wat haar betreft. Ook die jongen. Ik kan echt niet van haar verwachten dat ze zo zonder aarzeling haar hele ziel en zaligheid in mijn handen legt, terwijl ze aan de andere kant juist ontzettend veel steun en hulp nodig heeft om een beetje goed weg te komen uit dat huwelijk...' Joost schudt zijn hoofd. 'Nee, geen leien dakje, kan ik wel zeggen. Maar goed, ik doe mijn best, en dan hoop ik dat het goed komt, weet je wel?'

Per knikt en lijkt even bij zichzelf naar binnen te kijken. 'Ik had geen idee dat ze in zo'n slechte situatie zat,' zegt hij dan nadenkend.

'Nou, ik ook niet, zeg,' zegt Rosie verontwaardigd. 'Het leek me wel een lapzwans van een kerel, ik bedoel, wie laat zijn vrouw en kind nou zo zitten en gaat in zijn eentje naar huis als het hem even niet bevalt? Maar dat het zo erg was, daar had ik ook echt geen idee van. Ik kan alleen maar zeggen: Joost, het is mooi van je dat je dit doet.'

'Dank je, mam,' zegt Joost zachtjes. 'Je steun betekent wel wat voor me.'

Per knikt hem toe en Joost weet dat hij daarmee ongeveer net zoiets wil zeggen als wat zijn moeder bedoelt.

'Hallo, is daar iemand?' klinkt de stem van Freek bij de deur.

'We zitten hier,' roept Joost, 'kom er maar in, Freek.'

Even later verschijnt het gezicht van Freek om de hoek, wenkbrauwen opgetrokken. 'Uw lokale cyberdefensiespecialist, tot uw dienst,' zegt hij olijk. 'Waar zal ik me installeren? Ik vermoed dat het niet ideaal zal zijn als ik hier aan tafel ga zitten met mijn laptop, maar ik weet niet zeker of ik van buiten deze kamer het signaal van een mobiel goed genoeg zal kunnen opvangen.'

'O, misschien is het juist wel ideaal als je erbij komt zitten, Freek,' zegt Rosie, 'volgens mij is Ewout ontzettend gevoelig voor rangen en standen en zo, en voor deftigdoenerij.'

'Ja, maar ik ben toch niet déftig?' Freek vertrekt even zijn gezicht. 'Het woord alleen al.'

'Nee, jij bent niet deftig, je bent gewoon netjes opgevoed, maar hij doet wel enorm deftig,' zegt Rosie met de lach in haar stem. 'Hij doet het erom.'

'Ik kan wel, eh, iets doen wat mijn echtgenote over het algemeen omschrijft als "gravig",' zegt Freek, terwijl hij aanschuift en zijn laptop opent op de tafel. 'Ik denk zelf dan altijd eerder dat ik enigszins streng uit de hoek kom, maar blijkbaar klinkt het dan, eh… extra upper class, zal ik maar zeggen. Ik bedoel dat niet direct zo, maar zo komt het er wel uit.'

'Ideaal,' zegt Joost, 'als ik nou mijn beste Zuidas-accent opzet, dan lijkt het allemaal heel wat.'

'Ik hou wel gewoon zo veel mogelijk mijn mond,' zegt Per, 'ik ben al blij dat ik redelijk accentloos Nederlands spreek; om me nou ook nog een bekakt accent aan te meten is wel een beetje te veel gevraagd, als ik eerlijk ben.'

'Het hoort er in onze positie soms wel een beetje bij,' zegt Freek ernstig, 'men verwacht bij de titel toch al snel ook een bepaalde spraak. Maar vervelend genoeg moet je er eigenlijk mee zijn opgegroeid om het op natuurlijke wijze te doen. Personen die het zich aanmeten, zoals die verschrikkelijke Francine van Bickershoek van Hooglanden altijd doet, zijn in mijn ogen toch al snel parvenu's.'

'O, hou op over dat mens,' zegt Rosie fronsend. 'Aloys heeft een vriend tegenwoordig, ik bedoel echt een vriendje; die Oekraïense jongen die in De Paardentram werkt–'

'Het is me bekend,' zegt Freek glimlachend, 'ik kwam Aloys een keer tegen toen hij op een bankje zat, buiten bij De Paardentram, en toen heeft hij tot mijn verrassing zijn hart bij me uitgestort. Gaat het nog steeds goed met die twee?'

'Volgens mij wel,' zegt Rosie, 'maar dat wilde ik niet zeggen. Die vreselijke vrouw van Van Bickershoek dus, die heeft die jongen en zijn moeder een tijdje in haar tuinhuis laten wonen. Maar nu zegt Aloys dat ze dreigt ze er zomaar weer uit te gooien, omdat ze dat tuinhuis ineens wil verbouwen. Ze zal er wel genoeg van hebben, of ze begint in te zien dat je oorlogsvluchtelingen niet als hippe huisdieren in huis kunt halen, maar dat het ontheemde personen zijn, die graag een behoorlijk bestaan willen opbouwen in hun nieuwe omgeving, als ze enigszins de kans krijgen.'

'Die vrouw is abject,' zegt Freek met hoorbare afschuw in zijn stem. 'En wat nu?'

'Nou ja, ik heb natuurlijk gezegd dat, als de nood aan de man is, ze hier wel in een leegstaand huurhuisje kunnen, hoewel dat wel uit ons inkomen komt… Je vindt dat toch geen probleem, hè, Per?'

'Natuurlijk niet,' zegt Per direct. 'Sterker nog, als het een groot en acuut probleem is, kan ik ze wellicht uiteindelijk wel huisvesten op het kasteel. Het lijkt me, in het licht van wat er gisternacht is gebeurd, dat het de boel wel wat veiliger maakt als er permanent mensen aanwezig zijn. En hoewel het maar een relatief klein kasteeltje is, kun je er toch denk ik zo met een man of tien in wonen zonder dat je elkaar direct voor de voeten hoeft te lopen. Ik zal dan alleen wel wat geld moeten steken in het aanleggen van voorzieningen; ik heb nu één werkend toilet in het hele gebouw en twee werkende waterpunten. Ik zal eerst voor mezelf een of ander keukenblokje neer moeten zetten, en iets van een douchecabine, en dan–'

'Ik heb nog wel zo'n noodcabine,' zegt Freek meteen, 'die staat in het souterrain bij mij. Ik heb hem gebruikt toen ik, heel eventjes, al op Huis De Toecomst woonde terwijl nog niet alles gereed was. Je kunt hem zo krijgen, we moeten hem alleen even zien te vervoeren. Wellicht past hij in mijn jeep zonder hem te hoeven demonteren; ik breng hem morgen wel even langs.'

—

Rosie kijkt verstolen op haar horloge terwijl Freek, Joost en Per afwisselend over douchecabines en het hacken van mobiele telefoons praten. Wanneer zou die Ewout nou precies komen?

Dan hoort ze de deur van de receptie en veert ze op. 'Daar zul je hem hebben,' zegt ze, maar als ze achter de balie schiet ziet ze dat het niet Ewout is, maar die vervelende Anno Oliveira die is binnengekomen.

'Hallo, meneer Oliveira, wat kan ik voor u betekenen?' vraagt ze zo vriendelijk mogelijk, terwijl ze haar tanden even op elkaar zet. Ze vindt die man een irritante opgeblazen kikker en een hartenbreker van vrouwen van middelbare leeftijd; als ze een geldige reden zou kunnen bedenken om hem van het terrein af te gooien zou ze het graag doen.

'Ja, goedemiddag,' zegt hij olieachtig, 'ik zag dat de receptie nog open is, dus ik dacht, ik kom gewoon eens even vragen: is Charlie Blum nog op het terrein? Ik heb bij haar huisje gekeken, of eigenlijk het huisje van haar oom dus, maar daar was alles donker, en ik weet van Eveline dat zij en die Per alle schilderijen van Bernard Blum uit het huisje hebben weggehaald, dus ik dacht: misschien kunt u me helpen. Ik heb al eerder om haar contactgegevens gevraagd, ik heb haar laatst ook gesproken toen ze er wel was, dus u kunt er gerust op zijn dat we elkaar kennen, het is geen enkel probleem als u me laat weten hoe ik haar thuis kan bereiken, maar–'

'Meneer Oliveira,' onderbreekt Rosie hem. 'Ik heb intussen begrepen dat u ook met die vreemde man hebt gesproken over wie Eveline het had, die gistermiddag op het terrein was? Hebt u nog een verklaring afgelegd bij de politie?'

'N-eh, nee, nee, dat niet, ik kon me niet voorstellen dat ik nog iets toe te voegen had aan wat Eveline al had verteld, en toen de politie hier vanmorgen nog was, was ik toevallig niet op het terrein aanwezig, dus, eh...'

'Pardon, een momentje.' Rosie verlaat de balie, loopt snel langs het keukenblokje en steekt haar hoofd om de hoek van de vergaderkamer. 'Het is niet Ewout maar die Anno Oliveira!' zegt ze zacht en haastig. 'Ik krijg toch altijd zo de kriebels van die man; hij komt nou wéér vragen om contactgegevens van Charlie, wat moet hij toch van haar? En hij heeft ook nog geen verklaring afgelegd bij de politie over de brand, terwijl Aloys me vertelde dat Eveline helemaal over de rooie ging toen ze de brand had ontdekt. Ze was erbij komen staan toen die Oliveira met een of andere wildvreemde kerel stond te praten hier op het terrein, en toen bleek dat die vreemdeling dus allemaal informatie over jouw huisje aan het verzamelen was, Per. Ik vertrouw het gewoon niet.'

'Daar had ik het dus nog even met je over willen hebben,' zegt Per tegen Freek. 'Ik heb Oliveira ook even gesproken, hij is kunsttaxateur en hij zit heel nadrukkelijk achter de schilderijen aan die Charlie van haar oom heeft geërfd. Ik kon online eigenlijk niks over hem vinden, behalve een heel summiere website, maar ik kreeg ook helemaal geen goed gevoel bij die man.'

'Kunnen we hard maken dat hij iets met de brand te maken heeft?' vraagt Freek, die even heel snel iets op zijn laptop typt. 'Ik denk dat ik zijn mobiel, eh "zie", in de app. Ik heb jullie toestellen intussen uitgesloten. Het bereik is beter dan ik had gedacht!' Hij kijkt met een glimlach even op van zijn scherm. 'Rosie, kun je zien of hij op dit moment zijn telefoon in zijn hand heeft?'

Rosie loopt even terug naar de balie. 'Ik kom er zo aan, hoor, ik heb wat mensen hier achter zitten die ik eigenlijk ook niet te lang alleen wil laten,' zegt ze vertrouwelijk tegen Anno. 'Graaf Van Lynden, die hier vlakbij woont, is op visite.'

'O,' zegt hij, en hij knikt begripvol. 'Ja, dan begrijp ik wel dat u, eh... Geen probleem, natuurlijk.' Daarna gaat hij verder met het lezen van een foldertje dat op de balie ligt.

Rosie loopt snel terug en stapt even de vergaderkamer in. 'Hij staat in dat foldertje over de country fair in Hogerweijde te lezen,' zegt ze zachtjes, 'dit is je kans, Freek!'

'Ha, daar wordt de honing van mijn bijen ook verkocht,' zegt Freek, en hij typt weer even zo furieus. 'Ik heb hem. Fijn, om even zo'n test te kunnen doen.' Hij kijkt weer op. 'Rond maar af, hoor, met hem; ik duik er intussen in. We zitten toch te wachten op de heer Boekhout de Nerée.'

'Niks zeggen, hoor, mam,' zegt Joost nog snel, 'hij mag helemaal niet van je vragen waar Charlie woont. Zeg maar tegen hem dat je niks kan zeggen vanwege de privacywetgeving.'

Rosie knikt en loopt weer naar voren. 'Nou, meneer Oliveira, ik heb ook even ruggespraak gehouden met mijn zoon, die jurist is, en ik kan dus niet zomaar de contactgegevens van Charlie Blum delen, dat zou onwettig zijn. Het spijt me dat ik u niet verder kan helpen. Ik ga ervan uit dat Charlie vanzelf wel weer terugkomt naar het park, misschien volgend weekend bijvoorbeeld, en dan kunt u gewoon zelf met haar spreken als u haar ziet.'

'Ja, maar,' pruttelt Anno, 'het is toch echt heel belangrijk, de schilderijen van Bernard Blum zijn, nou ja, die kan ze toch niet zomaar aan het oog van de wereld onthouden, daar is een bepaald cultureel belang mee gemoeid; nu hij is overleden is de waarde natuurlijk...'

Rosie onderbreekt hem. 'Dat kan allemaal wel wezen, meneer Oliveira, maar dat zijn nog allemaal geen redenen voor mij om haar adresgegevens met u te delen. De wet staat het niet toe, zo simpel is het. En daarnaast,' ze gaat iets rechterop staan, 'wil ik u graag waarschuwen. We zijn hier een klein, rustig familiepark en we waarderen ieders privacy. Als Charlie geen behoefte heeft aan contact, dan dient u dat te respecteren. Zo niet, dan zijn we genoodzaakt u de toegang te ontzeggen, aangezien u hier geen huisje bezit. Er zijn bezoekersregels.'

'Ja, maar ik kom hier toch al jaren...' zegt Anno verbijsterd.

'Maar u bent geen vaste recreant,' zegt Rosie streng. 'Het spijt me, maar zo is het nu eenmaal. Voor andere mensen, en dus ook voor u. Fijne dag nog verder!' Ze geeft hem een korte, beleefde glimlach en Anno Oliveira kan niet anders dan accepteren dat het onderhoud is afgelopen. Hij loopt naar buiten met tastbare tegenzin, en Rosie grinnikt tevreden.

# 34

Charlie zit aan de eettafel, de brief-zonder-postzegel die ze bij binnenkomst op de deurmat vond in haar hand. Ze heeft hem nu al drie keer gelezen, maar ze weet eigenlijk nog steeds niet wat ze ervan moet denken. Het liefst zou ze een potje janken, ze voelt zich zo verward dat ze niet weet welke kant ze met zichzelf uit moet. Zou Per dan toch gelijk hebben dat het verstandig is om een beetje afstand te creëren? Maar eigenlijk wil ze dat helemaal niet; de hele weg naar huis voelde het alsof haar hart aan een elastiek zat dat steeds verder en steeds pijnlijker werd uitgerekt, omdat het andere eind van het elastiek was achtergebleven op De Eyckenhof.

Bij Per.

Het afscheid was ook heel raar geweest. Was het een afscheid van: ik zie je over een paar dagen, of was het meer een geval van: misschien tot ooit weer ziens? Hij had haar een heel lichte kus gegeven. Op haar wang. Zo licht dat ze zich bijna kon inbeelden dat hij alleen in haar hoofd had plaatsgevonden. Hadden zijn lippen haar huid wel echt geraakt?

Was trouwens alles niet een beetje zo? Was het allemaal niet een soort rare, halve droom? Die strandwandeling, die zoen, die paar uur dat ze in zijn armen had geslapen... En ze kon zich al bijna niet eens meer voor de geest halen hoe het had gevoeld om zijn armen om haar heen te voelen, zijn lippen op de hare, die paar keer dat ze elkaar hadden gekust voordat dat vreemde weekend had plaatsgevonden.

Heet, koud; dat is wat Per tot nu toe is geweest, en ze kan dan wel de moeite nemen om het allemaal te gaan beredeneren, om te benoemen dat hij het misschien gewoon heel moeilijk en nieuw en ingewikkeld vindt, maar dat vindt zij zelf eigenlijk ook. Dat het moeilijk en nieuw en ingewikkeld is. En zij gaat niet aan en uit als een lamp met een trektouwtje, zij wil gewoon...

Ze wil gewoon...

Ja. Hem, wil ze gewoon; voor het echie, niet zo half, niet aan-en-uit; ze wil bij hem horen, ze wil met hem zoenen en met hem vrijen, ze wil alles tegen hem zeggen wat in haar hoofd opkomt en ze wil...

Ze zucht.

Ze wil een partner. Een echte partner, iemand om haar leven mee te delen.

Ze wappert met de brief, die vol staat met keurig geformuleerde, schuldbewuste zinnen, diepe verontschuldigingen en beloften van betere tijden. Sanders brief, Sanders zinnen. Zo is hij, zo was hij in ieder geval hun hele relatie lang: altijd grote woorden en grote gebaren, maar eigenlijk was het hol. Als ze erop terugkijkt heeft ze zich vooral aan haar eigen fantasiebeeld van hun relatie vastgeklampt, en dat maakt dat ze zich stupide voelt, en onvolwassen.

Aan de andere kant: hij schrijft dat hij er veel van heeft geleerd. Hij wil zijn leven omgooien, hij wil het anders doen. Hij wil haar terug. Zijn episode met Liselore is op niets uitgelopen; nog geen twee dagen nadat zij, Charlie, haar spullen kwam weghalen heeft hij ruzie met Liselore gekregen en was zij ook weg. De rol in de serie op Bonaire heeft hij niet gekregen, ondanks de bemiddeling van Tony van Acq, en hij schrijft dat hij zich nu aan het verdiepen is in andere mogelijkheden. Misschien kan hij voor de klas; er is veel werk in het onderwijs en dat heeft in feite toch nog iets van spelen voor een publiek, of misschien kan hij acteerlessen geven. Luisterboeken inspreken. Podcasts maken.

'In de supermarkt werken,' zegt ze sarcastisch tegen de lege kamer, als ze de passage herleest. 'Echt werk. Of, nou ja, acteren is ook echt werk, als je het tenminste met de goeie intenties doet. Sander, jij wilt alleen maar aandacht. Als je voor de klas gaat staan doe je dat ook om aandacht te krijgen.'

Het voelt wel lekker om dat hardop te zeggen; er is eigenlijk best veel wat ze nog niet tegen hem heeft gezegd, maar aan de andere kant…

Ze stopt, houdt even haar adem in.

Aan de andere kant?

Is er dan een andere kant?

Is er een kant waarbij ze zou overwegen om Sander… nou ja, een nieuwe kans te geven?

Ze weet het niet. Ze weet dan intussen wel dat alleen zijn minder erg is dan ze al die tijd heeft gevreesd; ze kan dit, ze is sterker dan ze dacht. Maar het idee dat ze vanaf nu tot misschien wel het einde van haar leven – wie weet of ze ooit nog iemand tegenkomt – het alleen zal moeten doen, beangstigt haar toch.

Zal ze ooit nog verliefd worden? Zal ze ooit, als al die ongecontroleerde gevoelens voor Per zijn weggezakt, nog een man kunnen zien en denken: ja, met hem wil ik mijn leven wel delen? Het zwarte gat in het centrum van die gedachten staart haar ongenadig in het gezicht en even staat ze zichzelf toe de brief te geloven. Stel nou dat Sander het meent? Stel nou dat hij inderdaad dingen anders wil aanpakken, en haar echt zo mist als hij schrijft? Stel nou, zou het dan niet toch, alsnog, kunnen worden wat ze zich er altijd bij heeft voorgesteld?

De deurbel gaat; het vriendelijke pingeltje doorboort haar gedachtegang genadeloos. Het zal toch niet waar zijn dat dat Sander is, hè? Dat zou wel heel toevallig zijn, en ook wel heel goed getimed. Charlie legt de brief op tafel, staat op en loopt met een zwaar hart naar de deur, maar als ze die opent vindt ze Freddy op de stoep, met achter haar Nick, die nieuwsgierig over haar schouder kijkt.

'Ja, zie je wel, we dachten al dat we je thuis zagen komen!' zegt Freddy warm. 'Gaat het allemaal een beetje? Heb je soms zin in een kop thee? Of heb je het te druk?'

'Nou, eh, nou...' stamelt Charlie, overdonderd door zo veel vriendelijkheid.

'Hoeft niet hoor,' zegt Nick, 'als je liever even in je eentje wilt rondrommelen dan zeg je gewoon: sodemieter lekker op, idiote buren, bemoei je met je eigen.' Nicks Amsterdamse accent is tegenwoordig weer zo duidelijk hoorbaar dat je je bijna niet kunt voorstellen dat die man zijn halve leven in Amerika heeft gewoond. Charlie kan niet anders dan glimlachen.

'Nou, Nick!' zegt Freddy, niet echt geschokt. 'Moet ik me voor je schamen?'

'Tuurlijk niet,' zegt hij met een brede grijns. 'Kom lekker effe mee, meid, het is eindelijk weer rustig bij ons. We hadden die rooie Ed Sheeran over de vloer de afgelopen dagen, maar die is weer naar huis. Miste zijn gezinnetje zo. Wel lekker zitten spelen.'

'Oké,' zegt Charlie, nu met een brede glimlach, 'ik kan denk ik wel een kop thee en wat gezellig gezelschap gebruiken; ik zat een beetje te piekeren, als ik eerlijk ben.'

'Nooit doen,' zegt Nick stellig, 'daar krijg je rimpels van.' Hij loopt vast naar zijn eigen voordeur, terwijl Charlie de hare afsluit.

'Zo'n vriendelijke jongen,' zegt Freddy, 'die Ed.' Ze loopt met Charlie mee, die paar passen naar het volgende huis.

'Klein mannetje maar, hoor,' zegt Nick met een grinnik, 'hij paste bijna in mijn binnenzak.'

'Doe toch niet zo raar, Nickie, hij is net ietsje groter dan ik.'

Charlie stapt achter Nick aan naar binnen en Freddy doet de deur achter haar dicht.

'Je weet toch dat hij altijd zegt dat hij zo dol is op ketchup?'

'Wie, Ed Sheeran? Dat wist ik helemaal niet,' zegt Charlie.

'Ja joh, hij heeft zelfs een tatoeage van een Heinz-ketchuplabeltje. En echt o-ver-al moet het op. Op zijn ei, zijn broodje kaas–'

'Tompouce, bonbons, aardbeienvlaai,' vult Nick pesterig aan, 'haring, zure bom...'

'O, vreselijke man! Zet jij eens even het water voor de thee op, kom op, maak jezelf nuttig.'

Nick dendert voor hen uit de trap af naar de keuken in het dijkhuis, zachtjes voor zich uit zingend, en Freddy vertrouwt Charlie zachtjes toe: 'In vier dagen anderhalve fles ketchup, ik maak geen geintje!'

Charlie voelt haar sombere stemming van zich af glijden; deze mensen zijn zo aardig en grappig, ze móét wel lachen.

'Goed zo,' zegt Freddy als ze in de keuken staan.'Een beetje lachen is goed voor je. Hier, neem een stoel en ga lekker aan de keukentafel zitten, Nick komt zo wel met de theepot. Je keek zo zorgelijk toen je de deur opendeed, gaat alles wel goed?'

'Nou ja... Ik weet het eigenlijk niet precies.'

Nick komt naar de tafel met een dienblad met een grote oranje emaillen theepot en drie mokken, en een koekblik. 'Je vrijer was hier nog aan de deur. Of moet ik zeggen, je ex-vrijer?'

'Wie, Sander?' vraagt Charlie verschrikt. 'Hij heeft me een brief gestuurd; er zit geen postzegel op, dus ik dacht al dat hij hem zelf door de brievenbus had gedaan. Heeft hij echt bij jullie aangebeld?'

'Ja, vrijdag. Of we wisten waar je was, want je deed niet open.'

'Ik was in het huisje van mijn oom,' zegt Charlie verontschuldigend, maar Nick zegt meteen: 'En dat is je goed recht, meid. Hij weet zeker niet waar dat huisje precies is?'

Charlie schudt haar hoofd. 'Ik heb het uitgemaakt; hij ging vreemd. Gek genoeg was degene met wie hij vreemdging de vriendin van, eh, de zoon van het beheerdersechtpaar van dat bungalowpark waar mijn oom dus ook zijn huisje had. Heeft. Nou ja, het is nu natuurlijk mijn huisje. Hoe dan ook, ik ben meteen weer daarnaartoe gereden en de, eh, eigenaar van het bungalowpark, die heet Per. We maken de hele tijd grapjes om zijn naam, Per ongeluk en zo. En hij, Per dus, had gevraagd of ik dit weekend mee wilde naar de Wadden, omdat hij met een architect die daar woont heeft afgesproken om vakantiehuisjes die die man heeft ontworpen, ook op het bungalowpark te zetten. Om het uit te breiden, dus. We gingen die huisjes bekijken, met een hele groep; Joost, dat is die man van wie de vriendin, nou ja, nu de ex-vriendin, met Sander in bed lag, die ging ook mee. Joost, bedoel ik dus, niet die ex. En er was ook een vrouw met haar zoontje mee, zij heet Elodie en ze is ontzettend aardig, en volgens mij is Joost eigenlijk verliefd op haar. O, ik vertel dit volgens mij heel warrig.' Charlie schudt haar hoofd, dat voor haar gevoel intussen tomaatrood moet zijn.

'En jij bent ook een beetje verliefd, zo te zien,' zegt Nick, die niet van gisteren is. 'Op die Per ongeluk?'

Charlie laat haar hoofd hangen en zucht. 'Het is ingewikkeld.'

'Vertel,' zegt Freddy, en dan, tot Charlies eigen verbazing, komt zo het hele verhaal eruit. Hoe ze bij Per meteen het gevoel had dat ze alles tegen hem zou kunnen zeggen, hoe hij haar kuste op de zolder van het kasteel, en in het huisje van haar oom, hoeveel indruk dat allemaal maakte, hoe hij was tijdens het weekend. Dat ze niet weet waar ze aan toe is met hem, en hoe bang ze eigenlijk is om alleen over te blijven. Aan het eind van het verhaal, ze is voor haar gevoel wel een half uur onafgebroken aan het woord geweest, rollen de tranen over haar gezicht. 'En nou lees ik die brief van Sander, en nou vraag ik me toch af...' zegt ze, met een halve snik. 'En ik moet nog zo veel doen! Al die schilderijen van mijn oom die nog hier staan, daar moet ik dus iets mee, want er zit een of andere kerel achter me aan die ze wil taxeren, en ik vertrouw hem niet. Per vertrouwt hem ook niet, en daarom hebben we de schilderijen van mijn oom die in het huisje stonden op de zolder van Pers kasteel gezet. We dachten dat ze daar veiliger stonden, omdat die man zo opdringerig was, en er zit een schilderij tussen dat waarschijnlijk ontzettend veel waard is, zeker nu mijn oom is overleden, maar ik, ik weet het gewoon even helemaal niet meer!'

'Heeft hij een kastéél?' Freddy lacht een beetje van ongeloof.

Charlie snuft. 'Ja, hij is de erfgenaam van het bungalowpark, en daar staat een kasteel naast, dat er ook bij hoort. Niet zo'n heel groot kasteel, hoor, maar ja, wel echt een kasteel. Hij wist van niks, ineens bleek hij dat allemaal te hebben geërfd, hij is ervoor uit Dubai teruggekomen, want daar was hij aan het werk, hij is architect. Het was nogal slecht onderhouden, dat kasteel, dus hij is meteen begonnen met opknappen. En hij gaat er denk ik nu in wonen, terwijl het helemaal nog niet af is, omdat hij eerst in een huisje op het park woonde – ook zoiets geks, hij zat dus in het huisje dat vroeger van een vrouw was met wie mijn oom een relatie had, we wisten er niks van, mijn oom hield dat allemaal stil, maar ik heb een boekje gevonden, een soort dagboekje, waarin hij er allemaal dingen over heeft gezegd. Die vrouw is overleden aan borstkanker, heel zielig, maar dat wilde ik helemaal niet zeggen. Het gaat erom dat Pers huisje is afgebrand, en misschien is er wel kwade opzet in het spel, want er is dus een of ander bedrijf dat het bungalowpark en het kasteel van Per wil kopen, maar hij wil het niet verkopen, tenminste, dat denk ik, want tegelijk is hij ook iemand die de hele tijd ergens anders gaat wonen, weet je wel, iemand die zich nergens aan wil binden – o, nu ik dat allemaal zo zeg klinkt het volslagen idioot dat ik zou kunnen denken dat zo'n man…' Ze zucht.

'Kind, je hebt zo veel meegemaakt in zo'n korte tijd, daar zou ik zo drie boeken mee kunnen vullen,' zegt Freddy zacht, en ze legt even een hand op Charlies arm. 'Daar zou ik ook van in de war raken, hoor. Dat moet wel eerst allemaal even zakken.'

'Dat zal die Per ongeluk van jou ook wel hebben, als ik dat zo hoor,' zegt Nick. 'Als die man van het ene op het andere moment ineens een kasteel en een bungalowpark aan zijn kont heeft hangen, terwijl hij eerst een vrije vogel was…'

'Hij is niet van mij,' zegt Charlie. 'Dat zou ik wel willen, maar ik weet niet wat hij wil, terwijl hij dus wel voelt als, als…' Er borrelt een snik uit haar tenen omhoog.

'Als het zo is, tussen jou en hem,' zegt Nick geruststellend, 'dan komt het gewoon goed. Dan moet je een beetje vertrouwen hebben, hoewel dat natuurlijk moeilijk is op een moment als dit. Maar ik wist het dus ook, hè, toen ik Fred hier zag, toen dacht ik: dát vind ik nou een leuke meid. Maar ja, ik zat met nog een heleboel gedoe, ik had een vriendin die nog in de States woonde – wat zeg ik, ik woonde er zelf officieel ook nog – ik was hier om wat zakies voor mijn moeder te regelen, en het duurde wel even voordat ik een beetje helder had wat ik er nou precies mee aan moest. Maar ja,' hij haalt zijn schouders op, 'je hart doet gewoon wat-ie doet, hè. Daar kan je met je koppie echt niet tegenaan redeneren.'

Charlie veegt haar ogen droog. 'Ik vind het wel moeilijk, hoor, om maar gewoon vertrouwen te hebben.'

'Je zat er toch niet aan te denken om weer terug te gaan naar die Sander, hè?' vraagt Freddy.

Charlie is nu degene die haar schouders ophaalt. 'Ik weet het niet, ik weet het gewoon allemaal niet meer. Misschien is dat toch beter dan alleen? Hij zegt wel dat hij het allemaal anders wil gaan doen, en Per... dat moet ik nog maar zien.'

'Lieve schat,' zegt Freddy, 'misschien zie je het zelf nog niet helemaal, maar voor mij is het wel duidelijk, hoor. Jij moet die Per hebben, en volgens mij is daar niks ongeluk aan. En als hij het ook voelt, nou, dan komt dat vanzelf wel bovendrijven bij hem. Ik snapte eerst ook niks van waar Nick nou allemaal mee bezig was, maar ik vond hem natuurlijk wel heel lekker, en leuk, en alles. Ik dacht: wie moet mij nou nog hebben, op mijn leeftijd ook, en ik ben nou ook niet echt, hoe zal ik het zeggen,' ze maakt een gebaar naar zichzelf, 'ik heb niet echt een perfect figuur of zo.'

'Voor mij wel, hoor,' zegt Nick grijnzend, 'ik vind je precies goed zo.'

'Nou ja, ik wil maar zeggen, het kan een beetje verwarrend zijn allemaal, in het begin, daar heeft denk ik iedereen wel last van.'

'Dus jullie vinden dat ik Sander niet nog een kans moet geven?' Charlie fronst, en drukt met zo veel kracht als ze kan opbrengen een opnieuw opkomende snik terug naar beneden.

'Alleen als je dat zelf heel graag wilt,' zegt Freddy ernstig, 'als je het echt, echt wilt. Niet als je eigenlijk een ander wilt, maar denkt dat je die niet kunt krijgen.'

'Mag ik effe wat zeggen?' zegt Nick.

'Ik denk niet dat we je tegen zouden kunnen houden, als we dat zouden willen,' zegt Freddy.

'Nou. Meid, ik vind die Sander een sukkel. Een kind, dat is het. Misschien kan het ooit nog wel wat worden, maar dan moet hij wel eerst een beetje volwassen worden, en jij, jij bent al lang volwassen. Jij zit daar helemaal niet op te wachten, geloof me. Jij hebt een vent nodig die je gelijke is, tegen wie je aan kan leunen en die tegen jou aan kan leunen. Je bent een slimmerd, jij, en je hebt er ook eentje nodig waar een goed stel hersens in zit. Ik weet niet of die Per een beetje kan nadenken, maar...'

‘Hij is ontzettend intelligent,’ zegt Charlie zachtjes, ‘misschien vindt hij mij wel dom.’

‘Nou, dan ken hij een hijs voor zijn harses krijgen; stuur hem maar effe bij me langs!’

‘Rustig, Nick,’ zegt Freddy lachend, ‘daar meen je niks van.’

‘Nee, nee, ik maak maar een dolletje,’ zegt Nick, een stuk zachter, ‘maar doe mijn een lol en gooi die brief van die Sander in de vullesbak. En zeg tegen hem dat hij maar een ander meissie moet zoeken.’

Charlie knikt. ‘Ja. Ja, ik denk wel dat je gelijk hebt, Nick, dank je wel. Niet dat je Per op zijn kop wilt timmeren, maar dat je zegt dat Sander nog een kind is. Zo had ik het eigenlijk nog niet bekeken, maar volgens mij is dat eigenlijk de spijker op zijn kop.’

—

Waar blijft die Ewout nou? Rosie ijsbeert heen en weer van de vergaderkamer, waar Per, Joost en Freek samen rond Freeks laptop zitten, naar de balie, waar ze niets te doen heeft maar iedere keer weer een papiertje recht weet te leggen.

‘Mam?’ roept Joost. ‘Moet je kijken!’

Ze haast zich terug naar de vergaderkamer. ‘Wat dan? Mag ik daar wel zomaar in kijken?’

‘Ik zeg dat het mag, maar ik zou het wel prettig vinden als dit verder onder ons bleef,’ zegt Freek. ‘We kijken hier naar de mobiele telefoon van Anno Oliveira.’

Rosie kijkt op het beeldscherm en ziet een lijst met telefooncontacten, maar het belang daarvan ontgaat haar.

‘Die daar,’ zegt Joost, ‘die Németh? Vinnie Németh is nogal berucht in het criminele circuit. Hongaars van origine, heeft een enorm netwerk. Hij heeft zich helemaal gespecialiseerd in transport: drugs, mensensmokkel, maar ook overvallen op reguliere transporten. Juwelen, kunstvoorwerpen, geldauto's; hij heeft zelfs een keer een gooi gedaan naar een plutoniumtransport. Er is geen bewijs, maar het is bijna zeker dat hij erachter zat, en het is natuurlijk de grote vraag wie zijn opdrachtgever was.'

'Interpol heeft een speciale eenheid die zich bezighoudt met deze man en zijn bende,' zegt Freek. 'Ik weet dat omdat er regelmatig overleg is met de dienst over dit dossier. Németh heeft een vuurgevaarlijke groep keiharde mannen in de Rotterdamse haven werken; ze zijn erg moeilijk te bestrijden, ook omdat er zo veel angst is. '

'Aalglad is die man,' zegt Joost, 'we weten allemaal wat hij doet, maar hij laat zich niet pakken. Heeft ook een grote crew; af en toe offert hij een jongen op, die moet dan een paar jaar zitten, zodat de grote baas buiten schot blijft. Ik weet dat van die uithalers in Rotterdam, ik ben betrokken geweest bij een zaak van een grote importeur die erg veel schade heeft ondervonden van die bende, maar meer dan twee van die kerels naar de EBI in Vught sturen hebben we niet kunnen bereiken. Het is ook best gevaarlijk voor juristen om aan zulke zaken te werken. Ik had maar een kleine rol, gelukkig; de confrère die er daadwerkelijk mee voor de rechter stond heeft wel een paar maanden persoonsbeveiliging gehad.'

'Was daar ruimte voor?' vraagt Freek geïnteresseerd. 'Het is af en toe al lastig om hooggeplaatste politici en dergelijke goed te beveiligen.'

'O,' zegt Joost achteloos, 'het kantoor huurde dat in bij een beveiligingsbedrijf. We noemden dat altijd playmobilagentjes, omdat ze geen echte wapens mogen dragen.'

'Ik ben maar blij dat je daar niet te veel bij betrokken bent geweest,' zegt Rosie tegen haar zoon, en tegen Freek gaat ze verder: 'Dan denk je als moeder dat je zoon een nette baan heeft bij een groot advocatenkantoor op de Zuidas, hoor je ineens dit! Ik hou mijn hart vast voor wat ik nog meer niet weet. Maar vertel, dat die Anno de contactgegevens heeft van die Németh, betekent dat dan dat hij iets met die bende te maken heeft?'

'Nou,' zegt Freek, 'het betekent op z'n minst dat hij in contact kan treden met niet alleen de organisatie zelf, maar het hoofd van de organisatie. De capo, de, eh, don, zal ik maar zeggen. Ik ga nu de mobiel doorzoeken of dat contact er ook daadwerkelijk is geweest, en ik raad jullie aan om de man zo snel mogelijk van het park te weren als ik die connectie ook daadwerkelijk vind.'

'Ik begrijp niet hoe zo'n man interessant kan zijn voor zo'n belangrijke crimineel,' zegt Per nadenkend.

'O, ik snap het wel, hoor,' zegt Joost. 'Als Németh ook in de kunstroof zit, dan moet die kunst natuurlijk ook weer verkocht worden. Vaak blijft dat binnen de onderwereld, maar niet altijd, en hoe dan ook is er ergens in dat proces een taxateur nodig die er niet vies van is om roofkunst van een keurmerk van echtheid te voorzien. Het is moeilijk te zeggen of zoiets onder dwang gebeurt of dat het aantrekkelijk is omdat er een hoop geld tegenover staat, maar het is natuurlijk wel zo dat als je er eenmaal aan bent begonnen, het verdomd lastig is om er weer uit te stappen.'

'Jeetje,' zegt Rosie. 'Dat had ik niet achter die Anno gezocht.'

'Het zou wel verklaren waarom er online zo weinig over hem te vinden is,' zegt Freek. 'Musea en galeries zullen hun vingers niet aan hem willen branden als van hem bekend is met wie hij zaken doet. Misschien is hij zo gebrand op het werk van Bernard Blum omdat hij hoopt dat dat zijn reputatie weer zal opvijzelen?'

'Ik dacht eigenlijk dat er gewoon een hoop geld mee gemoeid zou zijn,' zegt Per nadenkend. 'Een van die stukken van Blum is echt heel beroemd, het hangt in het Met, en klaarblijkelijk heeft hij er een zusterstuk bij gemaakt dat hier in het huisje stond. Zo'n vondst zet je natuurlijk enorm op de kaart in de kunstwereld.'

'Zeker,' zegt Freek. 'En dat stuk staat nu op zolder op kasteel De Eyckenhof?'

Per knikt.

'Ik hoop dat er een goed slot op de deur zit. Zijn er geen sporen van pogingen tot inbraak bij het kasteel?'

'Ik heb even een snel rondje gemaakt, maar dan zou ik nog een keer heel goed moeten kijken,' zegt Per. 'Ik heb alleen gezien dat er dus een ruitje is gebroken, en volgens Aloys stak daar een balk door naar binnen en was het idee dat zo het vuur het kasteel in moest komen. Ik denk niet dat het veel had opgeleverd; het ruitje zit in de buitenmuur van een gemetselde trap. Er is daar geen houtwerk te vinden, dus het vuur had niet ver kunnen komen. Ik had eerder verwacht dat een van de ramen van het souterrain dan zou zijn ingeslagen; het ligt half onder het maaiveld en je zult er op je buik doorheen moeten, maar als je niet te dik bent is dat nog wel mogelijk. Er is, en dat vind ik vanuit bouwkundig oogpunt nog steeds een erg vreemde gedachte, wel een soort slotgracht, maar die loopt niet helemaal rondom het kasteel. Hij gaat bijna driekwart rond, maar als je de uitgang bij de keuken neemt sta je meteen in de kruidentuin. Geen water te bekennen.'

'Het is een buiten,' zegt Freek met een lachje, 'een pseudoburcht, een pretkasteel. Inmiddels is het interessant genoeg omdat het al aardig oud is, maar ten tijde van de bouw was het waarschijnlijk wat ze in het Engels een *folly* noemen.'

'En jouw huis is zeker wel een echt huis?' Per geeft Freek een plagerig klapje op zijn schouder. 'Ik dacht trouwens dat *follies* meer een soort loze gebouwen waren, niet dat ze ook echt in gebruik konden worden genomen. De Eyckenhof is wel een echt kasteel, al heb ik niets in de bouwstijl kunnen ontdekken dat van middeleeuwse herkomst is, en al lijkt het me een soort verkleinde replica. Alles wijst erop dat het wel in gebruik was als daadwerkelijke woning, met keukens, bediendenverblijven, bibliotheek en al. De oude baron had er een soort appartement in gemaakt voor zichzelf, hij had twee kamers in gebruik op de eerste verdieping. Al die grote zalen beneden, en al die andere kamers, daar kwam hij denk ik bijna niet. Ik ben in eerste instantie vooral bezig geweest met puin ruimen en leeghalen; de eerste paar weken heb ik ontzettend veel rommel weggebracht.'

'Met die motor van je?' vraagt Freek, zijn wenkbrauwen opgetrokken.

'Ik had een huurbus.'

'Aha. Ik zal verder afzien van enige plagerij aangaande je familiezetel, zeker als we zo dadelijk je erfenis zullen moeten verdedigen tegen de snode plannen van die Boekhout de Nerée.'

'Dank je,' zegt Per. 'Ik hoopte al op wat solidariteit.'

'Adel onder elkaar,' zegt Freek met een vleugje sarcasme.

'Exact.'

'Volgens mij zien we hier de start van een prachtige vriendschap, mam,' zegt Joost grinnikend.

'Ik denk het ook. Maar waar blijft die vervelende Ewout nou? O, ik kan die man ondertussen wel schieten!'

Pers mobiel begint ineens geluid te maken: blijkbaar krijgt hij een hele rij WhatsApp-berichten, maar hij heeft duidelijk geen zin om te reageren, want hij zet het scherm weer uit en legt het apparaat met het scherm naar beneden voor zich op tafel.

'Charlie?' vraagt Joost.

Hij schudt zijn hoofd. 'Iemand uit mijn verleden in wie ik nu echt helemaal geen zin heb, en tijd heb ik er ook niet voor.'

Freek maakt ineens een geluid, een soort 'Hmpf', en iedereen kijkt naar hem.

'Wat dan, ik ga dood van nieuwsgierigheid!' roept Joost.

'Ik vind hier communicatie met Németh. WhatsApp-berichten, een hele string. Even kijken… Németh geeft Anno opdrachten, hij probeert eronderuit te komen maar dat gaat niet zo makkelijk; ik zie hier niet precies wat, maar Németh heeft iets wat als een zwaard van Damocles boven zijn hoofd hangt, en… Wacht eens even. Wácht eens even!' Freek kijkt op. 'Als wat hier staat klopt, dan heeft Anno Oliveira Németh op het spoor van dit park gezet. Hij heeft het er hier over dat hij een locatie weet voor een relatie van Németh – het is allemaal in heel bedekte termen, maar hij heeft het over een locatie midden in het bos, een onduidelijke eigenaar en een ouder beheerdersechtpaar dat makkelijk onder druk gezet kan worden. En hij wil als dank uit de organisatie kunnen stappen om zijn carrière in de bovenwereld…' Freeks stem sterft weg terwijl hij door de berichten scrolt, maar dan mompelt hij nog: 'Hij heeft blijkbaar ook aan Németh verteld dat hij hier op het park rondhangt omdat hij weet dat een belangrijke kunstenaar er incognito een huisje heeft, en hij hoopt dat hij via diens werk zijn geloofwaardigheid…'

'Moeten we ons nou zorgen maken dat we hier beroofd gaan worden door een bende?' Rosie kan het niet helpen, haar stem klinkt angstiger dan ze zou willen. Joost kijkt bezorgd op.

'Ik denk het niet,' zegt Freek direct, 'ik vermoed dat het werk van Bernard Blum, en ik bedoel dit niet respectloos, te klein grut is voor een man als die Németh.'

'Misschien dat ene werk niet,' zegt Per, 'ik heb het vermoeden dat dat wel eens in de miljoenen zou kunnen lopen als het geveild zou worden.'

'Maar weet iemand van dat werk af, behalve Charlie en jij?' Joost kijkt hem aan.

'Het stond in een zijkamertje in het huisje, ingeklemd tussen heel veel schilderijen van steeds dezelfde boom. Ik denk dat er verder niemand echt iets van afweet.'

'Ja, dat hij de hele tijd die boom zat te schilderen de afgelopen jaren, dat was algemeen bekend,' zegt Rosie. 'Ik wist ook niet beter of hij schilderde bomen; ik dacht dat hij een hobbyist was. Van hoe lang geleden zijn die berichten, Freek? Hoe lang speelt dit al?'

'Even kijken… vorig jaar oktober, november.'

'Dus nog voordat jij wist hoe of wat, Per?'

'Waarschijnlijk is het feit dat er een erfgenaam bekend werd de trigger geweest die de zaak in een stroomversnelling bracht,' zegt Freek. 'Ik vermoed nu, maar dat zal nog onderzocht moeten worden, dat er ook een lijntje loopt tussen Németh en Berg&Bos, of misschien het moederbedrijf van Berg&Bos.'

'Er zit een soort holding in Spanje,' zegt Joost behulpzaam, 'dat heb ik al eens uitgezocht, maar als je de governance helemaal terugvolgt, kom je uiteindelijk in China uit. Alleen: wat heeft een boef als Németh aan een bedrijf dat bungalowparken neerzet?'

'Overslagruimte,' zegt Freek. 'Als je in de transportsector werkt, het maakt niet uit of dat in de onder- of de bovenwereld is, dan moet je af en toe je vrachtwagens ergens kwijt, of je lading, of je chauffeurs… Niemand kijkt dan naar van die recreatieve bungalowparken, en het moederbedrijf van Berg&Bos heeft waarschijnlijk een netwerk door heel Europa. Het lijkt me een uiterst lucratieve samenwerking.'

'En als er dan een boer de stuipen op het lijf gejaagd moet worden, zodat hij zijn grond verkoopt, dan heeft Berg&Bos daar ook meteen een paar mannetjes voor,' zegt Joost begrijpend.

'Of als ze hier de boel in de fik willen steken,' zegt Rosie. 'O, jongens, ik ben zo blij dat jullie dit allemaal zo boven tafel kunnen krijgen, en Freek, jij kunt toch ook wel echt zorgen dat hier iets aan gedaan wordt, hè?'

'Zeker,' zegt Freek stellig. 'Ik kan er in ieder geval voor zorgen dat De Eyckenhof, zowel het park als het kasteel, volkomen oninteressant wordt voor de bende van Németh en Berg&Bos Luxe Topparken, omdat het natuurlijk binnen minder dan geen tijd bekend wordt dat het oog van de AIVD op dit terrein en de omgeving is gericht, als we tenminste willen dat dat bekend wordt,' hier grijnst hij even een tikje sluw, 'en ik kan er waarschijnlijk ook wel voor zorgen dat Anno Oliveira binnenkort van zijn bed wordt gelicht. Het is geestig: ik tapte zijn mobiel af om te testen of het zou lukken met de mobiel van die Boekhout de Nerée, maar de vangst hier is nog veel omvangrijker. Waarschijnlijk is de rol van Boekhout de Nerée minimaal; als we geluk hebben kunnen we aantonen dat hij is benaderd door Berg&Bos om een eventuele overname te faciliteren, mits hij zou kunnen bewijzen dat hij de rechtmatige erfgenaam is. Verder niets.'

'Hoe die lui in vredesnaam bij hem zijn beland weet ik ook niet,' zegt Rosie, 'maar zoiets zou het kunnen zijn, inderdaad.'

'Als ze hebben gemerkt dat het advocatenkantoor in Zwitserland een cruciale rol speelt, dan is het plaatsen van een tap aldaar voor dergelijke criminelen waarschijnlijk een eenvoudige kwestie,' zegt Freek. 'Boekhout de Nerée hoefde maar op te bellen en over de erfenis te beginnen en hij had als het ware een schietschijf op zijn rug.'

'Gaan wij er nou veel van merken, Freek?' vraagt Rosie toch nog maar even. 'Gaan er hier geheim agenten door de bosjes kruipen, of zoiets? Moeten we de recreanten ergens over inlichten?'

'Nee,' zegt Freek stellig. 'Niemand gaat iets merken, en in godsnaam, licht niemand in. Zodra de zaak met Boekhout de Nerée is afgerond ga ik in conclaaf met mijn leidinggevende bij de dienst en ik ga ervan uit dat hij alles verder in gang zal zetten. Ikzelf zal de details ook niet weten; dat is alleen maar veiliger.'

# 35

'Nou, en toen kwam die man dus eindelijk, het was al tegen vieren, en toen was het eigenlijk een gesprek van niks,' zegt Joost lachend tegen Elodie. 'Maar het gevolg is wel dat ik je pas nu de hele boel hier kan laten zien.'

'Geeft toch niet,' zegt Elodie, ook lachend, 'ik dacht even dat je het misschien was vergeten, maar–'

'Tuurlijk niet!' zegt Joost stellig. 'Ik had het toch beloofd? Nou kijk, dit is dus de wc beneden, dat kan echt niet meer natuurlijk, en de muren, daar zat eerst spachtelputz op, maar daar heeft het stukadoorsbedrijf waar Per mee werkt voor het kasteel gelukkig al iets aan gedaan. Hij heeft daar kilometers muur die opnieuw moeten worden gestuukt.'

'O, maar dat is toch al heel netjes? Hoeft alleen nog maar te worden geschilderd,' zegt Elodie enthousiast. 'Ik dacht dat je zei dat het er allemaal zo vreselijk uitzag! Ik vind het een prachtig huis, zo ruim, en het licht valt echt heel mooi naar binnen, en dat grasveld voor de deur is toch ook prachtig?'

'Ja, maar die gruwelijke plavuizen,' zegt Joost, 'daar wil toch geen mens in wonen?'

'Oké, die zijn wel een beetje minder, ja, maar als we ons even kwaad maken leggen we daar toch in een dag een laminaatvloer overheen? Dat gaat echt zo snel, zeker als je het samen doet. Maar vertel nou verder van toen die man kwam, hoe heet hij nou ook weer?'

'Ewout Boekhout de Nerée. Vreselijke kerel, mijn vader had het al gezegd, die kent hem nog van vroeger, toen hij bij zijn oom kwam, de oude baron, toen die nog leefde.'

'Ik vind het dus zo'n gek idee dat Per nu de baron is, hij komt totaal niet zo over!' Elodie glimlacht als ze om de deurpost van de woonkamer kijkt en daar Lars met zijn lievelingsauto over de grond ziet rijden. 'Lars, lieverd, vind je het hier leuk?'

'Ja, leuk,' roept hij, zonder op te kijken van waar hij mee bezig is.

'Joost en ik gaan even in de keuken kijken, en daarna gaan we naar boven, dus dan weet je waar we zijn.'

'Goed, mam,' zegt hij onverstoorbaar.

'Het is echt wonderlijk; thuis wil hij zo'n beetje niet in een andere kamer zijn dan ik, hij loopt altijd als een soort kuikentje achter me aan. Nou ja,' ze grimast even, 'liep. Verleden tijd.'

'Misschien voelt hij zich hier gewoon meer op zijn gemak,' zegt Joost, 'dat hoop ik in ieder geval.'

'Ik denk het wel,' zegt Elodie, en ineens staat ze zo dicht bij hem dat hij zich niet kan beheersen: hij slaat zijn armen om haar heen.

'Het is idioot, ik heb je nog niet eens gekust,' zegt hij, maar dan wipt ze op haar tenen en drukt ze haar lippen tegen de zijne. Heerlijk zacht, en warm, en ze ruikt heel lekker. Een beetje zoetig, gewoon van zichzelf, een beetje naar honing en zonneschijn.

Joost kan niet anders dan zich de lichaamsgeur van Liselore herinneren, die altijd een beetje zurig was, hoe vaak ze ook onder de douche ging of deodorant en parfum gebruikte. Het kwam er altijd doorheen. Ze wist het ook van zichzelf; ze trok zeker twee keer per dag iets schoons aan. Hij heeft altijd tegen zichzelf gezegd dat hij niet moest zeuren, maar nu, in de eerste kus met Elodie, deze heerlijke, langzaam voortglijdende kus, kan hij niet anders dan dubbel genieten van haar geur, die zo veel beter past bij hem. Het windt hem op, haar lippen, haar geur om hem heen; het maakt dat zijn hart ervan bonkt in zijn borstkas. Hij is nog nooit in zijn hele leven zo verliefd geweest, ineens weet hij dat voor honderd procent zeker, en als de kus langzaam ten einde komt en ze elkaar een beetje glazig in de ogen staren is hij volledig sprakeloos.

'Je ruikt heel lekker,' zegt Elodie, alsof ze zijn gedachten heeft gelezen.

'Jij ook,' mompelt hij schor, 'ik kan meteen bijna niet meer praten. O, ik, ik, Elodie, ik ben zo, zo...' Hij slikt.

'Ik ook,' zegt ze, met een schuwe glimlach. 'Ik durfde er niet aan toe te geven, ik wist gewoon niet hoe het allemaal moest gaan... Ik kan toch ook niet zomaar overstappen, dat is toch niet netjes?'

Joost schraapt even zijn keel, en gaat daarna, al bijna weer met zijn normale stem, verder: 'Het gaat er toch om of het goed voelt? Mij kan het niet schelen, hoe het hoort. Ik wil gewoon jou in mijn leven, en Lars, en dat is het wel zo'n beetje. Ik weet ook niet hoe het komt, ik denk dat ik het al wist toen ik jullie naar huis bracht, maar het was op dat moment zo'n idioot idee dat ik het gewoon van mezelf nog niet kon geloven.'

'Ik had dat ook,' zegt ze zachtjes, en dan verbergt ze even haar gezicht tegen zijn schouder. 'Ik heb nachtenlang wakker gelegen, gedroomd van... ja, eigenlijk van dit moment. Dat ik bij jou zou zijn, en dat alles goed zou zijn. Idioot natuurlijk, maar...'

'Helemaal niet idioot,' zegt hij zachtjes, zijn neus in haar haar. 'Als we dat willen, dan doen we het toch gewoon?'

'Wil je dat?'

'Ja,' zegt hij, nog steeds zo zacht en warm, 'ik wil niks liever. Ik baal alleen ontzettend,' hij haalt zijn neus uit haar haar om haar aan te kijken, 'dat het hier nog zo'n zooitje is, dat ik nog zo veel moet doen om het een beetje bewoonbaar voor jullie te maken.'

Ze lacht vrolijk. 'Waar heb je het over, dit is een fantastisch huis! Alles doet het, we kunnen er toch gewoon zo in gaan wonen? We hebben alleen wat meubels nodig, een bank, een tafel, een paar stoelen, ik weet niet of er nog bedden zijn?'

'Maar,' zegt Joost verbijsterd, 'alles is oud, en lelijk! Het is nog uit de jaren zestig van de vorige eeuw allemaal, dat ziet er toch vreselijk uit?'

Elodie glimlacht ondeugend naar hem en pakt hem bij de hand. 'Dat is niet wat ik zie, hoor! Kijk, als we nou de boel schilderen, en als we dan lekker veel planten in de woonkamer zetten, er is toch ruimte zat, en dan zo'n beetje een ratjetoe aan meubels, een paar van die oude Perzische kleden over de plavuizen, of rotan matten, dat is ook hartstikke leuk; ik ben dol op kringloopwinkels, als je goed zoekt vind je zo allemaal dingen die bij elkaar echt geweldig staan. En Marktplaats, daar kun je ook van alles vinden, en dan zetten we hier zo'n retrobank neer, van dat Deense design, weet je wel, met een of andere kleurige doek eroverheen, en dan hier een rotan tafeltje... o, en daar kunnen we dan haken in het plafond schroeven en zo'n hele hoek met hangplanten maken, en hier een grote boekenkast langs de muur, en dan wordt het een soort van bohemien. Ik hou daar ontzettend van, zo'n beetje kunstzinnig en rommelig en gezellig. Ronald moest daar niks van weten, die wilde alles strak en wit en leeg, en dat was natuurlijk altijd wel een ding met Lars, want die wil zijn speelgoed op een bepaalde manier hebben, en dan stalt hij het uit op de grond. Als hij er aan het eind van de dag nog niet klaar mee was moest het toch opgeruimd worden van Ronald, en dan was Lars de volgende dag helemaal ontdaan dat het er niet meer stond...' Een beetje leeggelopen kijkt ze Joost aan, de onzekerheid ineens weer brandend in haar ogen.

'Dat gaan wij allemaal niet doen,' zegt Joost daadkrachtig. 'Laten we het zo doen als jij zegt, dat vind ik echt heerlijk klinken. Jij moet dan al die meubels kiezen, want ik heb daar echt geen goed oog voor. Ik heb in mijn flat in Amsterdam nog wel meubels die we kunnen verhuizen, maar die zijn denk ik helemaal niet wat je bedoelt, dat is toch meer strak en design en zo. Potten en pannen heb ik ook, en lakens en dekens, maar we zullen nog wel wat bij moeten kopen. En we hebben een nieuwe wasmachine nodig, er staat hier nog een Zanussi-bovenlader uit de jaren zeventig.'

'Doet die het nog?'

'Geen idee.'

'Gaan we proberen. Als hij nog werkt hebben we geen haast, dan kopen we gewoon een keer een nieuwe als hij stukgaat. Of heb jij een wasmachine in je appartement?'

Joost kijkt een beetje betrapt. 'Ik gebruik een wasdienst,' zegt hij, 'ik heb gewoon geen tijd om mijn overhemden allemaal te strijken, en die pakken voor mijn werk moeten natuurlijk ook met regelmaat worden gestoomd en zo.'

'Ha,' zegt Elodie, en ze legt even een hand op zijn borstkas, wat heerlijk aanvoelt. 'Ik heb je volgens mij nog nooit in een pak gezien!'

Hij moet er even over nadenken. 'Je zou wel eens gelijk kunnen hebben! Ik zie mezelf altijd voor me, worstelend om een pak in of uit te komen; ik vind het eigenlijk een beetje een soort harnassen. Ik draag zelf veel liever wat ik nu aanheb, gewoon, een spijkerbroek en een shirt. Ik heb wel een pak bij me, voor noodgevallen, en ik heb het ook wel een keertje gebruikt, toen die Berg&Bos-kerel langskwam, maar...'

'Als je het niet lekker vindt zitten dan trek je het toch niet aan?' Elodie glimlacht en loopt voor hem uit naar de keuken, een muur van bruin eikenhout en ingefreesde paneeldeurtjes.

'Tja, dat hoeft eigenlijk ook niet echt meer, hè? Als ik vanaf nu voor die zaak van Freek kan werken, en er zit zo veel werk in als het lijkt, dan ben ik voorlopig wel onder de pannen, en dan hoef ik misschien alleen af en toe nog eens een pak aan als ik ergens heen moet om iets te presenteren of te bespreken, of zo. Wat een heerlijk vooruitzicht!' Hij draait even een rondje in de keuken. 'Maar serieus, Elodie, je gaat me toch niet vertellen dat je deze keuken leuk kunt maken door er planten in te zetten? Dit kan gewoon echt niet meer.'

'Nou, kastdeurtjes kun je schilderen, en als dat niks wordt kun je er toch gewoon nieuwe deurtjes op zetten? O kijk nou, wat een enorm fornuis, met vijf pitten, en een grote oven! Heerlijk, ik maak alles een keer goed schoon en dan ga ik me toch een hoop lekker eten maken! Kun jij eigenlijk goed koken?'

'Geen idee,' zegt Joost, alweer beschaamd, 'ik ben meer een besteller dan een koker. Ik heb wel alle spullen in huis; Liselore vond het leuk om net te doen alsof ze van koken hield, en ze wilde vooral veel dure keukenspullen: een grote glimmende planeetmixer, alsof ze taarten voor een heel weeshuis wilde bakken, en een pastamachine, en een extreem dure espressomachine; weet ik veel wat allemaal, maar als het erop aankwam was ze eigenlijk toch meer vaste klant bij de deli, en ze haalde altijd koffie bij de koffiebar op de hoek, omdat ze natuurlijk allemaal van die rare melkjes en smaakjes wilde. Wat dat betreft is Amsterdam-Zuid wel een goeie plek om te wonen, je kunt ontzettend veel verschillende soorten eten en drinken krijgen en ze komen het bijna allemaal brengen.'

'Ik leer het je wel, koken. Samen is alles leuker,' zegt Elodie blijmoedig. 'Maar we dwalen zo vreselijk af, vertel nou verder over die man van vanmiddag. Die Ewout.'

'Nou ja, die kwam dus,' zegt Joost met een brede grijns, zijn borstkas verwarmd door het heerlijke idee van samen koken. 'Veel later dan hij had gezegd, met een gezicht alsof hij het niet meer dan normaal vond dat we op hem hadden moeten wachten. Hij ging zitten, intussen scande Freek zijn mobiel vanaf zijn laptop, net zoals hij bij die Anno Oliveira had gedaan, wat ik je eerder vertelde. Die Ewout begon tegen Per aan te praten over dat hij meer rechten had, en een mondelinge toezegging, en dit en dat, en Per vraagt hem op een gegeven moment doodleuk, zo recht in zijn gezicht, hoe hij kon weten dat hier gisteravond brand was geweest. Het heeft niet in de krant gestaan, het is niet echt ergens te vinden, tenzij je de hele nacht die website met landelijke politieberichten en 112-meldingen zit te volgen. Nou ja, Ewout begon te hakkelen. Per en ik zagen dat Freek alles onder controle had, dus ik zei tegen die man dat Per alle papieren heeft, en een adelszegel, en een met een microscoop nagevlooide stamboom, en dat ik vanuit mijn professie wel kon stellen dat het een onmogelijke zaak zou zijn om aan de erfopvolging te tornen. Hielp niet; Ewout begon meteen ontzettend hoog van de toren te blazen dat hij een team van advocaten had die zeker een inconsistentie zouden vinden, et cetera et cetera. Per zat er volkomen onbewogen bij, als een koele kikker, en hij zei dus echt alleen maar: "Je hebt me nog geen antwoord gegeven op mijn vraag." Die Ewout werd bijna gek, liep helemaal rood aan, begon zowat te schreeuwen, en toen begon Freek. Die praatte heel rustig, en echt ongelooflijk deftig; Beatrix was er niks bij, zeg maar. Wat hij zei kwam erop neer dat het gedrag van die Ewout hem in de ogen van daadwerkelijke adel direct bestempelde tot een man van het volk en dat hij eerst maar eens manieren moest leren.'

'Zei hij dat? Wow.' Elodie zet grote ogen op.

'Nou ja, niet letterlijk, hij zei het eigenlijk heel netjes, maar dat was wel de strekking. En toen was het onderhoud eigenlijk heel snel afgelopen; Ewout kwam niet verder, hij had dat zelf ook in de gaten. Hij tetterde nog een beetje en rende toen de deur uit met zo'n air van "ik ben nog nooit zo slecht behandeld".' Joost trekt een verongelijkt gezicht en loopt even een paar rare passen door de keuken in imitatie van Ewouts aftocht.

Elodie schiet in de lach.

'En het maakte dus helemaal niet uit dat hij wegrende; Freek had toegang tot zijn mobiel en dat was in feite waar het om draaide. Binnen een half uurtje had hij helder dat de man benaderd is door Berg&Bos, gewoon per e-mail, precies zoals we al dachten. Zij stelden voor zijn claim te ondersteunen als hij vervolgens voor een bepaald bedrag afstand wilde doen van het kasteel, de grond en het bungalowpark. En het smerige was: ze boden hem een stuk minder dan het bedrag waar ze mee kwamen toen ze hier voor de tweede keer aan de deur kwamen rammelen. Freek was heel tevreden, want hij heeft in een middag voldoende bewijs binnengetikt om de zaak op te starten. Maar hij zei wel dat we er niet over mogen praten, en we gaan er als het goed is ook verder niks van merken. En dat is maar goed ook, want die lui die die brand hebben aangestoken: ik weet wel iets van de organisatie waar ze bij horen, nou, dat zijn geen frisse jongens. Het was toch een stuk ingewikkelder geworden als we Freek niet hadden gehad; we mogen onze handen wel dichtknijpen met hem!'

'Ik wil hem graag een keer ontmoeten,' zegt Elodie. 'Hij klinkt als een ontzettend interessant persoon, zeker omdat je zei dat hij ook autistisch is.'

'Ja, hij is inderdaad een heel interessante, aparte man, maar ontzettend aardig. Hij is zelf ook heel open over zijn autisme, en gek genoeg wordt het daardoor meteen normaal. Misschien ook fijn voor Lars om een volwassene te ontmoeten die een beetje zo in elkaar zit als hij, al is natuurlijk niet iedere autist hetzelfde. Maar goed, wie weet herkennen ze toch iets bij elkaar.'

'Niemand is hetzelfde als iemand anders,' zegt Elodie, 'en dat is maar goed ook. En ik denk dat het voor Lars ontzettend leuk is om een succesvolle volwassene te ontmoeten bij wie hij iets herkent. Weet je,' ze buigt zich vertrouwelijk naar hem toe, 'ik ben ervan overtuigd dat Mark Rutte dus ook een autist is, en die is ook wel succesvol te noemen, al zal niet iedereen het altijd eens zijn met de keuzes die hij maakt. Maar ja, als rolmodel voor mijn kind heb ik daar niet zo veel aan, want hem ontmoet je natuurlijk niet zo makkelijk.'

'Ik denk dat Freek een betere optie is,' zegt Joost lachend, en hij slaat een arm om haar heen. 'Maar even praktisch, hoe gaan we het nou doen, jij en ik, hier?'

'Praktisch? Ik denk dat we even een lijstje moeten maken van wat we nodig hebben, en dan een lijstje van wat jij in Amsterdam hebt staan dat we hiernaartoe kunnen halen, en dan zullen we denk ik een bus moeten huren? En nog wat dingen moeten bijkopen?'

Joost knikt en lacht. Zo simpel, het klinkt allemaal zo simpel. Hij weet wel dat er nog heel veel moet gebeuren; hij moet zijn werk opzeggen, en zijn appartement als ze het eenmaal hebben leeggehaald, en hij zal Elodies scheiding moeten begeleiden, maar bij dat laatste voorziet hij geen problemen, dat is alleen maar werk. Eigenlijk voorziet hij sowieso geen problemen; alle dingen die een probleem zouden kunnen zijn lijken hem op dit moment eigenlijk wel leuk, alleen al omdat hij ze samen met Elodie gaat doen.

'En Lars?' vraagt hij toch maar. 'Gaat hij het een beetje trekken, denk je?'

'Om hier te komen wonen, in dit huis? Met jou?' Ze geeft hem de liefste lach die hij ooit van een ander mens heeft mogen ontvangen. 'Geloof me, hij wil niks liever. We kunnen hem denk ik niet gelukkiger maken.'

Dat geldt ook voor mij, denkt Joost, terwijl hij voelt hoe hij naar haar teruglacht met heel zijn ziel en zaligheid.

—

Het is al avond als Charlie haar voordeur weer openmaakt. Haar tas staat nog in de hal, waar ze hem heeft neergezet toen ze binnenkwam en Sanders brief vond. Die brief, ziet ze even later, als ze met tas en al verder naar binnen is gelopen, ligt nog op tafel, waar ze hem heeft laten liggen toen er bij haar werd aangebeld; alsof er helemaal geen tijd is verstreken.

Ze is bij Freddy en Nick blijven hangen. Na de thee kwam er wijn, er kwamen hapjes – ze had ineens gemerkt dat ze behalve een flauw broodje ham-kaas op de boot vanaf het eiland nog helemaal niks had gegeten – en dus had ze heerlijk zitten smikkelen van de olijven, stokbroodjes met kruidenboter, nootjes en chips die Freddy op tafel had gezet. En ze had al even heerlijk zitten praten. Vooral, tot haar verrassing, met Nick, die een stuk gevoeliger en inzichtelijker bleek dan je misschien op het eerste gezicht zou zeggen; hij kwam vaak toch vooral grappig of een beetje stoer uit de hoek.

Ze had het met hem over de dood van haar ouders gehad, en hij had zo zonder omwegen benoemd dat er nog een heleboel onverwerkt verdriet bij haar vanbinnen moest zitten. Verdriet dat, begreep ze nu, van Sander eigenlijk helemaal geen ruimte had gekregen. Ze had niet meer hoeven huilen, maar ze moest er wel even over nadenken: het was zo diep weggestopt dat ze het zelf bijna was vergeten. Eigenlijk een enorme opluchting, denkt ze nu, om het er eens met iemand over te hebben die daadwerkelijk geïnteresseerd is in hoe ze zich voelt, die niet oordeelt en die niet vindt dat het nu maar eens klaar moet zijn. Iemand die luistert, en die intelligente observaties maakt.

Ze heeft het ook over de dood van haar oom gehad; dat heeft alles wel weer een beetje losgewoeld, maar dat hoeft eigenlijk helemaal niet zo erg te zijn: rouw is een natuurlijk proces. Nick had verteld dat hij nog steeds een beetje rouwde om de dood van zijn vroegere grote liefde, bij wie hij een volwassen dochter bleek te hebben. Dat was allemaal een grote verrassing voor hem geweest toen hij in Nederland was en onverwachts halsoverkop verliefd werd op Freddy, maar hoewel hij verdriet had om de dood van zijn ex van lang geleden was hij ook dankbaar voor het feit dat hij haar nog even had kunnen zien en spreken voordat ze was overleden.

'Het is een gevoel waar meerdere kanten aan zitten,' had hij gezegd, 'goeie en nare kanten, en dat is prima, verder.'

Toen was Freddy met het voorstel gekomen om Thais te bestellen, en hadden ze met z'n drieën gegeten, gemoedelijk kletsend over van alles en nog wat. De zware onderwerpen waren wel een beetje van tafel, en dat was ook prima geweest; de afsluiting was alleen maar vrolijk en gezellig.

Nu voelt Charlie zich eigenlijk wel goed. Gelaafd en gesterkt. Ze zet haar tas op tafel, vouwt de brief van Sander in vieren, legt hem op oom Benno's bureau en begint haar wasgoed uit te pakken.

Even later staat de wasmachine in de badkamer te draaien, heeft ze kort gedoucht en alvast een groot slaapshirt aangetrokken. Nick heeft, zo tussen neus en lippen door, tijdens het eten iets gezegd waar ze met haar gedachten aan blijft hangen: hij zei, half grappend, dat als ze nou voor langere tijd in het vakantiehuisje van haar oom zou gaan zitten om bij Per in de buurt te zijn, hij haar huis wel van haar zou willen onderhuren. Dan kon Ed Sheeran de volgende keer dat hij langs wilde komen, zijn gezin gewoon meenemen. Of dan kon Nick ook eens met een groepje mensen afspreken, dat leek hem ook wel aardig; hij had een ideetje om een keer wat muzikanten die hij ouwe countryknakkers noemde, uit te nodigen om samen een liveplaat op te nemen, gewoon, jammend in de studio in de achtertuin. Lyle Lovett, Kenny Chesney, Tim McGraw, hij ratelde een paar namen af die Charlie allemaal niet kende.

'Ja, dat past allemaal niet in onze logeerkamer,' had Freddy lachend gezegd.

'Percies,' was Nicks besmuikt-tevreden antwoord geweest, 'daarom ook.'

Het is eigenlijk een ontzettend goed idee. Ze weet niet precies hoeveel ze ervoor zou moeten vragen, maar ze is ervan overtuigd dat Nick haar netjes marktconform zal betalen, en dan heeft ze, zelfs al gaat ze op de korte termijn niet op zoek naar stylingklussen, toch nog een soort inkomen.

Het is een idee. Het is misschien helemaal geen gek idee.

Maar zou het niet wanhopig overkomen, als ze de hele zomer in dat huisje zou gaan zitten, smachtend naar Per? Want als er één ding is dat ze zeker weet, dan is het dat ze gaat smachten. Eigenlijk smacht ze nu al een beetje, als ze heel eerlijk is, en ze heeft hem vanochtend nog gezien.

En wat nou een beetje.

Ze mist hem, zo simpel is het eigenlijk, ze mist hem vreselijk, hoewel ze donders goed weet dat ze geen enkele claim op hem kan leggen en dat hij het waarschijnlijk hartstikke druk heeft, met die brand en de hele nasleep daarvan.

Nick heeft ook nog iets anders gezegd, waar ze zo mogelijk nog meer met haar gedachten aan blijft hangen.

'Je moet zorgen dat je contact houdt,' zei hij. 'Ik had op een gegeven moment natuurlijk allerlei gevoelens voor Fred, maar we hadden elkaar een paar dagen niet gesproken. Ik zat met mijn ex te hannesen, al was het toen nog net niet uit; ik wist even niet hoe ik het nou allemaal voor mekaar moest boksen, en ik werd er gek van dat ik Fred niet sprak. Uiteindelijk ben ik maar gewoon hiernaartoe gegaan en heb ik aangebeld, ja, ik moest toch wat; mijn ex was de PC Hooftstraat aan het leegkopen, Fred had een tafel vol mensen hier zitten en ik stond stiekem met haar in de schuur te snavelen, omdat ik gewoon met mijn poten niet van haar af kon blijven. Wat een idiote tijd was dat, hè?'

Freddy was bijna van de bank gerold van het lachen bij die

herinnering en Charlie had natuurlijk niet achter kunnen blijven; het beeld dat hij schetste was ook wel hilarisch. Hijzelf had er een beetje droog met opgetrokken wenkbrauwen naar zitten kijken, al die vrolijkheid, maar toen het gelach was bedaard had hij gezegd: 'Ik maak dus geen grapje, hè, Charlie. Niet echt. Zorg dat je in contact blijft, want anders ga je alleen maar zitten malen.'

Nu zit ze naar haar mobiel te staren.

Zou ze Per moeten bellen? Of een appje sturen? Of is dat raar? Ze heeft eigenlijk geen idee, ze weet alleen maar dat ze ontzettend graag even zijn stem zou willen horen. Zou hij nou vinden dat ze eerst over alles na moet denken voordat ze hem kan bellen, of zou hij zelf over alles na willen denken? Of zou hij de hele episode met haar al lang weer aan de kant hebben geschoven? Er is tenslotte van alles aan de hand bij hem, die brand, en hij moet allemaal nieuwe dingen kopen, en hij heeft geen slaapplaats... O, waarom heeft ze hem nou niet aangeboden dat hij wel in haar huisje kan slapen, als ze toch naar huis is? Wat stom, ze kan zichzelf wel voor de kop slaan! Als hij nou in haar huisje had gezeten, had ze in ieder geval nog een soort gevoel gehad van, van, nou ja, dichtbijheid?

Ze haalt diep adem en werpt een wanhopige blik op haar mobiel, alsof het apparaat haar een antwoord zou kunnen verschaffen op de vraag 'wat nu', en op dat moment komt het ding tot leven in haar hand.

Een nummer dat ze niet kent, het kan natuurlijk niet dat het Per is, maar ze neemt toch op met bonzend hart.

'Ja, hallo Charlemarle,' klinkt het in haar oor, 'heb je mijn brief gevonden? Ik heb een nieuwe mobiel, met een nieuw nummer, je zult wel denken, wie belt me nu ineens, maar ik ben het dus.' Sander lacht even ongemakkelijk. 'Ik weet dat ik eigenlijk zou moeten wachten totdat jij contact opneemt met mij, maar, eh... Ik kon dus niet wachten. Ik wilde het gewoon nu weten. Of, eh… ben je nog in dat huisje, waarvan je maar niet wilt zeggen waar het is?'

Ze zucht; hij is eigenlijk wel de laatste persoon die ze nu wil spreken. Hoe ze ook maar een seconde heeft kunnen denken dat ze hem eventueel weer een kans zou willen geven is haar een raadsel. Ze hoeft zijn stem maar te horen om te weten, honderd procent zeker te weten, dat het nooit meer iets gaat worden tussen hen. Nu niet en nooit niet, maakt niet uit hoeveel berouw hij op papier toont.

'Hoi Sander,' zegt ze behoedzaam, 'ik heb je brief gevonden, ja. Ik kwam vanmiddag hier binnen, en toen vond ik hem. En ik begreep van Freddy en Nick dat je hier ook een paar keer aan de deur bent geweest.'

'Ja, eh, ja, ik dacht dat het het beste was als we elkaar gewoon face to face zouden spreken, maar toen dat niet lukte, toen dacht ik dus aan een brief. Dat is toch persoonlijker dan bellen, en nou ja…'

'Dank je wel,' zegt Charlie. 'Voor de brief.'

'Ja, eh… vind je hem mooi?' Sander klinkt, ze hoort het ineens, nu Nick haar erop heeft gewezen, als een klein jongetje dat op een complimentje zit te wachten omdat hij zelf zijn veters heeft gestrikt.

'Ja, hoor,' zegt ze dus, een beetje aarzelend, 'alleen…'

'Dus je ziet het wel zitten?' zegt hij hoopvol. 'Dat wij, dat jij en ik…'

'Nou, Sander,' probeert ze zijn enthousiasme te temperen, 'ik weet niet zeker of het, eh…'

Het blijft even stil aan de andere kant van de lijn. 'Ik mis je wel echt,' zegt hij dan, een beetje verslagen. 'Ik kan me gewoon niet voorstellen dat het dan nu echt voorbij is, weet je dat?'

'Hm,' zegt Charlie, 'je kunt je niet voorstellen dat ik, nadat ik een andere vrouw in mijn bed heb gevonden, het geen goed idee vind om onze relatie nog voort te zetten?'

'Het was een ontzettend stomme vergissing, met Liselore,' zegt hij meteen, 'ik had er natuurlijk nooit aan moeten beginnen, en zij en ik, wij passen echt voor geen meter bij elkaar, ze is veel te *high-maintenance* voor mij, en...'

Charlie kan het sarcasme niet uit haar stem houden. 'Maar jij bent zelf ook enorm high-maintenance, Sander! Of was dat je nog niet opgevallen? Ik snap het wel, het lukt natuurlijk met een relatie eigenlijk alleen maar als er één high-maintenance is, niet als alle twee de partners dat zijn. Ik ben niet zo, dat weet ik best, maar ik heb geen zin meer om met iemand om te gaan die wel zo is. Ik vond het, het spijt me dat ik het moet zeggen, eigenlijk niet zo leuk met jou. Zeker de laatste maanden niet meer. En laat ik nou maar meteen de koe bij de hoorns vatten: het maakt me dus niet uit wat voor brieven je schrijft of hoeveel spijt je hebt; ik wil niet terug, Sander. Ik denk dat het heel goed is dat het uit is tussen ons, en ik wil ook geen vrienden meer met je zijn. Ik heb het gevoel dat ik dit allemaal al een keer tegen je heb gezegd, maar ik zeg het gewoon nog een keer. Het is klaar. Misschien als je volwassen bent geworden, dat we dan nog een keertje samen een biertje kunnen pakken en herinneringen kunnen ophalen, maar nu niet. Nu nog niet. En nu ga ik ophangen, en bel me alsjeblieft niet meer, en stuur me ook geen brieven meer. Goed? Dag!'

Ze drukt hem weg en kijkt nog een tijdje verdwaasd naar haar donker wordende mobielschermpje. Wat een bizarre situatie. Sander is een kind, inderdaad. Geen volwassen man. Geen man voor haar. Hoe heeft ze zich zo kunnen vergissen?

In contact blijven, heeft Nick gezegd. Misschien is het wel gewoon het beste als ze nu niet te lang nadenkt en meteen Per belt. Ze kan hem natuurlijk gewoon vragen hoe het is gegaan vandaag, of hij een slaapplaats voor zichzelf heeft kunnen regelen, of hij nog iets heeft gehoord van de politie en de brandweer; ze zou het met hem over haar schilderijen kunnen hebben, ze zou… Eigenlijk zijn er onderwerpen genoeg en is het onzin om te denken dat ze een goed excuus nodig heeft om Per te bellen; ze kan hem gewoon bellen. Zij is namelijk wél volwassen.

Ze opent WhatsApp en drukt op het telefoontje; dat gaat sneller dan zijn nummer opzoeken in haar contactenlijst.

Er wordt vrijwel direct opgenomen, maar zonder beeld.

'Per?' zegt ze, toch een beetje haastig.

'*Hello, this is Natalia on Per Quinn's phone*,' hoort ze, een lage, wat zwoele stem met een stevig Mediterraans accent. '*Who are you?*'

'*O, hello*,' zegt Charlie verbaasd, '*I'm looking for Per*.'

'*Yes, I understand that, but he can't come to the phone right now, he is…*' ze pauzeert suggestief, '*busy. So who are you? I do not take messages, I tell you now; I'm not a servant*.' Dat laatste komt er een stuk pinniger uit; de zwoele ondertoon is als bij toverslag uit haar stem verdwenen.

'*I'm Per's friend*,' zegt Charlie onhandig, ze weet eigenlijk totaal niet hoe ze moet reageren, en ze herinnert zich nu ook ineens weer dat Per vanochtend, toen ze net op het park waren aangekomen, een belletje kreeg van een vrouw die Natalia heette. Een oude vriendin van hem? Of misschien juist weer een nieuwe?

'*If you are Per's friend, he will probably call you back*,' zegt Natalia verveeld, en ineens beseft Charlie dat ze eigenlijk bijna niks van Per weet. Ze hebben een keer lang over hun opgroeien en hun respectievelijke gezinslevens zitten praten in De Paardentram, maar meer ook niet. Ze weet niets van zijn vroegere liefdesleven, ze weet niets van zijn vrienden, zijn vorige woon- en werkplekken – ja, New York en Dubai, maar dat is zo algemeen – hij zou in principe getrouwd kunnen zijn en een heel gezin kunnen hebben, ergens op de wereld, en ze zou er niks van af kunnen weten. Waar is ze in godsnaam mee bezig?

Ze grijpt in haar haar, ineens vertwijfeld, en voelt de tranen branden achter haar ogen. '*Sorry, I think I made a mistake calling this number*,' zegt ze maar snel, en voordat die Natalia met haar zwoele pinnigheid nog iets terug kan zeggen hangt ze op.

Ze gooit haar mobiel naast zich op de bank, begraaft haar hoofd in haar handen en blijft even zo zitten, terwijl de tranen tussen haar vingers door druppen. Wat is ze toch een idioot. Ze kan maar beter gaan slapen.

En dan staat ze langzaam op, pakt haar mobiel weer op – dat ding kan er tenslotte ook niks aan doen – en sleept zich langzaam en vermoeid naar haar bed.

# 36

Aloys komt op een holletje het grindpad af. 'Per, Per, ben je nog hier?' roept hij, zodra hij de tuin in is gelopen waar vroeger het huisje van Maureen stond. Het is nog maar vier dagen geleden, maar het voelt al als vroeger: de afgebrande resten zijn weg. Hij heeft die samen met zijn opa dezelfde zondag nog keurig opgeruimd, al heeft hij er wel voor zijn gevoel vijfhonderd keer voor op en neer moeten rijden in de elektrische kar. Steeds als hij zijn halfverkoolde lading in Pers grote bouwafvalcontainer had gegooid, gewoon met zijn handen – gelukkig had hij wel een paar handschoenen aan – en hij kwam weer terug, dan had zijn opa alweer een nieuwe stapel klaarliggen. Hij had het waarschijnlijk nog leuk gevonden ook, dat werken met het graafmachientje. Toen het veld netjes leeg was en de afgesloten leidingen keurig aan een paaltje boven de grond uitstaken, waren ze achter elkaar aan naar het kasteeltje gereden om de uitgebrande resten van Pers stapel bouwmaterialen van de grond te schrapen, en toen ze daar ook mee klaar waren zat de container bijna vol en begon het al donker te worden.

Ze hadden zo hard gewerkt, ze waren die avond op het eten aangevallen als een paar hongerige wolven. Er was extra veel geweest omdat Joost met Elodie en Lars feestelijk naar het pannenkoekenhuis was gegaan om te vieren dat ze samen gingen wonen. Per, die eerst had toegezegd mee te zullen eten, had allemaal berichten gekregen van die mysterieuze ex van hem, waarna hij na een kort belletje met haar op zijn motor was gesprongen om ergens in Hilversum iets met haar te gaan eten.

Rosie had meteen de kans gegrepen ze bij te praten over alles wat er verder nog was voorgevallen die middag, terwijl hij zich samen met zijn grootvader in het zweet had staan werken. Van Berg&Bos waren ze dus af. Dat was een hele opluchting. Per zou ook wel geen last meer hebben van die Ewout, wat voor hem natuurlijk ook heel prettig was, en, als klap op de vuurpijl, hoewel dat hem eigenlijk pas gisteravond – alweer tijdens het avondeten – duidelijk was geworden, is Anno Oliveira zo'n beetje van de aardbodem verdwenen.

Anno's nieuwe vriendin op het park – Aloys kan maar niet onthouden hoe die dame heet – was blijkbaar non-stop in tranen. Ze had het hele verhaal in geuren en kleuren aan Gaby verteld, de ex van Anno, en die had het, aangevuld met een flinke dosis smalende opmerkingen, weer aan Eveline verteld. En díé had natuurlijk, zodra ze de kans kreeg, zijn oma aangesproken. Die kans was gistermiddag gekomen.

Het was te erg voor woorden, vond Eveline: Anno was op zondag alleen maar even naar voren gelopen om te vragen waar die Charlie Blum nou precies woonde. Helemaal geen gekke vraag, zou je denken, want hij kende Charlie toch? Die impliciete sneer aan Rosies adres had Rosie keurig weten te pareren met het riedeltje over de wet bescherming persoonsgegevens, maar dat had niet uitgemaakt: Eveline vond waarschijnlijk dat het Rosies schuld was dat Anno zo spoorslags was vertrokken.

Rosie had gisteravond, toen deze keer wél het hele gezelschap zich om de eettafel had verzameld, het verhaal met twinkelende ogen verteld terwijl ze de deksel van een grote pan gehaktballen had gehaald.

'Speciaal voor de gelegenheid, heren, en dame – Elodie, ik hoop dat jij en Lars ook van gehaktballen houden?'

Elodie en Lars hadden het allemaal prima gevonden en iedereen, ook Aloys zelf, had aan Rosies lippen gehangen terwijl ze verder vertelde, zo smeuïg als ze kon: Anno was blijkbaar teruggekomen van de receptie, zondagmiddag, uit zijn humeur omdat hij van Rosie niet had gekregen waar hij om vroeg, en toen kreeg hij, later die middag, onverwachts een belletje. Als ze Eveline moesten geloven was hij wit weggetrokken en had hij één woord gezegd tijdens dat telefoongesprek. Dat woord was 'gehakt'. Hij had het uitgesproken als een vraag, een geschrokken vraag: 'Gehakt?!' en direct daarna had hij zijn weekendtas volgegooid met zijn spullen, zijn mobiel stukgeslagen op de rand van de tafel en daarna in de vuilnisbak gegooid, en was hij spoorslags vertrokken. Hij had niet eens afscheid genomen, hij was zo de deur uit gerend, zijn vriendin in verwarring en verbijstering achterlatend. En daarna had niemand meer iets van hem vernomen.

'Ziedaar,' had zijn oma triomfantelijk gezegd, 'de reden voor de gehaktballen! En wat ik nou het leukste vind is dat Eveline waarschijnlijk nog steeds aan het puzzelen is op de vraag hoe een telefoongesprek over gemalen vlees dit allemaal tot gevolg kon hebben.'

Ze hadden enorm gelachen, hoewel Joost toch nog even zachtjes aan een verbaasde Elodie uit had moeten leggen dat de bewuste Anno waarschijnlijk 'gehackt' had gezegd, en dat dat over zijn mobiel was gegaan. Blijkbaar had Freeks onderzoek toch ergens een alarmbelletje af laten gaan bij de bende van Németh.

Opgeruimd staat netjes, denkt Aloys nu, hoewel hij zich zelf niet zo heel opgeruimd voelt, op dit moment. Over Freek, de criminelen en het onderzoek maakt hij zich geen zorgen; hij heeft iets anders aan zijn hoofd. Iets veel dichter bij huis, en veel dichter bij zijn hart. Hij kijkt even met zijn handen in zijn zij naar het al aardig vorderende nieuwe huisje; wonderbaarlijk wat drie ervaren timmerlieden en een goede bouwtekening voor elkaar kunnen krijgen. Morgen gaat het dak erop en begin volgende week gaan de badkamer en de keuken erin. Dan zal er nog flink geschilderd moeten worden, maar binnen twee weken is het klaar voor de verhuur.

'Hé, Aloys,' hoort hij ineens achter zich, 'zocht je me?'

Per is aan komen lopen, zo te zien komt hij uit het pad dat naar het kasteel leidt. Hij heeft een waterpas van bijna twee meter op zijn schouder liggen.

'Ha,' zegt een van de bouwjongens, die enthousiast op hem toestapt en het ding van hem overneemt, 'daar kunnen we wel wat mee.'

'Is eigenlijk van de stukadoors,' zegt Per, 'dus hij moet weer terug naar het kasteel als jullie klaar zijn.'

'Check, ik breng hem zo wel terug.'

'Zet maar naast de zijdeur bij de keuken,' zegt Per, 'ik heb alle deuren op slot gedraaid. Ik zet hem straks wel weer binnen; ik neem even geen risico.'

'Check,' zegt de jongen weer, zijn hand even geheven.

'En wat kan ik voor jou betekenen?' zegt Per dan tegen Aloys. Hij ziet er, valt Aloys ineens op, nogal vermoeid uit.

'Gaat het, man?' vraagt Aloys, terwijl ze naast elkaar teruglopen naar de ingang van het park. 'Slaap je wel een beetje op dat logeerbed van dertig jaar oud?'

'In principe kan ik overal op slapen,' zegt Per, maar er blijft een ongezegd stuk zin in de lucht hangen.

'Maar...?'

Per haalt zijn schouders op. 'Ik doe geen oog dicht.'

'Komt dat door de brand?'

Nog een schouderophalen, en een stug zwijgen.

'Ik, eh, ik...' begint Aloys dan hakkelend.

'Zeg het maar,' bromt Per.

'Nou ja, ik begrijp van mijn oma dat iedereen intussen al

weet dat ik een vriend heb. Serhii, die in De Paardentram werkt…'

'Ja,' zegt Per droog, 'gefeliciteerd.'

Aloys snuift even. 'Dat zei Freek ook al, toen ik hem vertelde dat ik verliefd op hem was. Op Serhii, bedoel ik, niet op Freek natuurlijk.'

'Natuurlijk.'

Intussen hebben ze de slagboom aan het begin van het terrein bereikt. Per loopt erlangs, de laan in, en blijft dan even met zijn handen in zijn zij staan.

'Waar ga je eigenlijk naartoe?' Aloys komt naast hem staan. 'Dat is trouwens niet wat ik je wil vragen, meer iets wat zeg maar nu ineens opkomt.'

'Snap ik,' zegt Per, en hij kijkt even naar het bladerdak boven hem. 'Weet je dat ik dat dus niet precies weet? Waar ik naartoe ga. Ik weet wel wat er allemaal moet gebeuren, ik heb een plan, en tot nu toe loopt het best voorspoedig, maar…' Hij zucht diep. 'Om de een of andere reden is het op dit moment niet helemaal genoeg, dat het best voorspoedig loopt. Ik weet het ook niet precies.'

'Ik dacht dat je weer terug was naar je ex, of zoiets? Joost zei dat je vroeger met zo'n Kardashian-type ging, en dat die weer terug was bij je.'

Per schudt langzaam zijn hoofd, zijn lange haar, dat in een staart op zijn rug hangt, zwiert heen en weer. 'Ik heb één keer iets met haar gegeten. Dat was alles. Ze had gehoord dat ik deze hele toestand had geërfd, en plotseling was ik een stuk interessanter voor haar dan eerst; die vrouw zoekt echt een bepaald soort man. Ze kwam op de titel af, en ze dacht waarschijnlijk dat er een heleboel geld aan vastzat.'

'Is toch ook zo?' Aloys kijkt hem verbaasd aan. 'Je gaat me niet vertellen dat er helemaal geen geld meer bij de erfenis zat.'

'O, er is wel geld,' zegt Per met een grimas, 'en het is ook zeker genoeg om het kasteeltje weer een beetje in zijn oude glorie te herstellen, maar deze dame is niet tevreden met minder dan zeven nullen. En dat heb ik niet. Dus ze is weer weg, en daar ben ík dan weer wél heel tevreden mee.'

Aloys laat het allemaal even op zich inwerken.

'Natalia is sowieso niet degene voor mij, dat is eigenlijk helemaal geen vraag,' zegt Per, een beetje in zichzelf.

'Ja, soms weet je het gewoon, hè,' zegt Aloys zachtjes, 'als iemand degene voor je is. Heb ik dus met Serhii, hoewel ik dat echt helemaal niet aan zag komen. Ik moest er wel even aan wennen, zeg maar; ik heb nog nooit iets met een man gehad. Maar hij is het, ik weet het zeker. Anders zou ik je er ook niet mee lastigvallen, maar, eh, maar...'

'Kom op dan,' zegt Per, een beetje nukkig.

'Nou, hij belde me net, helemaal in paniek: ze moeten voor het eind van de week hun huis uit.'

'Ze wonen toch bij iemand op zo'n landgoed in het tuinhuis? Ik dacht dat ik zoiets had begrepen toen je oma er iets over zei afgelopen zondag.'

'Ja, bij Van Bickershoek van Hooglanden. Mijn oma heeft een verschrikkelijke hekel aan die vrouw omdat ze altijd zo bekakt doet, en Serhii maakte zich er ook al een tijdje zorgen over dat dat mens ineens de kolder in haar kop zou krijgen en dat ze eruit zouden moeten, maar nu is het dus ook echt zover. En mijn oma heeft wel meteen gezegd dat ze in een huurhuisje zouden kunnen als de nood aan de man was, maar ik heb even gekeken: alles zit vol de komende tijd. We hebben één weekendje open, maar daar schiet natuurlijk niemand iets mee op. Mijn oma zei ook dat jij misschien... Nou ja, dat je had gezegd dat ze misschien in het kasteeltje zouden kunnen?'

'Ja, dat heb ik inderdaad gezegd,' zegt Per, een bezorgde frons boven zijn ogen, 'maar ik heb nog helemaal niks aan faciliteiten. Ik heb een kraan, ik heb voor mezelf even zo'n piepklein

Ikea-keukenblokje van vijfhonderd euro neergekwakt, met twee losse inductiekookplaatjes erop en een koffiezetapparaat en een waterkoker, en ik heb een klein koelkastje en Freeks nooddouche neergezet. Zelf hou ik het wel even uit zo totdat ik de boel beter kan regelen, maar dat heeft me ook de afgelopen dagen gekost, om het allemaal zo te krijgen. Ik heb ruimte zat in het kasteel, maar ik kan natuurlijk niet ineens een behoorlijk appartement met alles wat ze nodig hebben uit mijn hoge hoed toveren, hoe minimalistisch ook.'

'Nee, snap ik,' zegt Aloys somber. 'Maar ik kan je helpen; we hebben nog een paar dagen. Ze zijn helemaal in paniek, Serhii zat zowat te huilen aan de telefoon, en ik hoorde zijn moeder ook huilen op de achtergrond. Ik kan toch niet niks doen? Straks vertrekken ze ineens naar weet ik veel waar, dat kan toch niet?'

Aloys slaakt een zucht die vanuit zijn tenen lijkt te komen en knippert met zijn ogen; als hij zich probeert voor te stellen dat Serhii ineens uit zijn leven zou verdwijnen, voelt ook hij de tranen branden. Ineens kan hij ook wat meer medeleven opbrengen voor die arme vrouw die dacht dat ze een relatie had met die Anno Oliveira; wat een verschrikking moet het voor haar zijn. Misschien moet hij in de loop van de dag even bij haar langslopen voor een praatje, gewoon uit vriendelijkheid.

'Nou ja, de grote keuken beneden werkt dus nog wel,' zegt Per, 'ik heb laatst dat enorme houtfornuis aangestoken. Ik had het een beetje schoongemaakt, de schoorsteen gecheckt, en ik was nieuwsgierig.'

'Toch niet je schoorsteen met die ooievaars erop, hè?' vraagt Aloys maar snel een beetje grappend.

'Nee, de keuken heeft een heel eigen rookkanaal, ben ik achter gekomen. En dat is ook wel logisch, anders zou het door het hele kasteel naar eten ruiken als je dat fornuis in gebruik hebt. Maar goed: dat ding werkt dus nog, het is alleen denk ik van voor de Eerste Wereldoorlog. En de kraan beneden doet het ook nog. Alleen is er geen wc. Ja, er is er in theorie wel een, ook van voor de Eerste Wereldoorlog, gok ik, maar ik zal moeten uitzoeken hoe het komt dat er geen water door de leiding stroomt. Misschien zit er ergens een lek, of een afsluitkraan die ik nog niet heb gevonden.'

'Misschien weet mijn opa dat wel,' zegt Aloys, ineens enthousiast, 'die is natuurlijk als jongen wel al in het kasteel geweest. Wie weet! En als het zo simpel zou zijn...?'

'Ja, van mij mogen ze zo in het souterrain gaan wonen; er zijn daar een stuk of vier ruimtes, best grote ook, naast de keuken. Volgens mij waren die voor de bedienden, hun eetkamer en hun zitkamer en zo. Ik weet dat niet precies.'

'Misschien weet Serhii's moeder het wel, volgens hem weet ze heel veel van geschiedenis.'

'Ze werkt toch in de supermarkt?' Per geeft hem een verbaasde blik.

'Ja, nou? Dat is meer omdat ze toch iets moet doen, niet omdat ze verder niks weet.' Aloys fronst.

'Sorry,' zegt Per meteen, 'je hebt natuurlijk helemaal gelijk.'

'Serhii heeft me juist verteld dat vroeger, in Oekraïne, zijn moeder zo'n beetje in haar eentje een museum runde. Ze heeft geen kunstgeschiedenis gestudeerd of zo, ze is gewoon enorm geïnteresseerd, en blijkbaar is ze ontzettend goed in dingen regelen.'

'Misschien kan ze me dan wel helpen met het kasteel,' zegt Per ineens. 'Ik had zo'n vaag idee dat ik die schilderijen van Charlies oom, die nu daar op zolder staan, beneden op wil hangen als een soort tentoonstelling, en dat ik dan misschien wat van de kunst van mijn vader erbij kan doen, al heeft die wel een heel andere stijl, en dan kan het gebouw ook iets van een maatschappelijke functie krijgen. Freek wees me daarop, dat dat belangrijk is. Ik vind het wel een mooi idee, maar ik was er nog totaal niet aan toegekomen om het verder uit te werken; ik heb op dit moment zo veel aan mijn hoofd.' Per is nu degene die fronst.

'Snap ik,' zegt Aloys, zijn hart al een stuk lichter. 'Maar, dus: kan ik Serhii bellen om te zeggen dat ze hier terecht kunnen, als we de watertoevoer van de wc goed krijgen?'

Per kijkt hem even aan. 'Bel maar. We regelen het wel; we gaan die mensen ook niet zomaar in de kou laten staan. En huur ook maar een bus, ik betaal wel, dan kunnen we ze voor mijn part meteen morgen ophalen, met spullen en al. Ik kan wel een beetje iets goeds gebruiken, en zij natuurlijk al helemaal.'

—

Per gaat zitten op het lage muurtje dat de verwilderde kruidentuin van het kasteel scheidt van de toegangsdeur die direct naar de keuken leidt. Het late middagzonnetje schijnt vriendelijk, de lavendel die in de loop der tijd zeker een kwart van de kruidentuin heeft gekoloniseerd bloeit al een beetje en hij kan de lekkere, zepige geur ruiken. Ergens hoog boven hem hoort hij een ooievaar klepperen; binnenkort zullen de eieren wel uitkomen.

Hij voelt zich betrekkelijk goed, voor het eerst in dagen, eigenlijk: blij dat hij Aloys' vriend en diens moeder zo eenvoudig een dienst heeft kunnen bewijzen. Henk wist meteen wat er moest gebeuren, het kraantje was zo gevonden en opengedraaid en de wc in het souterrain werkt weer naar behoren; als het een half uurtje werk was geweest, was het veel.

Aloys was direct daarna in de auto gesprongen om Serhii en zijn moeder op te halen zodat ze even rond konden kijken, en Per had, enigszins verontschuldigend, uitgelegd dat hij behalve ruimte nog niet zo veel te bieden had, maar dat hij van plan was om in het souterrain van het kasteel een modern appartement voor ze aan te leggen, mochten ze er interesse in hebben.

Interesse hadden ze; Serhii was op en neer gesprongen van pure vreugde en had eerst Aloys omhelsd, en daarna zijn moeder, en daarna na een minieme aarzeling Per ook maar gewoon. Serhii's moeder, die Aranka bleek te heten, had stilletjes gehuild van opluchting. Ze had geen bezwaar tegen het houtgestookte fornuis, en ook niet tegen de nooddouche; ze had nergens bezwaar tegen en ze had Per betraand en in Engels met een zwaar accent toevertrouwd dat ze zo blij was dat ze niet weg hoefden uit de buurt, net nu haar zoon Aloys had gevonden, dat ze hem wel zou kunnen zoenen.

'Mag best,' had Per gezegd, en voor hij het wist had hij twee vochtige smakkerds op zijn wangen te pakken. Zijn voorstel om een soort huurcontract op te stellen wees ze bijna beledigd van de hand: hij was meneer de baron, begreep ze van haar zoon, en ze vertrouwde hem. En toen had Aloys Serhii en Aranka weer meegenomen om met ze af te spreken hoe ze de verhuizing precies aan zouden gaan pakken.

Per grimast even tegen de laaghangende zon in. Het is blijkbaar helemaal niet zo moeilijk om iets goeds te doen voor iemand anders, en het maakt dat hij zich een stuk minder leeg voelt dan de afgelopen dagen. Als de verhuizing eenmaal voor elkaar is, en Serhii en Aranka hebben een beetje hun draai gevonden, dan zal hij wel eens een praatje met Aranka maken over zijn idee om de schilderijen tentoon te stellen in de grote ruimtes van het kasteel beneden, en haar vragen of ze hem wil helpen om dat allemaal een beetje behoorlijk te organiseren. Het kasteel is eigenlijk te klein voor een museum en te groot voor een galerie; hij heeft geen ervaring met tentoonstellingsruimtes en wat er verder nog bij komt kijken. Zou hij er toegang voor kunnen vragen? Wie had ook alweer gezegd dat er dan eigenlijk ook iets van horeca bij moest?

Hij kijkt opzij; in een hoek van de kruidentuin staat een verweerd ijzeren staketsel van iets wat waarschijnlijk ooit een soort plantenkas of een kleine oranjerie is geweest. Misschien kan hij dat schoonmaken en restaureren. En dan die tuin ook op laten knappen, dan is er vast wel een soort barretje met een terras in te maken, of zoiets. Niet te groot, maar passend bij het formaat van het kasteel en de tentoonstellingsruimte.

Ja.

Zo gaat hij het doen. Eerst zorgen dat zowel hijzelf, op de bovenverdieping, als Serhii en zijn moeder in het souterrain, er comfortabel kunnen wonen, en dan nette tentoonstellingsruimtes inrichten op de begane grond, en dan dat ding in de tuin opknappen...

Er klinkt opnieuw geklepper vanaf het dak, en hij knijpt zijn ogen even samen als hij omhoog kijkt. Een goed plan hebben is altijd belangrijk. Het is iets om je aan vast te kunnen houden, zegt hij tegen zichzelf, en dan dringt toch die vraag zich weer naar voren waardoor hij nu al een paar nachten wakker heeft gelegen.

Waarom heeft ze hem nou niet teruggebeld?

Hij was even naar de wc geweest toen ze had gebeld, terwijl hij met Natalia in dat stomme restaurant in Hilversum had gezeten. Het was een ongemakkelijke avond geweest; het had hem verbaasd hoe weinig hij zich tot Natalia aangetrokken voelde nu hij zo onverwachts tegenover haar zat. Ze was heel mooi, heel goed verzorgd, alles aan haar schreeuwde 'duur', maar tegelijk vond hij haar volkomen nep. Fake. Kunstmatig, en dat had precies het tegenovergestelde effect als wat Natalia voor ogen moest hebben gestaan: hij vond haar eigenlijk gewoon onaantrekkelijk. En het was nog erger geworden toen ze, verrassend onomwonden, had bevestigd wat hij al vermoedde: ze had op de een of andere manier lucht gekregen van het feit dat hij een erfenis had gekregen, en dat er bij die erfenis ook een titel hoorde. Hoe ze dat wist snapte hij niet, maar ze had alwetend gelachen, een beetje aanstellerig in haar keel, en hem ervan verzekerd dat zulke dingen 'in het circuitje' nooit onopgemerkt bleven.

En toen had Charlie hem dus gebeld. Had hij zijn mobiel maar meegenomen naar de wc, verdorie. Natalia had hem ervan verzekerd dat Charlie terug zou bellen, en ze had hem op de een of andere manier, hij kon zich op dit moment niet eens meer voor de geest halen hoe, weten over te halen om niet meteen zelf terug te bellen.

Hij had zich waarschijnlijk nogal schuldig gevoeld. Hij kon het nu wel aan zichzelf toegeven: hij had zich schuldig gevoeld dat hij Natalia ineens zo onaantrekkelijk vond, terwijl ze toch zichtbaar zo haar best zat te doen. Hij had niets liever gewild dan opstaan en het restaurant uit rennen en Charlie terugbellen, maar in plaats daarvan was hij blijven zitten en had hij de avond afgemaakt op een voor zijn gevoel zo beschaafd mogelijke manier. Hij had rustig aan Natalia uitgelegd dat hij dan inderdaad wel een titel, een kasteel en een niet onaanzienlijke som geld had geërfd, maar dat dat allemaal in het niet viel bij wat zij zich erbij voorstelde. Een paar foto's op zijn mobiel van de verbouwing van het kasteel temperden haar enthousiasme al aardig, en toen hij heel eerlijk vertelde hoe groot het bijbehorende fortuin was, had ze haar teleurstelling eigenlijk niet echt meer kunnen verbergen. Het diner was snel voorbij, tot zijn opluchting, maar toen hij eenmaal op de motor was teruggereden naar het kasteel en hij op de rand van zijn van Rosie en Henk geleende logeerbed zat, had hij zich er niet meer toe kunnen brengen om Charlie te appen.

Hij had niets meer; op zijn motor, zijn laptop en wat kleding na was alles om hem heen geleend. Hij moest zo ontzettend veel regelen, hij had helemaal geen tijd voor...

Nou ja, voor...

Voor een vrouw in zijn leven. Voor Charlie, voor...

Hij staat op van het muurtje, strekt zich even uit tot zijn volle lengte en ademt hard uit door zijn neus. Hij krijgt de gedachte nog steeds bijna niet gedacht, maar hij zal er toch aan moeten geloven, want hoewel hij heeft geprobeerd het allemaal voor zich uit te schuiven moet hij eigenlijk aan zichzelf toegeven dat dat ontzettend slecht is gelukt.

Voor een vriendin. Charlie, zijn vriendin. Daar heeft hij geen tijd voor, maar waarom kan hij dan niet stoppen met aan haar denken? En waarom heeft ze hem niet nog een keer geappt? Of gebeld? Natalia zei dat ze dat zou doen, en hij heeft niks van zich laten horen, maar zij ook niet.

Hij heeft geen oog dichtgedaan, hij bleef maar aan haar denken, of hij nou wilde of niet. Had hij dan wel moeten bellen? Had zij moeten bellen? Is hij boos? Teleurgesteld? Ongelukkig? Hij ijsbeert heen en weer langs het muurtje en weet het eigenlijk zelf ook niet, hij kan nauwelijks benoemen hoe hij zich voelt, het enige wat hij zeker weet is dat de tevredenheid en rust die hij even voelde bij de gedachte dat hij Serhii en zijn moeder heeft kunnen helpen, niet lang heeft geduurd.

Hij mist haar gewoon, dat is het. Hij wil eigenlijk de dingen die hij zich heeft bedacht met haar bespreken, hij wil samen met haar het ooievaarsnest in de gaten houden, hij wil, hij wil...

Hij grijpt in zijn haar boven op zijn hoofd en trekt eraan; hij wordt er niet goed van. Wat moet hij nou beginnen?

Hij hoort een auto de oprijlaan op komen en loopt langs het kasteel naar de voorkant, waar het voor de hoofdingang nog een rommeltje is. Er ligt alweer een nieuwe lading bouwmateriaal, al moet hij nog de nodige verzekeringspapieren doorwerken om de financiële schade van de brand een beetje te beperken. De grond is omgewoeld door Henks graafmachientje; er zijn overal bandensporen, er staat een nieuwe, lege bouwcontainer en de stukadoors hebben zakken stuc, speciekuipen en allerlei gereedschappen achtergelaten. Aloys komt de voorplaats op hobbelen in Henks oude auto, zet hem dwars neer, gooit de deur open en springt eruit.

'Geweldig, man!' roept hij enthousiast. 'Je wilt niet weten hoe blij je ze hebt gemaakt. En mij dus eigenlijk ook, hè?'

'Mooi,' bromt Per.

'Jij ziet er een stuk minder blij uit. Moe, zie je eruit; ik zei het al eerder. Je weet dat je met me kunt praten als er iets is, hè?'

Per haalt zijn schouders op. 'Ik weet het gewoon niet.'

'Wat?'

'Ja, dat weet ik dus niet.'

'Moet ik je met rust laten?' Aloys loopt op hem af en legt even een hand op zijn schouder, en dat vriendelijke gebaar geeft Per een vreemde steek door zijn hart. Hij weet het ineens zeker; hij is al lang niet meer de Per die volledig ongebonden is, die kan gaan en staan waar en wanneer hij maar wil, die zijn onafhankelijkheid bewaakt alsof het zijn kostbaarste bezit is. Hij is met handen en voeten gebonden aan deze plek, aan het kasteel, het bungalowpark, alles wat erbij komt kijken, en nog veel belangrijker, aan deze mensen. Aan Aloys, die een vriend is, en Joost, ook een vriend, en Rosie en Henk, die intussen meer aanvoelen als een soort reserve-ouders dan als mensen die bij hem in dienst zijn. Hij is verantwoordelijk voor hun welbevinden, en nu heeft hij zomaar de verantwoordelijkheid voor Serhii en zijn moeder er ook bij genomen, zo, zonder erover na te denken... En Freek is eigenlijk ook wel een vriend geworden, het is fijn om iemand in de buurt te hebben die een beetje in dezelfde situatie zit als hij, en Freeks vrouw vindt hij ook ontzettend aardig, en... Hij wil hier helemaal niet meer weg. Hij wil hier nooit meer weg; hij wil het hier opbouwen en tot een succes maken, een plek waar iedereen gelukkig en veilig is.

Veilig.

Bij dat woord kan hij er echt niet meer omheen, en hij brengt krakend uit: 'Charlie.'

'Heb je niks meer van haar gehoord?' Aloys werpt hem een verbaasde blik toe.

'Ze heeft me zondagavond nog gebeld, maar toen zat ik in dat restaurant met Natalia. Ze belde net toen ik even naar de wc was. Natalia zei dat ze zeker terug zou bellen, en toen later...'

'En nou heb jij niet gebeld, en zij ook niet, zeker?'

Per knijpt even zijn ogen stijf dicht en haalt een hand over zijn gezicht. 'Zoiets, denk ik, ik weet het niet precies.'

'En jij doet dus geen oog dicht omdat je de hele tijd aan haar zit te denken?'

'Ik voel me nogal stom om daar ja op te moeten zeggen,' mompelt Per van achter zijn hand.

'Weet je hoe lang ik heb geaarzeld voordat ik eindelijk een keer contact zocht met Serhii? Was nog in *Fortnite* ook, hoe onromantisch wil je het hebben. En daarna heb ik ook nog gigantisch getwijfeld of ik hem wel thuis kon uitnodigen. Maar ja, toen eenmaal duidelijk was wat we voor elkaar voelden, toen sloeg ik mezelf natuurlijk voor de kop dat ik niet gewoon meteen had gedaan wat ik eigenlijk wilde.'

'Dus, eh,' zegt Per, 'wat zeg je nou precies tegen me?'

'Dat je haar moet bellen, sukkel. Of op die motor van je moet klimmen en gewoon meteen bij haar langsgaan. Dat is toch een stuk leuker dan dat je elkaar moet opzoeken in *Fortnite*, of all places?'

'Ik heb haar nummer wel,' zegt Per zachtjes, 'maar het stomme is dat ik niet eens precies weet waar ze woont. Zo ver zijn we nog niet gekomen; ik heb haar alleen hier gezien.'

'Maar je weet dat zij het is. De ware, bedoel ik.'

Per aarzelt even, maar knikt dan toch. 'Ja, eigenlijk wel. Ik kan het wel blijven ontkennen, ook voor mezelf, maar dat helpt geen donder. Ik wist het eigenlijk al vrij snel, maar ik heb me echt als een idioot gedragen bij haar. Ik heb me heel erg teruggetrokken, ik heb, nou ja, ik kan me goed voorstellen dat ze geen idee heeft van hoe ik me over haar voel.' Hij schudt langzaam zijn hoofd en kijkt naar zijn tenen. 'Wat een dweil ben ik ook.'

'Nou, ja, met dat adres kan ik je natuurlijk wel even helpen,' zegt Aloys met een ondeugende grijns. 'Kijk, mijn oma zou het je waarschijnlijk niet geven, want die is na die hele toestand met Anno Oliveira nog wel tien keer zo voorzichtig geworden met de persoonsgegevens, maar í-hik...' Hij wiebelt met zijn wenkbrauwen.

'Wat ga je dan doen, inbreken in de computer?'

'Welnee. Niet inbreken, inloggen! Ha, kom mee, het wordt tijd dat ik je mijn gamekelder laat zien. Ik ben de onbezoldigde ICT'er van onze familie, dus ik heb er natuurlijk voor gezorgd dat ik vanuit mijn mannenhol overal bij kan. Ik ga niet achter dat raam van de receptie zichtbaar voor iedereen op dat lullige beeldschermpje een beetje systeemonderhoud zitten plegen, wat dacht jij! Kom je mee dan?' Aloys loopt naar de auto en stapt weer in, en Per zegt 'moment', beent met lange passen terug naar de zijdeur, draait die zorgvuldig op slot, beent weer terug naar de auto en vouwt dan zijn lange lijf in de bijrijdersstoel.

# 37

Charlie wast haar bord en de twee kleine pannen die ze heeft gebruikt om haar avondeten mee te koken met de hand af. Ze vindt het verspilling om voor zo weinig afwas de vaatwasser te laten draaien en het klusje heeft wel iets meditatiefs. Hoewel ze eigenlijk, als ze heel eerlijk is, iets te veel meditatieve klusjes heeft op het moment; de afgelopen dagen heeft ze nauwelijks contact gehad met andere mensen. Twee keer heeft ze gebeld met vrouwen die ze kent vanuit haar werk en die ze vroeger in de Sander-tijd vriendinnen had genoemd, maar met wie ze eigenlijk verrassend weinig gemeen heeft. Ze heeft nog meer gehad aan de appjes die ze af en toe heeft uitgewisseld met Elodie. Het gaat goed met haar, gelukkig, en met Lars ook; ze zijn druk bezig om het huis van Joosts grootouders bewoonbaar te maken en in de tussentijd zitten ze met z'n drieën in het vakantiehuisje. Gaat prima, schreef ze, met een blozende emoji erachter.

Charlie is blij voor haar. Echt waar. En voor Joost en Lars is ze ook blij. Maar verdrietig is ze ook: het zet haar eigen situatie wel in een scherper licht.

Per heeft niet teruggebeld.

Natalia had blijkbaar gelijk: het is ook idioot dat Per met iemand als zij… dat ze dan… Nou ja, wat is er ook helemaal gebeurd? Ze hebben een paar keer gezoend en ze heeft een paar uur in zijn armen geslapen, en het voelde dan wel heel echt, alsof het zo hoorde en zo, maar waarschijnlijk heeft ze het zich allemaal ingebeeld. Ze heeft de gedachte al eerder gedacht, maar ongevraagd dient hij zich nog een keer aan: misschien had Sander gewoon wel gelijk. Is ze een vastklamper, een soort emotionele teek die zich ingraaft in een partner, of in het geval van Per zelfs ook maar een mogelijke partner, en hem dan langzaam maar zeker leegzuigt.

Ze geeft zichzelf de rillingen met dat beeld. Nee, dat is ze niet, ze weet het zeker. Maar waarom kan ze dan toch niet stoppen met denken aan Per? De momenten dat het goed was, met hem, toen was het ook echt goed, ze weet het zeker. Waarom is het dan zo onmogelijk om daar meer van te hebben? Waarom heeft hij haar nou niet gewoon teruggebeld?

Ze zucht, zet koffie voor zichzelf en installeert zich op de bank. Er zijn iedere avond eindeloze herhalingen van *Friends* en ze kan zich er nu even helemaal in verliezen; die mensen zijn nooit alleen, die hebben elkaar. Ze zou bijna kunnen geloven dat ze naar echte mensen kijkt in plaats van naar een stelletje goed op elkaar ingespeelde acteurs.

Als haar koffie op is wordt ze een beetje slaperig; ze heeft de afgelopen dagen ook wel erg hard gewerkt. Alle papieren van oom Benno die ze nog niet had bekeken zijn intussen wel bekeken, en afgehandeld als er nog iets af te handelen viel. Ze heeft zijn rekeningen opgeheven en alles wat door moet lopen op haar naam gezet, ze heeft het hele huis van onder tot boven schoongemaakt en opgeruimd, ze heeft oom Benno's werkruimte helemaal uitgeruimd en ze heeft voor al zijn schilderspullen een bestemming gevonden bij de kunstacademie, die er graag gebruik van wil maken om er lessen mee in te richten over de verschillende schildertechnieken die oom Benno toepaste.

De schilderijen die er nog stonden staan nu in een keurig pakket tegen de muur in de woonkamer: er zijn er drie niet af, vijf ongevernist en de rest is gereed werk; negentien stuks in totaal. En een grote stapel schetsen; ze heeft er een enorme opbergmap voor gekocht. Dat moet eigenlijk allemaal naar het kasteel, om herenigd te worden met de stapel die Per op zolder heeft staan, maar ja.

Hij belt niet.

Zij belt ook niet. Hij zal wel weer met die Natalia samen zijn, en het druk hebben met alles wat er na de brand is gebeurd. Ze weet dat ze hem ooit zal moeten bellen, al is het misschien maar om de schilderijen die er bij hem op het kasteel staan weer terug te halen, als dat uiteindelijk de uitkomst is, maar ze durft niet.

Ze wil eigenlijk niets liever, maar ze durft gewoon niet, een idiote spagaat van hart en hoofd waar ze maar niet uit komt, al ligt ze nu al dagen 's nachts zo te woelen en te piekeren dat ze nu, om een uur of half tien en na een kop koffie, haar ogen voelt dichtzakken.

Ze geeft er maar gewoon aan toe en trekt de dikke, oude gehaakte deken die netjes opgevouwen op de rug van de bank ligt over zich heen; ze past net van kruin tot voeten tussen de armleuningen en de bank van oom Benno is een beetje ingezakt van ouderdom, maar tegelijk ook heerlijk zacht, bijna als een omarming van een geliefde...

—

Iets doorboort de droom van misschien wel de eerste betrekkelijk vredige slaap sinds afgelopen zondag. Een geluid dat te hard is om bij haar warrige droom te horen. Ze zoekt iets in die droom, ze kan het niet vinden maar ze weet dat ze moet blijven zoeken, en daar is het geluid weer, langer nu. Dringender.

Drinnnggg.

Dring?

Ze schiet overeind, half verstrikt in de deken; ze voelt de kreukels van de kussens van de bank in haar gezicht staan. Was dat nou de deurbel? Het is buiten al donker; ze heeft geen licht aangedaan, alleen de televisie staat nog aan, maar blijkbaar heeft ze het geluid uitgezet, en de gordijnen zijn ook nog open.

Buiten staat een motor; niet zo'n glanzende buikschuiver maar een soort antiek model.

Drinngg!

Ze probeert haar voeten te bevrijden uit de deken terwijl ze opstaat, valt daarbij nog bijna op haar snufferd, struikelt naar de voordeur, rukt hem open.

Daar staat Per, met zijn helm onder zijn arm en een strakke trek om zijn mond, die meteen verzacht in een glimlach als hij haar ziet. 'Was je in slaap gevallen voor de televisie?' vraagt hij zachtjes.

Ze kan alleen maar knikken.

'Ik was bang dat je niet thuis was, maar ik zag door het raam wel aan het licht dat de tv nog aan stond. Ik, eh...' Hij kijkt naar zijn voeten.

'Hoe, hoe laat is het?' Haar stem kraakt raar en ongebruikt, ze moet haar keel schrapen om hem weer een beetje normaal te laten lijken, maar dan nog klinkt hij haar vreemd in de oren. 'Hoe kom je nou ineens hier?'

'Op de motor,' zegt Per, met een snelle blik opzij. 'Staat hij zo goed?'

'Ik denk het wel,' zegt ze, 'maar we kunnen hem ook in de garagebox zetten, dan moet ik alleen even de auto van mijn vader eruit halen. Het is wel een klein stukje lopen...'

Hij schudt zijn hoofd. 'Te veel gedoe.'

Ze kijken naar elkaar. Lang; het is tegelijk ongemakkelijk en volkomen noodzakelijk.

'Wil je me nog wel spreken?' vraagt hij dan uiteindelijk.

'Ben je niet met die Natalia?' vraagt ze terug.

Hij schudt zijn hoofd. 'Ik ben wel heel stom bezig geweest,' zegt hij, 'ik kan dit allemaal niet zo goed.'

Ze haalt haar schouders op. 'Kom je binnen?'

'Als het mag.'

'Ik kan je toch niet op de stoep laten staan?'

'Zou je best kunnen doen, hoor,' zegt hij, als hij achter haar aan naar binnen stapt. 'Aloys heeft me je adres gegeven. Vind je dat niet erg?'

Ze schudt haar hoofd, ze weet gewoon niet wat ze moet zeggen nu ze de deur achter hem dichtdoet en hij levensgroot in de hal staat.

Hij legt de helm voorzichtig op de grond onder het haltafeltje en ritst zijn motorjack open.

'Per, ik...' begint ze.

'Ja, ik ook,' zegt hij meteen, met een gepijnigde grimas. 'Ik ben zo'n stomkop geweest, Charlie, ik had je gewoon meteen moeten laten weten hoe ik me over je voel, ik weet ook niet waarom ik nou steeds zo... me terugtrok, of niks zei, ik kan dit gewoon niet goed, ik heb geen oog dichtgedaan de afgelopen dagen, er is ontzettend veel gebeurd, ik moet het je allemaal nog vertellen, eh...' Leeggelopen stopt hij met praten.

'Ik heb ook slecht geslapen,' zegt ze. 'Ik durfde je niet te bellen, ik dacht dat je met die Natalia was, en zij zei dat jij me wel terug zou bellen, dus...'

Hij fronst. 'Tegen mij zei ze dat jij mij terug zou bellen.'

'Je bedoelt...' zegt Charlie, haar wenkbrauwen opgetrokken, 'dat we op elkáár hebben zitten wachten?'

'Blijkbaar,' mompelt hij. 'O, nou voel ik me helemaal stom, zeg. Ik heb niks met Natalia, ik heb alleen iets met haar gegeten omdat ik vond dat ik niet helemaal niets kon doen als ze speciaal voor mij naar Nederland was gekomen, maar ik zag meteen dat ik eigenlijk niks voor haar voel. Nooit gedaan ook; ik was een tussendoortje voor haar en zij denk ik uiteindelijk ook voor mij. Verleden tijd. Ik heb, nou ja, eh...' Hij gebaart onhandig tussen Charlie en hemzelf.

Ze knikt, ze heeft het gevoel dat ze haar hoofd er bijna af zou kunnen knikken, zo hard wil ze knikken. 'Ik ook, Per,' zegt ze, en dan ineens voelt ze een glimlach opkomen. 'Per abuis, hè?'

'Nou, dat kun je wel stellen,' zegt hij hartgrondig, en dan strekt hij zijn armen naar haar uit om haar tegen zich aan te trekken.

Ze laat het gebeuren, voelt zich zacht en warm worden in zijn omhelzing en leunt verzaligd tegen hem aan. Hij snuffelt aan haar haar.

'Je haar zit heel idioot van het slapen,' mompelt hij tegen haar hoofdhuid, 'maar dat vind ik dus heel lief.'

'Je bent zelf lief,' zegt ze in zijn T-shirt tegen zijn borstkas.

'Ik wil je zoenen,' zegt hij, en dan heft ze haar gezicht naar hem op.

Hoe lang ze zo staan weet ze niet precies; hij werkt zich al zoenend uit zijn motorjack, dat achter hem op de grond valt, en dan voelen ze aan elkaar, handen onder shirts, over zachte warme ruggen, totdat ook die shirts uit moeten.

'Wacht even,' zegt Charlie, 'ik moet de gordijnen nog dichtdoen.' Ze verdwijnt even snel de woonkamer in terwijl ze haar shirt weer aantrekt. En daarna pakt ze Per bij de hand en trekt hem mee naar boven, naar de slaapkamer, terwijl zijn motorjack als een verweesd bergje achterblijft in de hal.

—

Per opent langzaam één oog. Hij heeft ontzettend lekker geslapen. Hij heeft ook ontzettend lekker gevreeën, met Charlie, die naast hem nog glorieus ligt te slapen. Volledige overgave, hij kan niet anders dan glimlachen. Ze voelt zich veilig bij hem, hij weet dat omdat ze nog zachtjes hebben gepraat toen ze eenmaal de ergste urgentie eraf hadden gevreeën, en ze hem heeft verteld dat hij haar het gevoel geeft dat ze zo miste sinds haar ouders zijn overleden. Het gevoel bij iemand te horen.

Hij voelt zich ook zo, hij voelt zich ook veilig bij haar. Veilig en vertrouwd, hij kan zichzelf bijna wijsmaken dat het altijd al zo is geweest. Bizar, alsof hij heel zijn leven een gat met zich mee heeft gedragen waar Charlie precies in blijkt te passen. Die tevredenheid, die vervuldheid die hij nu voelt is met geen pen te beschrijven, en toch probeert hij het, probeert hij er woorden voor te vinden in zijn nog een beetje slaperige brein, totdat hij het met een glimlach opgeeft als Charlie zich omkeert en met haar warme, zachte lijf tegen hem aan rolt.

Ze doet haar ogen open. 'Ik dacht even dat ik het had gedroomd,' zegt ze slaperig. 'Ik heb de afgelopen dagen een paar keer van je gedroomd en dan was het iedere keer zo naar als ik weer wakker werd en je was, nou ja...'

'Er niet,' zegt hij. 'Nu ben ik er wel. En ik ga niet meer weg.'

'Ook niet terwijl je er eigenlijk wel bent?'

'Misschien krijg ik af en toe nog wel die neiging; ik weet niet of ik dat zo in één keer af kan leren, maar dan moet je het gewoon tegen me zeggen, en dan beloof ik dat ik, eh... ermee ophou?'

'Goed,' zegt Charlie, 'en wat een zelfinzicht op de vroege morgen, ik zou je bijna Per Spicacious noemen.'

'Engelse woorden tellen niet,' bromt hij, terwijl hij een arm om haar heen slaat. 'Wil je nog een keertje met me vrijen?'

'Volgens mij wil ik nog een heleboel keer met je vrijen,' zegt ze met een stralende glimlach.

'Ik moet tussendoor wel even bijkomen,' zegt hij. 'En misschien ook iets eten.'

'Moet je vandaag nog ergens naartoe, of iets doen?' Ze geeft hem een ondeugende blik.

'Ik moet nog een enorme hoeveelheid dingen,' zegt Per,

‘maar ik denk dat er niks gebeurt als ik die even één dag uitstel.’

Ze geeft hem een zacht, veelbelovend kusje op zijn lippen. ‘Zullen we er dan morgen mee beginnen?’

‘Ja,’ zegt hij, nadat hij haar een kusje terug heeft gegeven. ‘Morgen.’ Nog een kusje. ‘Morgen gaan we eraan beginnen.’

‘Wat moeten we dan allemaal doen?’ zegt ze, met een lieve glimlach en een klein beetje extra nadruk op dat ‘we’.

‘Nou,’ zegt hij – weer een kusje – ‘het leven.’

En na nog een heel lange, lekkere en steeds warmer wordende kus rolt Charlie op haar rug terwijl ze hem meetrekt en mompelt ze in zijn oor: ‘Goed.’

En dat is het ook.

—

Ruim drie maanden later kijkt Per tevreden uit over de groepjes mensen in de nu volledig heringerichte kruidentuin. Ze zitten aan kleine marmeren tafeltjes op van die Franse terrasklapstoeltjes met een kop thee of een glas fris, of een stukje taart, gebakken en met veel flair geserveerd door Serhii.

De lavendel geurt nog steeds heerlijk – al neemt die niet meer zo’n groot stuk van de tuin in beslag – en wordt nu geflankeerd door peterselie, salie, rozemarijn en tijm, en allerlei andere keukenkruiden die hier werkelijk fantastisch groeien en bloeien.

Het komt niet door hem dat de kruidentuin er intussen zo florissant bij staat, maar door Elodie, die zich de afgelopen tijd, zodra ze een beetje behoorlijk geïnstalleerd was met Joost en Lars in het huis van Joosts grootouders, volledig heeft gestort op het groen rondom het kasteel. Ze heeft hem ontzettend veel werk uit handen genomen door alles te regelen met het hoveniersbedrijf dat hij in dienst heeft genomen, zodat hij zich volledig kon richten op de bouwkundige vraagstukken van zowel het kasteel als de nieuwe huisjes die intussen verrijzen op het bungalowpark.

Charlie heeft het binnenwerk voor haar rekening genomen: de huisjes die bestemd zijn voor de verhuur hebben een eenvoudige maar verwelkomende inrichting en de tentoonstellingsruimtes in het kasteel zijn smaakvol ingericht, met tekstbordjes en verstandige belichting. Haar ervaring als styliste is ontzettend waardevol; Per weet zeker dat hij het nooit zo mooi had gekregen als hij al die details zelf had moeten bedenken, en hij is daarnaast ontzettend blij met de hulp van Aranka bij het organiseren van wat er allemaal nodig is om een tentoonstelling toegankelijk te maken voor betalend publiek.

En nu is de tentoonstelling daadwerkelijk open. Het is het tweede weekend en de toeloop is veel groter dan hij had verwacht. Er staan zelfs in de loop van de dag af en toe rijen, maar Aranka, die zichzelf voor nu maar even heeft opgeworpen tot chef deurbeleid, is streng: niet meer dan twintig mensen tegelijk naar binnen. Anders kun je niet van de schilderijen genieten, en dan is er ook geen toezicht meer te houden. Charlie speelt voor zaalwacht en vertelt af en toe iets bij de schilderijen als dat zo te pas komt; bezoekers vinden het allemaal ontzettend leuk wanneer ze ontdekken dat zij het nichtje van Bernard Blum is.

Alleen in het weekend is de tentoonstelling open, en dat wil Per voorlopig ook even zo houden. Op weekdagen wil hij zijn aandacht op de renovatie van de rest van het kasteel kunnen richten – aan de zolder moet hij nog helemaal beginnen, maar hij wacht, vanwege de herrie, totdat de ooievaarsjongen zijn uitgevlogen – en op de vernieuwingen in het park. Er staan al vier nieuwe huisjes; het eerste huisje hebben ze Maureen gedoopt, ter ere van Bernard Blums grote liefde, en het is met extra veel aandacht door Charlie ingericht. Ook het huisje van haar oom heeft ze, nadat ze er wat spullen uit haar ooms huis in had gezet en er wat documentatie bij had gemaakt, in de verhuur gedaan: het is al volgeboekt tot het eind van het seizoen.

Serhii heeft zijn baan bij De Paardentram gehalveerd, zodat hij af en toe mee kan lopen op het terrein en wat kan leren van Henk; Aloys en Serhii hebben aangegeven dat ze graag in de loop van de komende jaren de beheerderstaken van Rosie en Henk zouden willen overnemen. Die twee beginnen er wel langzaam maar zeker aan toe te komen om een stapje terug te doen, hoewel Henk nog steeds volop meewerkt, vooral als er iets met een of ander voertuig moet worden gedaan.

Per glimlacht, slaat zijn armen over elkaar en leunt even tegen de door de zon beschenen, warme zijmuur van zijn kasteel. Hij is gelukkig, idioot gelukkig, hoewel hij dat een half jaar geleden niet had kunnen denken toen hij het eerste telefoongesprek met Stämpfli und Honegger voerde en hoorde dat hij dit allemaal zomaar onverwachts in de schoot geworpen had gekregen.

De deur naar de keuken gaat open, op een kiertje dat groot genoeg is voor Charlies hoofd om om de hoek te kijken. Als ze hem ziet glimlacht ze breed en komt ze helemaal naar buiten. 'Ha, hier ben je! Wat een opkomst weer, hè? Ik dacht dat het alleen het eerste weekend zo druk zou zijn, maar volgens mij is het vandaag minstens even druk. Misschien nog wel iets drukker! Ik heb net een journalist aan de lijn gehad, die een of ander artikeltje in NRC wil schrijven over wat we hier aan het doen zijn. Nou, dan moeten we straks iedere dag open! Aloys heeft het even van me overgenomen, zodat ik je kon zoeken; ik begon je te missen...' Ze stapt glimlachend op hem af en hij slaat een arm om haar heen.

Iedere keer kan hij zich er weer over verbazen hoe precies ze toch onder zijn arm past, hoe ze als een perfect puzzelstukje tegen hem aan leunt en hoezeer hij zich verbonden voelt met haar, de vrouw bij wie hij geen dag en geen nacht meer weg is geweest sinds hij drie maanden geleden met een zwaar hart en een verward hoofd op zijn motor naar haar toe reed.

In één klap, in één nacht waren alle twijfels weg, zowel bij hem als bij haar. Het was goed; ze horen bij elkaar, en dat gevoel is niet meer veranderd.

'Misschien komt het ook wel door de website die Aloys en Serhii hebben gemaakt?' zegt hij, zijn neus in haar haar. 'Dat er zo veel mensen komen kijken, bedoel ik. En dat er nou zelfs een journalist op afkomt.'

'Wie weet,' zegt ze warm. 'Misschien komt het ook wel doordat het hier zo mooi is geworden. Ik weet het niet, hoor, maar volgens mij is dit echt de mooiste plek op aarde.'

'Volgens mij ook,' zegt hij, maar dan wordt hij afgeleid door het geluid van zijn mobiel. Hij vist hem uit zijn achterzak en ziet een berichtje van Freek.

'Ik sta bij de voordeur van je kasteel, maar het is hier nogal druk. Ben je in de buurt?'

Per grijnst. 'Het is Freek; hij heeft natuurlijk geen zin om in de rij te gaan staan.'

'Tuurlijk niet,' zegt Charlie dromerig, nog steeds zo heerlijk tegen hem aan leunend.

'Ik ben bij de kruidentuin,' appt Per, en dan zien ze even later Freek met lange passen hun kant uit komen, op bergschoenen, in een afritsbroek met de pijpen eraf en met zijn haar in een half staartje.

'Als je tegen iemand hier zegt dat je een graaf bent, dan geloven ze je niet,' zegt Per lachend tegen hem, 'je ziet eruit als zo'n survivalfiguur uit de outback!'

Freek grijnst even en kijkt dan naar Per, in zijn grijze T-shirt en zijn verwassen jeans. 'Jij ziet er ook niet erg uit als een baron, moet ik zeggen.'

'Jullie zijn gewoon opstandige edellieden,' zegt Charlie lachend, 'blijven jullie nou maar lekker jezelf.'

'Ik vermoed dat dat goed gaat komen,' zegt Freek, 'maar ik kom eigenlijk even langs om te melden dat er intussen officieel een grote internationale zaak is gestart tegen Berg&Bos, en het bijbehorende moederbedrijf. Het zal waarschijnlijk morgen wel uitgebreid in het nieuws komen, het wordt een enorme toestand. En er is ook een belangrijk onderdeel dat het achtuurjournaal niet zal halen: de beïnvloedingspraktijken van Chinese clickbotfarms houdt de dienst toch liever onder de pet. Ik ben daarnet even bij Joost langsgelopen; die zit natuurlijk al tot zijn ellebogen in het papierwerk, maar dat gaat de komende maanden alleen maar meer worden. Eigenlijk is het een grappige tegenstelling: hoe meer hij te doen heeft, hoe minder last jullie nog van dat bedrijf zullen hebben.' Freek grimast even. 'Hoe dan ook: ik ben tevreden. En ik durf te beweren dat de bende van Németh hier ook niet langer de boel onveilig zal maken.'

'Dus geen angst meer voor brand,' zegt Charlie tevreden. 'Dat is goed nieuws, dan doen we alleen nog maar de deur op slot om te zorgen dat niemand er met onze schilderijen vandoor gaat.'

'Heel verstand–' zegt Freek, maar hij wordt onderbroken door een woest geklepper hoog boven hem.

Per laat Charlie even los om een stukje van de muur weg te lopen, en hij klimt snel op het lage muurtje dat de kruidentuin omzoomt. Met zijn handen in zijn zij kijkt hij naar boven. 'Kom, Charlie, moet je kijken,' roept hij dan, 'de jongen zijn uitgevlogen!'

Afstekend tegen de blauwe lucht in de zomerse middagzon zien ze de silhouetten van vader en moeder ooievaar en hun drie kinderen duidelijk een paar rondjes draaien en dan een voor een weer verdwijnen naar het nest op de schoorsteen.

Per springt van het muurtje en Charlie slaat haar armen om zijn hals. 'Alles is goed gekomen,' zegt ze, innig tevreden.
'En het wordt vanaf nu alleen maar nog beter,' zegt hij, terwijl hij verdrinkt in haar ogen.